KB263373

현대소설의

인물묘사방법론

조 미 숙 지음

도서
출판 박이정

머 리 말

　　리얼리즘 소설에는 심리학적 견지에서 연구할 수 있는 두가지 정신이 있다. 작중인물의 정신과 그 안에 함축된 작가의 정신이 그것이다. 따라서 소설 연구에서 작중인물 세계와 작가의 의식세계는 긴밀한 상황에서 논의되어야 한다. 이 책에서 필자가 인물묘사의 문제를 연구하면서 묘사를 통해 형상화된 인물상과 함께 인물 형상화 과정에서 작가가 드러내고자 한 작가의 이념을 살펴보고자 한 것은 바로 그런 맥락에서이다.

　　인물묘사방법의 연구라는 것은 문학연구에 있어서 반드시 전제되어야 하는 작업이지만 한편으로 매우 생소한 부분이기도 하다. 사실 인물묘사 방법의 연구란 노력에 비해 생색이 안 나는 작업이다. 텍스트를 꼼꼼히 읽으면서 인물을 묘사하고 있는 문장을 뽑아내고 그것의 성과를 타진하는 작업은 결코 만만한 것이 아니다. 그래서 나도 가능하면 이 과제를 피해 가려고 했다. 그러나 20년대 작가들에 관하여 연구를 하다가 그 가운데 염상섭의 인물묘사의 특수성에 착안하게 된 이후로 나는 염상섭을 떠날 길이 없었다.

　　책의 구성은 서론과 결론을 제외하고 5장으로 이루어져 있다. 제1장에서 염상섭이 포함되는 1920년대의 문학의 특징을 대략적으로나마 정리해 보고 제2장에서는 상섭에게 있어서 인물의 중요성을 다시 한 번 검토한 후에 3장, 4장에서는 각각 단편소설과 장편소설의 인물들의 형식적인 연구, 곧 객관묘사의 측면을 고찰하였다. 5장에서는 그렇게 형상화된 인물을 통하여 작가의 함축된 자아의 면을 살핌으로써 결과적으로 염상섭의 작중인물 탐구와 식민지 당대를 살아가는 지식인으로서 작가 자신의 정신사적 면모까지 살펴보고 있다.

　　이런 부족한 글을 쓰느라고 분주하고 병까지 앓으며 야단법석을 떤 것을 생각하면 부끄럽지만 그래도 이것이 하나의 작은 시작이 되어 내 개인의 문학연구 뿐 아니라 한국문학 전체에도 한 방향성을 제시할 수 있을 거라는 생각으로 부끄럽고 민망한 마음을 눌러 본다.

　평소에는 말할 수 없이 따뜻하시지만 공부할 때만은 누구도 따를 수 없을 만큼 무섭고 호되게 이끌어 주시는 나의 영원한 스승 강인숙교수님께 감사한 마음을 전하고 싶다. 그리고 흔쾌히 출판해 주신 박이정 출판사의 박찬익 사장님 이하 수고하신 직원 여러분께 이 자리를 빌어 감사의 뜻을 표한다.

1996년　봄.

차   례

서 론

1. 연구 대상과 방법론

아리스토텔레스의 〈시학〉에서는 비극의 구성요소를 장경, 성격, 플롯, 조사, 노래, 사상으로 보고 '이 여섯 가지 가운데 가장 중요한 것은 사건의 결합, 즉 플롯'이라고 하여 인물의 성격보다 사건성을 강조하고 있다. 그러나 현대소설은 사건의 서술이 중시되는 서사시와는 달리 사건보다 인물의 중요성이 우선된다. 인물의 중요성은 성격소설적 성격을 띠는 novel에 와서 romance보다 더 강화되는 것이다. 여기에서 인물과 사건은 불가분의 관계로 얽혀지게 된다. H.James는 '작중인물이란 사건의 결정이 아니고 무엇이겠는가? 사건이란 작중인물의 설명이 아니고 무엇이겠는가'라고 말하여, 플롯과 작중인물은 상호 의존적인 개념으로 보면서도 인물의 중요성을 강조하는데 이렇듯 소설에서 인물의 위치가 보다 중요한 것은 인물이 사건의 主體이기 때문이다.

본래 소설이란, 사회 계층 속에 뿌리를 박고 사회구조 속의 여러 다른 작중인물들과의 상호작용 가운데 행동하는, 혼합된 동기를 갖는 복잡한 작중인물을 그려냄으로써 寫實主義Realism의 효과를 내려는 허구에 의한 시도[1]라는 것을 특징으로 하는 장르이다. 서사 예술인 소설 뿐 아니라 시를 포함한 모든 문학활동이 어떤 의미에서는 '인간학'이라 할 것이지만, 대부분의 위대한 소설은 작중인물을 나타내고 탐구하기 위해서 존재한다는 Harvey의 말과 같이 소설의 경우는 행동의 주체로서 인물이 더욱 중요한 것이다.

E.Muir도 사건에 중요성을 두는 행동소설과 인물의 소개와 인물에 관한 이야기가 중시되는 성격소설을 구분하면서, 소설에서 실감성 확보라는 문제를 위해서는 그럴 듯한 인물의 행동이 전제되어야 하고 그러다 보면 사건성은 수축

---

1) M.H.Abrams,《《A Glossary of Literary Terms》》,최상규 역, 《《문학용어사전》》,대방출판사,1987,188면 참조.

될 수밖에 없다고 하면서 성격소설을 보다 노벨적인 것으로 파악하였다.

> 서사소설(narrative fiction)은 필연적으로 인물이 주체가 되는 것이지만 근대에 와서 그 중요성은 한층 더해진 것이 사실이다. 따라서 인물을 어떻게 캐릭터라이즈했느냐 하는 문제가 작가 연구의 기초적인 바탕이 되는 것이다.2)

> 古代에는 敍事文學에서 事件展開, 즉 스토오리와 行動과 플롯을 위주로 했지만 人間의 解放과 自我의 覺醒 및 個性의 伸張을 부르짖은 近代小說에 있어서는 性格創造와 人物描寫, 心理描寫등에 중심을 두게 되었다.3)

요컨대 현대소설에서는 사건, 플롯 혹은 인물의 행동보다 성격의 창조, 인물의 묘사가 더욱 중요한 문제라는 것으로, 현대소설에서는 더 이상 주인공에게 일어나는 일이 무엇인가 하는 문제보다 인물의 성격에 더 많은 관심이 주어지게 되었다는 것이다. 이는 다시 말해 인물이 플롯을 도와 작품의 진전을 돕는 것이 아니라,플롯이 소설 인물을 위한 절대적 봉사자로서 기여하여야 한다 함이다. 현대소설에서 이러한 사건성의 약화는 realism 자체가 日常性을 그리고 있다는 사실과 관계되는 것이다.

이러한 작중인물의 조건은 다른 것과 구별되는 고유한 바탕 속에서 통상성이 있는 행동, 일관성4), 인과성의 내적 구조를 갖추어야 한다는 것을 특징으로 한다.

---

2) 강인숙,《《한국현대작가론》》,동화출판사,1971,161-162면.
3) 구인환,《《한국근대소설연구》》,삼영사,1983,80면.
4) William Kenney,《《How to Analyze Fiction》》,엄정옥 역,원광대출판부,1980,26면 참조.
   이는 하나의 부분이 전체적으로 의미 있는 하나의 형태에 어떻게 일관되게 연결되어 있는가의 문제인데 인물이 그 때까지 독자들이 알게 된 바와 같은 작중인물의 기질로 해서는 도저히 있을 수 없는 행동을 해서는 안된다는 일종의 작가에 대한 규제이다.:Abrams,《《문학 비평용어 사전》》,33면.
   James H.Pickering와 Jeffrey D. hoeper는 '우리가 허구적 인물의 행동에서 주로 요구하는 것은 무엇보다 일관성이다 What we chiefly require in the behavior of fictional characters, however, is consistency.'라고 이야기하여 일관성의 중요성을 강조하고 있다.:《《Literature》》, Macmillan Publishing Company, 1986,35면.

인물의 창조는 플롯을 비롯하여 소설의 다른 요소들과 연계 속에서 이루어지는 것이 사실인데 결국 그러한 인물을 고찰한다는 일은 소설의 주제를 이해하기 위해서 필요불가결한 일이다. 문학 작품에서 인물의 행동이나 성격은 나름대로 작가의 의도가 표면적으로 드러나거나 암시적으로 내포되면서 주제와 긴밀한 연관 속에 이루어지는 것이 상례이기 때문이다.

루카치가 드라마는 모든 행위의 현재화이고 서사시는 모든 사건을 과거로 다룬다고 한 것처럼 서사 산문문학인 소설의 관건은 균형에 놓여 있다. 곧 리얼리즘 문학인 소설은 균형을 유지하면서 묘사할 것을 필요로 한다는 것이다. 따라서 소설에서의 묘사라는 것은 제재를 공평히 다루는 것을 중시하는 특성을 갖는데 그 목적은 실재하는 것처럼 독자를 설득하는 데에 있다. 그런 만큼 인물을 묘사하는 문제는 인물을 살아 움직이는 것처럼 그려내어야 하는 문제인 것이다.

그러면 소설에서 작중인물은 어떠한 방법으로 창조되는가, 곧 W.H.Hudson이 말하는 바, 상상의 세계 속에서 實際로 存在하는 인물이라고 여겨질 만큼, 또 살아 움직이는 것처럼 진실하게 묘사하려면 어떠한 장치가 필요할 것인가 하는 문제가 떠오를 수 있다.

묘사의 대상은 인물의 외면일 수도 있고 내면일 수도 있다. 인물의 내면을 묘사한다는 것은 기분이나 심리, 잠재적 의식 같은 요소들을 이용하여 성격을 형성하는 것을 말하며 이는 분석적이고 직접적으로 성격을 표현하는 것으로 비교적 복잡다단한데 비해, 외면의 묘사는 행동, 대화, 표정 같은 동적인 묘사와 외양, 곧 용모, 풍채, 복장 따위의 정적인 묘사를 포함하며 보다 간접적으로 성격을 묘사하는 것이라 하겠다.

Marjorie Boulton은 소설가가 독자에게 전달하는 방법에 따라서 진술을 10항목으로 나누어 예를 보이고 있다5). 그러한 다양한 진술 방법은 소설가와

---

5) 이 10항목은 1.직접적 진술 2.약간의 가공적인 면을 갖춘 직접적 진술 3.보다 문학적으로 약간의 가공적인 면을 갖춘 직접적 진술 4.희극적 기교의 요소를 갖춘 직접적 진술 5.인물자신에 의한 직접적 진술 6.다른 인물에 의한 직접적 진술 7.극화;행동을 통한 특색 노출 8. 의식의 흐름;인물의 마음 속에서 일어나고 있는 것에 대한 시도적인 표현 9. 더욱 많은 측면적인 모습의 제시를 통한 직접적 진술;여러사람의 의견 아울러 그 발화자

작중인물, 또는 작중인물과 독자, 작가와 독자 사이의 거리와도 관계가 있는 것이다. 이를 인물을 설명하는 화자의 측면에서 다시 살펴보면 자기자신에 의한 인물소개, 타자에 의한 인물소개, 이야기 밖에 있는 나레이터에 의한 인물소개, 혼합된 소개방식으로 분류6)될 수 있다. 이것들은 전폭적으로 작가나 화자에 의하여 인물에 관한 정보가 주어지는 방법이라 하겠다. 반면에 인물을 독자에게 제시하는 방법에 관하여 로비 매콜리와 조오지 래닝은 인물구성에 관해서 육체적 외모, 동작·제스츄어·버릇·습성, 타인에 대한 행동, 말씨, 자신에 대한 태도, 작중인물에 대한 타인들의 태도, 물질적인 환경, 과거, 외변기법, 의식의 흐름 등의 관례적인 방법을 보인 바 있다7). 작가나 화자에 의하여 인물에 관한 정보가 주어지는 것이 직접묘사이고 인물을 독자에게 그대로 제시하는 방법이 간접묘사이다. 인물묘사방법은 이렇게 작가가 직접 나서서 '설명하는' 직접묘사와, '장면을 제시하는' 간접묘사로 크게 나누어 볼 수 있다. 직접묘사는 내면의 묘사와 유관한 것이고 간접묘사는 외면의 묘사와 관련되는 것이다. 퍼시 라보크가 소설은 묘사와 극 밖에 없다고 했을 때 그것은 결국 묘사 방법상의 직접묘사와 간접묘사를 의식한 것이라고 할 것이다. 이것이 바로 Friedman이 말하는 말하기telling와 보여주기showing이다.

  '말하고', '설명하는' 직접묘사는 인물의 성격이 텍스트 내 가장 권위 있는 목소리에 의하여 언급되는 것으로 작중 화자8)의 요약과 설명, 코멘트는 물론 등

의 특성과 화자 사이의 관계까지 추론이 가능하다. 10.유사심리적 분석 방법 등이다.;Marjorie Boulton,《《The Anatomy of the Novel》》,김영민 역,동천사,1980,34면 참고.
6) 김화영 편역,《《현대 소설론》》,문학사상시,1986,250-275면 참조.
7) 로비 매콜리,조오지 래닝,〈인물 구성〉,김병욱·최상규 편,《《현대소설의 이론》》,대방출판사,1983,255면 참조.
8) 화자와 작중인물 사이의 문제에 있어서는 다음과 같은 관계가 있다.
  ①고전적 전형의 이야기에서 특징적인 것으로 화자가 작중인물보다 더 잘 알고 있으며자기 자신의 논리가 결코 약점 잡히지 않게끔 자기 생각 내키는 대로 줄거리를 구성하는 경우…'배후의 비전'(vision par derriere) ②객관적이고자 하는 텍스트의 특징을 이루는데 화자가 작중인물보다 아는 것이 적거나 혹은 말을 덜 하는 경우…이른바 '외부적 비전'(vision du dehors) ③화자가 작중인물과 같은 정도로 알고 있어서 그 주인공의 관점을 채용하는 경우…'함께의 비전'(vision avec): P.브뤼넬 D.마들레나 J.M.글릭손 D.꾸띠,정옥상 역,《《문학비평》》,탐구당,1984,163면 참조.

장인물의 심리 분석과 다른 인물의 보고 등으로 이루어지는데 설명적, 요약적, 분석적인 특징을 갖고 과거 내면의식, 감정, 미래설계 등을 제공함으로써 결국 내면 묘사에 효과적인 장치가 된다. 이 방법은 첫 등장시에 완전히 제시되고 그 후에는 그에 맞춰 행동하도록 되는 것이다.9)

반면, '장면을 제시하고', '보여주는' 간접묘사는 작중인물들의 언어, 행동이나 배경, 소도구 등의 주변적인 묘사에 의하여 인물의 성격이 보여지는 것으로 브룩스와 워렌의 말처럼 등장인물 스스로가 말하게 하는 방법이다.

주로 인물이 등장하는 초기에 설명된 일반적인 원칙이 구체적인 사건에 적용되며 그 구체적인 사건을 전제로 하여 작중인물이 전체를 통해서 구성에 맞게 움직이는 것에 흥미를 두는 것이 직접묘사라고 한다면, 사건 속에서 작중인물이 돌아다닐 뿐 인물에 관한 정보가 구체적인 글로 제공되지 않아 이야기의 결말에 이르러서도 인물의 성격이 구체적으로 주어지지 않는 것이 간접묘사에 해당하는 것이다.

화법의 면에서 보면, 직접묘사는 간접화법을 택하는 반면 간접묘사는 직접화법을 주로 이용한다. 간접화법은 실제적인 서술에 속하며 주관적, 감정적인 특징을 갖는 것으로 직접화법의 한 파편에 지나지 않는 것이 되고, 직접화법은 '미메시스'로 이는 대화와 독백을 함께 포함하는 것이어서 모방·연극적 전달에 속하는 것이며 따라서 객관적인 특성을 갖기 때문에 리얼리즘이 요구하는 것은 직접화법이라 하겠다.

Shlomith Rimmon·Kenan도 인물을 구성하는 방법을 크게 직접 한정과 간접 제시로 나누고 있는데 직접 한정direct definition이란 직접묘사에, 간접 제시indirect presentation란 간접묘사에 다름 아니다. 그녀에 의하면 여기에서의 한정이란 일반화generalization나 개념화conceptualization와 유사한 것으로 이것이 우세하게 되면 자료를 통해, 혹은 예증을 통해 보여지는 것보다 이성적이고 권위적이며 정적인 인상을 만들어내는 것이다. 그리고 이러한 한

---

9) David Daiches,《The Novel and the Modern World》,이영옥 역,《소설과 현대》, 탐구당,1987,23면과 James H.Pickering & Jeffrey D. hoeper,《앞의 책》,31면 참조.

정이 인간의 개성이라고 하는 것을 많은 사람이 공유하고 있는 특성의 결합이라고 생각했던 소설 발달 과정의 초기 뿐 아니라 그 이후로도 그 방식의 경제성과 독자의 반응 유도 능력의 탁월함으로 오랫동안 많이 사용되어 온 것이라고 하였다. 다음으로 그녀는 간접 제시indirect presentation는 외양, 행동, 담화, 환경 등의 제시10)가 그 구체적인 방법이 되는 것이라고 하면서 이는 함축적인 스토리-인과율을 내포하는 경우도 많다고 하였다.

  그런데, 직접묘사든 간접묘사든 어느 하나만 가지고는 완벽한 인물묘사가 되기 어렵다. 왜냐 하면 현대소설의 인물이란 맥카디의 말처럼 이중적 감정의 것이기 때문이다11). 그렇기 때문에 Wayne C.Booth는 자신의 저서 《《소설의 수사학》》에서 말하기와 보여주기의 두 가지 방법을 본격적으로 논의하면서도 그 두 가지를 명확하게 구분짓는 일의 무익함을 역설한다. 그는 차라리 말하기 방법 쪽으로 무게를 두면서 극적으로 말하기를 이상적인 것으로 보고 있다.12) 그것은 그가 보여주기 곧 간접묘사의 한계를 절실하게 깨닫고 있음을 알 수 있다. 부쓰가 인식한 것은 두 가지 방법론의 한계이다. 곧 직접묘사만이 지나치면 고대소설에서처럼 볼 수 있는 것처럼 도식적·평면적인 인물이 되기 쉽고 작품의 생생함과 독자의 상상력을 반감시키는가 하면, 간접묘사 역시 독자로 하여금 오해의 여지를 만들 위험이 있기 때문에 대화라든지 행동, 외양묘사의 사이에 "화자의 은밀한 도움"13)이 필요하다는 것이다. 간접묘사는 화자

---

10) James H.Pickering와 Jeffrey D. hoeper는 위의 책에서 이름과 외양을 직접묘사의 범주에 넣고 대화와 행동만울 간접묘사로 보고 있다. 그러나 이때 이름은 작중인물의 우세하거나 지배적인 특성을 보여주는 이름이거나 육체적인 외모를 강화하는 이름들을 말하는 것이고 외양은 공식에 들어맞는 류의 것을 말하는 것이니(30-31면 참조) 외양과 명명의 전근대적인 사용법을 이르고 있는 것이라 보겠다.

11) Mary McCarthy,〈Characters in Fiction〉,S.Kumar·K.McKean편 〈〈Critical Approaches to Fiction〉〉,McGraw-Hill Book Company,1968,미국,85면 참조.

12) Wayne C.Booth,〈〈The Rhetoric of Fiction〉〉,이경우·최재석 역,한신출판사,1977 참조: 그는 작가의 판단은 항상 있는 법이며 찾아낼 줄 아는 사람에게는 누구에게나 항상 분명하다고 한다.

13) 현길언,〈〈한국 소설의 분석적 이해〉〉,문학과 비평사,1991,96면.
RichardE.Hugbes&P.AlbertDubamel도 '어떤 대상에 관한 완전한 객관 묘사가 이론적으로는 가능하다 하더라도 그것은 아마 세부에 관한 혼란스럽고 무미건조한 세부목록에 지나지 않는 것이다.' 라고 하면서 순객관적 묘사의 불가능을 지적하였다.:

의 역할을 카메라의 역할로 축소하는 것이기 때문에 사진사와 카메라와 피사체 사이의 유기적인 관계처럼 작가들 저마다 다른 위치에 서서 대상을 보여준다는 것 역시 상대적인 것이며, 그런 이유로 '보여주기'에는 절대적 '말하기'의 내포가 전제되어야 한다는 것을 말한다. 예를 들어 간접묘사 가운데 하나인 외양 묘사를 보더라도, 현대소설에서는 인물의 단순한 외모 묘사만으로는 등장 인물의 성격창조가 불가능하고 심리·기분·잠재의식 등 내면의 묘사를 통하여 성격이 참조되어야 한다.

리몬·케넌은 두 가지 분류외에 다시 명칭이나 풍경, 인물 사이 등의 유비를 설명하는데, 그것을 별도의 항목으로 간주하지 아니하고 인물 구성 강화의 한 방식으로 설정했다. 즉 비교되는 두 요소 간의 유사성이나 대비성을 강조하는 것으로써, 때로는 텍스트 내에서 명백히 진술되거나 독자 스스로 발견을 유도하는 방식으로 텍스트 내에 함축되어 있기도 하면서, 다른 방법에 의하여 밝혀진 인물의 특성을 독자로 하여금 제대로 지각하게끔 도와주는 역할을 한다는 것이다. 이에는 명칭의 유비, 풍경의 유비, 인물 사이의 유비가 포함된다.

그런데 인물의 성격을 묘사하는 데 있어서 하나의 성격 지표는 반드시 하나의 특성만을 암시하는 것은 아니며 몇 가지 특성의 공존관계를 의미할 수도 있고 또 그 분류 항목이 뚜렷하지 않을 수도 있다. 그리고 어떤 주어진 텍스트에서 또는 주어진 작중인물에 대해서 두드러지게 우세한 인물 구성의 유형을 확정짓는 것은 문제의 인물의 종류, 그 작품의 구체적 관심사, 텍스트의 장르, 작가의 기호, 그 속한 시대의 문학적 규범과 관계지어 볼 때 유용한 작업이 된다. 뿐만 아니라 인물 구성의 여러 방법 간의 상호 작용을 고찰하는 일 역시 하나의 성격 지표가 어떻게 반복되거나 보족하거나 중첩되거나 모순되는가 하는 문제와 연관시켜 볼 때 흥미 있는 작업이 될 수 있는 것이다.[14]

Abrams에 의하면, 문학작품에 있어서 작중인물의 평가는 작가가 기성의

《Rhetoric》, prentice-Hall Inc. 1962,39면 참조.
14) Shlomth Rimmon-Kennan, NarrativeFiction:Contemporary Poetics, 최상규역, 문학과 지성사,1985, 102-108면 참조.

유형을 만들어냈느냐 아니냐에 달려 있는 것이 아니라, 그가 얼마나 훌륭히 그 인물을 믿을 만한 개인으로 재창조해 냈느냐 하는 데에 달려 있는 것이다. 문학 작품이 지향해야 할 것에 대하여 박영희는 "살아 있는 인간의 창조"를 들면서 그것은 어떠한 전형의 구속을 받지 않으면서도 개성과 진실한 감정을 표현하며 넋이 창조된 인간이어야 한다고 하였다15). 문학 작품이 고착된 전형에 구속되는 것은 바람직한 것이 아니겠지만 전형의 문제는 소설을 연구함에 있어서 하나의 과제를 던져 주는 것이다. 이때 전형이란, 작품 속에 창조된 인물이 한 사회의 추구하는 이념 같은 것을 자신의 피 속에 육화시키고 있거나16) 하나의 개성을 가진 인물로서 독자의 넓은 반영을 받고 시대를 살며 성장한다고 하면 그것이 바로 하나의 전형이요, 그 작가가 한시대 전형적 인물 포착에 성공했음을 보여주는 것이 된다. 다시 말해서 전형이란 독자에게 친밀한 未知의 인물로서, 독자에게 생소하지 않고 가장 인간적인 불변의 인정이라는 보편적인 경향과 특징적인 개성을 갖춘 특별한 개인인 것이다.17) 엥겔스는 문학이 단순히 개별적인 인물·상황·행위를 모방하는 것이 아니라 그들 속에서 동시에 합법칙적인 것, 보편적인 것, 전형적인 것을 표출한다는 아리스토텔레스에 완전히 공감하면서 인물이란 하나의 전형이자 동시에 개별인간 즉 '이사람'(ein Dieser)이며 또 그래야만 한다고 말하면서 리얼리즘의 과제를 "전형적 상황 아래서 전형적인 인물"을 형상화하는 것이라고 하였다18). 이때 전형은 전형의 대상이 된 그 인물이 속한 사회,그 인물이 속한 시대의 한 구조적 모범으로서 작가가 그를 통해서 시대와 사회를 동시에 전달할 수 있는 장치이어야만 하는 것이다.19) 전형성은 루카치미학의 중심개념으로, 이를 창조하는 데 있어서 예술가는 어떤 구체적인 인간들의 운명 속에 그들이 속해 있는 특징한 시대, 국가, 계급을 가장 잘 표출하는 가장 중요한 특징들을 구현시키는 것을 말한

---

15) 박영희,《《문학의 이론과 실제》》,明社,1947,76면 참조.
16) 김현,《《현대 한국문학의 이론/사회와 윤리》》,문학과 지성사,1991,195면 참조.
17) 伊東 勉 지음,이현석 옮김,《《리얼리즘이란 무엇인가》》,世界,1987,68면 참조.
18) 루카치,〈예술과 객관적 진리〉,이춘길 편역,《《리얼리즘 미학의 기초이론》》,한길사,1987, 63면.
19) 김주연,〈현실주의의 한 승화〉,《《문학사상》》,1973.3.281면 참조

다[20]. 어떻든 리얼리즘의 특성이 '인물의 전형화'에 놓여 있는 것을 생각해 볼 때 인물의 유형성, 전형성의 문제는 리얼리즘 문학의 성공 여부를 가늠할 만큼 중요한 것이 아닐 수 없다.

성격소설은 인물의 성격을 묘사하면서 그 안에 사회 전체의 다양한 모습을 암시하는 데 한 목적이 있다. 그리고 리얼리즘 소설에는 심리학적 견지에서 연구할 수 있는 두가지 정신 -주도적 작중인물의 정신과 그 안에 함축된 작가의 정신-이 있다고 할 때 소설에서의 작중인물 세계와 작가의 의식세계는 긴밀한 상황에서 논의되어야 하리라고 본다. 루카치의 말처럼 '찾는 자'로서의 작중인물을 연구하는 것은 작가정신의 분석과 합체되었을 때에 가능하고, 작가세계를 고찰하기 위하여는 그가 설정한 등장인물을 보는 것이 가장 바람직하며 정당한 것으로 보아지기 때문이다.

따라서 인물묘사의 문제와 아울러 그런 묘사를 통해 형상화된 인물상,그리고 인물 형상화 과정에서 작가가 드러내고자 한 작가의 이념은 어떤 것이었는지를 보는 것이 소설 연구에서의 의미 있는 작업이라 할 수 있다.

실증적인 인물묘사 연구는 많은 작가들을 대상으로 하여 고찰되어야 하고 그것이 시대적인 사조와 관련하여 인식되어져야 하기 때문에 꼭 필요한 일이지만, 대상의 폭을 넓힌다는 것은 연구의 방향을 자칫 피상적으로 이끌기 쉽기 때문에 다른 작가와 다른 시기의 작품들은 후일로 미루고 본고에서는 1920년대의 대표적 리얼리즘 작가인 염상섭으로 작가를 제한한다. 그것은 염상섭이 김동인류의 감각적인 문제와, 사회의 문제를 작품 속에서 폭넓게 취급하려는 이광수의 노력을 뛰어난 전체적 의식 속에 결합시키면서 소설과 불가분의 관계인 리얼리즘을 진작부터 의식한 작가라는 사실과 무관하지 않다.

시기적으로는 1920년대로 제한한다. 그것은 염상섭의 문학사적 가치는 1920년대에 집중되는 것이 사실이고 그 이후의 작풍은 거의 변화가 없다고 하여도 과언이 아니기 때문이다.[21]

---

20) G.Lukacs,《《A muveszet mint felepitmeny》》,헝가리문화성 특별출판물,1955,15면 참고.(벨라 키랄리활비,《《The Aesthetics of gyorgy Lukacs》》,1975,김태경 역,도서출판 이론과 실천,1986.95면에서 재인용)
21) 강인숙,〈염상섭의 소설에 나타난 시공간의 양상〉,10면 참조.

　장르상으로는 단편소설을 간략히 다루면서 장편소설을 중심으로 하겠다.

　한국문학사의 특수성으로 인하여 한국문학의 순수문학적 본령은 장편소설이 아닌 단편소설에 놓여 있다. 1830년대 이래 대중화된 선물용 연감이나 정기 간행 잡지를 통해 단편이 주조를 이룬 미국과 마찬가지로, 1920년대의 한국 문단은 동인지나 잡지를 통하여 단편이 많이 발표되었다[22].

　반면 당시의 장편소설은 신문 연재소설로써만 존재하였고 또 신문 연재소설이란 대중의 인기에 영합하려는 성향으로 통속소설과 동일시되곤 하였기 때문에 장편소설＝통속소설이 공식처럼 간주되었던 것이 사실이다[23]. 그리고 그러한 경향은 1960년대까지 한국 문단을 지배해 왔다.

　그러나 단편과 장편을 비교하여 볼 때, 단편소설이 작가적 기질을 발휘하는 場으로써, 여러 가지 사조적 경향이나 기법을 나름대로 試驗해 보는 계기가 되기 쉬운 반면 장편소설은 인생에 대한 보다 심층적인 탐구가 가능하고 인간의 감정, 욕망의 영향력, 뒤얽힘, 그 결실 혹은 와해 등을 보다 여유 있게 다

　　1930년대 중반기로 오면 염상섭의 소설도 어쩔 수 없이 범속성에 압도되는 것을 볼 수 있다. 본고에서 대상으로 한 작품들에서도 범속성이 없는 것은 아니고 또 리얼리즘 문학의 특성상 그것을 철저히 배제하는 것이 필요한 것은 아니지만 식민지에서의 개인과 사회의 갈등이라는 문제가 범속성의 천착에 의하여 쇠퇴하고 있음은 뚜렷한 일이다.　그것은 정치적인 상황의 악화와 그에 때를 같이한 상업화한 신문 저널리즘이 자리를 굳히게 되어 이광수와 염상섭 같은 신문연재소설의 대가들이 이에 큰 영향을 받게 되었기 때문이라고 보여진다.；이동하,〈염상섭의 1930년대 중반기 장편소설〉,권영민 편,《《염상섭 문학 연구》》,민음사,1987,159-160면 참조.

22) 문화정치 아래 문학에의 의욕이 드높아져 동인지나 잡지가 많이 창간되지만 三苦(자금난, 원고난, 검열난)로 인하여 '作心三日'처럼 3호로 끝나거나 창간호가 종간호가 되는 경우가 허다하였다. 지면과 작품의 수명 모두가 불안정한 상태였으므로 단편이 자연 중심이 되었던 것이다. 반면 장편소설은 단행본으로 간행되기가 어려운 형편이었으므로 주로 신문을 통해 발표되었다. 때문에 신문 연재소설의 특징인 상업성, 통속성을 띠기가 쉬웠다.　연재소설의 대중성, 독자 평준화 등의 문제에 관해서는 Arnold Hauser,《《문학과 예술의 사회사》》,백낙청・염무웅 공역,창작과 비평사,1983, 15-18면 참조.

23) 김병익,《《한국 문단사》》,일지사,1974,96면 참조.；우리 신문의 최대 공적은 장편연재소설을 실었던 데 있으며 이는 전작 단행본을 낼 만한 출판계, 창폐간이 무성했던 잡지계의 그 당시 실정에서 장편 문학을 가능하게 한 유일한 통로였던 것이 사실이다. 그러나 신문 연재소설은 우선 대중적인 흥미가 전제되어야 하는 특징상 대중성을 배제할 수 없는 것이다. 사건은 추리물이나 탐정소설로 흐르거나 그 주요 소재, 주제가 종종 性과 돈이라는 것에 한정되기 쉬운 특징을 갖는 것이기도 하다.

양한 형식으로 반영할 수 있는 특성을 가지고 있다[24]. 1920년대의 문학에 있어서도 그러한 것을 확인할 수 있다. 당대의 대표적 문인 가운데 하나인 김동인의 경우 성격과 플롯 가운데 성격의 우선됨을 스스로 인정하고 있으면서도 신기성, 우연성, 상상력, 비일상성 등을 구조적 특성으로 가지는 "영웅신화적 전통의 일면"으로[25] 흘러가서 리얼리즘과는 거리가 먼 인형 조종술의 기본 입장 속에서 단편을 추구하다 보니 인물의 묘사 같은 것은 둥한했다[26]. 1920년대 김동인을 비롯한 대부분의 작가들의 단편들은 갖가지 다양한 경향과 사조를 시험해 보는 장르였다고도 볼 수 있다[27].

이에 반해 장편소설은 작중인물의 발전과 시간의 전진이 중요시되는 것이기 때문에 시간의 흐름에 따라 작중인물의 시간도 같이 흘러가면서 여러 양상으로 변화해 나가는 것이다. 장편소설은 문학적 형식으로의 실재성을 전체적으로 완전하게 파악하자는 기도로서 역사성과 사회성을 습득하는 데 그 본질을 두고 있으므로[28] 장편소설을 탐구하는 것, 특히 그 인물의 묘사를 통하여 인물상과 사회상을 고찰하는 일은 의미 있는 작업이 아닐 수 없다.

염상섭의 1920년대 소설은 27편의 단편과 7편의 장편[29]이 있다.

먼저 단편의 경우, 〈표본실의 청게고리〉, 〈암야〉, 〈제야〉의 초기 3부작을 비

---

24) Charles E. May편저, 《〈앞의 책〉》, 119면.
25) 김승환, 〈염상섭의 가족주의적 정신과 가(家)사상〉, 권영민 편, 《〈염상섭 문학 연구〉》, 민음사, 1987, 95면.
26) 김윤식, 〈반역사주의 지향의 과오〉, 《〈문학사상〉》, 1972. 11면.: 졸고, 〈한국 현대 소설에 나타난 인물묘사 연구-염상섭, 김동인, 현진건을 중심으로〉, 《〈건국어문학 제 13 ·14합 집〉》, 1989 참고.: 김동인의 경우 단편이라는 장르 선택 문제 역시 작가의 기질에 기인한 것이라 볼 수 있다.
27) 여기에 관해 홍경표는 20년대의 갖가지 사조의 수용, 시험이 표면적으로는 문학의 본령으로 전환해 가는 심미적인 모색이 되면서도 내면으로는 이러한 잡다한 문예사조를 수용하면서 당대의 식민지적 현실에서 민족의 문제를 집단의식으로 내재화한 것이라고 한 바 있다.: 〈한국 근대소설의 현실비판의식 연구〉, 경북대 대학원 박사학위논문, 1983. 47면 참조.
28) 최재서, 《〈최재서 평론집〉》, 청운출판사, 1961. 337-339면 참조.
29) 〈삼대〉의 경우는 1931년에 쓰여진 것이므로 엄밀히 본다면 해당 범위를 벗어난 것이지만 묘사방법의 변화 고찰을 위해서는 생략할 수 없다고 보아지므로 포함시키기로 하였다.

롯하여 〈E선생〉, 〈죽음과 그 그림자〉, 〈니즐 수 업는 사람들〉, 〈금반지〉, 〈전화〉, 〈난어머니〉, 〈고독〉, 〈검사국대합실〉, 〈윤전기〉, 〈유서〉, 〈초연〉, 〈조그만 일〉, 〈밥〉, 〈남충서〉, 〈숙박기〉, 〈쏭파리와 그의 안해〉, 〈남편의 책임〉, 〈지선생〉 등의 작품을 주된 대상으로 하였다.

염상섭의 1920년대 장편소설에는 〈만세전〉, 〈너희들은 무엇을 어덧느냐〉, 〈진주는 주엇스나〉, 〈사랑과 죄〉, 〈이심〉, 〈광분〉, 〈삼대〉 등이 포함된다.

1. 먼저 〈만세전〉, 〈진주는 주엇스나〉, 〈사랑과 죄〉 등의 작품들은 직접적인 방식으로 식민지라는 당대 상황을 충분히 묘사하면서, 이에서 한 걸음 더 나아가 사회 고발적인 내용까지 담고 있는 것으로 파악된다. 그렇기 때문에 이 작품들에서는 인물들의 비분강개, 혹은 절망과 극복의 성격이 잘 묘사되고 있다.

2. 〈너희들은 무엇을 어덧느냐〉, 〈이심〉, 〈광분〉 등은 등장인물들의 정욕, 애욕과 금전적인 것에 대한 지향과 갈등 그리고 좌절의 불안정하고 부정적인 성격을 통하여 무조건적으로 새로운 것만을 수용하려는 것에 대한 거부감을 피력하고 보수주의적인 작가의 지향점을 나타내는 동시에 당시 세태를 풍속화처럼 그려내고 있는 작품들이다. 따라서 이 작품들에서는 새것만을 추구하는 시대적 시행착오를 보이는 인물들이 나타나게 되는 것을 보게 된다.

3. 〈삼대〉는 1과 2, 곧 〈만세전〉류의 현실 고발과 〈너희들은 무엇을 어덧느냐〉류의 풍속 묘사를 통합하는 데 성공하고 있는 것으로 보아지는 작품이다. 곧 1에서 보여지는 주동인물의 비분강개하는 모습이 2와 같은 풍속의 수준으로 내려앉으면서 두 부류가 여기에서 통합되는 것을 볼 수 있다는 것이다.

연구 방법은 제1장에서 염상섭이 포함되는 1920년대의 문학의 특징을 정리해 보고 제2장에서는 상섭에게 있어서 인물의 중요성을 다시 한번 검토하고 3장과 4장에서는 각각 단편소설과 장편소설의 인물들의 형식적인 연구, 곧 객관

묘사의 측면을 고찰한 뒤 인물별 연구인 장편소설 연구의 경우에는 전형적 인물30)의 면까지를 파악해 보고자 한다. 그리고 제5장에서는 그렇게 형상화된 인물을 통하여 작가의 함축된 자아의 면까지를 아울러 고찰할 것이다. 곧 염상섭의 작중인물을 탐구하는 과정에서 20년대의 인물상과 그 묘사문제와 아울러 식민지 당대를 살아가는 지식인으로서 작가 자신의 정신사적 면모까지 살펴보려는 것이다. 리얼리즘이란 본질적으로 기법상의 의미와 함께, 사회현실과 연관되어 평범하고 일상적인 현실 속에서 불쾌하고,지저분한 것에 대하여 각별히 관심을 갖는31) 사조이다. 따라서 식민지 치하를 살아가는 리얼리스트 소설가이자 지식인인 상섭의 소설 작품 안에 현실에 대한 시각이 반영되어 있을 것은 너무도 당연한 일일 것이기 때문이다.

2. 종래의 연구성과 개관

염상섭은 그가 문단에 등장하던 1920년대 초기부터 평자들의 주목을 받게 되었으므로 그에 관한 연구는 그의 데뷔 초기에서 시작되었다.

먼저, 일제하의 상섭 연구32)를 살펴보면 대부분 월평과 단평 수준의 것으로 비과학적, 비학문적인 영역의 것이라 할 것으로 보아지는 것들이다. 그 가운데 비교적 깊이 있는 논평이 이루어지는 것은 김동인의 것인데 〈조선 근대소설고〉에서 김동인은 그의 출현에 대한 놀라움과 그의 문학적 특성을 짚고

---

30) 신동욱,〈사실주의〉,오세영 편,《〈문예사조〉》,고려원,1986,141면 참조.
31) Raymond Williams, 《〈Realism and the Contemporary novel〉》,백낙청 역, 〈리얼리즘과 현대소설〉,《〈문학과 행동〉》,태극출판사,1978,309-310면 참조.
32) 박종화,오호 아 문단,백조 제 2호,1923.3
    김성근,조선 현대 문예 개관,동아일보,1927.1.1
    김종명,염상섭씨의 〈조그만 일〉,문예시대,1927.1
    김기진,변증적 사실주의,동아일보,1927.3.2
    김기진,십년간의 문예운동 변천 과정,조선일보,1929.1.1
    김동인,조선 근대소설고,조선일보 1929.7.28-8.16
    김동인,작가 4인,매일신보,1931.1.1,3.5.7.8
    안석주,횡보 염상섭씨,조선일보,1933.2.9
    김태준,조선소설사,삼천리,1934.8
    성경린,염상섭론,풍림,1937.3

있으며 〈작가 4인〉에서는 염상섭의 인물묘사의 능란함에 대한 놀라움을 '그의 장래는 무섭다'는 말로써 단적으로 보이고 있다.

해방 이후에 와서 염상섭에 관한 본격적인 연구가 많이 이루어져 왔다. 그것은 다음과 같이 나누어서 볼 수 있다.

첫째로, 문학사와 소설사에 포함되어 논의되는 경우[33]이다. 문학사나 소설사에서 염상섭을 제외하는 일은 매우 드물 정도로 대부분의 한국문학사와 현대소설사에서 그를 다루고 있는 것을 보게 된다.

둘째로, 2-30년대의 작가에 관한 집중적인 논의 중에 포함되어지는 경우[34]이다. 특히 염상섭은 그 문학사적 가치가 1920년대와 30년대에서 중요하게 평가되기 때문에 1920-30년대를 논의함에 있어서도 생략되지 않는 작가이다.

셋째로, 사조적인 연관하에서 상섭의 문학을 다루는 경우이다. 사조와 관련한 논의의 시초를 이루는 것은 백철인데 그는 나중에 자신이 한 염상섭과 자연주의의 연계적 논의가 자연주의에 관한 오해였음을 자인하였다. 그러나 그것은 자연주의에 관한 오해라기보다는 한국적 자연주의의 특수성으로 간주될 수 있는 것으로 정리하는 시각이 많다. 이러한 사조사적인 관점은 이후 염상섭의 연구의 한 흐름을 형성하는 것이 된다. 이는 다시 그의 문학을 리얼리즘으로 파악하는 부류[35]와 자연주의문학으로 포함시키는 부류[36]로 크게 나누어

---

33) 조연현,한국현대문학사,성문각,1974
　　김우종,한국현대소설사,선명문화사,1974
　　백철,이병기,국문학전사,신구문화사,1975
　　김윤식,김현,한국문학사,민음사,1984 등 다수
34) 조연현,현대 한국 작가론,문예사,청운출판사,1953.11
　　채　훈,1920년대 한국 작가 연구,일지사,1976
　　송하춘,한국 현대소설에 나타난 작중인물 연구,고려대 박사논문,1980
　　정현기,한국 근대소설의 인물 유형,인문당,1983
　　이주형,1930년대 한국 장편소설 연구,서울대 박사논문,1984
　　김윤식,한국 근대소설사 연구,을유문화사,1986 등.
35) 정한모,리얼리즘문학의 한국적 양식,자유문학,1958.12
　　백낙청,한국소설에 있어서 리얼리즘의 전망,동아일보,1967.8.12
　　김흥규,1920년대 초 한국 자연주의 문학 재고,고대 문화 11집,1970.5
　　구중서,리얼리즘문학론,창작과 비평17호,1970.여름
　　권영민,자연주의인가 리얼리즘인가,소설문학,1982.8
　　최순열,염상섭의 〈만세전〉과 리얼리즘,한국문학 연구,1985.6

진다. 그 가운데 《〈자연주의문학론II〉》은 사조와 관련한 염상섭론이면서도 상섭의 단편소설을 바탕으로 인물의 계층과 유형, 그리고 인물과 밀접한 연관을 가지는 배경까지를 낱낱이 고구하여 염상섭의 자연주의의 특성을 밝히고 있어서 주목된다.

넷째, 염상섭이 문학사적으로 중요한 위치를 점하는 작가이니 만큼 그에 관한 집중적이고 종합적인 연구37)도 많은 양인 것을 볼 수 있다.

황금주,김동인과 염상섭의 리얼리즘,동국대 논문,1986 등.
36) 김동리,자연주의의 구경,신천지 3권 5호,1948.6.1
　백　철,자연주의와 상섭 작품,자유세계,1953.5
　김송현,한국 자연주의 문학 서설,현대문학 91호,1962.7
　강남주,한국 자연주의 문학,수산대 백경 3집,1962.10
　홍사중,염상섭론,현대문학,105-8호,1963.9-12
　김윤식,한국 자연주의 문학논고에 대한 재비판,국어국문학29,1965.8
　김학동,자연주의 소설론,인문론집2집, 서강대,1969.11
　Kewin Rourke,1920년대의 한국 단편문학과 자연주의,연세대 논문,1970.7
　강인숙,자연주의 문학론II,고려원,1991 등.
37) 조연현,염상섭론,새벽,1957.6
　이춘식,염상섭론,동아1집,동아대,1961.1
　홍사중,염상섭론,현대문학,1963.9-12
　김양무,염상섭론,국문학보,1964.11
　김영수,염상섭연구,문경,1965.8
　김치수,염상섭 재고,중앙일보,1966.1.15
　장무익,횡보 상섭 연구,공사 논문집2집,공사,1968.3
　채훈,염상섭 연구 시론,어문론집,1972.1
　신동욱,염상섭론,창조,1972.10
　정한모,염상섭의 문체와 어휘 구성의 특징,문학사상6호,1973.3
　김종균,염상섭 연구 비판,문학사상6호,1973.3
　김종균,염상섭 연구,고대출판부,1974
　오현봉,횡보의 문체론적 연구,어문연구 4권 1호,일조가,1976.4.20
　구인환,염상섭의 소설고,김홍규교수 정년 퇴임 기념 논총,1976.8
　유종호,염상섭론,한국현대 작가 연구,민음사,1976
　김윤식 편,염상섭,문학과 지성사,1977
　한국 문학 연구회 편,한국문학 총서6.염상섭,연희,1980
　김열규.신동욱 편,염상섭 연구,새문사,1982
　유병석,염상섭 전반기 소설 연구,서울대 박사 논문,1985.8.20
　김치수 편저,염상섭,지학사,1985
　김윤식,염상섭연구,서울대출판부,1987
　권영민 편,염상섭,민음사,1987 등.

다섯째,그밖에 그의 주요 작품을 중심으로 한 개별 작품론이다[38]. 그런데 이것을 살펴보면 그의 작품 가운데에서도 문학사적 가치를 크게 인정받고 있는 〈만세전〉이나 〈삼대〉에 집중되고 있는 것을 볼 수 있다. 다만 계속적으로 염상섭에 관한 연구에 천착해 온 김종균은 〈염상섭의 1920년대 장편소설 연구〉(청주사대 논문집,1980.6)에서 기왕에 잘 다루어지지 못하던 상섭의 1920년대 장편들을 단편적으로나마 다루고 있는 것을 볼 수 있다.

여섯째로는 염상섭의 작중인물 연구[39]가 부분적이나마 이루어지는 경우이다. 이 가운데 송하춘은 그의 〈한국 현대소설에 나타난 작중인물 연구〉(고대 박사 논문,1980)에서, 1920년대 소설을 대상으로 작중인물을 통한 주제의 표면화와 내면화라는 문제를 고구하면서 염상섭의 〈만세전〉, 〈신혼기〉 등의 주인공에 대하여 성격의 제시 성과를 타진하였다. 그는 〈신혼기〉 등의 신여성상이

---

38) 홍효민,〈만세전〉을 읽고,조선일보,1948.11.20
안수길,기교면에서 본 9월의 창작,문학예술,1957.10
김정숙,염상섭의 〈표본실의 청개구리〉에서 본 자연주의론,국어국문학 연구,1961.2
윤병로,무덤 속의 〈만세전〉,여원,1961.11
김송현,〈삼대〉에 미친 외국문학의 영향,현대문학,1963.1
구창환,염상섭의 〈만세전〉 소고,한국 언어 문학4,1963.12
홍이섭,염상섭의 〈삼대〉에 대하여,한국사학,1969.11
김종균,염상섭의 단편소설의 기본구조,교육신보,1978.1.17
김종균,염상섭의 1930년대 단편소설 연구,국어국문학,1978.6
구인환,〈만세전〉의 소설미학,서울대 사대 논총,1978.12
조석래,염상섭 〈박래묘〉에 대하여,도남학보,1979.4
이보영,식민지문학의 前後性-횡보의 초기작을 중심으로,월간문학,1980.5
김종균,염상섭의 1920년대 장편소설 연구,청주사대 논문집,1980.6
이보영,추락한 사회와 윤리-염상섭의 〈사랑과 죄〉,월간문학,1981.10
김종균,염상섭의 〈만세전〉고,어문연구,1981.12
신상성,근대문학 초기 중편소설의 재평가,월간문학,1982.9
정호웅,염상섭 전기문학론-〈사랑과 죄〉 분석,한국문화,1985
박덕근,염상섭의 〈삼대〉 연구,전북대 국어문학25,1985.8
조남현,〈삼대〉의 재해석,한국문학,1987.3
신승희,〈삼대〉 소고,인하대 국어교육 연구,1987.5 등 다수
39) 홍기삼,폐쇄된 상황 속의 인간들,삼성문고101,1973.1
송하춘,한국 현대 소설에 나타난 작중인물 연구,고대 박사 논문,1980
정현기,〈삼대〉·〈탁류〉·〈태평천하〉의 소설세계에 나타난 인물연구,연세대 박사 논문,1982
서종택,한국 근대소설 작중인물의 사회갈등 연구,고대 박사 논문,1982.2
조남현,한국 현대소설에 나타난 지식인상 연구,서울대 박사 논문,1983

등장한 상섭의 1920년대 소설들이 작중인물들을 진정한 인간적 바탕에서 우러나는 고민을 헤쳐 나가는 운명적 성격으로 형성하지 못하고 형식적 기능인에 불과한 것으로 그렸을 뿐이라고 보았다. 또한 〈만세전〉의 이인화에 관하여는 비교적 많은 지면을 할애하면서까지 그의 성격을 고찰하였는데 결국에는 그를 사회를 독자에게 전달하는 기능을 가진 기능인ficelle에 불과하다고 하였다. 결국 염상섭의 소설은 인물의 성격을 창조하면서 주제를 내면화하는 현대소설로서는 부족하다고 하는 것이다. 이 글을 통해서 그가 소설 속의 인물들과 당대 사회와의 역학관계까지 광범위하게 분석한 것은 사실이지만 염상섭의 시대적 의미를 가지는 대다수의 작중인물들을 간과하고 있다고 보아진다. 다음으로 정현기의 글(〈〈〈삼대〉・〈탁류〉・〈태평천하〉의 소설 세계에 나타난 인물 연구〉, 연세대 박사 논문,1982)에서는 염상섭과 채만식의 장편 속에서 작중인물들을 유형화하면서 전체구조를 분해하고 있다. 곧 인물들의 유형을 네 가지로 나누어 살펴보고 그들은 당대를 전형으로서 살아가는 인물들이며 그를 통하여 작가들은 자아실현의 한계와 방향점에 관한 작가의식을 드러내고 있다고 하면서 그 중 염상섭은 파괴를 통한 새질서에의 지향을 구축하는 세계를 마련하고 있다고 결론 내리고 있다. 또 조남현은 〈한국 현대소설에 나타난 지식인상 연구〉(서울대 박사 논문,1983)에서 고등교육을 받은 지식인들의 삶과 사고의 세계를 그려 낸 소설들을 정리, 분석함으로써 정신사로서의 소설사라는 과제에 한 해답을 제시해 보려 하고 있다. 그리고는 1920년대 소설 가운데 염상섭의 것으로는 〈제야〉와 〈윤전기〉 등의 단편들을 살펴보면서 이 시대의 소설들이 진리 창조 및 전달이라는 지식인으로서의 기본 역할에 충실치 못한 인물과 지식은 쌓았지만 비윤리적 행위를 서슴지 않는 지식인을 비판하는 데 중점을 두고 있다고 보았다.

　이상에서처럼 상섭에 관한 연구사가 방대하고, 여섯째 부류와 같이 인물상에 관한 연구를 하면서 상섭의 작중인물에 관하여 거론하는 것도 있지만 그의 묘사 문제에 집중한 연구는 거의 없는 것을 볼 수 있다. 대부분의 논자들이 모두 그의 묘사 방법의 특수성에는 착안하고 있으면서도, 그의 이른바 다원묘사40), 점액질적인 묘사가 어떻게 인물묘사에 반영되는가에 대하여,구체적인 검증을 거친 작업은 전혀 없다고 해도 과언이 아닐 정도라는 것이다.

formal realism은 묘사의 방법과 밀접한 관계를 갖는 것이고 리얼리즘의 속성이 중립성과 불편부당41), 태연자약의 객관주의42), 외면화 현상 등에 있는 만큼 형식적 리얼리즘의 창작 과정은 대상의 구체화, 감각화를 시도하는 묘사 기법의 확립 과정과 불가분의 관계에 놓이게 된다. 그렇기 때문에 리얼리즘 문학인 소설에서 우선 인물을 어떠한 방식으로 묘사하였는가, 곧 그 성격이 어떻게 외면화되고 있는가를 따져 보는 일은 소설의 성공 여부와도 직결되는 문제이므로 매우 중요한 것이라 하겠다.

그럼에도 불구하고 작중인물의 묘사 연구가 본격적으로 이루어지지 않았다는 것은 비단 염상섭에 국한되는 것43)이 아닌 한국문학 연구라는 전체에서도 부족한 문제이다. 인물의 묘사 방법을 고구하는 작업이 필요한 이유는 소설에서의 인물의 중요성과, 그런 사실에도 불구하고 인물의 묘사 방법에 관한 구체적이고 실증적인 검증이 부족하다는 사실에 있다.

---

40) 이는 김동인의 용어로, 동인은 상섭과 도향의 문체가 여기에 포함된다고 하면서 작자가 때와 경우를 구별하지 않고 아무 데서나 아무 때나 그 작중 어느 인물을 통해서든 '描寫의 筆을 加할 수 잇는 方法'이 바로 다원묘사라고 하였다.:김치홍 편저,《《김동인 평론전집》》,삼영사.1984,45면 참조.

41) 이는 모든 제재의 대등성이다.이것이 '모든 것을 다 이야기할' 의무를 지닌 자연주의 문학으로 하여금 모든 가치에 대한 중립성을 견지하게 하고 선택권을 보류하게끔 하는 것이다.:강인숙,《《자연주의문학론》》,149-150면 참조.

42) Wayne C.Booth,《《앞의 책》》,77-99면; 그는 중립성이란 선하고 악한 모든 것을 공평무사하게 보고하려는 시도를 말하며 불편 부당은 보편적인 사랑,연민,관용으로 아무의 편도 들지 않는 것이며 태연 자약이란 인물들과 이야기의 사건 들에 대해서 태연한,흥분하지 않는 감정이라고 하면서 어느 것 하나도 완전할 수는 없다고 하였다.

43) 일반적인 작중인물의 성격에 관한 연구는 곽종원의 〈소설의 작중인물고〉(예술원 논문집, 대한민국 예술원,1963.9)과 박동규의 〈현대 한국소설의 성격에 관한 소고〉(관악어문 연구2집,서울대 국문과,1977.12) 등을 비롯하여 소수가 있을 뿐이다.

제1장 1920년대 문학의 특징

한국 현대사에 있어서 1920년대는 역사적인 의미와 문학적인 의미에서 가장 중요한 시기의 하나이다. 이 시기에는 식민 초기라 할 1910년대와는 달리 조선인들의 역사의식이 크게 상승되게 되었던 것이다. 그 배경을 살펴보기 위해 1905년 1차 한일협약 이후의 국내 상황을 살펴보고자 한다. 문학사는 바로 근대사회사[1]라고 한 김윤식의 말을 빌지 않더라도 우리 근대문학사가 지니는 시대적 특수성을 감안할 때 당시의 시대상황을 살펴보는 작업은 충분한 의미를 지닐 것이기 때문이다.

먼저 역사적 상황을 보기로 하겠다. 1910년 8월 29일 조선의 자주권을 강탈한 日帝는 조선을 식민지화하면서 1910년에서 1918년에 이르기까지 대대적인 토지조사 사업을 실시하였다[2]. 그것은 帝國主義의 초기단계에서 아직 식민지에 대하여 산업자본을 투하할 여력이 없는 경우에 원시자본 축적을 위한 수단으로써 "직접적이고 노골적이며 폭력적인 수탈"[3]이었던 것이다. 무단정치로 통칭되는 이 시기는 우리민족에게 있어서는 장래성을 상실당한 암울한 시대로 상징된다. 한편 20년대로 이어진 일본 군국주의는 그들이 무모하게 발발시킨 전쟁으로 인하여 모든 산업의 수요를 군수산업에 집중시킴으로서 자원부족에 허덕이게 되었고, 특히 식량난은 극심한 정도에 이르게 되었다. 日帝는 그 부족을 일제가 식민지에서 벌인 착취와 수탈로 메꾸려하였고, 그 계획을 실천하기 위하여 식민지에서의 수탈 구조는 잔학하고도 치밀한 것이었다. 동양척식회사를 확대운영하고, 산미증산정책 등의 수립을 통해 조선미의 수탈을

---

1) 김윤식,《《한국근대문예사조사연구》》,한얼문고,1973,591면 참조.
2) 김명인, 〈1930년 전후의 농민운동과 그 소설적 형상화〉, 임헌영,김철외,《《변혁주체와 한국문학》》,역사비평사,1990,182-185 면 참조.
3) 김철,〈문학상에서의 3.1운동〉,한국역사연구회 역사문제연구소 엮음, 《《3.1민족해방운동연구》》,청년사,1989,1면 참조.

교묘히 자행하며, 전 조선 민중의 삶을 위축시키는 동시에 생존 자체를 위협하였다4). 한 마디로 이 시기는 역사적으로 중요한 위기의 시기인 동시에 변질적인 시기였던 것이다.

다음으로 1920년대의 의미를 문화적인 면에서 살펴보면, 식민 초기인 1910년대는 언론의 암흑시대이자 언론부재시대였다. 조선인들로서는 식민지 국민으로서 눈과 귀를 봉쇄당하고 '알권리'를 송두리째 빼앗긴 시대였으므로 외국문물의 이입이란 거의 불가능할 수밖에 없었던 것이다. 그러나 이러한 무단정치는 결과적으로는 전통적 농업사회인 조선에 '정치'라는 개념을 인식시키는 역할을 하였다. 동시에 한국인의 전체적인 의식을 상승시키게 되어 상층 계급만의 혁명이라 할 갑신정변이나 농민층에서 비롯되어 하층에 국한되는 것으로 해석되는 동학혁명과는 근본적으로 구별되는 초계급적이고 전민족적인 기미독립운동을 자극하는 하나의 動因이 되었다. 한민족의 "전체적인 자각의 표현"5)이라 할 이 3·1운동은 윌슨의 민족자결주의라는 당시의 세계적 조류에 따르고자 하는 민족적 의지의 표현이었음에도 불구하고 운동을 일으킨 후에도 민족들이 기대하던 구체적이고 현실적인 효과를 거둘 수는 없었다. 그러나 조선민족 전체로 하여금 민족적 동질성에 기초한 자기인식을 새롭게 할 수 있게 함으로써 민족전체의 자기각성, 식민현실의 비판적 인식을 바탕으로 한 적극적인 민족의식 구현을 가능하게 하였다6). 뿐 아니라 3·1운동 이후 방향을 바꾼 일제의 이른바 '문화정치'7)는 다소나마 지식인들의 지적인 욕구를 방출할 돌파구를 만들어 주는 것이 되었다. 그 좁은 틈을 타서 일간지와 잡지가 많이 창간되기도 하였고 일본과 일어를 통해서나마 우리 문학은 서구와의 문화충격을 맛보게 되었는데 이것은 20년대 작가들을 직접 간접으로 자극하고 결과적으로 우리 문학사에서 1920년대 문학을 가장 특징 있게 만드는 요소

---

4) 박태상,《《한국문학과 죽음》》,문학과 지성사, 1993,434-444면 참조.
5) 《《위의 책》》,106면.
6) 권영민,《《한국현대문학과 시대정신》》,문예출판사, 1983,21면 참조.
7) 이때 부임한 총독 齊藤實이 일본에 병력증파를 요청하고 헌병·경찰제도를 강화한 것으로 보아 당시 그들이 표방한다고 하던 문화정치라는 것이 얼마나 허구에 찬 것이었는가를 알 수 있다.

가운데 하나가 되었다.

1920년대의 서양문화 移入(번역까지 포함하여)相은 아직까지 보지 못한 熱氣와 隆盛을 가져와 마치 防波堤의 水門을 열어 놓은 듯 도도하게 이 땅으로 몰려들어 그 특색을 정립할 수 없을 정도로 다채로왔으며, 잡지를 발표의 廣場으로 한 단편 번역과 논문, 그리고 각 출판사에서 발간한 單行本 등 르네상스적 현상을 현출하고 말았다. 이 시대의 특색으로는 번역이나 論著가 대부분 전공자에 의하여 이루어졌다는 것이다. 10년대와 같은 一人獨舞臺의 시대는 이미 사라진 것이다8).

그런데 식민통치하에서 어쩔 수 없이 금지되었던 외국 문화가 수입되고 지식인의 문화적인 배출구가 갑작스레 허용되고 개방되면서 그 역기능이라 할 아노미 현상이 나타나게 되었는데 이것은 문학상에 커다란 혼란을 가져왔다9). 결국 한국문학사에 있어서 1920년대는 한국문학사상 전 영역에 걸쳐 가장 잡다하고 혼란된, 문학사조의 혼류·범람기가 되어야 했던 것이다. 그러나 그러한 외래문화의 유입이 위의 인용에서처럼 대부분 전공자에 의하여 번역되고 저술됨으로써 소설적 세계의 폭이 넓어지고 수준이 높아지는 등10) 문학이론의 본령에 접할 수 있게 하였다는 면은 20년대 문학을 10년대까지의 그것과 질적으로 구별되게 만드는 요인이 됨을 볼 수 있다. 이것을 확인하기 1910년대 소설과 그 이전의 신소설의 경향을 간략하게나마 일별할 필요성이 제기된다.

명칭만으로도 그것이 지향하는 것이 무엇인지가 뚜렷이 보여지는 '신소설'은 한국문학에서 지나칠 정도로 평가절상된 찬사와 갈채를 받아왔다. 그것이 주로 다루고 있는 내용은 신구의 대립·갈등의 부각, 새것에의 지향으로 대략 요약할 수 있는데, 그러한 작업은 소설사적 자리매김에 있어서 나름대로 중요

---

8) 김병철,《한국 근대 서양 문학 이입사 연구》,을유문화사,1980,189
9) 정한숙,《현대 한국 문학사》,고대출판부,1982,10면 참조.
　　조선 말 쇄국정치를 표방하던 대원군이 외압에 의해 밀려나면서 분별없이 그리고 물밀듯이 수입된 외국문화가 기존질서와의 사이에서 전통의 붕괴, 사회적인 아노미 현상을 일으켰던 것과 꼭 같은 현상이 20년대 문학상에 나타났던 것이다.
10) 윤홍로,《한국 근대소설 연구》,일조각,1984,289면.

성을 가진 것이라 하겠다. 그렇지만 당시가 식민지 치하라는 특수 상황임을 생각해 볼 때 민족적인 것이라 할 전통과 보수를 무조건 '완고'로 치부한 채, 외래적이고 '일본적'이라 할 외국유학의 찬양이나 서구물질문명에만 지나치게 경사되었던 것은 신소설을 반드시 긍정적인 것으로만 볼 수 없게끔 만드는 문제를 가지고 있다. 신소설이 그렇게 개화와 계몽을 지향하다 보니 서구나 일본에 대한 준거성향이 두드러져서 韓日合倂이라는 국권 상실의 위기의식이나 그것에 대하여 눈에 보이게, 또는 보이지 않게 대응하는 민족의식이라는 문제에 대해 고의적으로 외면하고 있다[11]는 사실, 게다가 더 나아가 일본의 조선 식민지화에 대한 합리화 현상과 범죄와 폭력의 고양현상[12]은 마땅히 지탄 받아야 할 것으로 사료된다. 신소설의 대표적 작가인 이인직은 말할 것도 없고, 신소설 작가로서는 그 정신세계가 가장 긍정적인 작가의 한 사람인 이해조의 경우도 한일합방을 경계로 민족의식보다는 식민지 문학으로서 적응된 글로 추락의 길을 걷게 되는 것을 볼 수 있다[13]. 그는 독립이나 국권 보존에 관한 민족의 자생적 역량에 회의를 갖고 신파극과 복수담 수준으로 작품의 질을 떨어뜨리면서, 그런 작품 내에서 주인공이 위기에 빠지는 순간이면 절묘하게 나타나 구원의 손길을 내미는 동정적 구원자로서 일본인을 설정하고 있는 것을 보게 된다. 이를 통해 이해조는 그가 지향하고 있는 것을 웅변으로 말해 주는 것이다.

한편 1910년대의 이광수는 근대문학의 대표적인 인물로서 군림하여 활동하였음에도 불구하고 신소설과 멀지 않은 거리에서 문학활동을 하였다. 신소설과 마찬가지로 이광수 역시 식민지 치하 민족적인 굴절을 작품에 반영하고 있지 않은채, 진공 같은 배경을 설정하는 역사의식의 부재를 보이고 있다. 이 시기 이광수는 "신소설의 과도기적 성격을 거의 완전히 청산하는 동시에 근대소설의 출발을 알렸"다고 평가되는 대표작 〈무정〉을 통해서도 "조만간 극복되어야 할 대상"이라 할 계몽성을 신소설과 공유하면서 그에 반해 전통적이고 재래

---

11) 조동일,《《한국문학 통사5》》,(주)지식산업사,1990,97면;여기서는 신소설의 상업주의적 폐해와 더불어 시대에 대한 문제의식 상실을 중요한 부정적면모로 보고 있다.
12) 이재선,《《한국 문학의 지평》》,새문사,1981,84-85면 참조.
13) 최원식,《《한국 근대소설사론》》,창작과 비평사,1986,118면 참조.

의 것은 무조건 부정하고 있음[14)]을 보게 된다.

이광수와 신소설 작가의 공통점은 둘이 모두 작품 내에서 식민지 치하의 민족적 굴절을 생략하여 흡사 진공과도 같은 시대적,역사적 배경을 보이고 있으면서도 그러한 역사의식의 부재를, 개화의 중요성 강조와 계몽에의 기치를 높이 드는 것으로 주의를 환기시키고 있다는 점이다.

이에 비하면 염상섭이 작품활동을 시작한 1920년대의 소설들은 그 의미가 특별한 것이라고 아니할 수 없다.

이 시기의 문인들, 1910년대의 소설문단의 독주자라 할 춘원 이광수를 비판하면서 문단활동을 시작한 김동인을 비롯한 염상섭,현진건,나도향,최서해 등은 제각각 다양한 문학적 경향과 성격을 가지고 있었다. 물론 그들은 사상적으로 민족적 · 문화적 허무주의에 열등감까지 더해져서, '적국'이라 볼 수밖에 없는 일본국의 신문화에 경도된[15)] 입장이었고, 민족적 현실에 대한 통찰력이라든지 시대에 대한 인식도 미숙했던 것이 사실이다. 게다가 그들 대부분 연령 면에서 약관의 치기어린 나이에 속해 있었고, 문학적으로도 습작단계에 있거나 간신히 습작 수준을 넘어선 단계[16)]였기 때문에 역사의식의 희박 뿐 아니

---

14) 이형기 외,《한국 문학 개관》,어문각,1988,37면.

15) 이에 관하여 김윤식은 다음과 같이 말한 바 있다.
'우리 근대 문학 담당자들은 고아였고, 현해탄을 건넜고, 아비를 죽인 에디프스적인 운명에 놓여 있었다. 아비를 죽인 일본 제국주의를 신주 모시듯 신봉하며 그것을 제도적 차원에서 배워 몸에 익힌 계층이 바로 일본 유학생 계층인 만큼 그들은 에디프스적인 운명에서 결코 벗어날 수 없다.' 그리고 그러한 이중성이 염상섭을 비롯한 조선 지식층의 진실이며 그러한 사실을 직시하고자 한 작가가 바로 염상섭이라고 하였다.;《염상섭 연구》,서울대 출판부,1986,386면 참조.
또 강인숙은 염상섭이 일본의 동경을 유토피아와 같은 것으로 인식하게 된 요인을 동경의 근대성에 대한 매료, 학문의 새로움, 신풍조, 신사조, 신문학의 감흥, 문학적 자아의 개안, 자유로움 등으로 보았다.;강인숙,《자연주의문학론II》,고려원,1991,113-115면 참조.

16) 김동인은 "나는 자라난 가정이 매우 엄격하여집안의 하인배까지도 막말을 집안에서 못쓰게 하여 어려서 배운 말이 아주 부족한 데다 열다섯살에 외국에 건너가 공부하니만큼 조선말의 기초지식부터 부족하였고 게다가 표준말(경기말)의 지식은 예수교 성경에서 배운것뿐이라, 어휘에 막히면 그 난관을 뚫기가 아주곤란하였다"(김동인 전집8권,395) 라고 진술하고 있는 바 여기서 볼 수 있듯이 그들의 어학적인 기초조차 의심할 만한 것이다. 어학적 감수성이 예민한 나이에 외국문물과 외국어를 먼저 접하게 되니 "구상은 일본말로 하니 문제 안 되지만 쓰기는 조선글을 쓰자니(...)거기 맞는 조선말을 얻기 위

라 문학적인 면에서도 뚜렷한 한계를 가지고 있었던 것은 부정할 수 없는 문제이다.

그러나 식민지 치하라는 것은 지식인이 생활하기에는 더욱 한계적인 상황일 수밖에 없음을 다시 한번 상기해 볼 때, 지식인인 그들이 식민 상황의 음울을 배출하기 위하여 의욕적으로 작품활동을 했다는 것17), 그리고 소설가로서 그러한 시대적 pessimism을 소설의 본령이라 할 리얼리즘과 연결시키려 했고 소설에 있어서 어느 정도는 리얼리즘의 요건을 갖추게 되었다는 점 등은 주목해야 할 줄로 안다. 사조적 본류와 문학적 의욕의 소산이라고 볼 수 있는 기법적인 여러가지 실험 단계를 거치고 난 후인, 20년대 중반 이후에 이르러서 작가들은 당대 사회의 여러 국면들과 그 속에서 살아가는 개인들의 일상적 삶의 모습들을 엄격한 식민지 치하임에도 불구하고 보다 사실적으로, 치열하게 묘사하고 있는 것이다.

어떤 형식으로든 그들이 따르려고 하였던 이 리얼리즘은 사실 그대로의 정확한 인생을 재현하고자 하는 진실 존중, 객관성과 합리성 존중18), 보편 존중의 사조이며 프랑스 대혁명 이후 부르조아들의 liberalism과 부합하는, 典範이 없는 양식이다. 소설의 근본적인 발전과 불가분의 관계를 지니는 리얼리즘은 예술보다도 진실에 무게를 두고 가치중립적인 태도를 지지하기 때문에 선택권이 배제되고 그러다 보니 디테일의 묘사가 많아지는가 하면 객관적인 외면화

하여서 많은 시간을 소비"해야 했던 것이다. 게다가 염상섭의 경우는 그러한 어학적인 취약성에다 전통에 대한 지식까지 박약했던 것을 볼 수 있다.

17) 여기에 관해서는 다음과 같은 염상섭의 진술을 참조할 필요가 있다.
근未의 3·1운동을 계기로 하여 갱생·신생의 蔚然한 발흥기세가, 必底로부터 터져나오고 치밀어 오르던 그 한 고비의 심각하고도 처절하였던 煩惱와 분노와 절규가, 거칠고 숨가쁜대로 토로될 창구멍은 오직 문화방면이었었고 그 중에서도 문학의 분야에서 그 배설구를 찾으려 할 수 밖에 없었다:〈橫步文壇回想記〉,《〈사상계〉》1962.11.105-106면:
근未動搖는 민족의식, 사회의식, 개인의식 어느 것을 막론하고 큰 충동을 주니만치, 이 시기를 중심으로 하고 文學上에 새로운 機輻, 새로운 발전이 있은 것도 당연한 바이니, 조선의 문예부흥을 근未年을 중심잡음도 또한 당연한 견해라 하겠습니다:〈文壇10年〉, 《〈學海4〉》,1937.12면.
18) 외면화, 합리주의에 관한 글로는 호메로스의 오딧세이와 구약성서의 창세기를 비교하는 아우에르바흐의 〈odyssey's Scar〉(《〈Mimesis〉》,김우창·유종호 역,민음사,1987.1장) 참조.

현상이 필수적 요건이 된다. 아이언 와트는 현대소설의 가장 확실한 관습이 fo
rmal realism에 있다고 하면서 이를 소설의 최대공약수로 간주[19]하고 있거니
와 그의 말 대로라면 모든 나라에서 형식적 리얼리즘의 확립 시기가 현대소설
의 확립 시기가 될 것은 자명한 사실이 되는 것이다.

한국의 경우도 그 예외는 아니어서 현대소설의 정착기과 형식적 리얼리즘은
언제나 유기적인 관계를 지닌 것으로 고찰되어 왔다. 한국 문학은 개화기 이
후로 서구적 현대소설 기법인 이 리얼리즘을 변용하여 문학의식 변모에 상응
하면서 성장해 나갔으며, 1920년대에는 형식적 리얼리즘이 정착되고 따라서
본격적인 의미의 노벨이 형성되었다고 볼 수 있다. 한국에서 1920년대의 소
설이 리얼리즘을 지향하게 된 조건으로는 3.1 운동이라는 민족적 거사의 실패
후에 조선인들이 식민 현실에 대하여 보다 뚜렷이 직시하게 되었다는 것과 함
께 일제에 의한 정책상의 변화, 곧 표면적인 것에 불과하나마 문화정책으로
전환하면서 그로 인하여 저널리즘이 확대되고 보급되었다는 것 등 여러 가지
요인을 들 수 있는데 한국문학에서 1920년대가 현대문학의 전환점이 되었다
는 논의는 이것을 하나의 근거로 하는 것이다.

문학사의 시대구분론에 있어서의 이른바 '현대문학' 또는 '근대문학'이란 곧
문학의 '근대성'을 가진 것으로서 단순한 연대적 개념에서 뿐만 아니라 현대
적인 삶과 관련된 문학으로서의 어떤 본질적인 특성을 가진 것이며, 과거의

---

19) 아이언 와트는 고전적 세계의 객관적, 사회적, 대중적 방향성이 보다 주관적이고
   개인적이며 고급적인 성향으로 변화된 사실에 주의하면서 개인의 체험세계에 대한
   관심의 증폭현상이 소설의 발생에 중요한 여건이 된다고 하면서 개인주의, 경험주의와
   소설의 관련성을 깊이 고구하였다. 그는 형식적 리얼리즘의 특징으로 인간의 개인적인
   경험Individual experience, 새로운 전망New literary perspective, 완전히 개성화
   된 실체로서의 등장인물Characters as completely individualized entities, 특정한
   시간particularized time, 특정한 공간particularized place, 사실적 산문체realistic
   prose style 등을 들었다.:Ian·Watt,《《The Rise of the novel》》,A Peregrene
   Book,1966 참조.:
   루카치 역시 예술의 반영적 국면이 내용적 차원에 한정되는 것이 아니라 형식적 차원에
   까지 걸쳐 있음, 곧 형식의 객관성을 해명한 바 있다.:루카치,《《예술과 객관적 진리》》,
   이춘길 편역,《《리얼리즘 미학의 기초이론》》,한길사,1987.43-77면 참조.: 사실상 리얼
   리즘의 갈래는 수없이 많지만 그것의 공통되는 것은 형식적 리얼리즘이라고 할 수 있다.

문학과는 이질적인 변화나 질적인 이행이 실질적으로 이루어진 문학이어야
할 것이다[20].

이것은 기존의 통설적인 시대구분론-곧 년대기적이나 왕조중심적인-에서 한
걸음 나아가 작품 내재적인, 그리고 질적인 "어떤 본질적인 특성"을 가지고
'근대문학'이니 '현대문학' 등의 시대구분이 이루어져야 할 것[21]을 지적하는
것이다. 이때 말하는 "현대적인 삶과 관련된" "어떤 본질적인 특성"이라 함은,
인물에서 영웅적 형상의 약화라든지 배경의 當代性, 플롯의 하향성 등을 가리
키는 것이다[22]. 인물의 영웅적 형상의 약화는, 서구소설의 발달사가 주인공의
신분하락 과정에 다름 아니라는 이야기와 맥을 같이하는 신화적, 민담적 인물
설정의 해체와 성격 중심의 개성화를 의미한다.

---

20) 이재선,《《한국현대 소설사》》,13면.
21) 이점에 관하여 G.S.Fraser는 그의 저서에서 다음과 같이 말하고 있다.
   문학에서 근대성이라고 부르는 것은 모든 나라에서 공통된 특질을 갖는다.(…)우리가
   어떤 작품을 '근대'라고 묘사할 경우 우리는 그 다소 모호하지만 어떤 내재적인 특징
   에 기인하는 것으로 하는 것이다. (What we call modernity in literature has
   common characteristics in all countries.(…) When we describe a work as
   'modern' we are ascribing,however vaguely,certain intrinsic qualities to
   it.);《《The Modern Writer and His World》》,(a Pelican Book,1968),12면.
   '근대'와 '근대성'의 문제에 관해서 H.Jauß는 다음과 같이 정리한 바 있다.(근대 : 오늘
   날의 것과 어제의 것 사이,시시각각의 새로운 것과 옛것사이의 경계(…)새롭게 등장한
   것과 바로 그러한 등장을 통해서 유통에서부터 배제된 것 즉 어제까지는 활성적이었으
   나 오늘에 와서는 이미 낡아버린 것 사이의 경계를 나타내 준다(20면)/근대성 : 이 두
   낱말(la modernité와 die Moderne…곧 근대성,인용자 주)은 연대기적으로 볼 때,역
   사적인 이해의 중재 없이는 더 이상 접근할 수 없는 그러한 과거로부터 우리가 친숙해
   있는 역사적 세계에 대한 인식을 가르고 있는 지평의 경계 안에 모습을 드러내고 있
   다.;Hans Robert Jauß, 《《Literarische Tradition und gegenwärtiges
   Bewußtseinder Modernität,in Aspekte der Modernität》》, ed.H.Steffen,
   Göttingen,1965.장영태 역,《《도전으로서의 문학사》》,(문학지성사,1983),16면.
   특히 근대문학이라 함은 1914년의 '제1차 세계대전' 발발 이후로 쓰여진 문학에 붙여
   지는 용어이며 이 시기는 주제와 형식 면에서 꾸준하고 多次元的인 실험이 그 특징이며
   문학의 여러 장르에서 주요한 업적을 남긴 시기라 할 수 있다;M.H.Abrams,《《문학비
   평용어사전》》,(앞의 책) 참조.
22) 강인숙,《《자연주의 문학론》》 참조.

제2장 염상섭과 인물묘사방법의 문제

1920년대 작가로서 근대성, 근대문학이라는 것과 연관지을 때 제외시킬 수 없는 작가가 바로 염상섭이다.

우선적으로 그의 전기를 간략하게 살펴보면[1]. 그는 외세의 틈바구니에서 갈등을 겪던 우리 민족 정신에 의해 마침내 동학혁명이 일어나면서 민족의 의식적 각성의 분위기가 다분했던 1897년, 서울에서도 4대문 안인 종로구 필운동에서 염규환과 경주김씨의 8남매 중 넷째로 태어났다. 중추원 의관을 지낸 조부로부터 한문을 먼저 배우고 보통학교와 중학교를 다니다가 16세에 일본에 유학하고 신학문에 접하게 되었다. 그가 문단에 등단한 것은 〈'정사의 작'과 '이상적 결혼'을 보고〉라는 평론에서 비롯한다. 평론의 발표 직후 평론계의 주목을 끌며 평론을 계속 쓰다가 창작으로 눈을 돌려 단편 〈표본실의 청게고리〉를 발표하고부터 소설가의 길을 걷기 시작한다.

김동인에게 위협의 대상이 되기도 하였던 이 〈표본실의 청게고리〉로 1921년 데뷔한 그는 1920년대에만 27편의 단편을 발표할 정도로 의욕적인 창작활동을 보이고 있다. 해방 이전까지 우리 문단에서는 단편을 순수문학으로 간주하여 온 것을 생각하여 볼 때, 이렇듯 단편을 많이 썼다는 사실은 그가 문단의 정통적인 코스를 밟아 온 작가임을 알게 한다. 하지만 그의 작품 가운데 단편소설의 양이 월등히 많으며 그것이 독자적인 어떤 典型性을 이루고 있음에도 불구하고, 역시 작가로서 염상섭의 진면목을 볼 수 있는 것은 장편소설에서라 할 것이고 그의 소설사적인 의미망 역시 장편소설에 직결되는 것임은

---

1) 인물묘사방법과 염상섭의 전기는 어찌 보면 전혀 무관할 듯이 보이지만 사실은 모델과 작중인물의 거리라든지 작품의 배경과 작가의 배경 등의 연관의 면에서 그 둘은 매우 긴밀한 연계 속에서 논의되어야 마땅하다. 그러나 김윤식교수와 강인숙교수의 저작에서 이러한 것들은 매우 다각적으로 중요한 의미 부여와 함께 정리된 바 있다. 그래서 여기에서는 그것을 다시 반복하는 것을 피하기로 하고 필요한 최소의 것만 짚고 넘어가기로 한다.

부정할 수 없는 문제이다.

그의 장편소설은 우선, 양적으로도 무시할 수 없는 분량인 것을 볼 수 있다. 염상섭은 당시로서는 매우 예외적인 경우로 장편소설로서 자신의 작품세계의 진면목을 펴 보인, 몇 안 되는 작가 가운데 하나였던 것이다2). 그는 40년이 안 되는 전창작생활 가운데 27편의 장편을 남기고 있으며 그 가운데 반수 이상의 것이 해방 이전에 쓰여진 것이다. 장편소설을 주로 썼다는 점에서 그는 해방 이전의 한국 작가로는 특별한 경우에 해당되는데 그것은 그가 신문사와 잡지사에 근무함으로써 지면을 확보하기가 용이했다는 외부적인 여건과 함께 만연체 문장, 점액질적인 묘사, 이른바 다원주의라 일컬어지는 묘사 방법 등 작가로서의 소질과도 무관하지 않다.

염상섭의 장편소설이 한국문학사에서 차지하는 자리는 첫째로, 그가 장편을 통해 긍정적이든 부정적이든 전통의식이라는 뿌리에 기초한 모랄과 함께 서구적 현대소설의 방법을 소설에 흡수3)하였다는 것이다. 그의 장편을 살펴보면, 문예사조의 혼란기인 1920년대에 위치하면서도 비교적 뚜렷이 하나의 사조-리얼리즘-로 일관된 많은 작품을 남겼음을 알 수 있다4).

둘째로는 삶과 문학의 관계에 대한 인식 문제이다. 혹자는 그의 단편소설의 특징을 고구하는 자리에서 '기술의 철학'은 얻었지만 '시대적 현실'을 놓치고 있다5)고 이야기하였는데, 염상섭의 장편소설에서는 그러한 것이 극복되고 있음을 볼 수 있다. 일례로 빈궁 문제를 가지고 볼 때, 그의 〈조그만 일〉, 〈밥〉 등의 단편에서는 그 가난의 근본적인 문제가 사회문제로 확산되지 못하고 '생활

---

2) 염상섭은 당시의 작가 가운데 작품을 통해 알 수 있는 작가의 知的精神史가 긍정적인 것으로 받아들여질 수 있는 거의 유일한 소설가이다:김병익 외,《〈위의 책〉》,233면 참조.: 그것은 염상섭이 식민지 조국 현실을 '전야적'인 것으로 파악하고 문학화함으로써 미학적인 통로로 自救의 길을 택하였던 다른 작가들과 달리 문학에서의도덕적 정통성을 획득하고 있음을 의미한다:이동아,《〈현대소설의 정신사적 연구〉》,一志社,1989.242-259면 참조.

3) 이동아,《〈현대 소설의 정신사적 연구〉》,일지사,1989,241면 참조.

4) 김동리도 그의 중요한 특징으로 '리얼리티'를 제일 먼저 꼽고 있으며 《〈성하의 작담〉》,문예,1949.8) 김성근도 염상섭이 리얼리즘의 묘사적 측면 가운데서도 성격묘사에서 극치를 이룬다고 하였다(〈현대조선문예개관〉,동아일보,1927.1.2.).

5) 이남호,〈염상섭 단편소설의 특징〉,권영민 편,《〈앞의 책〉》,235면.

인으로서의 능력' 유무의 차원으로 축소되곤 하였는데 이것은 작가가 당대 구조적 모순에 의한 한민족 궁핍을 피상적으로 인식한 결과라고 보여진다. 그러나 그의 장편에서는 생활 문학으로서의 태도가 심화되어 돈과 계층문제로 현실이 형상화되는 것을 보게 된다6).

셋째로는 통속성의 극복 문제이다. 그의 장편은, 서론에서 밝힌 것 같은 신문연재 소설이라는 특성으로 인한 상업주의적인 요소보다는 식민지 현실과 그것을 살아가는 개인들의 삶의 양식들이 작가의 리얼리즘이라는 프리즘을 통해 치열하게 묘사되고 있다고 할 것이다. 이땅의 신문연재소설이 거의가 통속소설이었다고 할 것이나 상섭의 것은 신문에 연재되었음에도 단순한 상업주의 문학 이상의 의미를 지니고 있었다. 상섭 장편소설의 내용은 대중적 흥미를 끌기 위한 것이 아니었고, 3·1운동 이래의 식민지적인 현실이라는 일상적 삶이었다. 그러한 "가치중립적인 일상적 삶"을 파악하고 그려내는 일이 염상섭 장편이 담당했던 몫이었던 것이다7). 또한 염상섭의 작가적 생리가 대중성과 결부되려 하지 않은 것에 그 원인을 둘 수 있겠다. 대중성을 얻으려면 보편적인 민중적 이상이 있어야 하는데 그것은 묘사적이고 정밀한 관찰보다는 설명적인 표현방식과 흥미있는 비약이 요구8)되는 것이다. 그러나 주지하다시피 상섭은 정밀하고 꼼꼼한 디테일에까지 미치는 묘사에의 관심과 관찰만을 특징으로 하는 작가였던 것이다.

넷째로는 1930년대 소설과의 관계상의 중요함이다. 한국문학사상 1930년대가 한국 지식인 소설의 개화기, 또는 본격적인 의미로의 장편소설이 이루어진 시기로 보는 것이 타당할진대 이미 1920년대에 장편소설이라는 장르 속에서 식민지 지식인의 전형이라 할 룸펜 인텔리겐차며 가치관의 혼돈시대를 살아가는 여러 인물들을 집중적으로 천착해 나간 염상섭은 30년대의 문학적 성과를 논의함에 있어서 전초병적인 의미로서 생략될 수 없는 작가이다.

---

6) 상섭이 이렇듯 돈의 유통과 계층 이동에 대한 탐구라는 근대소설의 주요한 테마를 날카롭게 포착할 수 있었던 것은 그가 속했던 식민지 중산층의 세계관과 관계되는 것으로 보인다.:김용구,〈현실인식의 비상과 추락〉,권영민 편,《《앞의 책》》,172면.

7) 김윤식,《《염상섭 연구》》,512-513면 참조.

8) 조연현,《《한국 현대 문학사》》,성문각,1974,385면 참조.

1920년대라는 시대는 어느 정도 한국사회의 앞이 지평에 드러나면서 일제의 검열하에서도 소설의 반영적 기능이 가능한 시기였다. 이 시기의 염상섭이 장편을 선택한 것은 하나의 소설적 응전력이라 보여진다는 것9)은 타당한 견해라고 보아진다.

상섭과 인물묘사의 관계는 장르와 연관된 문제 뿐 아니라 그의 문체상의 특징에서 짐작할 수 있다. 문체란 자신을 표현함으로써 자신이 속한 계층을 위해 일하며, 곧 자기 계층의 언어로 사고하는 것10)이라고 할 때 개인어와 개인문체는 보편적 진리의 붕괴를 의미한다. 그런데 염상섭이 구사한 문장은 개인의 삶에서 출발한 생활체이면서도 만연체적인 점액질 문장이었다. 이것은 염상섭 특유의 지루함 속에 숨어 있는 부정정신이나 비판 정신의 표현이라 할 것이며, 작가 염상섭의 기질적인 것과 유관한 문제라고 볼 수 있다. 어쨌든 사물에 대한 꼼꼼한 관찰의 결과인 염상섭 문체의 이러한 특징은 내용면에서의 "동통과 같은 무게"11)와 함께 상섭 소설의 중요한 특징이 된다. 그것이 인물묘사의 문제에 연결되는 것이다.

다음으로 염상섭이 노벨의 선두주자로 사실주의적 묘사에 관심이 많았다는 사실로 그가 인물묘사의 방법에 깊이 관련되어 있었음을 알 수 있다. 리얼리즘 작가로서 염상섭은 그 시각의 객관성으로 작품 속에서 '그저 어중간한' 인물이 등장하지만 그 재창조 능력은 탁월하다. "문학이란 한 마디로 말하면 인생의 탐구요, 인생의 창조다", "하나의 새로운 인간형, 새로운 생활 형태의 창조가 곧 소설이요, 문학이다"12)라는 그 자신의 말에서도 소설가로서 그의 인물 창조에 대한 관심을 알 수 있다.

---

9) 김윤식,《한국 근대문학의 이해》, 一志社, 1974. 194면 참조.
10) 김윤식·김현,《한국문학사》, 154면 참조.
11) 김윤식과 김현은 상섭의 소설을 동통과 같은 무게와 순경아리 말씨의 연결이라는 측면으로 정리하면서, '중인 계급은 그 사회의 구조적 모순을 가장 잘 파악할 수 있는 위치에 있는 계층인 것이다. 그 계층은 그러나 끝내 정사에 참여하지 못한다. 신라 말기의 육두품이 고려 시대에 정당하게 대우를 받은 것에 비하면 꽤 비극적인 상황이다. 그러나 사태는 눈에 보인다. 그래서 동통과 같은 정신의 아픔이 시작된다'고 말하고 있다.; 《위의 책》, 157면.
12) 염상섭,〈소설과 인생〉, 서울신문, 1958. 7. 14.

(상섭의 소설은…인용자 주) 감동을 주지 않는 寫眞에 가까운 맹점을 지니
고 있다. 主觀性을 排除한 데까지는 좋았으나 카메라의 렌즈가 사물을 捕捉해
내듯이 機械的으로 대상을 모조리 그려 내도록 만든 것은 큰 잘못이었다. 들
어간 俳優는 귀 밑에 사마귀가 있을 수 있고, 치마 끈이 보기 싫게 삐쳐 나와
있을 수도 있다. (…)視覺에 捕捉될 수 있는 사물을 모조리 文字化하는 것은
不可能하고 無意味하고 또한 藝術性을 抹殺시키는 일이기 때문이다.13)

이것은 상섭의 묘사 과잉을 지적한 글이다. 그러나 이때의 사마귀와 치마
끈의 언급까지도 "藝術性의 抹殺"이라기보다는 인물의 성격 묘사에 필요불가결
한 요소라고 본다. 그것을 통해서 인물의 다소 고집스러운 성격과 옷매무새에
조심성이 없는 성격 같은 것이 암시될 수 있는 것이다. 이러한 암시가 바로
리얼리즘 문학이 지향하는 외면화externalization요, 간접적인 묘사 기법이다.
그는 진작부터 이러한 기법을 인식하고 있었던 것이다.

염상섭의 인물 유형 창조의 문제에 관하여, 김현은 염상섭이 "전형적인 인간
보다는 전형을 만들 수 있는 정열 수난이, 다시 말하자면 한 시대의 문제가
어떻게 모든 인물들에게 확산해 들어가느냐 하는 점"에 관심을 가졌다고 하였
다. 그리고 그는 전형을 만들어내기보다 "한 뭉텅이의 인물"을 창조한 것이라
고 하면서 이는 한 시대의 문제를 인물들에게 확산시켜 들어가느냐 하는 점에
관심을 기울이는 것이라고 하였다. 곧 하나의 인물이 전형을 이루는 평판형의
인물이 아니라 도덕적인 의미에서의 절대적인 것의 부정 등의 사회적인 문제
를 함축하는 인물이라는 것이다.14)

---

13) 김우종,《〈한국 현대 소설사〉》,144면.
14) 김현,〈염상섭과 발자크〉,권영민 편,《〈염상섭 문학 연구〉》,298-229면 참조.
　　염상섭의 작중인물에서 전형을 찾을 수 있다는 시각도 없지 않다(김종균,《〈염상섭 연구〉》
　　와 김치수,〈자연주의 재고〉참고). 김치수는 다음과 같은 전형론을 밝힌 바 있다. 곧,
　　전형1 : 봉건적이어서 구습을 고집하거나 재래적 사회에서 경제적 여유를 누리는 부르
　　　　　　조아 계급
　　전형2 : 경제적으로는 전형1과 같은데, 서구 문물을 피상적으로 수용하고 무비판적이어
　　　　　　서 실패한 인물들
　　전형3 : 시대감각에 예민하고 사회의식이나 역사의식을 가지고 있는 지식인들
　　전형4 : 위의 전형들에 따라 다니며 그것의 영향 아래서 피해자의 입장이나 기생하는
　　　　　　입장에 위치하는 인물들(426면 참조)

그러나 그 말에서도 볼 수 있는 것은 상섭의 인물들의 시대적인 중요성에 다름 아니다. 상섭은 그의 어느 곳에서든지 인물이 구현하는 전형성과 기술이 보여주는 객관성이 보조를 맞추어 소설 현실을 구성하고 있는 것이 사실이라 할 것이다.

제3장 단편소설의 인물묘사방법 연구

　인물의 조건은, 우선적으로 동일성이 인식되어질 정도의 구체적 고유 명칭을 가져야 하며 전체적으로 공통되는 지속된 사고를 지니고 있어야 한다. 또한 그 인물의 존재가 작품 구성에 있어서 근본적인 계기를 제공하여야 한다. 소설에서 작중인물의 창조, 곧 성격의 창조는 소설의 성패를 가늠하는 중요한 위치를 점하는 것으로, 문학작품 내에서 가장 큰 비중을 차지한다. 따라서 작품속의 인물의 묘사를 살피는 일은, 과연 작중인물이 작품 속에서 살아 움직이는가 하는 문제 뿐 아니라 소설이 성공적으로 인물을 형상화 해내고 있는가, 또 그 인물을 통해서 작가가 하고자 하는 목소리가 어떤 방식으로 독자에게 전달될 수 있는가를 살피는 작업이 된다.

　본 장에서는 염상섭의 단편에 나타난 인물묘사의 양상을 고찰하고자 한다. 단편의 경우에는 인물묘사의 방법별로 그 양상을 고찰하였다.

a. 직접묘사

　작가가 이야기를 들려 주는 방법은 여러 가지가 있다. 소설의 초창기에 많이 쓰여졌던 내적 독백을 비롯한 내면 묘사, 내면화internalization 방법에는 직접 작가의 목소리에 의하여 전지적인 수법으로 이야기하거나, 회상의 수법으로 요약하는 것 뿐 아니라 작중인물의 내면을 묘사하는 수법이 포함된다. 즉 외면의 내면화, 요약 등의 수법이 이에 해당하는 것이다. 이것은 다시 허구화의 정도에 따라 전지적인 작가에 의한 직접적 한정·요약, 작품 속에서 실제로 이야기를 이끌어 나가는 목소리인 나레이터에 의한 직접묘사, 작중의 다른 인물에 의한 직접묘사로 구분될 수 있다.

  a) 전지적인 작가에 의한 직접적 한정, 요약

ⓐ 元來 E先生 專門은 史學과 社會學이었다. 그의 學生時代의 理想으로 말하
  면 決코 中學校 敎師라는 되다 찌부러진 敎育家가 되랴고는 아니하얏섯
  다. 그러나 東京에서 卒業한 後에 及其也 朝鮮 社會에 발을 드려노코 보
  니 모든 것이 꿈이엇든 것을 째다랏다. (〈E선생〉,염상섭전집 9권, 민음
  사,1987,114쪽)

ⓑ 속알싹지 업는 T선생은, 이러케 아니하얏드면 자기가, 어쩐 창피한 꼴을
  당하얏슬지, 그런 것은 꿈에도 째닷지 못하얏섯다.(〈같은 글〉,115쪽)

ⓒ 실업슨 소리를 할 째의 E先生은 정말 어린아이가타얏다. 거긔에는 족음도
  쑤미는 것이 업섯다. 이것이 E先生의 가장 아름답은 特長이요,동시에 天
  眞爛漫한 生徒들의 歡迎을 밧게 된 原因이엇다. 事實 그후부터 나날이 놉
  하가는 E先生의 好評은 職員끼리도 猜忌할 만하얏다. (〈같은 글〉,116쪽)

ⓓ E先生가티 激하기 쉽은 性質로, 그런 소리를 듯고도 웃고 지나치는 것은,
  生徒가 압헤 안젓기 째문에 體面을 차리느라고 그리하는 것 갓기도 하지
  만, E先生은 事實 怒할 줄을 모르는 사람이엇다. 그가 或時 자기의 生徒
  들이나, 妻子나 或은 同生들을, 얼굴을 붉히며 쑤짓는 째가 잇지만, 그것
  은 眞心으로 怒하야서 그리거나 미워서 그런 것은 아니엇다. 돌이어 사랑
  하기 째문에, 그는 그의 生徒를 責하고, 그의 妻子를 쑤짓는 것이엇다.
  (〈같은 글〉,117쪽)

  염상섭의 경우, 전지적 작가 시점의 글은 드문 편에 속한다. 그래서 작가에
의하여 온갖 정보가 다 주어지게 되는 예는 〈E선생〉에서 주로 찾아질 뿐이다.
ⓐ, ⓒ, ⓓ는 E선생을 직접적으로 설명하는 것이다. E선생의 전공과목과 함께
그의 학생시대의 꿈이 '되다 찌부러진' 교육가는 아니었다는 것, 유학을 다녀
온 뒤 식민지 지식인으로서 사회적으로 이상을 펼친다는 것은 한낱 꿈에 지나
지 않는다는 것을 깨닫고 교육가가 되게 되었다는 것 등이 이야기된다. 그리
고 어린아이와 같은 사심없는 성격으로 학생들에게 인기가 높다는 것과 그것

으로 다른 직원들의 질투를 받을 만하다는 것으로 앞으로의 사건 전개의 방향을 알려주기도 한다. 그런가 하면 E선생의 성격이 구체적으로 정리되기도 하는데, 격하기 쉬운 다혈질의 성질이면서도 학생이나 자기의 처자를 진심으로 사랑하기 때문에 자기를 놀리는 학생들에게도 결코 화내는 법이 없다는 것이다. 그가 화를 내는 경우란 사랑하는 학생이나 처자를 올바른 길로 인도하기 위해 필요한 때에 국한된다. 그런데 이 작품에서는 성격을 말하여 놓고 그런 장면을 굳이 보여주는 김동인식의 인물묘사가 많은 것을 보게 된다. 예를 들면 ⓐ에서 이야기할 성격묘사를 위하여 그 앞이나 뒤에서 그런 상황을 억지로 만들어 놓는 것이다.1) 이런 것은 김동인의 인물묘사에서 주로 보여지는 현상인데 염상섭은 작품활동을 하던 초기에는 이런 수법에서 탈피하지 못했던 것이다. ⓑ는 T선생이라는 인물에 대하여 작가가 직접 한정을 하는 부분이다. 그는 '속알딱지 업'어서 '이러케 아니하얏드면 자기가, 어쩐 창피한 꼴을 당하얏슬지, 그런 것은 꿈에도 깨닷지 못하'는 사람이다. 작가는 알고 있는 그런 '꼴'을 T선생은 모르고 있다는 점에서, 작가는 그를 가리켜 '속알딱지'가 없다고 하는 것이다.

 b) 나레이터에 의한 직접묘사

 소설에서, 나레이터를 설정하게 되는 동기는 서술의 신뢰감을 감소시키는, 작중 사건과 인물에 대한 작가의 직접적인 간섭 행위를 막고자 하는 것과 작품의 구조미를 갖추기 위함이라고 할 수 있다. 이는 다시 주인공=나레이터에 의한 자신의 묘사, 주인공=나레이터의 타인 묘사, 주인공≠나레이터의 타인 묘사로 하위 구분된다.

 ⓔ 歸省한 後, 七八個朔間의 不規則한 生活은 나의 全身을 海綿가티 짓두들겨

---

1) 그것은 다음과 같은 경우에 해당된다.
 "……쑈족한 털긋에 외가, …킥킥 …보기조케 끼,끼,끼워서…" 생도들은 웃음판이 되었다. E선생도 커단 입을 짝벌이고 보기조케 웃었다.(116쪽)
 E선생의 호활한 성격을 이야기하려고 고의적으로 설정한 것이어서 매우 어색한 것을 볼 수 있다. 이런 것은 상섭으로서는 드문 방법이다.

노핫슬 뿐 안이라 나의 魂魄까지를 蠶蝕하얏다.나의 몸은 어대를 두드리
던지 〈알코-ㄹ〉과 〈니코진〉의 毒臭를 내뿜지 안는 곳이 업슬만치 피로하
얏섯다. 더구나 六七月 盛夏를 지내고 겹옷을 입을 째가 되어서는 節氣가
急變하야 갈스록 몸을 추스리기가 겨워서 洞里散步에도 식은 쌈을 술술
흘리고 親故와 이약이를 하랴면 두세 마듸째부터는 木枕을 차잣다.(〈표본
실의 청게고리〉,염상섭 전집 9권,11쪽)

ⓕ 나는, 肉의 磐石 우에 선 父親과 破倫的 더구나 性的 密行에 對하야 怪異
한 興味와 習性을 가진 母親 사이에서 비저 만든, 不義의 象徵입니다. 肉
의 咀呪바든 因果의 子입니다. 아- 나는 私生兒입니다. (…) 나는 姦夫姦
婦가 만들어 노은 慘酷한 고기 쎵어리라고. (〈제야〉,염상섭 전집 9권,민음
사,1987,69쪽)

ⓖ 이가티하야 自己를 統御할 만한 能力 以上의 自由는, 四圍의 濃厚한 空氣
와 感情의 早熟 等 여러 가지 事情과 함께, 나를 어쩌한 一點에 向하야
驅逐하얏습니다. 내가 ×× 女學校를 卒業한 것은, 十八歲이엇습니다만,
그째에 나는 벌서 天眞한 處女는 안이엇습니다.(〈위의 글〉,70쪽)

주인공이자 나레이터가 자신을 설명하고 있는 부분이다. ⓔ에서는 불규칙한
생활로 심신이 모두 약해진 자기 자신을 이야기한다. 그 불규칙한 생활이란
지나칠 정도의 술과 담배 때문인데 그래서 '나'는 극도로 몸이 피로해져서 가
벼운 산책도 힘에 겹게 되었고 잠깐 앉아 이야기를 하는 것도 부담스러울 정
도이다. ⓕ와 ⓖ는 고백체 글인 〈제야〉의 주인공 최정인이 죽음을 결심하고
자기 자신을 고백하는 글이다. 죽음 앞에서 고백하는 글이니만큼 다소 과정은
되었더라도 사실을 이야기하고 있다는 것은 알 수 있다. 유서 형식의 글은 그
성격상 어느 정도의 신뢰감을 가질 수 있게 되는 것이다. 그녀는 자기를 '不義
의 象徵'이니 '咀呪바든 因果의 子'니 '慘酷한 고기쎵어리'니 하는 극단적인 부
정의 말로 나타내고 있다. 이와 아울러 자신의 부모 역시 '肉의 磐石 우에 선
父親'이며 '破倫的 더구나 性的 密行에 對하야 怪異한 興味와 習性을 가진 母
親'이며 '姦夫姦婦'에 지나지 않는다고 혹평하고 있는데 여기에서 그녀가 자기
자신과 그 존재함에 대하여 얼마나 절망하고 있는지를 알 수 있는 것이다.

ⓗ 자기와는 거리가 멀고, 아즉 나히 어린 데다가 繼母侍下에서 자라나느라고 苦生사리에, 찌드른 사람처럼, 환히 테이지가 못하고 어데라고 말할 수 없으나, 좀 궁ㅅ긔가 끼어보이는 듯 (〈금반지〉,〈〈개벽〉〉,1924.2.)

ⓘ 지선생님은 한학자이시다. 이조 말년에 몇안치는 한학자 중에서도 첫손 꼽는 분이시다. 그다지 석유(碩儒)라고 할지는 우리들 천학한 학생으로서는 알 수 없으나 어쨌든 옛날로 말하면 적어도 삼사(三司)에 한몫갈 양반이라고 한다. 구한국 시대에 상소문이란 상소문은 누구의 것이든지 대작을 하였다. 하지만 원체 겁은 많으신 분이다.(〈지선생〉,염상섭 전집 9권,민음사,1987,337쪽)

ⓗ, ⓘ는 일인칭 나레이터에 의한 작중인물의 묘사이다. 관찰의 결과이고 보니 전지적 작가에 의한 직접묘사보다는 오류의 가능성이 보다 큰 것이 사실이라 하겠다. 처음 보는 여자에 대하여, 그녀가 생활에 찌들어 보인다고 하여 '繼母侍下에서 자라나느라고 苦生사리에' 라고 말하는 부분은 지나친 부분이 아닐 수 없다. 학생의 눈을 통하여 선생을 묘사하고 있는 부분에서는 그래서 '우리들 천학한 학생으로서는 알 수 없으나'라는 표현을 씀으로써 관찰의 결과가 오류를 빚을 수도 있음을 이야기하고 있다.

c) 작중인물에 의한 직접묘사

ⓙ "여기 잇든 학생이얘요. 그림 그리는 학생이얘요…… (…) 저희들은 아무러나 상관이 업는 일이지만 그놈이 오면 공연히 이것 해라 저것 해라 하고 심부름만 쩐덕히 식히구 제가 이집 나리나 되는 듯이 휘젓는 꼴이 눈꼴틀여서 밉살마저 못 견대겟세요……" (〈숙박기〉,염상섭 전집 9권,민음사,1987, 309쪽)

작중의 인물인 할멈을 통하여 하숙집 주인 여자와 그의 정부에 관한 정보를 얻게 되는 부분이다. 주인공 창길은 조선인이라는 것 때문에 하숙집에서 번번히 쫓겨나곤 했는데 그러다 보니 하숙집 주인 여자의 눈치를 안 볼 수 없다. 그래서 할멈을 불러 그녀에 관하여 물었는데 주인은 없는 것과 다름 없고 여자의 정부는 전에 있던 학생 가운데 하나로 '이집나리' 행세를 하며 휘젓고 다녀서 아랫사람들로부터 미움을 받고 있다는 것 등을 알게 된다.

직접묘사의 예는 초기작인 〈E선생〉과 후기작 〈지선생〉, 〈숙박기〉 등에서 주로 찾아지고 있다.

a. 간접묘사

리얼리즘적 수법은 묘사, 특히 외면화externalization에 본질이 놓이는 것이다. 그러므로 외양이나 말씨, 행동 등을 통한 성격 묘사가 작품의 성공에 있어서 관건이 된다. 이는 곧, "무엇이 일어나고 있는가를 말하지 말고 무엇으로 하여금 일어나게 하라"[2]는 것이고 그렇게 함으로써 성격의 직접적이고 조속한 설정보다는 점진적인 인물구성[3]을 하는 묘사 방법을 말하는 것이다.

a) 애펠레이션

애펠레이션이라는 것은 작중인물의 이름을 붙이는 것으로서 독자의 습관과 작중인물의 이름의 인상을 부합시켜서 인물의 성격을 생생히 하는 방법이다. 이는 한 인물의 과거의 일부인 동시에 그 인물에 존재의 확실성을 부여하는 장치라고 할 수 있다.[4] 그것은 고유명사가 인물 구성의 단일한 특성을 나타내기 때문이며, 그렇기 때문에 한 인물에게 이름을 붙이는 작업은 인물의 성격 구성에 중요한 역할을 한다고 볼 것이다.

그런데 고대소설의 작명법을 살펴보면, 인물의 이름이 상징적으로 주어지면서 이것이 작중 현실과 밀접히 연관되어 작품 전체를 지배하여 평면적이고 전형적인 인물이 되게끔 한 것을 볼 수 있다. 이 때 이름이라는 것은 주제를 내포하고 작가의 이념 현시의 목적으로 주어지곤 했던 것이다. 그러나 현대소설에 와서는 평범한 시체 이름으로 특정 개인의 이름이 되어야 한다는 것이 노벨의 필수조건이 되었던 것이다.

---

2) Allen Tate,《〈On the Limits of Poetry〉》, The Swallow Press, NewYork,1948, 140면.
3) James H.Pickering.Jeffrey D.hoeper,《〈앞의 책〉》,32면 참조.
4) 로비 매콜리·조오지 래닝,〈앞의 글〉,275-276면 참조.

염상섭의 단편에 나타난 명명의 특징을 정리해 보면 다음과 같다.

주된 명명의 특징	작 품
① 영문 이니셜 명명	〈암야〉,〈E선생〉,〈죽음과 그 그림자〉,〈금반지〉,〈유서〉
② 영문 이니셜과 실명 명명의 공존	〈표본실의청게고리〉,〈제야〉,〈고독〉,〈검사국 대합실〉,〈윤전기〉,〈조그만일〉
③ 실명 명명	〈전화〉,〈난어머니〉,〈초연〉,〈밥〉, 〈남충서〉,〈숙박기〉,〈남편의 책임〉
④ 기 타	〈똥파리와 그의 안해〉,〈지선생〉

①먼저 영문 이니셜로 된 이름만이 사용되는 경우이다.5) 초기 작품인 〈암야〉, 〈E선생〉, 〈죽음과 그 그림자〉, 〈금반지〉와 후기작인 〈유서〉에서 그것이 보여진다. 〈암야〉에서는 인물들이 A, B, D, E, X, Y 등으로 명명될 뿐이고 〈E선생〉에서는 주인공인 E를 비롯하여 T,A,B,N 등이 등장한다. 〈죽음과 그 그림자〉에서는 K, P, S, N, R 등의 이름이 있으며 〈금반지〉에서는 E자와 O 가 등장한다. 여기에서 'E자'는 매우 독특한 것으로, 영문 이니셜과 실명의 과 도기적 형태로 볼 수 있다. 그런데 후기작인 〈유서〉에서 그는 다시 C, D, O, P, R, S 등의 영문 이니셜을 쓰고 있는 것을 볼 수 있는데 게다가 □,△ 등의 수학기호까지 사용하고 있어서, 상섭의 이름에의 관심이 더욱 적어지고 만 것 을 알 수 있다.

②다음으로 영문 이니셜 이름과 실명이 공존하는 경우이다. 〈표본실의청게 고리〉에서는 A, H, P, X, Y 등의 영문 이니셜 이름과 함께 김창억, 영희 등

---

5) 이유식의 말처럼 이러한 영문 이니셜 명명의 방법은 한국 근대문학이 싹튼 1920년대에 처음 시도된 것인데(《《한국소설의 위상》》,이우출판사,1982,151쪽 참조) 가족·가문과의 관련성이 배제된 無姓名 현상이다〈조진기,《《한국현대소설연구》》, 학문사, 1984, 91쪽 참조). 이것은 근대소설로 이행하여 나가는 과정에서 겪게 되는 과도기적 현상이라 할 수 있~다. 당시로서는 이국적이고, 파격적인 것에 매혹되기 쉬웠을 것이기 때문에 이러한 명명은 많은 작가들이 애용하고 있음을 볼 수 있다. 당시의 문인들은 이러한 영문 이니셜 명명법이 개인의 이름을 짓는 데 큰 신경을 쓰지 않으면서도 간편하고 모던한 방법이라고 생각했던 것이다. 이것은 언어에 의한 매혹의 특수현상인 것이다.

의 실명이 사용되어 있음을 볼 수 있다. 여기에서 김창억은 광인이고 영희는 그의 딸 이름이다. 다른 명명은 영문 이니셜로 하면서도 광인과 그의 딸 속에 등장하는 그의 딸 이름은 실명을 쓰고 있다는 사실은 상섭이 광인 김창억에게 큰 의미를 부여하고 있다는 사실과도 연관지어 생각할 수 있는 것이다. 고백체 소설인 〈제야〉에서 주인공과 그녀의 동생 이름만 최정인, 최정의로 실명을 쓰고 있을 뿐, 다른 사람의 이름은 A, E, K, P 등으로 영문 이니셜 이름을 쓰고 있다. 후기 작품에서도 그 예를 찾을 수 있다. 주인공은 문텰이라는 실명이, 그의 친구의 이름으로는 K가 쓰여지고 있는 〈고독〉과, 사건의 당사자인 리경옥을 제외하고는 모두가 M, K, Y, T, K, C 등의 영문 이니셜 이름을 쓰고 있는 〈검사국대합실〉, 이야기의 중심부를 차지하는 덕삼과 성칠, 춘식 등에게는 실명을 사용하고 그렇지 못한 사람들에게는 A, P, K, S 등의 영문 이니셜 이름이 주어지는 〈윤전기〉, 주인공은 길진과 혜순이라고 실명을 사용하고 부수적인 인물은 C로 명명하고 마는 〈조그만일〉 등이 그것이다. 이것은 영문 이니셜 명명에서 시체 이름의 명명의 중간 단계라고 할 수 있는데 보다 중요한 인물들에게 실명을 쓰고 있는 데에서, 실명으로 옮겨가고 있는 작가의 명명 태도를 암시받을 수 있다.

③등장인물 모두에게 실명을 쓰고 있는 예는 〈전화〉, 〈난어머니〉, 〈초연〉, 〈밥〉, 〈남충서〉, 〈숙박기〉, 〈남편의 책임〉에게서 찾아진다. 〈전화〉에서는 채홍, 기화 등의 기생 이름이 김주사, 이주사 등의 사회적 신분을 나타내면서 당시의 사회제도도 알 수 있게 하는 호칭과 함께 등장하고 〈난어머니〉에서는 동호, 신성, 창호 등의 이름이 등장한다. 〈초연〉에서는 문수, 텰자, 창호 등의 이름이, 그리고 〈밥〉에서는 창수, 창희, 원삼, 〈남충서〉에서는 충서, 충희, 효자, 미좌서, 남상철, 팔중자, 정희, 〈숙박기〉에서는 창길, 〈남편의 책임〉에서는 김수삼, 조영수, 조경희, 최사천, 최동진 등의 이름이 사용되고 있다. 여기에서 기생은 기생 다운 이름이, 일본인인 효자와 미좌서에게는 일본인 이름이 주어지며 가족관계가 중요한 경우에는 항렬까지도 알 수 있는 이름이 부여되는 것을 보게 된다.

④〈쏭파리와 그의 안해〉, 〈지선생〉에서는 개인의 이름이 주어지기보다는 정

서방, 갑진아저씨, 똥파리의 아내, 길순어머니 등으로 간접적인 명명을 하거나 〈전화〉의 김주사,이주사 처럼 그의 직업만을 나타낼 뿐인 지선생의 호칭을 사용하고 있다. 특히 〈똥파리와 그의 안해〉에서는 똥파리나 얌분이 등의 별명을 보이고 있는 것이 특기할 만하다.

단편 속에서, 염상섭은 20년대 초기에는 명명에 그다지 관심을 보이지 않았다가 중반기에 와서, 곧 〈전화〉를 어름하여서는 실명만으로 작중인물들에게 이름을 부여했다. 그러다가 후반의 작품들에서 다시 실명의 비율이 낮아지고 있음을 볼 수 있는데 이것은 20년대 후반기의 리얼리즘의 퇴조라는 사회적 현상과도 관련이 있는 것으로 보아진다.

b) 외양 묘사

외양external appearance은 성격과의 사이에 환유적인 관계를 갖는 것이라 할 것이다. 이것은 스스로 힘을 발휘하여 인물을 묘사하기도 하고 화자에 의하여 성격과의 관계가 설명되기도 하는 것을 볼 수 있다.[6]

전통적으로 고소설에서는 인물의 외양을 나타내는 경우에 자연물에 비유하여 정지적 형태를 묘사하는가 하면 현대소설에서는 어떤 상황에 대처하고 있는 동적 상태 묘사를 하고 있다. 이러한 외양 묘사는 인물을 형성하는 데에 있어서 대단히 유효한 것이다. 얼굴 모습과 풍채 등의 생김새와 복식은 흔히 성격과 관계지어져 설정되기 때문이다. 그러나 세부적으로 너무 많이 주어지는 외양 묘사는 시각화visualization에 지장을 주게 된다. 또한 전형성에 따르는 일반적인 신체 묘사는 획일적 상상만을 가능하게 할 뿐 인물의 개성 묘사에는 아무런 도움을 주지 못함을 고대 소설 속에서 많이 발견할 수 있다. 고대 소설의 경우는 미인의 경우든 추인의 경우든 각기 그 전형적인 묘사 방법을 따르면서 개성은 나타내지 못하고, 다만 미:추=선:악의 공식을 따르는 것을 볼 수 있는데 현대소설로 올수록 그러한 공식적인 것은 깨어지게 된다.

ⓐ 키대가 후리후리하고, 길음한 相에 사람을 좀 넘보는 듯한 입술을, 쭝긋하

---

6) S.리몬-케넌,《《앞의 책》》,100-102면 참조.

야 꼭 담은 입이며, (〈제야〉,염상섭 전집 9권,민음사,1987,79쪽)

'나' 곧 최정인이 사랑하는 남자 유형의 하나인, 여하한 여자는 안중에도 없다는 듯 오만하고 냉정한 이미지를 가지고 있는 E씨의 외모를 묘사하고 있는 것이다. 입술과 꼭 다문 입으로 그 사람의 오만한 성품을 연결시키고 있는 것을 보게 된다. 남성의 외모를 묘사한 경우는 여성에 비할 때 비교적 적다.

ⓑ E先生의 그 광대뼈가 퍼진 검으무트레한 相이며, 밧작 싹근거센 머리털이, 어푸수수하게 자란, 그야말로 天然 밤송이가튼 대가리며, 말하자면 좀 부대한 듯한 짝딸막한 體軀가 어대로 보든지, 傲慢한 듯도 하야 보이고 심술구저도 보이엇스나, 그 곱살스러운 눈짜위에는, 어쩐지 溫柔한 맛이 잇서 보이엇다.(〈E선생〉,염상섭 전집 9권,민음사,1987,111쪽)

ⓒ 키대가 후리후리하고 벌거케 싹근 머리라든지, 커다란 검은 상판에서 부라리는 두 눈이며, 펑퍼짐한 코와 쩌면 우ㅅ수염을 덥수룩히 길은 뿌리퉁한 입이, 얼는 보기에도 매우 험상궂다. 모자는 안썻스나, 곱다란 모시진솔 두루막이를 산듯이 입은 것이, 톄격과 얼굴판 보아서는, 좀 과하다는 생각이 낫다.(〈고독〉,염상섭 전집 9권,민음사,1987,193쪽)

ⓑ의 외모 묘사를 통하여서는 묘사자가 인물에 대하여 가지고 있는 감정이 알려진다. 곧 검으스름한 얼굴빛과 짧게 깎은 거센 머리털과 작고 조금 살이 찐 편의 몸매에서 오만이나 심술이 느껴질 수 있음에도 불구하고 작가는 어딘지 모르게 온유한 맛이 있다고 하는 것이다. 외양과 성격과의 관계를 설명하는 것은 인물의 비시각적인 특질이 인물 전체보다 육체적 특징의 일부에 주어져 표현될 때 일어나는 것[7]인데 얼굴빛, 머리털, 몸매로써 그의 오만하고 심술궂은 성격을 유추하는 것도 무리라고 보이는 것이지만 거기에다 어딘지 모르게 온유한 성격을 알 수 있다고 하는 부분은 다소 모호하기가지 한 것이라 보아진다. 외양의 묘사에서 작가의 재단이 포함되고 있는 것을 볼 수 있다. ⓒ의 경우 짧게 깎은 머리와 함께 검은 얼굴, 부라리는 눈, 펑퍼짐한 코와 윗수

---

7) 《위의 책》,100쪽 참고

염을 덥수룩하게 기른 뿌루퉁한 입을 통하여 험상궂어 보인다는 것은 작가의
논평이 없어도 암시받을 수 있는 부분이라 하겠지만 화자는 그러한 그의 외모
와 복식이 어울리지 않는다고 생각하고 있다. 이것은 묘사 대상자가 신분에
어울리지 않는 생활을 하고 있음을 간접적으로 암시하는 것이다. 사실상 그는
하숙집 주인 여자의 정상적 남편이 아니고 '말하자면 주인'이다.

이러한 외모 묘사에서 거울은 좋은 수단이 되곤 한다. 거울을 통한 외양 묘
사는 경제적이고 다른 방해를 받지 않고 손쉽게 외양만을 묘사할 수 있다는
장점이 있다. 그리고 그것을 바라보는 관찰자의 태도를 묘사할 수 있으며 논
평도 곁들일 수 있고 극적인 사건 전개에도 효과적이다[8]. 뿐만 아니라 외양에
보는 사람의 주관을 가미할 수 있다는 특성이 있다.

ⓓ 그는 겨테 노흔 거울을 들여보앗다.조고만 거울 속에는 눈이 개개히 풀리
고, 붉은 명도를 지나서 좀 햇슥한 얼굴이 비초인다. 여드름자국 한아업는
얼굴은 언제 보아도 젊은 긔운이 얇은 껍질 미트로 슴이는 듯 십헛다. "그
래도 이만큼 신수를 타고 낫는데, 웬 놈의 고생이 그려케도 써날 날이 업
는구?"하며, 거울을 한참 드려다보다가, "이 턱이 궁턱이야!"(...)얼굴 폭
보아서는 코가 큰 편이요, 그 대신에 턱이 짠듯한 게, 자긔 눈에도 험이엇
다. (〈고독〉,염상섭 전집 9권,민음사,1987,199쪽)

거울을 보고 있는 문털은 자기 자신의 외모에 어느 정도 만족한다. 개개히
풀린 눈, 핼쓱한 얼굴에도 불구하고 깨끗한 피부 밑의 젊음은 그에게 거울을
한참이나 들여다 보게 할 정도이다. 그런데 그는 굳이 얼굴에서 흠을 잡아내
려 한다. 자기의 얼굴을 보아서는 고생만 하고 밖으로만 도는 자신이 이해가
안되는 것이다. 지식인인 그가 식민지 사회 안에서, 식민 본국에서 굴절된 삶
을 살아가야만 하는 것은 어찌 보면 너무나 당연한 일일 것이다. 조선인이라
가난할 수밖에 없고 그런 상황에서 공부를 위해 이국 땅에서 지내면서 겪는
고생이란 말할 수 없을 정도이다. 그러나 문털은 그런 현실에 대한 화풀이를

---

8) Wayne C.Booth,〈〈The Rhetoric of Fiction〉〉,이경우·최재석 역,한신출판사,1977,198
    면 참조.

자기 스스로에게 하려 한다. 그러다 보니 자기 얼굴에서 큰 코와 반듯한 턱이라도 트집을 잡아야 했고 그것을 '자긔 눈에도 험'이라고 보는 것이다.

다음으로 여성인물들의 외모 묘사의 경우를 보기로 한다.

ⓔ 좀 나온 듯한 니마에는, 싯검은 우ㅅ눈섭이 징글징글하게 다부룩한 데다가, 부리부리한 커다란 눈가는 벌서 푸르죽죽하야지고, 술에 덕거서 축 처진, 유둘유둘한 두 쌤에는 둔하되 둔한 표정이 비지가티 슴여 나오고, 게다가 한 물이 쌔진 것가티 부이스름하게 바랜 두툼한 입술에는, 거벽과 변덕이 발려 보인다.(〈니즐수 업는 사람들〉,《〈폐허이후〉》,1924.1.11쪽)

ⓕ 주인 녀편네라는 것은, 키는 그리 큰키가 아니지만, 몸집이 간엷히고 감숭한 상판이 동긋한데, 입이 유난히 옴옷한 듯하고 파란 눈동자가 대룩거리는 것은, 성미가 쌀금해 보이나, 조고만 코의 좌우편이 눈으로 치처올러가면서, 얼굴 언저리 보아서는 좀 비인 구석이 보이는 것이, 그다지 쌀쌀하게 결곡한 사람은 아니다.(〈고독〉,염상섭 전집 9권,민음사,1987,195쪽)

ⓖ 호리호리한 키에 날신한 허리를 꼭 잘라매이고 상큼한 모가지,그 우에 간들거리며 갸름하게 자리를 잡은 얼굴은, 첫눈에 만히 보든 사람가튼 친숙하고 상냥한 표정을 찌우고 잇다. 알에우ㅅ니가 압흐로 좀 쎄듯하고, 그 우를 얇을 쏫한 두 입술로 덥허서 꼭 담은 것도 귀엽지만, 상큼하게 올러간 코ㅅ나루 그우에 화순히 좌우로 갈라안즌, 그러나 한 초 동안도 쉬일 새 업시 대룩대룩하는 두 눈 넓도 좁도 안은 이마… 이러한 것이 모다 균제의 미를 가졋슬 쑨 안이라 얇고 보드러운 살갓은 그의 성정을 말하는 것 가타얏다. 다만 혈색이 조치 못한 것을 보면, 간호부 기숙사 생활에 찌든 것을 알 수 잇다.(〈금반지〉,《〈개벽〉》,1924.2.142쪽)

얼굴 부분을 주로 묘사하고 있는 경우이다. 그런데 위의 세 가지 경우에서 그는 한결같이 외모와 성격을 연결시키고 있음을 보게 된다. 먼저 ⓔ는 나쁜 성격의 소유자라고 보아지는 인물의 외모 묘사이다. 덥수룩한 눈썹은 '징글징글하'다고 하고 눈가는 '푸르다'가 아닌 '푸르죽죽'하다와 같은 단어로써 묘사하며 처지고 유들유들한 빰은 둔한 표정이 마치 '비지'처럼 스며 나온다고 하고 있다. 직유를 쓰면서까지 그녀의 얼굴에서 느껴지는 둔함에의 혐오를 강조하고 있는 것이다. 그녀의 빛깔이 흐릿한 두툼한 입술을 '한 물이 빠진 것가티' '바랜' 것으로 묘사하며 그를 통해 '거벽과 변덕이 발려 보인다'고 하는 데에서 그것은 더욱 뚜렷하게 되는데 이렇듯 외모를 묘사하면서 그를 통해 알 수 있는 인물의 성격과 보는이의 심리까지 잘 나타내고 있다. 여기에서는 고대 소설에서의 미 : 추=선 : 악의 공식의 잔재를 볼 수 있다. ⓕ는 밥값을 제대 못 내어 가는 하숙집마다 쫓겨나는 문털이 새로 간 하숙집 주인 여자의 얼굴을 보며 그녀가 어떻게 자기를 좀 보아주려나, 마구 내쫓을 사람은 아닌가 눈치를 보고 있는 장면이다. 눈치를 살핀 결과 그녀는 깔끔한 성미의 소유자라고는 생각되지만 자기를 무자비하게 내쫓지는 않을 것으로 보인다. 그것은 그녀가 입매와 대룩거리는 눈매로 보아 야무지게 보이면서도 코의 좌우 끝이 위쪽으로 치켜 올라가는 데서 조금 헛점을 보이는 얼굴이라는 것인데, 여기에서는 인물에 대한 외모 묘사에 있어서 상섭의 정교하고 치밀한 수법을 알 수 있다. 다음으로 ⓖ의 인물묘사에서는 인물에 대한 초점화자의 호감을 알 수 있다. 키도 크고 날씬한, 상냥한 표정의 아가씨는 말 한 마디 안 해 본 '나'를 사로잡기에 충분한 것이다. 그러다 보니 약간 밖으로 벌어 있는 이도, 대룩거리는 눈도 모두 귀엽고 균제의 미를 가진 것으로 보인다. 특히 대룩거리는 눈이란 위에서는 좋지 않은 인상으로 묘사되기도 한 것이다. 그것은 험상궂기도 하고 지나치게 깔끔한 성격을 나타내는 것이기도 했다. 사실상 대룩거리는 눈은 인물의 총기를 보여주기도 하지만 사람을 경계하거나 불안정한 심리상태를 반영하는 것이기도 하기 때문이다. 그런데 보는 이가 호감을 가지고 있다 보니 그것조차도 귀엽다고 한다. 외양은 이렇듯 그 보는 사람의 감정까지도 알 수 있는 묘사방법인 것이다. 여기에서도 '혈색이 조치 못한 것을 보면, 간호부 기숙사 생활에 찌든 것을 알 수 잇다' 라는 부분은 보는 이의 주관이 다소 지나칠 정도로 들어 있는 부분이다.

   ⓗ 주인이라는 녀자는 홀삭한 몸집에 멋물빠른 듯하기는 하나 나히 보아서는
      야한 문의가 있는 〈긴샤지리멘〉(왜비단)의 하오리(웃옷)을 걸치고 머리는

목욕 단여 온 계집가티 찬즈를하게 비서서 아모러케나 트레트레 감아언지엇다. 삼십은 휠신 넘어 보이는 눈이 옴폭하고 코가 상큼한 얼굴판이 잔주름은 잇슬망정 얍브장한 모습이엇다. (〈숙박기〉,염상섭 전집 9권,민음사, 1987,304쪽)

ⓘ 유록빗 치마에 흰 옥양목 저고리를 입고 자지빗 겨울 〈숄〉을 걸친 뒤ㅅ모양이 수수한 것으로 보면 녀학생은 면하얏고 더구나 좀 낡은 듯한 노랑목다리 구두 귀축에 흙이 무든 것을 그대로 신은 것을 보면 여염집 녀편네라는 것보다는 소학교 교원이거나 유치원 보모가타얏다. 그러나 저러나 버티고 섯는 몸가지는 틔라든지 썩 버러진 억개쪽지와 펑퍼짐한 엉덩판으로 보아서 벌서 어른꼴이 박인 것은 분명하다고 혼자 생각하얏다. (〈검사국대합실〉,염상섭 전집 9권,민음사,1987,216쪽)

ⓙ 하로는 새옥양목 왜버선을 조그마한 발에 꼭맛게 팽팽히 신고, 발간 끈을 다른 얌전한 왜집신을 잘잘 끌면서 (〈금반지〉,〈〈개벽〉〉,1924.2.143쪽)

인물의 복식을 통한 인물묘사 부분이다. ⓗ에서는 하숙집 주인 여자의 예쁘장한 모습과 함께 그런 그녀의 품행을 암시 받을 수 있게 하는 옷맵시와 머리 모양이 보여지고 있다. 삼십을 휠씬 넘긴 나이에 비하여는 야하다고 생각되는 무늬의, 몇 번 빨아 입은 것으로 보이는 왜비단 윗옷이 그렇고 물을 발라 빗은 머리가 그러하다. ⓘ는 검사국 대합실에 들어온, 처음 본 여자의 외모를 보면서 그녀의 신분이나 나이 같은 것을 짐작하고 있는 부분이다. 화자인 '나'는 그녀의 입은 옷을 보아 여학생이 아닐 것이며, 신고 있는 구두를 보아 그녀가 당시의 인텔리 여성들이 많이 종사하던 교원이나 보모 정도의 직업을 가지고 있는 여성일 것이라고 생각한다. 그리고 그녀의 몸가짐과 몸매를 통해서는 그녀가 어리고 순진한 여성은 아닐 것이라고 하는 화자의 판단을 볼 수 있다. ⓙ는 신여성의 면모를 볼 수 있는 복식이다. 팽팽히 신은 '새옥양목 왜버선'에 '발간 끈을 다른 얌전한 왜집신'이 그것을 보여준다. 그런데 인간의 신체 가운데 발이란 신(履)과 결합되어야 하는 의미에서 남녀의 성적인 암시가 되는 부분이다.9) 따라서 '나'가 그녀의 발과 신에 주의를 기울이고 있는 것은 '나'가 그녀에게서 성적인 매력을 느끼고 있음을 알게하여 주는 것이다.

이상의 외양 묘사를 보면, 〈전화〉, 〈금반지〉, 〈고독〉 등의 작품에서 잘 되고 있는 것을 볼 수 있는데 그 시기는 대체로 22년에서 25년 무렵이다.

c) 대화 · 말씨 묘사10)

작중인물의 담화는 남들과의 대화이건 혼자 하는 중얼거림이건 간에 인물의 특성을 나타내는 데 중요한 것이다. 인물의 가장 중요한 증거는 그 인물 자신의 대화와 행동이라 할 정도로 그것은 인물에 있어서 본질적인 것이며, 훌륭한 소설에서의 그것은 플롯의 한 단계로 작용할 뿐 아니라 성격의 표현을 하는 중요한 구실을 할 정도로 인물묘사에 있어서 중요한 위치를 차지하는 장치이다. 대화의 구실은 우선, ①인물들 상호간에 잠재하고 있는 공감이나 갈등을 노출, 가중 또는 감소시키고 ②정보를 교환하거나 ③작중인물이 자신에 대하여 갖는 태도나 주변 인생에 대하여 기본적으로 갖는 태도를 나타낸다11). 또, ④이야기 대상 뿐 아니라 이야기하는 당사자의 인물 구성도 하게12) 되어 작중인물의 문체나 어투로서 작중인물의 사회적 국면과 개인적 특성을 보여준다. 그 외에 ⑥인물들로 하여금 대화 이외의 소설적 기법으로는 드러내거나 짐작하게 할 수 없는 면을 의도적이든 아니든 표현하게 하는 기능도 가지고 있다. 이것은 염상섭의 소설 속에서는 더욱 중요한 역할로 나타나는 것을 보게 된다.

ⓐ "예- 그런가요. 내 머리가, 아닌 게 아니라 거세긴 거세요. 하하하 相關잇

---

9) 이재선,《《우리문학은 어디에서 왔는가》》,181면 참조.
10) James H.Pickering. Jeffrey D. hoeper는 이를 What is being said. The identity of the speaker. The occasion. The identity of the person or persons the speaker is addressing. The quality of the exchange. The speaker's tone of voice. stress. dialect. and vocabulary 등으로 나누어서 고찰하고 있다. 《《앞의 책》》,33면.
11) 로비 매콜리·조오지 래닝,〈앞의 글〉,264면 참조.
12) 모든 작중인물이 자신의 말의 리듬과 말씨의 특이성과 호흡의 장단. 통사론적 구조에 의해서 자신의 개성을 표출하여야 한다는 것을 감안하면 말만 가지고 그 사람을 알 수 있는 것이다.:〈위의 글〉,264면 참조.

　　나요. 그런게 다- 學生時代의 滋味지요.”(〈E선생〉,염상섭 전집 9권,민음
　　사,1987,113쪽)

　ⓑ “오늘, 내 큰 마음 먹구, 큰돈을 썼는데… 꼭 갖다가 줄 데가 있건마는,
　　사 가지고 나와서 생각을 해 보니, 그래두 어디 그럿읍디까? 아무래두 우
　　리 댁 아씨 생각이 더 간절하거던… 자아 이만하면 하이카라지! 기생집
　　가려는 남편두 붙들어 놀만하구… 또, 이 장갑 좀 봐요. 활동사진 구경
　　가시려 밤출입하실 제 똑 알맞지.”(〈전화〉,염상섭 전집 9권,민음사,1987,
　　166쪽)

　　말씨를 통하여 화자의 성격이 나타나는 경우이다. 자기의 신체적 특성을 가
지고 놀려대는 아이들과 동료선생들에게 웃음으로 응하는 ⓐ의 E선생에게서는
이해심많고 너그러운 성격을 알 수 있다. E선생의 뻣뻣한 머리털을 고슴도치
의 털같다고 놀리는 말은 수업시간에 학생들을 통해 직접 듣기도 하고 E선생
을 약오르게 하고 싶은 선생들의 입을 통해 간접적으로 들려지기도 하지만 그
는 그렇듯 선생을 놀리는 학생들을 권위로 억압하려 하지도 않고 그런 것이
모두 '학생시대의 자미'라고 말하며 웃어넘기는 것이다. ⓑ에서 화자는 남편인
데 그는 아내에 대하여 뭔가 기분을 풀어 주어야 할 책임이 있는 행동을 했으
며 그것은 화자의 기생집 출입 문제라는 것이 암시된다. 남편은 선물 공세를
펴면서 그냥 주는 것이 아니다. 우회해서 '꼭 갖다가 줄 데'가 있는데 그래도
역시 아내 생각이 더 간절해서 가지고 왔다고 말하며 이런 웃이면 '기생집 가
려는 남편'도 잡아 줄 수 있을 거라고 말하는데 이런 부분은 아내의 마음을 달
래려고 애를 쓰고 있는 화자의, 다소 유들유들하고 능글맞기까지 한 성격을
보여준다.

　ⓒ “여러분, 추우신데 한 時間식 쉬시게 되어서 좃습니다 그려. ……이게 다
　　- 이 體操先生님의 德澤이로군. 햇햇햇…” (…) “예! 참 고맙쇠다 어대 밤
　　송이나 한아 잇스면 등이나 긁어 들일가”(〈E선생〉,염상섭 전집 9권,민음
　　사,1987,127-128쪽)

ⓓ "올흐이! 명예일세. 나는 그 명예 째문에 사라가는 송장일세. 일평생 그
　자랑이나 하고 도라단이며 살까? 허허허. 하지만 어델 가면 계집 업겟
　나?" "그런 말갓지 안을 말은 고만두게. 그러키루 말하면 이 세상에 연애
　하는 놈은 맨 미친놈이게..." "몰라! 몰나! 난 그런 이치ㅅ속은 처음부터
　손방이니짜... 자 드러가세. 오인의 목적은 재어자처다! 적어도 오늘만
　은..."(〈금반지〉,〈〈개벽〉〉,1924.2.159쪽)

　이런 대화로는 화자의 성격을 알 수 있다. ⓒ에서 체조선생의 '햇햇햇' 하는
웃음소리로는 그의 비굴한 성격을 알 수 있는가 하면 그와 같이 이야기하고
있는 사람의 E선생을 빗대어 하는 '밤송이'라는 말로는, 그가 상대방을 면전에
서 모욕을 주는 뒤틀어진 성격의 소유자라는 것을 알 수 있다. 상대의 신체적
핸디캡을 거론하는 것은 그 사람의 선생으로서의 자질, 인격 같은 것을 의심
하게 하는 것이기 때문이다. ⓓ의 두 사람의 대화를 보면, 한 사람은 사랑의
좌절을 겪었으며 그 때문에 사랑을 한 적이 있다는 사실만으로 자위하며 살아
가는 '송장'과도 같다고 하면서도 어디든 여자는 많을거라고 하기도 한다. 이에
다른 사람은 그 말에 반박하며 연애라는 것이 소중함을 말해 주지만 사랑을
잃은 '나'는 그의 그런 말을 받아들이려 하지 않는다. 그의 말을 인정한다는 것
은 자기의 사랑의 실패를 인정하는 것이 되고 타인의 조그마한 반대에 의해
사랑을 포기한 자신의 나약함을 다시 떠올려야만 하는 것이 된다. 그래서 그
는 모든 것을 판단정지하고 그런저런 생각을 하기보다 단지 잃은 사랑에 대
한, 곧 사랑하던 사람이 결혼반지를 끼고 있다는 현실의 아픔을 호프만콤플렉
스로 달래려 한다.
　대화에 의하여 화자들의 성격이 묘사되는 것과 함께 그 대화에서 제3자의
인물묘사도 되어지는 경우는 다음과 같은 예가 있다.

ⓔ "어째 그래요. 只수 E先生이 傍若無人하게 뛰어나가는 것은 姑捨하고라도
　오늘 아침의 訓話는 우리 敎人으로서는 到底히 容恕할 수 업는 일이라고
　小生은 생각합니다. ..." "小生이란 말은 잘못한 말이요. 小人이라고 그류-"
　(〈E선생〉,염상섭 전집 9권,민음사,1987,133쪽)

ⓕ "실타면, 하는수 업지만 사람인즉슨 매우 얌전하구, 돈푼두 잇구 생김생김
도 거진 나와 갓지. 나갓다면 실혀할지두 모르지만…" "그럼 아주 알맛겟
군! 그리지 안어두 서방님가치 얌전한 냥반은 세상에 드물겟다구 칭찬이
느러젓는데…" "웅, 그래! 그러구 보면 아주 내가 대신 선을 보이면 더 조
켓군! 하하하, 웅? 어떻소?" (〈니즐수 업는 사람들〉, 〈〈폐허이후〉〉, 1924.1.
16-17쪽)

ⓖ "엇재든 쏭파리보다는 인물이 낫지. 그러나 오래 부터 잇슬까?" "그러지
안해두 양복쟁이가튼 것하고 사라보기가 소원이라는데!" (…) "아무턴지
잘못 만낫서 명서방이 사람은 넘어래가 업슬만치 조하두 그야말로 쏭파리
고보니 젊은년이 마음에 차겟소. 게다가 재취라니." "재취가 무어요. 세
번째라는데" "무어 세 번째야? 계집복은 타고낫네. 세 번씩 걸리구…" "계
집복이 잇스면야 생리별을 두 번씩 할라구! 일년씩두 못살고 다라낫다는
데…" (〈〈쏭파리와 그의 안해〉, 염상섭 전집 9권, 민음사, 1987, 318쪽)

우선, ⓔ에서는 '소생'이라는 말을 쓰는 비굴할 정도로 아부하는 성격의 소
유자와 그의 그런 단어 사용을 완곡한 어조로 비난하는 사람이 알려지면서 그
동시에 E선생이 아침 시간에 교인이 용서할 수 없는 식의 이야기를 하였고 그
때문에 다소 분란이 일어날 것을 예고하고 있다. ⓕ의 대화의 상황은 두 여자
와 한 남자가 있는데, 남자가 자기의 여자가 아닌 다른 여자에게 중매를 하고
싶다고 하면서 은근히 그 여자의 자기에 대한 감정을 알아보고 있는 것이다.
그것은 아주 조심스레, 곧 '실타면, 하는수 업지만', '나갓다면 실혀할지두 모르
지만'의 말을 반복하면서 보여진다. 그것을 모르는 情婦 여인은 동생이 '서방님
가치 얌전한 냥반은 세상에 드물겟다구' 말했던 것을 일러주고 있다. 그러자
남자는 바로 그 다음의 문장에서 자기의 속마음을 명확하게 드러내게 된다.
'아주 내가 대신 선을 보이'겠다는 것이다. 그는 사실 자기 정부와 형님, 동생
하는 사이의 여자에게 호감을 가지고 그녀를 유혹하고 있는 것이다. 그런데
동생이라는 여자 역시 그에게 좋은 감정을 가지고 있다는 것이 정부와 남자가
대화하는 사이에 나타난다. 그래서 이 일이 어떤 경로로 발전하게 될지도 모
른다는 것을 독자는 암시받고 있는 것이다. 이렇듯 대화를 통해서 화자의 말

저변의 의도를 알게 하는 방식에서 염상섭은 타의 추종을 불허한다. 다음으로 ⑧에서는 '쏭파리'와 그의 아내에 대한 정보가 망라되어 드러나고 있다. 우선 쏭파리는 인간적인 면에서 나무랄 것 없을 정도로 좋은 사람이라는 것, 그러나 그 별명에서 알 수 있듯 지저분하고 천한 사람이며 아내가 세 번째로 바뀌었는데 앞의 둘은 모두 일년도 못 살고 도망을 갔다는 것 등이 알려진다. 그의 아내는 그에 비해 인물이 낫기 때문에 그와 오래 갈지가 의심스러운데 정말로 그녀는 '양복쟁이가튼 것하고 사라보기가 소원'인 여자이다. 여기서 앞으로 그녀와 쏭파리의 사이에 일어날 일까지도 예고되고 있다. 그리고 다른 면에서 인물묘사가 되고 있는 것은, 말을 통한 바로 그 사람의 성격이다. 곧 여자를 세 번씩이나 바꾸어야 했던 쏭파리를 가리켜, '계집복은 타고낫네. 세 번씩 걸리구'라고 말하는 데에서 화자의 성격도 드러나고 있는 것이다.

염상섭에게 있어 대화 묘사는 탁월하다. 이야기를 통해 사건의 발전과 복선이 되는 것을 알 수 있을 뿐 아니라 인물들의 미묘한 심리까지도 잘 드러나는 것을 보게 된다. 〈E선생〉이나 〈전화〉, 〈쏭파리와 그의 안해〉 등의 작품에서 대화 묘사는 큰 비중을 차지하고 있다.

d) 행동 묘사

작중인물의 목적은 행동에 있고 그 행동은 통상성을 가져야 한다. 여기에서 통상성이라 함은 독자가 체험하고 이해할 수 있는 범위 내에서 남과 나, 나와 남의 전이의 타당성을 충분하고 완전하게 제시해 놓음으로써 느낄 수 있는, 소설 속의 행동과 일상적인 행동 사이의 공통성을 말한다.

담화와 마찬가지로 행동은, 어떠한 행동을 보면 성격을 유추해 낼 수 있는, '역으로' 해독하는 인과관계를 통해서 인물의 성격을 전달하는 것이다. 행동에 의한 인물묘사는 동적 국면을 환기시키는 일시적인 행동 묘사와 정적 국면을 환기시키는 습관적인 행동 묘사가 있다. 그리고 이러한 행동은 작위 행위act of commission와 부작위 행위act of omission, 계획 행위contemplated act 로 구분하여 볼 수 있으며 그것은 때로 상징적 차원이 주어지는 경우도 있다.13)

염상섭의 단편에서 행동의 묘사가 된 부분은 다음과 같다.

ⓐ 젊은 이주사는 실없이 얼렁거리며 안해의 뒤로 가서 검은 때가 묻은 옥색
  명주 저구리 위에 분홍샤쓰를 덥허 놓는다. 전등 불빛을 받은 연분홍빛이,
  한층 더 환하니 고와 뵈었다. 안해는 나오는 웃음을 참느라고 아랫 입술
  을 악물며, 발개 깃을 놓고 잔등이의 붉은 속적삼을 집어서 저리로 팽개
  를 친다. 그러면서도 옆에 놓인 장갑이 궁금해서, 살짝 곁눈질로 거듭떠
  보았다. (〈위의 글〉,167쪽)

아내의 환심을 사려는 이주사와, 기분이 좋지는 않지만 남편의 선물 공세에
점점 마음이 풀려 가는 아내의 행동이 묘사되고 있는 것을 보게 된다. 남편에
게 자기의 토라진 마음을 강조하고 싶은 마음은 남편이 덮어 준 분홍 셔츠를
팽개치는 행동으로 가시화된다. 그러나 아랫입술을 깨무는 행동은 그녀가 웃
음을 참느라고 애를 쓰고 있으며 남편이 사 온 선물을 곁눈질하는 행동은 그
녀가 선물에 대한 관심이 크다는 것을 보여주는 동시에 사실상 화가 크게 나
있지는 않으며 그것도 조만간 풀릴 것임을 알려준다.

ⓑ 주인 아씨는 눈을 찝흐렷다 생긋 웃었다 하며 노려보고 섯다가, 퇴ㅅ마루
  에 걸터안즈며, 방바닥에 파란 담배갑이 노힌 것을 보고 담배 한 개를 달
  라고 손을 내어민다. (...) 밥장사는 할망정 옷입은 맵시라든지, 아츰이면
  머리를 곱게 빗고 얼굴에는 분손질도 하는 모양이요,(〈고독〉,염상섭 전집
  9권,민음사,1987,197쪽)

ⓒ 녀자는 남자들 틈에, 더구나 검사국이라는 듯기만 하야도 가슴이 울렁거리
  고 우주충한 늣김을 난생처음으로 호출을 바다온 것이 바다온 것이불쾌하
  고 무슨 알 수 업는 긔운에 압두가 되어 그러하는지 눈을 몹시 찝흐리고
  한눈을 팔며 드러오더니 남자들이 모혀서, 서성대이는 테밧그로 멀리 도라
  서 저쪽 복도 엽헤 가서 모로 섯다. 그러나 지금 섯는 자리에까지 가는 동
  안에 얼굴을 옹동그려쓰리고 한눈을 팔면서도 고개를 남자들이 잇는 편으
  로 반쯤 돌려서 번쩍 치어들고 걷는 것이(...) (〈검사국대합실〉,염상섭 전
  집 9권,민음사,1987,215쪽)

---

13) S.리몬-케넌,〈〈앞의 책〉〉,95-98면 참조.

정적인 행동과 동적인 행동이 같이 나타나고 있다. ⓑ에서는 남자의 눈치를 살피던 여자가 마침내 담배를 요구하면서 가까이 오게 되는데, 그 여인의 옷맵시나 화장한 얼굴은 그로써 관찰이 가능해지는 것이다. 그녀의 행동이나 외모는 그녀의 성격을 잘 알게 한다. ⓒ에서는 눈을 찡그리고 얼굴을 '옹동그려 쓰리고' 하는 정적 행동과 함께 남자들을 피하려는 듯 멀리 돌아서 걸어가면서도 얼굴을 남자들 쪽으로 반쯤 돌리면 걷는 동적인 행동이 드러난다. 전자의 정적 행동으로는 그녀가 검사국대합실에 들어온 것이 불쾌하고 긴장되어 있다는 것을 알려주는가 하면, 남자들이 있는 곳을 멀리 돌면서도 고개를 들고 걷는 그녀의 걸음걸이에서는 그녀가 전혀 자기의 잘못에 대해 죄의식을 갖고 있지 않고 단지 본능적인 수치심만 있을 뿐이며, 그런 상황하에서도 남자들에 대하여 자기의 미모를 과시하고자 하는 등의 그녀의 성격을 알 수 있다. 그녀는 수치심으로 얼굴을 가려야 하겠지만 남자들을 유혹하고 싶은 마음에 어쩔 수 없이 고개를 들고 걷는다. 가리고 싶으면서도 과시도 하고 싶은 경옥의 이중심리가 그녀의 행동을 통하여 잘 나타나고 있는 것이다.

ⓓ "아, 웨 말씀이 없세요? 시간이 다 됐으니 돈을 내놓아야죠. …이썟것 끌고 인제는 삼분이 아직 남었으니까 된 돈두 못 주겟단 말애요? 어구 그저…"하며 A의 머리통만한 그의 주먹을 부루쥐고 흔들흔들 부라질을 하며 (…) 덕삼이는 옆에 놓인 교의를 한 번 땅 부드떠려 보인다. (…)책상 앞으로 한거름 나서더니 주먹을 휘둘어 땅 친다.(〈윤전기〉,염상섭 전집 9권, 민음사,1987,229,231,234쪽)

ⓔ 웬일인지 왼발이 부르를 떨리며 두어 번 발부리가 땅에 탁탁 부딪는 것 같더니, 뒤가 물려 나려는 고무신이 헐떡하며 벗겨질 뻔한 것을 깜짝 놀라며 겨우 제대로 신었다. 점방 문앞까지 와서 기웃이 들여다보며 "전화를 잠깐…"하고 길진이는 이마의 땀을 씻을 겸 인사 삼아 모자를 벗으며 떠듬거렸다. (〈조그만 일〉,정통한국문학 대계,어문각,1988,477쪽)

ⓓ와 ⓔ는 아주 대조적인 두 사람의 성격을 보여주는 것이다. ⓓ는 자기의 임금을 요구하는 다혈질적 성격의 노동자의 모습이다. 그는 A라는 사람을 향

하여 임금체불을 따지고 있는데 시간이 갈수록 그 위협적 태도는 점점 강화되고 있음을 볼 수 있다. 처음에는 주먹을 흔들어 보이던 그는 임금을 주기로 한 시간이 넘어가면서 의자를 부딪쳐 보이다가 마침내 A의 책상으로 다가와서 주먹을 휘둘러 치기까지 한다. 이런 격화되는 행동은 그의 감정의 격화를 잘 보여준다. ⓔ는 전화를 빌려 쓰려는 길진의 행동이다. 흡사 탐정소설의 클라이막스를 연상시키는 이 행동은 길진이 전화 하나 빌려 쓰는 것을 얼마나 어려워하고 있으며 그런 그의 행동은 그가 소심하고 매사에 자신이 없는 성격의 소유자임을 보여준다.

ⓕ 밥을 먹고 나면 설거지는 싀어미에게 쩌맛기고 핑계가 뒤보라 갑네 하고 동쩌러진 례배당 뒤ㅅ간에 가서 메코 한 개씩은 먹어야 백이고 아츰 뒤에 서방이 밧헤서 푸성기를 속그거나 거름을 주거나 저는 저대로 낮잠 한잠을 느러지게 자고 나야만(…) (《쏭파리와 그의 안해》,염상섭 전집 9권,민음사,1987,319쪽)

ⓖ 주인 녀편네는 부억으로 나려가서,골막하게 담긴 싀아자비의 밥사발을 들고, 허둥허둥 들어오며 "비럴먹을 게— 거에 왓서. 와요,와요" 어이가 업는 듯이 남편을 치어다 본다. 주인은 눈살을 쩝흐리며 반남짓하게 먹은 밥그릇에서 숫가락을 짓고 물을 달라고 한다. (《밥》,염상섭 전집 9권,민음사,1987,294쪽)

ⓗ "먹엇드라도 맛은 업스나마 좀 먹게그려" 주인도 담배를 피우며 신문을 드려다보고 안젓다가 마지 못해 한 마대 하얏다. 원삼이는 꼭 한 마대만 기다렷다는 듯이 얼른 닥아 안지며, "온, 넘어 폐를 끼치어서…"하고 입속으로 우물우물하더니, 목침뎅이만큼식 한 밥술을 트러넛는다. (《위의 글》, 297쪽)

ⓕ는 쏭파리의 아내의 행동 묘사이다. 그녀는 시어머니와 남편에게 조금도 애정이나 최소한의 염치도 가지고 있지 않은 여자이며 식후에는 만사를 제치고 담배를 피워야 하는 데다가 게으른 품성의 인물이다. 이러한, 남편과 시어머니를 조금도 고려하지 않는 행동으로는 그녀가 지금의 현실에 조금도 만족

을 하고 있지 않으며 조만간 이 생활을 어떤 방식으로든 청산하려 할지도 모른다는 것이 암시된다. ⑧, ⓗ는 밥 한 그릇을 놓고 세 사람의 신경전이 보여지는 부분이다. 아내는 원삼의 등장을 전혀 원하지 않으며 심지어 어이없어 한다. 오늘 그녀는 모처럼 마음 놓고 밥 한 그릇을 먹을 수 있으리라 생각했다가 기가 막히고 만 것이다. 그러나 그녀는 원삼을 모질게 쫓아내지도 않고 못이기면서 밥을 제공한다. 밥이 부족해서 그럴 뿐 인색하다거나 차가운 성품의 인물은 아닌 것이다. 사회주의자요, 이상론자인 그녀의 남편 역시 자기의 이론과는 이율배반적으로 원삼의 등장을 꺼린다. 그러면서도 원삼이 온다는 아내의 말에 '눈살을 찝흐'릴망정 자기의 밥을 양보하려 한다. 원삼은 밥을 먹으라는 주인아내의 권유에 형식적으로 거절을 하다가 주인까지 그 권유를 거들자 기다렸다는 듯이 숟가락을 든다. 그는 사실 밥을 얻어먹으러 온 것이다. 눈에 보일 정도로 빠듯한 것이 확실한 남의 끼니에 걸핏하면 끼어들고 남의 밥임에 분명한 그 밥을 가로채는 그의 행동은 염치없는 그의 성격을 보여준다. 주인이나 '나'는 배고픔을 참고 자기의 밥을 양보하였기 때문에, 그런 사람의 눈에는 원삼의 밥술이 '목침뎅이'처럼 커 보일 수밖에 없다. 원삼이 입에 '트러넛는' 밥술의 크기는 실상 주인과 '나'의 허기의 크기를 보여주는 것이다.

상섭이 보여주는 행동 묘사의 극치는 다음과 같은 경우를 예로 들 수 있다.

ⓘ E先生은 自己 자리에 안저서, 변쏘 그릇에다가 고개를 파뭇고 차듸찬 언 밥뎅이를 急히 퍼너타가, 볼이 메인 썹언 얼굴을 번쩍 쳐들고, 무어라고 말對答을 하랴 하얏스나, 입술을 쩨일 수가 업서서, 눈만 끔벅끔벅하며, 우물우물 한참 씹어서 꿀쩍 삼킨 뒤에 겨우 입을 벌엿다.(〈E선생〉,염상섭 전집 9권,민음사,1987,112쪽)

ⓙ 학생들이 괴괴해진 것을 어렴풋이 알아차렷던지 눈을 번쩍 뜨며 하품을 하려고 입을 벌리시다가 유리창으로 고무라가 들여다보고 섰는 것과 눈이 마주치자 지선생님은 나오던 하품을 억지로 참으시느라고 흐릿한 눈에 눈물이 홍건히 돌면서 "어서 무슨 질문이든지 해!"(〈지선생〉,염상섭 전집 9권,민음사,1987,340쪽)

ⓚ "지금 전화가 왔세요!" 또 한마듸 톡 쏘고나서, 어색한 빛을 감추랴, 복받
혀 오르는 웃음을 참으랴, 성을 내여 보이랴, 단순한 그러나 여러 갈피의
감정이 얼굴에 발리었을까 보아서, 남편의 시선을 피하여 외면을 살짝 하
였으나, 꼭 담은 입술이 눈웃음과 함께 쫑긋쫑긋하는 것이(…) (〈전화〉,
염상섭 전집 9권, 민음사, 1987, 160쪽)

ⓘ는 초라하게 점심식사를 하던 E선생이 체조선생의 머리운운하는 말에 대
답하려는 순간의 행동 묘사이다. 찬밥을 급히 입에 넣어 볼은 메였는데 체조
선생의 말에는 대답을 해야겠어서 어쩔 줄 모르고 눈만 꿈벅꿈벅하는 E선생의
행동의 묘사는 매우 정교한 것이다. ⓙ에서도 그러한 순간의 행동 묘사는 잘
나타난다. 학생들 앞에서 졸고 있던 지선생이 잠을 깨어 하품을 하려다가 선
생들을 감시하고 있는 고무라와 눈이 마주치게 되자 그 난감한 상황에서 벗어
나고자 학생들에게 질문할 것을 종용하고 있다. 그런데 여기에서 끝나는 것이
아니다. 상섭은 하품을 참는 순간에 지선생의 흐릿한 눈과 홍건하게 도는 눈
물까지도 묘사하고 있다. 여기에서 그의 묘사의 탁월성이 유감없이 발휘되고
있는 것을 보게 된다. ⓚ에서는 전화를 처음 받고서 신기하고 좋지만 남편을
찾는 여자의 목소리라서 성도 내 보여야겠다고 생각하는 아내의 행동이 보여
지고 있다. 아내로서는 신기하고 좋으면서도 자존심 때문에 그것을 내색하기
싫고 성난 표정도 지어내야겠다고 생각한다. 그러나 그러한, 단순하면서도 복
잡한 표정이 자기의 얼굴에 나타나는 것은 웬지 어색하다. 그래서 살짝 외면
을 하고 그것을 감추려고 하지만 '눈웃음과 함께 쫑긋쫑긋하는' 입술 때문에
그런 심리는 가시화되고 있는 것이다.

이상의 결과를 보면, 〈전화〉와 〈E선생〉을 비롯한 20년대 중기의 작품에서
행동의 묘사가 많이 보여진다. 그리고 보다 동적인 행동의 묘사의 경우는 〈밥〉
이나 〈윤전기〉 등의 작품에서 찾아지고 있다.

e) 환경 묘사

작가 현존의 최소 표지가 되는 세팅의 소설적 의미는 環境, 背景 그리고 그
배경의 구체적 풍경, 분위기, 여러 가지 상태, 시대색을 말한다. 인물이 거주

하고 활동하는 장소로서의 배경은 인물의 묘사에 중요한 구실을 한다. 그것은 소설 작가가 항상 실제적인 인물의 모습을 그려내기만 하는 것이 아니고 주인공의 운명이나 성격과 밀접히 관련을 가지는 배경을 묘사함으로써 인물묘사를 하기 때문이다. 이러한 환경은 외양 묘사와 마찬가지로 인접관계가 인과관계로 대치되곤 하는 문제로 19세기에 준과학적인 관계로 확립되었으며[14] 유전과 시대, 환경의 학설을 주장한 떼느 이래로 인물의 묘사에서 성격 구성에 중요한 요인이 되어 왔다. 작중인물 자신의 경지에서 곧 기쁨이나 병고나 인생에 대한 불만이나 그밖의 육체적 감정적 상태에 의해 불가피하게 영향을 받는 견지에서 환경을 독자에게 보임으로써 물질적 환경과 작품을 일체화시키는 것이 배경 묘사의 중요한 요건이 된다.[15]

상섭의 단편소설에서 구체적인 배경 묘사는 다음과 같은 예가 있다.

뒷박만한 음침한 마당은 볕이라고는 구경도 못하건마는 무더운 김이 훅 하고 서리운다. 오늘은 어쩐지 더 답답하고 사람이 죽어나간 집 같다. 뒷마루 밑을 의지 삼아 만들어 놓은 부뚜막 저편에는 고무신 한짝이 되는 대로 벗어 던진 채 나동구라져 있고, 한짝은 남비를 떼어낸 자국이 뚱그렇게 텅 빈 아궁이 속으로 굴러 들어가서 엎어져 있다. 맞은 편 담 밑에 기대어 놓은 화덕 위의 남비에는 파리가 한가로히 덤빈다. 쥐 죽은 듯이 인기척이 없다. (〈조그만 일〉, 정통한국 문학 대계, 어문각, 1988,479쪽)

밥을 구하지 못해 생계의 위협을 느낄 정도인 길진의 집을 묘사하는 것이다. 햇볕이 들지 않으나 무더운 김이 서리운 마당은 마치 사람이 죽어 나간 집처럼 인기척이 없으며 쓸쓸하고 답답하다. 집에 들어서는 길진의 눈에 우선 눈에 띄는 것은 부뚜막 저편과 아궁이 속에 각각 한짝씩 흩어져 있는 고무신이다. 여기에서는 여름이어서 아궁이에 불을 때지 않는다는 것, 그런데 그 아궁이는 최소한의 손질도 안 된채 있고 이것은 아무렇게나 놓여있는 신발과 함께 살고 있는 사람들의 무관심을 보여준다. 그 다음으로 눈이 간 곳은 맞은

---

14) S.리몬-케넌,〈〈앞의 책〉〉,101-102면 참조.
15) 로비 매콜리·조오지 래닝,〈앞의 글〉,272면 참조.

편 담 밑에 기대어 놓은 화덕이다. 화덕 위의 남비에 파리가 덤비고 있는 정경 역시 화덕에는 불이 없으며 이는 그곳의 사람들이 최근에 밥을 끓여 먹은 적이 없음을 알려주는 것인 동시에 정갈하게 씻기어 있지도 않다는 것을 유추해 볼 수 있게 한다. 폐허를 연상시키는 이런 부엌의 묘사는 생활의 흔적이 없음을 보여주어 극도로 궁핍한 거주자들의 상태를 웅변으로 말해 주는 것이 된다고 하겠다. 이것은 길진의 아내 혜순의 자살기도의 배경을 미리 보이는 것이라고 하겠다. 어떻든 이러한 치밀하고 세부적인 데에 천착하는 상섭의 배경 묘사는 그의 서술기법상의 특징이라고 할 용언형의 완급한, 그래서 다소 지루하기까지하여 그의 소설을 '읽히지 않는 소설'로 만드는 만연체적인 문장과도 유관한 것이다.

설화의 무시간성과 이조소설의 회상의 수법을 사용한 파노라마식 개관은 현대소설에 오면 사회와 개인에 대한 관찰의 예각화로 작가의 경험 영역과 공시적인 시간 시점으로 바뀐다. 소설의 등장인물들은 특정화된 시간과 장소의 배경에 놓일 때 개별화되는 것이다.

염상섭의 단편을 살펴보면 그 배경은 시간적으로는 작가가 살던 당대와 공간적으로는 작가가 생활하던 곳이라는 'here and now'의 원칙이 잘 지켜지고 있는 것을 볼 수 있다. 공간적인 배경에서 비교적 넓은 곳이 그 대상으로 되고 있는 것은 〈표본실의 청게고리〉이다. 여행이라는 설정에서 이 작품은 다른 작품과 구별되는데, 이것 이후로 그의 작품에서 뚜렷한 목적의식 없이 돌아다니는 산책은 사라지게 된다.

단편소설에서의 인물묘사 고찰의 결과를 종합해 보면 〈니즐 수 업는 사람들〉, 〈금반지〉, 〈전화〉, 〈고독〉, 〈윤전기〉, 〈조그만 일〉 등의, 1924년에서 1926년 사이에 쓰여진 작품에서 간접묘사가 우세하고 초기작이나 후기작에서는 상대적으로 직접묘사가 우세한 것을 알 수 있다.

제4장 장편소설의 인물묘사방법 연구

염상섭은 중편에 해당하는 〈신혼기〉를 쓰던 무렵부터 초기 삼부작에서 모색해 온 내면 탐구, 내성적 고백체에서 벗어나 풍속적 수준으로 내려 앉으면서 작중인물의 심리를 천착하기 시작하였던 것[1]으로 파악된다. 이때부터 그는 처음으로 자신이 아닌 타인의 이야기를 3인칭 시점에 의한, 다원묘사법으로 표현하게 된다.

장편소설의 묘사방법 연구는 인물별로 하기로 하겠다. 그의 인물들을 작품 내에서의 비중에 따라 주요인물과 보조 인물로 구분하고, 다시 주요인물major character은 주동인물protagonist와 반동인물antagonist로 나누어진다.

프로타고니스트의 본래적인 의미는 작가의 관심과 애정의 정도 면에서,또 작가와의 거리 면에서 1차적인 인물을 의미하는 것이고 안타고니스트은 주동 인물보다 2차적 관심의 인물이거나 주동인물과 대립되는 역할을 하는 인물을 의미한다. 그리고 작품 내에서 프로타고니스트와 안타고니스트보다는 역할 면에서 작은 인물이 보조 인물minor character이다.

염상섭의 초기 장편의 인물의 묘사와 형상화를 고찰하는 것이 이 장의 목적인 바 프로타고니스트의 경우와 안타고니스트의 경우,보조인물의 경우로 나누어서 그 각각의 특징을 고찰하고 이로써 나타나는 인물유형등을 살피는 작업을 하고자 한다.

1. 프로타고니스트의 경우

작가와의 거리 면에서 작가의 관심과 애정이 1차적으로 놓이는 인물이란, 작가 자신이 긍정하거나 긍정의 감정을 독자에게 전달해 주고자 하는 인물들

---

1) 김윤식,〈〈염상섭 연구〉〉,367면 참조.

을 이르는 것이다. 따라서 작가의 의도는 흔히 프로타고니스트들을 통해 드러나거나 암시될 수 있다.

해당 작품의 프로타고니스트의 양상은 네 가지로 구분된다.

첫째, 〈만세전〉의 이인화, 〈진주는 주엇스나〉의 김효범, 〈사랑과 죄〉의 리해춘, 〈삼대〉의 조덕기 같은 작가가 긍정하려는, 프로타고니스트 본래적 의미의 인물들,

둘째, 〈너희들은 무엇을 어덧느냐〉에서와 같이 작가가 긍정하려는 의미보다는 냉소적인 의미를 부여하는 인물들,

셋째, 〈이심〉이나 〈광분〉과 같이 제목부터 부정적인 요소를 암시하는 작품 내의 여주인공들,

넷째, 그밖의 인물들, 곧 〈삼대〉의 조상훈과 조의관,〈사랑과 죄〉의 지순영 같은 부주인공들, 곧 〈삼대〉에서처럼 주안점은 조덕기에게 놓이면서도 제목이 삼대여서 삼대의 인물들이 모두 중요한 위치를 갖고 있다고 보아지는 경우나 〈사랑과 죄〉에서 리해춘의 상대역으로 그와 함께 긍정적인 가치체계 모색에 힘을 쓰는 순영과 같은 인물.

이 중에서 첫째, 둘째의 경우는 어느 정도 작가 자신이 반영된 자전적 인물이며 셋째, 넷째의 경우는 비자전적인 인물이다.

(1) 자전적 인물과 '내면 묘사'의 우세

1) 이인화…〈만세전〉

〈만세전〉은 시간적 배경이 작품 제목이 된, 염상섭으로서는 독특한 경우에 속하는 작품이다. 여기에서는 작품의 주인공이자 화자인 이인화의 눈을 통해서 '萬歲 前'의 식민지 조선의 모습을 그리고 있다. 유학생으로서 귀국길에 식민지 조국 사회를 바라보는 인화는 식민지 조국을 관찰하게 되는데 관찰하는 태도와 시선을 통해 그 자신의 인물묘사가 되어지고 있음을 볼 수 있다.

a. 직접묘사

〈만세전〉의 경우는 1인칭 시점이기 때문에 주인공인 이인화의 묘사는 직접적인 경우 주인공이자 나레이터의 자신 묘사가 그 전부를 차지하고 있다.

ⓐ 그러나 日前에 온 片紙의 말 대로 危篤하다는 말은 업시, 어서 나오라는 命令과, 電報煥을 보낸다는 通知쑨인 것을 보면 언제라고 걱정을 하야 본 일이 잇섯든 것은 안이지만, '아즉 죽지는 안은게로군……'하는 생각이 나서, 마음이 푸러지는 同時에, 돌이어 좀 疑訝한 생각까지 업지 안엇다. (〈만세전〉,염상섭 전집 1권,민음사,1987,12쪽)

ⓑ 冥想的이요 神經質일 쑨 아니라, 아즉 純潔한 맛이 남아 잇는 靜子에 比하면, P子는 이러한 생애에 달코 달어서, 되지 안케 약은 톄를 하면서도 常스럽고 賤한 구석이 잇지만,그래도 나는 이러한 녀자에게 興味를 늣긴다. (〈같은 글〉,19쪽)

ⓒ 원래가 理智的 打算的으로 생긴 나는, 一時 손을 대엇다가, 옴칠 수도 업고 내칠 수도 업는 째는, 그 머리쌀 압혼 것을 엇더케 措處를 하나, 하는 생각이 압홀 스는 동시에, 므슨 民族的 渠溝가 압홀 가리우는 것은 안이라도, 己往 外國 계집애를 어더가지고, 악갑게 스러져 가는 靑春을 享樂하랴면, 自己에게 마즌 타입을 求하겟다는 朦朧한 생각도 업지 안어서 그리하얏다 (〈같은 글〉,26쪽)

ⓓ 精神的 娼婦! 그것이 墮落이 안이고 무엇일가. ― 女性을 사랑할 수 업슬만치 墮落하얏다. 그리고 精神的 墮落은 肉體的 墮落보다도 한 층 더 무섭은 것이다. 墮落이라는 것이 語弊가 잇다 하면, 그만큼 사람냄새가 업서젓다고 하는 것이 올흘가…… 하지만, 사랑이니 무어니 머리쌀 압흐다. (〈같은 글〉,28쪽)

ⓔ 偶然이든 낫는 子息은 죽일 수 업스니짜 남과 가티 길러노키는 하여야 하겟지만, 그러케 성화를 하면서 한 生命이 나타나올 機會를 人力으로 만들지 못해서 애를 쓸 것이 무엇인지, …긔ㅅ것 잘낫다야 저 혼자 속을 썩이다가 발자최도 업시 스러질 것이며, 자칫하면 自己의 生命을 咀呪하고 나

아준 父母를 怨望할지도 모를 것이다. (〈같은 글〉,67쪽)

ⓕ 이째ㅅ것- 亡國民族의 一分子가 된지, 벌서 七年 동안이나 되는 오늘날까
지는, 事實 無關心으로 지냇고, 坯 四圍가 그러하게, 나에게는 寬大하게
내버려 두엇섯다. 돌이어 小學校 時代에는, 日本敎師와 衝突을 하야 退學
을 하고, 私立學校로 轉學을 한다는 등, 純潔한 어린 마음에 愛國心이 比
較的 熾烈하얏지만, 智覺이 나자 마자 東京으로 건너간 뒤에는 (…)그리
敵愾이나 反抗心을 이르킬 機會가 적엇섯다. (…)元來 政治 問題에 對하
야無趣味한 나는, 이째것 別로히 그런 問題로, 머리를썩이어 본 일이,全然
히 업섯다 하야도 可할 만 하얏섯다. (〈같은 글〉,36-37쪽)

ⓖ 나는 먹고도 십지만 朝鮮에 도라오면 술이 금세로 느는 것이 걱정이엇다.
朝鮮 와서 보아야 술이나 먹고 흐지부지하는 것 밧게는 할일이라고는 업
는 것 갓기도 하지만, 생각하면 朝鮮사람이란 무엇에 써먹을 人種인지 모
를 것 갓다. (…)그들에게 過去에 人生觀이 업고 理想이 업섯든 것과 가
티 現在에도 坯한 그러하다. 그들은 自己의 生命이 神의 無節制한 浪費라
고 생각한다. (〈같은 글〉,94쪽)

ⓗ 속이고 속고 쌧고 쌔앗기고 먹고 마시고 그리고 산다고 한다. 살면 무얼
하나? 죽지!……그러나 죽어도 共同墓地에 드러갈가 보아서 安心을 하고
눈을 감지 못한다. (〈같은 글〉,95쪽)

ⓘ 單純한 勞動者라거나 無産者라고만 생각할 째에도, 잇삿흘 어울르기가 실
타. 德義的 理論으로나 書籍으로는 所謂 無産 階級이라는 것처럼,우리 親
舊가 되고 우리 편이 될 사람은 업다고 생각하면서도, 實際에 그들과 마
조 싹 對하면 어쩐지 얼굴을 쩝흐리지 안을 수 업섯다. (〈같은 글〉,48쪽)

ⓙ 姑息, 彌縫, 假飾, 屈服, 卑怯,……이러한 모든 것에 滿足하는 것이 朝鮮
사람의 가장 有利한 生活方途요, 賢明한 處世術이다. (〈같은 글〉,78쪽)

ⓚ '이것이 생활이라는 것인가? 모다 되어것 버려라! (…) 무덤이다. 구덱이
가 끌는 무덤이다!'(〈같은 글〉,83쪽)

 이것은 이인화의 내면을 묘사한 직접묘사 부분이다. 텍스트 내에서 가장 권위 있는 목소리를 통해 말해지는 인물의 성격이 직접한정[2]이지만 일인칭 서술자라는 것은 부쓰의 용어를 빌자면 신빙성이 없는 화자이다.[3] 그런 만큼 이 내면묘사조차도 완벽한 성격 한정은 아닐 수 있다. 그것은 후에 고찰하게 될, 인화의 자식에 대한 관념 등에서 뚜렷하다. 이를 통해 한정되는 인화의 성격을 보기로 하겠다.

 양성관계를 보면, 우선 그는 아내와 정신적 화합이 되지 않는 인물이다. 집에서 온 전보에 아내가 죽었다는 내용이 없자 한편 안심이 되기도 하지만 또 한편으로는 의아하게 여긴다. 후술할 동경 술집 여급들과의 대화에서 보여지겠거니와 그의 여성에 대한 취향은, 순결한 데가 있는 정자를 좋아하면서도 한편으로는 '달코 달아' 상스럽고 천한 구석이 있는 P자에게도 흥미를 느끼는 것이다. 그런데 그는 한 여성을 열렬히 사랑할 수 없을 정도로 타락하고 인간미가 없어진 자기 자신을 탄식한다. 염상섭은 여러 작품들에서 사랑할 수 있는 마음이 남아 있어야 인간으로서 존재할 수 있는 가능성이 있는 것임을 은연중 혹은 직접적인 방식으로 강조하는데 이인화는 이미 그런 마음을 잃었다고 함으로써 식민지에서 삶의 모든 것을 잃어버린 채 살아갈 뿐인 젊은 지식인의 내면 세계를 묘사하고 있다. ⓓ에서 인화 스스로가 '정신적 창부'라고 고백하는 것은 바로 그런 것이다.

 다음으로 부자관계를 생각해 볼 때 그는 인간 사회의 기초라 할 수 있는 부모-자식간의 사랑을 부정한다. 아들을 낳겠다는 생각으로 아내 외의 다른 여자를 들인 형의 자식에 대한 욕심을 이해할 수 없어 하고, 낳아 버린 자식이야 죽일 수 없으니 길러야 할 것일 뿐 식민지 치하의 사회에서 자식 같은 건 사랑의 대상이 아니다. 그로서는 자식이 사랑의 대상으로 느껴질 겨를 같은 것은 애초부터 없었다. 이것은 이인화가 당시 닫힌 사회 속에서 존재의 무의미성을 개탄하는 것이 된다. 태어난 것에 대하여 자식이 느낄지도 모르는 원

---

2) S.리몬-케넌,《《앞의 책》》,93면 참조.
3) 부스는 화자의 신빙성 여부에 따라 두 가지- 모든 판단이 다 의심스러운 화자, 전지적 작가와 거의 구별할 수 없는 화자-로 나누고 그 사이에 신빙성의 정도의 차이가 종잡을 수 없이 다양한 화자를 위치시켰다. Wayne C.Booth,《《앞의 책》》,316면.

망과 저주를 그는 두려워하고 있다. 이것은 물론 인화 스스로의 삶에 대한 관념이 은연중 나타나고 있는 것에 다름아니다. 부부와 부자 간의 모든 사랑의 부정,아니 한 인간에 대하여도 사랑할 수 있는 인간미의 부재는 가족 내에서 그를 고립되게 만들지만 그는 사회에 대하여도 마음을 열지 못한다.

ⓕ에서 볼 수 있는 것은 이인화의 對日감정이다. 그의 식민지 시대에 대한 인식은, 곧 점차 식민에 적응해 가고 있음에도 문득문득 느껴지는 일인들과의 이질감에서 비롯되는 것이다. 그것으로 인해 조선인은 自救의 필요성을 인식하게 되기 마련이라는 것이다.

그러나 조선 민족은 ⓖ에서와 같이 술에로 도피하거나 흐지부지 살아갈 뿐이며 ⓗ에서처럼 어떻게 살 것인가라는 문제보다 죽은 후의 묫자리에만 전전긍긍하는 한심함 뿐이다. 이것이 그의 조선인관의 출발점이다. 사랑의 대상이어야 할 조국과 민족을 사랑할 수 없는 데에 그의 비극이 있다. ⓘ에서 알 수 있는 그의 계층의식은 프롤레타리아는 기질적으로 꺼리는 것이다. 여차하면 거칠게 나오고 무지한 '못 가진 자'와 입으로는 투쟁, 계급, 착취 운운 하면서 제 앞가림 하나 똑똑히 못하는 '주의자'를 비판한다. 뿐 아니라 일인을 가장하는 역부4)와 조선인은 '요보'요 바보라는 취급을 달게 받으려 하는 갓장수5),나아가 주위 사람들을 주시하고 눈치를 보는 점에서, 서로를 훔쳐보는 점에서 다른 일반 사람들까지도 그는 혐오한다. 그러니 그런 조선인들에게서 그는 결코 동질감을 느낄 수가 없다. 식민 상태를 받아들였을 뿐 아니라 그러한 굴욕적 식민지 안에서 인정하고 순응하는 조선 민족은 이인화에게는 동질감을 전혀 느낄 수 없는 '그들'로 인식된다. ⓙ, ⓚ는 그런 인식하에서의 조선인의 평가이고 개탄이다. 식민지라는 현 상황을 의식하지 못하고 임기 응변처럼 살아가고 있는 것이 바로 '그들', 조선인들의 처세술이자, 생활방식이고 그러한 것

---

4) 누구의 것이냐고 서투른 日本말로 묻기에,나는 벌서 朝鮮 사람인 줄 알아 채이고,일부러 朝鮮 말로 대답을 하얏더니,"나니?(무엇이야?)(...)?"하여 如前히 못 알아드른 체하고 日本 말로 묻는 데에는 어이가 업섯다.(〈만세전〉,81쪽)
5) "(...)머리만 싹고 內地ㅅ사람을 만나도 對答 한아 쏙"히 못하면 官廳에 가서든지 巡査를 만나서든지 더 구치 안은 쌔가 만치요. 이러케 망근을 쓰고 잇스면 '요보'라고 해서 좀 잘 못하는 게 잇서도 웬만한 것은 容恕를 해 주니까, 그것만 하야도 싹글 필요가 업지 안어요"(〈만세전〉,77쪽)

들을 직시하는 '나' 이인화는 조국이 마치 '구덱이가 끌는' 무덤 같은 것으로 보
이는 것이다. 이러한 부정적인 한국관, 한국인관은 일본에서 얻은 것으로, 그
의 일본 유학과 무관하지 않다6). 그러나 인화 역시 부산에 대한 일인 침탈에
분개하고 탄식하다가도, 기생인 듯한 여인을 보자 그런 생각이 없어지고 일종
유희 기분이 들 정도로 시대에 관한 인식이 피상적이고 찰나적인 것을 알 수
있다.7) 이러한 부정적 한국관은 이광수의 작품에서도 보이는 전통 단절, 고아
의식의 표현이라 할 것으로 파악되는데, 국가 상실이 곧 부의식의 상실을 뜻
한다 할 때 그들의 고아의식의 의미는 이중적인 것이 될 수밖에 없다. 이러한
민족과 국가에 대한 자포자기와 자학이 이인화를 정신적으로 불균형하게 만드
는 것이다.

b. 간접묘사

a) 애펠레이션

'인화'라는 이름은 사촌 형인 '병화'와 함께 항렬을 따르는 이름이다. 이는 사
회관습적, 통념적인 방법이며 형제 · 자매 사이를 쉽게 알게 해 주는 "한국 소
설이 가질 수 있는 장점"인 명명법이다.8)

b) 외양 묘사

〈만세전〉은 1인칭 주인공 시점9)이기 때문에 주인공인 이인화의 외양 묘사
는 보이지 않는다. 물론 이 경우에 '거울'이라는 장치를 활용한다면 주인공인
'나'의 외양을 묘사하는 것이 가능하였겠지만, 죽음과 삶이라는 인간의 근본적

---

6) 강인숙,〈〈자연주의 문학론II〉〉,고려원,1991 참조.
7) 이째까지 혼자 憤慨하고 혼자 咀呪하든 생각은 감짝가티 스러지고 눈에 보이는 것은 것어
  올린 옷자락 밋헤 느러진 빨간 고시마기하고 그 알에에 하얏케 나타난 치울듯한 폭실폭실
  한 종아리다.(〈만세전〉,55쪽)
8) 조진기,〈〈앞의 책〉〉, 91쪽.
9) 이러한 시점을 쓰는 것은 진실성과 호소력이 강한 장점이 있는 대신 시야가 제한되고 작
  품 스케일이 협소한 단점을 갖는다.(홍석영,〈〈앞의 책〉〉,178면 참조) 그리고 주인공 자신
  의 외양이 묘사되기는 곤란한 것을 보게 된다. 그러나 〈만세전〉의 경우에 旅路를 사용함
  으로 시야 제한의 한계를 벗어나려 한 것으로 보아진다.

인 문제에 천착하면서 외부의 관찰과 자신의 내면이 주로 묘사되는 〈만세전〉에서는 그런 문제에 대한 여유를 갖지 못하고 있다.

　c) 대화·말씨 묘사

ⓐ "아,點心도 안이 잡스시고, 웨 이리 急하세요. 도라가시기도 前에 진지를 못 잡슷도록 그럿케도 서르세요?"하며 혼자 쌜〃대인다. "암, 그저 눈물이 안 날 쑨이지, 허〃〃."(〈같은 글〉,13쪽)

ⓑ "(…)夫婦間에 서로 믿는다는 것은,結局 사랑한다는 말이지만, 사랑한다는 것도 極端에 가서는, 남이 나를 사랑하거나 말거나, 저 혼자의ㅅ일이다. 저 사람이 밧지 안트라도 自己가 사랑하고 십흐면, 自己가 滿足할 데까지 사랑할 것이다. (…)夫婦間이라고 반듯이 사랑하여야 한다는 法이 어데 잇슬까."(〈같은 글〉,20쪽)

ⓒ "(…)죽거나 살거나 눈 한아 쌈작어리지도 안으면서 하는 工夫를 내던지고 보라 간다는 것이 僞善이다. (…)목숨 한아이 업서진다는 것과, 내가 술먹는다는 것과는 個別한 問題다."(〈같은 글〉,20쪽)

ⓓ "죽으면 뭇을 데가 업슬가 보아서 그리세요. 共同墓地는 고사하고 火葬을 하든 水葬을 하든 相關업는 일 안인가요. 아버니께게서는 空然히 그런 걱정을 하시지만, 이 밥븐 세상에, 그런 걱정까지 하는 것은 생각해 볼 일이지요."(〈같은 글〉,69쪽)

ⓔ "(…)죽는 사람마다 넓은 터전을 차지하다가는 이 世上에는 무덤만 남고 말게요. 허〃〃(…)그리면서도 배에서 쏘르륵 소리가 나게 될 날이 未久不遠한 것은 꿈에도 생각해 보지 안코 죽은 뒤에 파뭇칠 곳부터 念慮를 하고 안젓다는 것은 넘어도 얼쌔진 늣둥이 수작이 안이요? 허〃〃."(〈같은 글〉,79쪽)

ⓕ "참 變한다 變한다하니 李先生가티 變하신 兩班이 어데 게세요. 아-아, 참."(〈같은 글〉,31쪽)

"자네두 퍽 變하얏네그려." (…) 乙羅의 이약이를 근질~하리만치 泰然히
하고 안젓는 것이 炳華에게는 多少 不快하기도 하고 異常쩍은 모양이다.
(〈같은 글〉,92쪽)

ⓖ 이 무덤 가운데에 드러안진 只今의 나로서 어찌 '꼿의 서울'을 꿈꿀 수가
  잇겟습니싸. (〈같은 글〉,104쪽)
  "겨오 무덤 속에서 빠저 나가는데요? 쌌듯한 봄이나 만나서 別莊이나 한
  아 작만하고 거드럭어일 째가 되거든요?……" (〈같은 글〉,107쪽)

ⓗ 나는 그 씨를 북돗아서 남보다 낫게 길을 義務와 責任을 늣깁니다. 勿論
  나는 將來에 나에게 分配가 돌아오리라고 豫想하는 財産의 半分을 提供하
  는 條件으로 우리 宗家에 養子로 주기를 自請하얏지만, 그것은 形式과 物
  質의 문제요 根本的內面과 素質에 잇서서는, 그의 幸福에 對한 全責任을
  질 義務가 依然히 나에게 잇다고 나는 굿게 銘心합니다.(〈같은 글〉,105
  쪽)

　ⓐ～ⓔ는 이인화 자신의 말에 의하여 묘사되는 부분이다. ⓐ에서 인화는 아
내가 위독하다는 전보 내용보다 電報換에 더 관심을 보이고 있다. 그리고 하
숙집 주인여자의 농담에 가벼이 응하면서 냉소하고 있다. 아내의 병이라는 절
박한 문제 앞에서 그는 농담을 할 만큼 여유를 갖추고 있다. 이러한 아내에
대한 냉혹성은 인화가 가끔 다니는 카페를 찾아가 여급들을 앉혀 놓고 이야기
하는 ⓑ, ⓒ에서도 보여진다. 부부간의 절대적이고 책임이 뒤따르는 사랑을 부
정하며 만일 사랑을 한다면 상대방의 사랑을 바랄 것도 없이 자기의 만족을
위하여 사랑하여야 한다는 것이다. 그의 결혼관은 종족 본능 이외의 어떤 충
동이 사람 속에 움직여서 하는 것이어야 한다는 것인데 그 '어떤 충동'이라 함
은 사랑을 말하는 것이다. 그래서 작품 속에서 본격적으로 다루어지지는 않았
지만, 이인화의 혼인은 부모에 의한 조혼에 불과하고 그로 인해 부부간의 사
랑을 인식하지 못하고 있음을 암시받을 수 있다. 한편 그는 사랑하지도 않는
아내를 위하여 갑작스레 귀국하는 자신의 행동을 '위선'이라고 못박고 있다. 마
음에서부터 우러나오는 동정과 관심 없이 인정상 찾아간다는 것에 그는 자책

하는 것이다. 그런데 그가 자책하는 것은 마음으로 아내를 걱정하지 못하는 자신에 관하여서라기보다는 진실한 사랑도 없는 사람을 걱정하는 척하고 찾아가는 위선을 과연 해야 할 것인가 하는 것에 있음을 알 수 있다. 이상이 그의 부부관계와 애정관을 알려 주는 부분이다.

ⓓ, ⓔ는 무덤문제만 들먹이는 사람들에게 대하여 냉소적인 태도로 이야기하는 가운데 현실적이며 타산적인 이인화의 성격을 나타내는 부분이다. 이는 기성세대에 대한 반감 같은 것을 품고 있는 발언이라 보여지는데 분명한 것은 사람이 살아가는 문제라 할 민족, 독립 같은 것에는 무관심한 채 죽은 뒤의 문제인 묘지문제에만 흥분하는 것에 대한 경계가 다분히 숨어있음을 보게 된다. 갓장수와의 공동묘지 이야기 후에는 '墓地를 簡略하게 하야, 地面을 縮小하고 남는 쌍은 누구의 손으로 드러가고 마누 하는 생각'도 하는 것에서 그가 현실에 대하여 정확히 직시하고 있음을 볼 수 있다.

ⓕ는 동경에서의 오랜 유학 생활 후 인화의 성격이 다소 변화되었음을 알게 하는 부분이다. 병화와 乙羅에 의하면 여자 이야기만 해도 얼굴을 붉히고 수줍어하던 그가 다소 짓궂으면서도 냉소적인 성격으로 변화된 것이라고 한다.

그러면 그렇듯 성격이 변하게 된 요인은 과연 어디에 있는 것인가. 작품을 보면 식민지 젊은이로서 적국이라 할 나라에서의 오랜 기간에 걸친 유학 생활이 그를 그렇게 냉소적이고 사변적인 인물로 만들었음을 알 수 있다.

어떻든 동경에서의 여급들과의 대화에서는 사랑을 말하고 주관심사 역시 사랑이라는 로맨틱한 문제인 반면, 조선에서의 대화는 죽음이 전제되는 묘지 문제로 토론 주제가 달라지는 것을 볼 수 있다. 그렇기 때문에 동경은 '꽃의 서울'이고 조선은 '무덤'이며 '짯듯한 봄'이 와야만 하는 곳으로 인식되고 있다. ⓖ의, 정자에게 쓴 편지나 형님에게 하는 말에서 그런 것이 보여진다. 내면 묘사에서 보였던 자식에 대한 사랑 부정론 혹은 子息 無用論 같은 것은 ⓗ에서는 반대로 나타난다. 여기서 그는 자신의 자식에 대한 책임을 뚜렷이 느끼고 있음을 알 수 있다. 이것은 동경의 카페 여급인 정자에게 쓴 편지 중 일부이다. 김윤식은 편지 형식이라는 것을 주인공의 심리 묘사라든가 어떤 사정을 대화나 서술의 형식으로 밝히는 대신 사용하는 근대적인 수법으로 보면서, 편지

형식의 적절한 용법 속에 염상섭의 창작상의 비밀이 놓여 있다고 했다. 곧 제도적인 장치에 맞서기 위해 생겨난 것이 '내면'이고 그 '내면'을 모체로 하는 것이 고백체이며 그 직접적 형식이 편지형식임을 속속들이 알아낸 것이 바로 염상섭을 근대적인 작가라 부를 수 있게끔 만드는 것이며 그렇기 때문에 그의 편지 이용법은 중요한 의미를 갖는 것10)이라는 것이다. 사실 편지라는 것은 그저 단조로운 서술적 이야기로는 은폐된 모습으로 혹은 두드러지지 못한 모습으로 남겨져 있기 쉬운 것에 빛을 던져 주는 것이며 "대답할 시간을 지나치게 충분히 소유한 두 부재자 사이의 극단적으로 감속된 대화"11)이다. 이 편지에서도 이인화의 내면의 고백, 내면의 외면화로서 그 심정의 토로가 보여지고 있으며, 편지는 작품 전체에서 중요한 무게를 가지고 있는 것이라고 보아진다. 이인화의 죽은 아내에 대한, 자식에 대한 앞날의 계획 그리고 그에 대한 사랑과 책임감 같은 것은 이 편지글을 떠나서는 전혀 보여지지 않는 것인 만큼 그 중요도는 큰 것이라 할 것이다.

d) 행동 묘사

ⓘ 인제는 그 커-풰로 가서 點心이나 먹을가 하다가, 돈푼 가진 바람에 그랫든지, 아즉 그리 急하지도 안은 듯 하고, 머리 治裝이 하고 십흔 생각이 나서 近處의 理髮所로 차자 드러갓다. (…)싹지 안어도 조홀 머리짜지 싹그랴는 只今의 自己가, 瞥眼間 野卑하게 생각되는 것을 깨닷고, 압헤 세운 體鏡 속을 멀건히 드려다 보다가, 혼자 픽 우서버렷다. (《같은 글》,12쪽)

ⓙ 그러나 機會가 마츰 조타고 생각한 나는 벌쩍니러나는 길로, 眞灰色 바탕에 흰안을 바친 목도리를, 匣에서 끄내어서, 匣에 달닌 종희를 쑥 찌저서 둘〃 마라가지고, 靜子 압흐로 뎀벼들며, 목을 끼어 안으면서 허리춤에 쑥

---

10) 김윤식, 《《염상섭 연구》》,449,521면 참조.: 그는 또 근대문학은 내면의 드러내기, 곧 고백체라는 단정을 하면서 고백체는 성스러우며 진실한 것이고 그것은 명치국가의 제도적 장치의 견고함, 중앙 집권화의 철저화, 국가권력의 증대에 비례하는 것이라고 하였다.(471면).
11) 김화영,《《앞의 책》》,266면.

씨어준 後에 ...하얏다. (〈같은 글〉,18쪽)

ⓚ 나는 참을 수 업서 〃 砲兵工廠압흐로 다라나는 電車에 쮜어올낫다. 이러한 째에 美人의 얼골이라도 치어다보면, 캄플注射만한 效果가 잇스리라 (〈같은 글〉,22쪽)

ⓛ 外套폭케트에다가 두손을 찌르고, 어느째까지 우둑헌이 섯는 나의 눈에는, 어느덧 쯕근쯕근한 눈물이 비저나와서, 上氣가 된 左右뺨으로 흘너나렷다. 찬바람에 산득산득 슴여드러가는 것을, 나는 씨스랴고도 아니하고 如前히 섯섯다. (〈같은 글〉,46쪽)

ⓜ 그래도 금새로 나가버릴 수가 업서서...오래 안젓스면 덤 〃 더울것 갓고, 坐 事實 더 안젓기도 실키에 나는 울지 말라고 달래면서, 안房으로 건너 와서,(〈같은 글〉,85쪽)

ⓝ 초상 中에 坐 한가지 나의 苦痛은 눈물 안나오는 울음을 울랴는 것이엇다. 이것도 자기네끼리라든지 집안 食口들은 뒤ㅅ공론을 하는 모양이나, 파뭇고 드러올째까지 나는 눈물 한방울 흘릴 수가 업섯다. (〈같은 글〉,99쪽)

그의 묘사된 행동의 전체적인 특징은 앞뒤가 맞지 않는, 일시적·순간적 행동이라는 것이다. 먼저 ⓘ, ⓙ는 동경에서의 '나'의 행동이다. 집에서 부쳐준 돈으로 이인화가 제일 먼저 하는 일이 바로 여급 靜子에게 줄 목도리를 고르는 일이었고 그녀를 보러 가기 전에는 당장 필요하지도 않은 이발을 할 만큼 외모에 신경을 쓰고 있다는 시실은 주의를 요한다. 그리고는 그녀를 찾아가서 性戲에 지나지 않는 무의미한 장난을 한다. 그러나 그의 이러한 장난과도 같고 무의미한 행동들은 그가 혼자 있을 때의 행동들을 보면 그 원인이 불확실하고 막연한 분노와 슬픔에 줄이 닿아 있는 것을 짐작할 수 있다. 직접묘사 부분에서도 나타난 것과 마찬가지로 그는 "심리의 앰비밸런스"12)의 상태에 놓여 있는 것이다. 목전에 닥친 아내의 죽음으로 응당 귀국길에 올라야 하지만

---

12) 김윤식,〈〈염상섭 연구〉〉,200면.

그는 성적과 졸업에 영향을 미칠 학교 시험과 카페, 정자가 있는 동경을 떠나기가 못내 싫은 것이다. 아내의 죽음만이 기다리는 어두운 조선, 마땅히 가야만 하는 곳이지만 할 수만 있다면 피하고 싶은 길이다. 반면에 동경은 '꽃의 서울'이고 여급들과 무람없이 희롱을 할 수 있는, 낭만의 도시이다. 그의 괴로움과 갈등은 여기에서 시작된다. 어쩔 수 없이 조국보다 敵國을 더 지향하는 것, 여기에 그의 모순과 딜레마가 놓이는 것이다.

ⓚ, ⓛ은 혼자 있을 때 행동이다. 웬지 모를 막연한 울분을 해소하기 위하여 공장 노동자들이 많이 타는 차에 올라 본다. 미인의 얼굴을 보면 좀 나아질까 해서이다. 노동자에게서 '미'를 구하려고 한다는 것에서 그의 노동자 계층에 대한 몰이해를 다시 한 번 알 수 있다. 이것은 그의 생활 방식이 얼마나 아이러닉한 것인가를 시사한다 하겠다. 남의 얼굴을 보며 '캄플 주사'같은 효과를 기대하면서 차에 오르는 행동을 하는 것은 그가 그만큼 참을 수 없을 정도의 고독감과 우울함을 갖고 있다는 것을 알게 한다. ⓛ은 귀국길에 올라서 맛보기 시작하는 내면이 보여지는 부분이다. 그것은 알 수 없는 막연한 센티멘탈로, 심리의 이중성, 앰비밸런스의 외면화라 할 것이며, 그가 다소 점액질적이고 우울질의 성격을 지니고 있음을 알려 준다. 동시에 앞서 본 동경에서의 쾌락 추구와 성적인 遊戱가 그 밑에 어떤 울분 같은 것이 내재되어 있었던,의식적인 행동이었음을 짐작하게 한다.

ⓜ, ⓝ은 조선의 집에 돌아왔을 때 보여주는 행동이다. 몇년 만에 찾은 아내의 방에 대한 나의 첫느낌은 비위를 거슬리는 냄새다. 그래서 마지 못해 형식적으로 조금 앉아 있다가 '더 안젓기도 실키에' 나와버리고 아내가 죽은 뒤에도 눈물 한 방울 흘리지 않아 주의의 빈축을 산다. 이런 부작위 행동은 그가 아내에 대한 사랑이 전혀 없기 때문이라고만 해석할 수 없는 意味域을 갖는다. 아내의 죽음에 대한 '나'의 행위를 시대와 연관지어 해석하면 그것은 주권과 나라마저 빼앗긴 상황에서, '상실에 대한 不感症'이며 앞서도 말한 인간미, 인간애의 상실을 단적으로 말해 주는 것이다. 그가 아내의 죽음을 삼일장으로 치를 것을 주장한 것 역시 그러한 감정의 연장에서의 "시간에 대한 강박관념, 초조감"13)의 반영이라고 보아진다.

e) 환경 묘사

〈만세전〉의 시간 시점은, 만세 곧 기미독립 운동이 일어나기 전해인 1918
년 겨울로, 작품이 쓰여지는 때(1922년)로부터 멀지 않은 당대이다. 그리고
공간적 환경은 동경과 서울의 旅路로 이중 구조를 이루고 있다.

환경 묘사로서 인물의 심리와 성격을 좌우할 만한 분위기의 묘사를 살펴볼
것이다.

ⓞ 巨里는, 아즉 初저녁이지만은, 첫치위인데다가, 낮부터 陰酸하얏든 日氣
는, 맛치, 눈이나 오랴는 듯이 밤이 들어갈스록, 쌀〃하야젓다. 사람 자최
도, 漸〃 성기어가고, 人道 우에 부딪는 나막신 소리는, 한層더 擾亂히 들
린다. 여기저기 店頭에 매달린 電燈 불ㅅ빗까지 졸리운 듯 살어름이 잡히
어가는듯 보이스름하게 비초이는 것이, 더욱히 쓸〃하야 보이엇다. (〈같
은 글〉,21쪽)

ⓟ 車間 안의 空氣는 담배ㅅ 煙氣와 石炭재의 먼지로 흐릿하면서도 쌀〃하다.
우중충한 램프ㅅ불은 웅크리고 자는 사람들의 머리 위를 직히는 것 가트
나, 묵직하고도 고요한 壓力으로 삽붓히 내리누르는 것 갓다. (〈같은 글〉,
83쪽)

ⓠ 屛風으로 꼭〃막고 오즘쌍을 바다내이는 오랜 病人의 房이다. 퀴〃한 냄새
에 藥내가 석기어서, 밤車에 疲勞한 사람의 脾胃를 如干 거슬리는 게 안
이지만 (〈같은 글〉,85쪽)

ⓞ는 동경에서의 배경묘사이다. 나막신 소리와 전등불빛이 객창감을 더해
주는 객관 상관물로 쓰이면서, 그의 마음 상태를 보여 주고 있다. 그런가 하면
고국으로 돌아오는 기차 안에서 느끼는 공기는 담배 연기와 석탄재처럼 탁하
고 쌀쌀하기만 하다. 머리 위를 밝히는 것일 뿐인 램프의 존재까지도 그에게
는 '묵직하고도 고요한' 압력처럼 느껴진다. 이것은 일종의 풍경의 유비에 속하
는 것이다. 식민지 치하에 있는 민족을 내리누르는 것은 램프가 아니고 식민

13) 〈〈위의 책〉〉,202-203면.

지 치하라는 사실일 것이다. 짓눌린 민족에게는 모든 것이 압력으로 느껴질 것이기 때문이다.

ⓐ와 같이 집으로 돌아왔을 때 아내의 방 풍경은 가뜩이나 사랑이라곤 제대로 느껴 볼 사이도 없었던 아내와의 심리적 거리를 더욱 멀게 만들고, 이미 묘지로 파악된 바 있는 고향과 조국을 더욱 蕭然하고 답답한 것으로 느끼게 작용한다.

이인화의 경우 대표적인 묘사 부분을 추출한 결과 간접묘사의 분량이 많다. 그것은 첫 장편인 〈만세전〉의 시기에 이미 상섭이 외면화라는 형식적 리얼리즘의 기법을 의식한 때문이라 할 것이다. 그러나 내면의 천착을 통한 직접묘사의 부분도 무시할 수 없는 비율이다. 우유부단하고 우울질의 성격은 내면 묘사에서 잘 나타나는 반면 간접묘사를 통한 성격 묘사에서는 모호한 심리가 외면화되는 것이기 때문에 간접묘사만으로는 그의 성격이 모호해지는 것을 보게 된다.

이인화는 유학생으로 적국에서 학문을 닦고 있는 신분이다. 그러한 그에게는 식민지라는 것이 피부에 닿는 절실한 아픔이 아니었을 것이다. 혹은 그것을 의식하지 않으려고 애를 써 왔던 것일 수도 있다. 그러나 고국 땅을 찾으면서 그는 식민국의 백성이기 때문에 사사건건 감시와 검문을 당하고 그때문에 식민 현실을 직시하게 되는 계기를 맞는다.

고국길의 그는 배와 기차를 타게 되는데 우선 배에서는, 일인들에 의하여 이질감과 분노를 느끼게 된다. 조선을 착취의 대상으로 보는 인신매매업자 일인을 만나면서 그러한 것은 더욱 가중된다. 본래 지식인이 인간, 사회, 자연, 우주에 대한 일반적 법칙과 추상적 원칙을 그 누구보다도 더 빈번하게 더 깊게 생각하는 존재이고 어떤 사람들보다도 한 시대와 사회의 문제들에 대해 보다 본질적인 관심을 보이며 또 한 시대와 사회의 인식체계와 도덕적 문제에 더욱 민감한 반응을 보이는 존재14)라 한다면 동경 유학생으로서 당대에는 최고 인텔리라 할 수 있는 이인화의 눈에는 사회적 병리가 구체적으로 맞닥뜨려지면서 더욱 절실히 보여졌고 그에 민감할 수밖에 없었던 것이다.

---

14) 조남현,《《한국 지식인 소설 연구》》,89면 참조.

　다음으로 이인화는 부산에서부터 타는 기차에서 같은 민족들의 모습을 보며 그들과 대화를 하게 되는데 여기서 그는 줄에 묶여 끌려가는 사람들,현실에 안주하려는 사람들, 차라리 일인 행세를 하며 살아가려는 사람들, 거시적인 눈은 갖지 못한 채 공동묘지 문제만에 천착하는 사람들 등 다양한 모습의 동포들을 만나게 된다. 유학생으로서 식민지인 조선에 있지 않았기에 그의 눈은 보다 더 객관적이면서 냉철한 시선으로 병든 조국을 진단할 수 있었던 것이고 그래서 그는 식민지 시대에 가장 날카로운 비판적 안목을 갖고 있었던 지식인이라 할 것이다.15) 그런 시각의 소유자라는 점을 감안하면 그의 아내, 자식에 대한 무관심도 이해할 수 있다. 어찌 보면 그는 아내와 자식을 사랑하지 않은 것이 아니라, 평안하게 자식과 아내를 사랑이나 하고 있을 수 없는 현실에 혐오를 하고 있는 것이었다.

　동경에서 서울까지의 여러 날이 걸리는 여행과 아내의 죽음을 목도하는 것이 그에게는 하나의 인간이 성장해 가는 과정마다 지나게 되는 통과제의적인, 혹은 경험의 확대, 無知에서 知에로의 정신적인 이행까지 포함하는 광의의 의미에서 이니시에이션 과정이라고 할 수 있겠다.16) 다소 신경증적인 증세를 갖고 있는 개인의 문제에서 출발하여 그 문제는 점차 사회적인 문제로 확대되었다가 다시 그 사회의 문제가 정상적으로 심화되어 참된 시대적 인간의 모습으로 변모17)해 가고 현실에 대한 직시와 아내와 자식, 그리고 보편적 인간에 대한 사랑의 가능성을 보여주는 데에서 그러한 통과제의적인 효과는 뚜렷하다. 그러한 것은 아내가 죽은 후 서둘러서 동경에로 돌아가는 원점 회귀18)의 측면을 갖는다는 점에서 한계를 내포하는 것이라고도 할 수 있겠다.

---

15) 김현,《《문학사회학》》,민음사,1983,165면 참조.

16) 〈만세전〉은 '식민지 시대에 의해 전통적인 것과 외래적인 것이 급격한 속도로 교차되고 있는 사회 속에서 한국인이 경험하게 되는 정신사적 변화'(김치수,〈앞의 글〉,428면)로 볼 수 있다는 점에서 그것은 더욱 뚜렷하다.

17) 송하춘,〈한국현대소설에 나타난 작중인물 연구〉,고대 대학원 박사학위 논문,1980,105면 참조.

18) 김윤식,《《韓國 近代 文學 樣式論巧》》,아세아문화사,1980,156-66면 참조.
그것은 그가 정신적으로는 방황과 모색의 길 위에 있는 젊은이이며 또한 완전한 의미에서 삶의 결정을 내릴 수 있는 시기에 있지 않음과도 유관한 문제이다.;김우창,〈비범한 삶과 나날의 삶〉,김윤식 편,《《염상섭》》,문학과 지성사,1984,142면.

〈만세전〉의 세계는 모든 것들이 뒤엉켜 있고 혼돈되어 있는 세계이며,세계의 혼란과 마찬가지로 주인공의 태도 역시 혼란스럽고 불안정하다. 이인화가 하고 있는 것 같은 자조나 욕설로는 아무런 문제도 해결되어질 수 없기 때문이다. 다만 여행의 구조 속에서 타락한 당대의 현실을 적나라하게 묘사하고 그에 대한 주인공 이인화의 반응이 이원적 대립구조로 나타나면서 작가 염상섭의 반제적 정치의식과 반봉건적 의식이 복합적으로 표출되어 있음을 볼 수 있는 것이다.

2) 김중환...〈너희들은 무엇을 어덧느냐〉

〈너희들은 무엇을 어덧느냐〉는 염상섭이 본격적인 의미로의 "장편의 구조를 모색한 소설"[19]이라 보아진다. 근대 지향적 내용이 현실 뒤집기 수법으로 그려졌다[20]는 평가를 받고 있는 이 글은 제목에서부터 작중인물들에 대한 냉소가 엿보인다. 제목이 말해주듯이 이 글은 특별한 프로타고니스트가 없거나 혹은 '너희들' 즉 복수 주인공으로 되어 있는 것이다. 다만 인물들에게서 어느 정도 투사된 작가의식을 볼 수 있는 경우가 있는데 그것은 김중환과 라명수이다.

a. 직접묘사

ⓐ 중환이란 사람은 조치 못한 의미로 〈스핑쓰〉가튼 남자다. 〈쎈카단〉(頹廢傾向)의 긔분과 도학덕 관념(道學的 觀念) 사이를 올지 갈지 하는 자이다. 게다가 고집이 세이고 끈적~한 성미가 잇기 째문에 녀자에게 대하여서도 극단으로 멸시를 하면서 한편으로는 극단으로 애착을 가지고 잇다. (〈너희들은 무엇을 어덧느냐〉,염상섭 전집 1권,민음사,1987,213쪽)

---

19) 한승옥,〈〈한국현대 장편연구〉〉,민음사,1989,79면.
20) 류양선,〈근대지향성의 문제와 현실 뒤집기의 수법〉,권영민 편,〈〈염상섭 문학 연구〉〉,132-133면 참조.

ⓑ 중환이라는 사람은 술은 조하하면서도 주석에 낫서투른 사람이 잇는 것을
매우 쓰려하는 벽성이 잇는 위인이다. 더구나 아즉 인사도 하지 안은 사
람일 쑨 아니라 휘쑥~하는 시체ㅅ 졈은 아이처럼 이상한 양복을 입은 것
을 보고도 금세로 눈쌀 집흐리는 중환이에게는 그 멀숙한 청년을 자긔네
총중에 석기어 놀게 하기에는 좀 천속한 사람가타야서 짜증을 내인 것이
엇다. (〈같은 글〉,239쪽)

ⓐ, ⓑ에서 보이는 김중환은 비사교적이면서도 편협하고 모순적인 성질의
소유자임을 알 수 있다. 먼저 ⓐ를 살펴보면, 작가가 그를 '조치 못한 의미로'
'스핑쓰' 같은, 곧 어느 한쪽으로 설명이 불가능한 인물로 묘사하고 있다. 김중
환은 퇴폐 경향이라 할 데카당적 기분과 도학적인 관념 사이를 오가는 인물이
라는 것이다. 작가는 그의 성격이 이중적 감정으로 혼란스런 것이라고 이야기
하고 있는데 이것은 당시 시대와도 연관 시켜 볼 수 있는 성격이라 할 것이
다. 여자를 멸시하면서도 한 편으로는 '극단적인 애착'을 가지는 것은 그 하나
의 예가 되는 것이다.

ⓑ는 김중환이 술을 좋아하기는 하지만 모르는 사람과 허물 없이 술잔을 나
눌 정도로 사교적인 성격은 아니고, 교제 관계에 있어서 편협하고 까다롭기까
지 한 인물임을 이야기해 주고 있다. 김중환은 안석태의 옷입은 모양을 보고
그를 '천속한 사람'으로 보면서 그런 인물과는 어울리고 싶어하지 않는데, 여기
에서 그러한 그의 내면이 설명되는 것이다. 경망스런 당시의 모던보이에게 그
는 대단한 혐오감을 가지고 있음을 알 수 있다. 이는 한편으로 자기는 그런
따위의 사람들과는 어울릴 수 없다는 자부심, 나름대로의 정신적 댄디즘의 표
명이라고도 볼 수 있다.

b. 간접묘사

a) 애펠레이션

김중환이라는 이름 역시 항렬을 따르는 이름이라고 보여진다. 이름에서 그
의 성격을 직접적으로 나타내는 것은 찾아볼 수 없다.

b) 외양 묘사

ⓐ 뒤미처서 큼직하고 검으트름한 얼굴에 오동테 안경을 쓴(…)길다케 길러
서 뒤로 제친 머리는 싹글 째가 좀 지난 모양이요 코ㅅ밋과 턱 아래에 듬
은듬은히 서푼 가량이나 쌔친 수염은 머리 싹글 째에 미러버린 뒤로 한번
도 면도를 대인 일이 업는 모양이다. 후죽은한 흰 양복은 그 쑹〃한 몸집
에도 꼭 드러맛지를 아너서 갓득이나 올러간 억개가 더욱히 욱으러저서
등덜미가 쑤부정하야 보인다. 두 쌤의 근육이 축 느러진 것을 보면 암만
해두 둔탁한 위인이다. (〈같은 글〉,209쪽)

김중환의 외모 묘사이다. 우선 얼굴을 보면, 검은빛의 피부이고 오동테 안
경을 쓰고 있으며 머리는 길고 수염까지도 정리하지 않은 상태이다. 옷매무새
는,뚱뚱한 몸에도 꼭 맞지 않을 정도로 큰 양복을 후줄근하게 걸쳐 입고 있어
서 전체적으로 그의 자세를 '욱으러저서 등덜미가 쑤부정하'게 보이게 하고 있
다. 덩치에 맞지 않는 양복을 입은 것에서는 김중환이 남의 옷을 얻어입거나
한 것임을 보여주며 아울러 그가 그만큼 외모에는 신경을 많이 쓰지 않는 인
물임을 알게 한다. 두 쌤의 근육이 축 느러져 있다는 것과 그 때문에 '암만해
두 둔탁한 위인'으로 보인다는 것이 작가가 외양의 묘사 사이에 관여하는 부분
이다. 당시 유행하는 '맑스뽀이', 전형적인 페시미스트의 모습을 하고 있는 김
중환이고 보면 그가 앞에서와 같이 안석태의 외양만을 보고 마음에 안 들어하
는 심리적 배경은 짐작할 수 있다.

  c) 대화·말씨 묘사

ⓑ 목사가 하는 것을 아니하고서 텬당을 간다는 것은 바눌구멍에 황소 드러
가기보다 어려운 일이지. 생각을 좀 해 보세요. 얼마나 운치가 잇나!- 한
잔 마시고 안주 대신에 〈아-멘〉 한 덤 두 잔 마시고 쏘 한 잔 안주로 〈아
-멘〉(…) 교단에 올러가서는 위선 도라안저 긔도를 하지요 하지만 실상은
머리ㅅ골이 압후닛가 될 수 잇는 대로는 오래 긔도를- 하는 게 아니라 오
래 머리를 진정식히는 것이겟지요" (〈같은 글〉,211-212쪽)

ⓒ 그저 덥허노코 감사~하면서 빗노리도 하고 집장수도 하고 서양 사람의
거간 노릇도 하야 제 쩨ㅅ속만 채이면 〈감사~합니다〉하며 코 큰 나라 백
성에게 쌍에 코가 닷도록 절을 하지만 경건한 종교덕 충동에 눈에 보이지
안는 빗과 귀에 들리지 안는 소리에 놀라 본 일은 업섯겟지요. (〈같은
글〉,217쪽)

ⓓ "사실 말이지 나두 아즉 유신론자(有神論者)는 못 되엿소이다만은 신(하누
님)의 존엄이라든지 종교의 권위라는 것을 무시하고서 그런 시럽슨 이야
기를 한 것이 아닌 것은 최군도 짐작하시겟지요. 오히려 신을 존엄한 것이
라고 생각하고 교회의 신성이라든지 종교의 권위를 생각하기 째문에 오늘
날의 종교가를 미워하는 것이라 하겟지요(...)" (〈같은 글〉,214-215쪽)

ⓔ 그저 먹고 마시고 쩌들라고만 만드러 노은 조선 사람의 뎐형덕(典型的)인
이 입밧게 업는 나는 먹고 마섯스닛가 인제는 조금만 쩌들어 보겟습니다.
(〈같은 글〉,228쪽)

ⓕ "기생이랄 게 아니라 통트러 말하면 조선의 녀성이라는 것이 근본덕으로
그러치. 말하자면 녀성이라는 성덕 자각(性的 自覺)이 업다는 게 올켓지
...... 중성(中性)이라고나 할까.허 〃 〃. " (〈같은 글〉,248쪽)

ⓖ "통트러 말하자면 녀자니 남자니 할 것 업시 조선민족에게 대하야서는 이
대로서는 장래가 미덥지 못하다고 나는 생각하네. 어떤 째는 정말 미워!
물론 자긔 자신까지...... 조선 사람이란 열 웃물 백 웃물을 파 보지 안으
면 만족할 수 업는 인종이야. 근긔도 업고 정열도 업스니까 한가짓ㅅ일에
몰두를 할 수두 업구 금세루 염증이 날 게 아니야? 두말할 것도 업시 조
선 사람에게는 의지(意志)라는 것이 업서! 게다가 조선 사람에게는 니가
업서오.무엇이든지 잡지를 못하는 백성일세(...)련애 업는 민족! 그거야
말로 죄악돌이 쌀닌 길을 징 박은 신발로 밥는 것 가튼 것이 아닌가?"
(〈같은 글〉,271쪽)

ⓗ "(...)련애의 그 자체보다는 련애를 할 만한 모든 조건과 조짐이 조선 사
람에게 잇섯스면 조켓다는 말일세. 그러나 련애라는 것은 감정이 순일(感

情純一)하여야 할 것이요 자긔의 생활에 대하야 깁흔 자각과 날카로운 반성력(反省力)이 잇서야 할 수 잇는 것일세. (…)"(〈같은 글〉,280쪽)

ⓘ "자네에게는 위선 돌진성(突進性)이 잇스니까 우리와는 다르단 말이야. 무엇이든지 하겟다 하면 긔여코 하고야 마는 악지가 잇는 것만 해두 행복스럽단 말일세. 그러나 나는 그만한 렬정이 업서! 마치 김 나간 맥주 모양으로 밍〃할 쑨이요. 계집을 보드라도 마음에 마즈면 어쩌케든지 성공을 해보겟다는 생각보다는 그러구 나면 무얼하느냐?는 생각부터 압을 스니 무에 될 까닭이 잇나(…)하지만 실치두 안흐니까 걱정이란 말일세 허〃〃. 그런데 나의 타락이라는 것은 성격파산(性格破産)을 의미한 말이야"하며 중환이는 입을 담으러 버렷다. (〈같은 글〉,313쪽)

ⓙ "그거 보게.역시 혀ㅅ바닥보다는 숫가락이 나흔 것이니! 어서 밥이라두 내오게. 자네들이 미직은한 계집애의 입술이나 쌜고 안젓는 엽헤 나는 도라 안저서 쓰거운 밥숫가락이나 쌜고 안젓스랴네"(…) "김군이 비웃는 것은 현실에 대하야 넘어도 실망을 하기 째문에 비웃는 것이지 인생에 대한 리상이 업다거나 련애를 무시하야서 그런 것은 물론 아니겟지. 하니까 모든 것을 비웃는 데에서 한 거름 더 나간다 할 지경이면 그것은 곳 리상에 향하야 돌진하는 노력이 될 게 아니요?" (〈같은 글〉,372쪽)

　ⓑ, ⓒ, ⓓ는 교인의 이중성에 대한 중환의 부정적인 평가이다. 먼저 ⓑ에서는 이중적이고 위선적인 성직자를 비난하고 있다. 남의 눈을 속여 술을 마시고 안주와 해장을 대신하는 '아멘'과 함께 먹은 술을 진정시키기 위해서 교단에 올라가 돌아앉아 오래 기도를 한다는 데에서 중환의 기독교인에 대한 냉소는 극치를 이룬다. 실생활이 뒤따르지 않는 종교라는 것이 얼마나 허구에 가득찬 것인지를 그는 강조하면서 목사가 그러한데 나머지 신자들이 다 그러하지 않겠느냐, 신자들이 그러는 것은 목사가 하는 대로 따라야 '텬당'도 갈 수 있기 때문이라는 역설적인 논리를 펼치고 있다. 그는 종교의 본질은 망각한 채 '덥허노코 감사'를 연발하고 빚놀이와 집장수,거간 노릇에 제 이익을 챙기는 종교인들을 지적하고 그들의 그런 행동은 경제적인 이익을 얻게 해 주는 서양인들에게 감사할 뿐이지 '경건한 종교덕 충동'과 '눈에 보이지 안는 빗', '귀에

들리지 않는 소리'같은 종교적 본질과는 무관한 것이라고 비난한다.

ⓓ에서는 그런 말들을 하는 김중환 자신의 심리적 배경이 토로된다. 곧 자기의 그런 말들이 신이나 종교 자체를 부인하거나 무시하는 것이 아니라 신의 존엄함과 교회의 신성, 종교의 권위를 생각하고서, 그를 지켜 나가지 않는 현재의 종교가를 미워한다는 것이다. 곧 종교라는 것은 인정하되 그 종교의 본질을 왜곡하는 종교가들이 혐오스럽다고 한다. 그러나 그의 이러한 말은 설득력이 없다. 그는, 자신이 관찰한 일부의 그릇된 종교가들의 모습을 전체 종교가의 모습인 것처럼 침소봉대하여 말하고 있는데 이러한 태도에서 그의 진중한 의식은 찾아 볼 수가 없다고도 할 수 있다.

ⓔ, ⓕ, ⓖ에서는 그의 조선인관이 보여진다. 먼저 ⓔ에서는 조선 사람의 입을 '그저 먹고 마시고 쩌들라고만 만드러 노은' 것이라고 하여 자국민에 대한 폄하의식의 극단을 볼 수 있다. 입이 있으되 식민지 체제에 저항을 표시하거나 의지를 표명하지도 못한 채, 체제 내에서 순응해 버리는가 하면 식민지 통치 하에서 무기력하기만 한 조선 사람들의 모습에 대한 냉소인 것이다. 이것은 건설적인 비판이라기보다는 뒤틀리고 感傷的인 비난일 따름이라 할 것이다. ⓕ에서는 그것이 보다 구체화되어 여성론으로 축소된다. 그의 여성관은 부정적이다. 그에 의하면 여성이라는 성적인 자각을 하지 못한, 중성과도 같은 것이 바로 조선의 여성이라는 것이다. 이것은 "일본 유학생 출신 지식인들의 일본 지향"적 태도의 강렬한 표현이라고 할 것으로, "한낱 기생의 예의에서부터 출발하여 조선 기생과 일본 기생의 차이를 말하고, 또 그것을 확대하여 조선 여성들의 문제점을 이야기한다"21)는 점에서 매우 부정적이다. 작은 예에서 출발한 전체에 대한 비난은 반복되는 '통트러'라는 말에서 알 수 있는데, ⓖ에서는 그러한 의식이 여성에게만 국한되는 것이 아니고 민족 전체에 대한 비관으로 이어지는 것임을 볼 수 있다. 그는 조선민족이 장래도 미덥지 못하고 끈기도 정열도 의지도 없는, 그래서 한 가지 일에 몰두도 하지 못하고 무엇이든 잡지도 못하는 민족이라고 보고 있다. 김중환의 이런 결론은 자기 자신까지 포함한 조선 민족 전체에 대한 혐오로 발전한 것이다. 그리고 조선 민족은 연

---

21) 〈위의 글〉,139-140면.

애가 없어서, 무엇이든 사랑하는 마음과 끈기를 가지고 집착하지 못하기 때문에 '죄악돌이 쌀닌 길을 징 박은 신발로 밥는 것' 같은 현실 속에 살아가는 것과 같다는 것이다. 중환에게서 보이는 이러한 여성 컴플렉스는 작가 상섭의 것이 투사되는 것이기도 하다.

ⓗ에서는 그의 연애관이 보여진다. 연애라는 것은 순일한 감정과 날카로운 反省力이 있어야 할 수 있는 것이다. 위에서와 마찬가지로 사랑할 수 있는 조건과 조짐이 사람에게는 꼭 필요한 것인데 조선인에게는 그것이 없으며, 그런 조건이 조선 사람에게도 생겨져야만 한다고 말한다.

ⓘ는 자신의 성격에 대하여 자신의 말로 보여주는 부분이다. 직접묘사에서 작가가 이야기한 바 있는 중환의 이중적 성격의 한 예가 이야기되는 것이라 할 것인데 열정이 없는 조선 민족과 같이 자신 역시 돌진성과 악지가 없고 '김 빠진 맥주' 모양으로 '밍밍'하기 때문에, 여자를 싫어하는 것도 아니면서도 그녀와 성공을 해 보겠다는 생각보다 '그러구 나면 무얼하느냐?'는 회의론부터 앞을 선다는 것이다. 중환은 이런 것을 성격의 파산이라고 하면서 타락이라고 단정한다. 사랑이라는 것이 필수적인 것을 그는 다시 강조하고 있다.

ⓙ은 사랑놀음보다 밥을 더 원한다는 중환의 말을 비난하는 문수에게 대하여, 홍진이 중환의 입장을 대신하여 말하는 부분이다. 김중환이 사랑을 비웃는 것은 현실에 대한 실망 때문이지 인생에 대한 이상이 없다거나 연애를 무시한 때문이 아니라는 것이다. 그러면서 홍진은 모든 것에 대한 비웃음이 곧 이상에 향하는 돌진이 되는 것이라고 말하며 그러한 중환의 태도를 두둔하고 있다. 이는 홍진의 내면 세계를 짐작할 수 있는 말이면서도 중환에 대한 다소 감상적인 평가로 보아지는데, 그것은 중환의 사고가 이상에 향한 돌진으로 보기에는 어쩐지 설득력이 없는 것이기 때문이다.

이러한 말투에서 볼 수 있는 김중환의 성격은 냉소적이고 비판적이며[22] 사물에 대한 열정도 잃은 우울질의 인물로 보여진다.

---

22) 그는 그러한 자신의 냉소적이고 비판적인 태도에 관해 스스로는 옳다고만 보고 있다. '그러나 그는 이만큼 비퉁그러지고 요령부득의ㅅ 소리만 하고 단이면서도 자긔의 말에는 결코 모순이 업다고 어느 째든지 고집을 세인다.'(《너희들은 무엇을 어덧느냐》,213쪽)

d) 행동 묘사

ⓚ 남자가 하나 휘죽~ 드러왔다. 주인의 인사를 바들 새도 업시 구두끈을 풀고
마루 우로 쓱 올라서 휘〃 둘너다보더니 명수와 홍진이에게만 꼿덕~ 인사를
한 뒤에 명수 압헤 노인 비인 교의에 털석 안젓다. (《같은 글》,209쪽)

이것은 중환의 행동 묘사이다. 남의 집에 들어와서 주인의 안내라든지 인사
도 필요 없이 전혀 거리낌 없이 행동한다. 그리고 앉아 있는 모든 사람에게가
아니고 '명수와 홍진에게만' 인사를 하고 앉아 버리는 것이다. 모든 사람을 향
하여 형식적인 의례상의 인사도 하려 들지 않고 자기가 알고 자기와 친밀한
사람에게만 인사를 하는 행동에서는 역시 비사교적이면서 편협, 직선적이고
꾸미기를 싫어하는 그의 성격을 알 수 있다.

이상의 묘사를 살펴본 결과 김중환의 성격의 묘사는 간접적인 제시가 월등
하다. 다변가로 설정되어 있는 탓에 그의 묘사는 자신의 말씨에 의한 것이 가
장 높은 비율로 나타나면서 대화, 말씨를 통해서 그의 성격은 잘 드러나고 있
다.

김중환은 외형상으로도 별로 호감이 갈 수 없는 외모를 지니고 있으면서 대
화로 나타나는 성격 역시 매우 냉소적이고 우울질의 뒤틀린 성격임을 알 수
있다. 그의 조선인관과 여성관은 매우 부정적이다. 그런데 스스로 한 여성을
사랑할 수 없는 성격이 자신의 불행이라고 하면서도 도홍이라는 기생에 연연
해 하고 몰두하고 있는 것에서 그의 성격은 다소 모호하다고 할 수 있다.

3) 라명수...〈너희들은 무엇을 어덧느냐〉

a. 직접묘사

ⓐ 이 사람은 결벽이 유난한 것 침묵은 황금이라는 격언을 직히는 것으로도
유명하지만 솔직한 것으로도 한목 보는 사람이다. 그러나 누구에게든지
선선히 친하기 어려운 것 가튼 첫인상을 주는 것이 남에게 오해를 밧게

되는 한 가지 원인이다. (〈너희들은 무엇을 어덧느냐〉,염상섭 전집 1권,
민음사,1987,207쪽)

ⓑ 명수는 이러케 대답은 하면서도 만나서 이약이를 해 보고 십흔 일편에 통
혼하다가 자긔 집이 어려운 데다가 신랑도 하는 일이 업시 공연히 일본으
로 왓다갓다한다는 것을 험절로 저편에서 파의를 하야 버린 것을 생각하
면 불쾌하기도 하얏다. (〈같은 글〉,256쪽)

ⓒ 부모가 어더다가 맛기어 준 마음에도 업는 어린 처녀하고 무서운 사흘밤
을 새이든 어렷슬 쩍 긔억과 이국 처녀의 불길 가튼 추파에 피어 나랴든
청춘이 그대로 자즈러지고 쓰르랴든 피가 그대로 가러안즌 채 스물 일곱
살이 되는 오늘날까지 녀자 육톄의 비밀도 아즉 모르는 명수의 압헤는 지
금 도홍이라는 우상(偶像)이 돌연히 나타낫다. 그것이 어떠한 운명이 결
명뎍(決定的)〈프로그램〉의 첫줄에 타뎜(打點)을 한 것인지 혹은 우연하고
도 유희뎍(遊戱的)인 단순한 희롱에 지나지 안는 것인지는 이 필자(筆者)
도 모르는 것이다. (〈같은 글〉,283쪽)

ⓓ 명수에게 대하여 지금 무엇보다 쓰리고 무섭은 것은 돈 한아이다. 용모로서
는 중환이를 익엿다고 장담은 못할지라도 익일 것이다. 그러나 석태의 돈
압헤는 풀이 죽는다. 따라서 의심이 드러가는 것이다.(〈같은 글〉,311쪽)

ⓔ 명수는 과거에 도홍이와 어쩌하고 미래에 마리아와 어쩌케 되리라는 생각
을 할 여디가 업시 다만 가슴이 뿌듯한 것 가타얏다. 조선 녀자에게는 절
망하얏다 하면서도 인제 정말 사랑다운 사랑을 경험하는가보다 하는 생각
도 니러낫다. (〈같은 글〉,346쪽)

ⓕ 명수의 병은 긔예 륵막염이 되고 마랏다는 진단은 바닷스나 증세를 보면
단순한 륵막염 갓지도 안엇다.신열이 써날 때가 업다든지 해소쯩이 잇다
든지 가슴이 쓰씀거리는 것은 물론이지만은 전신의 피로가 나날히 심하야
가고 신경이 극도로 흥분을 하야 밤이면 헷소리를 하야 가며 여간 번고가
아니다. (…)희숙이한테 그런 꼴을 한번 당하고 도홍이에게까지 창피하게
된 뒤로는 한층 더 녀자에게 쭈쩟거리게 되엇다. (〈같은 글〉,383쪽)

전지적 작가에 의한 직접묘사이다. ⓐ에 의하면 라명수는 유난스런 결벽증과 과묵한 성격을 가지고 있는데, 특히 솔직한 성격으로 다른 사람들에게 좋은 인상을 준다는 것을 알 수 있다. 그러나 첫인상이 남들로 하여금 다가가기 어렵게 보일 정도로 날카로운 것 때문에 남들에게 차가운 성격의 소유자로 오해를 받기 쉽다는 것도 이야기되고 있다.

ⓑ, ⓒ는 그의 여자관계가 이야기되는 부분이다. 우선 그는 파혼 당한 경험이 있다. 그것은 희숙이라는 여자와의 일인데 여자 쪽 집에서 통혼하다가 그의 집이 어렵고 신랑이라는 사람은 직업도 없이 빈둥거리는 룸펜이라는 것을 알고 파혼해 버린 것이다. ⓒ에서는 그가 이미 어렸을 때 한 번 혼인한 일이 있었음을 알게 한다. 성에 관하여 눈을 뜨기도 전의 일이라 그로서는 '무서운 사흘밤을 새이든 어렷슬 쩍 긔억'으로만 남아 있다. 그 후 그는 이국 처녀의 '불길 가튼 추파'를 받은 일이 있고 그일이 무위로 끝나 아직 여성에 눈뜬 일이 없다는 것이 이야기되는데 이것은 작가 염상섭의 경험과 공통되는 것이기도 하다. 그런 그 앞에 도홍은 우상과 같은 존재로 나타났는데 도홍과 명수가 운명적인 만남인지 여부는 '이 필자(筆者)도 모르는 것'이라고 하여 필자의 존재를 드러내면서도 작품의 신빙성을 손상시키지 않으려는 태도를 취하고 있다.

ⓓ에서는 석태와 중환, 명수 자신으로, 도홍을 중심으로 한 사각관계를 설정하여 놓고 다른 사람과 자신을 비교하여 보는 부분이다. 용모 면에서 중환이를 이길 수는 있지만 석태의 '돈'을 이길 자신은 없기 때문에 풀이 죽어 석태와 도홍의 사이를 의심까지 하는 것이다. 명수는 지금 '돈 한아'만이 '무엇보다 쓰리고 무섭은 것'이다.

ⓔ는 명수가 로맨스를 꿈꾸며 행복을 느끼는 부분이다. 도홍이와 마리아, 두 여성 사이에서 막연한 공상을 하는 것만으로도 그는 행복한 것이다. 그는 이렇듯 감상적이고 치기 어린 부분도 가지고 있는 것이다. 다만 여기에서도 '조선 녀자에게는 절망하얏다'는 부분이 보여 그가 상대한 몇 안 되는 여성을 잣대로 전체 조선 여성에 대하여 비관한다는 것에서 중환과 공통되는 사고방식의 소유자임을 알 수 있다.

ⓕ에서는 염상섭의 소설에 간혹 등장하는 등장인물의 '병'이 나타난다. 라명수는 병으로 인해 더욱 센티멘탈해지고 마음이 약해지는데 가난이 병으로 이어져 폐병이 되는 것은 룸펜 인텔리겐차에게 종종 나타나는 설정이다. 어떻든 신열에 잠까지 못 자게 하는 이런 병은 희숙과 도홍에게 버림 받다시피 한 명수의 마음을 더욱 약하게 하고 성격까지 변화시키는 것이다.

b. 간접묘사

a) 애펠레이션
'명수'라는 이름 역시 흔히 쓰이는 이름이면서도 항렬을 따르는 이름이라고 보아 무리없는 것이다.

b) 외양 묘사

ⓐ 비슷헤 가을을 재촉하는 찬바람이 쌀〃한 초저녁에 감숭히 더러운 흰 양복을 입고 도홍이를 쪼처가든 명수(〈같은 글〉,303쪽)

ⓑ 아까 보든 것과는 다른 양복을 입엇다. 검정 〈사-지〉의 말숙한 겨울 양복이다. "쫴 기대렷지?"하며 방으로 드러와서 중환이의 엽헤 안는 명수의 목에 매달린 검은 빗 나는 진보라 〈넥타이〉는 윤이 반즈르를 흐르는 신건이 엇다. (〈같은 글〉,330쪽)

이것은 명수의 외양 묘사이다. 그런데 ⓐ에서는 늦여름 초가을의 쌀쌀한 날씨에 세탁도 안 한 하얀 여름 양복을 입은 추레한 모습의 명수가 보여지는가 하면 ⓑ에서는 도홍의 마음에 들기 위해 돈벌이를 시작하고 제 철에 맞는 양복과 새로운 넥타이를 맨 모습이 보여져 비현실적인 모습과 현실적인 면모가 서로 대조를 이루고 있다. 가난한 룸펜인 명수는 제철에 맞는 옷도 갖추어 입지 못할 정도로 형편이 어려운 지경이지만 일제하 '부적응자'인 그는 직업이라든지 하는 것을 가지려고도 하지 않는다. 그러한 그가 새 양복과 넥타이를 입게 되는 것은 그가 직업을 가지고 경제에 눈을 떴음을 보여주는 것이 아닐 수 없다. 곧 도홍이라는 기생을 알고 호감을 갖게 되자 명수는 그녀에게 잘 보이기 위해서 옷에 신경을 쓰게 되고 또, 여성을 사귀려면 돈이 있어야 한다는 생각으로 직업을 가지고 돈을 벌게 되는 것이다. 다소 문제가 있는 경로를 거치는 것이지만 어떻든 돈이라는 것의 중요성을 깨닫게 되는 것은 그가 현실성을 갖게 되고 어른스러워지는 것임을 알 수 있는 것이라 하겠다.

c) 대화·말씨 묘사

ⓒ "나 가튼 놈을 누가 동정하겟슴니까" "그럼 누구 갓해야 해요?" "위선 자긔를 죽이고 머리를 숙여야 세상도 동정하고 소위 성공이라는 것도 할 수 잇겟지요"명수의 입에서 나오는 말소리는 팅 〃 한 고무공에 바눌 구멍을 뚤코 공긔를 빼우듯이 가장 가늘고 적지만 그 바눌긋가치 날카롭고 자신이 잇는 조자이다. (〈같은 글〉,207-208쪽)

ⓓ "(…)하지만 그림 전톄로 보면 조선의 긔분이 나타낫다고는 못하겟지만 표정하고 엉덩이쎄는 조선 사람의 심리(心理)를 그렷다고 할 지도 모르겟슴니다"하며 자긔 자리로 와서 안젓다. "조선 사람의 심리는 어쩌킬네요?" "글세요…… 잇는 것 갓기도 하고 업는 것 갓기도 한 것이지요. 조선 사람에게는 어쩌튼지 영원(永遠)이라거나 심각(深刻)이라거나 확명(確定)이라는 것은 업스니까요" "그건 조선 사람이 본질뎍으로 그러타는 말씀이애요?" "글세요…… 하지만 어쩌튼 현재로는 그러타고 하겟지요. 지금 우리 조선 사람에게는 비애가 잇는 것도 아니요 업는 것도 아니며 희망이 잇는 것도 아니요 업는 것도 아닌 할 수 업는 시대요 할 수 업는 심리에서 쑴을 쑤지요. 그러나 그것은 영원을 바라보는 아름다운 쑴은 아니지요" (〈같은 글〉,254-255쪽)

ⓒ에서 보이는 그의 말을 보면, 자기를 죽이고 머리를 숙여야만 세상의 인정도 받고 성공도 할 수 있는데 라명수 자기는 그런 것은 할 수 없으니 세상의 동정을 받을 수 없다는 것이다. 그러나 그 말씨는 마치 탄력 있는 고무공

에 바늘 구멍을 뚫고 공기를 **빼**내는 것처럼 가늘고 적지만 바늘 끝처럼 날카롭고 자신이 있는 것임이 설명으로 나타난다. 여기에서는 세상과 타협하지 않으려는 명수의 자존심이 자신만만함과 함께 보여진다.

ⓓ는 명옥이라는 사람의 집에 걸려 있는 그림을 보고 그 그림을 평하는 부분인데 그 가운데 명수 자신의 조선인관까지 보이고 있어서 주목이 된다[23]. 그는 조선 사람의 심리라는 것은 '잇는 것 갓기도 하고 업는 것 갓기도 한 것'이라면서 조선인의 내면 세계를 근본적으로 부정하고 있다. 그것은 우선 조선인들은 永遠이나 深刻,確定 같은 문제를 고려하지 못한다는 것이다. 이는 찰나적일 뿐,사물에 대해 깊이 고찰하거나 결단력 있게 일을 추진하지 못하는 사람들에게 향한 비난이다. 다음으로 식민 통치 하의 조선인은 비애도 희망도 갖지 못하고 있음을 이야기한다. 할 수 없는 시대에서 할 수 없는 심리로 다만 쓸데없는 꿈이나 꿀 뿐인 민족이라는 것이다. 이것은 식민지 치하에서 어쩌지도 못하는 룸펜으로 무위의 삶을 보내는 명수와 같은 지식인들이 갖기 쉬운 시대적 절망감의 표현이라 할 것이다.

d) 행동 묘사

ⓔ 톄경 압흐로 가서 얼굴을 비최여 보다가 늘 가지고 단이는 빗을 쯔내서 약간 노른 빗이 나는 보드랍은 머리를 두어 번 뒤로 빗어 넘기기도 하고 넥타이를 매만즈기도 한 뒤에 다시 자긔 자리로 와서 안즈랴니까 주인이 드러왓다. (〈같은 글〉,257쪽)

---

23) 이는 명옥의 남편 그림을 보고 명옥과 나누는 대화인데 그 그림의 묘사는 다음과 같다. '머리를 허트러서 억개 위로 느릿트린 처녀가 벌거벗고 웅숭그리고 안진 그림이다. 풍부하다고는 할 수 업는 살갓이나 몸썹에 비하야서는 머리통이 좀 크고 **쎗**두름하게 숙인 얼골에는 수색이 약간 나타낫다. 그러나 그것은 한 순간에 살쩍 지나치는 열은 그림자를 그 찰나(刹那)에 붓든 것 가타얏다. 니를 악물어 담은 듯한 입술이 **쎗**드름한 것을 보면 좀 분개도 하고 좀 비웃는 듯한 표정이다. 그러나 약간 **쎱**흐린 듯한 눈만은 무슨 희망이 잇는 사람처럼 자긔의 벌거벗은 넙쩍다리를 나려다보고 안젓스나 그러케 골독히 열심으로 드러다보는 것은 아니다. 그리고 안젓는 엉뎅이가 탐탁지 못하고 엉거주춤한 것을 보면 지금 다름박질을 하야 오다가 엉덩방아를 찌으며 털석 주저안젓거나 그러치 안으면 금세로 짜증을 내이며 버쩍 니러스랴는 것 갓다.'(〈너희들은 무엇을 어덧느냐〉,254쪽)

　　자기와의 혼담을 파약한 희숙을 명옥의 주선으로 만나게 되었을 때의 명수의 행동 묘사이다. 비록 자기를 버린 것과 다름 없는 여자이지만 그의 앞에서 잘 보이고 싶은 심정이 잘 나타나는 것을 알 수 있다. 거울 앞에 가서 얼굴을 비추어 보고 머리 빗질을 하고 옷매무시까지 정돈하고 있다. 여기에서 그의 강한 자존심이 표현된다.

　　명수의 경우도 작품 상에서 대화를 통해 다른 인물이나 사건을 이야기하는 부분이 많다. 그렇지만 그의 대화나 말씨는 다른 사람이나 사건을 묘사하는 역할이 보다 커서, 명수 자신의 묘사는 작가에 의한 직접묘사의 비중이 큰 것을 보게 된다.

　　라명수 역시 지식인이라 할 인물이다. 그러나 그의 주관심은 도홍이니 마리아, 희숙 등의 여자에 관한 극히 개인적인 수준을 벗어나지 않는 것을 보게 된다. 그는 미혼자이다. 그래서 그의 여성에 대한 방황은 기혼자들에 비해 보다 더 본질적인 것이고 더 절실한 문제였던 것이다. 그 역시 조선인관은 부정적이고 현실에 대해서는 비관적이다.

4) 김효범…〈진주는 주엇스나〉

a. 직접묘사

ⓐ ──하지만 내게 인숙이를 미워할 권리가 잇는가? (…)내가 잇섯드면 인숙이하구 가치 나가지 못하게 하는 걸…그따위 머리 꼿헤서부터 발뒤꿈치까지 허영으로 비저만든 고기 덩어리에 예술이 무슨놈의 예술!(〈진주는 주엇스나〉,동아일보,8회)

ⓑ 륙백원을 주고도 물을 수 업는 처녀의 자랑을 일엇스니 치도 쩔릴 것이다 그러나 정말 치가 쩔렷슬까?그는 고사하고 그런 하소연을 밧고 안젓는 나도 미친놈이다! 사람이 어쩌케 못낫게 보엿서야 이꼴을 다- 당하드란 말인가? (〈같은 글〉,44회)

ⓒ 저 입슬이다!요사스런 년!그러나 어쩌한 남자에게라도 허락하는 한 계집

의 입슐을 단한번….그나마 계집이 선손을 거러서……대어보앗기로 그것
이 사랑의 귀여운 표증일 것도 아니요 죄가 될 것도 아니다. (〈같은 글〉,
13회)

ⓓ 인숙이에 대한 자긔의 감정을 순일(純一)하게 잡을 수가 업는 것이 괴로
웟다 '수색원까지 해서 그만큼 망신을 주고 게다가 경찰의 힘으로 붓들려
왓다거나 하면 진가나 리가하고는 영영 척이겟지만 그리고 난댓자 엇덕한
단 말인구? 제 말 맛다나 청량리에 살림을 배치한달 수도 업고……'(〈같
은 글〉,66회)

ⓔ 자긔와는 전연히 달은 생각을 가지고 자긔의 힘으로는 좀처럼 엿볼 수 업
는 세계에서 호흡하는 이 계집을 위하야 그만한 희생을 바칠 필요가 과연
잇는가를 쏘다시 힘잇게 스스로 무러보고는 제풀에 분로를 늣기엇다 분로
는 증오(憎惡)로 변하얏다 (…)내 련애를 위하야 여러 사람의 행복을 이
계집의 행보석(行步席)으로 그 발 미테 싸라 노하도 조타는 리유와 권리
가 어대 잇나 (〈같은 글〉,76회)

ⓕ 계집에게는 요구가 잇다! 방을 구하고 부드러운 옷을 구한다 (…)만일 그
요구에 응하지 못할 지경이면 계집은 조만간 쏘다시 진가를 찻고 리가를
생각할 것이다 (…)쩌나려 가는 어엽분 계집의 시톄- 그러타! 시톄다- 그
시톄를 건진다고 서투른 배ㅅ사공이 덤비다가 비웃는 운명의 코ㅅ김에 배
는 업허지고 광란은 용소슴을 치며 흘은다 (〈같은 글〉,77회)

ⓖ (…)하여튼 상관이 업는 일이다 아무래도 조치 아느냐?--하며 효범이는
코웃슴을 치다가 다시 긔를 소스라치며 '아무래도 조타니?…그건 안될 말
이다!'(〈같은 글〉,7회)

ⓗ '이것이 지식 계급이다! 신사 계급이다! (…) 이 싸위 인들로 이 째까지
인간 사회는 지탕되어 왓다…… 이놈들이 무엇이 이러케 깁버서 날뛴단
말인구?……'(〈같은 글〉,82회)

ⓘ 효범이 몸에 부튼 물건 처노코 진가의 돈으로 아니된 것이 업는 것을 생각하
고는 자긔 스스로 비웃는 우슴이 아니 나올 수 업섯다 (〈같은 글〉,77회)

ⓙ 자긔의 인격이 매부보다 못하다고는 결코 생각지 안는다 그러면서도 큰소
리가 나고 남매간에 말다툼을 하게 될 것이 무서워서 빗드로 대답을 하다
가 그러한 꾸지람까지 듯게 된 것이 자긔의 인격을 싹긴 것 가타야 분하
엿다 (〈같은 글〉,48회)

ⓚ 그는 지금 마굴로 끌려 드러가는 어린녀성 하나를 구하야 보겟다는 의협
심이 머리에 가득하야 별안간 긔운이 붓쳐 솟는듯 십헛다 (…)그는 겨오
스므살 밧게 안된 도령님이다. (〈같은 글〉,11회)

ⓛ 좀더 생활이라는 깁흔 알맹이를 근듸려 보지 못하고 마치 곡마단의 어릿
광대가 커다란 공에 올라서서 먼산을 바라 보며 발끗흐로 데굴데굴 굴리
듯이 속 비인 인생이라는 공을 굴려다가 노코'쏘개보자_ 쏘개 보지 말자'
고 한참 싸오다가 결국에 쑥 쏘개고 보니 싸운 것이 돌이여 어리석은 것
을 쌔다른 것가타얏다 (〈같은 글〉,76회)

ⓜ 정당한 동긔에서 출발한 일이 비극뎍 운명에(…)인제 이십밧게 아니되는
가련한 소년의 가슴에 던저 줄 것은 절망(絶望)이나 그러치 안흐면 반항
(反抗)뿐일 것이다 그러나 효범이가 반항의 칼날을 바로 쥐고 나서기에는
그의 건강이 넘어나 돌발뎍으로 분해작용(分解作用)을 시작하얏다 더구나
계집의 마음이 점점 멀리 써러저 나가는 눈치를 볼제 그 실망은 한칭 더
깁허갓다 (〈같은 글〉,77회)

ⓝ 이것이 일주일 전에 매부의 잘못을 저저히 책망하고 세상의 참되고 바른
것을 위하야 싸오겟다 하며 쒸어나오든 사람의 말인가?하고 놀랏다 병이
란 무서운 것이다!고도 생각하엿다 (〈같은 글〉,65회)

직접묘사에 해당되는 부분이다. 작중인물의 내면이 묘사되거나 작가의 설명
으로 인물의 성격이 묘사되고 있다. 먼저, ⓐ에서 ⓘ까지는 효범의 내면과 독
백 부분이다. 그 중 ⓐ~ⓔ는 인숙이나 문자에 대한 감정을 알게 하는데 성적
으로 문란한 인숙이보다 문자에게로 감정이 쏠리는 듯하지만, 그의 주된 관심
사는 인숙에 대한 것이다. 문자가 인숙과 같이 다니는 것조차 꺼릴 정도로 인

숙을 혐오하고 그녀를 '허영으로 비저만든 고기덩어리'라 하면서 문자의 순수
한 모습을 다시 떠올린다. 인숙이 자신의 처지를 하소연하는 편지를 보내자
정조를 도구화하는 여성 인숙으로부터 그런 문제를 카운셀링 당한다는 것조차
효범으로서는 자존심이 상한다. 그만큼 결벽증이 있는 그이기에 인숙과의 관
계는 혐오스럽기만 하다. 인숙과 나눈 한 번의 키스는 라명수에게 컴플렉스로
작용한다. 진실이 없어 보이는 인숙에게 농락 당했다고 생각하는 것이다.

그런데 정작 효범이 가장 크게 고민하고 있는 것은 인숙이 나를 좋아하는
것인가, 문자도 내게 생각이 있는 것인가 등의 문제인 것을 인용 부분에서 알
수 있게 된다. 그의 고민은 개인적인 연애감정의 수준을 크게 벗어나지 못하
고 있는 것이라는 것이다. 그렇지만 효범이 인숙의 일에 관여하게 된 동기는
그녀에 대한 연정 같은 것에서라기보다는 사회악이 되어버린 재산가의 有妻娶
妻 문제, 돈이나 공부를 위해서라면 자신의 순결까지도 수단화하는 당시 신여
학생들의 풍조에 거부감을 표하고 일침을 주기 위해서였던 것이다.

ⓔ에서 김효범은 인숙이라는 여성이 그토록 많은 희생을 내면서까지 구할
만큼 가치 있는 인물인가 회의하고 있다. 그리고 '내 련애를 위하야' 많은 사람
들, 이를테면 지주사나 신용복 같은 이들까지 직업을 잃게 되는 등의 희생을
내는 것은 너무 이기적인 일이 아닐까를 자문한다.

ⓕ에서 효범은 인숙을 '쩌나려 가는 어엽븐 계집의 시톄'라고 보고 있다. 인
숙에게서 비롯된 그의 여성관은 기본적으로 계집이란 방과 부드러운 옷 등의
요구를 만족시키지 못하면 자신의 정조까지도 교환가치로 사용하려 하는 것이
다. 그래서 인숙을 올바른 길로 인도하여 주는 일이 물살을 잡는 것처럼 어려
운 일이라는 것이다.

ⓖ, ⓗ는 사회에의 참여 문제이다. 인숙이라는 아주 사소하고 개인적인 일
에서부터 시작하는 일이지만 그것으로 효범의 사회에의 참여 문제가 일어나는
것이다. 인숙이라는 문제, 신여성과 돈과의 암합이라는 문제에 관해 아무래도
좋다고 포기를 하다가도 그의 강직한 성품은 소스라치며 그럴 수 없다고 반대
한다. 그러나 인숙이의 문제는 의협심만으로 해결할 수가 없는 것이다. 그는
ⓚ에서 작가가 하는 말처럼 '겨오 스므살 밧게 안된 도령님'인 것이다. 사회적

인 부조리가 기인한 한 여성의 질곡의 삶에 뛰어들어 그 문제를 해결하기에는 그의 힘이 너무 미력하고 오히려 몸을 다치고 말 것이라는 암시를 주는 부분이다. ⓘ에서는 효범이 자신의 신분이 아직 학생이고 직업을 갖지 못했기 때문에 사회적으로 경제적으로 독립하지 못하고 몸에 걸치는 것 하나까지도 진 변호사의 돈으로 된 것이라는 것을 새삼 깨닫고 자조의 웃음을 자아내는 것으로 내면과 행동이 연결되는 것을 알 수 있다. ⓙ는 누님인 효명을 생각하여 한 거짓말 때문에 그것을 빌미로 매부에게 인격적인 모욕을 당하자 분함을 느끼게 되는 부분이다. 효범은 자기의 인격에 강한 자신감이 있고 자존심이 있었던 만큼 그러한 일에 크게 분해 하는 것이다.

ⓚ, ⓛ, ⓜ은 작가의 논평 부분이다. 우선, 모든 면에 미숙한 상태의 그가 감상적으로 사회정의라는 일에 뛰어들어 보았지만 결국은 그 일로 얻어내는 것이 없자 그 일들이 모두 무의미했음을 깨닫고 효범은 절망한다. 어릿광대가 그 굴리던 공을 쪼개보고 속이 빈 것을 확인하고 허탈해 하는 것처럼 효범도 인숙의 일을 진행시켜 보았으나 아무런 소득도 얻지 못한 데 허탈감을 느끼는 것이다. 인숙의 '타락'을 막기 위해 이모저모로 노력했으나 모든 것이 수포로 돌아가고 많은 사람들이 피해를 입게 되는 등 사태가 더욱 악화만 된 것에 대한 효범의 懷疑이다. 그는 사실 '지주사를 식혀서 놀래기도 하고 놀리기도 하엿지만 지금 생각하면 모다 못생긴 짓'이라며 자신의 행위를 부정적으로 판단한다. 삶의 본질을 규명하려 한 일이 오히려 어리석은 일이 되고 말았음에 그는 마음에 큰 상처를 입게 되었던 것이다.

ⓜ은 그런 일련의 일에 대한 작가의 해석이다. 작가는 첫째로 효범의 동기가 정당했음을 말하고 있다. 그렇지만 돈과 권력의 노예가 되어버린 신문 배체에 의해 효범 뿐 아니라 문자까지 학교에서 쫓겨나고 만다. 그것에 대항하기에는 건강마저 잃은 상태여서 그는 절망하게 될 수밖에 없다는 것이다.게다가 당사자 인숙이 자신의 허영적 성격을 뉘우치고 효범의 뜻을 따르려 하는 눈치도 없어 효범은 몸과 마음이 더욱 약해진다.

ⓝ에서는 효범을 관찰한 문자의 내면묘사를 통해 효범의 심리 상태를 알 수 있는 부분이다. 그는 이 일로 지나치게 신경을 쓴 탓에 병을 얻었는데 그 병

으로 인해 효범은 성격까지 변화했음을 말하고 있다.

　내면 묘사의 부분이 치밀할 정도로 많은 것을 보아 일단 효범은 자아에 관심이 많고 주관적 내면 세계에 천착하는 내향형의 인물이라고 보아진다.

b. 간접묘사

a) 애펠레이션

　누이의 이름이 '효녕'인 데에서 '효범'이라는 이름은 항렬을 따르는 이름인 것을 확실히 알 수 있다.

b) 외양 묘사

　효범의 경우는 외양 묘사가 보이지 않는다. 그것은 〈진주는 주엇스나〉가 〈만세전〉처럼 1인칭 시점은 아니지만 〈만세전〉과 같은 이유로 인물의 외양에 작가나 인물이 모두 관심이 없음에 기인하는 것이다.

c) 대화·말씨 묘사

ⓐ 죽지 안흐면 안될 것가치 마음이 점점 변하야젓다 나혼자면은 물론 죽을 생각부터 나지 안엇겟지! 그런데 그이가 죽겟다는 데에는 공연히 싸라죽고 십흔 생각이 낫다 나는 아니 죽는다고 문자만 남으래다가 그가 혼자 훌쩍 죽어버리면 엇더케 할까 하는 걱정이 무엇보다도 나에게는 무서웟다 (〈같은 글〉,85회)

ⓑ 하지만 나는 삶의 의무를 생각하는 사람이다 잇다가 걱구러저도 살 권리가 내게 잇는 것을 깨닷고 잇다 (…)나는 아즉도 더 살아야만 할 것을 알고 쏘 그런 자신도 잇섯다 (…)문자를 위하야 문자와 가치 죽어보고 십다 (…)죽거들랑 우리들을 총독부 병원에 가서 해부를 해 주시오(…) 해부를 하면 혹시는 ××신문에 난 '긴혼 관계'라는 넉자가 얼마나 우리들을 못살게 굴엇는가를 세상놈들은 알리다 (…)부끄럼을 몰으는 인간아 부끄러워 할 줄을 알아라!(〈같은 글〉,85회)

이것은 효범이 자살하면서 남긴 유서의 부분들이다. 유서나 편지 같은 것은 다른 사람에게 전달할 목적으로 쓰여지는 내면의 고백이고 내적인 심리가 외면화된. 넓은 의미의 대화인 것이다. 이것을 보면 효범의 자살 동기는 문자의 명예 손상으로 인한 죽고 싶음, 자살 지향이 전염된 것에 불과하다는 것을 알 수 있다. 남에 의하여 자신의 생사 문제를 결정할 정도로 그는 감상적이고 사려 깊지 못한 일면을 가지고 있음을 알 수 있다. 문제와 직접 부딪히지 못하고 도피하는 것인 자살은 무책임한 것임에 틀림없는데 게다가 이 경우 효범은 혼자 남는 것에 대한 공포 때문에 동반 자살을 기도하는 것이어서, 그가 매우 나약하고 어리석은 인간임을 보여준다. 망신했다는 이유로 죽으려 하는 문자를 살게끔 만들지 못하고 오히려 그에 뇌동하여 명분 없는 죽음을 결행하는 것은 아무래도 정당화될 수 없다 하겠다. 효범과 문자의 동반 자살의 배경은 여러 가지 목적을 가지고 있다. 삶에의 애착이 없는 것이 아니지만 자신들의 순결을 증명해 보이고, 그들 사이를 오해하는 다른 사람들에게 시위하고, 또한 소문만 가지고 몇년간이나 사귀었던 여인 문자를 내친 M에게 자신들의 순결을 천명하고 싶다는 것이 그들의 동반자살의 계기가 되는 것이다.

ⓒ "(…)남을 꼬집고 의심하는 것에서 버서나야 인류는 영원한 행복을 엇겟지요." (〈같은 글〉,4회)

ⓓ "(…)명조는 녀자에게만 잇는 것인줄 아슈?…아니 명조(貞操)는 고만두고라도 정조(貞操)라는것이 얼마나 사람에게 귀한 것인줄을 인숙씨는 생각이나 해 보섯든가요?그리구서 지금 와서 매부 형님 말씀을 듯다가 이러케 되엇다구요?…" (〈같은 글〉,34회)

ⓔ "(…)그럿슴니다! 처음으로 단한번 이 입술을 당신에게 더럽혓다는 것은 피차에 니저 버리십시다! 앗가운 청춘을 이대로 시들려 버릴 내가 아니애요! 이십이라는 청춘의 첫김을 아모 갑업시 어느덧 당신 가튼이에게 희생한 것을 언제까지든지 생각하고 잇다면(…)" (〈같은 글〉,34회)

ⓕ "(…)구도덕(舊道德)이고 신도덕(新道德)이고 그런 법이 잇슬리가 잇나요

......내가 귀해 하든 계집을 친구에다가 팔아요!" (〈같은 글〉,50회)

ⓖ "(…)그런 썩은 돈을 가지고 공부할 생각도 업는 놈이애요 내 누의를 팔아서 이째짜지 공부한 것도 분한데 인숙이를-(흘흘 늣기면서)-젊은 계집애를 롱락할 대로 롱락하고 나서 고기 덩어리를 팔아 가지고 질탕히 먹고 입고 쓰고 한 남은 턱찍기인줄 번연히 알면서 그것을 어더 가지고 공부할 내가 아니애요(…)그러타고 내가 형님댁의 은공을 모르는 것이 아니애요! 갑흘… 갑흘 날이 잇스리다-" (〈같은 글〉,52회)

ⓗ 그러면 이 잔채는 엇더한 잔채임닛가 여러분의 식탁에 노힌 고기는 이 녀자의 살뎜을 버혀서 불에 구어 노혼 것이 아니고 무엇입닛까? 여러분이 맛잇게 집어서 여러분의 목구멍에 넘긴 그 진미는 이 녀자의 살이요 쎠요 창자가 아니고 무엇임닛까?… 리근영씨의 절륜한 정력과 풍부한 재산에는 몃억만 사람의 정력과 짬방울이 엉기어서 되엇다는 것이요 쪼 한 가지ㅅ 교훈은 한 사람은 현세뎍 행복(現世的 幸福)이 열 사람 백 사람 천 사람 만 사람의 행복을 희생하지 안코는 도뎌히 어들 수 업다는 것이외다 (〈같은 글〉,83회)

ⓒ는 효범의 말로, 문자가 '인숙과의 사이를 의심하는 듯이 한', '불쾌한 소리에 대하야 교훈뎍 태도를 보이랴'는 목적으로 한 말이다. 그러나 이러한 자신의 말과는 달리 효범이 자신도 '남을 꼬집고 의심'하는 데서 자유롭지 못한 성미이다. 그것은 그가 병이 악화되면서 더욱 두드러지는 것을 볼 수 있는데, 어떻든 문자에게 그런 말을 하는 것은 효범이 아직 인숙에게 더 마음이 기울어져 있음을 보이는 것이라 할 것이다.

ⓓ는 효범의 貞操觀이다. 효범은 정조라는 것은 사람에게 있어 귀중한 것이며 그것을 잃고 지키고의 책임은 자신에게 있다고 말하여 紊亂하게 생활한 인숙을 준열히 비난하고 있다. ⓔ는 그런 가치관의 소유자인 효범으로서 인숙에게 입술을 빼앗긴 데 대한 원망과 회한이 엿보이는 말이다. '아모 갑업시', '당신가튼이', '희생'같은 단어에서 그것은 뚜렷이 보여진다.

ⓕ는 매형인 진변호사가 자기 情婦 인숙을 팔아넘기려 하는 것에 대한 효범

의 비판이다. 그러나 누이 효명의 가정적 파탄을 원하지 않기 때문에 '내(진형석을 가리킴…인용자 주)가 사랑하던 계집'이란 말을 차마 하지 못하고 '내가 귀해하든 계집'이라고 말하여 진변호사로 하여금 빠져 나갈 통로를 얻게 한다. 여기서는 신중하고 사려 깊은 효범의 성격을 알 수 있다.

ⓖ는 효범의 강한 자존심과 함께 혈기를 보여주는 부분이다. 진형석의 도덕적인 부당성을 지적하는 데에도 그로부터 경제적인 도움을 받는다는 이유 때문에 기가 죽어 할 말도 하지 못하고 또 그에 대한 진변호사의 협박에 가까운 공치사를 듣자 젊은 혈기로 이제부터라도 진변호사 도움 없이 살겠노라고 천명하는 것이다. 그의 결벽증적 성격은 추한 방법으로 벌어들인 돈으로 공부하는 것을 거부하게 한다. 그러나 한편 지금까지의 도움 또한 잊지 않겠다고 하여 은혜는 은혜 대로 고맙게 생각하고 있음을 보여준다.

ⓗ는 인숙이 리근영과 마침내 결혼하던 날 식장에서 효범이 연설하는 부분이다. 식탁의 고기는 두사람의 결혼을 위해 희생된 문자의 살점과 같은 것이고 리근영의 정욕과 재산은 여러 사람의 노력이 희생된 댓가라는 것이다. 고대 소설의 춘향전의 한 대목을 연상케 하는 이것은 다소 과장되고 감상적인 느낌이 있는 말이지만 이를 통해 효범의 사상을 알 수 있다.

그런 효범이에 대한 인숙의 평가는 '철이 지나치게 나서 걱정'인 어른스런 사람이라는 것이다. 자신의 情夫이자 효범의 매형인 진형석이 효범이에게 놈자를 붙이며 막말을 하니까 '누구'보다 훨씬 철이 든 사람이라고 반박한다. 여기서는 효범에 대한 정보도 얻을 수 있을 뿐 아니라 인숙의 묘사도 아울러 이루어짐을 볼 수 있다. 인숙은 돈과 권세에 기우는 여성이면서도 심정적으로는 효범에게 경사되고 있는 것이다.

ⓘ "너만 그러지 말어요? 세상이 다-그래두? 래일 네시에는 밀회한다는 그곳부터 차저내야지!" (…) " 비싼 밥먹구 그런 지각업는 소리 말구 어서 입을 덥치고 한 구석에서 공부나 해요!" (…) "머 어째요? 비싼 밥먹는다구요?" 하며 효범이는 눈을 쏙바로 쓰고 도라서서 누의를 흘겨 보다가 "홍 래일부터 이집에서 밥 안 어더 먹으면 고만이지!" (《같은 글》,11회)

위의 예문은 효범과 누이 효명의 대화이다. 남편의 부정을 짐작 못하는 바 아니지만 돈 있는 늙은 남자에게 팔리다시피 시집와 살고 있는 누이로서는, 이런 저런 일이 되어가는 대로 내버려 둘 뿐 동생이나 자기가 다치는 것을 원치 않는다. 게다가 남편과 수상한 관계에 있던 인숙의 결혼 문제이니 그녀로서는 그야말로 불감청이언정 고소원일 지경일 뿐, 동생 효범이 그것에 끼어들어 문제를 복잡하게 만들거나 평지풍파를 일으키는 것은 원치 않는다. 그래서 효범을 극구 말리려 했고 그러다 보니 '비싼 밥'이라는 말이 나왔던 것인데 그것은 감수성 예민한 나이의 효범을 자극했던 것이다. 이에 효범이 누이를 흘겨보며 "이집에서 밥 안 어더 먹으면 고만"이라고 말하는 것이나 집을 나와버리는 행동은 그의 성질이 다혈질이고 급하다는 것과 자존심 강하고 상처 받기 쉬운 성격임을 보여준다.

 ⓙ "누님! 누님" 누님두 내 이팔 하나를 밋고 싸라나설 테거든 싸라나서슈 하지만 그것은 누님의 자유요……나는 가우! 하고 흙흙 늣기며 마루 솟흐로 나오다가 콜록콜록 잔기침이 치미러 올으더니 겨우 진정을 하고 탁 배앗는 가래에 벌건 피가 툭 쩌러지자 잠처서 꿀꺽하는소리와 함께 풀반덩이만한 선지피가 부그를 쓰러나왔다 (〈같은 글〉,52회)

 ⓚ "(…)나는 인제는 버린 사람이애요 제대루 내버려 두슈 설마 누님더러 송장까지 치라구는 아니할 테니…"하며 효범이는 분에 못니겨 눈물이 나리는 것을 니를 깨물고 참엇다 (〈같은 글〉,64회)

불의를 용서할 수 없는 곧고 강직한, 그러면서도 다혈질인 그의 성격은 매형의 공치사와 협박성 발언에 의해 마침내 집을 나오게 만든다. 그러나 위에서 적나라하게 묘사된 바, 폐염이 더욱 심해진 몸이면서도 누이에게 '내 이팔 하나를 밋고(…)싸라나서슈'라 말하는 것은 그의 감상적이고 비현실적인 성격도 보여준다. 그의 건강으로 보아서도 누이가 집을 나올 경우 먹여 살릴 능력이 그에게는 없었던 것이다. 삶에 대해 적극적이지도 못하고 나약하며 여린 성품은 반복되는 눈물과 울음으로 알 수 있다.

d) 행동 묘사

① 매부와 툭탁치고 쌀쌀대이든 인숙이가 자긔에게 들키고 부끄러워하든 낮
   빗과 일본〔유가다〕를 입고 횏도라서 든 뒤ㅅ모양이 쏘 써올오자 그는 그
   런째마다 하는 버릇으로 눈을 감고 머리를 내흔드럿다 (〈같은 글〉,43회)

ⓜ __ 리가고 진가고 괘씸한 것을 생각하면 어데싸지든지 둘이 한번 살아서
   분푸리도 하고 썬썬스럽게 신문에 변명한 내막을 세상에 공개하여 보고도
   십다만은 그러자니 학교에는 못 단니게 되는 것이지…'하는 공상을 하다
   가 자기의 병을 생각하고는 어림업는 수작 이다-고 머리를 내둘럿다 (〈같
   은 글〉,66회)

위는 내면과 행동이 연결되어 묘사되는 부분이다. ①에서는 인숙과 매형의
不貞한 광경을 목격하였던 때를 생각하고서는 그 인간 이하의 작태에 머리를
젓는 행동으로 거부감을 표하고 있다. ⓜ은 효범이 인숙에 대한 사랑의 감정
보다는 단지 진형석과 리근영에게 분풀이를 하고 싶다는 이유만으로 인숙과
살아 버릴까 하는 즉흥적이고 감상적, 환아적 발상을 하는 것과 거기에 대하
여 부정하는 행동이 묘사되고 있다. 그런데 효범은 자신의 그런 생각이 옳지
않다는 데에 부정하는 것이 아니라, 학교까지 포기하면서도 그렇게 하고 싶지
만 자기의 약해진 건강으로써는 불가능할 것이라는 것에 생각이 미치자 부정
하고 있음은 주목을 요한다. 어떻든 부정의 표시로 도리질하는 이러한 행동은
그야말로 그의 버릇, 곧 '그런 째마다 하는 버릇'인 것이다.
   그 외에 그의 행동들은 진형석을 미행하는 장면이나 리근영을 도둑으로 잘
못 본 체하며 때리는 부분들에서 나타난다.
   효범의 경우는 간접묘사와 직접묘사의 비율이 비슷한 가운데 직접묘사의 비
중이 보다 큰 것을 볼 수 있다. 그리고 직접묘사 가운데에서도 효범의 내면을
통한 것이 상대적으로 많아서 효범이 내향형의 인물인 것을 알게 한다. 간접
묘사를 통하여는 다혈질이고 감상적인 성품도 나타난다.
   소설의 주인공은 서사시의 주인공과 달리 고독하고 예외적이며 문제를 지닌

존재로 자신의 환경에 반항하는데, 그 반항은 자신과 환경과의 관계에서 빚어진 쟁점에 상응하여 행하게 된다. 이렇듯 반항이 전제가 되는 만큼 소설의 주인공은 문제적 개인이 될 소지를 지닌다.24) 김효범은 시대를 살아가는 한 지식인으로서 당대 사회의 모순과 정면으로 반항하고 부딪치려 했던 인물이다. 비록 그러한 그의 정의감은 외부적인 여건과 나약한 성품 때문에 좌절되지만, 사회 문제를 문제로서 파악할 줄 알았다는 것은 그가 주위의 다른 사람과는 달리 문제적인 개인이라고 볼 수 있는 요소를 부여한다.

효범 역시 미혼자이어서 한 여성의 문제에 대하여 기혼자들에 비해 보다 더 심각하게 고민하고 있는 것을 보게 된다. 한 여성의 몰락에 자기의 전부를 걸 수도 있었고, 그것에 실망하였을 때는 완전한 자포자기의 마음까지 되어 버려, 그런 느낌의 연장으로 동반자살이라는 것에 로맨틱한 매력을 느끼고 행동화할 수도 있었다고 보아진다. 그러나 그는 어떻든 사회의 때에 물들지 않은 순수한 영혼의 소유자로, 일신의 영예보다 부르조아와 신여성의 결탁이라는 사회적 부조리에 맞서 싸우다 희생된 인물의 전형이다.

5) 리해춘...〈사랑과 죄〉

a. 직접묘사

ⓐ 해춘이의 선친 리판서는 을사됴약이 톄결되기 전까지 일본 특명전권공사로 동경에 가서 잇섯다. (〈사랑과 죄〉,염상섭 전집 2,민음사,1987,395쪽)

ⓑ 이 그림쟁이는 금년 봄에 동경 상야공원 안에 잇는 미술학교의 양화과(洋畵科)를 졸업하고 돌아온 청년이다.그가 〈심초매부〉라는 일본 화가의 화실(畵室)을 빌어서 쓰는 것은 그가 고국에 도라와서 당장 자긔의 화실을 지을 새가 업기 째문이엿다. (〈같은 글〉,23쪽)

---

24) 이선영,〈리얼리즘론의 확대와 전진을 위하여〉,〈〈창작과 비평〉〉,제16권 제2호,창작과 비평사,1988.여름,267면 참고.

ⓒ 해춘이의 부인은 년래의 폐ㅅ병이 아조 침중하야지자 작년 겨울에 신천 온천으로 간 뒤에 다시는 서울쌍을 밟아 보지 못하엿다. 요사이는 안악으로 들어가서 해변가에서 료양을 하는 터이다. (〈같은 글〉,189-190쪽)

ⓓ 날마다 밧는 의원의 보고서에도 인제는 절망인 눈치를 채이고는 잇스나 그러케 오늘 래일 새로 나설 생각은 아니 낫다. 위중하다 하야도 시각을 다토는 것도 아니요 한 번 가면 자연히 얼마 동안 붓들고 잇게 될 터이니 여기ㅅ일을 내던지고 좀처럼 나설 수가 업섯든 것이다. (〈같은 글〉,238쪽)

ⓔ 사실 해춘이는 열 세 살에 부모가 어더 맷긴 안해밧게 다른 녀자라고는 요사이 와서 순영이와 마리아를 알 쑨이다. (〈같은 글〉,200쪽)

ⓕ 두 사람의 운명은 호연이가 입원하든 날 네 눈길이 무서운 듯이 마조치든 그쌔에 결명되엇든 것이다. 피차의 눈 속을 들여다보든 그 순간에 늣기든 무서움이 실상은 자긔네들 우에 나리덥히려는 운명에 대한 공포이엇든지도 몰을 것이다. (〈같은 글〉,219쪽)

ⓖ 만일 두 사람 사이에 임의 사랑의 눈(芽)이 텃다 하면 자긔는 영영 입밧게 내이지 안코 차라리 두 사람의 사랑을 축복하야 주는 것이 피차의 행복일 쑨 아니라 당연한 일이라고 생각하얏기 째문이다. (…)섯불리 입을 버렷다가 일은 일대로 안되고 우정만 더럽힐 것이 두려울 쑨 아니라 안 할 말로 자긔의 안해가 설사 세상을 쩌나서 순영이를 들여안칠 형편이 된다손 치드라도 작위(爵位)와 문벌과 싸워야 될 일이 쏘한 해춘이의 정열을 부러버리는 것이엇다. (〈같은 글〉,196쪽)

ⓗ 이 이상 봉욕을 할 것도 인제는 업슬 것이오 엇쩌한 핍박이 온다드라도 재산, 디위, 명예, 예술…… 다 집어치우드라도 인제는 다만 한 길이 압헤 남은 것 가트엇다. '사랑은 인생의 전부가 아니다. 그러나 사랑 업시 인생은 쏘 무엇이냐?'-해춘이는 가만히 속으로 부르지저 보앗다. (〈같은 글〉,363쪽)

ⓘ 이러한 경우에 누구나 부르짓듯이 "아무려나 될 대로 되렴으나!"하고 자긔
  자신에 대하야 성격 파산(性格破産)을 선언할 용긔가 잇고 보면 문뎨는
  간단히 해결될 것이다. (...) 그에게는 아즉도 예술가라는 자존심과 책임
  이 잠을 자지 안코 순영이에게 대한 애욕을 단념할 수 업스며 마리아의
  퇴폐뎍(頹廢的) 정욕을 달게 바들 수 업는 귀족뎍 결벽을 버릴 수도 업섯
  다. (〈같은 글〉,220-221쪽)

ⓙ 해춘이는 래일로라도 대소가와 합의한 후 작위반상의 수속을 취하겟다는
  말을 남겨 노코 나와버렷다. 이 긔회에 작위를 내노흐면 돌이어 몸이 갓
  든하야 시원할 것 갓기도 하얏다. (〈같은 글〉,290쪽)

ⓚ 주인놈이 옷을 갈아 닙고 와서 인사를 하고 그동안 방을 치우느라고 미안
  하얏다 하며 뎨일 조흔 듯한 십이됴나 되는 다른 방으로 옴기고...... 한
  참 부산하얏다. 해춘이는 돌이어 귀치안키도 하얏스나 이러한 것을 보면
  자작 대감이라는 것이 그리 실치도 안햇다. (〈같은 글〉,295쪽)

  먼저 ⓐ~ⓓ는 해춘의 현 상황에 대한 모든 정보가 주어지고 있는 부분이
다. 리해춘은 친일파 리판서의 아들이며 일본의 미술학교를 졸업한 화가이면
서 지금은 귀국 후 자기 화실을 짓기 전이어서 남의 화실을 빌어서 그림을 그
리고 있다는 것, 그리고 그의 아내는 일년 전부터 폣병을 앓았다는 것,지금은
요양 중이며 그런 아내와 해춘은 오랜 기간 헤어져 지내고 있음을 알 수 있
다. 그러다 보니 열세 살에 결혼한 그 아내 외에 다른 여자에 대한 특별한 관
심이 있다거나 아내를 싫어하는 감정 같은 것이 없음에도 자연히 심리적으로
거리가 생기게 되고 따라서 아내의 병에 대한 걱정이나 세심한 배려 같은 것
도 없게 된 것이다. 리해춘은 병든 아내를 찾아가는 일에 있어서, '일을 내던
지고 좀처럼 나설 수 가 업'다고 핑계한다. 이러한 병든 아내에 대한 냉혹할
정도의 무관심은 〈만세전〉의 이인화와 통하는 부분이기도 하다.
  그러던 중 친구 김호연이 입원하게 되자 간호사인 순영을 만나게 되고 설악
산 여행 도중 마리아를 알게 되었는데, ⓕ는 순영과의 관계를 알려 주는 부분
이다. 곧 처음 보던 날부터 순영과 해춘은 자기 자신들도 인식하지 못하는 사

이 서로를 운명과도 같이 느끼게 되었다는 것, 그리고 두 사람 앞길에는 무서운 운명이 있을 것이라는 암시가 작가의 목소리로 전해진다. 순영과의 사랑에 해춘은 다소 소극적이면서도 사려 깊은 처신을 한다. 친구 김호연과 순영의 사이가 어떠한 것인지 잘 알지 못하는 해춘은 우정과 사랑 사이의 갈등을 느끼면서 만일 그 둘이 사랑하는 사이라면 자기의 감정이 상처 입는 것을 감수하고 호연에게 사랑을 양보하겠다고 생각한다. 해춘의 이런 생각의 이면에는 두 가지 배경이 있다. 하나는 자기와 순영과의 사랑에 대한 확신이 없다는 것이다. 성취 가능성 없는 일을 벌여 공연히 호연과의 우정만 손상되어서는 안 되겠다는 계산을 한다. 다른 하나는 순영이와의 결혼을 위해 넘어야 할 장애에 대한 두려움이다. 자작이라는 작위와 양반이라는 문벌, 지체 여러 면으로 순영과의 결혼은 설사 당자끼리 합의한다 해도 어려운 일일 수밖에 없다는 사실이 해춘으로 하여금 순영에 대한 사랑에 적극적일 수 없게 만들었던 것이다. 게다가 여러 사람들과 찾은 술집에서 만난 기생 운선으로부터 공교롭게도 순영에 관한 악성 루머를 듣게 되자 해춘의 마음은 더욱 큰 타격을 입게 된다.

ⓗ는 순영에 대한 사랑으로 번민하는 해춘의 내면이다. 핍박, 봉욕을 두려워하지 않고 순영과의 사랑을 가장 중요한 것으로, '압헤 남은', '다만 한 길'로 인식한다. 사랑이 인생의 전부는 아니라 하더라도 사랑 없는 인생은 무의미한 것으로 보는 데서 그의 애정관이 나타난다. 그러나 그 사랑의 대상인 순영이 류택수와 혼담이 있다는 마리아의 말에 해춘은 번민하게 되는 것이다. 자기 여동생의 시아버지가 되는, 복잡한 여자관계를 가진 류택수에게 돈에 끌려 시집간다는 말은 해춘으로서는 충격이 아닐 수 없다. 뿐 아니라 집안의 크고 작은 여러 문제들이 그를 괴롭혀서 해춘은 안절부절 못 하고 길을 방황하고 다니는 행동을 보이게 된다.[25]

---

25) 마리아에게는 순영의 혼담을 듯고 -류진이와는 누의의 리혼 청구로 싸호고- 싸닭도 몰으면서 인삼을 팔아주고-그림은 그림대로 내버려두고- 게다가 계모의 말라 죽을 듯이 아드등 쎕흐린 얼굴은 아츰 저녁으로 아니 볼 수 업고 마리아는 마리아대로 출락어리고 쏘차단이고... 해춘이는 안절부절을 못하엿다. 요새 며츨 동안은 밤낮 할 것 업시 길에서 살다십히 장안이 좁다고 거리로 헤매엇다. 집안 사람이고 친구고 얼굴을 맛대하기가

결국 해춘의 그러한 번민이 순영을 의심하게 하고 마침내 마리아와의 성관계로 이어지게 되는데, 마리아와의 관계에 대한 해춘의 또다른 번민이 나타나는 것이 ⓘ에서이다. 마리아 앞에서 해춘은 유혹을 느끼면서도 구역질을 느끼는 것이다. 그러한 것은 그가 '될대로 되렴으나'류의 성격 파산을 할 만큼 타락하지도 않은 사람이며 '예술가라는 자존심과 책임', 단념할 수 없는 '순영이에게 대한 애욕', 마리아의 '퇴폐덕'인 정욕을 꺼림칙하게 여기는 '귀족덕 결벽'증 같은 것을 가진 사람이기 때문에 더욱 극단적으로 그를 괴롭히는 요인이 된다. '용이히 물리치'지 못하는 마리아의 육체의 비밀에 대한 유혹과 그에 대한 자책, 이것이 해춘의 딜레마였던 것이다.26)

다음으로 ⓙ에서는 작위에 대한 해춘의 관념이 나타난다. 귀족, 자작으로서의 해춘이 작위에 대하여 갖는 생각은 반성과 회의를 갖는, 부정적인 것이다. 그는 먼저 식민지 치하에서의 귀족이라는 것이 얼마나 허망하고 실속없는가를 깨닫고 있다. 사실 당시의 귀족이란 준매국노에 다를 바 없는 것이고 해춘의 자작 직위 역시 선친의 친일에 말미암은 바 큰 것이다. 그러고 보면 자신의 지위를 '조상의 죄값'으로 물려받은 것이라는 해춘의 자각은 올바른 것으로 보아진다. 그는 '량반의 피ㅅ속에서는 건저내일 것이 아모 것도 업다'고 보고 '만일 다시 결혼을 한다면', '평민의 피 상놈의 피'를 끌어들이리라고 결심한다. 그러한 출신에 대한 기존 관념의 배제는 호연이와의 교제에서도 영향받은 바라할 것이다.27)

이렇듯 양반과 귀족에 대한 회의로 해춘은 여러 번이나 작위반상을 결심하고 시도하기도 한다. 그러나 ⓚ에서도 나타나는 것처럼 낯선 곳에서도 특별

귀치안핫다.(〈사랑과 죄〉,197쪽)

26) 이러한 것은 내면 묘사 부분에서 잘 나타나고 있다. 곧. '미친놈', '후회를 하고 쎄름하고 한', '추태' 등의 단어에서는 다분히 육체적 쾌락에 지나지 않는 마리아와의 관계를 혐오하는 도덕적이고 이성적인 내면이 나타나는가 하면, '결코 불쾌하지는 안핫다', '미진한 것 갓기도 하다'등에서는 해춘의 본능적인 성욕이 마리아의 육체를 그리워하고 있음이 나타나고 있다.

27) 자작대감이 함경도ㅅ상놈 따위에게 친교(親交)를 구하야 막역으로 지내게 된 것부터 세상이 밧권 탓이려니와 해춘이가 가독을 상속하자 리씨 집의 가풍에는 일대 변혁이 닐어 낫스니 이것도 말하자면 긔실은 김호연이의 감화가 은연중에 만핫든 것이다.(〈사랑과 죄〉,53쪽)

대우가 보장되는가 하면 공무를 보는 경찰 관계인들에게서도 여러 면에서 혜택을 받게 만드는, 지위로 인한 차별 대우에 해춘 역시 만족하고 즐기기도 한다. 사실 작위라는 것은 해춘으로서는 부담스러운 옷과 같은 것이면서도 그의 삶을 편하게 안락하게 만들어 주는 메카니즘이었던 것이다. 그렇지만 여러 사건에 휘말려 주위로부터 걱정을 듣게 되자 자의 반 타의 반으로 자기의 귀족에 대한 회의를 행동화한다. 작위반상의 수속을 밟는 것이다.

b. 간접묘사

a) 애펠레이션

리해춘이라는 이름도 항렬을 따르는 평범한 이름이다. 그것은 누이의 이름 '해뎡'을 보아 뚜렷하다.

b) 외양 묘사

ⓐ 세사람이 다가치 령리하고 민감(敏感)스럽고 감정보다는 리지(理智)가 세인 성격이 용모에도 나타나지만 해춘이는 역시 귀공자의 틔가 어느 구석엔지 잇서서 얼마쯤 온용하고 상량스러운 맛이 잇고(〈같은 글〉,78쪽)

ⓑ 그 싱싱한 톄격과 씩씩하면서도 부드럽고 번틋한 외양을 보면 마음이 자연히 끌리지 안흘 수 업섯다. 엇전지 무릅팍에 손이라도 대여보고 십고 뭉싯한 듯 하고도 옷독하야 보이는 코도 만저 보고 십고 피ㅅ긔가 발가케 솟은 입술에 …여 보고도 십엇다.톤트러 마리아의 눈에는 해춘이가 스무 남은 살쯤 되는 익을익을한 선모슴 아이가티 보이엇다. 곱게 비서 넘기어서 살적을 싹둑 잘른 파르스름한 귀ㅅ밋까지가 손으로 만저 보고 십흐니 만치 성욕의 충동을 늣기게 하엿다. (〈같은 글〉,191쪽)

ⓐ는 류진과 김호연, 리해춘 세사람의 외모를 묘사하면서 해춘의 외모를 다른 사람들과 구별하는 간접묘사의 부분이다. 민감성이라든가 이지적인 성격이 용모로 나타나 있으며 특히 해춘이 '역시 귀공자의 틔가' '어느 구석엔지' 있다

는 부분은 다소 모호하고 추상적인 것이 아닐 수 없다.

ⓑ는 명마리아의 시선으로 묘사되는 해춘의 외양이다. 남자의 미를 골고루 찾는 데 '이력이 난' 마리아의 눈에 비치는 해춘은 미남이면서도 매우 육감적인 인물로, 마리아는 그를 성욕의 대상으로 보고 있다.

   c) 대화·말씨 묘사

ⓒ 대관절 지금 조선사람 형편에 별장 가지고 거드러거리게 되엇습니까? 더구나 지금 우리네 소위 귀족 나부렁이라는거야 톄면차리기에 배골는 형편이니까 그야말로 랭수 마시고 니 쑤시기지요. (〈같은 글〉,26쪽)

ⓓ 무슨 주의니 무슨 주의니 하는 것은 실혀요. 될수 잇스면 남의 머리 우흐로 거러단이지 안코 남의 입에 부튼 밥을 노리지 안하도 제각긔 먹고 자유롭게 지낼 수 잇는 사회에서 사라보고 십흘 짜름이애요. (〈같은 글〉,35쪽)

ⓔ "나는 위선 김군과 가치 민족주의와 사회주의의 중간을 타고 나가는 것이 오늘날의 조선청년으로는 올흔 길로 들어서는 줄 안다는 말이요(…) 그런 것은 적토군의 권고를 안 밧드라도 내 생각이 업는것은 아니요. 다만 긔회를 기다리는 것이지만(…) 사람을 멸시하는 그짜위 말이 어대잇단 말이요? 나도 현대 청년이요! 나도 조선청년이요! 나도 피가 잇소!…" (〈같은 글〉, 210쪽)

ⓕ "(…)예술적 충동(藝術的衝動)은 창조미의 표현이 되고 종교뎍 감격(宗敎的 感激)은 사랑의 봉사(愛의 奉仕)라는 실천도덕(實踐道德)으로 발로되는 것(…)종교가가 사람을 설도하고 텰학자가 우주의 원리를 찾는것과 가치 예술가는 미의 창조로 자긔를 창조하야 나가면서(…)이뎜에서 예술과 도덕은 합치되는 거라고 생각하네." (〈같은 글〉,139쪽)

ⓖ "(…)하도 가엽기에 엇더케 도아줄 수 잇스면 도아줄짜하고 말일세.그런 처디에서 자라낫스면서도 성격이라든지 정신을 제대로 가지고 잇기가 쉬운 일인가!(…)순영이가 처녀의 자랑을 쌔앗긴 몸일지라도 나는조금도 험

덤으로 생각지 안네. 도리혀동정하고 갓구어 주어야 할 일이 아닌가! ˮ
(〈같은 글〉,68-69쪽)

ⓗ "쓴 맛 단 맛 다 알고-일본 말로 하면 〈海千山千〉-(세상 물정을 다 안다는
   뜻)이라는 것처럼 인생고락과 세정긔미를 다 깨다른 듯이 모든 것에 무심
   허니…… 질착한 거동이 부럽다는 말일세"(〈같은 글〉,200쪽)

해춘의 말씨로 보여지는 그의 성격이다. ⓒ, ⓓ, ⓔ에서는 그의 사상을 알
수 있다. 우선, ⓒ는 해춘이 식민지 통치 하에서 귀족이란 것을 직시하고 있음
을 보여주는 부분이다. 피식민국인 조선인으로서 귀족이라는 것도, 별장 같은
것을 가지고 거드럭거리는 것도 무의미하기만 하다는 것을 그는 인식하고 있
다. ⓓ에서는 그의 '주의'를 보여준다. 이름만 떠들썩한 주의를 지양하고 참다
운 유토피아를 바란다는, 이상적·절충적이면서 온건한 사상이 마리아와의 대
화 가운데 잘 나타나 있다. 그런가 하면 적토라는 사회주의자의 놀림을 받고
서 자존심이 상해 반박하는 부분에서는 그의 정열적이면서 적극적인 성격도
엿볼 수 있다. 다소 이상적인 성격을 띤 그의 주의는 ⓔ에서처럼 민족주의와
사회주의 중간 노선을 가장 바람직한 것으로 보는 것이다. 해춘의 작위를 비
웃으며 그의 현재 상황을 타매하는 적토라는 사회주의자에게 그는 자기도 어
떤 때를 기다려 '조선 청년'으로서의 일을 할 것이라고 대답하면서, 조국과 민
족의 장래에 대한 생각이란 현대 청년으로서 조선에 살아가고 있는 이상 누구
나 가질 수 있는 이념이며, 자기 역시 귀족이요 양반이기 이전에 하나의 조선
청년으로서 살고 있다는 것을 인식하고 사는 사람임을 강하게 주장한다.
   ⓕ에서는 그의 예술관을 보여준다. 그의 예술관은 공리주의 예술관이라 할
것이다. 長廣舌은 간접묘사 가운데도 조금 어색한 기법이라 할 것이지만 이
부분은 작품 내에서도 분위기가 고도로 고조되는 부분이다. 그는 예술가로서
사회와 단절을 지향하고 있는 것이 아니라 예술가로서 사회의 교화에 앞장서
야 한다는, 곧 예술=도덕, 도덕+예술은 신에 다름 아니라는 인식을 가지고
있음을 볼 수 있다.
   ⓖ에서는 출신이나 가정환경 여하와 관계없이 순수히 순영을 도우려는 그의

마음이 보여진다. 어려운 처지에서 꿋꿋이 살아가는 순영을 높이 평가하고 그
녀를 동정하고 가꾸어 주는 것이 마땅히 해야 할 일이라고 보는 것이다. 그러
한 순영에 대한 관심이 사랑으로 바뀔 무렵 그에게 닥친 시련,곧 순영에 대한
악성 루머는 해춘을 크게 번민하게 만든다. 그래서 ⓗ와 같이 말한다. 자기의
번민에 너무 괴로와한 나머지 인간이 갖는 여러 기본적인 감정, 곧 사랑이니
실연이니 하는 문제와는 거리가 먼 듯이, 세상의 모든 자잘한 번민에는 초월
한 듯이 살아가는 기생 운선을 부러워하는 심정이 되어 버린다. 여기에서는
해춘의 다소 우유부단하고 내성적인 성격이 나타난다.

ⓘ "그런데 선생님은 엇저면 병구원도 안 가지고 유산태평이세요.해명씨께 들
　　으니까 그러케도 의가 조흐섯다면서…" (…) "내가 아니 가기로 병구원할
　　사람이 업슬라구요"(〈같은 글〉,190쪽)

ⓙ "그래두 하는 것은 아니하는 것보다 낫겟지." "어린 자식의 첫난봉은 속 틱
　　는 것이라는 의미로 말인가?" "술잔이나 쏘차 단이고 다마쓰기(玉突)판으
　　로나 굴러단이는 그 소위 〔모-던 쏘이〕들보다는 하여간 낫지." (〈같은
　　글〉,55쪽)

ⓚ "글세 그두 그러치만 지금 현전에 실제덕 필요한 효과가 나타날 일이 잇기
　　전에는 애를 써서 모험을 할 필요가 업스니 말일세." "이 사람 곤 닭알 지
　　고 성 밋헤 못가겟네. 그러나 자네의 그 소위 실제덕 필요란 무엇인가."
　　"아무게나 정말 한아씩 실행해 가는 것 말일세." (〈같은 글〉,59쪽)

ⓛ "되어가는 대로 할 게 아닌가?"하며 코웃음을 치는 친구의 얼굴에는 절망
　　덕 고민의 빗이 력력하엿다. "위중한 부인이 엽혜 계신데 그런 말을 하는
　　것은 피차에 인사가 아니니까 우선은 모든 것을 보류해 두는 것이 올타고
　　생각하네마는 하여간 그까진 문데로 상심할 것은 업다고 생각하네.도덕덕
　　문데로 보든지 가명상으로 보든지 상관이 업지 않은가?" "그야 그러치만
　　좀더 생각해 보세." (〈같은 글〉,457쪽)

다른 사람과의 대화 속에 해춘의 성격이 묘사되는 부분들이다. ⓘ는 마리아

와의 대화로, 부인과의 금슬이 나쁘지 않았던 해춘이였는데 지금은 마리아가 '유산태평'이라 비웃을 정도로 아내의 병에 무관심하다는 것을 알 수 있다. 남편으로서 병든 아내를 찾아가는 것은 병구원할 사람이 필요해서의 문제가 아님에도 해춘은 다른 소리를 하면서 문제의 핵심을 피하고 있다.

ⓙ, ⓚ, ⓛ은 염상섭의 소설에 빈번히 등장하곤 하는 사회주의자들 가운데 가장 긍정적으로 묘사되고 있는 김호연과의 대화인데 ⓙ는 해춘의 '모던 보이'에 대한 비판적 시각과, '無爲'보다는 무엇이든 '하는것', 곧 ⓚ에서 볼 수 있듯이 '정말 한아씩 실행해 가는 것'을 志向하는 해춘의 신념을 보여준다. ⓛ에서는 해춘의 절망 상태를 볼 수 있다. 자기 때문에 명마리아가 살인까지 하게 된 후, 모든 일에 대해 판단 정지하는 모습이다. 호연은 해춘의 번민의 원인이 앓고 있는 부인과 그 때문에 순영과의 혼인을 망설이는 것이라고 짐작하고 '그 까진 문뎨'에 고민할 것 없다고 말하는데, 사실상 해춘의 고민은 호연의 말처럼 有妻娶妻라는 문제가 아니었다. 해춘은 아내가 있으면서 또 처를 취하는 문제가 '도덕덕으로'나 '가명상으로'나 瑕疵 없는 일이라는 호연의 말에 원칙적으로 동의하고 있는 것이다. 여기에서 아내에 대한 해춘의 마음과, 당시 사회 풍조까지를 볼 수 있다.

  d) 행동 묘사

  ⓜ 순영의 생모 해줏집을 처음 만나 낭패를 당하게 되었을 때 당황하였으나 내색하지 않고 그녀를 잘 달래서 보낸 일

  ⓝ 류택수 부자와 순영이 스캔들로 연관되었을 때 사실을 알아 보기보다 술에 빠져드는 행동

  ⓞ 김호연의 활동에 도움을 주고 그로 인해 곤란을 겪게 되었을 때 침착하게 뒷바라지하는 한편 택수로부터 순영을 구해내는 행동

이것은 행동을 통하여 성격이 보여지는 부분인데 모두 인용하자면 장황하게

될 것이어서 대략적으로 요약해 보았다. 그런데, ⓜ, ⓝ은 순영과 연관한 문제에 대처하는 행동이고 ⓞ는 사상적인 문제와 관련한 행동이다.

그런데 ⓜ, ⓞ의 행동에서는 지식인이며 기혼자, 어른으로서의 해춘의 면모를 볼 수 있다. 처음 보는 여인, 그것도 누구나 꺼리지 않을 수 없는 몰골의 아편쟁이 해춧집이 찾아와 자기에게 사위 운운 하며 돈을 요구할 때, 해춘은 그녀에게 원하는 돈을 주어 속히 보내는 한편 순영이 상처입지 않도록 마리아에게 행동한다. 그리고 호연과 순영까지 얽혀 들어간 인삼 사건에서 그는 침착하면서 사려 깊은 행동으로 주위 사람들이 젊은 귀족이라도 얕잡아 볼 수 없는 인물이라고 인식하게 만든다.

반면에 ⓝ에서는 그렇지 못한, 퇴행적이며 도피적인 성향을 볼 수 있다. 해춘은 순영이 정말 류택수와 결혼하려는 것인지, 혹은 그녀가 정말 부자 사이에서 치정관계를 연출하고 있는 것인지 등의 문제에 정면으로 맞서서 자기가 직접 알아 보지도 않는다. 그리고는 그 상태에서 남의 말만 듣고 사태를 짐작한 후 술에 탐닉하는 호프만컴플렉스적인 행동을 보이는데 이것은 끝내 그가 혐오하는 마리아와의 육체관계로 이어져 그의 일생에 중요한 전환점까지 만들게 되는 것이다.

ⓟ 얼마를 잣든지 눈을 쩌보니까 (...) " 여기서 엇재 잣단 말이요?"하며 깜짝 놀랏스나(...)겨우 양복저고리만 버서노코 또 잠이 어림풋이 들엇든 것이다...그다음 일은 더 생각하기도 실헛다. "내가 미친 놈이다!" (〈같은 글〉, 214-215쪽)

ⓠ 감금이 풀리자 작위반상의 수속을 하야 노코 뒤ㅅ일을 호연이에게 부탁한 뒤에 표연히 자긔 안해가 누어 잇는 안악으로 나려갓다. 잠간 여러 사람과 쩔어저서 자긔 생각을 수습도 하고 압길을 결명하랴는 것이엇다. (〈같은 글〉,456쪽)

ⓟ에서는 술에 만취된 상태에서 마리아의 집까지 가고 그녀와 관계를 갖게 되었는데, 해춘이 그를 다시 생각하는 것조차 싫어하는 것에서 그가 마리아와

의 관계를 얼마나 혐오하고 있는가 하는 것이 보여진다. '내가 미친 놈이다'라고 하는 내면 묘사 부분은 그러한 것을 뒷받침하는 부분이다. ⑭는 순영과 마리아와 관련된 여러 가지 일을 겪은 이후 그동안 쭉 결심했던 작위반상을 하고 이후의 일을 머리 속으로 정리하러 아내가 있는 곳을 찾아가는 행동이다. 그런데 아내가 요양하고 있는 곳을 찾아가는 동기가 아내의 병과는 무관하게 다만 머리를 쉬이고 앞날의 일을 정리하고 생각하기 위해서였다는 것에서, 다소 이기적이기까지 한 해춘의 면모를 볼 수 있다.

  e) 환경 묘사

ⓡ 성냥불에서는 기름쌈이 흘으고 유난히 발개 보이더니 달빛에 비친 얼골은 눈가만 도화색이 실리고 웃는 닛속이 하야케 반작한다. 해춘이는 오래ㅅ동안 금욕생활을 하다가 달밤에 이러한 녀자와 나란히 안지니 뭉첫든 감정이 잠간 풀리는 듯한 기분을 유연히 늣겻다. (〈같은 글〉,199쪽)

  해춘의 '타락'의 복선이 되는 배경 묘사이다. 기생 운선의 얼굴이 인공조명에서보다 천연조명인 달빛 아래에서 더욱 매력적으로 보이면서 '오래ㅅ동안' 해온 '금욕생활'의 감정이 풀리게 된다. 이것은 해춘으로 하여금 술과 함께 녕 마리아의 유혹에 노출되고 그에 무방비 상태로 부딪치게 만드는 조건이 되는 것이다.
  〈사랑과 죄〉는 용산 인도교가 붕괴(1925.7.18)된 나흘 후로부터 시작되어 1년 정도의 시간의 경과를 보여 1925-6년 징도가 시간적 배경이 된다. 그래서 발표 시기인 1927-8년과 비교할 때 2-3년 정도의 차이를 보일 뿐이다. 공간적으로는 조선 서울이 주무대이다. 따라서 '여기', '지금'의 배경이다.
  해춘의 경우는 직접묘사와 간접묘사가 비슷한 비율이면서 그중에 간접묘사의 비중이 보다 크다. 그의 성격묘사는 내면 묘사와 외면의 묘사가 적절히 이루어져 성공적으로 이루어진 것을 보게 된다.
  긍정적인 인물들이 타락한 현실의 질서에 순응하는 타락한 인물들과 맞서 대결하는 이원적 대립구조를 통해 작가의 반제 정치의식이 뚜렷이 보여지고 있는 작품이라고 보아지는 〈사랑과 죄〉의 주인공인 해춘은 성적으로 남에 의해 휘둘려지는 소극적인 성향, 병든 아내에 대한 지나칠 정도의 무관심, 문제를 당했을 때 술에 의지하는 등의 모습으로 다소 부정적인 면이 있지만 어떻든 그는 이념적인 면에서나 처신하는 면에서나 온건한 지식인의 전형을 보여주는 인물이다.

6) 조덕기...〈삼대〉

a. 직접묘사

ⓐ 덕기는 법과 중에도 형법에 주력을 써서 장래에는 변호사가 되겠다는 생각을 가지고 있다. 형사 전문의 변호사는 아니더라도 어쨌든 조선 형편으로는 그것이 자기 사업으로 알맞을 것 같았다. (〈삼대〉,한국 현대문학 전집3권,삼성출판사,1981,96쪽)

ⓑ 덕기도 유한 계급인의 가정에서 자라나니 만큼 몇 시 차에 갈지 분명히 작정도 안 하였거니와 내일 못 가면 모레 가고 모레 못 가면 글피 가지 하는 흐리멍텅한 예정이었다. (〈같은 글〉,15쪽)

ⓒ 올적마다 조부에게 꾸중만 맞고 안에도 들르거나 말거나 하고 훌쩍 가버리는 부친의 뒷모양을 바라보고 덕기는 민망한 생각이 들었다. (〈같은 글〉,36쪽)

ⓓ 덕기는 부친에게 인격적으로 경의를 표할 수 없는 것을 몹시 괴로와 하였다. 그렇지 않았다면 설혹 부친이 자기에게 냉담하더라도 자기가 진심으로 섬겨 보고 싶었다. (〈같은 글〉,31쪽)

ⓔ 경애가 컵술을 받아서 마시는 것을 보고 덕기는 외면을 하였다. 처음에 소리를 치며 해롱해롱하며 내닫는 그 꼴에도 가슴이 내려 앉듯이 놀랐지만 그 술 마시는 데에 한층 더 놀라고 밉고 더럽고 가엾고 한 복잡한 감정을

참을 수가 없었다. (〈같은 글〉, 22쪽)

ⓕ 덕기는 이 소녀의 꾸밈없는 솔직한 말이 고맙고 정다이 들려서 기뻤다. (…)그 순진한 심보를 언제까지나 길러나가게 했으면 얼마나 좋을까 싶었다. (〈같은 글〉, 308쪽)

ⓖ -나도 남모를 위선자다 (…) -어서 필순이가 남의 사람이 되어서 가 주었으면 자기는 더 깊어지기 전에 멀리 떨어져 버리겠다고 생각한 것만은 사실이다. (…)그러나 유혹에서 벗어나려는 그 노력도, 그 사람을 위한다는 것보다도 자기를 위한 일이 아닌가? 이기적이다. 역시 위선자다. (〈같은 글〉, 343쪽)

ⓗ 그 노혁명가도 자기 부친에게 필순이 부친과 같이 부탁을 하였던지는 몰라도, 언제나 머리에서 떠나지 않는 모친의 말- 너두 아버지의 길을 고대로 걷겠느냐는 말이 또 머리를 무겁게 하였다. (〈같은 글〉, 395쪽)

ⓘ 언젠가 일고여덟 살 적에 조부는 무슨 일을 하다가, "덕기야, 너 이 속에 들어가 보고 싶으냐? 말 안 들으면 이 속에 넣고 딱 잠가 버린다"고 실없는 소리를 하며 웃던 것이 생각난다. 이제는 키가 갑절이나 되었으니 이 속에 들어가 갇히지는 않겠지마는 조부는 역시 자기를 속에 가두고 가려 한다. (〈같은 글〉, 252쪽)

ⓙ -그것두 할아버니 덕분에 돈푼이 있으니까, 쓸데 없이라두 바쁘구 남이 알아 주는 것이지 돈 없는 조 덕기더면야 자기 같은 책상물림에게 누가 믿구 죽은 뒤라도 처자를 보살펴 달랄까?…… (〈같은 글〉, 396쪽)

ⓚ 아버니의 홍 경애에 대한 경우도 그랬을 거다. 돈 없는 아버니였더면 아버지보다 먼저 부탁을 받을 동지도 많았을 것이 아닌가. 아버니 경우나 내 경우나 돈 있는 집안의 자손이라는 공통한 일점에 똑같은 처지를 당하였을 뿐이지 무슨 숙명적 암합(暗合)이 있을 리가 있나. 그리고 아버지께서는 아버지답게 그 부탁을 이행하였을 따름이요, 나는 내 성격과 내사상, 내 감정대로 이행해 가면 그만 아닌가? (〈같은 글〉, 396-397쪽)

① ―할아버니께서 돌아가신 지가 이제 겨우 두 달 밖에 안 되는데!(…)물론
   때는 흘러가는 것이지마는 그 대신에 들어설 준비가 되어 있어야지!(…)
   우리의 뒷받침이 늦은 것이다. 우리가 아무 준비도 없기 때문에 불과 두
   달에 이 모양이다! (〈같은 글〉,389쪽)

ⓐ, ⓑ는 덕기의 희망과 성격에 대한 작가의 설명이 된다. 덕기의 장래 희
망은 변호사이며 그 꿈의 실현을 위해 법과 공부를 하고 있다는 것, 나름대로
조선의 형편을 생각하고 현실과의 타협의 길로 정한 꿈이라는 것을 알 수 있
다. 덕기는 경도제국대학에 진학하려는 꿈을 가지고 있으며 그래서 경성제국
대학에 진학하여 자기의 곁에 있었으면 하는 부친 상훈과 갈등하기도 한다.
덕기의 성격은 부잣집 자식인 만큼 다소 흐리멍텅하다고 한정되고 있다. 이러
한 직접적인 한정은 작품내에서 덕기의 행동과 사건을 한정시켜 주는 것이 되
는 것이다. 그러한 것은 그의 사상적인 면에서도 보여진다. 덕기는 좌익의 이
데올로기를 지향하지 않으면서도 사회주의자인 김병화에게 동조적인 입장을
견지하면서 그에게 계속적인 도움을 준다.
  ⓒ, ⓓ는 부친 조상훈에 대한 덕기의 감정으로 상훈과의 부자관계를 알 수
있는 부분이다. 재산을 갖고 있는 실세인 조부로부터 소외되어 사실상 집안에
서 고립된 부친은 덕기에게는 심리적으로 부담스런 존재가 아닐 수 없다. 인
격적으로 존경할 수 없는 부친, 그것은 부재한 부친과도 다를 바 없고 그래서
덕기는 고아의식을 갖게 되는 것이다. 조상훈의 성적인 타락의 결과인 경애와
그 딸에 대한 책임 의식도 상훈의 것이 아니라 덕기의 몫이었다.
  ⓔ에서는 순결을 잃은 뒤로 카페 여급으로까지 전락한 경애가 술집 작부처
럼 행동하는 것에 대한 덕기의 내면이 묘사되면서 덕기의 결벽성도 아울러 나
타난다. 술을 넙죽넙죽 받아 마시는 경애의 모습을 보고 덕기는 혐오스러운
마음에 무의식 중 외면하고 만다.
  경애에 대한 덕기의 죄의식 내지 책임감은 그로 하여금 필순을 대하는 데
있어서 움츠러들게 한다. 필순에 대한 덕기의 기본적인 의식은 ⓕ에서 볼 수
있는 것처럼 그 순진성을 키워 주고 싶은 것 뿐이다. 꾸밈없고 솔직한 태도로
사람을 대하는 필순을 좋게 보고 그녀의 장점을 잃지 않게 해 주고 싶었던 것

이다. 그러나 똑같은 상황 하에서 '덕기:필순＝상훈:경애'로 생각하지 않을 수 없게 만드는 데에 덕기의 딜레마가 있는 것이다. 필순을 동정하고 도와주고 싶으면서도, 선의로 출발하여 불륜관계로 끝나 버린 부친과 경애를 생각하면서 괴로와한다.

ⓖ에서 덕기의 필순에 대한 의식은, 상훈의 경애에 대한 태도와 크게 닮아 있는 것을 볼 수 있다. 상훈도 서둘러서 경애를 다른 사람과 결혼시키려는 생각이 있었다. 그런데 덕기도 필순을 다른 사람에게 가능한 한 빨리 시집보내야겠다고 생각하고 있다. 이것은 그만큼 상대 여성에 대하여 자기 자신을 절제하고 조절할 자신감이 없다는 반증이 되는 것이다. 그러면서 그는 필순을 시집보냄으로써 자신은 유혹에서 벗어나겠다는 생각이 결국은 참으로 이기적인 것이라는 것을 깨닫고 더욱 괴로와한다.

ⓗ는 그런 자의식이 '아버지의 길을 고대로 걷겠느냐'는 모친의 말과 함께 덕기에게 괴로움으로 작용하는 것을 알게 하는 부분이다.

ⓘ는 부친 세대가 생략된 재산 상속이 덕기로서 부담이 됨을 알려 주는 부분이다. 어릴 적에 장난처럼 말 안 들으면 금고에 가두어 버린다는 조부의 장난스런 협박이 성인이 된 지금의 덕기에게 현실화한 것으로 덕기는 느낀다. 돈이라는 것은 아직도 그에게 있어 부담스런 의미인 것이다.

그러나 ⓙ에서처럼 덕기는 곧 깨닫는다. 돈이라는 것의 위력과 순기능적인 측면을 알게 되고 돈이 있음으로 해서 남들의 주목의 대상이 되는 것까지 그는 파악한다. 근대적인 생활이라고 하는 것은 돈과 재산에 대한 생각이 핏줄이나 사랑이라는 문제보다 훨씬 큰 비중을 갖게 되는 것이므로, 부담이요 스트레스의 대상이던 돈이라는 것의 중요성과 그 위력을 인식해 가는 과정은 덕기의 근대적인 자각의 과정이라 할 것으로 보아진다.

그리고는 ⓚ에서처럼 아버지 상훈의 타락이 돈이 있음으로 시작된 것이라는 것에까지 생각이 미치고 어렴풋하나마 돈의 역기능적인 면까지 짐작하면서 위에서 보듯 필순과 자기 자신의 관계는 상훈과 경애와의 관계와는 다를 수 있으며 그 둘 사이에는 어떠한 숙명적인 암합도 공식도 없다는 결론을 내리게 된다. 그리고는 조부 세대를 뒷받침하는 일이 남겨진 세대의 몫이라는 것을 자각하는 것이다. ①은 조부가 죽은지 얼마 안 되어 여기저기 크고 작은 암합이 끊이지 않는 현상에 대한 스스로의 결론이다.

b. 간접묘사

a) 애펠레이션
덕기도 여동생 덕희를 볼 때 '덕'자 돌림인, 항렬을 따르는 이름이다.

b)외양 묘사

ⓐ 해끄무레하고 예쁘장스러운 똑똑한 청년이었다. 이 여자(바커스 주부)에게
는 조선이라는 경멸하는 마음은 그리 없으나 그 해끄무레하고 예쁘장스
러운 데다가 학생복이나마 값진 것을 조촐하게 입은 양으로 보아서는 어
느 부잣집 아기거니(〈같은 글〉,18쪽)

이것은 보는 사람의 주관이라는 프리즘을 통한 외양 묘사이다. 덕기의 복식과 생김새를 보여주는데 관찰자는 어느 정도 '가소로움'의 시선으로 보고 있는 것을 알 수 있다.또한 관찰하는 사람, 곧 바커스 마담은 나이로나 경험상으로나 덕기보다 연장인 것을 짐작하게 한다.

c) 대화·말씨 묘사

ⓑ "이렇게 먹고 내일 또 머리가 내둘린다고 또 먹어야 할 테니 언제 맑은 정
신이 들어 보나?" (...) "그따위 소리 집어치우세. 자네는 자네 길로 가고
난 내 길로 가면 그만 아닌가." (...) "자네는 아까도 곧 절교라도 할듯이
날뛰데마는 나같은 놈도 실상은 있어 필요할 걸세." (...) "무엇에?응! 가
끔 돈푼 구걸해 쓰니까?" (〈같은 글〉,50-51쪽)

ⓒ "내가 공연한 소리를 해서 잘못되었네. 허지만 그까짓 돈 말은 꺼내지 말
게.내가 아무려면 그따위 소견으로 그렇겠나. 다만 자네가 좀 돌려 생각을

하고 머리를 숙이고 집으로 들어가게 했으면 좋겠다는 생각으로 그러는
걸세.〞(〈같은 글〉,45쪽)

ⓓ 무엇보다도 앞서 산 사람이 자기의 뒤틀린 경험과 사상과 습관 속에 뒤틀
린 경험과 사상과 습관 속에 뒤에 오는 사람을 가두어 넣으려 하는 데서
그 비극의 씨를 뿌려가지고 청춘의 꿈이 깰 때 어떻게 집심(執心)하고 조
신(操身)하겠는가 하는 마음의 준비를 시켜주지 못하고 방임하였던 실책
에서(…)(〈같은 글〉,178쪽)

ⓔ 〞……재산 다 없어져서 도리어 시원해요. 어머니! 거리에는 나앉지 않게
할테니 염려 마세요.〞열에 떠서 이런 잠꼬대로 생시에 수작하듯이 영절스
럽게 하는 것이었다. (〈같은 글〉,377쪽)

ⓕ 〞뻔하지 않은가. 최가, 창훈이, 수원집, 게다가 바깥 것 내외(…)제일 무
서운 것이……내 입으로 이런 말하기는 거북하이마는, 수원집 아닌가 보
이. 주의하게.〞 (…) 〞그야 그렇죠마는 또 한편으로 생각하면, 난봉꾼이나
있었더면 그 이상 별의별 일이 다 나지 않았겠습니까.〞덕기는 태연히 웃
는다. 〞허어(…)자네 생각이 그렇게 드는 것을 보니, 조씨댁 염려없네 …
흠, 자네 그런 줄 몰랐네!〞(〈같은 글〉,262쪽)

ⓖ 〞무엇 때문인가요? 김병화군에게 돈 대었다고 그러는 건가요?〞덕기는 한
수 더 뜨려고 이렇게 웃었다. 〞가십시다. 그러나 남 애를 써 마음을 잡고
생화를 붙들려는 사람을 자꾸 들쑤셔서 다시 악화를 시키면 안 되지 않겠
어요?〞(〈같은 글〉,305쪽)

ⓑ, ⓒ는 덕기와 김병화의 대화 부분이다. 두 사람의 대화에서, 한 사람은
비비 꼬이고 공격적이고 과격한 성격인 반면, 한 사람은 완곡하게 상대를 설
득하고 있다. 후자인 조덕기는 사회주의자인 김병화와 가장 친한 친구로서, 이
념적으로 그에 동화되지는 않지만 동조적인 입장을 보여서 부르조아와 프롤레
타리아와의 제휴 가능성을 보이는 인물이다. 자신의 말처럼 사상적으로 '어중
간한 심퍼다이저'인 것이다. 그러나 당시 유행 같이 되어 있던, 술로 세월을

보내는 비관적 사회주의자에 대하여서는 부정적인 시각을 보이고 있다. ⓒ는 덕기가 병화를 설득하는 부분인데, 무엇에든 모나게 부딪치기보다는 타협하고 머리를 숙일 줄도 알아야 하며 종교인인 부모와 불화하고 집을 나온 병화가 다시 집으로 돌아가기를 바란다는 것이다. 부자간의 관계라는 것은 부모의 돈 이상의 문제임을 덕기는 지적하는데 병화는 그 말을 알아듣지 못하고 있다. 덕기와는 달리 자기는 물려받을 재산이 없기 때문에 구태어 그런 타협을 할 필요가 없다는 논리를 병화는 펼치고 있는 것이다.

ⓓ는 덕기가 병화에게 보내는 편지의 일부분이다.28) 필순에게 호의를 가지고 그녀를 돕고 싶다고 하자 병화는 덕기의 부친 상훈과 연결시키며 덕기 역시 본부인 하나로 만족하지 못하는 것이냐고 하며 덕기의 순수한 마음을 곡해하고 만다. 이에 대하여 덕기는 자신이 처자식이 있는 몸으로 필순을 어떻게 해보려는 야심이 있는 것이 아니라 단지 생을 앞서 살고 있는 선배이며 지식인으로서 후배, 후손에게 마땅히 해야 할 일이 있으며 그것을 필순에게 베풀고자 한다고 자기의 의도를 이야기한다.

ⓔ는 경찰에 가서 여러 가지로 심문을 당하고 돌아온 덕기가 피곤한 심신 탓에 헛소리까지 하는 부분이다. 상훈이 돈을 빼앗으려고 이모저모로 계략을 꾸미고 그 때문에 덕기 자신이 시달림을 받고 돌아오게 되자 돈에 대한 부담감과 복잡한 일들에 대한 혐오의 감정으로 이러한 말을 하는 것이다. 이것으로 그의 심적 스트레스의 상당 부분이 어디에 근거하는 것인지를 알 수 있다. 그러한 헛소리 중에 필순이 이야기가 나오는 것은 아내의 관찰에 의하여서이거니와 필순에 대한 덕기의, 마찬가지 덕기에 대한 필순의 감정은 호감도 가지고 있고 좋아하는 것이지만 소제목에 명시되어 있는 것처럼 서로 접근하기

---

28) 이러한 서간문 형식은 작중인물의 느낌과 생각을 직접적으로 표현하는 데 유리한 반면, 지정된 사람에게 쓰여진 것인 만큼 엄격한 의례적 제한을 거부할 수 없고, 때문에 마음 상태가 직접적이고 적합한 표현을 통해 나타낼 수 없다는 한계가 있는 것이다.:데이비드 데이셔스,《앞의 책》,28면 참조.
　　그러나 염상섭과 그의 편지 형식에 깊은 관심을 기울이는 김윤식은 초기 삼부작의 사회적으로 신성한 고백체라든가 〈이심〉에서의 타락함과 실용성과 구별하여,〈삼대〉에서의 편지는 편지형식의 개인적인 신성함을 회복하기에 깊은 관심을 기울이는 것이라고 하였다.:김윤식,《염상섭 연구》,587-589면 참조.

어려운 '애련'의 감정, 그것이었다.

ⓕ는 '조부 시대의 사람'이라 할 지주사에 의한 덕기의 평가가 보여지는, 지주사와 덕기 간의 대화이다. 유학생으로서 동경에서 갓 돌아와 조부의 실족과 관련한 암투를 전혀 눈치 못 채는 덕기에게 충직한 지주사는 주의해야 할 대상들을 가르쳐 주고 있는데 덕기는 집안내 재산에 관한 암투에 대해 당황함이 없이 태연하게 대처하며 답하는 어른스러움을 보여주고 있다. 그래서 지주사는 '조씨댁'이 염려없다고 한다. 이는 조부를 잃어 걱정되리 만큼 위험한 지경의 '조씨댁'이 덕기로 인해서 든든하다는, 조씨 가문의 후계자 덕기에 대한 객관적인 평가를 보이는 것이다. 이것은 그의 부친이 조부를 비롯한 그 시대 인물들에게 배척 당하는 것과 관련하여 덕기는 그렇지 않을 수 있다는 것, 곧 신지식에 어두워 학비 대줄 줄 밖에 모르는 조부 세대와 신지식은 흡수했으나 신구간을 적절히 조화시키지 못함으로 해체되어 버린 부친 세대를 연결하는 고리가 될 수 있음을 암시한다.

d) 행동 묘사

ⓗ 덕기 역시 창훈이를 좋게 생각하는 터도 아니요, 또 조부를 속여 가면서 구차스럽게 변병을 하기가 귀찮아 이실직고를 하려다가 흥분된 조부가 그 위에 큰 소리를 내게 되면 모두가 재미 없을 것 같아서(...) 거들지는 못할 망정 그런 공없는 소리를 하는 것을 듣고는, 심사나는 대로 하면 확 쏟아놔 버리고 싶었지마는, 이 자리에서 큰 소리를 내서는 안 되겠다고 잠자코 말았다. (〈같은 글〉,236쪽)

ⓘ 빈손으로 가는 것이 도리어 무관하리라 생각하였다. 또 그러나 일본 사람의 성질이 그렇지 않다 하고 다시 황금정으로 돌쳐서 아는 약방에서 인삼 두 근을 얻어 가지고 기무라의 집을 찾아갔다. (...) 하루 걸러 일요일에는 아침부터 나서서 과장과 두 주임의 집을 휘돌며 문안을 드렸다. 사회 교제라고 첫출발이 고작 이것인가? 하며 코웃음이 저절로 나왔다. (〈같은 글〉,385-386쪽)

덕기의 경우는 행동묘사가 드물다. 굳이 예를 들자면 내면과 함께 묘사되어지는 위와 같은 경우가 있을 뿐이다. 창훈이 서둘러 귀국하라는 전보를 덕기에게 보내지 않았으면서도 덕기가 돌아오자 전보를 받았으나 다른 일로 늦었노라고 거짓말을 해 달라고 부탁을 하여 덕기는 일단 그러리라 마음먹은 뒤 조부 앞에서 자기 딴에는 큰맘먹고 조부에게 거짓말씀을 올린다. 그런데 창훈은 그런 덕기를 거들기는커녕 도리어 한심한 유학생쯤으로 몰아 붙이는 것이다. 분한 생각 같아서는 사실대로 다 밝히고 싶지만 덕기는 조부의 건강을 위해서 화를 돋우거나 신경쓰이게 만들 일을 참아버린다. 이러한 행동은 덕기의 침착하면서도 어른스러운 성격을 보여준다. 사건이야 어찌 되었든 복잡한 일이 있음을 알면 조부의 병에 좋을 리가 없을 것이라는 것을 알기 때문이다.

ⓘ의 행동은 '가치 중립성이고 제도적 장치로서의 자본주의'[29]의 면모가 보여지는 것이다. 가치야 무엇이든 제도 하에서 편의를 보아주고 또 자기의 재산을 지켜 주는 것이 무엇인가를 덕기는 깨달았던 것이다.[30] 사회 생활을 함에 있어서 '사교'라 할 것을 그는 깨달았고 약간의 씁쓸한 회의 하에, 그러나 아까운 마음 없이 이를 행동화한다. 행동 묘사에서 보여지는 덕기는 사려 깊고 어른스러운 인물이다.

e) 환경 묘사

ⓙ 덕기는 한 나절을 들어 앉았는 동안에 머리가 지끈지끈하는 것은 고사하고 어쩐지 집안에 무슨 이상한 공기가 떠도는 것 같은 감촉을 얻었다. (〈같은 글〉,157쪽)

유학생인 덕기는 집에 머무르는 시간이 별로 없다. 모처럼 집에 와서는 병

---

29) 김윤식,《〈염상섭 연구〉》,558면 참조.
30) 이러한 행동은 덕기가 갇혀 있을 때 모친의 취한 행동과 대조되어 보여진다.(모친이 입으로만 간청하지 말고 두세번을 갈아 드는 그자들에게 십원 한 장씩이라도 담뱃갑이나 하라고 넌지시 넌지시 쥐어 주었더면 좋을 것을, 그럴 수단도 없거니와 내 자식 죽이러 온 사자로만 보이니 무섭고 밉기만 하였다.:〈삼대〉378쪽) 그런데 이를 말하는 작가 염상섭의 어조는 그러한 일종의 뇌물 수수를 사실상 어쩔 수 없이 인정하여야 하며.그 뿐 아니라 그것이 사회 생활에 중요한 요소임을 강조하는 투라는 것을 알 수 있다.

화 등 친구와 어울리거나 다른 여러 일들에 관여되느라 밖으로 돌기 일쑤인 그로서는 집을 친숙하고 따뜻한 공간으로 느낄 시간적 여유도 없었다. 뿐 아니라 조부 슬하에서 조부의 돈으로 공부하고 생활하면서, 또 아버지가 배척당하고 없는 조부의 집에서 그는 고아 아닌 고아였던 것이다. 그는 집에 돌아오면 두통을 느낀다. 그는 모든 상황을 잘 파악하고 그때문에 쉽게 피해를 보지는 않는 인물이지만 그에게 맡기어진 일은 너무 많았다. 부친에 대한 효를 잃지 않으면서 재산을 유지하고 사당을 지키면서 여러 가족을 거느려야 하는 책임의 공간에서 젊은 그는 부담을 느낄 수밖에 없었던 것이다.

덕기의 경우는 외면화의 간접묘사보다 작가와 내면 묘사에 의한 직접묘사의 비중이 큰 것을 알 수 있다. 이는 〈삼대〉에서 서술자가 서술 상황에 직접 참여하는 것에 원인이 있는 것이겠는데 예를 들면 유산 분배치를 알려 줄 때 작가는 작중인물을 뒷전으로 하고 직접 참여하고 있는 것을 볼 수 있다.

덕기는 부친까지 합세한 수원집, 최참봉, 조창훈 등 도당들의 음모 속에서도 자신과 집안을 지켜낸 인물이다. 이러한 덕기의 의젓함은 양반의 집 점잖은 장손으로서 젊은 나이에 비해서는 막중한, 자기의 책임과 역할을 외면하지 않고 지켜낸 때문이라고 할 수 있겠다.

이상의 자전적 인물들의 인물묘사를 살펴보면 전체적으로 직접묘사가 큰 비중을 차지한다. 그리고 조덕기, 김효범, 라명수와 같이 자전적 요소가 큰 인물로부터 리해춘, 이인화, 김중환과 같이 자전성이 적어지는 인물의 순으로 직접묘사의 비중이 적어지는 것을 볼 수 있다. 그것은 허구적인 것이 적고 자전성이 많을수록 내면을 묘사하기가 용이하다는 사실과 유관한 문제라 하겠다.

(2) 비자전적 인물과 간접묘사의 우세

1) 지순영...〈사랑과 죄〉

a. 직접묘사

ⓐ 그의 머리에는 자긔의 어머니(?)의 그 꼴악신이가 써올러왔다. 자긔의 어

머니라는 사람이 정말 친어머니고 보면 자긔는 이 세상에서 무엇에나 쏘 아모것에나 큰 소리를 칠 처디는 못된다고 생각할 제 억개가 저절로 숙으러젓다. (…) 그것은 자긔 어머니라는 이나 자긔 처디를 비웃는 우슴 갓타야 가슴이 쓱금하고 무셔웟다.그러나 그러한 꼴을 보고도 씰씰거리는 놈들의 배ㅅ장이 한층 더 미웟다. (《사랑과 죄》,염상섭 전집 2,민음사,1987,20쪽)

ⓑ 자하ㅅ골서 사는 지원용이의 망내딸로 진명녀학교 보통과를 그해 봄에 졸업하엿스나 공부는 더 할 수 업고 부친은 알아 누어서 허는 수 업시 이 병원의 간호부 견습으로 온 것이라 한다. (…)순영이가 이 집에 삼 년 살 작뎡으로 온 것이라고 하는 말을 듯고 한희는 놀라지 않을 수 업섯다. 그것은 마치 갈보 가튼 것이 몸을 팔아 집안을 구한다거나 부모의 병구원한다는 넷 이야기와 가타얏다. (《같은 글》,64쪽)

ⓒ '부모니 형데니 다 쓸데업는 게다! 남이라고 다- 그러랴만은……'이런 생각을 하니 섭섭하고 설은 생각이 쏘 복바처 올러왓다. (《같은 글》,94쪽)

ⓓ 촌보를 마음대로 내노홀 자유가 업슬 뿐 아니라 올아비 해춧집 어머니 (…) 언제까지 려관에 잇슬 것도 아니다. 그러한 일을 하는 것은 놀아난 반롱군이나 하는 짓 가트어서 아모리 해춘이의 시키는 일이라도 대담히 달하설 수가 업다. (…)이러케 생각하면 고향이라고 차저 들어야 발길을 두고 십혼대도 업고 어느 누가 짜쓧한 물 한 모금 마셔 보라고 할 사람조차 업다. 설엇다. (《같은 글》,347쪽)

ⓔ 그러나 지금의 순영이는 부친의 약갑슬 위하야 의사의 집에 팔려가든 넷날의 순영이도 아니거니와 그의 압헤는 일즉이 경험하야 보지 못한 꿈이 잇다 (…)사랑의 물결이 어대서든지 고비처 올 것을 소녀다운 민감(敏感)으로 째닷고 잇다. 불가튼 애욕(愛慾)이 남보기엔 잔잔히 흘으는 듯한 푸른 힘줄 미테서 숨겨워한다. (《같은 글》,96쪽)

ⓕ 해주ㅅ집이 그 지랄을 버릇고 가든 날-해춘이에게 처음으로 편지를 하든 날- 학질에 붓들려 눕든 날부터 이날 이째까지 잠시 한 째를 이즌 일이 업시 가슴에 깁히깁히 품엇든 남자에게서 이런 소리를 들을 줄은 참 몰랏

섯다. (…)뭇들을 소리를 듯고도 입을 꼭 봉하고 들어안젓든 것은 그래도 호연이와 해춘이만은 알아 줄 줄 미덧기 째문이다. (〈같은 글〉, 243쪽)

ⓖ 순영이가 녀자의 통성(通性)인 자긔의 미모에 대한 자만이 업는 것은 한 희의 감화이겟지마는 어쩌한 행복과 깃븜에 싸여서도 자긔 분수를 니저 버리고 츌락어릴 만치 수양이 업는 녀자는 아니다. (…)모든 것에 대하야 사례하고 모든 것을 사랑하고 모든 것을 용서하겟다는 마음이 저절로 솟는 것을 째달앗다. (〈같은 글〉, 380-381쪽)

ⓗ 그러나 그 유혹과 불안을 니기고 거기에서 해방되어 갈스록 가장 자유로 운 심경이 뎐개됨을 쌀하서 동정과 경외에 가득한 애욕이 차차— 차차 승 화(昇華)하야 가는 상태이엇다. 이것이 진정한, 그리고 순결한 첫사랑인 줄은 어찌 자긔 자신인들 알앗스랴-(〈같은 글〉, 346-347쪽)

먼저, ⓐ는 순영의 家系 가운데 생모에 관한 정보를 주는 부분이다. 순영의 생모 해줏집은 아편쟁이이며 동냥아치이다. 순영은 자기가 자란 뒤에 나타난 추한 모습의 해줏집이 생모라는 것을 거의 확신하고 있다. 때문에 그 생모의 모습이 길에서 사람들에게 놀림거리가 되는 성병 환자와 마찬가지로 누구라도 놀려 댈 만한 것이라는 것을 생각하는 것만으로 낯을 붉히는 것이다. 그러한 생모의 존재는 순영으로서는 자신을 얽매는 족쇄와도 같은 것이었다.[31]

ⓑ는 순영의 과거가 이야기되는 부분이다. 가난한 경제 여건 때문에 남의 집에 가서 일을 하여 주고 그 품으로 아버지의 약값을 대신해야 했지만 순영은 그것에 기쁨을 가질 수 있는 착한 성품의 아이였었다. 자기 몸이 조금 힘 들더라도 그것은 집안을 위한 일이라는 것에 그녀는 고생을 감수할 수가 있었던 것이다.[32] 그러나 이러한 '속죄양'의식[33]은 계속되는 가족들의 착취 앞에

---

31) 그러나 순영이는 〈에미〉라는 말에 가슴이 선뜻하얏다. 해주ㅅ집으로서는 절박한 경우에 유일한 피난처가 〈에미〉라는 한 마대이지만 순영이는 언제 들으나 이 〈에미〉라는 소리가 마치 죄수의 두 손목에 자그럭하고 채어 주는 수갑 소리가치 무심 중간에 소름이 끼치엇다.(〈사랑과 죄〉, 161쪽)

32) 그째에 순영이 집은 순영이의 종조가 간신히 시량을 대어 주고 용돈푼은 바누질품을 파라서 그럭저럭 엉구어 가는 판이엇다. 그러나 원래 이십 년 갓가운 동안에 순영이 부친

소외의식으로 나타나게 된다. 그것이 보이는 것이 ⓒ와 ⓓ에서이다. 한번 순영을 팔아 약값을 충당하여 경제적 이익을 보려 했던 가족들은 또다시 그녀를 이용해 돈을 벌 궁리에 몰두하고 있다. 그러한 가운데서 그녀는 '남이라고 다-' 그렇지는 않을 테지만 어떻든 '부모니 형뎨니 다- 쓸데업는 게다'는 생각을 하게 되는 것이다. 그러한 의식은 다시 ⓓ로 이어지는데 이것은 류택수의 일로 가족들과 더욱 거리감을 느끼게 된 후의 심정이니만큼 그 심각성은 더한 것이다. 그리고 그와 동시에 그녀의 결벽적 성격도 이야기되고 있다. 멀쩡하게 집이 있음에도 불구하고 여관에 머무르는 일은 '놀아난 반룡군'이나 하는 일 따위로, 순영은 보고 있다. 그러나 막상 돌아갈 집이 그녀에게는 없는 것이나 다름없어 성격적으로는 못할 일을 어쩔 수 없이 해야만 하는 데에 그녀는 서러움을 느끼는 것이다.

ⓔ, ⓕ는 그녀의 현재의 꿈에 관한 것이다. 순영은 이제 더이상 감상적인 기분으로 집안을 위해 몸을 바치는 '넷날의 순영'이 아니라는 것으로 그녀의 인생관, 가치관이 변화되었음을 말해 준다. 순영은 이제 자기의 가슴 속에 사랑을 간직하고 그를 향한 꿈도 꿀 줄 알게 된 것이다. 생모가 난동을 부리고 간 날, 그 곤란한 상황을 도와준 해춘에게 순영은 그날부터 사모의 염을 품게 되어 그날 이후로 해춘에게 심리적으로 의지하게 되었다. 해춘에 대한 사랑의 감정은 그녀를 용감하게 만들어 돈으로 자기를 취하려 하는 류택수와도 정면으로 부딪칠 수 있었던 것이다. 그런데 순영은 정신적 지주인 호연과 연모의 대상인 해춘이 자기를 신뢰하는 한 무슨 일이든 할 수 있었던 것이다. 그런데 해춘이 자기를 이해하지 못하자 순영은 상심하게 된다.

ⓖ는 순영의 미모와 그에 관련한 순영의 성격 묘사이다. 서울 사회에 유명할 정도로 아름다운 순영은 스스로도 자기의 미모를 알고 있으나, 그것을 자

이 해주ㅅ집이란 첩년의 발련으로 아편을 먹고 패가를 하다 십히 한 터이라 시량을 대어 주는 삼촌까지라도 일 년에 한 번 드레다보아 주는 법이 업스니 그외의 일가 친척이라고는 얼마 되지도 안치마는 상종이 끈히다십히 된 터이다.(《사랑과 죄》,67쪽)

33) 부모를 위하야 어린 자긔가 희생을 한다-는 생각이 무슨 큰 일이나 하는 듯 십히 들어서 순영이는 집을 써나는 것도 생각하엿더니보다는 그리 섭섭지 안앗든 모양이엇다.(《사랑과 죄》,67쪽)

랑하거나 그것으로 무기 삼아서 남자 앞에 자만심을 품어서는 안된다는 자각
도 가지고 있다. 뿐 아니라 자기가 참으로 행복한 순간에도 사양하고 겸손한
마음을 갖는 여자인 것이다. 사회주의자인 한희와 생활하는 동안에 그러한 성
정이 생겨난 것일 수도 있겠지만 어쨌든 그녀는 분수도 알고 수양이 있는 여
자로서 가장 행복한 순간에 그러한 것을 자기 외부로 투사하여 세상 모든 것,
곧 자신을 음모에 빠뜨리고 자신의 '몸값'에 연연해 하던 오라비와 어머니, 생
모에게까지 사랑을 주고 싶은 마음을 느낀다.

ⓗ는 순영과 해춘 사이의 순결한 사랑을 나타내고 있다. 처음에는 그러한
경지를 알지 못하였기 때문에 유혹을 느끼고 불안해했으나 그것을 극복하자
'가장 자유로운 심경'이 되고 승화된 순결한 사랑을 알게 된 것이라는 것이다.
여기에서 작가는 그들은 깨닫지 못하고 있지만 진정한 첫사랑을 하고 있는 것
이라는 논평을 곁들인다.

b. 간접묘사

a) 애펠레이션

'지순영'은 오라비의 이름이 '덕진'인 것으로 보아 항렬과는 무관한 것임을
알 수 있다. 그것은 그녀가 庶女라는 것과도 관계 있는 사항이라고 할 수 있
다.

b) 외양 묘사

ⓐ 열팔구세쯤 밧게 아니되는 숫계집 아희 갓타엿스나(…)귀엽게 자라난 집
   자식 갓지는 안하 보이엿다. (…)그러나 사람도 여모저 보이거니와 몸가
   지는 것도 제 밧탕이 잇는지 눈서투르지는 안하 보이엿다. 엇더케 보면
   어린 틔와 귀염성스러운 맛이 암만하야도 자긔보다는 웃길갓기도 하엿다.
   (〈같은 글〉,28-29쪽)

ⓑ 평시에 그러케도 쌀쌀스러울 만치 여모지고 압뒤 테모를 꼭 차리든 순영

이와는 금시로 딴 사람이 된 것 가타얏다 (…)잔주름 한아 업든 치마저고
리가 쑤세미가 되고 머리 압도 몹시 부프럿다 (…)피ㅅ긔가 싸진 이마와
보얀 손등이며 잔털이 보일만치 맑고 흰 팔쑥에는 이슬가튼 쌈이 슴여나
와서 고랑을 지을듯하다. (〈같은 글〉,43쪽)

ⓒ 눈이 움푹 패고 쏙빠진 얼굴은 잠못자고 시달려서도 그러켓지만 긔운이
폭 짜부러진 것 가트엇다. 차ㅅ속과 류치장 속에서 쌈에 젓고 쑤서미가
된 생풀옷을 걸친 것도 간연스럽고 을쓰년스러워 보이거니와 머리는 헙수
룩이 부풀어서 새 보금자리가티 되엇스나 악에 바처서 쓰다듬지도 안흔
모양이다. (〈같은 글〉,303쪽)

ⓓ 아모리 간호부 노릇은 한다 하여도 젊잔흔 집 짜님이란 듯이 단아한 귀인
의 톄도가 나타나 보이는 것이 다르다고 할 뿐이다. (〈같은 글〉,342쪽)

이것은 순영의 외모를 묘사한 부분이다. 먼저 ⓐ는 마리아의 눈에 비친 순
영의 모습으로 외모에 나타나는 신분, 성격을 묘사하고 있다. 본능적으로 적대
감을 갖는 마리아에게도 순영은 자기보다 '웃길'로 보일 만한 사람이었다. ⓑ,
ⓒ는 그러한 순영이 해춘 앞에서 흐트러진 모습으로 비쳐지는 부분이다. 순영
이 아편쟁이인 생모로 인해 해춘 앞에서 망신을 당했을 때와 '주의자' 이한희-
김호연의 연계선 상에서 연루되어 순영이도 같이 수감되었을 때의,곧 한계상
황에서의 모습이다. 사람 신체에서 머리라는 것이 사리 판단, 지각, 사고의 지
적 영역이며 자존심과 직결되는 부분34)이라 할 때, ⓑ와 ⓒ 모두에서 보여지
는 헙수룩이 부푼 머리는, 평소의 그녀와 비교해 보면 그녀가, 커다란 심경의
변화와 함께 자포자기의 상태에 있음을 보여준다. 특히 ⓑ에서는 외모와 함께
서러운 그녀의 심경이 행동으로도 나타난다. 그녀는 환경의 열악함과는 달리
자존심을 지킬 줄 아는 여자이며 그것은 그녀의 외모에서 보여지는 단정함으
로도 보여지는 것이었다. 그렇듯 자기를 지키고 살기 위해 안간힘을 다하지만
어쩔 수 없이 자기를 옥죄는 환경적 여건, 여기에서는 해춧집의 난동으로 인
한 봉욕으로 서러움을 터뜨리고 마는 것이다. 그러나 어쨌든 순영은 외모에서

---

34) 이재선,《《우리문학은 어디에서 왔는가》》,소설문학사,1987.170면 참조.

'졂잔흔 집 짜님'인 듯도 하고 '단아한 귀인의 태도'와도 같은 것이 보여지는 인물이다. 그것은 기생 운선과 비교하여 나타낸 ⓓ에서 더욱 뚜렷하다.

c) 대화·말씨 묘사

ⓔ 순영이를 맛흐십시요. 부모 업는 자식이 아니라 하여도 업느니나 다름업는 불상한 아희입니다. (〈같은 글〉,71쪽)

ⓕ "남의 집은 무슨 남의 집이냐?너두 어려서부터 김의원을 잘 알겟다.김의원 댁네도 얌전한 녀학생이겟다.-가기만 하면야 잘 먹고 조치. 허기 실혼 일 하기나 아이 보기나 매한가지지!" (…) "내가 가서 잇스면 아버지 병환은 곳 나으시게 한대요?" "그러케 금시로야 낫겟니마는 네 월급 주고 옷 해 입 히는 대신으로라도 지금보다는 약을 잘 써 주겟지. (…)" (〈같은 글〉,67 쪽)

ⓖ "(…)하여튼 그래서 그 이듬해 봄에 한희가 세브란쓰 병원으로 데리고 옴 겨오는 길로 간호부 양성소에 너허 주엇다데." "그래도 무슨 사단이 잇섯 기에 데리고 나왓겟지?" "거기까지야 알 수 있나만은 김가의 계집의 입에 서 무슨 소리가 나왓나 보데. 한희도 늘 주의를 하야 왓다지만 마취제(痲 醉劑)가튼 것을 가지고 못된 짓을 하랴다가 들켜서 욕은 면하얏다나 보 데." (〈같은 글〉,68쪽)

ⓗ "너두 언제까지 그러고만 잇슬 수 업슬거요…… 저편이 나이는 지긋하다 하드래도 지톄 잇고 돈 잇겟다 후취라 할망정 오즘 쏭 거느지 한(Sic 못 한) 것이 잇다든지 하는 것도 아니고 보니 내 마음에는 그리 엇덜 것도 업슬 듯 하다만은(…)" (…) "누가 어머님 말씀이 그르다고 함닛까! 하지 만 안 될 일을 걱정하시면 무얼 함니까? 제 일은 념려 마시고 오라비의 혼처나 어서 구하서요." "오래비ㄴ들 네가 위선 그러케 된 뒤에야 무슨 도 리가 나서지 안켓니?" (〈같은 글〉,89쪽)

ⓘ "…한데 잔돈 잇서? 잇거던 한 오원만 잠간…"하고 손을 내어민다. (…) "요걸 주면 엇저란 말이야?" 하고 퉁명스럽게 톡 쏘은다. "하지만 쩐히 아

다 십히 업는 걸 밤낫 날더러만 엇저란 말이야요."(〈같은 글〉,16쪽)

ⓙ "…글세 네가 말못하면 내가 하겟다는데 웨 그러니.남의 쌀자식 데리구 놀
면 내 사위로구나! 어디 사위놈의 낫작이나 좀 보잣구나…"(…) "…이러
케두 사람을 못살게 굴께 뭐요? 이러케두 본심을 일헛슬 줄이야…"(〈같
은 글〉,38-39쪽)

ⓚ "그러더니 얼마만에 하로는 와서 별안간 자기가 실상은 나은어머니(生母)
라고 하며 들어울겟지요. 처음에는 미친 사람이나 아닌가 하얏더니 아버
지 함짜며 제 생일까지 력력히 대이고 간동(諫洞) 어느 집에서 낫다는 말
까지 하지 안허요…"(〈같은 글〉,48쪽)

ⓛ "(…)그러치만 이 세상 사람이 그처럼 아모 리상(理想)도 욕망도 업시 흙
속에서만 늙으면 엇더케 될가요?" "그야 물론 저마다 다-쌍두더지처럼 흙에
파무쳣스면 아니되겟지만 그 로인의 말슴맛다나 제 직책에 충실하얏다는
점만은 장하다고 하시는 선생님 말슴이 옳치 안어요?"(〈같은 글〉,33쪽)

ⓜ "아랏습니다…… 그러나 선생님의 사업에 일생을 바치는 것은 허락해 주
시겟지요!" "그러케까지는 바라지 안습니다. 당신은 아직 젊으니까……"
"선생님은 못미드시겟지요. 허지만 제 마음은…… 이 자리에서 맹세합니
다!" (…) "……다 집어 치우고 아조 상해로나 가 버릴까!"(〈같은 글〉,
100쪽)

대화와 말씨를 통한 순영의 인물묘사이다. ⓔ는 이한희, 곧 순영의 정신적
지주인 여성으로서 사회주의자이며 그런 사상을 순영에게도 감화시킨 사람에
의하여 순영의 환경이 표현되는 부분이다. 부모가 없는 고아는 아니지만 고아
나 다름없는 것이 그녀의 실제 상황이라는 것이다.

ⓕ에서는 과거에 덕진의 어머니가 순영을 팔다시피 남의 집에 보낼 때의 정
황이 보여진다. 생모가 아닌 그녀의 어머니는 병든 남편의 병구원을 명목으로
하여 의원네 집으로 순영을 보낸다.

그런데 ⓖ의 해춘과 호연의 대화에서 알 수 있듯이 순영은 그곳에서 뜻밖의
일, 곧 김가라는 의원이 마취제를 가지고 욕보이려는 일을 당할 뻔했던 것이

다. 그 위기에서 구해 준 것은 한희라는 선배였고 그녀의 도움으로 간호부 양성소에 가게 되었다. 그러나 순영의 삶의 질곡은 그것으로 끝나는 것이 아니었다.

순영의 면모는 희생양과 같은 것이다. 과거에도 그랬고 현재는 어머니, 오라비, 생모 모두에게서 그녀는 착취 대상이다. ⓗ가 어머니와 오라비에 의한 착취라면 ⓘ는 오라비 덕진에 의한, 그리고 ⓙ는 생모 해줏집에 의한 착취라 할 것이다.

ⓗ에서 볼 수 있듯이 그녀의 어머니는 다시 그녀를 이용해 돈을 벌려고 한다. 돈이 많다고는 하지만 40대의 류택수는 처첩을 거느리고 있는 인물일 뿐 아니라 신여성 마리아 같은 여자와 불륜을 맺기도 하고 기생들 사이에도 유명한 바람둥이이다. 그럼에도 불구하고 돈을 앞세워 순영이 같은 순결한 처녀에게 다시 장가들고 싶어하는데, 순영의 어머니와 오라비 덕진은 금전적 보상을 기대하고 순영에게 택수와의 결혼을 종용한다. 그러한 것은 '네가 위선 그러케 된 뒤에야' 오라비 덕진의 혼인도 할 수 있을 것이라는 말에서 더욱 뚜렷하다. 한 번 팔려갔던 순영을 다시 한 번 팔아 이익을 보겠다는 심산인 것이다. 그러나 순영이 그 말에 고분고분하지 않은 것을 보게 된다. 그녀는 더이상 집안의 희생양이 아닌 것이다. 이것은 순영의 성격의 변화를 알 수 있는 부분이다.

ⓘ에서처럼 오라비 덕진은 길에서 우연히 만난 순영에게 돈을 내놓으라 하는가 하면 술집에서 먹은 거금의 음식 값을 요구하기까지 한다.[35]

그런가 하면 생모 해줏집은 ⓙ와 같이 얼굴도 모르는 사람의 집까지 찾아와 순영을 빌미로 돈을 뜯으려 한다. 자기 딸과 만난다는 사실만으로 그에게 '사위' 운운하며 돈을 내놓으라는 것이다.

해줏집은 ⓚ의 순영의 말에서 볼 수 있듯이 순영이 어느 정도 자란 뒤 갑자

---

35) "굿그적겐가? 청료리를 십륙칠 원어치씩이나 먹고 제게로 물리라 왓담니다. 돈도 업시 밤을 새이며 술을 먹는 이의 분수도 딱하지만 신새벽에 여러 사람 보는데 내개로 달겨들면 엇저자는 생각이애요? 큰 소리가 날싸 보아서 쉬쉬 하야 가며 동서 대취를 하야 갑흐니싸…… 이년은 오장륙부도 업는 줄 아나 보외다만은 인젠 정신을 좀 차리세요. 어머님이 저러케 알으셔야 약 한 첩 해 드릴 생각은 꿈에도 업시 그래 료리ㅅ집 단일 형편이 되엇나 집안을 좀 돌려다 보세요……"(《사랑과 죄》, 88쪽)

기 나타난 생모이다. 이 부분에서 순영은 해줏집이 생모라는 사실에 당혹감을 느끼면서 반신반의하고 있는 듯이 보여지는데, 사실은 거의 확신하고 있다는 것을 직접묘사 부분에서 알 수 있었으므로 이것은 자기의 수치스러움을 객관화하기 위한 그녀의 노력이라고 보아진다.

ⓛ은 순영이 마리아와 해춘의 대화에서 소외감을 느끼다가 대화에 참여하여 그것을 극복하는 것을 보여주는 부분이다. 마리아와 해춘의 이야기 사이에 끼어들어 내심 해춘을 두둔하는데, 그런 가운데서 순영이 건전한 사고의 소유자임을 알 수 있다. 은연중에 직업면으로나 명예로 마리아에게 위축되는 것을 느끼고 있던 순영이 나름대로 그것을 극복하여 낸 것으로, 그녀의 용기 있고 적극적이기도 한 면모를 보여준다. 그리고 나름대로의 길에 충실한 것을 중요시하는 그녀의 성격의 일면도 알 수 있다.

그러나 ⓜ에서 볼 수 있는 그녀의 성격은 자기 인생에 대해 적극적이기보다 나약하기만 하다. 호연에게 사랑을 고백하는 것도 해춘에 대한 사랑을 해소할 길이 없는 데서 출발하는 것, 곧 일시적이고 감상적인 것에서 시작한 것일 뿐이다. 그리고 마찬가지 개인적인 사랑고백을 외면당한 상태의, 즉흥적이고 감상적인 기분에 호연 앞에서 주의와 이념에 봉사할 것을 맹세한다. 순영의 젊음을 아끼고, 이러한 일련의 말의 배경이 무엇인지를 아는 호연이 이를 받아들이는 기색을 보이지 않으니까 순영은 실망하여 '다 집어 치우고 아조 상해로나 가 버릴까' 하는데 이 부분에서 알 수 있는 순영의 성격 역시 우발적이기만 한 것이다.

d) 환경 묘사

ⓝ 고색이 창연한 돌문에 억결이 된 땀쟁이의 검푸른 빗을 배경으로 소복한 처녀가 흰 양산을 느슨히 집고 시름업시 섯는 뒤ㅅ모양은 누구의 눈에나 선뜻 씌엇스리라. 너더분한 길ㅅ째와 좌우로 늘어 세운 돌란간만 업드라면 '쓰호'의 '폐허'란 그림을 생각케 하얏슬지 몰으나 갓가히 보면 녀자의 양머리와 구두가 오히려 격에 어울리지 안하 험절이 되엇슬 듯도 십다. (〈같은 글〉,18쪽)

순영과 그녀 주위의 배경의 묘사이다. 고호의 폐허라는 그림을 연상시킨다는 배경인데 그만큼 그녀의 걸음과 서 있는 모습이 시름없어 보인다는 것이다. 주위의 검푸른 빛과 대조되는 하얀 소복과 양산, 이것은 단순한 환경이라기보다 그녀의 처한 현재 상황을 암시하는 상징적인 부분이라고도 보아진다. 다른 곳에서 환경 묘사는 보이지 않는다.

순영의 경우는 간접묘사의 비율이 보다 큰 것을 볼 수 있다. 직접묘사의 경우 전지적 작가에 의한 것이 대부분이고 간접묘사는 대화나 말씨를 통한 묘사가 많다.

순영은 출생과 가정환경 모두가 부정적인 요소들로 가득차 있다. 순영은 리해춘의 부친인 리판서의 집 청지기였던 지원용과 리판서의 첩 해줏집 사이의 사생아로 태어났다. 리판서가 외국에 가 있는 사이 불륜의 결과로 태어난 그녀는 어린 나이에 남의 집에 팔려가다시피 가서 험한 일을 당할 뻔까지 하였고 아편에 인이 배어 돈에 쪼들리는 생모 해줏집과 불로소득을 노리는 오라비 덕진과 어머니, 류택수 일당 등이 합세한 음모와 술수 등, 그녀의 주위는 부정적인 것들로만 가득하다. 그러나 그녀는 작품 전체를 관류하는, 다른 인물들의 과도한 돈과 성에의 소유욕과는 무관하게 진정한 가치를 추구해 가는 인물이며 부정적인 요소들의 틈바구니에서 순결하고 정당한 삶의 방식을 영위하며 살아간다. 그녀는 자기를 억누르는 희생양적 상황을 벗어나려 안간힘을 쓰고 마침내는 그런 의지가 관철되는 발전적인 인물인 것이다.

2) 박춘경…〈이심〉

〈이심〉은 "돈과 성욕 때문에 빚어지는 지옥의 풍속도"[36]의 의미에서 성공적인 작품이다. 등장인물들이 돈과 성욕에의 지향 때문에 각종 음모와 술수를 자행하고 있으며 그 가운데 춘경의 면모는 말 그대로 지옥에 빠진 것과도 같은 굴절된 삶이다.

---

36) 조동일,《〈한국문학통사5〉》,(주)지식산업사,1990,142면.

a. 직접묘사

ⓐ 서뿔리 체면이니 양심이니 인격이니 하는 생각이 춘경이의 머리에 남아 있었기 때문에 춘경이는 더 고생이 있던 것이다. 그것들은 그의 가문이란 그가 받은 중등교육에서 물려받은 것이었다. 그러나 교양의 힘이 그의 허영심과 그의 넋속에 숨어있는 악종의 버레(그것은 탕부의 기질이다)를 죽일만큼 좀더 컸드라면 좋았겠지만은 그렇지 못한 것이 그의 일생을 비극으로 끌어가는 것이었다 (〈이심〉,염상섭 전집 3,민음사,1987,83쪽)

ⓑ 이 여자는 주위에 따라서 당장에 변하는 여자다. 여자란 다아 그런 거지만, 젊은 남자나 화려한 주위에 싸여 앉으면 금시로 저렇게 기를 펴고 생기가 돌올하여지는 것이다. 이계집은 늙어도 요대로 있을 것이다... (〈같은 글〉,127쪽)

ⓒ 만일에 춘경이를 신호에서라도 땐스·홀 같은데라던지, 서울로 말하면 수원집같은 종류의 계집이 모이는데에 발을 터 주었더라면 고독이니 공상이니 없었을 것이요, 자식생각이나 〈예전남편〉 생각을 아니하였을지 모를 것이다. (〈같은 글〉,280쪽)

이것은 직접적 묘사로서, ⓐ는 작가가 춘경에 관하여 설명하고 있는 부분이고 ⓑ, ⓒ는 좌야의 내면 묘사를 통해 이야기되는 부분이다. ⓐ에서 작가는 춘경에게 있는 두 가지 모순되는 성질, 곧 가문과 중등교육에서 영향 받은 양심, 체면 같은 것과 본능적으로 그녀 안에 자리하고 있는 탕부 기질이 서로 작용하여 춘경으로 하여금 더욱 딜레마에 빠지게 하고 그녀의 일생을 질곡으로 만든다는 것이다. 이때 탕부, 곧 娼婦 기질이란 "기대되는 어떤 이득을 위해 여자가 그의 정조를 거래의 수단으로 기꺼이 활용하는 경향과, 이성의 성적 매력에 무분별하게 탐닉하려는 경향인 음란성"[37]이라 할 것이다. 작가는 춘경의 창부 기질은 거의 본능적인 것이라고 못박고 그러한 본능까지도 순화시키는 것이 교육이 해야 할 일인데 교육이 제 할일을 하지 못했기 때문에 그녀의 일

---

37) 한용환,《《한국 소설론의 반성》》,이우출판사,1984,210면.

생이 비극적으로 되는 것이라고 말하고 있다.38)

ⓑ에서는 춘경의 여자로서의 장점이 묘사된다. 지금 여러 가지 사정으로 인해 가난하고 궁색맞게 지내고 있지만 상황에 따라서는 젊은 여인으로서의 매력을 한껏 발산할 수도 있는 매우 여성스러운 여인이 바로 춘경이라는 것이다. ⓒ는 커닝햄과의 삶을 춘경이 만족스러워 하지 않는 데에 대한 작가의 논평이다. 그런데 이를 통해 작가는 ⓐ에서 말한 춘경의 창부적 기질을 다시 강조하고 있음을 알 수 있다. 그러한 기질로 인해 춘경은 환락을 원하고 그렇듯 환락적인 생활만 만족시켜 주면 그녀는 다른 생각에 빠지지 않았을 것이라고 작가는 이야기한다.

b. 간접묘사

a) 애펠레이션

'춘경'이라는 이름은 그녀의 오라비 '춘서'를 볼 때, 항렬을 따르는 이름인 것을 알 수 있다.

b) 외양 묘사

ⓐ 춘경이가 나와서 댓돌에 놓인 낡은 노랑 비단 신짝을 끌고 나려서서 두 남자를 공손히 맞는다. 춘경이는 머리는 양머리지만 분홍저고리에 남치마를 발뿌리까지 끌었다. 커닝햄의 눈은 부시었다. 더욱이 신발을 뀌는 외씨같은 발은 감칠듯이 두 눈길을 끌었다. (〈같은 글〉,252쪽)

이것은 춘경이 커닝햄에게 사기를 치기 위하여 화려한 한복 차림을 하고 있을 때의 모습이다. 춘경은 외국인을 현혹케 하기 위하여는 한복 차림이 요긴하다는 것을 알고 있다. 춘경의 외양은 이처럼 눈, 코, 입 등의 신체 부위 묘사보다 어떻게 꾸몄는가 하는 옷차림과 머리 등의 복식 묘사가 주종을 이루

---

38) 작가 염상섭은 '一世를 風靡하는 성적 頹的廢(頹廢的) 傾向- 그 타락은 오즉 그네들의 教養 向上으로만 겨오 救濟된다'고 말한 바 있다. ; 염상섭,〈諸家의 戀愛觀〉,〈〈조선문단〉〉, 1925.7.

고 있다. 그런데 춘경의 외양의 묘사는 비교적 드문 것을 알 수 있다.

c) 대화 · 말씨 묘사

ⓑ "춘자도 그런 줄 몰랐더니 사람이 나빠-."하고 농담처럼 삐쭉 웃어 보인다.
 "웨요?" (…) "네살 먹은 아드님이 있는 것을 이때까지 속이다니-그래서는
 죄가 되요!" (…) "천만에! 누가 그런 소리를 해요?" (〈같은 글〉,74쪽)

ⓒ "이야아요! 요시마쇼. 모오 무까시노 하루꼬쟈 나이데요!" (싫어요! 고만
 두어요! 인젠 그전 춘자가 안야!)하며 춘경이는 어리광을 떠는 소리를 하
 고 몸을 비꼰다. 이러한 때는 구차에 찌드른 네살먹은 아이의 어머니로
 조금 아까까지 오막사리 속에서 보던 춘경이는 어데 가고 열일곱 여덟살
 밖에 아니되는 숫처녀가 아니면 남자를 달아볼 대로 달아본 판배기 같기
 도 하다. (〈같은 글〉,77쪽)

ⓓ "있다가 무에되면 한머니(남남끼리지마는 어린 아인고로 이렇게 부른다)께
 서 오시매요." (…) "그런데 거기서 무엇하느라고 늦었니?" "저녁밥 먹고
 가라고 해서--그런데 한아버지께서 야단야단 치시고 인제는 다시 오지 말
 라고 해요!" 하며 홍근이는 아직도 분해 못견딜 듯이 입을 삐죽 내밀고 눈
 물이 핑 돈다. (〈같은 글〉,33쪽)

ⓔ "집으로 누가 들어가요? 들어간다면 들어가게 하시겠기에 말이얘요? (…)
 어머님두- 그런 망녕의 말슴 그만두세요. 들어갈 년도 없겠지만 그때에
 또 다시 붙일 생각으로 내쫓으셨던가요?" (〈같은 글〉,35쪽)

대화와 말씨 묘사이다. ⓑ는 좌야가 춘경에게 아들까지 딸린 유부녀임을 알
게 된 것을 말하자 춘경은 한번 부정을 해 본다. 그리고 ⓒ는 유부녀로서가
아니라 남자를 유혹하여 돈을 얻어내는 여자로서의 춘경의 면모가 보여지는
춘경의 말씨 묘사이다. 어리광떠는 목소리로 좌야에게 교태를 부리는 춘경은
숫처녀처럼 혹은 '남자를 달아볼 대로 달아 본 판배기'처럼 보이는 것이다. ⓓ
는 춘경의 친부모와의 관계를 알 수 있는 대화이다. 자기 딸의 시집 조카에게

인용문과 같은 푸대접을 한 것으로 미루어 보아서 춘경에 대한 그들의 노여움
이나 불만 등을 짐작할 수 있다. 특히 춘경의 부친은 아주 춘경과 인연을 끊
은 듯이 보인다. 춘경의 어린 조카에게까지 차갑게 대하여 설움을 주는 몰인
정함은 그의 완고함과 춘경에 대한 분노의 정도를 알게 한다.
　ⓔ에서도 보여지는 것처럼 춘경과 부모의 관계는 버리고 버려진 관계이다.
미성년인 그녀를 내쫓는 부모의 행동은 그녀를 타락의 지름길로 몰아세우는
것이 아닐 수 없다. 그렇기 때문에 부모에 대한 춘경의 감정은 원망 바로 그
것이다.

> ⓕ "좀 깔끔하군." "씨가 있으니까 그래도 좀 다르다." "안존하고 말담이 적
> 다." "독살이 있어 보인다." "족히 자살도 하겠군!" "사박스럽고 겁이 없겠
> 다." "사람을 깔본다" (〈같은 글〉, 219쪽)

　이것은 기생 퇴물이나 첩들로 이루어진 모임에서 춘경에게 내려진 평가이
다. 앞의 세 가지는 그녀에 대한 긍정적인 평가이다. 춘경은 줄곧 스스로에게
'나는 반남박가(潘南朴哥)다. 양반이다'라는 생각을 되새기곤 하는데 이런 것들
이 외면화된 결과로 보아지는 것이다. 그리고 뒤의 네 가지는 평가자들의 자
격지심으로 인한 오해이거나 자살미수자에 대한 편견으로 보아지는 것들이다.
어떻든 그녀의 실생활을 알지 못하는 사람들의 평가이니 정확할 수는 없다 하
더라도 그녀의 외모나 첫인상으로 짐작할 수 있는 것들임에는 틀림없다.

　d) 행동 묘사

> ⓖ 두아이가 처음 와보는 청요리집일뿐 아니라 남의 집에서 눈치밥 먹다가,
> 제식구끼리만 이렇게 별식을 먹는 것이 좋와서 만두 그릇에다가 고개를
> 박고, 싱글싱글 하여 가며 먹는 양을 춘경이는 젓가락을 쉬이고 말끔이
> 보다가, 또한번 들리지 않는 한숨을 쉬고는 창밖으로 먼산을 바라보고 앉
> 았다. (〈같은 글〉, 187쪽)

ⓗ 어디로 보든지 남의 첩같은 티가 보이는 주부와 작반이 되는 것이 마음에
    싫였다. 그러나 옷을 떨쳐 입고 나서는 것을 싫다고 할 수 없어서, 영근이
    를 데리고 따라 나섰다. 춘경이는 아이를 데렸으니까 그래도 남보기에 여
    염집 부인 같이 보였다. (〈같은 글〉,213쪽)

ⓘ 자식이 죽은 것을 알게 된 뒤부터는 춘경이의 성격이 또 한 번 변하였다.
    변하였다느니보다는 그 핏속을 휘저어 놓는 춘경이의 방종한 성질이 한층
    노골로 나타났다. (...)요새는 툭하면 술잔을 들겠다고 하게 되었다. 수원
    집이, 다아 말릴만큼 성한 사람같지 않을 때가 있다. 게다가 술을 아니 먹
    으면, 〈칼모친〉이나 〈아다린〉같은 약을 먹어야만 잠을 자는 버릇이 생기
    었다. (〈같은 글〉,283쪽)

이것은 춘경의 행동 묘사이다. 먼저 ⑧는 춘경이 자살을 결심하고 나서 아
들 영근이와 조카 홍근이를 데리고 외식을 하면서 보이는 행동이다. 아무 것
도 모르는 아이들의 웃음과 기뻐하는 모습을 보니 외면할 수밖에 없고 절로
한숨이 나는 것이다. 아이들의 행동을 보면서 외면하고 한숨쉬는 춘경의 행동
에서 그녀의 결심이 암시적으로 보여진다.

춘경은 신여성이면서 여유롭게 삶을 즐기기보다는 가족과 자신의 생계를 걱
정하며 떠맡아야 하는 인물이다. 그녀에게 청요리는 〈신혼기〉의 영희처럼 신여
성으로서 즐기는 기호식이 아니라 죽음을 결심한 후의 '최후의 만찬'이었던 것
이다.

ⓗ는 자살 미수 후에도 남아 있는 그녀의 자존심을 보여주는 행동이다. 남
의 첩으로는 보이기가 싫고 또 그런 여자와 나란히 다니는 것도 싫어서 피하
고 싶으나 그것이 어렵게 되자 아들 영근이를 데리고 나가는 행동을 보인다.
ⓘ는 자식을 잃은 뒤 성격의 변화를 일으킨 춘경의 모습을 보여주는 행동묘사
이다. 술과 약물에 의지하여 생활을 영위하는 정도로 성격파탄이 묘사되고 있
다.

e) 환경 묘사

〈이심〉의 배경 역시 1920년대 서울이다.

춘경의 본가는 구한국시대 원이었던 부친과 은행 지배원인 둘째 오빠,제국대 문과생인 셋째 오빠가 있는 '밥술이나 먹을 만한' 집이다. 그러나 그의 부친은 소문과 남의 말만 믿고 딸을 다그치고 내칠 정도로 딸에 대한 믿음이나 신뢰의 여지 없이 엄격하고 완고하기만 했고 대책 없이 그녀를 내쫓았다. 막다른 골목에 처한 춘경이 동거하게 된 남편은 비현실적인 사회주의자였다. 때문에 어쩔 수 없이 돈을 벌기 위해 일본인 좌야와 육체적 거래를 해야 했는데 그 사이에서 남편 친구인 찬규마저 끼어들어 동물적으로 춘경을 착취하여 금전적 이익과 성적 만족을 도모한다. 사회의 시선도 춘경에게는 차갑기만 했다. 남편 창호를 면회갈 때 옷을 잘 입지 못해 경관들에게 멸시를 당하자 다시 갈 때는 있던 양복을 잘 손질해서 입고 갔다. 그러자 이번에는 '굉장히 거드렸구먼!오늘은 패밀리 호텔에 연회가 있나?' 하며 비웃는다. 그래서 춘경은 '웨 이 세상은 가는족족 자기를 멸시하고 천대를 하는구?'하며 비탄에 빠진다. '넓은 천지에서 몸 하나 둘 데가 없고 의논 한 마디 할 만한 탐탁한 데가 없이 기껏 만난단 사람이' 좌야 뿐이며 그에게 직장에다 옷값까지 얻어야 한다는 사실에 그녀는 죽고만 싶다고 생각한다. 이것이 춘경을 둘러싼 환경이다.

춘경의 경우 간접묘사가 월등하다. 춘경의 직접묘사는 좌야의 내면을 통하여, 혹은 전지적 작가에 의하여 설명되는데, 이런 직접묘사는 극히 드물게 나타나는 것을 볼 수 있다. 이 경우, 특이한 것은 직접묘사가 춘경의 긍정적 면모를 그리거나 질곡의 생에 빠지지 않을 방법을 도모하고 있는 반면, 간접묘사에 의하여서는 부정적 면, 곧 창부 기질을 띠고 있는 면이 강조되고 있다는 것이다. 그녀의 묘사는 다소 모호한 것이 사실이다. 춘경은 긍정적 인물인지 부정적 인물인지 종잡을 수가 없으며 그것은 현실감 없는 남편의 모호성으로 더욱 아리송해진다[39])는 것은 성격 묘사에서 직접적인, 내면 묘사의 양이 적어서 그녀의 내면 세계를 확연하게 알 수 없는 상태에서 환경에 끌려 다니는 외

---

39) 유종호,〈소설과 사회사〉,〈〈염상섭 전집3〉〉,민음사,1987,312면 참조.

부적인 면모만이 강조되기 때문이기도 하다.

춘경은 사회적 여러 힘에 일방적으로 당하는 희생자로 그려져 있는 것만은 아니다. 제목에서 알 수 있고 직접묘사에서도 이야기된 것처럼, 가정을 지키려는 마음과 자신의 허영심을 충족시키려는 마음의 '二心'을 가진 인물이다. 이것은 이 작품의 '근본적 모호성'이기도 한 동시 선명한 선악이원론에 의존하고 있는 정통적 통속소설과 구별시켜 주는 요인이며 매사에 사물의 양면을 보려는, 작가 염상섭의 인간에 대한 파악이라 할 것이다. 그런데 두 가지 심리의 그녀를 한 가지 측면-곧 도덕적 타락의 부정적인 면으로만 몰고 간 것은 환경적인 여건이라 보여진다.40)

춘경이 생을 유지할 수 있었던 것은 그녀의 자식에 대한 염려 때문이었다. "道德의 基調는 實로 本能的인 母性愛"41)에 놓여 있는 것이라는 염상섭의 말처럼 그녀가 자식을 측은히 여기고 있는 부분은 그녀를 비도덕적으로만 볼 수 없게 한다. 자살을 감행42)하고 그것이 미수로 끝나자 그녀는 여러 가지 이유로 해서 결국 사기 행각에 가담하게 된다. 커닝햄만은 진정으로 그녀를 사랑해 주는 유일한 사람이라 할 것임에도 간악한 좌야의 계교로 커닝햄이 왜곡되게 인식된 데다가 스스로의 외국인에 대한 거부감, 곧 일인 좌야와 관계를 맺은 뒤 '나중에는 서양 사람에게까지…'하는 자책이 그녀로 하여금 커닝햄의 사

---

40) 작가는 '용납하지 못할 사회악 때문에 끔찍한 희생을 겪었다 하며 동정과 울분을 자아내지 않고, 당사자가 창녀 기질인 책임이 크다고 했'(조동일,《앞의 책》,142면)음이 사실임에도 불구하고 작품 전체를 보면 춘경의 타락에 외부적 여건이 중요한 작용을 한 것임을 알 수 있다. 곧 양가집 규수였던 춘경이 타락하게 된 원인은 우선적으로, 가정과 학교에서의 불신임으로 인한 축출, 곧 가정과 학교의 완고성과 사회의 냉대에 있고 다음으로는 도덕적 보호자이며 울타리가 되어주어야 할 남편과의 이별, 곧 창호가 감옥에 가야만 하게 만든 현실 그리고 그 남편은 보호자나 울타리가 되기에는 너무나 현실감각이 없었다는 것이 하나의 원인이 된다. 그로 인하여 춘경은 옥바라지와 생계를 위하여 생활 전선에 뛰어 들어야 했고 먹고 살기 위해서 좌야에게, 또 남편과의 관계 유지를 담보로 내세운 강찬규에게 정조를 댓가로 바치는 수밖에 없었던 것이다.

41) 염상섭,〈민족,사회운동의 유심적 일고찰〉,조선일보,1927.1.4 - 1.15.

42) 1920년대 문학에 있어서의 죽음의 의미에 관해서, 당시는 사회적인 붕괴의 시대로서 그러한 시대는 죽음이 현저해진다는 지올코우스키의 말을 인용하면서 과거와 미래, 현재 현실에 대한 강한 절망의식으로 20년대문학에서는 죽음이 빈번하다고 한 이재선의 말은 타당하다.(이재선,《한국현대소설사》,249면 참조) 춘경에게 있어서도 죽음의 의미는 당대라는 타락된 시대에 대한 저항의 의미가 크다고 볼 수 있다.

랑을 받아들이기보다 오히려 그를 사기의 대상으로 삼게 만드는 것이다.

1920년대가 '밥'이나 '가난'을 소재로 한 리얼리즘 문학이 많았다는 것은 일본에 의해 가중화된 가난이 사회적 가치 전도, 아노미 현상으로 나타났으며 그 문학적 반영의 시기였음을 보여준다. 그러한 사회 일반적 현상으로서의 가난과 가족, 남편으로부터의 고립감이 춘경을 타락시킨 것이다. 對가난 대응 방식은 남성적인 경우는 폭력으로 나타나는 반면, 여성은 매춘을 비롯한 성의 상품화로 나타날 수밖에 없다는 환경결정론적 입장43)에서 보더라도 가난이라는 환경은 춘경으로 하여금 〈감자〉의 복녀와 같은 無道德의 상황으로 치닫게 했다고 할 것이다. 그녀에게 있어 이 세계는 그야말로 "자신을 완전한 희생물로 하고 마는 조건을 만들어내는 장소"44)에 다름 아니었던 것이다. 그렇지만 그녀는 성을 도덕적인 금기가 아닌, 돈을 얻어내는 수단으로만 보고 있는 것은 아니다. 금기임을 알고 있으면서도 먹고 살아야 한다는 일차적 명제 때문에 춘경은 도덕적 터부까지도 깨야 했던 것이다. 그녀는 호구지책을 위해 좌야와 관계를 가져 돈을 얻어냈고 그것을 남편에게 알려서는 안 된다는 생각, 곧 가정을 깨뜨릴 수 없다는 생각 때문에 그것을 빌미로 몸을 요구하는 강찬규의 입을 막기 위해 그와도 관계를 갖게 된 것이다. 남편 창호의 친구이니 남편과 춘경의 처지를 누구보다 잘 알고 이해할 수 있으며 마땅히 그래야 할 찬규까지 그녀에게 협박하며 몸을 요구하는 상황에서 춘경이 도덕적인 것을 생각할 겨를은 없었던 것이다.45) 이렇듯 춘경의 처한 상황은 〈감자〉의 복녀와 마찬가지로 "도덕의 흑백논리를 문제 밖이며 논외의 것"46)으로 만들 만한 것이었지만 "새도덕"에 의하여 "궁극적인 벌, 곧 죽음"47)을 당하고 만다. 남편에 의해 창녀굴에 팔려간 춘경이 스스로 스물 세살의 나이로 자살하고 마는 것이다.

---

43) 이재선,〈〈한국현대소설사〉〉,225-227면 참조.
44) 로비 매콜리·조오지 래닝,〈앞의 글〉,286면 참조.
45) 오양호도 그녀의 매춘과도 다를 바 없는 행위가 생활 때문이었기 때문에 도덕감을 떠올릴 계제를 주지 않은 것일 뿐,그녀가 남성 편력을 즐기려는 증거는 모호하고 불분명하다고 하였다.:오양호,〈신여성의 비극적 생활사〉,〈〈소설과 사상〉〉,1995,봄,207면 참조.
46) 전혜자,〈〈현대소설사연구〉〉,새문사,1987,140면 참조.
47) S.E.Solberg,〈초창기의 새 소설〉,〈〈현대문학〉〉,1963.3,259면.

그런데 〈감자〉의 복녀가 철저하게 타락하지 못하고 성적 타락과 정조관념을 혼동하는 상태에서 질투심으로 인해 죽음을 당한 것이라면, 춘경은 이미 자신을 버리다시피 내쳤고 자식이라는 연결고리마저 끊긴 전남편에 대하여 어줍잖게 가지고 있는 의리 때문에 죽게 되는 것이라 하겠다. 곧 술값 때문에 잡혀 있는 남편을 위해 돈을 내어주려고 창녀굴을 찾아가는 것 때문에 계획적으로 그녀를 빠뜨릴 함정을 마련해 놓은 남편에게 당하고 마는 것이다.

아놀드 하우저는 전통적으로 "남자의 간통은 경우에 따라 용서 받을 수 있으나 여자는 결코 그럴수 없다. 말하자면 도덕적으로 조금이라도 쓸모가 있는 여자는 간통이 불가능하다는 것이다"라고 말하면서 여자의 간통은 죽음으로만 해소되곤 한다고 했다[48]. 춘경이 죽을 수밖에 없었던 것도 이런 선상에서 풀이될 수 있는 것이다.

춘경의 죽음은 "남편에 대한 옥중 뒷바라지의 정성(조선인의 보수성)과 생활고로 인한 일본인 좌야에 대한 욕정(조선인의 생존을 위한 위선적 성격)에의 경사로 인한 이중성으로 몰락할 수밖에 없는"것이었고 〈감자〉나 〈제야〉와 같은 "반윤리적 행동이 자초한 죽음"이었던 것이다[49]. 그녀의 죽음 역시 〈제야〉의 최정인의 경우처럼 "스스로 목숨을 끊으려는 자기반성에 의해 구제"[50] 되는 것으로, 죽음으로써 씻을 수 없는 삶의 굴절과 벗어날 수 없는 불행을 마감하겠다는 것으로 신여성 박춘경이 택한 여인의 자존심의 표현이라 할 것이다.[51]

결국 춘경은 식민 시대에서 인간성조차 잃은 악질적 인간들 틈바구니를 살아가다가 마침내 파괴되고 마는 인물의 전형이라 할 것이다.

3) 숙녕…〈광분〉

〈광분〉은 제목처럼 인물들이 돈과 정욕에 '미쳐서 날뛰는' 듯한 것을 알 수

---

48) A 하우저,백낙청 염무응 공역,《《문학과 예술의 사회사》》,창작과 비평사, 1983,93면.
49) 박태상,《《한국문학과 죽음》》,문학과 지성사,1993,445-462면 참조.
50) 강인숙,〈염상섭의 작중인물 연구〉,72면.
51) 오양호,〈앞의 글〉,198면 참조.

있다. 그렇기 때문에 염상섭 소설로서는 드물게 부정적인 성격을 가지는 인물
들이 프로타고니스트가 되고 있다.

a. 직접묘사

ⓐ 병텬이더러 말만 잘하면야 돈천을 못 물릴 것도 아니지만 변원량이가 자
    긔 오래비도 아니요 쩨치지 못할 정부도 아니면야 그러케 발벗고 나설 필
    요도 업는 일이기 째문이다 (〈광분〉,조선일보,33회)

ⓑ (피무든 사자의 입!)--숙명이는 혼자ㅅ속으로 이러케 생각하얏다. 그러나
    약간의 공포를 제하면은 그다음에는 유혹이 머리에 쩌올러 왓슬 뿐이다
    (...) 아무럿든지 점점더 수상적어가고 무서워가는 것은 사실이엇다 그러
    면서도 웬일인지 만나기만 하면 최면술에 걸린 사람처럼 감정이 저절로
    기우러 가는 것가타야 더욱 자긔 마음을 자긔가 미들 수 업는 것 갓기도
    하다 쩨칠수 업는 압박을 밧는 것갓기도 하다 (〈같은 글〉,35회)

ⓒ 정방이가 돈한아 째문에 갓가히하는 데에 비하면 원량이는 쇠불한당이다
    그러나 밉기로 말하면 정방이가 더 미웠다 그러면서도 알들하기도 정방이
    가 더 알들하얏다 (그러나 나는 저희들에게 무엇을 요구하누?)하며 숙명
    이는 이번에는 자긔를 중심으로 하고 생각해 보앗다 데일만히를 요구하는
    원량에게는 아모것도 요구가 업섯다 그러나 정방이에게는 잇다! 잇다! 잇
    다!(〈같은 글〉,54회)

ⓓ 엇잿든 시골간다든 원량이가 아니갈 핑게거리가 생긴 것만 하야도 잘된
    세음이다 그러케 아기자기한 정이 들은 것은 아니나 어제 하로ㅅ밤을 지
    낸 오늘에는 원량이에게 대한 향의가 자긔가 생각을 해도 웃으을만치 변
    하얏든 것이다 (...) 이런 판에 원량이가튼 사람을 심복지인을 만드러서
    무엇에나 의론한마대라도 가티하게 된다면 얼마나 든든할지 모르겟다고
    혼자 생각하얏다 (〈같은 글〉,75회)

ⓔ 이삼년래로는 이런 일이 한참 쓴엿더니만치 다만 비밀한 사람이 한아 잇
    다는 것 또는 비밀한 사건을 한아 혼자 숨겨가지고 잇다는 사실만으로 일

종의 괴이한 쾌감을 늣기는 것이다 (〈같은 글〉,77회)

ⓕ 더구나 정방이가 그동안 경옥이에게 긔별도 하고 쏘 경옥이가 오는 것을
   벌서 알고 잇섯슬 터인데 사색도 보이지 안흔 것을 생각하면 며츨동안 애
   를 쓰고 단이면서 병구원해준 것이 분하얏다 (〈같은 글〉,124회)

ⓖ 만일 오늘 명옥이나 령감이 오면 내 계획은 다 틀리는 것이다 틀리지 안
   트라도 고만두라는 것이다 그러나 만일 오면은(Sic안 오면은) 그대로 하
   라는 운수다 (…)아니다 래일 아츰싸지 온다면 결국에 그 계획은 하지 말
   라는 것이다 (…)하지만 래일 아츰에는 긔차ㅅ시간도 업는데 래일 오정쌔
   싸지 온다면 아조 단념해 버리고 쏘 래일 아츰결에 명옥이에게서나 령감
   에게서전보가 오드라도 모든 것을 고만두어 버리겟다! (〈같은 글〉,132회)

ⓗ 원량이만이 일을 꾸미고 원량이만이 일을 진행시킨 뒤에 그 결과에 대하
   야 집안 식구와 가티 슬퍼하고 세상 사람과 가티 놀내 보고서 그 결과로
   서 자긔의 지위가 안전하야지면 리득의 몃분지 몃츠로 입수새나 하야 주
   엇스면 조핫다 발은 싸지고 리익은 혼자 보겟다는 것이엇다 (〈같은 글〉,
   155회)

ⓘ 년래로 령감이 첩을 못 엇게 하고 잇든것도 쎄어버리게 한 것은 강짜를
   하느라고 해서 한 것이 아니라 안들(sic아들)을 날싸 보아서 그런 것인데
   이번 것은 스물두살인가 세살짜리의 소년 과수를 어덧다니 자식이나 덜컥
   들으면 엇절까 하는 렴려도 업는 터가 아니다 (〈같은 글〉,156회)

ⓙ 숙명이는 경관들에게 대하야 경옥이를   자긔의 친자식가티 남으랠 것은
   남으래고 두둔하고 싸고 돌 것은 싸고 돌아 주어야 하겟다고 생각하얏다
   그리고 원량이에게 대하야는 자긔도 설면설면히 지내는 눈치를 보여야 하
   리라고 수작할 말을 일일히 준비하얏다 (〈같은 글〉,189회)

숙명의 내면 묘사에 의한 직접묘사이다. 변원량에 대한 숙명의 감정은 ⓐ에
서 잘 나타나고 있다. 언제나 '올찌갈찌'의 감정으로 그를 대하는 숙명의 태도
역시 불확실한 것이라 할 것이다. 병텬의 돈을 노리고 숙명을 찾아 온 원량의

청을 듣고 난 후 숙명은 일단 거절의 뜻을 보이는데 그 심정적 배경은 자기의
오라비나 정부도 아닌 원량을 위해 병턴에게 굳이 청을 할 필요는 없다고 계
산한다. ⓑ는 원량에 대한 감정이 좀더 명확해지는 부분이다. 숙명은 원량을
'피무든 사자'라고 보면서도 공포와 함께 상당한 유혹을 느낀다. 그에게 공포와
두려움을 느끼면서도 마치 최면술에라도 걸린 것처럼 감정이 기우는 것이다.

ⓒ에서는 그녀의 주위에 있는 남자들에 대한 숙명 자신의 정리라 할 것이
숙명의 내면을 통해 이야기된다. 먼저 정방이나 원량은 모두 그녀에게 돈을
바라고 가까이하며 원량은 그녀에게 돈 이외의 것도 요구하는 것이다. 이것
저것 많은 것을 요구하는 원량이에게는 숙명은 바라는 게 없다. 그러나 정방
에게는 그녀가 바라는 것이 있다. 그래서 그런 그녀를 모른 척하는 정방이 미
운 한편, '얄들'하기도 한 것이다.

숙명은 그러한 정방에게 대한 호의와 기대가 보상을 받지 못하자 역으로 원
량에게 기대려 한다. 정방에 대한 반감이 원량과의 불륜도 불사하게 만들었고
그래서 더욱 원량과의 정이 깊어진다. ⓓ에서는 그러한 내면을 알게 한다.

ⓔ에서는 그러한 불륜이 숙명으로서는 처음의 일이 아니라 단지 이삼년 정
도 끊겼을 뿐 그 이전에는 있었던 것임을 짐작하게 한다. 불륜의 대상이 누구
든 '비밀한 사람이 한아' 있다는 사실만으로 숙명은 일종의 쾌감을 느낀다.

ⓕ는 숙명의 정방에게 대한 연모의 정이 완전히 소멸되는 계기가 되는 부분
이다. 원량과 함께 모종의 일을 꾸미던 중이었지만 정방이 아프다고 하자 숙
명은 나름대로 정성껏 간호를 했다. 그러나 정방이 자기 몰래 여전히 경옥과
연락이 있었디는 것을 알게 되자 배신감을 다시 한 번 느끼게 되고 그 분한
마음을 풀 대상을 찾으려 한다.

그것은 곧 경옥에 대한 모종의 음모인데 그 일을 원량과 계획하고서는 ⓖ와
같이 번민한다. 온천으로 도망치듯이 간 뒤 자기의 계획을 가능하면 그만두었
으면 하는 것이다. 만일 자기 딸이나 남편이 자기를 데리러 온다면 그 계획은
하지 말라는 뜻으로 알고 포기하려고 마음먹는다. 그리고는 오늘이라도 오면,
하다가 내일 아침까지로 미루어 보다가 내일 오정 때까지 오면, 그리고는 다
시 전보라도 오면 그것이 하지 말라는 것이라고 하여 그 일을 하지 않을 핑계

를 만들어 보려고 애를 쓴다. 그녀는 살인을 쉽게 할 수 있을 정도로 악마적인 인물은 아니었던 것이다.

ⓗ는 그렇듯 일에서 빠지고 싶은 숙명의 심리가 더욱 뚜렷이 나타나는 내면묘사이다. 그리고 그 가운데에서 이기적인 면도 같이 알 수 있다. 자기는 복잡한 음모에서 발을 빼고 원량이 혼자서 일을 진행시키고 자기는 아무 것도 모르는 것처럼 다른 집안 식구들과 같이 슬퍼하고 놀라고 혼란이 수습된 뒤 원량에게 돈을 지급하는 식으로 일을 치루었으면 하는 것이다.

ⓘ는 숙명이 병텬의 첩을 못 갖게 하는 저의라 할 만한 것이 알려진다. 그것은 그녀가 병텬을 알뜰하게 사랑한다거나 강짜를 해서가 아니라 자식 특히 상속 1순위인 아들을 밖에서 낳아 올까 봐 하는 것이다.

ⓙ는 경옥 사건으로 경찰이 수사를 시작했을 때 숙명이 자기의 태도를 결심하는 부분이다. 곧 너무 잘 해 주는 척 해도 수상할 것이고 너무 미워하는 것으로 보여서도 안될 것이라는 계산을 하고 계모가 아닌, 친어머니처럼 '남으랠 것은 남으래고 두둔하고 싸고 돌 것은 싸고 돌아 주어야' 하겠다고 결심하는 것이다. 또한 변원량과도 어느 정도 거리를 두어야 할 것이라고 생각한다. 그것은 원량과 공범으로 사건을 저질렀을 거라는 의심을 주어서는 안 된다는 것이지만 한편 생각하면 만일 원량이 저지른 일이 발각된다 해도 자기와는 무관한 일임을 가장하려는 치밀한 계산이라고 볼 수도 있을 것이다.

ⓚ 원량이는 이날밤에 정방이가 사촌이 잇다는 것부터 그것말이요 혼인 소개라는 것은 자긔네들의 비밀을 싸고 돌랴는 수단에 지나지 안핫드라는 것을 저저히 알려바치엇든 것이라 (…)-그 반동-그 락심- 그 분은 방종한 쾌락으로 풀고 스스로 위안하는 수밧게 업섯다 (73회)

앞에서 나타나는 숙명의 내면 묘사를 작가의 설명으로 보충하는 부분으로 원량과 숙명이 불륜 관계를 갖게 되는 배경이다. 정방과 경옥의 사적인 관계와 그들의 거짓말까지 원량에 의하여 알려지자 숙명은 그에 대한 낙심과 反心으로 '방종한 쾌락'으로써 원량과 관계를 갖게 되는 것이다.

b. 간접묘사

a) 애펠레이션

숙뎡, '淑貞'이라는 이름은 여성으로서 정숙하기를 바라는 마음이 담겨지는, 유교적 이념이 현시되는 것이다. 그러나 이 경우, 이러한 명명이 숙뎡이라는 인물의 성격을 직접적으로 묘사하는 것은 아니다.

b) 외양 묘사

숙뎡의 외양을 구체적으로 묘사하는 것은 보이지 않는다. 다만 대화와 행동 묘사의 사이에 미녀라는 정도가 간헐적으로 나타날 뿐이다.

c) 대화·말씨 묘사

ⓐ "엇던 놈이 나를 나오너라 드러가거라 한단 말이냐? 붓드러 갈 사람이 잇거든 마음대로 드러와서 잡아가라고 하렴으나!" (〈같은 글〉, 90회)

ⓑ "자네 말이 꼭 올타고는 생각 안네만은 사실이라고 하기로서니 지금 와서 너 아라 하라는 말이 된 말인가?나무에 올으라 하고 흔드는 격이 아닌가?"숙뎡이는 노하야 보엿다 결코 남자에게 빌붓는 성미는 아니다 (〈같은 글〉, 136회)

ⓒ "몸두 압호고 화기가 쩌서 잠간 온천에를 갓기로 그러케 야단을 치실 쩨 무어야요? (…)말만큼씩한 자식을 압헤 노코 리혼을 하느니 내쫏느니 하시는 거야요? 녜?…… 누가 듯든지 내가 잘못이라겟세요? 자식과 안해라는 것은 그러케 차등이 잇는 것인가요? (…)후취라는 것은 개ㅅ갑세도 안가는 것인가요? 버리랴면 버리고 누른 밥쩍게기라도 먹여서 한구석에 두어두는 것만 감지덕지해 지내야 할 것인가요?……" (〈같은 글〉, 157회)

ⓓ 한아는 첫서슬이요 몽총하니만치 성공을 못한데다가 모욕을 당하얏다는 것이 쎠가 저리게 압흘 것이나 정방이는 돈과 계집이 제 주머니 철량이거니 생각하얏다가 스리(소매치기)에게 눈깜짝할 새에 채인 폭쯤 되엇스니까 여간 분하고 말고가 아닐 것이아니애요? (〈같은 글〉, 184회)

ⓐ~ⓓ는 담화로서 숙명의 성격이 잘 드러나는 부분이다. 먼저 ⓐ는 경옥의 일로 가택 수색을 나온 경찰에 대한 그녀의 고압적 말씨이다. 경찰 앞에서도 기죽지 않고 호통치며 대할 수 있을 만큼 그녀는 대담한 면을 가지고 있는 것이다.

ⓑ는 원량의 한 발 빼는 수작에 숙명이 오히려 큰 소리로 그를 꼼짝 못 하게 만드는 것이다. 일부러 노하여 보여서 그를 압도하는 것, 이것이 '결코 남자에게 빌붓'지 않는 그녀의 성미를 알려주는 것이다.

ⓒ 역시 그녀가 잘못한 일이 있는 상황에서 역으로 큰소리로 상대방을 위압하는 말씨 묘사이다. 남편과 다툰 뒤 아무런 의논도 없는 상태에서 온천으로 가 버리고 며칠 간을 지내다가 돌아와서 도리어 남편에게 항변한다. 이혼 이야기를 꺼내게까지 만든 것도 자기이면서 그것을 자식과 아내의 차별대우로 밀어 붙여 할 말을 막아 버린다. 게다가 자신이 후취라는 것 때문에 부당한 대우를 받고 있다는 식으로 논리를 몰아간다.

ⓓ는 경옥과 가까이 있는 사람들에 대한 험담을 하는 부분이다. 진태에 대해서는 '첫서슬이요 몽총하니만치 성공을 못한데다가 모욕을 당하얏다는 것' 때문에 경옥에게 악의를 가지고 있을 수 있다는 것이고 정방은 '돈과 계집이 제 주머니 철량이거니 생각하얏다가 스리(소매치기)에게 눈깜짝할 새에 채인' 것과 같은 상황이어서 분한 마음이 클 것이라 말한다. 그리고는 그런 때문에 경옥의 신변에 위협이 있을 수 있다고 암시를 주는데,이는 자기와 원량이 꾸민 일이 나중에 드러날 때를 대비해서 혐의의 방향을 돌리기 위하여 미리 하는 말이다. 신여성 숙명의 당찬 성격은 이러한 말씨 묘사 부분에서 뚜렷이 드러나는 것을 알 수 있다.

d) 행동 묘사

ⓔ 이 귀부인은 복작대는 틈에 끼이는 것이 톄면 손상이라는듯이 안진 대로
　 쌀과 나란히 그린듯이 눈을 나리깔고 안젓다 (〈같은 글〉,2회)

ⓕ 약간 니러서는 체만 하야 보이며 습관덕으로 날신한 손을 들어 머리쪽지
를 매만즌다. 오늘은 여러날만에 비녀틀꼬서 머리를 쪽지기째문에 뒤가
달리는 것 가타얏든 것이다 이 녀자는 이러케 순조선식으로 쑤미고 나면
한칭 더 단아하야 보이고 참정말 대가집 귀부인답게 보이나 한가지험절은
꼭 남의첩으로 보이기 쉬운 것이엇다 그러나 자긔도 그런줄을 알기째문인
지 비밀히 혼자 출입할데가 아니면 반듯이 자긔짤과 몸하인을 데리고 다
니는 것이엇다 (〈같은 글〉,2회)

ⓖ "그런데 그동안 웨그러케 못 뵈옵겟서요? 그제 어제 - 벌서 며츨얘요? 뎐
화를 멧번을 걸어두 려관에 부터 게실 째가 업스니…" (…) "녜! 그러케
밥부서서 테니쓰는 두세시간씩 치시고 계십니다그려?" (…) "몰라요! 몰
라요! 마음대로 해 보서요!"숙뎡이는 어린 계집아이가 암상을 피우듯이 몸
을 흔들며 남자를 흘겨본다 (〈같은 글〉,37회)

ⓗ 숙뎡이는 암만 노하랴고 베르고 안젓섯스나 정방이의 소탈하고도 부침성
잇는 얼골이나 구수한 말을 들으면 니를 깨무러도 웃어보이지 안흘수 업
섯다 "누가 선생님을 피해서 올러왓나요- 배가 좀 압하서……" (〈같은
글〉,77회)

ⓔ는 그녀의 거만한 성격을 볼 수 있는 태도이다. 여러 사람들이 복작대는
틈에 끼는 것조차 체면이 깎이는 것으로 생각하여 무리들과 구별되게 앉아서
딸을 기다린다.

ⓕ의 행동에서도 그러한 것을 볼 수 있다. 인사를 걸어 오는 적성단 단원들
을 향하여 거만한 태도로 최소한의 예만을 갖추고 만다. 그런가 하면 인사처
럼 들었던 손을 들어 머리를 만지고 있다. 그들을 향한 최소한의 예의마저도
자존심이 깎인다고 하는 숙뎡의 생각이 행동으로 나타나고 있는 것이라 하겠
다. 그녀는 조선식으로 꾸미는 것이 아름답게도 보이면서도 남의 첩으로 보이
기 쉽게 만들기 때문에 반드시 딸과 몸하인을 데리고 다니는 행동으로 자기가
첩이 아니라고 시위하려 한다. 그러나 여기에 예외가 있다. '비밀히 혼자 출
입할 데'는 모두 물리치고 혼자 가기도 하는 것이다. 비밀스런 그녀의 행동이
무언지 있다는 것을 알 수 있다.

ⓖ, ⓗ는 정방에 대한 그녀의 감정을 보여주는 행동 묘사이다. 자기 집에 찾아 온 정방이 자기에게 인사도 하지 않은 채 전실의 딸인 경옥과만 시간을 보내고 나중에야 그녀를 찾아 오자 그동안 속으로 한 온갖 원망과 서운함이 노골적인 유혹의 말과 함께 행동으로 보여진다. 그렇듯 좋아하는 정방이지만 후에 변원량에 의하여 그와 경옥이 자기를 속이게 된 것에 분개를 하게 되는데 그러한 분노의 염도 정방의 '부침성 잇는 얼골'과 '구수한 말'을 듣게 되면 그에 대한 호의의 감정을 드러내는 것을 억제하지 못한다.

〈광분〉의 배경은 박람회 전후 1년간이 되므로 작품이 발표된 1929~30년과 매우 근접하다. 공간적 배경은 물론 서울이어서 작가와 밀착되어 있음을 알 수 있다.

숙명의 경우는 직접묘사의 양이 많다. 그것은 그녀가 겉과 속이 다른 인물이라는 사실과 무관하지 않을 것으로 보아진다. 그녀는 겉으로 볼 수 있는 딸 경옥의 장래와 집안을 염려하는 듯한 행동과는 달리 내면적으로는 정방에 대한 성욕과 남편 병천의 재산에 대한 금욕으로 가득차 있는 인물이기 때문에 내면 묘사가 필요하고, 그렇지 않으면 인물묘사가 모호하게 될 것이기 때문이다.

숙명은 숙명 여학교를 나오고 일본까지 가서 공부하고 온 신여성으로서, 돈 있고 권력 있는 민병천의 후처가 된 인물이다. 그러나 그녀는 나이 많은 남편에게서 정욕을 만족하지 못하고 그를 위해 젊은 주정방을 유혹하기도 한다. 그러나 주정방 역시 돈 많은 남편을 가진 그녀의 돈만을 원할 뿐 자신의 정욕은 젊은 처녀인 경옥과의 사랑으로 만족시키고 있는 인물이다. 이에 정방에 대한 숙명의 불만이 시작되는데, 마찬가지로 돈과 정욕의 충족을 노리고 그녀에게 접근하여 이간질하는 변원량이 가세하여 정방과 경옥에 대한 숙명의 분노와 미움은 점점 확대되는 것이다. 그리고 결국은 情夫가 된 원량과 결탁하여 경옥을 죽이기에 이른다. 돈을 지키고 정욕에 대한 끝없는 욕망이 신여성인 그녀로 하여금 살인 교사라는 범죄를 저지르게까지 하는 것이다.

지식인이자 선각자라 할 수 있는 그녀는 시대에 대한 자각이나 고뇌 같은 것은 할 줄 모른다. 다만 시대의 신학문과 신문물을 접한 선각자요, 신여성으로서의 면모가 나타나는 것은 교활한 수법으로 간통을 하고 경옥과 말싸움할 때나 병턴을 꼼짝 못하게 만들 때에 보여지는 논리적인 말솜씨와 경찰 앞에서도 기죽는 일 없이 당당하게 행동할 때 뿐이라는 데에 그녀의 부정성이 있다고 할 수 있다.

4) 민경옥…〈광분〉

a. 직접묘사

ⓐ 식당분별이고 손님접대고 간에 오늘은 모친이 모두 분별을 해주어야할텐데 도리어 손님이나 다름업는 자긔에게 쓰러맛겨두고 늦장을 치는 계모가 원망스러웟다 만일 자긔 친어머니가 살아잇섯드면 엇더하얏슬구? (〈광분〉,조선일보,7회)

ⓑ 계모에게 엇더한 태도를 취할싸 혼자 생각을 하야보앗다 아모래도 이째싸지의 태도를 변하야 공손히친절히 하는 것이 상책이라고 결심하얏든 것이다 (〈같은 글〉,25회)

ⓒ 도라온 뒤로는 하로밤도 동경에서 지내듯이 마음노코 흡족히 온근밤을 새어보지 못하고 이번째 겨우 두번 이러케 만나는 것을 무엇에 쫏겨가는 것처럼 조용히 맛나자 헤여지는 것이 언제나 감칠이 날것 가티 미흡하얏다 (…)환락의 압헤서는 무서운 것도 업시 얌체가 업다고 할만치 전후불계하고 덤비는 이 계집아이의 버릇 (〈같은 글〉,45회)

ⓓ 일본 악단에서 활동해 보겟다는 생각이 잔득 드러안즌 판이라 림초자에게 대한 태도와 가티 장래에 리용하리라는 야심이 잇섯든 고로 팔방미인격으로 오즉 호감을 사겟다는 생각은 잇섯다 (…)첫정은 아니라 하야도 정방이에게 홈박 쌔진 뒤에는 다른 남자에게 눈을 쓰랴는 생각도 업섯고 쏘 아무리 중촌이 미남자라 하야도 정방이의 남성덕 미(男性的美)에 대이면 중촌이는 그다지 마음을 쓰으는 것도 아니엇다 (〈같은 글〉,152회)

ⓔ 그것은 정조관념으로거나 정방이가 무서워서 그런 것이 아니엇다 자긔에게

대한 남자의 태도가 조선 기생을 만나보고 십허하는 그런 단순한 호긔심밧
게 아니되는 동안에는 마음을 주기도 실커니와 남자가 얼마나 몸이 달아오
나? 그것을 구경하기가 자미도 잇섯기 째문이엇다 (〈같은 글〉,152회)

ⓕ 조선 사람 동무보다는 일본 사람과의 사교를 조화도 하얏지만 한가지는
  뒤ㅅ길을 두드라도 소위 스타- 라는 남녀 배우와 사괴고 십헛다 (...)활동
  사진 배우는 아무래도 지례가 썰어진다고 생각하얏다 음악단에 나설 수가
  아조 업스면 그째 가서는 다시 생각해 보리라고 역시 뒤는 두고 동경으로
  써낫다 (〈같은 글〉,100회)

ⓐ, ⓑ에서는 경옥과 계모 숙녕과의 관계를 알 수 있다. 귀국하고 손님들을
초대하여 파티를 여는 날 주인공인 경옥 자신에게 모든 것을 맡겨 놓고 자신
은 몸단장에만 신경쓰고 늦장을 피우는 숙녕에게 경옥은 서운함을 느끼게 된
다. 그러면서도 그녀는 계모에게 저항하기보다 공손하고 친절한 태도를 보여
야 하리라고 결심하는 만큼 계산을 할 줄 아는 현실적인 여성이다.

ⓒ~ⓔ는 그녀의 이성관계와 이성관이다. 여기에서는 그녀가 동경에 있을
때는 정방과 '마음노코 흡족히 온근밤을 새어' 지내었다는 것을 역으로 알 수
있다. 귀국한 뒤에도 만남은 계속되었고 경옥은 귀국 후의 만남에 대하여 '감
칠이 날 것 가티 미흡'히 여기고 있으며 그녀는 '환락의 압헤서는 전후불계하
고 덤비는' 성격이라는 것까지 알 수 있다.

ⓓ는 일본 남자인 중촌이와 정방에 대하여 경옥이 저울질하고 있는 부분이
이국 남자 중촌에게 경옥은 재미는 느끼지만 애정은 느끼지 않는다. 다만 일
본 악단에 나아가 활동하기 위하여 이용할 대상으로 중촌에게 호의를 사 두려
고 했던 것인데 중촌은 이를 오해하고 경옥을 찾아 조선까지 찾아온 것이다.
그러나 경옥은 '첫정'은 아니지만 정방에게 현재 푹 빠져 있는 상태이며 그로
인해 다른 남자에게 대하여는 눈을 돌리려고 하지 않는다는 것,그 만큼 정방
의 남성적 미에 경옥이 사로잡혀 있다는 것 등이 나타난다.

ⓔ에서 알 수 있는 것처럼 경옥이 중촌에게 몸을 허락하지 않는 배경은 정
조관념이나 정방을 두려워한 이유에서가 아니라, 중촌의 조선 여성에 대한 호
기심에 지나지 않는 태도에 불쾌하기도 하고 과연 남자가 어디까지 달아 오르

나를 구경하고 싶은 심리에서다.

ⓕ는 그녀의 계산적인 성격이 다시 드러나는 부분이다. 자국인인 조선 사람보다 일본인을 사귀기 좋아하고 장래를 위해서 '소위 스타'라 할 인물들을 사귀기는 좋아하되, 배우가 될 의향이 없느냐는 영화감독의 말에는 음악단에로의 진출을 하여야겠다는 생각 때문에 승낙을 하지 않는다. 그것은 음악단원보다 영화배우가 아무래도 지체가 떨어진다는 계산이 앞선 때문이다. 그러나 그러면서도 확실하게 부정을 하지 않고 여지를 남겨 두는 데에서 그녀의 현실성과 계산성을 알 수 있다.

b. 간접묘사

a) 애펠레이션

'민경옥'이라는 이름은 동생 '명옥'을 볼 때 항렬을 따르는 것이다.

b) 외양 묘사

ⓐ 태경 압혜 가 서며 자긔 톄격을 이마ㅅ전부터 발톱끗까지 마치 비행사가 타고 써날 비행긔를 검사하듯이 요모조모 자세자세히 들여다보고 잇다 (…)경옥이는 발육이 고르고 영양이 조흔 자긔 톄격에 대하야 정방이가 조타기 전에 자신과 만족을 가지고 잇다 언제 보나 제 눈에도 엡브고 만족하얏다 더구나 동양녀자처노코 누구나 속으로 알른 두다리가 쪽쌧고도 정강이와 장단지의 보드러운 즉선과 곡선이 엡브게 나려간 것이라든지 억개에서부터 손목까지의 미묘하고 섬세한 곡선미를 가진 두 팔은 어데 내노튼지 남부끄럽지 안흘 것을 잘 알고 잇다 (〈같은 글〉, 48회)

경옥은 미녀로 묘사되고 있다. 얼굴만이 아닌 전체적인 육체를 묘사하기 위하여 작가는 체경을 설치하고 있다. 그리고 경옥으로 하여금 '마치 비행사가 타고 써날 비행긔를 검사'하는 것 같은 자세한 눈으로 그것을 뜯어보게 하는 것이다. 전체적인 체격은 '발육이 고르고 영양이 조흐'며 정방이도 인정한 자기 몸의 아름다움에 대해 경옥 스스로도 나르시시즘이라 할 만큼 만족하고 있다.

동양 여자에게 드물 만큼 쪽 뻗은 두 다리와 정강이와 장단지의 직선과 곡선, 어깨와 손목의 미묘한 곡선미에 그녀는 자아도취의 지경으로까지 빠져 들어간다. 목욕을 도와주고 면도를 해 주기 위해 들어온 을순이가 아니었던들 그녀의 나신에 대한 묘사는 더욱 이어졌을 정도로 경옥은 자기의 육체의 장점을 즐기고 있는 것이다.

c) 대화·말씨 묘사

ⓑ "오래간 만이군요 한집속에서 웨그리 뵈옵기가 어려워요?" (…) "녜_……"
(…) "그럼 잠간 올러와서 차나 한잔 잡숫고 가세요." (…) "오늘은 실습이니까 좀늦게 가도 조습니다만은…" (…) "의학이란 퍽어렵죠? 이번 올제 경도에서 당신가튼 의학생을 한분 만나 보앗지만 송장 만지기에 아주 넌덜머리가 난다고 하드군요." (〈같은 글〉,23회)

ⓒ "하지만 내가 실업시 하는 것을 고지식하게 자긔에게 무슨 마음이나 잇서 그러는 줄 아는 사람이 바보지! 아무러면 내가 을순이의 애인을 가로챌까! 하하…"- 속으로 우섯다 진태씀은 자긔와 대등한 교제를 하거나 사랑을 주고밧고 할 계제가 아니라는 만심이 경옥이에게는 잇섯다 (〈같은 글〉, 56회)

ⓓ "예술에는 실감(實感)이 짜라야 힘이 잇는 거니까요!" "실감(實感)?" "에-, 난 내 소리를 노래한 거얘요!누구더러 드러보라고 한건 아니야요!" "그럼 당신은 당신의 사랑을 의심하는군요? 당신의 사랑하는 사람을?" "몰라요!… 하지만 의심하지 않으면 사랑이 아니라고 할 사람도 잇슬지 모르지!(…)당신에게 귀염밧는 녀자야말로 누구든지 한업시 행복하나 한업시 괴롭겟지요!" (〈같은 글〉,43회)

ⓔ "조선에는 잇기가 귀치 안하요 어대로든지 가야 하겟서요" (…) 조선이 실흔지도 모르나 그보다도 계모시하인 이집에 잇기가 실코 쏘 그보다도 정방이와 자조 만날 수 업고 정방이와 마음노코 살 수 업는 곳이면 어대고 간에 실혓다 (〈같은 글〉,81회)

ⓑ~ⓔ는 그녀의 말씨에 의한 성격 묘사이다. 우선 ⓑ에서는 자기 집에 기거하는 의학생 리진태에게 말을 붙이는 장면인데 여기에서는 두 가지 중요한 그녀의 성격이 보여진다. 별로 관심도 없는 남자에게 상냥하게 말을 걸고 가까이함으로써 순진한 남자의 마음을 고의적으로 '시달려 줄' 요량을 하고 그것을 지켜보는 것을 즐기는 그녀의 악취미적인 성격과, 정방과의 자유로운 만남을 위해 창조해 낸 인물인 의학생 '주정수'의 이야기를 상관도 없는 진태에게부터 시작하는 교활함이 그것이다. ⓒ에서는 전자의 것이 뚜렷해진다. 자기는 '실업시' 장난하는 것에 '고지식하게' '무슨 마음이나 잇서 그러는 줄' 아는 사람이 '바보'라고 말한다. 그녀로서는 하녀 격인 을순의 애인을 빼앗을 마음이 전혀 없으며 진태 정도는 자기의 상대가 될 수 없다는 자만심이 있는 것이다. 독백과 내면의 묘사에 의한 이 부분에서는 그녀의 거만함이 잘 보여진다.

ⓓ에서는 정방과의 대화 속에 경옥의 예술에 대한 태도가 엿보인다. 노래를 하면서 자신의 감정을 그 노래 속에 이입시키는 실감, 그것이 바로 예술에 힘을 주는 것이라는 것이다. 그 말에서 정방은 경옥이 자신의 사랑을 의심하고 있음을 알아내고는 '당신에게 사랑을 밧는 남자는 한업시 괴로우나 한업시 행복한 남자일게요'라고 말하면서 자신의 마음을 털어놓는다. 이에 경옥 역시 자신의 마음 또한 한없이 행복하면서도 한없이 괴롭다고 토로한다. 이 부분은 사실상 두 사람이 서로에 대하여 사랑을 고백하는 부분이다.

ⓔ에서 볼 수 있는 것은 경옥이 정방에 대한 사랑을 이룰 수 없다는 것 때문에 조국인 조선을 싫어하는 것이다. 〈만세전〉의 인화와 마찬가지로 경옥에게 있어서도 조국인 조선은 사랑을 실현할 수 없는, 답답하고 유교적인 형식에 얽매이는 곳이었던 것으로만 느껴졌던 것이다.

d) 행동 묘사

ⓕ "공연히 붓드러서 미안하얏습니다 늦지 안흐섯서요?"하고 남자의 압흐로 악수나 하자는드시 쓱닥아선다 경옥이는 물론 일부러 이런태도를 취한 것이다 을순이더러 "너 좀 보아라"하는 수작이다 (〈같은 글〉, 24회)

ⓖ "조하요! 정말 조하요 그러기에 리진태씨하고 이러케 친절히 지내지 안하
 요"하며 경옥이는 진태에게 추파를 보낸다 (…)그러나 경옥이는 짓구지
 진태의 얼굴을 쏘아본다 남자가 수줍어하는 양이 웃습기도 하고 좀더 시
 달려 주고 십흔 생각으로이엇다 (〈같은 글〉,39회)

ⓗ 그들의 비밀한 집은 아모도 상상밧게ㅅ집이엇다 그들은 자동차를 모라서
 의주통으로 무학재를 넘어 달리다가 중도에서 나려서는 경틔ㅅ절로 드러
 가서 조고만 초막에 숨어버리면 (…) 어제도 경옥이는 열두시 갓가히나
 감령 압까지 와서 탁씨를 짜로 혼자 타고 집으로 도라왓든 것이다 엇잿든
 어제 그만한 쾌락이 잇섯기 째문에 이계집아이는 오늘 이다지도 신긔가
 조흐신 것이다 (〈같은 글〉,25회)

ⓘ 경옥이는 이러케 불러노코 정방이에게로 가더니 귀에다가 대이고 무어라
 고 속은속은 귀ㅅ속을 하더니(…)그러나 모다를 놀라고 불쾌를 늣기고 하
 라는 작난이엇다 (…)숙명이의 신경을 점점 더 산란케 하얏다 처녀로서는
 도뎌히 하지 못할 것이라고 괘씸하고 눈허리가 시어 못볼터라고 분한 마
 음까지 낫다 (〈같은 글〉,40회)

 ⓕ는 대화 묘사 부분에서 드러난 그녀의 치기가 행동을 통하여서도 보여지
는 부분이다. 을순의 마음을 산란하게 만들 것임을 알면서도 자기가 싫어하지
도 않는 그녀의 마음을 공연히 괴롭히고자 하는 것을 알 수 있다. 진태에 대
한 장난기 어린 추파는 ⓖ에서도 이어진다. 수줍어 하는 진태의 모양을 비웃
으면서 그를 지켜 보며 즐길 셈으로 진태에 향한 그녀의 추파는 계속되는 것
이다.
 ⓗ, ⓘ는 정방과의 관계가 잘 보여지는 부분이다. 먼저, ⓗ에서는 두 사람의
밀회장소가 보여진다. 늦은 밤까지 아무도 상상할 수 없는 곳까지 가서 '쾌락'
을 맛보고 다니는 것이다. 경옥을 가리키는 '이 계집아이'라는 말은 작가 상섭
의 여성에 대한 경멸감을 보여주는 것이기도 하다. ⓘ에서는 그렇듯 은밀한
둘의 관계를 여러 사람 앞에서 시위라도 하는 것 같은 행동이 보여진다. 정방
과 친근함을 드러내고 강조하는 목적은 '모다를 놀라고 불쾌를 늣기고 하라는'

데에 있다는 만큼 그녀의 치기어린 행동이 다시 한 번 보여지는 것이다. 경옥과 연적관계에 있는 계모 숙명은 그 행동만으로 정방과 경옥이 이미 보통의 사이가 아님을 짐작하고 더욱 분노하게 되는 것이다.

e) 환경 묘사

ⓙ 불과 삼사개월만에 도라온 집이건만은 유난스러히 '우리집'이란 긔분이 나지를 안핫다 집안공긔가 마치 객적은 손님이 튀어든것가타얏다 (〈같은 글〉,6회)

경옥의 집안 분위기이다. 전실 소생의 딸인 그녀로 하여금 소외감을 느끼게 하고 마침내는 밖으로만 돌게 만들고 마는 환경 묘사인 것이다.

민경옥의 경우 간접묘사의 양이 우세하면서도 작가의 설명과 인물의 심리 묘사도 상당한 양으로 나타난다. 경옥의 성격 묘사는 성공적으로 되고 있는 것을 보게 된다.

일본에 가서 성악을 전공하고 귀국한 인텔리요 신여성인 경옥의 면모는 욕정의 과감한 발휘에서만 나타난다. 그녀는 지식인으로서 시대적인 정황을 돌아보거나 조국을 객관적으로 바라볼 겨를조차 갖지 못한다. 그녀는 허영심이 많으며, 고학생 진태 따위는 애정의 상대도 되지 않는다고 하여 우습게만 여기는 거만한 성격의 소유자이다. 그녀는 신여성이면서도 정방과의 육체적 사랑놀음에만 탐닉하다가 정방과의 사이를 시기하는 숙명과 원량의 공모에 의해 살해되고 마는 것이다.

5) 조상훈…〈삼대〉

a. 직접묘사

ⓐ 이태 동안이나 미국 다녀온 사람, 그리고 도도한 웅변으로 설교하는 깨끗한 신사- 그때는 덕기의 부친도 사십이 아직 차지 못한 한창 때의 장년이

요 호남자이었다. 게다가 뒤에는 재산이 있으니 교회 안의 인기는 이   한 사람의 독차지였다. (〈삼대〉,한국 현대문학 전집3권,삼성출판사,1981,58 -60쪽)

ⓑ 자기 귀에 여러 가지 소리가 떠들어 오는 것을 처음에는 귀를 막고 지내려 하였다. 또 그 다음에는 어서 경애의 혼처만 골라서 그 부친의 초상을 치르듯이 얼른 결혼식까지 치러 주면 모든 오해가 일소될 뿐 아니라 자기의 낯이 한층 더 나타나리라고 생각하였다. (…) 그러나 별 도리도 없고 마음은 간정이 되지를 않았다. 거기에 무엇이 지시를 하여 끌어다 댄 듯이 경애가 달려든 것이다. (〈같은 글〉,69쪽)

ⓒ 신성에 대한 환멸을 느꼈다. (…) 경애가 그 신성하여야 할 조선샘님이 술을 마시고 얼굴이 벌개진 것을 보고는 딴 사람 같아서 마주보기가 도리어 겸연쩍었다. (〈같은 글〉,72쪽)

ⓓ 아주 교회와 담을 쌓고 패를 차고 나선다면 첩 하나 얻었다고 세상에 없는 죄를 지은 것이 아니요 도리어 떳떳할지 모르겠지만 그래도 세간적 명예를 희생할 용기는 아니 났다. 그러면서도 아직은 멀리 보내거나 떨어지기도 싫었다.그 동안에 아이는 낳았다. (〈같은 글〉,100쪽)

ⓔ 그 당시의 상훈이는 대담치가 못하였다. 세상-세상이라느니보다도 교회 속에 소문이 퍼지는 것만 무서워서 겁을 벌벌 내다가 그야말로 어떻게 뒷감당을 할 수 없으니까 흐지부지 떨어지게 되고 만 것이다. (〈같은 글〉,100쪽)

ⓕ 신앙을 잃어 버리고 사회적으로 활약할 야심이나 희망까지 길이 막히고 보면야, 생활이 거칠어 가는 수밖에 없을 것이라고 동정도 하는 한편에, 이미 신앙을 잃어버린 다음에야 가면을 벗어 버리고 파탈하고 나서는 것도 오히려 나은 일이라고 하겠으나, 노래에 이렇게도 생활이 타락하여 갈까 하고 (〈같은 글〉,325쪽)

상훈에 대한 작가의 설명과 인물들의 내면을 통한 직접묘사의 부분이다. 먼저 ⓐ는 그에 대한 작가의 설명이다. 미국 유학을 한 인텔리인 상훈은   웅변으로 다른 사람들을 사로잡을 만한 언변이 있으며 장년의 재산있는 호남자라는 조건이 그를 교회 내에서 인기높은 인물로 만들어 주고 있음을 알 수 있다.

ⓑ는 상훈이 경애와 불륜을 맺게 된 배경에 대한 설명이다. 상훈의 내면을 통해 상훈이 당시 다른 사람들의 입방아에 괴로와하였다는 것, 또 그 당시 그의 심리는 경애에 대한 흑심과 그를 거부하는 마음의 이중적인 것으로 혼란스런 상태였다는 것, 그때에 공교롭게 경애가 스스로 찾아왔고 그로 인해 둘 사이에 일이 발전된 것이라는 것 등을 알 수 있다.

ⓒ는 경애가 느끼는 상훈에 대한 환멸이다. 종교가요 교육자인 상훈의 또다른 모습이 경애가 그에게 가지고 있던 존경감 같은 것에 상처를 입히는 부분이다.

ⓓ는 상훈의 심리 묘사이다. 그의 딜레마-종교를 선택할 것인가, 아예 교회를 버리고 첩을 가질 것인가 하는 양자 택일의 문제-와 그로 인한 고민을 알 수 있다. 그러나 그는 명예를 버릴 수는 없다고 생각하는 인물이기 때문에 아직은 종교를 버릴 수가 없는 것이다. 어쨌든 그러는 사이에 경애는 아이를 낳았고 종교를 버리지 않은 상태에서 사생아에 대한 상훈의 감정은 냉랭한 것일 수밖에 없다. 경애와 인연이 끊어지지만 않는다면 그런 아이 하나쯤은 오히려 죽어 주는 것이 좋겠다고 생각하기도 한다. 이런 생각에서도 그의 종교적 허구성은 명확히 드러난다.

ⓔ를 보면, 결국 남의 이목이 무서워 불륜을 맺은 상대자 경애를 매정스럽게 떼이버린 '그 당시의 상훈'[52]과 '다른 도리'를 마련할 수 있을 '지금의 상훈'을 비교하면서 '지금'은 그나마의 염치나 부끄러움조차도 갖지 않을 정도로 더욱 타락이 심화되었으며 그런 정도의 융통성이나 수완을 부릴 수 있다는 것을 볼 수 있다.

---

52) 홍경애와 관련한 부분은 과거의 회상으로 이루어진다. 데이비드 데이셔스에 의하면 이러한 과거의 묘사는 현상태에서 파생하는 연상과 회상에 의해 가감된 정신상태를 보이는 것으로 이로써 작중인물이 겪는 현재 경험의 정확한 성질에 대한 암시 뿐 아니라 책이 시작되기 이전을 비롯한 인물의 일생에 대한 사실을 부수적으로 알 수 있다.;데이비드 데이셔스,《《앞의 책》》,25면 참조.

ⓕ는 덕기의 내면 묘사를 통한 상훈의 면모이다. 신앙으로 위선적 행동을 하는 것에 상훈의 비극이 있었던 것은 물론이니 상훈이 종교를 버리고 차라리 가면을 벗은 것이 그나마 다행한 일이라는 생각도 들지만 노골적으로 가시화되는 지나친 그의 타락상에 아들 덕기는 탄식한다.

b. 간접묘사

a) 애펠레이션

'상훈'도 항렬을 따르는 이름이다. 이는 그의 종형 '창훈'을 보면 더욱 확실해진다.

b) 외양 묘사

ⓐ 부친은 가냘프고 신경질적인 체격 보아서는 목소리라든지 느리게 하는 어조가 퍽 딴판인 인상을 주는 것이었다.그 부드러운 목소리와 느린 말투는 젊었을 때에도 그랬는지는 모르겠으나 아마 예수교 속에서 얻은 수양인가보다고 덕기는 늘 생각하는 것이다. (〈같은 글〉,35쪽)

ⓑ 첩을 들어앉힌 뒤로는 돈에 갈급이 나서 그런지, 아편 인에 물려서 그런지, 무엇에 씌인 사람처럼 얼굴까지 뒤틀리고 눈자위가 바로 놓이지 않아서, 다니는 사람이니까 남편이요, 시아버지건마는 무시무시하여 정이 떨어지는 터이다. (〈같은 글〉,364쪽)

ⓐ는 상훈이 종교를 가지고 있을 때의 외양이다. '예수교 속에서 얻은 수양'인 듯한 결과로, 가냘프고 신경질적인 체격과는 다른 부드럽고 느릿한 목소리와 말투가 그를 점잖고 훌륭한 인격의 인물로 보이게 만드는 것이다. 상훈이 예수교를 통해 얻은 수양이라고는 목소리와 말투에 지나지 않는 것이라는 데에서 그의 종교의 위선성이 간접적으로 암시되는 부분이다. 체격이 가냘프고 신경질적이라는 것은 상훈의 섬세하고 나약한 성격을 간접적으로 알게 한다.
ⓑ는 상훈이 부친 조의관이 죽자 노골화된 타락으로 첩을 들여 앉히고 재산

을 노리는 사람들과 한 통속이 되어 음모를 꾸미면서 아편에까지 버릇을 들였을 때의 외양이다. ⓐ와 대조를 이루는 이 외양 묘사로 늙으막에 종교를 버리면서 위선을 벗어던진 상훈의 '파탈'이 그를 더욱 부정적으로 몰고 간 것을 알 수 있다.

  c) 대화·말씨 묘사

ⓒ "다시는 오지도 말고 죽어도 알릴 리도 없으니 어서 가서 술집에고 게집의 집에고 틀어박혀 있거라." (…) 창피한 증이 들었다. 여생이 얼마 안 남은 부친이니 그야말로 양지(養志)는 못할망정 자식된 자기로서 제 속마음으로라도 향의만은 정성껏 하리라고 생각하다가도 주착없는 어린애처럼 배심이 드는 것이었다. ─내가 잘한 것이야 없지마는 효도 웃사람이 받아주셔야 할 것이 아닌가? (〈같은 글〉,210-211쪽)

ⓓ "(…)그러나 나는 내가 살아온 시대상과 너희의 시대상의 귀일점을 찾으려는 것이다. 쉽게 말하자면 네 사상과 내 사상이 합치되는 소위 '제삼제국'을 바라는 것이다. (…)그러나 너의시대에서 또 한 걸음 다시 나아가면 그 때에는 도리어 내 시대의 사상, 즉 지금 내가 가지고 있는 사상의 어떠한 일부분이라도 필요하게 될지 누가 아니? 나는 그것을 믿고 그것을 찾는다…" (〈같은 글〉,37쪽)

ⓔ 사십이나 된 놈이 나이 아깝다고 욕을 할지 모르지만 아직 이십 때의 생각─내 자식 보기가 부끄럽고 경애양한테 눈치를 보일까 봐 부끄러운 그러한 십년 전 이십 년 전의 정열과 얼마나 싸웠는지 (〈같은 글〉,73쪽)
  "아이는 뉘게 맡기고 우선 이것을 가지고 어디로든지 가시오. 자식은 꼭 내 자식이란 법도 없고 내 자식이기로 없었던 셈만 치면 그만 아니오?" (〈같은 글〉,102쪽)

ⓕ "주는 대로 잡혀먹게! 김군 줄 게 또 있으면 바깥애를 대신 주겠네. 없는 사람이란 으례 그런 거지만 여간 천량 가지고는 밑 빠진 가마에 물 붓기지 대는 수가 있나. (…)내가 실없이 말이 잘못 나갔지만 그것도 저편이

없는 사람이니까 곡자아의(曲者我意)로 그러는 거지."(〈같은 글〉,152-15
3쪽)

ⓖ 금주 선전 신문인가 무엇엔가 글이나 쓰지 말으셨으면 좋지 않아요! 도무
　지 교회도 나와 버리시구 그런데 간섭을 마셨으면 좋을 게 아니에요. 밤
　열시까지는 설교를 하시고 그리고 열시가 지나면 술집으로 여기저기 갈
　데 안 갈 데 돌아다니시니 그러면 세상이 모르나요, 언제든지 알리고 말
　것이요. (〈같은 글〉,32-33쪽)

ⓗ 무상시로 술이나 먹고 취생몽사로 헐개가 느즈러져서야 쓰겠나. 가다가는
　긴장한 정신과 생활에 안식을 주려고 이렇게 노는 것도 무방은 하지만..
　.... (〈같은 글〉,107쪽)

ⓘ "장한 사업 하슈. ○○당 할아버니가 묘막 지어 달라고, 제절 앞에 석물
　(石物) 없어 호젓하다고 하십디까?" (...) 자기 조상을 존경할 줄도 모르
　는 것이 아니라 부친이 새로 모셔 온 십 몇 대조 할아버지라 하니 좀 낯
　서투른 때문이다. (〈같은 글〉,81쪽)

ⓙ "이 판이 무슨 판이란 말이냐? 그 따위 아니꼬운 소리 할 테거든 그거 내
　놓고서 어서 가거라. 안 쓰고 굴리는 세간은 너나 쓰렴!" (...) "할아버니
　께서 산소에 돈 쓰신다고 반대하시던 걸 생각하시기로......"(〈같은 글〉,32
　4쪽)

ⓚ "(...)행세하는 자식이 있고, 귓머리 맞풀고 이 삼십 년을 살던 조강지처까
　지 내몰려고, 나이 오십줄에 들어도 정신을 못차리고 입에서 젖내나는 년
　을 집구석으로 끌어들이고 지랄을 버릇는, 그게 사람이라고 생각하슈?..
　...." (〈같은 글〉,313쪽)

ⓛ "(...)전에는 영감께서 약주 한잔을 잡수셔도 쉬쉬하시고 그런 외입을 하
　시기로 누가 김이나 맡았겠읍니까마는, 뭐 요새는 그대로 마구 터놓고 밤
　이나 낮이나 기를 쓰는 것 같아요. 노영감님을 쫓아가시려고 돌아가실 때
　가 되어 그런지, 재산이 아드님께로 가서 화에 떠서 그러신지 알 수가 없
　읍니다......" (〈같은 글〉,315쪽)

ⓒ는 조의관이 아들인 상훈에게 하는 말과 함께 그에 대한 상훈의 불만이 내면 묘사를 통해 나타나는 부분이다. 이로써 상훈과 그 부친의 관계를 알 수 있다. 우선 부친은 아들 상훈의 종교적, 사회적 위선성과 이중성을 타매하고 있다. 제사의 무용성을 주장하는 데서 비롯된 상훈과 조의관의 갈등은 조의관으로 하여금 상훈의 부정성에 무관심 내지 냉담하게 만들었다. 그래서 상훈이 술집과 기생집을 전전하는 것을 알고 있으면서도 아버지로서 그에 대해 충고 한 마디 하지 않고 ⓒ와 같은 공격적인 비난으로 일관한다. 그런 부친에 대해 상훈 역시 불만과 배심 뿐이다. 자신의 문제점은 돌아보지 않고 단지 윗사람이 받아 주지 않아서 자신이 효를 할 수 없다고 하는 책임 전가만 하고 있는 것이다. 여기서는 서로가 상대에 관하여 눈을 감고 자신의 입장만 강요하는 몰이해한 부자관계를 볼 수 있다.

상훈은 신구의 교체 시기인 과도기에 위치하여 양쪽에 다 적응하지 못하고 실추한 인물이다. 그러한 그는 시대착오적인 자기 사상에 ⓓ와 같은 합리화를 곁들인다. 지금은 비록 제자리매김되지 못하고 겉도는 사상이나 혹시 후세에는 그 가치를 평가 받게 될지도 모른다는 상훈의 바램이 그의 말을 통해 표현되는 부분이다. 그러나 이러한 상훈의 변명은 피상적이고 설득력이 전혀 없다. 그의 비극은 그가 온전한 사상을 가지고 있음에도 불구하고 시대를 잘못 만나 인정 받지 못한 데 있는 것이 아니었던 것이다.

ⓔ에서 볼 수 있듯이 상훈은 딸 뻘 되는 경애에 대해 야욕을 갖고 그녀를 범한 후에 발뺌하는가 하면, 남의 눈을 꺼려 경애 모녀의 존재를 무시하고 일시적으로 도피시킨다. 여기에서는 그의 불분명하고 무책임한 성격을 알 수 있다.

게다가 ⓕ의 언술에서 볼 수 있는, 없는 사람에 대한 무조건적인 무시와 무례함,곧 봉건적인 인습의 잔재가 상훈이 주장하는 사상의 정당성을 인정할 수 없는 것으로 만드는 것이다.

그런 것은 ⓖ의 덕기의 말에서 정리되고 있다. 상훈 자신도 술을 마시면서도 금주 선전 신문에 글을 쓰는 이중성, 종교의 너울을 쓴 채로 여자와 술에 탐닉하는 위선성이 그의 문제점인 것이다. 그러한 위선적 행동은 덕기로서는 이해할 수 없었다. 사람에게 잘 보여 서양인들의 돈을 얻어 내어야 살 수 있다고 하면 그러한 이중성과 위선적 행동이 할 수 없는 일이라고 하겠지만 그렇듯 어려운 형편도 아닌 덕기네 집이고 보면 그것은 이해할 수 없는 일이라는 것이다.

ⓗ는 그러한 상훈의 이중생활을 목격한 병화가 냉소적으로 비웃는 말에 대해 상훈이 변명하고 있는 부분이다. 상훈은 자기의 술 마시고 노름하는 행동은 '긴장한 정신과 생활에 안식을 주'기 위하여 가끔 벌이는 파탈의 행동이지만 병화의 술 마시는 것은 옳지 않다고 한다. 결국 ⓓ와 ⓗ는 그 자신의 합리화를 보이는 담화인 것이다.

ⓘ의 말에서는 상훈의 안목이 보여진다. 상훈은 대동보소 문제나 산소 치장 문제, 아랫사람들의 재산 착복 등과 같은 일련의 비리를 볼 줄 알았다. 그러나 그러한 상훈의 안목은 위선적이고 가식적인 다른 행동들로 인해 가려질 수밖에 없었다. 부정한 자식의 말은 모두가 부정해야 할 대상으로 조의관은 보았던 것이다.

ⓙ는 조의관의 사후, 타락을 노골화하여 집안을 마치 기생집 같이 꾸미고 기생, 은근짜들을 모아 놓고 세간을 새로 사느라고 돈을 마구 쓰는 데 대하여 덕기가 충고의 말을 하자 불끈하여 하는 상훈의 말이다. 그러자 덕기는 아버지 상훈의 ⓘ의 부분과 같은 안목, 곧 돈이 함부로 쓰이는 것을 경계할 줄 알던 것을 되살려 본다. 조상이나 집안을 위해 돈을 쓰는 것도 아까와하였던 상훈이 자기 집을 기생집과 같이 꾸미는 데 아낌 없이 많은 돈을 쓰는 것은 상훈의 전면적인 타락과 그 심화를 보여주는 것이라고 하겠다.

ⓚ, ⓛ은 다른 사람의 말에 의한 상훈의 성격 묘사이다. 각각 경애, 하인 원삼에 의한 것들로서, 우선 ⓚ에서는 상훈의 타락에 대한 경애의 경멸감을 볼 수 있다. 그리고 이를 통해 상훈의 타락의 양상이 잘 드러난다. 경애에게 비추어진 상훈의 타락상은 사람도 아닌 것으로 파악될 정도이다. ⓛ은 직접묘사의 ⓔ와 마찬가지로 상훈의 타락의 모습을 '전'과 '요새'로 대비하고 있다. 경애와 불미스런 일 뒤로 타락의 일로를 겪던 상훈은 부정할 수 없는 정신적 지주인 부친이 죽자 더욱더 타락이 가속화된다. 이제는 남의 눈도 아랑곳않고 '밤이나

낮이나 기를 쓰는' 것이다. 그러한 상훈은 하인 원삼의 눈에도 심한 홧증으로 제정신이 아니거나 이미 살기를 포기한, 곧 죽을 때가 된 사람으로밖에 보이지 않는다. 상훈은 이미 살아 있지만 살아 있는 사람이 아니라고 할 수밖에 없는 것이다.

상훈의 성격이 뚜렷하고 실감나는 방식으로 묘사되는 것은 이상의 담화 부분이고 그 가운데서도 부친 조의관이나 아들 덕기, 또는 아내와의 말싸움 부분에서인 것을 볼 수 있다.

　d) 행동 묘사

ⓜ 부친은 잠자코 아들을 바라보다가 모자를 벗고 방안에다 대고 인사를 한 뒤에 안에는 아니 들르고 대문 편으로 나가 버렸다. 조부가 창문을 후다닥 닫았다. 올적마다 조부에게 꾸중만 맞고 안에도 들르거나 말거나 하고 훌쩍 가버리는 부친 (〈같은 글〉,36쪽)

ⓝ 상훈이에게는 누구나 접구를 안 하려 하였다. 상훈이는 꾸어다 놓은 보릿자루 모양으로 사랑 안방 아랫목에 멀거니 앉았는 수밖에 없었다. (〈같은 글〉,267쪽)

ⓞ 식사도 사랑, 잠도 사랑, 세수까지도 사랑에서 내다가 하는 것이었다. 남편의 코빼기도 못 보는 날이 많다. 그래도 남보기에는 그리 의가 좋지 않은 것 같지도 않다. (〈같은 글〉,27쪽)

ⓟ "아무려나! 누가 붙들자는 것은 아니지만 오래간만에 이야기나 좀 하자고 청한 것이니 바쁘건 지금이라도 가고 또다른 기회를 만듭시다그려." 상훈이는 그리 탐탁치 않은 눈치로 탁 내맡기는 소리를 한다.(〈같은 글〉,128쪽)

ⓠ 자식의 친구인 병화가 있거나 말거나 체면 없이 계집애들을 주물러 터뜨릴 듯이 떠듬거리는 일본말을 반씩 반씩 해 가며 갖은 추태를 부리는 양을 보고 병화도 어이가 없었다. (〈같은 글〉,114쪽)

ⓡ 오늘은 금요일이라 여기 모인 사람들은 교회에 볼 일이 없는 판에 눈이 오기 시작하니까 한판 놀자는 생각들이다. 누구의 머리에나 끝장에는 청요리 접시라도 나오거나 늘 가는 '그집'-숨은 술집에를 가게 되리라는 희망이 있는 것이다. (...) 이댁 나리는 하느님 앞에서는 누구나 형제자매지만 집에 들어오면 양반이라 해라를 하는 것이다. (〈같은 글〉,104-105쪽)

ⓢ 그들은 혀가 문드러지는 술을 갈급이 들린 듯이 쭉쭉 들이마시었다. 무엇에 쫓겨 가는 사람처럼 급급히 마시는 것이었다. 술의 풍미를 본다거나 눈오는 밤에 운치로 먹는다느니보다는 어서 취하여 버리겠다는 사람들 같았다. (〈같은 글〉,107쪽)

ⓣ 상훈이는 그리 취하지도 않았지만 배반이 낭자하게 벌여 놓인 것을 그대로 두고 잠깐 나와서는 이렇게 끌려가는 것이 하도 어이 없고 생각할수록 우스웠다. "하여간 모자와 외투나 찾아 입고 나서야지 사람이 왜 그 모양이야?" 상훈이는 속으로 그렇지 않으면서도 짜증을 내 보인다. (〈같은 글〉,198-199쪽)

상훈의 행동이 묘사되는 부분이다.

ⓜ은 조의관의 상훈에 대한 홀대와, 그에 대한 상훈의 행동을 통해 부자관계를 보여주는 부분이다. 봉제사 문제는 부자관계의 단절을 가져오고 상훈을 가족 내에서 고립되게 한다. 부친의 방을 향해 받지도 않을 절을 하는 상훈의 행동을 통해 상훈이 의사의 차이는 있다 할지라도 아버지 조의관에게 어려워할 줄 아는 마음만은 가지고 있음을 보여준다. 그것은 부친 사후 성적인 방종과 물욕이 더욱 심화, 노골화되는 데서도 알 수 있다. 그러나 위선적이고 방종한 아들 상훈에 대한 조의관의 분노는 외아들 상훈을 유산 분배 1순위 자리에서 '삼백석' 수준으로 전락시키고 부친의 죽음 앞에서도 ⓝ과 같이 '꾸어다 놓은 보릿자루' 노릇을 할 수밖에 없게 만든다. 아무도 그에게 말을 부치지 않는 것은 그가 재산 상속에서 제외될 것이라는 것을 모두가 알고 있음을 알게 한다. 한쪽 구석에 멀건히 앉아 있는 행동에서 상훈은 부친이 죽은 이후 적출로서의 권위까지 잃고 마는 것을 볼 수 있다.

전통적으로 한 가정에서 안방과 사랑방은 중요한 의미의 장이다. 조의관이 죽은 후 사랑방에 침입하여 아버지의 유산이자 아들 덕기의 재산인 금고에 손을 대려 한것은 사랑방이 상속관계의 정통성으로 권위와 적법적 적출의 원리에 의하여 가계와 세대를 이어가게 되는 상징53)임을 생각할 때 한 가문의 '어른'으로서의 면모라고는 할 수 없는 일인 것이다.

ⓞ는 상훈 부부관계를 한 마디로 보여주는 부분이다. 사랑방과 안방으로 각기 별거하는 것으로 상훈 부부의 疏遠한 거리를 알 수 있는데 문제는 남이 보기에 의가 나쁜 것처럼 보이지도 않는다는 것이다. 있는지 없는지 존재조차 서로 느끼지 못하는 무관심, 이것은 서로에 대한 好惡의 감정까지 남아 있지 않다는 것으로 부부관계가 더할 수 없이 악화되어 있음을 보여주는 것이다.

ⓟ, ⓠ의 행동 묘사는 상훈의 여자 관계를 알려준다. 먼저 ⓟ는 상훈이 사람의 마음을 끄는 수단으로, 사실은 긴하면서도 무관심한 척 행동하고 말하여 상대방의 마음을 죄는 것을 보여준다. 자기가 먼저 보기를 원했고 그래서 불려온 경애를 그 앞에서 별로 긴할 것이 없다고 '탁 내맡기는 소리'를 하여 경애로 하여금 맥이 빠지게 하는 것이다. 사람 마음을 다루는 이러한 상훈의 수단은 5년전 경애의 마음을 끌어 그녀로 하여금 상훈에게 정조를 유린당하게 했던 것이다.

ⓠ에서는 자식의 친구인 병화 앞에서 추태를 부리는 행동이 묘사되어 있다. 종교가요 교육자인 상훈의 이러한 행동에 병화는 어이가 없을 수밖에 없다.

ⓡ, ⓢ는 상훈이 가지고 있는 종교적 허구성이 그의 말씨와 행동 묘사를 통해 여실히 보여지는 부분이다. 사실 상훈으로서는 종교가 개화기 지식인으로서 식민지 치하라는 폐쇄된 사회에서 정치적, 사회적 좌절의 피신처로서 선택된 이외에 아무런 의미를 갖지 못하는 것이다. 뿐 아니라 한말세대가 무사안일주의로 식민사회의 합리화 속에 과거의 풍속에 의지한 것과 마찬가지로, 개화기세대 지식인들이 흔히 그랬듯이 과거 모든 것을 부정하고 새것만을 부르짖는 가운데 택한 새것컴플렉스의 일종에 지나지 않는 것이다.

종교로서 기독교를 택한 상훈의 가장 큰 문제점은 위선성에 있다. 교회에 가면 예배를 드리고 모든 사람은 신 앞에 평등하다고 말하면서, 예배 없는 날

---

53) 이재선,《《우리문학은 어디에서 왔는가》》,349면 참조.

이면 교인들이 모여서 배갈 곁들인 청요리 접시를 탐닉하고 은근짜 술집 출입을 하며 하인들에게는 평소의 자기 말과는 달리 봉건적으로 대한다. 그러한 이중성에 대한 가책을 느낄 겨를이 생기지 않게 하기 위하여 상훈을 비롯한 교인들은 술을 마실 때면 '무엇에 쫓겨 가는 사람'처럼, '어서 취하여 버리겠다는' 것처럼 '갈급이 들린 듯이' 들이마신다. 그리고 그런 것을 은폐하기 위하여 남의 눈을 꺼린다. 그가 두려워하는 바는 종교적인 가책이나 양심이라는 자신의 내면적인 갈등이 아니고, 다만 남들에 의해 자신의 위선적이고 이중적인 생활이 드러나는 것이다.

ⓣ는 상훈의 형식주의자로서 外飾을 중시하는 성격을 보여주는 것으로, 기생집에 있는 상훈을 경애가 불러냈을 때 상훈의 행동이다. 남의 눈을 속여 가며 기생집을 드나든다는 사실에 대해서는 부끄러움을 느끼지 않던 상훈이 지금 모자를 쓰지 않은 것에 대하여는 몸둘 바를 몰라 할 정도로 부끄러워 한다. 그에게는 남의 눈만이 신경쓰일 뿐 자신의 종교적 양심 같은 것은 문제가 아니었던 것이다. 그러한 것들로 인하여 몇년 전 경애에게 존경의 대상이었던 '조선생님' 상훈은 현재는 너무도 한심한 모습으로 비쳐진다.

e) 환경 묘사

ⓤ 안방에서는 떠들썩하고 마루에서도 요란스러이 도마질을 하는 한편에서 상을 보고 무슨 잔치집 같으나(…) 세간이 눈서투르고 사람이 눈서투르다. 마루 끝에 여자의 흰 고무신이 쭉 늘어놓인 것을 보고는 (…) 안방에 뿌듯이 들어앉았던 젊은 색시들이 군호나 부른 듯이 와짝 일어서며 미인의 시선이 일제 사격을 하는 바람에 (…) 소복한 서조모가 서모와 함께 일어나며, "어서 오게."하고 알은체를 한다. (〈같은 글〉, 323쪽)

한 집에서 안방이라는 것은 가정의 내적 생활을 대리하는 여성적인 권위의 상징으로서 출산과 호적의 정당성과 재산, 가정 관리의 우선권과 독점권의 상징이다54). 그러한 안방에 상훈은 본처와 같이 살 때 있던 세간과 본처를 모두 몰아내고 그 자리에 새 가구들과 새 집기를 들이며 매당집을 필두로 한 기생과 은근짜의 소굴로 만들고 만다. 기생들과 서조모 수원집, 서모 김의경이 같이 지내고 있는 상훈의 집은 그의 타락이 극에 달했음을 알게 한다.

조상훈의 경우 직접묘사는 다른 사람의 내면을 통한 것이 많고 간접묘사의 경우는 대화 묘사가 많다. 그 가운데에는 간접묘사의 양이 많다. 외면화의 양이 많아서 성격 창조는 잘 이루어지고 있으면서도 내면 세계를 알 수 있는 직접묘사가 적어서 그의 심리는 파악할 길이 없다. 외면화만으로 파악할 수 있는 성격이란 판단 오류의 위험이 없지 않은 까닭이다.

상훈은 위선적 행동, 성적 타락55), 금전적 타락, 아편 취미 등 타락의 전 과정을 고루 갖춘 인물이다. 개화기 세대로서 조상훈의 문제점은 자기의 열기와 시대문제라는 것을 결부시키지 못했다는 데에 있다고 볼 것이지만, 사실은 그러한 타락의 근본적인 계기가 작품 내에서는 생략되고 있다. 종교적으로는 부친 조의관과 갈등하고 시대의식 면으로는 아들 덕기에게 이해될 수 없어 고립된 그의 입장에, 지식인으로서의 신념의 부재와 유약한 성격, 준수한 외모 등에서 생겨나는 여자 문제56), 홍경애의 보복심리 곁들인 모욕적 태도, 매당집 · 김의경 · 최참봉 같은 흡혈형 인물들이 결탁한 타락화 부채질 등 복합적인 요인들로 그는 더욱 악마적인 인물이 되었던 것으로 볼 수 있다.

어떻든 윤리의식이나 지성적 삶의 태도가 결핍된 지식인으로서 조상훈은 그 설정이나 묘사 면에서 "한국소설이 보여준 가장 뛰어난 인물"57)임에 틀림없다.

---

54) 위의 책, 같은 면 참조.
55) 그러나 조상훈의 편력이 드러날 성 묘사는 생략되어 있다. 경애와의 관계를 비롯하여 매당집에서의 광경이나 의경이와의 관계에서 그것은 생략되거나 '의경이도 이날은 여기서 묵고 말았다'에서처럼 암시되고 마는 것이다. 이것은 '누구나 절실하게 관심을 두시 않는 일상의 사소한 일에서 인간성이나 사회구조의 불합리한 점을 발견, 제시하려는 작품에서도 성묘사는 틈입할 수 없게 된다'(정종진,《《한국현대문학의 성묘사 전략》》,우리문학사, 1990,32면)는 점에서, 또 작가 염상섭의 성의 간접성-그의 소설이 노벨이게끔 하는 성과 돈에의 관심과 묘사이지만 그러면서도 간접적인 방법과 생략 등의 방법을 쓰고 있음 (강인숙,《《자연주의 문학론II》》,고려원,1991,240-263면 참조)의 차원에서 이해되어야 할 문제이다.
56) 상훈의 타락의 배경에는 젊은 여자들로 하여금 그에게 끌리게 만드는 그의 준수한 외모와 뒷처리를 제대로 할 줄 모르는 느슨한 성격이 중요한 것이다.;강인숙,《《자연주의문학론II》》, 334면 참조.
57) 김현,《《현대한국문학의 이론/사회와 윤리》》,문학과 지성사,1991,141면.

그는 기존의 제도와 권세의 혜택으로 축적된 거대한 부를 누리면서 소비적 향락에 빠지고 인간성이 훼손된 인물로 "전시대의 부정적인 양반의 행동양식을 따르는 전형"이며 또한 "축적된 부가 상층에 일방적으로 편중되어 사회적 소통 구조의 마비상태를 보여주는 존재"58)라 할 것이다. 혹자는 상훈의 아들 덕기를 "일제 강점기의 조선 현실이라는 면에서 볼 때 가장 비판받아야 될 인물"로 보면서 상훈을 "일제 강점기를 가장 건실하게 살아가고자 했던 찬양 받아야 할 인물"로 파악한 바 있다59). 그러나 이것은 무리한 논지라고 보아진다. 혼란의 시대를 절충적 심퍼다이저 입장에서 파악하려 한 조덕기를 안일한 타협주의자로만 보는 것도 옳다고 볼 수 없을 뿐더러 그러한 시대를 술과 노름, 여자 등에 빠져 살아간 상훈의 타락은 그것이 설령 위악이었다 하더라도 긍정되기 힘든 인물인 것이다. 그것은 식민지 현실에 대한 적극적 부정의 자세로 보기보다는 개인적 야망이 거세된 나약한 지식인의 현실도피에 지나지 않는 것으로 보아 마땅하다. "새로운 것은 옛것을 고양시키며, 옛것은 새로운 것을 통해서 생명을 가진다. 옛것은 새로운 것 안으로 융해되고 새로운 것은 옛것의 바탕 위에 세워진다"60)는 유형론적인 해석을 굳이 끌어들이지 않더라도 자명한 새 것과 과거와의 제휴, 이것을 상훈은 무시했고 과거를 전면적으로 부정하는 반면 새것컴플렉스로 신념도 없는 신앙에 투신한 것이 상훈을 위선적이고 부정적으로 만들었고 나중에는 자포자기의 생활로까지 몰고 간 것이다. "융통성없는 외곬의 성격"61)의 소유자인 상훈은 혼외정사, 음주, 노름 같은 주색잡기에의 취향과 새것으로서의 종교라는 양손의 떡 때문에 타락의 음성화, 가속화의 길을 걸었던 것이다. 그러한 그는 일제 치하의 가장 부정적인 존재로서, 식민통치하에서 사회적인 야심이나 희망이 거세되고 신앙마저 잃은 채 뿌리 없이 표류하는 지식인의 전형적인 인물이었던 것이다.

---

58) 신동욱 외,《《한국문학사》》,대한민국 예술원,1984,144-145면.
59) 김승환,〈염상섭의 가족주의적 정신과 가 사상〉,권영민 편,《《앞의 책》》,민음사,1987,92면.
60) HansRobert Jauß,〈Literarische Tradition und gegenwärtiges Bewußtseinder Moder- nität〉, in 《《Aspekte der Modernität》》,ed.H.Steffen,Göttingen,1965. 장영태 역, 《《도전으로서의 문학사》》, 문학과 지성사,1983,26면.
61) 강인숙,《《자연주의 문학론II》》,330면.

6) 조의관…〈삼대〉

a. 직접묘사

ⓐ 영감의 소원은 앞으로 십오년만 더 살아서 (십오년이면 여든 두셋이나 된다)안방 차지인 수원집의 몸에서 아들 하나만 더 낳겠다는 것이다. (…) 아들 낳는다는 보험만 붙은 계집이면 또 하나 얻어도 좋겠다는 속셈이다 …… 날마다 지주사는 아랫방 마루 안에 놓인 약장 앞에서 십오 년 더 살 약과 아들 낳을 약을 짓기에 겨울에는 발이 빠질 지경이다. (〈삼대〉,한국 현대문학 전집3권,삼성출판사,1981,78쪽)

ⓑ 조의관에게는 평생의 오입이 몇 가지 있다. 하나는 을사 조약 한창 통에 그 때 돈 이만 냥, 지금 돈으로 사백 원을 내놓고 사십여세에 옥관자를 붙인 것이다. (…)또 하나는 육년 전에 상배하고 수원집을 들여앉힌 것이니 돈은 여간 이만 냥으로 언론이 아니라 그대신 정순이를 낳고 (…)맨 나중으로 하는 오입이 이번 이 대동 보소를 맡은 것인데 이번에는 좀 단단 걸려서 이만 냥의 열곱 이십만냥이나 쓴 것이다. (〈같은 글〉,79쪽)

ⓒ ×× 조씨로 무후(無後)한 집의 계통을 이어서 일문일족에 끼려 한즉 군식구가 늘면 양반의 진국이 묽어질까 보아 반대를 하는 축들이 많으니까 그 입들을 씻기기 위하여 쓴 것이다. (〈같은 글〉,83쪽)

ⓓ 모든 것을 자기 손으로 또박또박히 하지 않으면 마음이 안 놓이는 이 노인의 성미로, 이렇게 오래 누웠는 것도 화가 나는데 일마다 모두 외착이 나는 것을 보고는 한층 더 화에 뜨는 것이다. (〈같은 글〉,237쪽)

ⓔ 한약에 반대를 하는 것은 정말 양약을 믿기 때문이 아니라 양약은 병마개를 종이로 풀칠까지 해서 꼭 봉해 오는 것을 머리맡에 두고 자기 손으로나 혹은 자기가 보는 앞에서 따라 먹는 것이요, 또 만일에 약에 무슨 변통이 생기더라도 즉시 의사를 불러대서 남은 약을 검사만 해 보면 당장 해혹도 되고 (…)한약이면 달여서 사랑에 내올 때까지 일일이 감독도 할 수 없거니와 그 중간에 몇 사람의 손을 거치느니 만큼 안심이 아니 되는 것이다. (〈같은 글〉,122-123쪽)

ⓕ 그 침중한 가운데서도 만일을 염려하여 오밤중에 혼자 일어나 엉금엉금
  금고에 매달려서 꺼내고 넣고 하였을 것을 생각하니 덕기는 조부가 가엾
  고 감격한 눈물까지 날 것 같다. 조부의 성미와 고루한 사상에 대하여서
  나, 부자간에 그처럼 반목하는 것은 덕기로서도 불만이 없지 않으나 자손
  을 위하여 그렇게 다심하게도 염려하는 것을 생각하면 고맙기 그지 없다.
  (〈같은 글〉,255쪽)

ⓖ 의사도 왜 이렇게 탈진을 했는지 알 수가 없다고 의아해 하였다. 돈 있는
  사람이니 아무리 노쇠는 하였더라고, 보약도 상당히 먹었을 것이고 한데
  이렇게까지 의식이 혼몽하도록 몸이 몹시 깎였다는 점을 의아해 했다.
  (…)병인이 어디가 어떤지를 모르게 까부라져 들어가기 때문이었다. 영양
  분이라고는 들어가기가 무섭게 되받아 나왔다.- 중독인가? 그렇다면 무슨
  중독일까? 비소 중독(砒素中毒)? 의사는 우연히 이런 의문이 떠오르며 고
  개를 기웃하였다. (〈같은 글〉,264쪽)

ⓐ, ⓑ, ⓒ는 조의관의 평생을 관철해 온 두 가지 과업을 이야기하는 부분
이다. 가문을 이어 나가는 것과 그 가문이 번창하기 위하여 필요한 재산의 유
지가 그것이다. 그는 가문을 이어 나가는 자식을 얻기 위해서라면 후취도 좋
고 첩도 좋은 것이다. 그래서 수원집을 얻었고 70당년인 지금이라도 '아들 낳
는다는 보험만 붙은 계집이면 또 하나 얻어도 좋겠다'고 생각한다. 그는 을사
조약이라는 민족적 큰일이 한창인 사십여세의 나이에 사백 원으로 옥관자를
사들이는 인물이었던 것이다. 나라의 혼란 중에 양반을 사들일 정도로 기회주
의자인 그는 시대의식보다는 일신의 영예를 중요시하는 인물임을 알 수 있다.
그것은 가문 문제로도 이어져서 xx 조씨로 후손이 없는 집의 계통을 이어서
일문일족에 끼려는 의도로 족보를 만드는 작업을 거금을 들여서 하고 있다.
그리고는 그 가문 사람들로부터 말이 나올 것을 막기 위해 돈을 쓴다.
  ⓓ에서는 그의 꼼꼼한 성격과 함께 자신이 일일이 하지 않으면 안심을 하지
못하는 성미가 이야기되면서 그럼에도 불구하고 병 때문에 자신이 직접 일을
하지 못하자 '화에 뜨는' 조의관의 내면이 설명된다.
  자신이 아닌 다른 사람을 믿지 못하는 이런 성격은 ⓔ에도 나타난다. 그는

한약보다 양약을 선택하는데 그 심리 배경은 양약을 선호해서가 아니라 한약과는 달리 양약은 꼭 봉해서 오기 때문이라는 것이다. 그는 누군가가 자기를 살해하려 할지도 모른다고 생각하고 있다. 자기가 애착을 갖고 집착하는 집안 식구에 대한 불신, 이것이 조의관의 딜레마이다. 아내나 며느리에게 한약 시중을 맡기는 것이 당연한 것인데 그는 가까운 가족 누구도 믿을 수 없었기 때문에 그러지 못했던 것이다.

ⓕ는 덕기에 의하여 조의관의 전모가 잘 드러나는 부분이라 할 수 있다. 조의관의 사고방식이 고루하다는 것과 그 아들인 상훈과의 사이가 부자간으로서는 지나친 것으로 보여지는 것은 분명히 조의관의 책임도 큰 것이 아닐 수 없다. 그러나 조의관은 자손을 위하여 건강이 좋지 않은 순간에까지 만일을 대비하는 마음으로 재산의 꼼꼼한 분배에 애를 쓰는 것이고 그것은 덕기로 하여금 감격까지 하게 하는 것이다.

ⓖ는 조의관의 死因이 은연중 암시되는 부분이다. 어딘지 분명하지 못하게 까부러져 들어가는 그의 몸을 의사조차도 이해하지 못하겠다고 하는데 이것은 조의관이 누군가에 의하여 飮毒을 당하고 있으며 마침내는 그로 인해 조의관이 죽게 될 가능성을 강하게 시사하는 것이다.62)

b. 간접묘사

a) 애펠레이션

조의관의 이름은 알 수 없다.

b) 대화·말씨 묘사

ⓐ "어서 가거라! 여기는 너 올 데가 아니야! 이 자식아! 나이 오십 줄에 든

---

62) 신동욱은 그가 '노인 다운 병'으로 세상을 떠났으며 그 죽음을 문제 일으킨 것은 필요없는 일이라고 하며 이는 결과적으로 '부의 주변에 서식하는 부도덕하고 추잡한 욕망의 시궁창'을 보여 준 것에 지나지 않는다는 이야기를 한 바 있는데 이는 해석적 오류라고 보아진다. :《한국문학사》, 436면 참조.

놈이 젊은 것들 앞에 놓고 철딱서니 없이 무어 어쩌고 어째? 조상을 꾸어
왔어? 꾸어 온 조상은 자기네 자손만 도와? 배지 못한 자식(…)부모의
혈육을 타고났으면 조상은 알겠구나? 가사 젊은 것들이 주착 없는 소리를
하더라도 꾸짖고 가르쳐야 할 것이 되려 철부지 만도 못한 소리를 텅텅
하니 이게 집안이 되려고 이러는 거란 말이냐? 안되려고 이러는 거란 말
이냐?"(〈같은 글〉,82쪽)

ⓑ 졸업이고 무엇이고 다 단념하고 그 열쇠를 맡아야 한다. 그 열쇠 하나에
네 평생의 운명이 달렸고 이 집안 가운이 달렸다. 너는 그열쇠를 붙들고
사당을 지켜야 한다. 네게 맡기고 가는 것은 사당과 그 열쇠- 두 가지 뿐
이다 (〈같은 글〉,241쪽)

ⓒ "염려들 마라. 내가 내 생전에 이런 꼴을 볼까 보아 다 마련해 놓았다. 옷
마르듯이 다 공평히 나눠 놓았다. 누가 뭐라든지 소용없다. 우리 아버니께
서 살아 오셔도 할 수 없다. 칫수에 맞추어서 말라 논 옷감을 누가 늘이
고 줄일 수 있겠니! 내 앞에서 다시 누가 그댓말을 꺼내면 내 손으로 불
질러 버리고 죽는다." (〈같은 글〉,244쪽)

ⓐ는 조의관이 상훈에게 하는 말이다. 외아들인 상훈에게 자신의 집이 '너
올 데'가 아니라고 배척하는 것은 조의관의 아들에 대한 혐오의 정도를 보여준
다. 상훈이 남의 조상을 빌어 오는 일을 하는 조의관의 '과업'을 비난하는 것에
대해, 그가 이토록 노여워하는 것은 그것이 정곡을 찌르는 사실임을 조의관
스스로 인정하는 것이 될 것이다. 그런데 상훈의 말과 조의관의 말은 서로 겉
돌고 있음을 볼 수 있다. 남의 조상을 꾸어 온 사실을 비판하는 상훈에게, 조
의관은 조상을 모르는 녀석이라고 비난하는데 이는 서로의 대화가 맞물리고
있지 않음을 보여준다. 상훈은 조상을 모르지는 않되 남의 집안의 조상을 빌
어다가 모시는 것이 부당함을 지적하고 있는 것이기 때문이다.
ⓑ는 조의관이 덕기에게 하는 말이다. 아들 상훈에게 집안과 재산을 맡길
수 없다는 그의 계산이 보여지는 부분이다. 열쇠와 사당, 곧 재산과 봉제사 일
체를 아들이 아닌 손자 덕기에게 맡긴다는 것이다. 그런데 그는 덕기의 학문

적 완성에는 무관심하고 재산 유지와 봉제사 문제에 덕기 자신의 운명과 집안의 가운이 달려 있음만을 강조한다.

ⓒ는 위에서도 보여졌던 재산의 분배에 대한 문제를 거론하는 부분이다. 그는 자신이 한 재산 분배에 관해 신념을 가지고 있으며 그것은 '칫수에 맞추어 말라 논 옷감'처럼 아무도 늘이거나 줄일 수 없다고 말하는 데에서 보여진다. 그가 돈을 모으고 또 그 관리에 소홀히 하지 않은 것은 돈의 효능 및 병폐까지도 인식한 것이고 그것을 잘못 분배하는 경우의 해악을 알고 있는 것이다.

조의관의 인물묘사에서는 직접묘사 부분이 월등하게 많은 것을 보게 된다. 그것은 작가 상섭이 지향하는 보수주의와도 관계가 있는 것으로 분석된다. 곧 여러 면에서 부정적인 의미를 가지기도 하는 조의관이지만 내면의 세계에 참여하는 직접묘사를 많이 사용할 만큼 작가는 그와 가까운 거리를 유지하고 있는 것이다.

조의관은 엄격한 가부장으로 강한 가족주의적 정신구조를 가지고 있던 복고주의자였고 과거에 조선 역사의 중심인 양반이 되지 못했다는 회한에 대한 반대급부로 신분 상승의 욕망이 강한 인물이다. 그래서 역사의 소용돌이에서 그것을 이용하여 양반의 지위를 획득하는 등 가문 번창에 주력하는 것이 그의 전부인데 돈과 여자, 그리고 족보, 제사 등은 그 수단이었을 뿐이었다. 가문과 친족에 대한 이러한 애착은 그가 미워하고 재산 상속까지 생략해 버리고 마는 아들 상훈의 情婦를 위하여 집을 내 주는 것에서도 나타난다. 곧 아들의 명예를 손상시키지 않으려고 북미창정의 집을 경애모녀에게 묵인 속에 내준다. 이는 "理解함으로 因하야 憎惡를 感하는 境遇일 지라도 愛"63)라는 작가의 말과도 통하는 것으로, 조의관의 아들에 대한 깊은 이해의 면모를 보여주는 것이다.

식민지 치하라는 사회적 아노미 시대를 신분이동의 찬스로 생각해서 양반이 되려 한 한말세대 조의관을 부정적으로 보는 시각도 없지 않다. 사실 조의관은 을사 조약이 한창 때인 1905년에 이만 냥을 주고 옥관자를 사붙인, "나라가 없어지는 때에 貫子나 사서 위신을 세우려는 당착의 인물인데도 기고만장

---

63) 염상섭,〈지상선을 위하야〉,전집12,51면 참조.

한 성격이고 祭祀 奉祀를 최고의 일로 단정"하는 인물인 것이다.64) 그러니 그
는 조국이나 민족에 대한 역사의식도 없는 이기적인 인물이라고 할 것이다.
그러나 작가 염상섭의 시선은 그의 명예욕에 관대하다. 이것은 하나의 전통옹
호자로서, 식민 이전의 것을 무조건 옹호하는 작가의 역사의식의 반영이라 할
것으로 파악된다. 곧 〈삼대〉 내에서 조의관을 나름대로 주춧돌 같은 의미로
그리면서 그가 죽자 혼돈과 가치 부재의 모습을 보이게 만드는 일련의 상황을
묘사한 것은 "한국 현대 정신사의 맥락 속에서 매우 중요한 노선의 하나인 전
통지향적 보수주의"65)를 문학적으로 보여주면서 염상섭이 지향하는 이데올로
기가 중산층 보수주의라는 것을 확실하게 보여주는 것이다.

　이상의 비자전적 인물의 경우를 종합해 보면 대개의 경우 간접묘사가 우세
한 것을 볼 수 있다. 예외적으로 직접묘사의 비중이 큰 조의관 같은 인물의
경우에도 자전적 인물처럼 내면을 묘사하는 것이 아니라 작가의 말로 직접 설
명하고 있는 것을 보게 된다. 여기에 숙명은 매우 독특한 경우이다. 비자전적
인물이고 부정적 인물인 그녀의 경우에는 내면의 묘사가 매우 철저하게 되어
지고 있는데 이것은 그녀의 내면이 작품 내에서 중요한 역할을 하기 때문이라
고 보아진다.

　이상에서 염상섭의 초기 장편소설의 프로타고니스트들을 살펴보았는데 그
특징적인 면을 정리하면 다음과 같다.

인 물	나이/결혼	교육정도	출신/경제력	직업	부자관계	가족관계	집안내 위상	인물의 양상	인물묘사비 직접:간접
이인화	20대/기혼	동경 유학생	중산층	학생	큰 문제 는 없음	아내 病死		긍정적	11:17
김중환	20대/미혼			신문 기자					2:10
라명수	20대/미혼	유학	하류,경제력 없음	룸펜					6:5
김효범	20세/미혼	경성제 대생	빈곤,경제력 없음	학생	대화단절		매형집 거주	긍정적	4:13
리해춘	22세/기혼	대졸	귀족/중산층	화가	선친 :친일파	병든아내 :별거 중	호주 가장	긍정적	11:18

---

64) 김용성,〈〈한국 근대 소설의 인물 연구〉〉,인동,1986,125면.
65) 이동아,〈〈앞의 글〉〉,9면.

인 물	나이/결혼	교육정도	출신/경제력	직업	부자관계	가족관계	집안내 위 상	인물의 양 상	인물묘사비 직접:간접
지순영	20세/미혼	여학교	하류	간호사			희생이 강요됨	긍정적	8:14
박춘경	20대/기혼	여학교 중퇴	양반가/하류		혈연단절	본가에서 축출	실질적 가장	부정적	3:9
숙명	30대/기혼	여학교	양반/중산층				후처	부정적	11:8
민경옥	20세/미혼	동경 유학	양반/중산층	음악가 성악가		계모하에 있음	고립	부정적	6:9
조덕기	20대/기혼	동경 유학생	양반/중산층	고등 학생	대화단절	모두원만	실질적 가장	긍정적	12:10
조상훈	40대/기혼	유학, 인텔리	양반/중산층	교육자 장로	단절	고립	상속권 상실	부정적	6:21
조의관	70 당년		양반/중산층						7:3

첫째, 〈삼대〉의 조상훈과 조의관을 제외하면 대부분이 아들 세대라는 것이다. 1920년대 상섭의 나이가 20대라는 사실을 생각해 볼 때 상섭은 자기의 세대인 신세대를 가장 중요한 의미로 보고 있다는 것을 알 수 있다.

둘째, 성별 면에서 보면, 제목부터 부정적 의미를 지니고 작품 자체가 부정적 세계를 그리는 〈이심〉, 〈광분〉의 경우에만 여성이 프로타고니스트이고 그 외 대부분의 작품에서는 남성이 프로타고니스트로 나타난다.

셋째, 프로타고니스트 가운데 남성의 경우는 대부분 작가가 긍정적으로 보고 있다는 것이 주목된다. 모두가 긍정적인 것은 아니지만 최소한 부정을 하지 않는 인물들이다. 이인화의 경우도 여러 면에서 부정적인 면을 가지고 있지만 의식이 발전하고 있다는 점에서 긍정적인 인물의 범주에 포함된다고 하겠다. 그들은 나름대로 현실에 대하여 직시하고 있는 것을 볼 수 있다. 여기에서 예외적인 인물은 〈삼대〉의 조상훈 뿐이다. 그것은 그가 아들 세대가 아닌 부친의 세대라는 것과 관계되는 것이다.

①교육 정도는 조상훈까지도 모두 높은 것을 볼 수 있다. 구교육 세대인 조의관을 제외하면, 대부분이 대학에 다니고 있거나 고등학생이라 하더라도 유학을 하고 있는 신교육을 받은 인텔리들이다.

②직업의 양태를 보면, 신문기자인 김중환과 화가 리해춘,교육자 조상훈 이외에는 모든 인물이 실질적으로 직업이 없는 학생이거나 룸펜이다. 직업이 학

생이라는 것은 경제력이 없다는 것과 아울러 지적으로도 성장의 과정에 있을 뿐 아직은 완전한 지식인이 못 됨을 의미하는 것이다. 그런데 직업인인 리해춘조차도 그림을 그려 팔아서 돈을 버는 것은 아니어서 진정한 의미의 경제인은 되지 못한다. 조상훈도 작품 상의 현재는 뚜렷한 직업이 묘사되는 바가 없다. 결국 모든 프로타고니스트들이 실질적인 경제력은 없고 부친과 조부, 집안 혹은 매부의 재력에 의지하여 살아가는 것을 보게 된다. 그러나 〈진주는 주엇스나〉의 효범의 경우에만 경제력 없는 것이 중요한 문제로 작용한다. 효범은 타락의 길로 끌려가는 인숙을 구하고 싶어도 막상 그를 먹여 살릴 돈이 없어 실행하지 못한다. 뿐 아니라 효범이 공부를 하는 데에는 매부 진형석의 도움이 있어야 했다. 그런데 돈으로 사람을 사고 팔기까지 하는 진형석의 비리를 알고 나자 효범은 그 집에 더 머물러 있을 수가 없다. 공부를 계속 하기 위해서, 또 인숙을 구하기 위해서 돈이 필요하다는 것을 인식하고 효범은 자신이 경제력이 없음을 크게 개탄하고 마침내는 삶을 포기하기까지 한다.

그렇지만 나머지 경우를 보면, 같은 학생 신분이면서도 덕기와 인화는 그런 문제에 고민하는 일이 없다. 덕기는 조부가 마련한 막대한 재산의 상속 1순위의 인물이며 인화 역시 아쉬운 대로 형과 부친의 도움으로 경제적인 문제에 고민하지 않는 것이다.

③양성관계를 보면, 기혼자와 미혼자의 양상이 다르게 나타나는 것을 볼 수 있다. 미혼의 경우, 김중환과 라명수는 도홍이라는 기생을 사이에 두고 삼각관계를 이루고 있고 김효범은 인숙과 문자와 삼각관계를 이루고 있다. 삼각관계라는 것이 불안정한 속성을 갖는 만큼 그들은 이성에 대하여 불안정한 감정을 가지고 있다. 이에 반해 기혼자의 경우는 아내에 대한 냉대가 문제되는것이다. 부정적 인물인 조상훈 뿐이 아니라 이인화나 리해춘 같은 긍정적인 인물의 경우에도 이것은 공통되는 사항이다. 이인화나 리해춘은 기혼자이면서도 아내가 병이 들어 있고 별거 중이어서, 아내의 존재에 관해 거의 무감각하며 미혼과 다를 바 없는 여자관계의 불안정함을 보이고 있다. 그리고 그들의 주관심사를 보면 다른 여성들과의 애정 문제인 것을 볼 수 있다. 부부 사이가 나쁘지 않은 덕기 역시 아내로 하여금 젊은 처녀인 필순을 맞이하여 그녀를 위해 밥상

을 차리게 할 만큼 아내에 대한 배려가 없다.

그들은 여성관에 있어서 두 부류로 나뉜다.

먼저 이인화, 김중환, 라명수, 김효범은 여성에 대해 부정적인 인식을 가지고 있는 인물들이다. 김중환과 라명수는 여성에 대하여 절망했다고 말하고 있으며 효범은 여자를 안락한 의식주만을 추구하는 동물적인 수준으로 파악한다. 그러면서도 여성에 대해 무관심한 것은 아니다. 뿐 아니라 김중환과 이인화는 한 여자를 사랑할 수 없을 만큼 스스로의 성격이 파산해 버렸다고 자탄하고 있다. 그런데 라명수는 도홍과 마리아에게서 사랑을 느끼고, 김효범은 문자와 행동을 같이 할 만큼 여성과 동질감을 느끼게 되기도 한다.

다음으로 리해춘과 조덕기는 긍정적인 여성관을 가지고 있는 인물들이다. 그들은 여성을 이해하고 도와주려는 따뜻한 마음의 소유자들로서 해춘은 순영을, 덕기는 필순을 동정하고 진심으로 도와주려고 한다.

이성 문제에서 가장 바람직한 인물은 조덕기이다. 덕기는 인화나 효범 같은 감정적인 방황, 현실혐오를 뛰어넘고 있으며 해춘과 같은 우유부단, 일시적인 성적 타락도 보이지 않고 있다. 그것은 병들어 곧 죽음이 예상되는 인화, 해춘의 아내들과는 달리 그의 아내는 자기 자리를 지키고 있다는 데에서 오는 정서적 안정감도 기여하는 바 큰 것으로 보여진다.

④그들의 부자관계는 모두 부정적이다. 교활한 사위의 일방적 말만 듣고 펄펄 뛰며 아들을 매도하고 비난하는 효범의 부친, 시대에 대한 현실감각 없이 한량들과 어울려 놀고 먹기만 하는 인화의 부친, 이미 죽었지만 과거에 친일파여서 아들 해춘으로 하여금 부친의 친일 행위 때문에 고민하게 만드는 해춘의 부친, 어중간한 시대인식으로 시대에 의해 외면되어져 도저히 존경할 수 없게 만드는 덕기 부친 상훈 등을 보면 이해할 수 있다. 이것은 앞서 말한 것과 같은 염상섭의 고아의식의 표현에 다름 아닌 것이다.

넷째, 프로타고니스트 가운데 여성들의 비율이 낮다는 사실과, 지순영만 제외하면 모두가 크고 작은 부정적 요소를 갖고 있다는 것은 작가 상섭의 여성에 대한 경멸감의 표현이라고 할 수밖에 없다. 그들의 특징적인 것은 다음과 같다.

①프로타고니스트의 여성들은 모두 신여성에 포함되는 인물들이다. 여학교를 중퇴한 박춘경을 제외하면 모두가 여학교 이상의 학력과 유학 등을 거친 당대의 인텔리들이다.

②그런데 남성의 경우와 달리 그들은 신세대 지식인이면서도 지식인적인 면모를 거의 보이지 못하고 있다. 긍정적인 인물이라 할 지순영의 경우에도 신여성의 당당한 면은 작품 내에서 강조되지 않는 것을 보게 된다. 이것은 상섭의 신여성에 대한 편견과도 관계되는 것이라 보여진다.

다섯째, 프로타고니스트 가운데 유일하게 조부 세대의 인물인 조의관은 부정적인 면모도 없지 않은 인물이다. 그러나 작가는 그를 부정적으로 보고 있지 않아서 작가의 노인에 대한 관대함을 볼 수 있는데 이는 그의 복고주의적 취향이 노출된 것이라 보여진다.

여섯째, 자신과 많이 닮아 있는 자전적 주동인물의 경우에 작품 내에서 그들이 주로 긍정적 정신 세계를 이끌어 나가는 것을 볼 수 있는데 상섭은 그들에게 직접적으로 설명하고 말하는 방식을 많이 썼다. 부정적인 성격을 띠는 인물의 경우에는 주동인물이라 하더라도 좀처럼 내면 묘사의 천착이 보이지 않는데 〈광분〉의 숙명의 경우처럼 겉으로 나타나는 행동이나 말씨와 그 내면 세계가 다르기 때문에 내면의 묘사가 필요할 때에는 예외적으로 내면 묘사의 기법을 많이 첨가시키고 있다. 직접묘사가 더 많은 비중을 차지하는 경우에 인물들은 다소 평판형으로 묘사되어 생생하게 살아 있는 인물로 형상화되지는 못하여 설득력을 얻지 못하는 것을 볼 수 있다.

2. 안타고니스트의 경우--간접묘사의 우세, 월등

소설에서의 안타고니스트는 반드시 대립개념으로만 설정되는 것은 아니다. 원래적인 의미는 작가의 관심의 정도에 따라 1차적인 인물로서의 프로타고니스트, 2차적인 인물로서의 안타고니스트로 작중 주요인물을 나누어 보던 것의 하나였던 것이다. 그러던 것이 소설에서의 작중인물들간의 갈등이라는 문제가 크게 부각되기 시작하면서 인물들 간에도 갈등구조가 설정되어지곤 하였고 차차 안타고니스트는 프로타고니스트에 대립적이고 반동적인 갈등 관계의 인물로 간주되게 되었다. 그래서 본 절에서는 기왕에 살펴본 프로타고니스트와 갈등하는 인물들을 중심으로 안타고니스트의 인물묘사 양상을 살펴볼 것이다.

한편, 소설에서의 갈등구조 가운데 중요한 것들로는 신구간·전통 외래간의 갈등, 애정적인 갈등, 빈부간의 갈등, 개성적·상식적 삶 사이의 갈등, 인간 내부의 갈등 등 여러 가지의 경우가 있다. 그런데 대체적으로 구체적 인물들에 있어서는 대부분 갈등 양상이 뚜렷하지 않거나, 복합적인 갈등 요소를 가지게 되는 것이 상례이다.

대상 작품의 인물 가운데 안타고니스트에 해당되는 인물들을, 주된 갈등 양상에 따라 구분해 보면,

① '돈' 문제로 갈등하는 인물…좌야, 변원량
② 사고방식의 차이로 갈등하는 인물…덕순, 진형석, 이창호, 김병화, 홍경애
③ 애정적인 문제로 갈등하는 인물…리마리아, 조인숙, 뎡마리아, 주정방

이들은 주인공과 하나의 갈등만으로 대립되는 것은 아니다. 돈 문제로 갈등하는 경우 사고방식의 차이 문제 역시 수반되곤 하고, 돈과 애정 문제 역시 나누어 생각하기에는 매우 긴밀한 연관관계를 가지고 있는 것을 보게 되는 것이다. 하지만 여기에서는 해당 인물의 프로타고니스트와의 주된 갈등을 중심으로하여 항목을 나누어서 고찰하기로 하였다.

(1) '돈' 문제로 갈등을 보이는 인물

여기에서는 프로타고니스트와 경제적인 문제, 곧 돈으로 갈등하는 안타고니스트들의 성격묘사를 살펴보기로 한다.

1) 좌야…〈이심〉

a. 직접묘사

ⓐ 좌야에게는 그 허위대 좋은것과, 신수가 번듯한 것과 말솜씨가 구수한 것

과 인색은 하면서도 돈 써주는것으로 오분의 마음을 허락하여 왔었다.
(〈이심〉,염상섭 전집 3,민음사,1987,82쪽)

ⓑ 한달에 삼십원이나 사십원의 생활비를 대어주고 마치 월첩이나 두는세음대
고 제멋대로 농락을 하랴는것이 좌야의 항용수단이었다.(〈같은 글〉,79쪽)

ⓒ 좌야는 원래 체격도 그러하고 서양사람 추축이 많아서 그렇지만 몸 가지
는 것이나 말하는 음성까지도 양물이 많이 들어보였다. 물론 신사적이라
느니 보다는 상인타잎이지만 그래도 눈에 띠우게 야비한 것은 아니었다.
(〈같은 글〉,117쪽)

ⓓ 좌야로서는 이 계집이 전비를 뉘우치는것이 싫었다. 이 계집이 양심의 가
책을 받거나 전비를 뉘우친다는 것은 자기 손에서 점점 버스러져 나가는
첫째 동기이기 때문이다. 마치 유곽에 있는 갈보가 도덕적 반성을 한다든
지 알뜰살뜰한 정부를 만드는것을 포주가 제일 무서워 하는것이나 같은
심리작용이다. "네가 아무리 허비적거리고 애를 쓴댔자 네몸은 벌써 버린
몸이다. 간부라는 말은 흉한 말이나 간부를 둘씩 셋씩 가진 몸이 아니냐."
하는 의심을 일깨워 주어서 머리를 들랴는 양심을 덮어두게 하는것이 좌
야 자신의 만족을 채임에도 필요하고 또 일로부터 꾸미랴는 계획에도 필
요하다고 생각하였기 때문이다. (〈같은 글〉,127-128쪽)

ⓔ 호텔에 다닐 때부터 돈을 자기에게 씨우고, 뒷구멍으로는 강찬규와도 추관
계를 맺어 왔던 것이 더 분하다. (…)춘자 하나로 해서 집안은 풍파가 끈
일새가 없게 되고 어린 자식에게 까지 신용을 잃고 살림이 점점 꿀려 들
어가는것을 불고하고도 월급의 반은 춘자의 몸동아리와 입치레에 바쳐가
면서(…)위선 창호가 놓여나오기 쉽다는 말을 듣고 천둥 벌거숭이같은 찬
규를 조종하여 제일책에 성공하였다. 제 이책으로는 찬규와 춘자가 이를
갈아부치게 단단히 이간책을 써놓았다. 그다음 일은 좌야의 뱃속에 있으
니 귀신도 모를것이다. (〈같은 글〉,129-131쪽)

ⓕ 좌야의 계교속이라는것은 결국에 커닝햄을 올려앉지자는 것이었다. 춘경이
는 커닝햄과 교제가 있었다는것과, 커닝햄이란 위인은 좌야의 말을 들으면,
서양놈 중에도 팔난봉으로 돈푼이 있는데, 춘경이에게 미쳐서 지금 돈 만

원이라도 씨우고 결혼을 하자면 당장 덤벼들것이니(〈같은 글〉,239-240쪽)

직접묘사라 할 부분이다. ⓐ에서는 허위대와 신수가 훤한 좌야가 춘경에게
필요한 돈을 써 주는 것 때문에 본남편인 창호와 비교한다면 그 반 정도의
마음을 주었다는 것이 춘경의 내면 묘사를 통해 알려진다. 그러나 좌야가 춘
경에게 그렇듯 돈을 써 주는 것은 약간의 돈으로 월첩을 얻은 것처럼 하려는
'좌야의 항용수단'의 하나일 뿐이라는 것이 ⓑ에서와 같이 설명된다.

ⓒ에서는 좌야의 체격이나 몸가짐, 음성 등에서 '양물'을 느낄 수 있으며 그
러한 것에 상인적인 것이 배어는 있지만 야비할 정도는 아니라는 것을 말하고
있다. 여기에서 좌야의 사람을 대하는 수법과 외모 등이 다소 주관적이고 추
상적이지만 알려지고 있다.

ⓓ~ⓕ는 좌야의 내면묘사이다. 우선 ⓓ는 춘경에 대한 감정이고 ⓔ와 ⓕ는
춘경에게 갖게 된 악감정과 모략을 알게 하는 부분이다. 좌야는 춘경을 타락
시켰으며 계속적으로 타락시키는 인물이다. 좌야와 춘경과의 첫만남은 창호의
친구인 찬규가 춘경을 좌야의 집에 가정부로 소개시켜 주면서부터이다. 좌야
는 그런 춘경을 자신이 지배인으로 있는 호텔에 직원으로 데리고 있게 되는데
그때부터 좌야와 춘경의 비정상적인 관계는 시작되는 것이다. 결국 좌야는 춘
경으로 하여금 '돈을 향한 막다른 길'이랄 수 있는 마음을 하게 만든 것에 다
름아니다. 그러한 좌야이다 보니 춘경이 양심을 찾고 바른 길을 찾으려 하는
것이 ⓓ에서와 같이, 마치 포주가 창녀의 변심을 원하지 않는 것처럼 두렵고
싫을 수밖에 없었다.

ⓔ는, 춘경과 그러한 관계를 유지하면서 자신의 여러 가지를 잃기까지 하였
는데 알고 보니 자기는 춘경이에게 감쪽같이 속아 왔으며 그 이면에는 찬규가
있고 둘의 관계 역시 보통 사이가 아니라는 것들을 알고 난 뒤의 좌야의 감정
이다. 자신이 찬규와 춘경 사이의 이용물에 지나지 않았다는 것을 알고 나서
그에 대한 분노로 자기가 잃은 것들을 다시금 인식하게 되고 그에 대한 보상
심리로 춘경을 이용하여 커닝햄의 돈을 뜯고자 하는 것이다. 〈이심〉에는 여러
계책들이 많이 나타나는데 그것이 한갓 추리(탐정)소설로 떨어지지 않게 하는

것은 이와 같은 심리 묘사가 뛰어나기 때문이다.[66] 그런데 커닝햄의 돈을 노리고 춘경을 이용하려 하다 보니 춘경이 커닝햄과 진정한 사랑을 나누게 하여서는 안되는 것이다. 이를 좌야는 계산할 줄 알았고 그 때문에 둘을 이간하기 위해서 ⓕ와 같은 식으로 커닝햄을 악선전하는 것이다.

b. 간접묘사

a) 애펠레이션

'좌야'는 일인의 이름이다.

b) 외양 묘사

ⓐ 유들유들하고 호인스러운 좌야의 얼굴, 반백이 히끗히끗한 대머리,고르고
　쪽박힌 젊은 사람 볼줘어지를한 흰 이빨 서양사람 비슷한 미끈한 허위대
　…… (〈같은 글〉,29쪽)

좌야의 외모가 춘경의 시선으로 묘사되고 있다. 中老에 들어선 좌야를 춘경은 자못 긍정적이고 육감적으로 그리고 호의적으로 보고 있음을 알 수 있다.

c) 대화·말씨 묘사

ⓑ "춘자! 어차피에 나같은 늙은 놈이 언제까지 사랑을 받으리라고는 생각지
　않지만 가끔이라도 가엾다, 불상타는 생각은 조금 해 줘도 좋겠지? 춘자
　같이 젊어서야 나같은 늙은 놈쯤이야 문제도 아니되겠지만 누가 나만 사
　랑하여 달라 나만 생각하여 달라는게 아니니, 하다 못해 당신의 머리의
　한구통이에 이 좌야란 놈도 넣어달라는 말이요.(…)" (〈같은 글〉,77쪽)

ⓒ "조선서는 좀처럼 보기 드문 '모던'이지요 게다가 동경 가서 공부도 하고오
　고 자기 아버지는 지금으로 말하면 도지사 같은 관찰사까지 지낸 상당한

---

66) 김윤식,〈〈염상섭 연구〉〉,462면 참조.

사람이니까 훌륭한 양반의 집 처녀라오. (…)아니야 빨간 거짓말얘요.당
신의 태도가 금시로 너무 친절하니까 제 몸을 사리느라고 일부러 '미쓰-처
녀'가 아닌체하는 것을 그것두 눈치를 못 채리면 어쩌잔 말이요?"(〈같은
글〉,125-126쪽)

ⓓ "위조답장은 누가해. 원래 커닝햄이란 놈은 조선요리집에를 가면 기생을
끼고 누어서 아랫목에서 웃목까지 딩굴딩굴 굴며, 지랄을 버릇다시피 하
는 팔난봉군인데, 동양 계집이라면 회로 먹으랴는 일종의 변태 성욕자이
지만, 기생까지라도 지체가 떨어진다고 누가 대거리를 해주나. (…)놈이
계집 다루는데는 이력이 나서, 거죽으로는, 아주--, 교양있는 신사인척하
고 은근하지만, 속에는 색마가 들어앉아서는, 날만 보면 조르네그려, 허다
못해 나종에는 자네게 대해서, 조선호텔에서 만나자고 편지를 써주고 전
해 달라고 하기에, 그걸 내손으로 자네게 전해주다니 될말인가! (〈같은
글〉,228쪽)

ⓔ "어름어름 해서 떨어 넘기지 않으면 안돼요! 놈팽이가 어릿광대 모양으로
여자 앞에서는 호들갑스럽게 표정도 잘 지어 보이지만, 여간한 후림새가
아니니까, 그 수단에 넘어 가면 그야말로 자네부터 신세 망치는 걸세."
(〈같은 글〉,244쪽)

좌야의 말씨 묘사이다. ⓑ에서는 표면적으로는 춘경에게 동정을 호소하며
사랑을 구하고 있다. 그러나 자세히 살펴보면 춘경의 모성애에 기초한 동정심
을 자극하면서도 춘경이 '옛날 생활'로 복귀할 것, 곧 좌야 자기와의 불륜관계
를 재개할 것을 종용하는 것임을 알 수 있다.
ⓒ는 좌야가 커닝햄에게 춘경을, 그리고 ⓓ, ⓔ에서는 춘경에게 커닝햄을
소개하는 부분이다. 여기서 좌야는 자기가 위조답장한 사실을 부인하면서 커
닝햄을 '놈'으로 부를 정도로 격하하고 있음을 볼 수 있다. 그는 커닝햄을 '팔
난봉군'이고 '변태성욕자'이며 '색마', '후림새'가 대단한 인물이라는 말로 춘경으
로 하여금 혐오의 감정을 자아내고 있는 것이다. 그런데 커닝햄에게 춘경을
소개하는 부분에선 유부녀인 춘경을 처녀로, 또 집안 문제도 사실보다 좋게
이야기하고 있는 것이다. 유학까지 다녀 왔다는 식으로 그녀를 사실보다 더

좋게 포장하여 선전한다. 커닝햄은 춘경을 좋아하게 만들면서 춘경에게는 그를 다만 돈을 위한 이용물로 보게끔 악선전하는 데에서, 춘경을 이용하여 이익을 보려는 좌야의 심리가 잘 엿보이는 것이다.

ⓕ "그런데 강찬규가 어떻게 했어요?" "별일 있나--형사를 끼고 풀려 나올것도 방해를 놓은것이지……" "억하심정으로 그럴라구?" "그야 남의 속을 내가 아나?" "어데서 그런 소리를 들으셨어요?" 춘경이는 입을 악물며 묻는다. "그것까지는 말할것 없지만 강가란 몹쓸 사람이야 아예 상종을 말아요." (《이심》,염상섭 전집 3,민음사,1987,129쪽)

춘경과 좌야의 대화 부분이다. 이를 보면 직접묘사 부분에서 말한,춘경과 찬규를 이간질하기 위한 좌야의 계략을 알 수 있다. 자기가 찬규를 조종하여 창호를 감옥에서 나오지 못하게 하고서는 찬규 홀로 한 것처럼 춘경에게 말하여 춘경으로 하여금 찬규와 사이가 더 벌어지게 만드는 것이다. 그리고도 못 미더워서 찬규를 상종 못할 몹쓸 사람이니 상종하지 말라고 다시 한번 못 박는다.

d) 행동 묘사

ⓖ 담배를 한개 피어물며 편지를 놓고 가만이 생각하고 앉았다가,혼자 눈을 한번 흡떠보고 나서, 별안간 테불우에 놓았던 편지를 집어서 쭉쭉 찢어 휴지통에 들어떠리고 벌떡 일어섰다. (…) "네에 벌서 보냈는데, 아직 하회는 모르겠소이다." (《같은 글》,156쪽)

ⓗ "실렐세마는 자네,양복을 개비하여야 하지않겠나? 밤이 깊어 가니까 치울 테지? (…)있어두 잡혔겠지?" 좌야는 또 귀에 대이고 묻는다. (…)춘경이는 잠자코 말았다. 좌야는 흠척흠척하더니 지폐 석장을 끄내서 꾹 찌르고 준다.춘경이도 잠자코 받았다. (《같은 글》,134쪽)

ⓘ 좌야의 인색한 성미를 빤히 아는 춘경이로서는 그것도 염려가 아니되는 것은 아니었다. 돈쌈을 살짝 보여놓고 이리온 이리온 하며 손짓을 하는

천착한 태도--이것이 좌야의 버릇이다. 춘경이는 남자가 자기를 매춘부나
다루듯이 이러한 수단을 쓰는 것이 불쾌하고 굴욕을 느끼지 않는 것은 아
니지마는(〈같은 글〉,77쪽)

ⓖ와 ⓗ는 좌야의 이중성을 단적으로 대조시켜 보여주는 행동이다. 커닝햄
으로부터 부탁 받은 편지를 찢어 버려 놓고서 벌써 춘경에게 보냈다고 커닝햄
에게 거짓말을 하는가 하면 춘경을 증오하여 음모를 꾸미면서도 ⓗ에서 볼 수
있는 것처럼 춘경에게 다정한 행동을 취하고 있다. 그것은 자기의 음모를 위
해서 춘경의 환심을 살 필요가 있기도 하기 때문에 춘경으로 하여금 좌야의
말이라면 모두 믿고 또 그를 전폭적으로 의지하게 만들기 위한 것이다. 그러
면서도 한편으로는 춘경의 수치심과 자존심을 자극하고 있는 것을 보게 된다.
좌야가 이렇게 춘경을 괴롭히는 것은 직접적인 설명에 의하여 알 수 있는 것
처럼 춘경에 대한 복수심 때문인데 춘경은 ⓘ와 같은 인색한 좌야의 성미를
알기 때문에 자신을 돈으로써 매춘부처럼 취급하곤 하는 그의 태도를 알면서
도 자존심을 내세운다든지 거절하지 못하는 것이다.

좌야의 경우도 간접묘사가 많지만 그의 심리가 작품 내에서 중요하기 때문
에 심리 묘사를 통한 직접묘사도 많은 것을 보게 된다. 심리 묘사를 통한 직
접묘사도 많고 간접묘사도 많아서 그의 성격 창출은 성공적이 되고 있다.

좌야는 춘경과 성적으로 맺어진 사이이다. 그러한 관계에서 그는 자기를 철
저히 속인 춘경에 대한 강한 배반감이 복수심으로 변화게 된다. 그는 복수의
일환으로 커닝햄과 춘경을 기형적이고 비정상적으로 결혼시키고 그 사이에서
돈을 착복하고 도주하는 등 범법적인 행위까지 저지르고 끝내는 감옥에 갇히
는 신세가 된다. 그가 이렇듯 횡령이라는 범법 행위를 하게 된 배경에는 춘경
에 대해 가졌던 호의와 연정에 비례하는 크기의 배반감이 크게 작용한 것이
다. 그래서 춘경과의 외도로 잃은 돈을 보상받기 위한 금전에의 욕망 때문에
더욱 타락하게 되어 온갖 협잡을 꾸미기도 하여 성적, 금전적 타락상을 고루
갖추고 있다.

염상섭 문학에서 좌야라는 일본인 작중인물이 차지하는 의미는, 당시 대다
수의 작가들이 일본에 대하여 가지고 있던 이른바 '현해탄 컴플렉스' 때문에

한국 민족의 적으로서의 일본인을 작품 전면에 내세우지 못할 때 상섭은 작품 〈이심〉에서 가장 부정적인, 악마적 인물로 좌야를 설정하여 반일 감정을 숨기지 않고 있다는 사실에서 출발한다. 주인공 창호와 춘경의 타락에 결정적인 모티브를 주는 인물인 좌야가 일본인이라고 하는 사실 그리고 그가 호텔 경영자이면서 상업 종사자라는 사실은 당시 일본 자본주의의 한국 상륙과 수탈의 실상을 보여주는 것이라 할 수 있다. 그는 일제를 의인화한 인물이라고 할 수 있다. 작중의 좌야는 온갖 협잡으로 다른 인물들의 삶을 왜곡시키면서도, 두루 인정있는 사람임을 가장하고 다니는데 이것은 일제의 침략이 한국인의 전반적 생활 향상을 도모하고 사실상 기여한 바 크다고 주장하는 일본 제국주의의 허위의식과도 대응하는 것이라 하겠다. 이러한 것은 상섭이 가지고 있는 바 〈만세전〉의 일본 헌병, 경찰관, 일인 상인 등에 대한 혐오에서도 보여진다.

2) 변원량...〈광분〉

인물의 유형 가운데에서 eiron형의 인물은 주인공의 승리를 가져 오기 위해 음모를 꾸미는 플롯에서 종종 발견되는, '꾀많은 노예'류의 인물67)을 가리킨다.

변원량은 돈에 대한 지향이 지나쳐서 경제적인 이유로 숙명 혹은 경옥과 크고 작게, 혹은 보이지 않게 대결하는 인물이다. 그리고 마침내는 숙명과 결탁하여 그녀가 병턴의 재산을 차지하게 하고 자신이 그 숙명을 차지함으로써 돈과 여자를 함께 소유하기 위하여 병턴의 딸 경옥을 제거하는 등 여러 가지 음모를 꾸민다는 점에서 변원량은 eiron 유형의 인물이라고 할 수 있다.

a. 직접묘사

ⓐ 이 변주사라는 위인은 원시 숙명이본가ㅅ사람으로 지금도 한 고향에 사는

---

67) Northrop Frye,〈〈Anatomy of Criticism〉〉,Princeton Univ.press,1973,172-174면 참조.

사람이다 (…)원톄 변원량(邊元良)이란 위인이 능글능글해서 못맛당하게
보아 그런지는 몰으겟스나 엇잿든 량편이 다- 설면설면하고 랭랭하얏다
(〈광분〉,조선일보,29회)

ⓑ 원톄가 배ㅅ장이 크고 남의 것은 무서운 줄을 몰을 뿐 아니라 일확천금의
투긔덕 성질이 만키 째문이다 (…) 십사오륙년전 일이니 숙뎡이는 서울올
러와 잇서서 숙명녀학교에 다닐째라(…)서울다가 첩치가를 하야노핫든 관
계로 한째는 숙뎡이도 그집에서 숙식을 하고(…)숙뎡이가 성덕(性的)으로
철이 쫙 박이면서부터는 피차에 멀어도 갓고 숙뎡이는 일종의 공포까지
늣기게 되엇든 것이다 (〈같은 글〉,30회)

ⓒ 민병텬이가 근년에 '모던쏘이'와 부호 계급에서 대류행을 하는 '마-쟌'을 해
서 일주일 동안에 이삼만원 쌌다기도 하고 오륙만원은 되리라고 하는 소
문이 경향간에 쫙자그를한 것을 원량이도 벌서 시골서 어더듯고 무에 걸
릴거나 잇슬까 하고 기어 올러 온 것이다 (〈같은 글〉,32회)

ⓓ 원량이는 자긔의 야심을 엇더케 채일까가 십여년래의 계획이엇다 그 첫
수단으로 숙뎡이를 손아귀에 너흔 것이다 그리하야 그 첫 계획에 성공을
한 것이다 한돌로 두 새(二鳥)를 다 치랴는 전법(戰法)이다 사랑과 돈-이
두 가지를 아울러 어들 천재일우의 조흔 긔회가 당도한 것이다 (…)(임자
업는 돈이나 다름업는 이집 재산을 못먹고 무엇을 먹으랴!)-이러한 불가
튼 욕심을 것잡을 수 업섯다 (〈같은 글〉,107회)

ⓔ 원량이가 숙뎡이의 심중을 아라차린 것은 벌서 오랜일이엇다 아라차렷다
느니보다는 숙뎡이의 마음에 복수심이 타올느도록 암시와 격동을 주기에
힘써 왓다 (…)인제는 자긔의 처지가 위태로운 것을 분명히 째다른 것이
다 엇잿든 원량이는 이 긔회를 노처서는 아니되겟다고 밧작 달겨들엇다
(〈같은 글〉,138회)

ⓕ 일생의 부침이 숙뎡이의 한번 찡기고 한번 웃는 데 달렷다고 생각한 원량
이는 이러케 어름어름하고 잇슬 째가 아니라고 정신을 밧짝 차렷다 (게도
일코 구럭도 일허?-령감에게도 들것질을 당하고 마누라에게도 밀려나다
니!그런 쥐변성업는 원량이는 아니엇건만은…)(…)숙정이가 정방이와 무

> 슨 관계만 이서 봐라!… 그러케 되면 한층더 자긔의 계획에는 유리하다고
> 생각하얏다 (〈같은 글〉,121회)

이는 직접적인 묘사에 해당된다. 먼저 ⓐ에서는 변원량의 사는 곳과, 한 고
향 사람임에도 불구하고 숙녕과 어색한 관계인 것을 말하고 있다. 그런데 이
것은 하나의 복선 구실을 하는 것이다. 별다른 이유 없이 숙녕과 변원량이 어
색한 관계를 유지한다는 것은 심리적으로 부담이 되는 사이인 것을 암시하면
서 그것은 한편으로는 그런 부담이 어떤 계기로 해소될 경우 밀접한 관계가
될 수 있음을 암시한다.

ⓑ는 변원량과 숙녕의 관계가 요약된 부분이다. 숙녕의 집에서 잔일을 보아
주던 원량이 숙녕의 집이 망하게 되자 돈을 벌어 주겠다는 명목으로 삼만원이
란 큰 돈을 받아 내서는 그 돈 마저 잃게 했다. 그런가 하면 그는 서울 첩의
집에서 숙명여학교를 다니는 숙녕을 숙식시켰고 숙녕은 원량에 대해 친근감보
다는 성적인 면으로 막연하나마 공포를 가지고 있다. 그의 성격은 배짱 크고
남의 물건에 대해 무서운 것을 모르고, 게다가 일확천금을 노리는 '투긔덕 성
질'이 많은 인물이다.

ⓒ는 변원량이 민병텬의 집을 찾아온 것에 대한 동기와 배경을 설명하는 것
이다. 병텬이 노름을 해서 돈을 땄다고 하는 소문을 듣고 제게 공돈이 좀 생
길까 해서 서울로 올라온 데서, 불로소득을 바라고 남의 것에 공연히 탐을 내
는 변원량의 성격을 알 수 있다.

ⓓ에서는 변원량의 저의가 나타난다. 숙녕이를 차지하고 또 민병텬 집의 돈
을 가로채는 것이 그의 두 가지 야심인 것이다. 그런데 숙녕이를 차지하면 두
가지 목적이 다 이루어질 수 있는 것이니 숙녕을 차지함으로써 일거양득의 효
과를 노리는 것이다. 이렇듯 남의 재물에 대한 터무니 없는 욕심은 ⓒ에서와
마찬가지로 나타난다.

ⓔ는 변원량이 숙녕의 마음을 이심전심으로 알고 나서 그녀의 욕망을 계속
북돋고 있는 것을 알게 하는 부분이다. 숙녕이는 주정방의 사랑을 구했으나
그것이 버스러지자 오히려 자기 처지가 위태롭다고 생각하게 되고 그런 숙녕

의 마음을 변원량은 십분 이용하여 돈도 얻고 숙명의 사랑도 얻어 내는 기회
로 놓치지 않아야겠다고 결심하는 것이다.

ⓕ에서는 민병턴에게 신임을 잃은 변원량이 죽기 살기로 숙명에게 매달려야
한다는 인식을 하는 한편으로 만일 숙명이 정방과 수상스러운 사이가 되면 오
히려 그것을 이용하여 숙명에게든 병턴에게든 돈을 뜯을 구실로 삼으리라는
생각을 하고 있는 데서 그 역시 숙명을 사랑하기보다는 이용하려는 것에 지나
지 않는 것을 알 수 있다. '계획'이라는 단어에서 그가 그것과 연관한 어떤 음
모를 꾸미고 있는 것을 알 수 있다.

b. 간접묘사

a) 애펠레이션

'邊元良'이라는 이름은 음에서 '閑良'과 연관되는 이미지가 느껴지는데, 이것
은 일종의 청각적 유비acoustic analogous라 할 것이다[68]. 사실상 변원량은
한량으로, 특별한 직업이 없이 남에게 붙어서 빌어먹다시피 하는 인물이다.

b) 외양 묘사

ⓐ 원량이의 그 유들유들한 커단 상판은 검붉게 흥분이 되어 우중충하게 흐
   렸다 그리고 그 눈알은 뚱그러케 커진 것이 독긔를 쑴어내는 것 가타얏다
   (…)(피무든 사자의 입!) (〈같은 글〉,35회)

ⓑ 변원량이는 지금 막 드러와 안젓는지 모자는 테불우에 노코 가만히 안젓
   다 머리를 번즈를하게 빗은 것이라든지 얼굴이 부연 것으로 보아서 아츰
   세수를 하고 난지가 얼마 아니되는 모양가타얏다 (〈같은 글〉,71회)

변원량의 외양에 관한 묘사 부분이다. 먼저 ⓐ는 숙명으로 하여금 자기도
모르게 성적인 공포를 느끼게 하는 외양이다. 흥분한 그의 얼굴을 보고 숙명

---

68) S 리몬·케넌,〈〈앞의 책〉〉,104면 참조.

은 그의 입을 '피무든 사자의 입' 같다고 생각하게 되는 것이다. 다음으로 ⓑ는
숙명과 불륜을 맺은 뒤 아침에 방분한 손님인 것처럼 꾸민 외양의 묘사인데
이를 통하여서는 매우 교활한 그의 성격을 알 수 있다.

  c) 대화 · 말씨 묘사

ⓒ "(…)이제는 아주 사회주의자가 되엇는데 한층 더 위험인물입니다. 일일히
  그놈의 감시를 밧고 안졋고서야 되겟습니짜……" 원량이가 이러케 충동이
  는 것은 단순히 숙명이의 분긔가 눅이러질짜 보아서 불을 질으랴는 것이
  요 꼭 진태를 내쪼치는 것이 조화서 허는 말은 아니다 (〈같은 글〉,156회)

ⓓ "저의 삼대가 댁의 삼대째 모시고 나려왓습니다 선대감(大監)께서 저의 조
  부를 막역친구와 가티 (…)저만 두고 보드라도 로령감께서는 내아들이나
  다름업시 너를 안다고 하서 내려왓고 젊은 령감께서는 참 과람한 말씀입
  니다만은 동긔가티 고맙게 하야 주섯습니다 그걸 생각하기로 제가 아모리
  도덕가튼 놈이기로 범연히 생각하겟습니짜   (…) " 이 등에 마님이 업히
  섯든 째가 잇섯습니다! 이 등에요!(…)"(〈같은 글〉,34회)

ⓔ 그 화가 작은아씨에게까지 미친다면 그야말로 큰일이 아닙니짜 (〈같은
  글〉,104회)

ⓕ 길이 뻔히 내다 보이는데 무에 무서워서 누가 무어라기도 전에 쑹문이째
  는 수작을 하고 마님의 일생은 물론이령와 작은아씨의 일생까지 눈쓰고
  안저서 불행에 싸지시게 하십니짜! (〈같은 글〉,107회)

ⓖ 적이 습격해 오기전에 이편에서 압질러서 긔습(奇襲)을 하여야 한다는 말
  씀입니다…… (〈같은 글〉,107회)

ⓗ "신정지초라 웨 안 그러켓습니짜만은 을순이나 작은아씨쩨나 하직문안을
  하지 마님쩨야! 하하하……" "예기, 이 능청! 하하하……그래두 마님-
  마님- 말이 조타! 하하하…." (〈같은 글〉,72회)

ⓘ "남 조하한다고 저러케 배를 알을쩌야 무에 잇단 말슴요? 알 수 업는 성
   미로군!"원량이의 말버릇이 점점 소홀하야간다 "듯기실혀요!" 숙명이의 말
   은 반대로 차차 존대를 하여간다 (《같은 글》,73회)

ⓒ는 원량의 말과 그 말의 저의가 묘사되는 부분이다. 곧 변원량은 사상범으로 혐의를 받았던 진태를 숙명의 집에 두어서는 안된다고 말하고 있는데 이는 그의 감시를 받아서는 안될 어떤 일을 꾸밀 것이라는 암시를 주는 것이다. 이러한 말의 저변에는 변원량이 진태에 대해 위기감을 느끼고 있다기보다는 숙명의 전의를 늦추지 않으려는 목적이 자리하고 있음을 알 수 있다.

ⓓ에서 원량은 숙명에게 여러 가지 이야기로 둘 사이의 친근함을 강조, 과장하고 있다. 첫째로는 원량 자신은 조부 때부터 숙명의 본가를 모셔 온 하인의 신분이지만 단순한 상전과 하인의 관계가 아니라는 것, 그리고 그 주인되는 숙명의 집안으로부터 사실상 하인 이상의 대접을 받아왔음을 강조하고 셋째로는 자신이 그에 대하여 고마운 마음을 가지고 있으며 숙명에게도 그 고마움을 갚아 나갈 것을 전제하고 있다. 자기가 잘 되는 것이 곧 숙명의 본가의 안위와도 무관한 것이 아님을 시사하고 있는 것이다. 또한 자신과 숙명의 친근한 관계를 다시 강조하기 위해 업어주던 일이며 어린 숙명이 자기 머리를 신기하게 매만지던 일을 들먹이는 것이다. 이는 원량이 숙명에게 돈 부탁을 하기 전에 미리 꺼내는 말인 만큼 그의 간교함이 드러나는 부분이다.

ⓔ~ⓖ는 원량이 숙명에게 전의를 고무시키려는 부분이다. 정방, 경옥과 대치하는 그 일이 숙명 한 사람의 일이 아니고 그의 딸 명옥과도 관련되는 중요한 일이니만큼 그 일을 포기해서는 안된다고 주의를 환기시키는 것이다. '화', '불행' 등의 낱말이나 '적', '습격', '괴습' 등의 전쟁용어를 쓰고 있는 것도 그러한 그의 의도를 위해서이다.

ⓗ와 ⓘ는 숙명과 원량이 불륜의 관계를 가졌음을 보여주는 대화 묘사이다. '하직 문안'을 빙자하고 숙명의 방에 앉아 있는 원량이지만 사실은 '웬밤새도록' 숙명과 같이 한 방에 있었으며 이젠 더이상 단순한 하인과 마님의 관계가 아니게 된 것이다. 그렇기 때문에 숙명에 대한 원량의 말씨는 점점 무례하여지

고 반말투로 변하는가 하면 원량에 대하여 숙명은 마치 남편에게 말하는 것처럼 점점 존대말을 쓰게 되는 것이다.

  d) 행동 묘사

  ⓙ "참 주군이 알른다지요?" 원량이는 일부러 미움을 피우겟다는 듯이 질투에 뒤틀린 입술을 실룩해 보인다 (…)원량이는 언제까지 웃고만 지낼 수 업섯다 (〈같은 글〉,121회)

  ⓚ "령감 긔톄 안녕하십니까 마님께서도…"하며 변주사는 한간통이나 써러저서 뎡중히 쏘 은근히 허리를 굽실하고 헤- 웃어보인다 (…) "아츰차에 나렷습니다"하며 변주사는 쏘 굽실한다 (…)식탁 쓰트머리의 비인 교의로 닥아와 안즈려다가 경옥이를 보고 굽실하면서 "아! 아가씨 언제 나오섯세요? 도라 안지신 것만 뵈입고는 누구신가 하얏습니다" (〈같은 글〉,29회)

  ⓛ "당분간은 자조 만나뵙지 안는 게 나흘 듯 해서요…"하고 원량이는 싱긋 눈웃음을 첫다 "웨? 무엇 째문에?" 숙명이 시침이 싹 쩨엇다 "웨는 무에 웨야요!"하고 원량이는 역시 웃으면서도 남으래듯이 눈을 흘것다 (…) "동래까지 쏘차 보냇는데 동래서 손을 못대면 어데까지든지 가 보라고 하얏지요" (…) "김진수는 물론 안되어서 생판 모를 놈을 - 마님께서도 모를 놈을 보냇지요" (〈같은 글〉,180회)

  이것은 행동 속에 말씨도 같이 묘사되는 부분이다. 먼저 ⓙ에서는 숙명과 정방에 대한 원량의 질투가 외면화되는 것이다. 숙명은 전처소생 경옥과 짜고서 자기를 속여 온 주정방에 대하여 크게 분노하고 복수를 계획했다. 그런데 정방이 병에 걸리자 숙명은 그에 대한 미움보다 동정이 앞서게 되어 아무런 사심 없이 그를 지성으로 간호한다. 이는 곧 숙명이 정방에 대하여 품었던 분노가 약해졌거나 사라졌다는 이야기가 되니 변원량은 질투와 함께 위기감을 느끼게 된다. 숙명과 원량이 깊은 관계가 되었던 그 배경에는 두 사람이 정방에 대한 분노를 공통적으로 가지고 있다는 사실이 자리한다. 그렇기 때문에 숙녕의 마음 속에서 정방에 대한 분노가 사라질 경우에는 원량이 계획한 모든 일이 수포로 돌아갈 위험이 있는 것이다. 정방을 간호하는 숙녕을 보면서 원량이 느끼는 것은 단순한 질투를 넘어서는 것임은 그런 점에서 확실한 일인데 이것은 원량의 입술을 실룩거리는 행동으로 가시화되는 것이다.

ⓚ에 나타나는 말씨와 행동에서는 변원량의 비굴한 저자세를 볼 수 있다. 잠깐의 시간임에도 그는 세 번이나 굽실거리는 행동을 보이고 있다. 멀리서 굽실하고 웃어 보이고 가까이 와서 또다시 굽실거리고 식탁에 다가와서는 경옥을 발견하고 다시 한번 굽실거리고 있다. 이로써 변원량이 돈 많고 강한 자에게 지나칠 정도로 아부하는 근성의 소유자임을 알 수 있다.

ⓛ에서는 원량의 용의주도한 성격을 볼 수 있다. 변원량은 그와 숙녕이 계획하였던 모종의 일을 이미 실행에 옮겼는데 그것을 은폐하고 혐의를 피하기 위해서라도 숙녕이와 '당분간'은 자주 만나지 않아야 할 것을 숙녕에게 당부하고 있다. 경옥을 살해하는 일을 같이 계획하였지만 아직 그 일이 실행된 줄을 모르는 숙녕이 그 이유를 묻자 자못 윗사람 같은 태도로 숙녕을 나무란다. 그의 말을 통해 보면 그는 김진수도 아닌 제 3의 인물을, 동래든 그 이상 먼 곳이든 경옥을 따라가 '손을 대게' 했다는 것이다. 표면적으로는 아첨하고 아유하는 자세를 보이면서도 실상은 자신의 목적을 위해 사람의 목숨까지도 어렵지 않게 없애는 변원량의 인간됨을 엿볼 수 있는 부분이다.

> ⓜ 이 시골 양복신사는 민병턴이집 양관을 정식으로 다시 방문하는 것이다 민병턴이 집에서 아침을 먹고 민병턴이 집에서 낮잠을 자고 또다시 민병턴이 집의 뎜심을 어더 먹으랴고 이 대문에서 나와서 저 대문으로 드러간다 (〈같은 글〉,30회)

> ⓝ "다른게 아니라요…"하고 그래도 원량이는 씀을 드린다 참아 못할 말을 끄낸다는 눈치를 보이랴는 것이다 그리하야 노코서 의외로 하잘것업는 소청이면야 선뜻 드러주리라는 보통 심리작용을 리용하자는 것이다 (〈같은 글〉,32회)

ⓞ 변원량이는 지금 막 드러와 안젓는지 모자는 테불우에 노코 가만히 안젓
 다 머리를 번즈를하게 빗은 것이라든지 얼굴이 부연 것으로 보아서 아츰
 세수를 하고 난지가 얼마 아니되는 모양가타얏다 (〈같은 글〉,71회)

ⓟ 변원량이는 의례 얼른 니러서서 공손히 인사를 하여야 할 것인데 오늘에
 한하야 어린아이를 얼르듯이 웃기만 하고 멈웃멈웃하다가 숙명이가 눈을
 잠간 쩹흐려 보인 다음에야 눈치를 채이고 벌쩍 니러나서 "이리 안즈시지
 요"하고 별안간 공손하야진다 (〈같은 글〉,72회)

 ⓜ~ⓟ는 원량의 행동 묘사이다. ⓜ의 행동에서는 그 행동이 어딘가 은밀한
목적하의 행동일 것이라는 암시와 원량의 교활한 성격을 알 수 있다. 한집에
서의 볼일임에도 대문을 나가서 다른 대문으로 다시 들어오는 행동은 집안의
다른 사람의 눈을 속이기 위함이다. 이는 변원량이 무언가 부도덕한 일을 할
것이라는 정보를 주는 것이다.
 그것은 우선 ⓝ과 같이 숙명에게 돈을 빌어달라는 부탁으로 가시화된다. 그
러면서 있는 대로 '뜸'을 들여 숙명으로 하여금 큰 부탁이나 아닌가 하여 긴장
하게 해 놓고 숙명으로서는 크지 않은 부탁이라 할 것을 말하여 상대방의 김
을 빼서, 들어 주게끔 하려는 생각이다.
 ⓞ, ⓟ는 원량이 숙명과 성관계를 갖고 난 후 취하는 행동이다. 밤새 있던
방에 지금 막 들어온 것처럼 꾸미기 위해 머리와 얼굴을 매만지고 모자를 테
이블 위에 벗어 두고 있는 것이다. 역시 교활한 그의 성품이 나타나고 있다.
그리고 다른 때 같으면 예의 그 굽실거리는 비굴한 행동으로 맞이했을 숙명의
딸 명옥을 '오늘에 한하야' 어린애 취급하다가 숙명의 눈짓을 받고서야 다시
공손해진다. 원량에게 명옥은 이제 상전의 딸이기보다 자신의 정부의 딸이니
자기딸처럼 느껴졌던 것이다. 그러한 행동 변화는 둘이 깊은 관계를 가졌음을
시사하는 동시에 기회주의적이면서도 간교한 그의 성격을 보여주는 것이라 할
것이다.
 교활하고 용의주도한 변원량의 성격은 숙명이 온천에 내려가 있는 기회를
이용하여 그녀의 마음을 더욱 긴장시키는 일련의 일들, 곧 김진수를 이용하여

하는 일들에서도 보여진다. 그는 진수와 산보 약속을 하고는 숙명을 데리고 밖으로 나와 숙명으로 하여금 진수가 미행하고 있는 것을 알게 하고 그것이 정방이 시켜 숙명을 미행하고 있는 것이라고 하며 진수에게는 적성단원인 것을 넌지시 알게 하면서도 그것을 숨기려고 노력하는 모습을 비치라고 명령한다.

변원량의 경우도 간접묘사가 월등하다. 특히 그의 말씨나 행동을 통해서 교활하고 비굴한 성격이 잘 드러나는 것을 보게 된다.

본가에 관한 이야기가 전혀 보이지 않아서 변원량의 결혼 여부는 알 수 없고 다만 첩을 두었다는 사실만이 알려진다. 그는 돈에 대한 탐욕이 지나친 인물이다. 그것은 자신의 상전이자 정부인 숙명까지도 서슴 없이 수단화하려고 마음먹을 정도이다. 민병턴의 재산을 가로채기 위해 여러 모로 흉계를 꾸미는 데에서 볼 수 있는 그의 성격은 교활하고 용의주도하다는 것이다. 나중에 경옥을 살해하는 과정에서 또 혐의에서 벗어나려는 행동 들에서 그의 교활함은 잘 드러나고 있다. 자신의 탐욕과 간교함을 숨기기 위해 그는 겉으로 지나칠 정도의 저자세를 가장한다. 어리석은 사람인 것처럼 꾸미면서 자신의 목적 실현을 위해서는 수단과 방법을 가리지 않는다. 마침내 살인에까지 이르는 돈에 대한 원량의 욕망은 그 역시 파멸시키고 만다.

(2) 사고방식 차이로 갈등을 보이는 인물

인물들 간의 갈등으로서 사상적인 것이 문제가 되는 경우라고 함은 진형석과 같이 인간적인 것과 비인간적인 것 사이의 대립이나 덕순, 김병화와 같이 낡고 전통적이고 보수적인 사고나 문물과 새로운 것 또는 외래적인 것 사이의 괴리나 갈등 그리고 홍경애, 이창호와 같이 상식적인 삶과 그렇지 못한 삶 사이에서 갈등, 와해되는 경우를 포함시키는 것이다.

1) 덕순...〈너희들은 무엇을 어덧느냐〉

전통적인 조선 사회에 신여성이라는 존재가 드러나기 시작하게 된 것은

1910년대 후기부터이다.[69] 여학교 이상의 학력을 갖춰 신교육을 수혜하거나 더욱 적극적인 방법으로는 유학을 다녀오기도 하여 외국의 새로운 학문과 문물을 받아들이는 데 열심인 그들은 당대의 지식인이었던 것이다.[70] 덕순도 여기에 포함되는 인물이다.

a. 직접묘사

ⓐ 그것도 남편이 자별하다든지 미들 만한 자식이 잇다 하면 잇는 친명도 멀어지기가 쉬운 것이지만 의리에 쓸리우고 톄면에 못 익이어서 늙은 병신 남편을 시아버니쯤으로 알고 사라가는 덕순이의 고독한 심정을 살펴보면 홍진이의 모친더러 어머니라고 하며 단이는 것이 돌이어 동정할 일이다. (〈너희들은 무엇을 어덧느냐〉,염상섭 전집 1권,민음사,1987,204쪽)

덕순에 관한 직접묘사의 부분은 별로 많지 않다. 직접묘사가 적다는 것은 작가와 그녀와의 거리를 멀게 유지하고 있기 때문이다. 이 부분에서 알 수 있는 것은 그녀가 홍진 어머니를 친정 어머니처럼 여기고 살아가고 있다는 것과 함께, 그것은 덕순이 결혼 생활에서 마음 붙일 때를 찾지 못한 때문이라는 것이다. 결혼을 하고 나면 있는 친정과도 멀어지기 쉬운 보통 여자들과는 달리, 덕순의 결혼 생활은 그녀를 행복하게 해 주는 것이 아니었다. 그녀의 남편은 그녀에게 자별하게 대해 주지도 않고 둘 사이에 믿을 만한 자식이 있는 것도 아니며, 단지 '의리'와 '톄면' 때문에 덕순은 아직 남편과 헤어지지 않고 살아가고 있을 뿐이다. 이러한 결혼 생활에 대한 덕순의 불만이 그녀의 마음을 밖으

---

69) 정요섭,〈〈한국여성운동사〉〉,일조각,1978,32면 참조.
70) 지식인이란 ①많은 교육을 받은 것을 자본으로 해서 上向移動(upward mobility)되려는 욕구를 지닌 존재이며 ②물질적인 면, 정신적인 면에서 더 낮은 계층이나 집단의 사람들을 위해 旣存體制나 支配階級에 대해 저항하려는 의지를 자주 드러내는 존재를 말함이다.:조남현,〈〈한국 지식인 소설 연구〉〉,183면 참조.
　또 당시의 새로운 지식인 계층의 형성은 유학파가 그 한 맥을 이루었는데 지주들이 자비로 외국 유학을 하거나 기독교를 통한 유학이 한 몫을 하였다.:김병익 외,〈〈현대 한국 문학의 이론〉〉,민음사,226면 참조.

로 움직이게 하여 홍진 어머니에게 마음을 붙이며 살아가게 했던 것이라고 설명하면서 작가는 이를 '돌이어 동정할 일'이라고 말하고 있다. 그러나 이때 작가의 어조는 덕순을 동정하는 것이라기보다 비웃는 투이다.

b. 간접묘사

a) 애펠레이션

덕순이라는 이름은 여성으로서 '德'과 '順'을 강조하는 유교적인 이념이 현시되는 이름이라고 할 것이다. 그러나 이것 역시 직접묘사가 되는 것은 아니다. 덕순에게 德이나 順 등의 성격이 있음을 현시하기 위한 명명이 아니기 때문이다.

b) 외양 묘사

ⓐ 빨간 댕기를 넙죽하게 드린 숫치 만흔 머리를 쓸쓸 뭉쳐서 비취옥 비녀를 쑥 찔러 쪽진 것이 목침썡이가치 클쑨이요 맵시는 업서 보이엇다. (...)느긋~하고 징글~하고 근질~한 일종의 미묘한 맛과 냄새가 나는 것을 한규는 노치지 안엇다 — 분을 하얏케 발은 익을~한 둥근 얼굴 큼직한 키 쑹〃한 몸쩝 황라적삼 밋흐로 비초이는 족긔 허리의 부드러운 곡선(曲線) 그리고 그 곡선으로 에어내인 폭은~한 하얀 살쌋 후죽은한 치마 쏘 그리고 굽직헌 허연 목덜미에 매달린 머리쪽지 넓직한 억개 불룩한 궁둥이 흙투성이 구두... (〈같은 글〉,186쪽)

이는 덕순의 외모 묘사인데 동생으로 같이 지내는 경애의 애인 한규의 눈에 비치는 모습이다. 맵시 없는 쪽찐 머리와 분을 바른 하얗고 둥근 얼굴, 큰 키와 뚱뚱한 몸집, 조끼허리 아래 보이는 하얀 살갗과 넓은 어깨, 불룩한 궁둥이, 흙투성이 구두까지 나열되고 있다. 그런데 그의 외모에서 느껴지는 이미지는 관찰자 한규에게 아름답다기보다는 '렬탕가튼 육감덕 긔분'과 '인상'을 느끼게 하는 것이다. 첩어의 반복으로써 그녀를 묘사하여, 산뜻하고 깨끗한 이미지보다는 끈적끈적한 느낌을 강조하고 있음을 볼 수 있다. 자신을 '미묘한 맛과 냄새'로 유혹하는 덕순에 대하여 한규는 마치 열탕 같은 숨막히는 듯한 기분을 느끼고 있을 뿐 호감은 갖지 못하는 것이다.

 c) 대화 · 말씨 묘사

ⓑ "아닌게 아니라 머리ㅅ살도 압흘테야. 제길할 나희는 아버지ㅅ벌이나 되구 묵사발 가튼 대가리에다가 게다가 쌍집행이라면 누가 조하할구...... 하〃〃" (...) "그나 그뿐인가. 두 살이나 더 먹은 전취ㅅ소생을 데리구 살랴니 그리지 안어도 긔가 퍽〃 썩을 것을 며누리가 드러온 뒤로는 더군다나 눈이 안 마저서...... 어쩌튼 오래는 못 가지. 가만히 보면 참 불상해 (...) 무얼 좀 알게 되니까 쿵〃증이 나서 그대루 지내겟소? 덕순이 형님 두 만세 이후로 급작실히 퍽 변한 모양입듸다. 게다가 글짜나 쓰는 사람들하구 추축을 하고 잡지니 문학이니 하게 되니까 짠세상가튼 생각이 나는 게지... 그건 고사하고 〈엘런 케이〉니 〈입센〉이니 〈노라〉니 하는 자유사상(自由思想)의 맛을 보게 되니까 모든 것을 자긔의 처디에만 비교해 보고 한층 더 마음이 움즉이지 안켓소." (〈같은 글〉,190쪽)

ⓒ "(...)하지만 미국이라면 상성이 나 뎀비는 판이니까 미국 출신이란 바람에 쑥발이라는 흉도 조금은 감추어지는 거겟지. 말하자면 미국이 쏘 한 사람 잡첫지! 하〃〃〃" (〈같은 글〉,191쪽)

ⓓ "그럼 어쩍한단 말애요." "그러닛가 지금이라두 학비가 나올 구멍만 튼〃하면 압뒤를 회동그라케 쓴코 나서 한시를 니즌 뒤에 정말 독립한 생활을 해 보구 십지만 어쩐 놈이 돈을 내어 노아야지요.돈푼 쓰겟다는 놈은 컴〃한 생각을 가질 것이요... 하〃." (〈같은 글〉,364쪽)

ⓔ B녀사! 당신과 가튼 처디에서 신음하는 녀자가 얼마나 잇슬 줄 아십니까. 쏘한 당신과 가튼 의사를 가지고 당신과 가치 하야 보앗스면- 하는 생각을 가지고 잇는 사람이 얼마나 되는지 아십닛까. 그러나 당신은- 그 취하신 바 수단이 잘 되엿든 못 되얏든 어쩌튼지 용자(勇者)이엿습니다. (〈같은 글〉,223쪽)

ⓕ "(…)자긔를 살리랴면 세상에 용납이 아니 되고 세상에 용납이 되어서 성
공을 하랴면 어쩔 수 업시 가면두 쓰고 비밀이라는 것도 업슬 수 업지 안
어요?" (…) "네? 무슨 성공을 하겟기에 하는 톄 못 하는 톄 하야 가며
일생을 속이고 살아가요?가슴에는 비수를 품고 입가에는 웃음을 씌고 사
는 것처럼 불행한 생활이 또 어데 잇세요. 디옥의 생활이란 그런 것을 가
르친 것이겟지요" (〈같은 글〉,218쪽)

ⓖ "참 그동안 한규한테 일어를 배왓다지요?"하며 비웃는 우슴을 쎄엿다. "한
규씨한테 배호긴 뭐를 배화요.지독한 신경쇠약에 걸녀서 어린애처럼 짜증
만 내이구……"하며 덕순이는 코를 간질린 어린아희의 우슴가치 공연히
싱긋하고 한눈을 팟다. (…) "웨 그러케 되엇세요? 지금두 그저 거긔 잇
나요?" "누가 압니까? 한데 내가 나오기 전에 천엽(千葉)으로 간다고 벌
서 쩌나갓건만 간 뒤에는 편지 한 장 업스닛가 그 뒤ㅅ일은 모르지요"
(〈같은 글〉,367쪽)

ⓑ는 형님, 동생으로 지내오는 사이인 경애에 의하여 덕순의 마음가짐 등이
보여지는 부분이다. 덕순은 기미독립선언 이후 물밀듯이 들어오게 된 서구의
사상과 문물의 영향을 받아 의식이 점차 깨이게 되었는데 거기에다 여성해방과
자유사상을 부르짖는 〈인형의 집〉의 노라에게는 매우 경도되어 완전히 자기의
처지와 노라의 처지를 동일시하고 있다는 것이다. 약간의 돈을 지니고는 있지
만 외다리 불구자인 남편 응화, 덕순 자신보다 두 살이나 많은 그의 아들과 그
아내, 이들은 남편이되 사랑의 감정을 가질 수 없고 아들이지만 아들 같지 않
으며 며느리이지만 며느리 같을 수가 없는, 가족 아닌 가족이다. 그들 사이에서
의 삶은 덕순으로서는 '노라'를 빌어서라도 벗어나야만 굴레였던 것이다. 덕순
은 잡지에 글을 써낼 뿐 아니라 응화의 돈으로이지만 직접 잡지까지 발간하는
정도로 지적인 욕심을 가지고 있는, 당대의 신여성이다. 배울 만큼 배웠다고 할
신여성인 그녀가 응화의 재취 자리로 시집을 가게 된 것은 전혀 응화의 돈과
미국 출신이라는 배경에 혹한 때문이다. ⓒ에서 한규는 '미국이 또 한 사람 잡
쳣지'라고 하면서 덕순을 비웃고 있는데 이는 그가 덕순이 미국 출신이라는 것
때문에 응화와 결혼할 정도로 허영심 많은 여성임을 알고 있다는 것이다.

ⓓ의 대화에서 덕순은 '독립한 생활'을 위해서 '어떤 놈'이 돈을 내놓아야 한다고 말하고 있다. 덕순은 자신의 독립적인 생활을 위하여 자기가 돈을 벌어야겠다는 작정을 하는 것이 아니고 응화를 대신할 다른 남자를 기대하고 있는 것이다. 이것은 이율배반적인 덕순의 면모를 집약하고 있는 부분이라고 할 것이다. 결국 덕순은 경제적으로는 여전히 남자에게 의존하면서 노라를, 'B녀사'의 남편으로 부터의 해방 논리를 감상적으로 추구하고 있음이 드러나고 있는 것이다. 이것은 "一個의 男兒의 生命을 救하고 出世의 前途를 開拓하야 준 후" 자신은 "巨金의 負債를 비밀리에 갚아가면서 이러한 犧牲과 愛에 대한 郎君의 奇蹟的 報復을 夢想하는 愚"를 깨닫고 "幻滅의 悲哀" 속에서 자신을 찾아 인간임을 선언한71) 노라의 의식 각성 과정과는 무관한 것이 아닐 수 없다.

ⓔ는 〈B녀사의 고민(苦悶)〉이라는 제목으로 덕순이 쓴 글의 한 대목이다. 이 글은 덕순이 '올봄 이래로 한참 일본 사회에서 써들든 녀류문학자로 얼마쯤 유명하게 된 B라는 녀자가 어쩌한 신문 긔자하고 련애관계가 생기어서 아이까지 들게 된 뒤에 남편의 집을 쮜어나온 사실을 편지ㅅ글톄(書簡體)로 감격한 듯이 비평한 것'으로 그녀의 심정을 잘 외면화하는 부분이 되는 것이라 보여진다. 그런데 B여사의 가출도 노라와는 다른 것이며, 불륜과 간통일 뿐이다. 그것에 '감격'까지 하고 그녀를 영웅시하는 데에 덕순의 오류가 있다고 할 것이며, 동시에 그것을 빌어서라도 자신의 마음을 정하고 또 갈 길을 합리화하고자 하는 덕순의 마음을 알 수가 있다. 덕순은 B여사와 자기를 동일시하면서 자신도 그러한 '용기'를 내리라는 것을 여기에서 암시하고 있다.

그녀의 생각의 기본은 ⓕ에 잘 나타나고 있다. 자기를 살리려면 세상에 용납이 되지 않고 세상에 용납이 되어 성공을 하려면 자기를 죽이고 '가면'과 '비밀'이 있을 수밖에 없다는 자아와 세계와의 괴리론이 그것이다. 그녀의 이론에 의하면 그녀는 자신이 살아가기 위한 처세의 한 방편으로, '자기를 죽이고' 응화라는 불구요 늙은 남편을 이용하여 경제적인 걱정 없이 살고 있는 것이며 만일 '자기를 살리려면' 세상이 용납하지 못하고 비난할 만한 어떠한 일을 하는 수밖에 없다고 하는 것을 암시 받을 수 있다. 이에 김중환으로부터 어떠한

---

71) 염상섭,〈지상선을 위하야〉,염상섭 전집12권,44면 참고.

성공을 위해서든 일생을 속이면서 산다는 것은 지옥과도 같은 것일 뿐이라는 반박을 받는다. 그것은 그야말로 '가슴에는 비수를 품고 입가에는 웃음을 씌고 사는' 것이라고 중환은 냉소하는데 덕순의 처지는 바로 그와 같은 생활이라 할 것이다.

덕순은 결국 일본에 다니러 간다는 명목으로 응화와 헤어지고는 그간 추파를 던져 왔던, 동생 애인인 한규와 가까이 지내게 된다. ⑧에서 볼 수 있는 것은 그녀의 동경 생활의 일면이다. 한규와 같이 있으면서 그에게 일어를 배웠는데 한규는 '지독한 신경쇠약'으로 '어린애처럼 짜증만 내'는 성격이 되어 버렸음을 알 수 있다. 한규 역시 경애에게 대하여 조금은 가지게 되었을지도 모를 죄책감이 그렇게 만들었을지도 모지만 어떻든 그로 인해 덕순과 한규의 생활이 둘 모두에게 행복스런 것이 아니었음을 알 수 있다. 결국은 그런 한규와도 헤어졌음은 덕순이 그의 이야기를 피하려고만 하는 것에서 추측해 볼 수 있다.

d) 행동 묘사

ⓗ 웬세음인지 요사히 덕순이는 말대가리는 잘라 버리고 꼬리만 먼저 하는 버릇이 생겼다. 얼이 빠진 사람처럼 무슨 생각을 하야 가면서 남하고 수작을 하기 째문에 자긔의 머리ㅅ속에 잇는 생각만 하고 남은 아라듯든 마든 덥허 노코 결론만을 발표하랴는 것이 요사이 덕순이의 말에나 글에나 현저히 나타낫다. (〈같은 글〉,180쪽)

ⓘ 남편이 그런 소리를 하면 한층 더 소리를 질러서 쑥 드러가게 하는 깃이 보통이요 쏘 남편도 두 세 마듸 재에는 도리어 달래는 소리로 항복을 하야 버리는 것이 례증이지만 요사이는 어쩐 세음인지 아모리 듯기 실흔 소리를 하야도 조금도 맛스랴고는 아니한다. (〈같은 글〉,182쪽)

ⓙ 그러나 덕순이는 며누리가 잇거나 업거나 한규만 붓들면 시렵슨 말을 걸며 놀리랴 한다. 엇전지 요사이 덕순이는 다른 째보다 화식이 잇는 대신에 행동에나 말에 침착한 태도가 현저히 줄어젓다. (〈같은 글〉,203쪽)

덕순은 ⓗ의 행동에서 보여지듯이 '요사히' 마음이 들떠 있다. 마치 얼이 빠진 사람과 같이 다른 생각에 빠져서 생활하기 때문에 '말대가리는 잘라 버리고 쏘리만 먼저 하는' 말버릇을 보일 뿐 아니라 '남은 아라 듯든 마든 덥허 노코 결론만을 발표'하곤 하는 것이다. 이 행동으로는 덕순이 꾀하는 어떠한 일이 있으며 그녀는 늘 그것에 골몰해 있을 뿐 다른 일에는 거의 무관심한 상태임을 알 수 있다.

그것은 ⓘ에서처럼 남편에게 무관심한 행동으로 가시화된다. 그전에는 남편이 어떠한 소리를 하든 '한층 더 소리를 질러서 쑥 드러가게' 하곤 했으며 남편으로부터 오히려 항복을 받아 내던 그녀였던 것인데, 요사이는 남편과 맞서려고도 하지 않는 행동으로 그녀가 남편에게 아예 무관심해졌음을, 또는 덕순이 남편을 배제한 다른 생활을 꿈꾸고 있음을 간접적으로 알게 한다.

ⓙ는 그녀의 마음이 한규에게 쏠리고 있다는 것과, 동시에 그녀가 새로운 생활에의 생각으로 침착성까지 잃었음을 보여주는 행동 묘사이다.

덕순의 경우는 간접묘사의 양이 현저하게 많다. 작가가 한심하다는 식으로 쳐다보는 직접묘사 부분을 빼면 대부분이 간접묘사여서, 현 생활을 벗어나 새로운 생활을 추구하는 그녀의 심리나 성격 등은 간접적으로만 보여지는 것을 볼 수 있다. 직접묘사가 거의 없어서 내면의 세계를 알 수 없기 때문에 그녀의 성격 묘사는 다소 모호하기까지 하다.

덕순의 문제성은 자신의 처지를 환상적으로 파악하여 자기 착각에 빠진 데에 있다. 그녀의 현상황은 '노라'처럼 폭군적 남성이나 그릇된 관념의 소유자에게 억압을 받고 그에게서 벗어나야 하는 것이 아니었다. 돈을 위하여 나이 많은 불구자 남자에게 시집간 것은 삶을 안이하게 살기 위하여 자기가 스스로 선택한 삶이었다. 그러나 안이한 삶 속에서 어느 정도 여유를 갖게 되자 그녀는 자기가 마치 강제적으로 결혼 당한 사람이기라도 한 것처럼 생각하고 남편과의 생활에서 벗어날 것을 결심한다. 그것의 계기가 된 것은 B여사 사건이다. 그녀는 B여사와 자기와 노라를 동일시하고 있다. 성적 방종이나 생활을 버리는 것이 노라와 같은 것이라고 착각하고 있는 것이다. 그리고는 노라처럼 남편에게 벗어나기 위하여 방법을 강구하는데 직접적으로 남편에게 이야기하

는 것이 아니라 남편을 속이면서 동기도 모호한 미국 유학을 가는 방법을 쓴
다.

덕순은 자기가 택한 삶에 스스로 책임지기는 커녕, 막연히 자기를 노라와
동일시하는 동시에 자신의 결혼 생활을 타의에 의한 불행인 것처럼 자기최면
을 걸고 있다. 결국 상섭은 덕순을 신여성으로서 신사고를 잘못 받아들인,근대
문명 수입의 왜곡된 한 예로 묘사하고 있는 것이다.

2) 진형석…〈진주는 주엇스나〉

a. 직접묘사

ⓐ 진형석이는 구한국시대에 칠팔년 동안 청년 검사(檢事)로 사람째나 죽여
보앗고 그 유명한 ×× 사건 째에도 제 짠은 민활한 수완을 발휘하얏다 하
야 지금도 조선 사람 가운데에는 니를 가라부치는 사람이 적지 안흔 위인
이라 효범이 짜위 어린애야 눈한번만 크게 쓰면 허지 말라는 말까지 허게
할 자신이 잇지만은 (…)위선 '나는 너의 집안을 먹여 살리는 사람이요
너를 이만큼 만드러 노은 것은 내덕이라'는 의식을 다시 한번 새롭게 효범
이의 머리에 너허 노코 나서 문초를 시작하는 판이다 (〈진주는 주엇스
나〉,동아일보,47회)

ⓑ 그것은 만원 수형의 리서(裏書)를 오늘 안으로 바더야만 덜미를 잡는 긔
막힌 사정을 피울 터인데 례식 문데로 흐지부지하다가 리가를 노처버리면
리가의 말맛다나 큰 랑패가 되겟스니까 진변호사가 한칭 더 몸이 다라 그
러는 것이다 (〈같은 글〉,22회)

ⓒ 만원짜리 미천인 인숙이를 일코 삼만원 가격이나 되는 문건을 써내보내면
전후 사만원의 손해다 그나 그쑌인가! 돈 만원도 돌리지 못할 바에야 가
진 애를 써서 길드려 노은 인숙이와의 정이나 버스러지지 안케 하여야 할
것인데 인제는 쓴 쩌러진 망석중이가 되고 마랏구나!하는 생각을 할제
(〈같은 글〉,48회)

ⓓ 이 집 온지 반년이나 되여야 처남이 공부를 하는지 학교에 들어가는지 간

섭이 업슬 뿐 아니라 처음 입학할 첫재로 합격이 되어서 각 신문에 진이
나고(Sic) 하며 자긔의 짧은 반생의 사기 (Sic)나고 하며 수재니 텬재니
하고 -어야(Sic 쩌들어야) 그러냐는 인사 한마듸 업든사람이 별안간 (…)
(〈같은 글〉,47회)

ⓐ, ⓑ, ⓓ는 전지적인 작가에 의한 직접묘사의 부분이고 ⓒ는 작중인물 진
형석의 내면을 통한 직접적 인물묘사이다.

먼저 전지적 작가에 의하여 주어지는 그에 관한 정보는 그의 직업과 그와
관련한 친일적 행각까지 짐작하게 하여 준다. '조선 사람 가운데에는 니를 가
라부치는 사람이 적지 안흔 위인'이라는 부분이 그러하다. 그는 효범 따위의
어린애는 쉽게 다루어 낼 '수완'이 있음에도 불구하고 효범의 아킬레스건이라
할 문제를 서두에 꺼내 효범의 마음을 약하게 만드는 우회적 수법을 쓰고서
자기의 본론을 전개하려 한다. 여기에서는 사람을 마음대로 다루는 그의 수완
을 알 수 있다.

ⓑ에서는 진형석의 현상황을 알려주고 있다. 돈에 쪼들릴 만한 형편은 아니
었던 그가 지금은 돈에 쪼들려 '만원 수형의 리서'를 위하여 리근영에게 매달
리고 있다. 그러나 이러한 면모는 그의 행동이나 말씨에서는 전혀 나타나지
않고 직접묘사 부분에서만 나타나는 것이다.

ⓒ에서 알 수 있듯이 그는 그 만원이라는 돈을 위해 인숙을 이용하려 하고
있다. 그 일이 성사되지 않을 경우에 진형석의 손해는 말할 수 없이 큰 것이
다. 그런데 일이 잘못 되어 진형석이 그로 인한 분한 마음을 화풀이할 곳, 닦
달할 곳을 찾던 중에 지주사가 벗어 놓고 간 짚신을 떠올리게 된다. 그리고
그 짚신만으로 지주사와 김효범으로까지 추리해 내는데 여기에서는 뛰어난 머
리와 예리한 추리력을 가진 진변호사의 면모를 알 수 있다.

ⓓ에서는 효범에게 지나칠 정도로 무관심한 진형석의 모습이 이야기되는 부
분이다. 그는 사실상 효범이 수재니 천재니 하며 신문에 사진이 나고 떠들썩
한 때도 무관심하던 사람인 것이다. 그런 그가 갑자기 공부 운운하며 효범에
게 관심있는 척하는 것은 효범이 인숙의 일에 나서는 것을 경계시키기 위한,
자기가 하려는 말을 감추고 상대방을 꼼짝 못하게 하는 그의 수완인 것이다.

b. 간접묘사

a) 애펠레이션

형석이라는 이름은 항렬을 따르는 평범한 이름으로 보아진다.

b) 외양 묘사

진형석의 외양은 특별히 묘사된 바 없다.

c) 대화·말씨 묘사

ⓐ 지금 와서 네가 딴 생각이 잇는게다 네 일도 랑패리다 하시는 것은 넘어
심한 말씀이 아니요 이것이 돈을 밧고 물건을 사고 파는 것 가트면야 서
로 계약서를 교환하지 안흔 터이니까 더 나흔 작자를 만나면 딴 생각이고
쪽딴생각이고 가질지도 모르지만 다른 것과 달라서 명예를 존중하는 우리
사이에 인간대사를 긔위 작명한 일이요 쏘 날로 말씀할지라도 비단 수형
(手形)문데가 아니라 말만 수양녀이지 내딸이나 달음업는 처디에 계집자
식 가지고 이랫다 저랫다 할 리가 어대 잇겟소? (〈같은 글〉,21회)

ⓑ "실상은 그 자가 우리 족하 사위가 될 신랑인데 마누라 생각에는 어쌧소?"
하고 웃는다 양딸이 인제는 족하사위가 되엇다 (〈같은 글〉,37회)

ⓒ "그저 내말대로 우물주물 레식이랍시고 하잡시다그려 우리집에서 그럭저럭
지내면 소문이 날리도 업고…하여간 어서 끗장을 내야지 (…)가치 데리고
인천으로 나려가슈 그래서 월미도 '호텔'이고 다른 여관으로 데리고 가시
그럭저럭 하다가 살림을 배처하면 레식은 차차 보아서 지내게 되지 안켓
소?" (〈같은 글〉,22회)

ⓓ 마누라가 인숙이를 달래는 한편에 효범이를 단속해서 엉구어 주어야 하겟
소 당대의 호남자 진형석이를 놀려내든 멸세의 미인 김효명녀사의 수단을
이런 째애 종횡무진으로 발휘하시란 말씀요 (〈같은 글〉,38회)

ⓔ 의지가지 업는 것을 거두어서 공부를 식혓겟다 공부를 마친 뒤에는 내 딸

에 지지 안케 먹이구 입히구 하다가 가연(佳緣)이 잇서서 싀집까지 보내
준다면야 누가 듯기로서니 나를 그르달 사람이 어대 잇단 말이냐? (…)내
가 못된 데로 끌엇다고? 못된 데로 어쩌케 끌엇단 말이야? (〈같은 글〉,
49회)

ⓕ "(…)무슨 내가 변변치 안흔 학비를 대인다고 이런 소리를 하는 게 아니
라 자네(Sic넨)72)들 나희 이십이면 그만 철은 낫겟지?! 그래 자네 집 형
편을 생각하기로서니 감긔쯤 알는다고 편둥편둥 놀째인가"(〈같은 글〉,47
회)

ⓖ "혈담은 고사하고 벌서부터 계집에 눈을 쓰고 달쩌 단이니까 걱정이지요
장인! 이제는 나두 할 수 업소 차저서 데리고 나려 가시든지 제대루 내버
려 두든지 마음대로 하슈"(〈같은 글〉,54회)

ⓗ 겨오 중학교 쏭을 쩔고 남의 덕에 공부ㅅ자나 하게 되니까 엉뎅이에서부
터 쏠이 난다고 맛득지 안케 계집애부터 어들 생각이나 하고…… 네가
지금 계집을 어드면 먹여 살릴 힘이 잇니? 너가튼 썩은 정신을 가진 놈은
썩은 돈이 잇서도 공부는 아니 식힐 테야! 어서 이 당댱으로 나가거라!
(〈같은 글〉,52회)

ⓘ "무슨 소리든지 다- 하고 나가거라! 네가 저러케 미처 날 줄은 참 몰랏구
나! 너 아버니께 내가 참 면목이 업다…… 네가 지금 꿈이야기를 하고
안젓는 모양이냐?"진변호사는 울화가 치바치는 듯이 얼골이 검어케 되고
뒤틀려 안저서 담배를 자조 쌜다가 이러한 소리를 태연히 하엿다 치지도
외를 하는 수작이요 안해와 문자가 듯는데에서 효범이를 정신이상(精神異
常)이 잇는 사람으로 놀리랴는 수작이다 (〈같은 글〉,50회)

ⓙ "그짜진 진형석이란 놈이 누구요? 한국 시대에는 ×× 사건에 매국 검사(賣
國 檢事)라고 패차고 나섯든놈이요 합병후에는 고리 대금업 변호사로 세
상이 다- 아는 일인데 그래 그놈을 신사라고 가만 내버려 둔단 말이요?
(…)"(〈같은 글〉,58회)

---

72) 익일자에 '자넨'의 오식이라 밝힘.

ⓚ "(…)졸업하기 전에 일년 동안쯤 오류백원의 학비를 대여 주엇다고 개만
도 못한 놈의 심쑈를 가지고 롱락할 대로 하고나서 그래도 부족한 것이
남엇든지 만원에 욕긔가 쩨치어서 얼렁얼렁하고 이몸을 팔랴고 하는 놈에
게 속아넘어갈 인숙이가 안입니다 (…)" (《같은 글》, 43회)

진형석 자신의 말을 통하여 그의 성격이 묘사되는 경우는 ⓐ~ⓘ이고, ⓙ,
ⓚ는 타인의 담화를 통하여 인물이 묘사되는 부분이다.

전자에서는 상대를 제압하는 진형석의 언변이 보여진다.

먼저 ⓐ에서는 상대방의 의표를 찔러 반박의 여지가 없게 만드는 진형석의
언변을 보여준다. 사실상 인숙과 리근영의 혼담은 물건을 사고 파는 것과 다
를 바 없는 것이다. 그러나 리근영이나 진변호사는 자신들의 명예와 관련한
부분이므로 서로 그런 생각은 애써 하지 않으려는 입장일 것이다. 그렇기 때
문에 진변호사의 말은 리근영을 꼼짝 못하게 만든다. 여기에서 그가 쓰고 있
는 '인간대사'라는 말과 '내딸이나 달음업는' '계집자식'이라는 말은 곧 이은 인
용 부분에서 그 허구성이 드러나게 되는 것을 볼 수 있는 부분이다.

곧 ⓑ는 아내에게 하는 말인데 인숙을 가리켜 '족하'라고 하고 있다. 그것은
아내 앞에서 자신의 정부인 인숙을 가리켜 리근영에게 말하는 것처럼 '딸'이라
고 친근하게 부른다는 것이 어딘가 어색하다는 마음의 표현이다.

ⓒ에서는 진변호사가 리근영의 안절부절 못하는 마음을 잡아주기 위하여, 인
숙을 '납치'라도 하여 같이 살라고 권면하는 것이다. 위에서 말하던 '인간대사'
는 '우물주물 례식이라고 하자'는 말로 바뀐다. '쏘 무슨 변동'의 여지가 있는
혼담이다 보니 자기에게 급한 돈을 위해서라도 서둘러 해야 하는 것이 진변호
사의 입장이어서 인숙과의 결혼이라는 문제를 그렇듯 쉬운 것으로 알게끔 리
근영의 마음을 진정시켜야 돈이 빨리 나올 거라는 계산속이다. 여기에서 그는
인숙의 인격에 대한 배려나 앞날에 대한 전망은 없고 오로지 자신의 목적만을
위해 인숙의 결혼을 서두르고 있음을 알게 된다.

그러다 보나 ⓓ와 같이 아내의 도움까지 요구하여 인숙의 마음을 잡으려 하
는 것이다. 상대방의 호감을 사는 말을 하면서 부탁을 하는, 진형석 특유의 기
술적 언술의 면모가 다시 한번 보여지고 있다.

ⓔ와 ⓕ는 진형석이 자화자찬하는 부분이다. 인숙의 학비를 좀 대 주고 집에 있게 해 준 사실을 가지고 '의지가지 업는 것을 거두어 공부를 식'히다가, '가연(佳緣)'을 만나 시집을 보내려는 것이라고 말하여 자신을 마치 자선사업가라도 되는 양하면서, '못된 데로 어쩌케 끌엇단 말이야'라고 효범을 다그친다. 여기에서는 앞서의 언술들에서 보였던 상대방 제압의 기술과 함께 그의 뻔뻔한 성격도 잘 드러난다. 그는 또 감기를 핑계하고 학교를 가지 않는 효범을 비난하고 있는데 그는 사실 효범이가 감기로 인해 학교를 가지 못하는 것에 관심있는 것이 아니다. 감기 걸릴 정도로 자신의 건강을 버리면서까지 인숙의 일에 끼어들어 문제를 일으켰다는 사실에 분노하는 것이다. 그러면서 그는 다시 효범의 가정환경을 들먹이면서 공부나 열심히 하라고 효범에게 말한다. 가정형편이 어려운 주제에 무슨 여자냐는 식으로 말해 효범의 자존심을 자극하고 있는 것이다. 효범이 공부에만 전념하고 이 일에 손을 떼면 인숙 역시 마음을 돌려 리근영과의 혼인이 쉬워질 수 있을 것이라고 생각하기 때문에 효범을 죄어치는 것이다.

ⓖ는 진형석이 자기 장인이자 효범의 부친에게 효범을 왜곡시켜 험담하는 부분이다. 여기에서 진형석은 자신의 정부인 인숙의 금전을 앞세운 혼인과 그 혼인의 부당함을 효범이 지적하고 있는 사실을 왜곡시켜 효범을 마치 인숙이라는 여자에게 '눈을 쓰고 달쩌 단이'고 있는 한심한 젊은이인 것처럼 말하고 있다. 장인을 이용하여 효범을 저지시키고 자신의 입지를 더 굳게 하려고 그를 흥분시키고 있는 것이다. 그는 그렇듯 자기의 마음대로 상대방의 심리를 조종할 줄도 아는 인물인 것이다.

ⓗ, ⓘ는 효범에게 하는 말이다. 그는 마치 효범이 바람이라도 난 것처럼, 정신이상자처럼 만드는 것을 볼 수 있다. 그것은 자기에게 불리한 말을 하는 효범의 인격을 매도함으로써 주위 사람들로부터 효범을 고립시키려고 하는 것이다.

ⓙ는 신문기자인 신영복의 말로 진형석변호사라는 인물이 묘사되는 부분이다. 직접묘사 부분에서 이야기되었던 진변호사의 前歷이 확인되고 있다. 그는 전날에는 유명한 '매국검사'였고 지금은 또다시 유명한 '고리대금업 변호사'인

것이다. 신문기자의 입을 통하여 말하는 진형석의 면모인 만큼 그 신빙성은 큰 것이다. 여기에서 직접묘사 부분에서 알 수 있었던, 진형석이 돈에 쪼들리게 된 배경을 짐작할 수 있게 된다.

ⓚ에서는 인숙의 말에 의하여 인숙과 진변호사의 관계가 알려진다. 진변호사는 인숙이 졸업하기 전에 일년 정도 학비를 대어 주었고 이를 빌미로 인숙과 성관계를 맺어 왔으며 그리고 다시 돈 만원에 욕심이 나서 인숙을 팔다시피 시집보내려고 하는 철면피적인 인물인 것이다.

d) 행동 묘사

ⓛ 어제 H명에서 인숙이를 보랴 나오다가 진변호사가 충둥여서 사 가지고 온 것이다 비단 옷감이며 금반지ㅅ개나 사다가 노코 선채를 바덧습네 하면 인숙이의 마음도 올가너키가 쉽고 남볼상에도 번듯할 것 가타야서 한 노릇이다 (〈같은 글〉, 38회)

ⓜ 지주사의 죄를 몰으는 것은 아니지만 이일만 잘해 주면 그러한 것은 용서해 줄 뿐 아니라 상당한 상급도 잇슬 터이요 월급도 올려 주마는 눈치를 보이면서 달내기도 하고 위협도 하야 흠씬 살마 노앗다 (〈같은 글〉, 54회)

ⓝ 이것은 물론 진형석이가 신문사 사댱의 량해를 어더 가지고 인천에 나려 가서 지국 긔자를 한잔 먹이고 쑤며 노흔 일이지만은(...) 공동한 목뎍을 위하야 다시 화합이 된 까닭이엇다 (〈같은 글〉, 63회)

ⓛ~ⓝ은 진변호사의 행동묘사이다.

ⓛ은 인숙의 마음을 읽어 매기 위해 리근영으로 하여금 비단과 금반지들을 사 가지고 집으로 데려오는 행동을 통하여 진형석 자신이 자신할 수 없는 인숙의 마음과 함께 리근영의 마음까지 잡아 두려는 것을 알 수 있다. 사람의 마음을 잡기 위해 물질을 앞세우는 것이다.

ⓜ은 진형석이 효범과 손잡고 인숙의 일에 끼어들어 훼방을 놓은 자기 아랫

사람인 지주사에게 하는 행동이다. 자기는 이미 지주사와 효범이 벌인 일의 내막을 알고 있지만 자기가 시키는 이번 일만 잘 해 주면 그 모든 것을 눈감아주며 용서하는 한편 상까지 주마고 하여 지주사를 반은 달래고 반은 위협한다. 진변호사 특유의 그런 수법으로 지주사를 다시 자기사람으로 이용하려 하는 것이다.

ⓝ은 진변호사의 능란한 수완이 다시 보여지는 행동 묘사이다. 리근영과 결탁하여 신문사 사장이나 지국 기자까지 매수하여 여론을 자기 뜻대로 조성하려 한다.

진형석의 경우도 역시 대화와 말씨 묘사를 통한 간접묘사가 월등한 것을 볼 수 있다.

진형석은 젊은 신여성인 조인숙의 학비를 대 주는 대신 그녀의 몸을 농락한다. 같은 집에서 살면서 아내 몰래 그녀와 정을 통하고 지낸다는 것은 그가 얼마나 철면피적인 인물인가를 웅변으로 알려주는 것이다. 그러나 그의 부부 관계는 그다지 나쁘지 않은 것을 볼 수 있다. 이것은 다시 그가 얼마나 철두철미하게 아내의 눈을 속여 왔는지를 알게 한다. 그의 악마성은 여기에서 그치는 것이 아니다. 금전적인 이익을 보기 위해 자기 정부를 다시 딸로 둔갑시켜 돈 많은 늙은이에게 첩으로 보내기까지 한다.

그는 일제 치하에서 친일파로서 애국자들을 검거하는 데 앞장서면서 돈과 권세를 얻은 인물이다. 게다가 그는 이러한 민족적인 훼절과 타락에 성적, 금전적 타락을 아울러 횡행하면서 일제 치하를 살아 가는 지식인으로서 가장 부정적인 인물 가운데 하나로 형상화되는 것이다.

3) 이창호…〈이심〉

이창호는 상식적인 삶과 그렇지 못한 삶 사이에서 갈등하는 인물이라고 할 수 있다. 아내 춘경의 비상식적인 삶의 태도와 그에 대응해 나가는 창호의 면모는 가해자이면서 또한 피해자라고도 할 수 있는 것이다.

a. 직접묘사

ⓐ 반일 남아를 싸질러야 쓴 담배 한 개도 못 걸리고 돌아온 창호로서는 더 뻣대일 수도 없었던 것이다. 기실 창호가 모자를 쓰고 나선 것은 어데를 가겠다는 작정이 있어서 그런 게 아니라 이 침울한 기분을 깨뜨려서 안해의 의논을 익히든지 깨뜨려 버리든지 좌우간 귀정을 지을 기회를 맨들자는 생각으로이었다. (《이심》,염상섭 전집 3,민음사,1987,28쪽)

ⓑ 집에서 편지를 들고 나올 때는 돈이 안 될가 보아 마음를 조렷으나,급기야에 되고 보니 이제는 고맙고 기쁜 생각보다도 창피한 생각과 굴욕적 불쾌가 앞을 섰다. 그뿐 아니라 돈의 액수가 많으면 많을수록 반가울 것이나 창호에게는 도리어 머리를 짓이기는 의혹을 더 깊게 할 뿐이었다. (《같은 글》,12쪽)

ⓐ, ⓑ는 창호의 내면이 나타나는 부분이다. 돈을 구하러 다른 사람에게 갔다 오라는 아내의 말에 창호는 무작정 그 자리를 피해 보려고 집을 나섰고 결국 '담배 한 개도 못 걸리고' 돌아와 더 버틸 수 없게 되었다. 그래서 아내의 말 대로 일본인 좌야에게 가서 돈을 꾸어 왔는데 자기의 간 목적 대로 돈을 받고 보니 '고맙고 기쁜 생각'보다는 아이러닉하게도 '창피한 생각과 굴욕적 불쾌'가 앞서고 그 돈의 액수가 클수록 아내와 좌야 간의 관계에 관하여 의심이 들게 되는 것은 어쩔 수 없다. 이것이 시작이 되어 창호와 춘경은 돌이킬 수 없는 사이가 되어 버린다. 이창호의 경우 전지적 작가에 의한 묘사가 거의 없는 것을 볼 수 있다.

b. 간접묘사

a) 애펠레이션

'이창호'라는 이름도 항렬을 따르는 것으로 보이는 평범한 당대 이름이다.

b) 외양 묘사

ⓐ 그닥한 미남자는 아니나 얼굴이 희고 맑게 생긴 것이라든지 키가 훌쩍하

면서도 건강한 체격이며 씩씩하고 친절한 태도고 당장 학생들의 환심을
사기에 넉넉하였다. (〈같은 글〉,77쪽)

ⓑ 눈은 자연히 수세미가 된 두루마기 앞섶자락과 앞뿌리가 꿰어진 운동화
   끝으로 나려 가고 손은 참새 보금자리 같은 머리 뒤로 올라가랴는 것을
   참았다. (〈같은 글〉,19쪽)

ⓐ, ⓑ는 창호의 외모가 묘사되는 부분이다. ⓐ의 외모에서는 건강하고 맑
은 성정이 엿보인다. 이것은 그의 학생 때의 외모인 것이다. 그런데 ⓑ에서 볼
수 있듯이 지금은 '수세미가 된 두루마기'에 '앞뿌리가 꿰어진 운동화'를 신고
'참새 보금자리 같은 머리'를 하고 있다. 이러한 그의 외모의 변화는 그의 경제
적 환경의 변화, 그의 심경의 변화를 보여주는 것이다.

c) 대화·말씨 묘사

ⓒ "헌다면 소학교 교원 노릇이나 할 수 있겠지만,그건들 자격이 없는데다가
   징역사리를 하고 나왔으니까 누가 써 줍니까-" (〈같은 글〉,35쪽)

ⓓ "이 돈으로 두루마기나 해 입을 일이지, 어쩌자구 길바닥에 뿌리고 다녀?"
   (...) "그런 쓸데없는 걱정을 해 달라는 게 아니요. 이 돈은 내 돈이 아니
   니까 마음대로 하시구려." (〈같은 글〉,21-22쪽)

ⓔ "미친 소리 말어! 이틀 사흘 쯤 굶기루 사람이 죽기야 할까?" (...) "그러
   면 어쩐단 말이오? 오늘 해를 또 이대로 넘길 수야 있소? 단돈 얼마라도
   거절할 리야 없으니...... 창피하거든 우리 오라버니라고 하든지 잠간 심부
   름 온 사람이라고 하구려. 이러구 저러구 통히 당자를 만나볼거야 무에 있
   소. 뽀이를 시켜서 편지만 들여보내면 될껄?" (〈같은 글〉,26-27쪽)

ⓕ "그것도 여기 이 친구에게 물어보슈! 돈 삼십원 밧고 계집을 아주 팔아 넘
   기기로 했으니 나는 모르겠소!" (〈같은 글〉,24쪽)

ⓖ "제 인격을 도송이채 팔아서도 처자의 배를 채워 주어야 할 의무가 있는
    것인가? 사내 자식으로 당할 수 없는 굴욕 앞에 코를 박고 겨우 얻은 돈
    이 이 삼십원이다! 그래도 이 돈으로 밥을 끄려 먹고 담배를 사서 빤단
    말인가?......" (〈같은 글〉,15쪽)

ⓗ "어서 가시지요.구구한 밥술이나 흘려 넣고 하루라도 더 살면 무슨 신신할
    께 있겠습니까. 염려 마시고 어서 돌아가시지요." (...) "미안합니다마는
    이 속에서 죽는 대로 내버려두든지, 어서 얼른 죽여 주든지 처분대로 하여
    주시요.나가면 나같은 놈이 갈데가 어딥니까--죽을 데가 있는가요......"
    (〈같은 글〉,92쪽)

ⓘ "미친지도 벌써 오랩니다. 그렇지만 계집의 몸과 돈으로 다시는 밥을 아니
    먹을만큼은 정신이 말장합니다. 어서 가십시오." (〈같은 글〉,93쪽)

ⓙ "이렇게 찾아 주시는 것은 감사합니다. 영광입니다. 그러나 이따위 놈을
    잊지 않고 이런 데까지 찾아 주신다는 것은, 썩은 창호에 매질을 하는 것
    보다도 더 참을 수 없는 형벌입니다. 어서 가 주십시요. 십년 전 오년 전
    옛날 창호가 아닙니다. 순결한 양가의 부녀자면 이 앞에 오는 것조차 불
    명예로 알고 코를 막을 그러한 이창호올시다." (〈같은 글〉,107쪽)

ⓚ 나는 사창(私娼)을 묵허한다면 차라리 공창(公娼)을 사회학적 견지로 유
    익하다고 인정하오. 그러므로 나의 안해요 친구인 그대를, 사회의 보다 더
    유해한 사창으로 묵허하느니보다는 공창으로 내세우는 것이, 부득이 그러
    한 직업을 가져야만 할 성격과 사정에 놓인 그대에게 대한, 남편의 의무
    요, 우의상 피치 못할 일이라고 생각하오. 그대가 십원 이십원에 그대의
    육체를 꾸미고기로 저며 파는 꼴을 어떻게 나더러 보라는 것이요, 팔백원
    에 지금 도매를 하였소. (〈같은 글〉,295쪽)

ⓒ는 춘경의 말에 의하여 창호가 학력이 알려지는 부분이다. 학교 교원 노
릇이라는 안정된 직업을 가질 수도 없을 만큼 학식이 어중간한 창호는 거기에
다 감옥까지 다녀온 인물이기 때문에 취직하기가 어렵다는 것이다. 여기에서
창호와 춘경의 삶이 굴절될 수밖에 없는 것임이 암시된다.

ⓓ, ⓔ는 창호와 다른 사람과의 대화이다. ⓓ에서는 창호의 초라한 행색을 보고 가지고 있는 돈으로 옷가지나 변변히 추스리라는 경관의 말에 자기가 가지고 있는 돈, 곧 좌야에게서 수치를 무릅쓰고 얻어온 돈을 자기 것이 아니라고 부인하는 것을 보게 된다. 어렵게 구한 돈을 자기의 것이 아니라고 부정하는 그의 말과 행동은 객기에 지나지 않는다. 이를 통하여 그는 현실감각이 없고 자존심만 내세우는 인물인 것을 알 수 있다.

ⓔ는 먹을 것이 없는 것을 걱정하는 아내 춘경에게 대해 하는 말이다. 한 집안의 생계를 책임져야 할 가장인 그는 굶어도 죽지는 않는다는 식으로 소극적이면서도 무책임한 말을 하고 있다. 이것은 그가 삶에 대해 적극적이고 진취적인 자세를 취하기보다는 도피적인 자세인 것을 알게 한다. 이에 대해 아내 춘경은 다른 방법을 강구해 본다. 남편을 좌야에게 보내어 돈을 좀 빌어오라고 하는데 남편이 창피할 것을 생각해서 오라버니라고 하든 심부름꾼이라고 하라는 것이다. '단돈 얼마라도 거절할 리'는 없다고 하면서 당자를 만나 보지 않더라도 돈을 줄 것이라고 아주 자신만만하다. 이러한 것은 그녀와 좌야의 관계가 심상치 않은 것임을 웅변으로 말해 주는 것이 아닐 수 없다. 그러나 먹고 살기 위한 돈을 위해서는 남편이 자신의 부정을 눈치챌 거라는 사실을 전혀 염두에 두지 않고 있다. 그녀에게 필요한 것은 창호와 같은 체면치레의 문제가 아니라 삶을 이어 나가는 것 뿐이었던 것이다.

ⓕ∼ⓚ는 창호의 말이다. ⓕ에서는 삼십원을 좌야에게 받아 가지고 온 것에 대해 아내를 팔아넘겼다는 식으로 말하고 있다. 군색한 삶 탓에 아내로부터 돈을 얻어 오라는 말을 듣게 되었고 돈을 막상 받고 나서는 좌야로부터 얻어온 돈 삼십원을 마치 자신의 인격과 맞바꿈한 것처럼 생각하고 괴로와한다. '사내 자식으로 당할 수 없는 굴욕 앞에 코를 박고 겨우 얻은' 것으로 보는 것이다. 여기에서 그의 자존심은 정조를 잃은 아내를 아내가 아니라고 보는 것이다. 먹고 살기 위함이었다는 상황논리는 적용될 수 없고 오로지 부정한 아내 자체만 부정해 버리는 것은 창호의 소극적이고 안일한 삶의 태도를 보여준다. 결국 창호는 부정한 아내를 부정하고 내쳐 버리는 것을 무능력한 자신의 방어기제로써 선택하는 것이다. 가족의 생계를 위해 정조까지 버려야 했던 아

내 춘경과는 큰 거리가 있다. 그는 자기의 자존심만이 중요한 것이었다.

그리고는 ⓗ, ⓘ에서처럼 자포자기의 심경이 되고 마는 것이다. 정조 잃은 아내를 아예 남에게 팔아 버린 것으로 간주하고 자기의 삶도 의미를 잃은 것으로 보는 것이다. 창호는 이러한 퇴행적인 가치관의 소유자였던 것이다.

ⓙ는 감옥에 갇혀 있는 창호를 찾아 온 위영애에게 하는 말이다. 자신은 이미 '썩은 창호'라는 것이다. 창호 자신의 그러한 말에서 그는 수감되기 전부터 이미 삶의 의욕도 분명치 않고 자존심만 앞세우며 비생활인으로 자식과 아내에 대한 책임까지도 깨닫지 못하는 *浮游的*인 인물임을 알 수 있다.

ⓚ는 아내 창호가 춘경을 창녀굴에 팔아넘기면서 남긴 편지글의 일부이다. 춘경이 좌야에게 몸을 주고 돈을 받아왔다는 것, 그리고 자신이 수감되어 있는 동안 또다시 미국인인 커닝햄과 동거를 하고 있었다는 것을 알게 되자 그녀의 행위가 *私娼*과 다를 바 없는 것이라고 치부하고 아내 춘경을 그러한 생활을 해야만 하는 변태적인 성격의 소유자로 치부하면서 차라리 *公娼*의 직업을 가지는 것이 그녀를 위해서 나을 것이라고 하는 것이다. 여기에서 그의 빈정거림과 냉소적인 성격의 극단을 볼 수 있다.

  d) 행동 묘사

ⓛ 중학생다운 가다듬지 않은 목소리언마는 청아하고 참잉하였다. 그보다도 벽에 기대어서 어리광 피우는 아이처럼 몸을 좌우로 살살 흔들어 가며 힘 드리지 않고 애처로이 부르는 그 자태와 표정이 여러 사람의 호감을 더 돋았던 것이다. (〈같은 글〉,41쪽)

ⓜ "이 되다 찌그러진 자식! 돈 여기 있다! 누구를 되지 않게 놀리니! 너나 내나 돈 때문은 매 한 가지다!" 하며 지폐 석장을 거지의 얼굴을 향하야 보기 좋게 뿌리치고 휙 돌쳐서서 어깨로 숨을 쉬이면서 걸어간다(〈같은 글〉,19쪽)

ⓝ 창호는 잉크 병을 들어서 안경쓴 좌야의 얼굴을 속이 시원하도록 후려친 것이었다. (〈같은 글〉,26쪽)

ⓛ은 춘경과의 스캔들로 삶이 왜곡되기 이전의 그의 면모를 알 수 있는 행

동 묘사이다. 여러 사람들에게 호감을 줄 수 있을 만한 애교스러운 태도로 노래를 부르는 그의 모습에서 순수하고도 매력있는 남학생 창호의 모습이 보여진다.

이러한 과거의 행동은 ⓜ의 현재 행동과 대척적이다. 자기의 행색을 비웃는 거지에게 돈을 뿌리는 것인데 돈에 대한 객기는 돈의 사회성을 무시하는 태도라 할 것이므로 그의 비사회적인 면모를 다시 볼 수 있다. 이와 같은 돈에 대한 분노의 감정은 〈운수 좋은 날〉의 김첨지나 〈백치 아다다〉의 아다다의 행위와 맥을 같이하는, 비사회적이고 환아적인 것에 지나지 않는다.

ⓝ은 그러한 울분을 어른스럽게 삭이지 못하고 끝내 돈을 준 좌야에게 화풀이를 하는 행동이다. 이로써 창호 자신은 다시 영어의 몸이 되고 춘경의 삶은 다시 더한 질곡으로 빠지게 되는 것이다. 문제를 해결하기보다 더 심각하게 만들어 버린 것이다.

이상의 성격묘사를 살펴보면 이창호는 간접묘사의 양이 많고 내면 세계를 알 수 있는 심리 묘사가 적어서, 다른 인물들에 비해 창호는 다소 엉성하게 묘사되고 있음이 사실이다. 그것은 그의 행동과 대화의 묘사 부분에서도 보여지거니와, 그가 행하는 행동들은 동기가 불분명하기까지 하여 그는 작품 내에서 "요령 부득의 인물"[73]로 설정되어 있다.

이창호는 본래 성실하고 운동도 잘하는 건강한 청년이었다. 양반 가문의 외아들로 젊고 장래가 촉망되던 창호는 교육제도를 비롯한 봉건적 사회에 의해 '버려진' 인물이다. 한낱 소문, 스캔들에 의해 학교와 사회로부터 매장당하고 사회에 대한 아무런 지식이 없는 상태에서 춘경과 동거를 시작하게 되고, 또다시 가족으로부터 소외되고 마는 것이다. 한창 학문을 익힐 나이에 학교를 내쫓기고 비생활인의 길을 걸어가게 되면서부터 프롤레타리아의식을 갖게 된다. 사회주의자가 되는 과정이 작품 가운데에서 나타나지 않지만 아마도 당대 부적응자 특유의 방식으로 프롤레타리아 쪽에 경도되었을 것인데 어떻든 그는 그 때문에 감옥을 들락날락하는 인물이 된다.

그리고 사회주의자 창호의 현실에 대한 무감각에 무능력, 무책임한 생활태

---

73) 유종호,〈소설과 사회사〉,314면 참조.

도는 아내로 하여금 삶을 위해 생활전선에 뛰어들지 않으면 안되게 한 것이
다. 자신으로 인해 몸까지 팔아야 했던 젊은 아내에 대해 깊이 생각해 보거나
대화를 해 보는 일 없이 냉소와 외면으로 일관하고 마침내는 아내를 약취, 유
인하여 창녀굴에 팔아넘긴 창호는, 사건을 침소봉대하여 무조건 한쪽 말만 듣
고 자기를 버린 사회 만큼이나 대상에 대해 가혹했던 것으로 해석될 수 있다.
그가 아내를 죽음의 막다른 길로 몰아 넣어야 했던 것은 "희생자는 자기보다
더 약한 희생자가 필요"하였기 때문에, 또는 "억압적 구조의 반인간성은 이렇
게 희생자를 가해자로 변형시키면서 그 과정을 한없이 확대하고 재생산"시킨다
는 면에서 이해될 수 있다74). 결국 그는 정신분석학자들이 말하는 동기적인
갈등motivational conflict, 곧 모순점의 근본원인을 냉철히 바라보지 못하고
막연하게 환각과 혼돈, 그리고 광란의 의식 상태로써 행동하던 초기 경향파
문학의 인물과 마찬가지로 냉철한 안목이 결여된 탓으로 비극을 해결하기는커
녕 다시 한번 굴절되게끔 했던 것이다.

　생활방식이나 문제 해결 방식 등의 면에서 보아 이창호는 부정적 인물임에
는 틀림없는 것이다. 하지만 그의 타락의 원인은 그의 성격 때문이 아니었다.
다만 사회에 나설 준비가 되어 있지 않은 무방비상태에서 학교에서 쫓겨나고
그때부터 시작된 사회에의 부적응이 계속되어지면서 그는 하나의 부적응자로
고착되어 성격까지 변화되었던 것이다. 이러한 데에는 교육제도를 비롯한 사
회의 책임이 크다 하겠다. 그래서 내부적 여건 보다는 외부적 여건에 그 타락
의 원인이 있는 인물이라 볼 수 있다.

4) 김병화…〈삼대〉

a. 직접묘사

ⓐ 병화는 와세다 전문부의 정경과에 이름을 걸어놓고 한 학기쯤 다녔으나
　　부친이 학비를 보낼 리가 없었다. (…) 거기에는 물론 병화의 노골적으로

---

74) 〈위의 글〉,319면 참조.

반항하는 편지를 한 탓도 있었다. 제 사상이 변했더라도 어름어름 부친의
비위를 맞춰 나갔더라면 좋겠지마는 변통성 없는 어린 마음에 곧이곧대로
나갔던 것이다. 그러나 굶으며 동경 바닥에서 일년 간 뒹구는 동안에는
생활이 그러니만큼 사상이나 기분이 더욱 과격하여졌었다. (…)아비 말
안 듣고 신앙도 빠뜨리고 다니는 자식은 어서 뒈져 버리든지 나가 버리든
지 하라고 야단을 친 것이었다. (〈삼대〉,한국현대문학 전집3권,삼성출판
사,1981, 44-45쪽)

ⓑ 병화는 이 이삼 년 동안에 더우기 성격이 뒤틀어진 것을 덕기도 냉연히
  바라고 지내는 터이다.(〈같은 글〉,16쪽)

ⓒ 이런 궁극에 달한 생활을 하면서도 남에게 굽히지 않고 자기 주의를 위하
  여 싸우는 것이 말하자면 수난자(受難者)의 굳건한 정신이 있기 때문이려
  니 하는 동정이 한층 더 깊어졌다. '나 같으면 하루도 못 배기겠다. 벌써
  다시 집으로 기어 들어가서 부모의 밥을 먹었을 것이다.'(〈같은 글〉,40쪽)

ⓓ 병화의 생각으로 하면 이러한 사람이 자기의 동지가 되리라고 믿는 것도
  아니요, 또 동지로 끌어넣자는 것도 아니다. 처자가 주줄이 달린 오십 줄
  에 든 사람을 끌어 내세우느니보다는 그 자신이 프롤레타리아 의식만 가
  지고 그 동무들에게 이해를 가지게 전도(傳道)를 하게 되는 정도에 만족
  하려는 생각이었다. 그러노라면 자식들도 그 감화를 받을 것이니 후일 정
  말 일꾼은 그 자식들 가운데서 구할 것이라고 비교적 원대한 생각을 가지
  고 있는 것이다.(〈같은 글〉,184-185쪽)

  ⓐ는 병화의 과거가 요약, 설명되는 부분이다. 그는 부친의 반대하는 정경
부에 입학하면서 부친과의 사이가 벌어지고 그런 탓에 집으로부터 학비도 끊
기고 말았다. 병화는 자기의 사상을 부친과 어느 정도 비위를 맞춰 나가는 융
통성을 갖지 못하고 변통성 없이 곧이 곧대로 나가는 바람에 부친과의 사이가
더욱 벌어지는 것이다. 그래서 결국 그의 학력은 와세다 대학 한 학기 중퇴로
끝나게 되고, 타지에서 굶으며 지내는 동안 성격만 더욱 나쁘게, 곧 '과격'하게
변화한다. 귀국해서는 집에서도 부친과 충돌을 거듭한 끝에 마침내 내쫓기다

시피 집을 나온다.

ⓑ는 그렇듯 성격이 바뀐 병화가 집을 나와 하숙 생활을 하며 굶다시피 지내면서 성격 면에서 더욱 뒤틀어지게 되었음을 말하여 주는 부분이다. 병화는 가출이 동기가 되어 굶주리는 생활을 하다가 부적응주의자들의 한 경로로서 사회주의자가 되었던 것이다.

ⓒ는 덕기가 그런 병화의 정신력을 높이 평가하고 있는 부분이다. 형편 없는 환경에서 지내면서 성격이 조금 바뀌기는 하였지만 어떻든 남에게 굽히지 않고 자기 주의를 관철시키는 데서 그의 '수난자(受難者)의 굳건한 정신'을 동정하고 자기와 비교하여 본다. 자기 같으면 하루도 못 배길 것 같은 비인간적인 환경에서 지내면서 자기 주장을 지키는 병화를 바라보는 덕기의 시선은 거의 존경에 가까운 것이라 할 것이다.

ⓓ는 병화의 이념적인 측면이 알려지는 부분이다. 덕기네 집의 하인에게 친근히 굴면서도 그를 동지로써 인정하여 하는 것이 아니고 그에게 막연하더라도 프롤레타리아 의식을 주입시킴으로써 그 동무나 자식에게까지 전파시키는 결과를 기대하는 것이다. 이를 통해서 알 수 있는 것은 병화 역시 아랫사람, 곧 프롤레타리아들에 대하여 진정한 의미의 동지의식은 갖지 않고 있다는 사실이다. 이 부분에서 알 수 있는 것은 병화가 표면적으로만 사회주의자이지 진정한 프롤레타리아 의식을 가지고 있는 인물이라고는 할 수 없다는 것이다.

b. 간접묘사

a) 애펠레이션
'병화'라는 이름도 항렬을 따르는 이름이라고 보아진다.

b) 외양 묘사
당시 유행하던 마르크스 보이 특유의 장발일 것이 짐작될 뿐 구체적 묘사는 나타나지 않는다.

c) 대화·말씨 묘사

ⓐ "아버지께서는 동지사(경도에 있는 대학) 신학부에 들어가거나 거기서도 안되거든 동경으로 가서라도 신학을 공부하라고 하시기에 네에네에 하고 떠나오긴 했지만, 난 죽어도 목사 노릇은 아니할 텔세. 목사는커녕 내 짐 속에는 바이블(성경책)도 없네." (〈같은 글〉, 43쪽)

ⓑ "(...)허지만 몇 해 동안 학비 얻어 쓰자고 자기를 팔 수 있나?- 자기의 신념을 팔 수 있나? 만일 신앙을 잃고서 그 잃은 신앙의 내용을 공부한다 면 그건 대관절 무엇인가?(...)" (〈같은 글〉, 43-44쪽)

ⓒ "사실은 나는 밤낮 먹는 그 밥도 없네마는 술도 못 얻어 먹으면 냉수나 마 시고 살란 말인가? 대관절 나 같은 놈에게서 술마저 뺏으면 무어 남겠나? 그래도 술을 먹지 말라는 말인가?" (〈같은 글〉, 22쪽)

ⓓ "(...)그러니까 자네가 할아버지나 아버지께 타협할 수 있듯이 나더러도 타협 타협 하네그려? 그야 상속 받을 것도 있으니까!" (〈같은 글〉, 51쪽)

ⓔ "구차하면 글 못 읽고 글 못 읽으면 무식하지 별수 있소. 하지만 청풍 김 가라는 것이 자랑이 아닌 것처럼 무식한 것도 흉이 아니오. 남의 행랑살 이를 하기로 내 노력 팔아먹는 데 부끄러울 거 잇소. 놀고 먹는다면 모르 겠지만......" (〈같은 글〉, 183쪽)

ⓕ "(...)우리는 두 주먹밖에는 아무 것도 없지만 돈도 명예도 지체도 종교도 아무 것도 없는 우리 같은 사람이 정말 사람다운 구실을 하고 세상 일을 하려고 손목만 맞붙들면 무어나 되는 것이오. 저사람들은 말하자면 인간 의 찌꺼기요 걸레들요. 기생자릿저고리란 말이 있지 않소? 값진 비단은 비단이지만 닳고 해져서 쓸데없는 헌 넝마란 말이오. 우리는 싱싱한 베올 같은 사람들이요, 짜놓으면 투박하고 우악스럽지만 그것이 우리에게는 쓸 모가 있는 것이 아니오......" (〈같은 글〉, 188쪽)

ⓖ "(...)그런 위인이란 저희 집 재산을 다 까불리고 이제는 요리집은 고사하

고 술먹을 밑천도 없고 기생 집에 가야 푸대접이요, 다마쓰기도 돈 들고
집에 들어 앉았자니 갑갑하고 하니까, 일이 있으나 없으나 서울이 좁다고
싸지르는 축이니 발은 넓어서 안 가는 데가 없으니까, 필요한 때 무슨 말
한 마디만 들려 내보내면 신문 호외 이상으로 당장 그 소문이 짝 퍼지네
그려.(...)"(〈같은 글〉,287쪽)

ⓗ "온 당치 않은 소리! 내가 그걸 시작한 것이 나도 유자생녀하고 배 문질러
가며 거드럭거리고 살자고 하는 거면 모르겠네마는 저것은 장래에 내 사유
물이 아니라 동지의 쌀자루 밥통으로 만들자는 것일세. (...)차차 커질수
록 우리들의 공동 기관을 만들 작정이란 말일세.(...)"(〈같은 글〉,341쪽)

ⓘ 그래도 자네 댁 같은 유산 계급이나 중산 계급의 가정에 며느리로 들여
보내는 것보다는 낫다고 생각하네. 공장 안에서는 그래도 제 생활이 있으
나 중산계급 가정에 들어가서는 마네킨 거얼이 되니까 말일세. 자네가 만
일에 빈궁한 서생이었더면 혹시 삼십퍼센트까지는 필순이를 사랑할 자격
이 있었을지?(〈같은 글〉,137쪽)

ⓙ 금고를 맡아 보게, 돈을 만져 보게, 지금 생각으로는 뻗어나가는 시대의
큰 수레에 탈 것 같을 듯 싶지마는 그 육중한 금고를 안고 탈 수야 없으니
시대의 꼬리나 붙들고 늘어질 수밖에 더 있겠나. (...)내 시대로 걸어 나
오다가 자네의 시대에 주저 앉아 버린 중요한 암시를 준것은 확실히 자네
의 편지들이요, 자네의 그 값싼 동정인 것이 분명하이.(〈같은 글〉,231쪽)

ⓚ 내 인생관이나 신념에 지진이야 왔겠나마는(...) 머리도 좀 깎을 생각이
나고 옷의 먼지도 좀 털고 싶고 될 수 있으면 크리임도 발라 보고 싶다면,
이 사람! 자네 웃으려나?(...) 그래서 이 외투를 잡혀 가지고 가 볼까 하
는 생각도 없지 않으나 날이 좀 뜨뜻해져야 하지 않나.(〈같은 글〉,136-1
37쪽)

ⓛ "자네가 어서 떠나야 내 형편이 피지 않겠나!" "그렇게 급한가?" "급하고
말고- 오늘은 안집에서 그대로 있네. 사람들이 무던해서 내게는 아무 말
도 없지만 그런 눈치기에 이래저래 싸고 드러 누워서 실상은 자네 오기만
은근히 기다리고 있었네." (〈같은 글〉,41쪽)

ⓜ "얘, 누가 찾아왔나 보다 그 누구냐? 대가리 꼴하고... 친구를 잘 사귀어
야 하는 거야. 친구라고 찾아온다는 것이 왜 모두 그 따위 뿐이냐?"(〈같
은 글〉,14쪽)

ⓝ "(...)시내 각 경찰서에서 뒤집어 엎고 법석인데 그걸 이때까지 꿈속 같이
모르고 조상훈이의 꽁무니나 줄줄 쫓아다니며 바커스에나 들어엎데 있고
싶어하는 이런 운동자두 있나? 키스 한 번에 이렇게 녹초가 되었으니 내
침이 초보다두 더한가 보군!"(〈같은 글〉,165쪽)

ⓞ "술 몇잔에 마음을 돌리셨구료? 아까 같애서는 곧 무슨 야단이라도 낼 듯
싶더니! 그러기에 값이 싸단 말예요. 지금 누가 돈 천원은 고사하고 돈
백 주어 보슈주의구 사상이고 가을 바람의 새털이지!"(〈같은 글〉,168쪽)

ⓟ 자네의 투쟁 의욕-이라느니보다도 습관적으로 굳어버린 조그만 감정 속에
자네의 그 큰 몸집을 가두어 버리고 쇠를 채운 것이, 나 보기에는 가엾으
이.(〈같은 글〉,174쪽)

ⓐ는 처음으로 병화가 그의 부친과 충돌하고 부자간의 틈이 벌어지게 되는
것을 알려주는 부분이다. 병화의 부친이 바라는 것은 병화가 동지사의 신학부
에 들어가거나 동경에 가서라도 신학을 전공하는 것이었다. 그러나 병화는 목
사가 될 생각은 전혀 가지고 있지 않다. 그는 이미 종교에 회의를 품어 왔고
그것이 대학 진학 문제에서부터 외면화되기 시작한다. 이것이 병화부자의 갈
등의 시작인 것이다.
ⓑ는 병화가 그런 병화 부자간의 대립을 걱정하는 덕기에게 대하여 하는 말
이다. 그의 순수한 정열은 몇 해 동안 학비를 얻어 쓰기 위하여, 자기의 신념
을 굽히는 일은 그것이 설사 부친에게라 하더라도 할 수 없다 함이다. 이미
잃어 버린 신앙을 겉치레로 공부한다는 것은 그로서는 견딜 수 없는 위선이었
던 것이다.

ⓒ에서는 그러한 결과로 인해 어려운 생활을 해야 했던 병화가 성격이 변화된 것을 볼 수 있는 부분이다. 위에서의 순수하고 건실한 말과는 달리 뒤틀리고 비뚤어진 것을 볼 수 있다. 뿐 아니라 그는 술에 빠져 지내고 있다. 자신에게는 '밥'이 없으며 그 대신 술이 있는데 그러한 자기에게 술까지 마시지 말라면 아무 것도 남는 것이 없다는 것이다. 이렇게 술에 자신의 전부를 걸다시피 하는 호프만 콤플렉스적인 측면은 부친과도 타협하려 하지 않았던 병화로서는 커다란 성격의 변화를 보여주는 부분이다. 술에 빠져 사는 한심한 모습이 그가 부친과의 타협까지도 거부하고 집을 나오면서까지 지키려 했던 '신념'의 모습은 결코 아닐 것이기 때문이다.

ⓓ는 병화의 비뚤어진 성격이 더욱 드러나는 말씨 묘사이다. 여기서 병화는 자기가 부친과 타협을 하지 않는 이유가 덕기와는 달리 '상속 받을 것'이 없다는 사실과도 유관한 듯이 이야기하고 있는 것을 볼 수 있다.

ⓔ, ⓕ, ⓖ는 '아랫사람'인 원삼과 대화 중에 병화가 하는 말이다.

먼저, ⓔ에서는 글을 읽지 못하는 그에게 그것이 부끄러운 것이 아니라 구차하기 때문에 그런 것일 뿐 그것은 흉이 아니고 노력을 팔아서 성실하게 살아가는 이상 부끄러울 것은 없다는 것이다.

ⓕ에서는 그의 인생관이 보여지는 부분이다. 가진 것이 없는 프롤레타리아들은 손목만 맞붙들면 무엇이든 해낼 수 있는 사람들이고 가진 자들은 '인간의 찌꺼기요 걸레'고 '기생 자릿저고리'이며 '닳고 해져서 쓸데없는 헌 넝마'의 '비단'이라는, 낭만적이고 감상적인 이분법적 논리이다. 가난한 사람은 '싱싱한 베올' 같아서 '짜 놓으면 투박하고 우악스럽지만' '쓸모가 있는' 것이라는 것은 프롤레타리아에 대한 무조건적 편향이라고 보아진다.

ⓖ에서는 병화가 같은 사회주의자를 비난하는 부분이다. 그들은 가산을 탕진하고 무조건 일없이 돌아 다니기만 하는 사람들이기 때문에 쓸데없이 말만 많아서 소문만 내는 축들이라는 것이 병화에 의한 사회주의자의 모습이다. 자신도 그들과 같이 사회주의를 신봉하는 '주의자'이면서도 그런 사람들을 비웃고 있는 데에서 병화의 아이러닉한 면모를 볼 수 있다.

ⓗ는 김병화가 식품 가게를 차리게 되는 배경을 이야기하는 부분이다. 자본

주의 사회에서 그가 돈을 벌려고 일하는 것이 그 돈으로써 일신의 안위를 도모하려는 것이 아니라 동지들을 돕는 공동 기관을 만들자는 목적이 있는 것임을 강조한다.

ⓘ, ⓙ, ⓚ는 편지글 부분이다.

먼저 ⓘ은 그의 맹목적인 빈궁 편향적 성격이 다시 드러나는 부분이다. 필순이가 덕기네 집 같은 부잣집에 며느리로 들어가는 것보다는 공장 생활을 하는 것이 차라리 낫다는 것이다. 덕기가 유부남이니 그 후처로 들어가는 것은 바람직하지 않다는 것은 옳은 일이지만 병화의 반대의 이유는 그것이 아니다. 부잣집에 들어가는 것은 '마네킨'처럼 죽은 생활에 지나지 않는 것이고, 가난한 생활이 '제 생활'이 있는 것이라는 것이다. 덕기가 만일 빈궁한 서생이었더라면 삼십 퍼센트 정도는 필순을 사랑할 자격이 있다는 부분은 그러한 것을 뚜렷이 보여주고 있다. 그런데 필순과의 결혼 문제에 끼어들어 사랑할 자격 운운하는 것은 필순의 집 하숙생일 뿐인 병화로서는 주제넘기까지 한 것이다.

ⓙ에서는 덕기가 재산을 상속 받을 경우, 그 재산과 책임의 무게에 압도되어 새로운 시대를 앞서 나가지는 못할 것이라고 하며 덕기의 재산 상속을 부정적으로 보고 있음을 보여주는 부분이다. 그렇지만 병화는 금전적으로 덕기의 도움을 계속 받아 왔고 스스로도 돈의 위력을 알기 때문에 가게를 차리는 것을 생각해 보면, 이러한 돈에 대한 무조건적 부정은 온당하지 못한 것으로 파악된다. 그가 돈에 대하여 가지고 있는 견해는 덕기에 비해 지극히 피상적이고 감상적인 수준을 넘지 못하는 것이라고 생각할 수 있겠다. 필순이가 덕기에게 호감을 갖고, 덕기의 호의를 기꺼워한다는 것을 알게 되자 병화는 그녀를 일컬어 '내 시대로 걸어 나오다가 자네의 시대에 주저앉아 버린' 것으로 단정짓는다. 이것은 필순의 사상적 변화를 역시 피상적으로 관찰한 결과라고 보아진다. 그녀는 본래 사회주의자는 아니었던 것이다.

ⓚ는 병화가 경애에게 호감을 가졌을 때에 어쩔 수 없이 가졌던, 보통의 젊은 남녀로서의 치기가 엿보이는 부분이다. 그는 사실 경애가 부담스러워할 정도로 그녀에게 많은 집착을 갖는다. 병화 스스로도 토로하고 있듯이 '인생관이나 신념에 지진'이 오지는 않았지만 어느 정도는 흔들리고 있는 것이 사실이어

서 꾸미는 것을 혐오하는 맑스보이인 그가 머리도 깎고 옷도 털어 입고 얼굴에 크림까지 발라 보고 싶다고 한다. 그러자니 돈의 필요성이 절실해진다. 치장을 하려 해도, 또 술집에 찾아 가려 해도 돈이 있어야 하는 것이다. 그런데 병화가 생각하여 낸 그 돈을 마련할 방법은 상훈이 준 외투를 잡히는 것인데, 추워서 외투가 꼭 필요하니 그것이 더이상 필요 없게 되는 때를 기다려야 하겠다고 이야기한다. 돈이 필요하다고 인식하게 되는 계기나 그래서 생각하는 돈을 구하는 방법 모두가 건전하지 못한 것에서, 병화의 한계점이 강조되고 있음을 보게 된다.

ⓛ은 덕기와 병화의 대화이다. 턱없이 친구의 도움을 받으려고만 하는 병화의 무기력하고 소극적인 면모는 여기에서 다시 한 번 보여진다. 병화는 유학생인 친구 덕기가 학비로 받아 가지고 가야 하는 돈의 일부에 기생하여 살아 가고 있는데 그러한 덕기에게 고마움이나 미안한 감정은 전혀 없는 것을 볼 수 있다. 덕기의 도움을 구하는 데 있어서 지나치게 당당한 병화의 태도는 뻔뻔하게까지 여겨진다.

ⓜ은 조의관의 말에 의하여 그에게 비친 병화의 모습을 알 수 있는 부분이다. 이로 미루어 보면 병화는 장발이고 깨끗하지 않은, 전형적 '맑스보이'의 외모를 하고 있음을 짐작할 수 있다. 조부의 보기에 손자 덕기가 가까이 사귀지 않았으면 하고 꺼리게 만드는 병화의 외모인 것이다.

ⓝ, ⓞ는 그가 좋아하는 경애에게까지 비난 받는 부분이다. 경애는 병화에게 사회주의자로서 사회운동을 하려는 사람이 자기 같은 여급과 어울리며 술집만 찾아 다니기만 해서 되겠느냐고 따끔하게 비난하고 있는 것이다. 그리고 앞에서 보여 주었던 맹목적인 빈궁 편향과 감상적인 돈의 부정의식이 얼마나 허구에 가득찬 것인지도 그녀의 말을 통해 지적되어진다.

ⓟ에서는 덕기의 병화에 대한 판단이 보여진다. 그의 여러 가지 부정적 측면을 보고 나니 그 투쟁의식까지도 덕기는 과소 평가하고 싶어져서, 투쟁의욕이라느니보다 '습관적으로 굳어 버린 조그만 감정'에 지나지 않는 것이 바로 병화의 의식이며, 병화는 몸집보다 작은 그 의식 속에 몸을 가두어 두고자 하는 것에 지나지 않는데 그것이 덕기 보기에는 가엾다고 냉소한다. 덕기는 앞

에서 그의 의식과 그의 수호를 위한 순교자적 자세에 일면 존경하는 마음까지 보였던 사람이고 보면, 그런 그가 병화의 실체를 한심하게 파악하고 있는 것은 병화를 이해하는 데 중요한 암시를 주는 것이 아닐 수 없다.

김병화의 경우를 보면 간접묘사의 양이 월등하게 많은 것을 볼 수 있다. 직접묘사의 경우 전지적 작가에 의한 것보다 덕기의 내면을 통한 묘사가 많고, 간접묘사의 경우는 대화와 말씨에 의한 것이 가장 많다.

김병화에 대하여는, "삼대와는 뚜렷하게 대립되는 지식 청년으로 형상화"되었다면서 조덕기보다도 더 긍정적으로 파악75)하는 시각도 있고, 〈삼대〉 안에서 오직 그만이 당대 지식 청년 다운 明敏性을 간직하고 등장하면서도 마르크스사상에 물들어 있어 현실에의 반동성을 보여 주었다76)고 보는 시각도 있다.

당대의 '맑스뽀이'들은 식민지 치하에서 체제나 사회에 항거할 수도 없으며 그렇다고 모든 사람들을 사랑할 수도 없는, 엉거주춤한 상황에서 감상적 기분으로 테러나 폭력을 일삼았던 것이 사실이다. 마찬가지로 병화의 행적도 감상적인 부분이 큰 것을 보게 된다. 그가 주의자가 되는 경로는 부친에게의 반항으로 가출하게 되면서부터이다. 이러한 것은 그의 이념운동이라는 것이 얼마나 피상적인 것인가를 보여주는 것이다. 따라서 사회주의자로서의 그의 면모는 일제에 대한 반항이라 할 어떠한 행동성이나 이념에 있는 것이 아니라 맹목적인 빈궁 편향과 가진 자에 대한 증오 정도에 그치는 것을 보게 된다.

5) 홍경애...〈삼대〉

a. 직접묘사

ⓐ 교원들은 이 미인 신임 선생을 배척하도록 싫은 것은 아니면서도, 돌아서서는 입을 딱 벌리며 서로 눈짓 콧짓을 하는 것이었다.(...)그러면 그럴수록 거죽으로는 조선생을 슬슬 피하면서 속으로는 무서워하던 마음까지 스러지고 한층더 경애하는 마음이 스며 솟았다. (〈삼대〉,한국 현대문학 전

---

75) 신동욱,〈앞의 글〉,434면 참조.
76) 박을수·석일균 공저,〈〈신한국문학사〉〉,성문각,1980,368면 참조.

집3권,삼성출판사,1981, 66-67쪽)

ⓑ 이 두어 시간 동안에 경애의 눈에 비친 세상은 금시로 변하였다. 조상훈이
  의 세상이 아니거든 조상훈에 대한 관찰이 변하였다고 세상까지 돌변해
  보이랴마는 세상이 우스꽝스럽다 할지, 무섭다 할지, 더럽다 할지, 재미있
  고 희망에 가득하다 할지, 형용할 수 없는 것이 이 세상인 듯하엿다. (〈같
  은 글〉,74쪽)

ⓒ 상훈이의 돈에 장을 대고, 그래도 좋을 듯이 귀띔을 하기 때문에 용기가
  나서 내뻗어 버린 것이지, 만일에 모친만 다잡아서 안 된다고 뿌리치고 다
  른 데로 시집을 보냈다면 오늘날 이렇게는 안 되었으리라고 생각하는 것
  이다. (〈같은 글〉,312쪽)

ⓓ 경애가 이집에 온 뒤에 꼭 한번 이 문을 긴하게 쓴 일이 있었다. 그것도
  상훈이와 헤어진 뒤에 한창 달떠 다닐 때 일이었다. 지금 생각하면 까만
  옛날일이다. 그 남자도 경애 앞에서 스러진 지 오래다. (〈같은 글〉,218쪽)

이것은 직접묘사이다. ⓐ는 경애와 상훈의 사이를 의심하는 주위 사람들의
시선을 묘사한 것이다. 경애가 선생으로 부임한 학교의 교원들은 미인인 신임
선생 경애가 싫은 것은 아니면서도 눈짓 콧짓을 섞어 가며 뒷 손가락질을 하
는데 그것은 부자인 상훈과 미인인 경애의 사이가 결코 순수하게 보여지지 않
았던 때문이다. 그런데 경애의 마음이 이상하게 움직이는 것이다. 곧 그전에는
상훈에게 대하여 슬슬 피하고 무서워하기까지 하면서 경계하던 마음이었는데
주위 사람들이 그녀를 疏遠하게 대하고 비웃는 시선만을 던지자 그에 대한 반
감으로 상훈에 대한 감정이 '경애하는 마음'으로만 변한다. 그래서 병으로 앓고
있는 상훈을 찾아가고 자기 집앞을 지나쳐 가면서 데이트를 하고 마침내 술자
리까지 같이 가게 된다.
  ⓑ는 상훈에 대하여 가졌던 추상적인 관념이 무너지는 순간의 경애의 내면
묘사이다. 경애는 상훈을 세계를 바라보는 매개체 같은 것으로 인식하였던 것
이다. 그러나 상훈의 실체가 겉으로 보아 오던 것과 같은 교육자요 교인으로
서의 '거룩한' 모습이 아니라 술을 마시고 육체적인 접촉을 요구하는 인물이라

는 사실에 경애는 세상에 대한 전면적인 환멸이 느껴지는 것이다. 여기에 경애의 문제점이 있고 비극이 있다 하겠다. 어떠한 인물을 완전한 인간으로 설정한다는 것은 그 인물의 완전성이 흔들릴 때 자신의 가치관까지 상처를 입고 인생관이 흔들릴 가능성을 내포하는 것이기 때문이다.

ⓒ는 경애의, 어머니에 대한 생각이 묘사되는 부분이다.77) 경애는 모친이 상훈이의 돈에 욕심이 나서 그의 첩이 되는 것도 해롭지 않을 것 같게 생각을 하고 경애를 말리지 않았기 때문에 경애가 타락의 길로 접어들게 된 것이라고 생각하며 그 모친에 대하여 원망을 하는 것이다. 여기에서는 경애 모친의, 딸의 앞날에 대한 걱정보다 당장 조금의 돈과 자신의 안위78)에 관심을 쓰는 인물이라는 것이 알려지면서 동시에 경애가 자기의 타락에 대하여 타인에게 책임을 전가시키는 성격의 소유자라는 것도 알 수 있다.79)

ⓓ에서는 경애가 상훈과 헤어진 후에도 다시 누군가와 스캔들이 있었음을 알 수 있으며 또 뒷문을 긴하게 썼다는 데에서, 그 누군가가 그 문을 통하여 어떤 위험을 모면하였다는 것이 암시되는데 이것으로 경애의 품행이 좋지 못했음을 알 수 있다.

---

77) 모녀는 처음에 상훈의 은혜에 부담을 가지기 시작하였다.("조선생의 신세를 무얼루 이루 다 갚는단 말이냐?" 모녀가 마주 앉으면 말끝마다 나오는 입버릇이었다. 상훈이로 말하면 그때나 이때나 부친이 매삭 대어주는 것으로 사는 터이라, 넉넉지는 않으나 기위 손을 댄 터에 야멸치게 물러서기도 어려워서 그랬겠지마는(…)경애가 졸업하고 자기 학교로 오게 될 때까지 두서너 달 동안 뒤치다꺼리도 지성껏 해 주었던 것이다.:〈삼대〉,65쪽) 그러다가 상훈과 경애가 스캔들에 오르내리고 사실 불륜을 맺게 되자 경애 모는 오히려 부담을 덜고 한시름 놓는 것과 같은 심리 상태가 되는 것이다.(모친은 처음부터 아무말 없었지만 석달 만에 만나서도 별 말 없었다. 이왕지사 떠들면 무얼하랴는 단념으로인지? 자기 남편 때 일을 생각하고 은인이라 하여 그것을 딸의 몸으로 갚겠다는 생각인지 (…)이 속따짐이 무엇보다도 앞을 섰던 것일 것이다.:〈삼대〉,76쪽.)

78) '돈 있는 사람이니 이 사람의 첩 장모 노릇이라도 하여 두면 죽을 때 육방망이는 못 써도 마주 잡이를 해서 나가지는 않으리라는 속따짐'으로인지, '은인이라 하여 그것을 딸의 몸으로 갚겠다'는 것인지 작품상에 보여지지는 않지만 어떻든 그녀는 침묵으로써 경애의 파멸에 동조하였던 것이다.

79) 염상섭은 인간 생활에 가장 추하고 악한 것을 자기 부정 몰각이라 보았다. 그것은 '자기의 獨異性을 스사로 減殺하고 自己의 本質的 慾求를 스사로 拒否함으로써 他의 我를 爲하야, 自의 我를 犧牲하거나 혹은 犧牲하는 듯이 標榜하는' '自己騙詐'라는 것이다.:염상섭,〈지상선을 위하야〉,전집12,45면.

b. 간접묘사

a) 애펠레이션

경애라는 이름은 평범한 당대의 이름이라 할 것이면서도 누군가를, 상훈을 '존경하고 사랑한다'는 '敬愛'의 이미지를 갖게끔 작가가 의도적으로 명명한 것으로도 볼 수 있다.

b) 외양 묘사

ⓐ 푸근한 털외투에 검정모자를 삐딱이 쓴 모양이라든지, 주기가 오른 불그레한 얼굴이 아까와는 또다른 교태가 남자들의 눈을 현황하게 하였다. (〈같은 글〉,113쪽)

카페 여급으로서의 경애의 모습이다. 이외에 다른 곳에서 경애의 외양 묘사를 찾기는 어렵다.

c) 대화·말씨 묘사

ⓑ "우리 아버니는 너무 호활하시고 살림에 등한하셔서 삼사백 하던 재산을 모두 학교에 내놓으시고 소작인에게 탕감해 주어 버리시고 감옥에 들어가기 전에는 무슨 장사를 해서 다시 번다고 하시다가 삼·일 운동이 덜컥 나서 감옥에 들어가게 되니까 (…)집 팔고 어쩌고 해서 어머니께서 돈 천원이니 가지고 올라 오신 모양이나 당장 집을 사려야 마땅한 게 나서지도 않고 해서 외삼촌 집에 가서 붙어 있으면서 그 돈을 외삼촌에게 맡겼더니 아저씨가 몽땅 가지고 들고 뺏겠지요(…)아버니께서 옥중에서 병환으로 집행정지가 되어 나오시니까 약은 고사하고 여전히 외가집 구석에서 세 때가 분명치 못한 형편인데 거의 일년이나 앓아 누셨으니까 기막힌 사정 아녜요." (〈같은 글〉,60-61쪽)
ⓒ "에에 에에, 불량에도 불량! 대 불량 소녀지."하고 경애는 깔깔 웃으며 일어나서 안으로 들어간다. (…) "자식 새끼는 숨을 모르는데 술만 먹고 돌아다니는 이러한 철저한 불량도 없을 걸." (…) "왜 동정녀 마리아도 아이를

낳는데 나는 혼잣몸이라고 아이 못 낳을까? 둘이 만드는 것보다 혼자 만
드는 게 더 요하고 현대적이라우." (〈같은 글〉,142쪽)

ⓓ "아직 도련님을 술을 먹여 되나요. 내나 먹지!" 하고 덕기 앞에 놓인 술잔
을 얼른 들어오면서 조선 말로 덕기만 알아 들을 만큼, "빨아먹을 수만 있
다면 부자의 피를 다아 빨아먹겠는데." (〈같은 글〉,24쪽)

ⓔ "별로 당장 어떻게 하겠다는 게 아니라 - 나도 돈바람에 휘둘러 오늘날 이
지경이 되었으니까 돈을 먹어도 먹고 무슨 끝장이든지 내야지… 하지만
어제는 그렇게 했더라도 이제는 조씨 보는 데 우리가 친한 듯이 보일 것
도 아니오.좀 주의를 해요." (〈같은 글〉,158쪽)

ⓕ "그랜 무엇하게 몟년이든지 데리고 놀라지. 하지만 남의 집 딸년을 모조리
버려놓는 게 안됐으니까 좀 버릇을 가르쳐 놓아야 하기는 할거야. 더구나
이혼을 한다든지 하면 정말 혼을 내 주고 말걸! 그전에는 나도 그런 생각
이 없지 않았지만 덕기를 생각하면 그 어머니가 가여운 생각이 들어요."
(〈같은 글〉,163쪽)

ⓖ "온, 소리 못하는 기생, 손 못 보는 갈보는 있더구먼마는 술 못 먹는 술집
색시는 처음 보겠네! (…)김의경 아씨! 한잔 드우. 여기는 유치원과 달
러! 염려말구 한잔 들어요.우리 동창생 아닌가? 하하하." (〈같은 글〉,203
쪽)

ⓗ "자아 인제는 멀리 떨어져 가 살 테니 한밑천 해 주우. 죄인 같이 서울 속
에서 숨어 살 수도 없고 수원으로 갈 수가 없지 않소. 자식은 물론 길러
바칠 것이요 인연을 끊자는 것도 아니오." 경애 모친은 또다시 돈 논래를
꺼냈다. (〈같은 글〉,107쪽)

ⓘ "그애야 말로 - 계집애 예수지"하고 또 냉소를 한다. "왜요." "애비 없는 아
이니까 말요." "왜?" "호적이나 했다구? 예수교인- 목사님은 그런 딸은 소
용없고 조씨 댁의 가문을 더럽히니까 으레 그럴 것 아니오." (〈같은 글〉,
54-55쪽)

ⓙ "가령 먹을 것은 먹고 헤어지는 한이 있더라도 조금은 몸조심도 하고, 저
편을 달래서 이 집 값이라도 치르게 하고, 차차 네 마음대로 하기로 좋을
게 아니냐?" "새삼스럽게 누구하구 헤지구 말구가 어디 있에요? 어떤 년은
누구 등쳐 먹으러만 다니는 그런 더런 년인 줄 아셨습디까." (〈같은 글〉,
313쪽)

ⓑ~ⓖ는 경애의 말이고 ⓗ는 경애 모친의 말이며 ⓘ, ⓙ는 경애와 다른 사
람의 대화이다.

우선 ⓑ에서는 경애에 의하여 상훈의 경제적 도움이 필요하던 시기의 이야
기가 되어진다. 말씨에 의하여 과거의 회상 장면이 요약적으로 보여지는 것이
다. 여기에서는 직접묘사 수법과 간접묘사 수법이 같이 보여진다고 할 수 있
다. 우선 경애의 부친은 그 성격이 '너무 호활하'고 '살림에 등한'한 인물이라는
것을 알 수 있다. 한 집안의 가장인 그는 가족들을 돌아 보지 않는, 앞뒤 생각
없는 의협심으로 재산을 모두 잃어 버리게 만들었고 나머지 정리한 돈마저 외
삼촌이라는 혈육에 의하여 잃어 버렸다. 그러한 상황에서 경애 모녀에게 남는
것은 불을 보듯 뻔한 귀결과도 같은 타락의 길이었을 것이다. 이러한 아버지,
외삼촌 그리고 앞서 보았던 어머니와 상훈이라는 주위 사람들에 의하여 경애
의 타락은 막다른 골목까지 치달은 것이라고 보여질 것이다. 그러나 앞서 보
았던 것과 같은 지나칠 정도로 맹목적인 타인에 대한 의존, 그리고 자기의 의
지와 신념의 부족, 그리고 ⓒ에서도 볼 수 있는 될대로 되라는 식의 술에 의
지한 냉소적인 태도 등이 그녀를 더욱 부정적으로 인식하게 한다.

ⓓ에서는 경애가 가지고 있는 부자에 대한 저항감을 볼 수 있다. 그러나 이
것은 돈이 많은 사람에 대한 경애의 이유없는 거부감이라 아니할 수 없다. 상
훈이 그녀를 욕보였다고는 하지만 그것은 부자 對 빈자로서가 아니고 경애 자
신의 自救 의식 부족으로 인한 것이었다고 할 것이다. 그럼에도 불구하고 마
치 자신의 失節이 상훈이 금전을 앞세운 강제력에 기인한 것처럼 경애가 부자
일반에 대하여 적대 의식을 갖는 것은 근거 없고 터무니 없는 것이라고 보아
진다.

ⓔ는 병화에게 대하여 하는 말이다. 돈바람에 휘둘려서 '오늘날 이지경'이

되었지만 앞으로 상훈의 돈을 더 뜯어 내어야 한다는 말을 하면서 병화에게 '조씨 보는 데서' 친한 척 해서는 안 될 것을 주의시킨다. '조선생님'이 아니고 '조씨'가 된 것에서, 그녀는 더이상 상훈을 존경의 대상으로가 아니라 돈을 뜯어 낼 대상으로만 보고 있음을 알 수 있다. 또 여기에서는 그녀의 금전지향적 성격을 알 수 있는데 상훈이 그녀의 카페를 찾아 갔을 때 그 앞에서 일본 남자들과 이야기하면서 호기롭게 자기는 돈에 좌우되는 인간이 아니라고 시위하는 것과는 대척적이다. 그녀 역시 자신의 순결을 돈으로 보상 받으려 하는 것은 그녀 모친과 다를 바 없다. 그것은 '이편에서 싫어하는 것 같이 되어서는 돈도 아니 나오고 체면도 좋지 못하니까 의경이 때문에 물러나는 것처럼' 뒤집어씌우려고 계획하는 데에서 뚜렷하게 나타난다.

ⓕ는 자기의 모친에게 하는 말이다. 의경이라는, 자기 딸의 라이벌이 생긴 것을 걱정하는 모친과는 달리 경애는 상훈의 버릇을 고쳐 놓아야겠다고 말한다. 이 부분에서 알 수 있는 것은 그녀 자신도 이전에는 상훈이 이혼을 하고 자기와 살림을 차리기를 바랬었다는 것, 그러나 지금은 덕기와 그 모친에 대한 동정적인 생각으로 그런 생각은 없어졌다는 것 등이다.

ⓖ는 경애가 상훈의 정부인 의경을 불러 내어 의경을 공공연히 '술집 색시'라고 호칭하면서 '동창생' 운운하며 자못 그 앞에서 호기를 부리는 모습이다. 여기에서는 이중적인 생활을 하는 의경을 우회적으로 비난하는 동시에 그녀의 수치심을 자극하려는 경애의 마음을 볼 수가 있다.

ⓗ는 경애 모친이 딸의 몸값을 돈으로 흥정하려는 것을 보여주는 부분이다. 딸의 몸을 버린 것은 아랑곳 없이 '한 밑천'만 해 주면 두 말 않고 떠나겠다는 것이다. 여기에서 그녀의 목적은 돈에 있었던 것을 알 수 있다. 경애 모친은 호구지책을 걱정하면서 사는 것보다는, 딸을 생과부로 만들더라도 돈만 있으면 된다고 하는 가치관을 가지고 있었던 것을 알 수 있다. 이러한 그녀의 사고 방식이 경애의 타락에 중요한 역할을 한 것은 앞서도 지적한 바와 같다.

ⓘ은 경애가 가지고 있는 종교에 대한 부정의식을 알 수 있는 부분이다. 자기 딸이 아비가 없으니 '예수'나 다름없다라고 하는 것은 예수교에 대한 신성모독이라 할 것이다. 이는 종교라는 이름으로 위선을 떨며 온갖 추잡한 일을

다하는 상훈에 대한 환멸에다 '쉬쉬하고 세상을 숨기고 낳은 목숨' 때문에 그녀와 전도부인이던 모친이 '교회에서 멀어지게' 된 이후로 종교에 대하여는 더이상 신성을 느끼지 못하게 된 때문이라 하겠다.

ⓙ에서는 모친과 경애의 대립이 보여진다. 여전히 딸의 몸을 담보로 하고 돈을 노리는 모친에 대하여 반발심이 생겨 자기가 '누구 등쳐 먹으러만 다니는' 년이냐고 대들고 따지는 것이다. 경애가 자기 모친에 대하여 지나칠 정도로 강하게 저항감을 보이는 것은 자기 처지가 그렇게 된 것이 어머니의 탓도 크다고 생각하기 때문에 그에 대한 원망하는 마음을 가지고 있었는데 여기에서 그것이 표현되고 있는 것이라고 할 수 있다.

d) 행동 묘사

ⓚ 일부러 이편에서 보라는 듯이 유쾌히 깔깔 대며 웃는다. '긴샤'인지 홀가분한 일복을 입고 금테 안경을 쓴 양이 생각하였더니보다는 조촐해 보이었다. 그러나 아까 들어올 제 '이랏샤이마시(어서 옵쇼)'하고 인사를 하는 어조라든지 지금 손님하고 노는 양을 보니 조선 집으로 말하면 갈보요, 일본 집으로 말하면 작부나 하등 카페의 여급이라는 것이 틀에 박힌 것 같았다. (〈같은 글〉,111쪽)

ⓛ 지금 말눈치로 보아서는 노는 계집과 다름 없고, 자기에게 성욕적으로 덤비는 것 같이 밖에는 보이지 않았다. (…)그러나 또 이렇게 호령을 하고 윽박지르는 것을 보면 그것이 혹시는 히스테리증의 발작인지는 모르겠으나 어떻게 생각하면 불량 소녀의 괴수로서 무슨 불한당의 수두목같이도 보인다. (〈같은 글〉,160쪽)

ⓜ 경애는 고개를 갸우뚱히 비꼬고 의자에 딱 젖히고 거만히 비껴 앉아서 들어오는 두 여자를 한 수 내려다 보듯이 한편 입귀를 빼뚜름히 다물고 눈웃음을 쳐 가며 쏘아본다. (〈같은 글〉,202쪽)

ⓚ의 행동에서는 의식적으로 명랑함을 가장하는 경애의 모습이 보여진다.

유난스레 깔깔대고 웃는 것이라든지 다른 손님들과 노는 것은 상훈이에게 보이기 위한, 경애의 자존심의 표현인 것이다.

ⓛ에서는 그녀의 행동이 노는 계집 같이도 혹은 '불량 소녀의 괴수'로서 '불한당의 수두목같이'도 보여지는 것임을 알게 한다. 말로 유혹하며 성욕적으로 덤비는가 하면 호령하고 상대를 윽박지르기도 하는 것이다. 지난날 '조선생님' 앞에서 다소곳하던 경애의 모습은 어디에도 남아 있지 않은 것에서 경애의 성격이 크게 변화하였음을 알 수 있다.

ⓜ은 경애가 의경과 매당을 밖으로 불러 내고는 그들이 들어오는 모습을 지켜보는 태도 묘사이다. 여기에서 보이는 그녀의 정적인 행동은 거만하고 여유 있다. 곧 자기는 그들보다는 한 수 위라는 의식, 자기도 카페 여급으로 직업여성이지만 숨어서 몸을 파는 은근짜와는 다르다는 자존심의 표현이라고 보아진다.

경애의 경우도 간접묘사의 양이 현저하다. 그 가운데에서도 대화와 말씨를 통한 묘사가 주종을 이루는 것을 보게 된다.

홍경애는 부친의 현실감 없이 지나친 호활한 성품 탓으로 가세가 기울게 되고 마침 기미 운동에 연루되어 부친이 수감되고 병으로 죽게 되면서부터 삶의 굴절을 겪는 여인이다. 한계적인 상황 하에서 경애 모녀는 상훈의 도움으로 살게 되었다. 그리고 소문부터 무성해진 뒤 상훈과 불륜을 맺게 된다. 하층 여성의 성은 돈에 의해 직접적으로 매매되지 않는다 하더라도 가진 자의 왜곡된 욕망에 의해서 쉽게 훼손될 수 있는 가능성이 있는 것이다.[80] 그러나 앞에서도 보았듯이 경애의 경우에는 상훈의 성적 욕망에만 전가할 수 없는 문제를 갖고 있었던 것으로 보여진다. 경애는 상훈의 도움에 대하여 자기의 몸으로라도 갚아야 한다는 강박관념을 암암리에 가지고 있었는지도 모를 것이지만 상훈에게 그녀 스스로 다가갔던 것이었다. 그래서 그녀의 문제는 부자 대 빈자로서가 아니라 단순한 불륜 문제에 지나지 않으며 덕기와 상훈에게 공통적으로 사고방식이나 생활태도 면에서 갈등하는 양상으로 나타나는 것이라 할 것

---

80) 송인화, 〈하층민 여성의 비극과 자기 인식의 도정〉, 《문학과 의식》, 백문사, 1995. 봄, 63면.

이다. 상훈과의 관계 이후 몇년이 흐른 뒤 덕기의 눈에 비치는 경애의 모습도 부정적이 아닐 수 없다.81) 술에 탐닉하는 모습이나 지나친 허세를 부리는 것 등은 그의 나약한 성격의 일면이라고 보아진다. 후에 사회주의자인 병화와 손을 잡고 가게를 내는 등 '주의자'를 위한 일을 한다고 하지만 그것은 부분적인 것으로, 경애를 '이념에 투철한 인물'82)로 만들 만한 것은 아니라고 보아진다.

(3) 애정적 문제로 갈등을 보이는 인물

1) 리마리아…〈너희들은 무엇을 어덧느냐〉

리마리아는 석태와 시골의 남자 사이에서 갈등하면서도, 다시 라명수를 염두에 두고 번민하여 라명수와 애정적 문제로 갈등을 빚는 인물이다.

a. 직접묘사

ⓐ 마리아는 (야소교 학교 출신은 누구나 다 그러치만) 일본 사정에 어두울 뿐 아니라 홍미도 업고 더구나 자긔의 하고 십허하는 음악과 영어 외에는 이러한 문뎨에 별로 귀를 기우리랴고도 아니 하는 녀자이다. (〈너희들은 무엇을 어덧느냐〉,염상섭 전집 1권,민음사,1987,232-233쪽)

ⓑ 눈에는 검누르게 더러운 목도리(칼라)가 써올러 왔다. 그 다음에는 쏘죽한 턱이 눈에 보이엇다. 옷쏙한 코 쏭그란 눈이 써올러왔다… 안상한 듯한 얼굴이 쑤렷이 눈압헤 나타낫다. (…)모든 것에 규모가 적고 쏘 그리 화사한 생활을 할 만한 자질이 잇거나 희망이 잇는 것 갓지도 못하얏다. 마리아의 눈으로 보아서는 결국에 꼼작~하는 학자님이나 긔껏해야 촌교회의 목사님 밧게는 못될 것 가타얏다. 그것이 마음에 흡족지 못하얏다. 그 뿐 아니라 용모나 톄격이나 의복 입은 풍채까지 아모리 보아도 궁긔가 씨

---

81) 예전에 같이 보통학교에 다니고 교당에 다니던 생각을 하면 이렇게도 변하였으랴- 이렇게도 타락하였으랴 싶건마는 지금 이렇게 술을 먹는 것도 화풀이술이요 하등 카페의 여급 모양으로 무람없이 손님의 담배를 제 마음대로 피워 무는 것도 화풀이로 그러려니 하는 생각이 들었지만(…) (〈삼대〉,23쪽)

82) 임명진,〈한국 근대소설의 '얽음'에 관하여(2)〉,〈〈현대 문학이론 연구〉〉,한국 현대 문학이론 연구회,1994.10.8면 참고.

여 보이는 것이 좀 정써러젓섯다. (〈같은 글〉,289쪽)

ⓒ 거긔에는 꿈속가치 공상에 그려 보든 아름다운 것보다는 승화(昇華)하야
   오르는 자긔의 성덕 만족(性的 滿足)을 엇게 할 만한 만흔 대상(對象)과
   긔회(機會)가 잇는 것을 발견하얏다. 그리하야 마리아가 둘재로 발견한
   사람은 안석태 그 사람이엇다. (〈같은 글〉,290쪽)

먼저 ⓐ에서는 마리아라는 여자에 대하여 작가가 한 마디로 평가하고 있음
을 볼 수 있다. 리마리아는 세상 돌아가는 문제에는 무관심하고 알지도 못하
며 단지 자기가 전공하는 음악과 선교사들과의 대화와 유학을 위한 영어에만
신경을 쓸 뿐인 인물이다. 지식인인 신여성으로서는 협소한 가치관이며 이기
적인 면모까지 볼 수 있는 부분이라 하겠다. 작가가 '야소교 학교 출신은 누구
나 다 그러치만'이라고 말하는 부분에서는 당시 기독교인에 대한 상섭의 백안
의 눈길을 느낄 수도 있다.

ⓑ와 ⓒ는 그의 이성관계가 마리아 자신의 내면을 통하여 나타나는 부분이
다. ⓑ는 안석태를 만나기 이전에 교제하던 시골 남자를 이야기하고 있는 것
이다. 마리아는 그를 추레한 외모와 '안상한 듯한 얼굴'로 떠올리면서 규모가
적고 촌스러운 것에 정떨어져 하고 있다. 남의 눈을 피하며 그와 편지를 주고
받던 마리아가 갑자기 그가 싫어지게 되는 계기는 뚜렷하지 않지만 그의 가난
함에 염증을 느끼게 된 것을 짐작하는 것은 어렵지 않다. ⓒ에서는 마리아가
남자 세계의 넓음을 인식하고 시골에서 신학을 공부하는 답답하고 '궁끽'마저
긴 남자보다는 성적 만족의 대상으로서의 남자를 찾다가 석태를 만나게 되는
과정을 말한다. 직접묘사로 알려지는 마리아의 면모는 이기적이며 타산적인
성격을 가지고 있다는 것이다.

b. 간접묘사

a) 애펠레이션

'마리아'라는 이름은 당시 기독교 교육을 받은 신여성들 사이에 유행되던 세
례명이다. 이것으로 그가 기독교인이거나 선교사 등과 유관한 인물이라는 것

을 알 수 있다. 어떻든 작품 상의 이런 이름을 사용하는 것은 한국문학에서 새로운 기법이다. 대부분의 창작가들은 이름을 짓는 데 있어서 이국적이거나 파격적인 이름에 매혹되곤 하는데 이것은 "언어에 의한 매혹의 특수한 현상"인 "외변기법"83)이라 할 것이다. 대상 인물 가운데 이에 포함되는 명명은 리마리아와 〈사랑과 죄〉의 뎡마리아 두 사람에 불과하다. 이런 명명을 상섭은 그다지 즐기지 않았음을 볼 수 있다.

b) 외양 묘사

리마리아의 경우도 외양 묘사의 예가 없다.

c) 대화·말씨 묘사

ⓐ "그이가 뭐라고 그래요" "피아노하고 영어로는 X-학교에서 마리아씨를 짜라갈 사람이 업다고 신이 나서 칭찬을 하기에 나는 조선에서 뎨일은 못 되겟느냐고 무러 보앗더니 참 그럴지도 모르겟다고 하든데요" (〈같은 글〉, 260쪽)

ⓑ 선생님! 나는 세갈네ㅅ길 한복판에서 쌀〃 매고 섯는 애미애비업는 고아외다. 한 마듸만 어데로 가라는 쪽 한 마듸만 천 마듸 만 마듸의 성경구절보다도 힘잇는 선생님의 말씀 한 마듸만 듯고 십습니다. (〈같은 글〉, 350쪽)

ⓒ 지금 나를 모든 유혹으로부터 막아 주고 새로운 생명을 엇을 만한 힘이 나의 온 몸둥아리와 온 령혼을 뎜령하야 주지 안흐면 나는 도저히 구원될 수 업슴니다. 새로운 힘! 나의 명예욕보다도 나의 허영심보다도 나에게 구혼하는 남자의 열정보다도 재산보다도 미국류학보다도 내 자신의 판단력(判斷力)보다도...... 모든 것보다도 더 큰 힘! 나는 그것을 선생님께 바랍니다. (〈같은 글〉, 355쪽)

---

83) 로비 매콜리·조오지 래닝,〈앞의 글〉,276면.

ⓐ는 마리아와 명수의 대화이다. 여기서 마리아는 석태에 의한 자신의 평가를 알아 보기 위하여 명수에게 그것을 묻고 있는데 명수의 대답에 의하면 직접묘사 부분에서 이야기된 것과 마찬가지로 마리아는 영어와 피아노에 재주를 가지고 있다는 것이다.

ⓑ, ⓒ는 리마리아가 라명수라는 청년에게 보낸 편지의 일부이다. 이것을 보면, 자기가 믿고 또 몸담고 있는 신앙보다 그의 말 한 마디에 의존하겠노라는 마리아의 심경을 알 수 있다. 라명수와 그녀의 관계가 오래 지속된 사제관계나 교우관계가 아니고 단지 그녀가 심정적으로 호의를 가지고 있을 뿐인 것을 생각해 볼 때, 그에게 자신의 앞날을 온통 맡겨 버린다는 데에서 그녀가 믿어온 신앙이란 것이 얼마나 허구에 가득찬 것이며 그녀의 삶이 얼마나 이중적인 것인가를 알 수 있다. 그리고 자신을 '애미애비업는 고아'라고 치부하고 자신의 그러한 운명을 남의 손에, 그것도 한 마디 말에 좌지우지하려는 것은 그녀의 현재 상황이 절박하고 아니고를 떠나서 타율적인 성격과 함께 자기 생에 대하여도 무책임한 발상이라고 할 것이다.

d) 행동 묘사

ⓓ 어쩐지 허둥허둥하는 모양으로 "이놈의 길은 밤낫 이 모양으로 지암절벽이드라"하며 혼자 짜증을 내어 보기도 하고 "다- 돌자면 어쩍하나? 못 드러가면 어쩍해? 명옥이한테루나 갈까?"하며 아짜 덕순이의 집에 안젓슬 째와는 짠 사람이 된 것처럼 소리를 커닷케 질러가며 유쾌한 듯이 쩌든다. (〈같은 글〉,238쪽)

ⓔ 저편 장독대에 비초이는 물빗이 어스름하게 흘러오는 구석방 뒤ㅅ모퉁이에서 희고 검은 두 그림자가 서로 얼크러젓다가 반간통이나 쩌러진 뒤에 마리아는 살짝 돌려다 보앗다. 명수도 돌려다 보앗다. 명수의 코에는 향긋한 녀자의 살냄새와 머리ㅅ내가 코 씃헤 남아잇는 것 가타얏다 (〈같은 글〉,234-235쪽)

ⓕ "그건 뭐냐?" 하며 시침이를 쭉 쩨이엇다. 물론 모를 짜닭이 업다. 올봄짜

지는 반가운 낫빗과 감사하다는 눈우슴으로 컴〃한 마루 구석에서나 뒤ㅅ
간에 가는 길에서 눈과 눈이 마조치면서 은근히 짯듯한 두 손길이 마조치
면서 주고밧든 그 봉투요 그 사람의 편지다. (〈같은 글〉,287쪽)

안석태가 나타나기까지는 무리 중에서 그 존재조차 희미할 정도로 말이 없
고 얌전하던 마리아가 갑작스런 행동 변화를 보이는 부분이 ⓓ이다. 인용 부
분에서 마리아의 하는 말은 안석태에게만 들으라는 말이다. 묻지도 않은 말을
혼자 하는 것이 바로 그것이다. 그녀는 여기서 기숙사의 통행금지 시간에 걸
릴 것을 걱정하며 하루도 밖에서 자 본 적이 없다면서 소녀 같은 천진함, 혹
은 정숙함을 은연중 강조하려 하고 있다. 그러나 여기서 독자는 오히려 그녀
와 안석태와의 관계와 마리아의 정숙하지 못한 처신을 은연중에 암시 받을 수
있는 것이다.

ⓔ는 마리아와 명수의 행동 묘사이다. 작품 속에서 본격적으로 묘사되지는
않았지만 마리아는 이미 안석태 뿐이 아니라 명수와도 모종의 관계를 맺었음
을 이 행동 묘사를 통하여 알 수 있다. 곧 리마리아는 이때부터 안석태와 명
수 사이에서 양다리를 걸치고 있는 격이라고 보인다.

ⓕ의 행동에서는 마리아의 이중성을 알 수 있다. 얼마 전까지 남의 눈까지
속여 가며 기뻐 받아들이던 이의 편지를 모른 체하며 그것을 전하는 아이에게
쌀쌀맞은 태도를 보인다. 석태라는 돈 있고 화려해 보이는 사람의 등장으로
'시골 남자'는 더이상 마리아에게서 의미를 잃었던 것이다. 돈에 의해 사람을
따르기도 하고 버리기도 하는 경박한 마리아의 행동이 내면을 통한 설명과 함
께 보여지고 있다.

e) 환경 묘사

ⓖ 수학원 잇든 언덕길로 드러서서 일본 사람 교회를 바라보며 천〃히 거러
올러갓다. 남자는 슬몃이 마리아의 손을 쥐이며 힘을 주엇다. 교회 압흘
지나서 언덕을 나가려가는 어구에서 석태는 잠간 멈츳하얏다. 머리 우에
서 나리빗치는 달빗헤 어른거리는 쌀분 두 그림자는 한데 아우러젓다가

또다시 움직이기 시작하얏다. (〈같은 글〉, 266쪽)

배경과 함께 그에 조응하는 인물들의 행동이 보여진다. 달빛이 비치는 교회 어귀에서의 석태와 마리아의 모습이다. 여기에서 다른 사람이 있을 때는 모른 척해야 하는 불륜의 관계인 두 사람이 애정 행각을 위해 택한 장소가 다름 아닌 교회 어귀라는 점은 주의를 요하는 것이다. 두 사람이 다 교인이고 마리아는 미션 학교의 사감 노릇까지 하는 사람이고 보면 두 사람에게 교회란 신성한 장소라는 의식이 남달라야 할 것임에도 불구하고 아무런 거리낌 없이 교회를 불륜의 정을 나누는 장소로 이용하고 있다는 것이 범연한 일이 아닐 수밖에 없다. 마리아와 라명수의 친구인 김중환으로 하여금 '교회는 연애당'이라고 비웃고 있는 작가의 의식이 허구적으로 종교를 신앙하고 있는 두 사람에 의해서 두드러지는 부분이라고 보아진다.

리마리아의 경우 간접묘사의 양이 상대적으로 많다.

결국 리마리아는 성적 만족의 대상으로 남자를 선택하면서도 한편으로는 명수 같은 남자와 정신적 교감을 꿈꾸기도 하는, 자기 자신도 주체하지 못하는 이중성의 인물이다. 신앙 면에서도 그러하다. 신앙인이지만 그 선택한 바 신앙이 선교사의 눈에 벗어나지 않고 그래서 미국으로 유학을 가기 위하여 택한 방편 가운데 하나에 지나지 않는 것이다. 그러면서도 리마리아는 그러한 문제에 대하여 도덕적으로 갈등하는 것이 아니라 막연하게 현실을 도피, 문제에서 떠나 있으려고 하고 그를 위해 라명수에게 심정적으로 기대는 것이다. 그녀가 끝내 석태와 결혼하는 것은 돈에의 지향에 지나지 않는다. 표면적으로는 혼전 회임이 그녀를 석태와 결혼하게 하는 듯하지만, 그녀에게 가난한 목사나 명수는 잠시 정신적, 낭만적 유희 대상일 뿐이고 후취 자리일망정 돈이 있는 석태밖에 다른 길은 없었다. 그런데 리마리아는 석태의 倒産을 모르는 채 결혼을 하였던 것이다. 그녀는 결혼 후의 미국 유학 등을 바라고 있는데 그러한 능력은 이미 석태로서는 역부족이다. 지켜질 수 없는 약속을 붙잡고 하는 결혼에서 그녀가 바라는 행복은 있을 수가 없는 것이고 이로써 리마리아가 추구한 돈이라는 것이 얼마나 허망한 것인가를 작가가 말하려 했음을 알 수 있다. 그

녀는 김중환을 통해 작가가 비난하고 있는 바 가개화한, 외형만의 신여성이었
던 것이다.

2) 조인숙…〈진주는 주엇스나〉

a. 직접묘사

ⓐ 나종에는 단념하야 버렷든 효범이가 짠 사람이 된 것을 보고는 인숙이의
마음이 편할 수 업는 싸닭이다 (…)어린 남편에게 싀집갓다가 정을 드릴
만한 나희가 되니까 다른 계집을 데리고 몃해ㅅ만에 집에 도라온 쏠을 보
는 것 가타엿다 분하고 아쌉고 부러운 생각에 동리ㅅ집 늙은이의 추파 쯤
이야 눈에 쎄일 리가 업슬 것이다 (〈진주는 주엇스나〉,동아일보,35회)

ⓑ 여간 사람은 사람으로도 아니 알든 인숙이- 교만하고도 앙칼진 인숙이가
요새 며칠로 이러케 눈이 예리게 변한 것을 생각하면 인숙이 자신도 자긔
마음을 갈피를 잡을 수 업섯다 자존심을 여디업시 짓밟힌 것을 생각하면
치가 쎨리게 분하나 아모에게도 탓을 할 데가 업는 것이 더 분하다 (〈같
은 글〉,41회)

ⓒ 일가ㅅ집이라고는 업는 인숙이가 가서 묵을 만한 데가 만만치 안흘 게다
더구나 신경질로 생긴 계집애라 남의 집에는 가서 자는 법이 업시 우밤중
에라도 제 방에 드러와 자는 성미 (〈같은 글〉,46회)

ⓓ -녜ㅅ날에 사랑하든 녀자!……이 남자도 나를 사랑하야 본 쩍이 잇섯든
가? 정말 이 남자가 내 마음을 아라 주엇든들…… 아! 정말 이남자가 내
사랑을 바더 주는 눈치만이라도 보여 주엇든들 모든 일이 이러케는 아니
되엇슬 것이다 아모 일도 업시 한녀름은 곱고 질겁게 보냇슬 것이다 -
아! 그것도 모다 내 팔자다!' (〈같은 글〉,33회)

ⓔ 비인 집에서 효범이의 매부와 긔롱하얏다는 것이나 인천 조탕의 독방에서
남자들과 노는 쏠을 들켯다는 것이나 리근영의 재산에 눈이 어두어서 그

런 늙은 놈에게 싀집을 가랴는 것이나 모도가 남의 쏘임에 쌔지고 남에게
쓸리어 한 노릇이 아닌 다음에야 (〈같은 글〉,35회)

ⓐ~ⓔ는 인숙의 내면을 중심으로 작가의 코멘트가 덧붙여지는 부분이다.
특히 ⓐ에서는 인숙 자신과 문자, 그리고 효범의 세 사람 사이에 대한 인숙
의 생각이 엿보인다. 효범은 인숙이 몇 번이나 마음을 표시하였음에도 불구하
고 자기의 사랑을 받아들여 줄 줄 모르던 사람이다. 그래서 인숙은 효범을 포
기하고 다른 곳으로 눈을 돌렸었던 것이다. 돈을 미끼로 한 진형석과의 불륜
과 리근영과의 혼담이 그것인데 어떤 사유로든 효범이 이제 다른 여자,곧 문
자를 데리고 집에 오는 것을 보게 되자 인숙은 속상해 한다. 마치 '어린 남편
에게 싀집갓다가 정을 드릴 만한 나희가 되니까 다른 계집을 데리고 몃해ㅅ만
에 집에 도라온 쏠'을 보는 것 같고 그래서 '분하고 아쌉고 부러운 생각'이 드
는 것이다. 그리고 마치 그런 상황을 당한 아내가 '동리ㅅ집 늙은이의 추파 쯤
이야 눈에 쪠일 리가 업'는 것처럼, 인숙도 리근영과의 결혼문제에 갑자기 시
들해진다.
ⓑ에서는 작가의 코멘트가 두드러진다. '여간 사람은 사람으로 아니 알든 인
숙이'라는 것을 보면 더욱 그러하다. 교만하고 거만한 그녀의 태도를 작가가
이야기하고 있다. 어쨌든 그러한 성격의 인숙이 자존심에 손상을 입었으며 그
것은 모두 다른 사람에게도 탓을 돌릴 수가 없이, 자기에게 원인이 있는 것임
에 그녀는 더욱 속이 상한다. 그러한 일련의 사태에 대하여 그녀는 자기 자신
을 돌아보고 자성하기보다는 자기를 놀리는 뭇사람들에게 원망과 분한 마음
뿐이다. 여기에서는 문제에 부딪칠 때 타인에게 책임을 전가하는, 인숙의 무책
임한 성격을 알 수 있다.
ⓒ에서는 그녀의 신경질적 성격이 효범의 내면을 통해서 나타나고 있다.
ⓓ는 인숙이 회상하는 부분이다. 그런데 주의할 점은 그녀가 말하는 사랑은
향락적이고 육체적인 사랑에 지나지 않는 것을 알게 된다. 효범이 자기의 사
랑을 받아 주었더라면 한여름은 '곱고 질겁게' 보낼 수 있었을 것이며 자기가
리근영과 진형석의 일에 끼어들지도 않았을 것이라고 생각하는 부분에서 그것

은 역력하다. 그녀는 육체적 정욕 해소의 일환으로 진형석, 리근영과 거래를 하였던 것이다. 그리고서는 신여성답지 않게 팔자 타령을 하기도 한다.

그러나 ⓔ에서 볼 수 있듯이 그녀가 진형석과 육체 관계를 갖고 인천 조탕에서 남자들과 놀아나고 돈을 노리고 나이든 리근영과 결혼하려 하는 것들은 모두 남에게 '쓸리어 한 노릇'이 아니다. 그것은 다만 그녀의 도덕성 부족과 안일한 생활태도, 그리고 찰나적 향락주의에 말미암은 것일 따름이다.

b. 간접묘사

a) 애펠레이션

인숙, '仁淑'이라는 이름은 어질기를 바라는 유교적 이념이 현시되는 것이라 할 수 있는, 당대에 널리 쓰이던 평범한 이름이다.

b) 외양 묘사

ⓐ 눈은 밥을 몃 끼니나 굶은 사람처럼 쌀쑥하야지고 입술은 까마케 탄 자긔 얼굴이 비초인다 - 하로밤 동안에 아무리 잠을 못잣기로 이러케도 야위일 수야 잇나! 하는 생각을 하니 공연히 자긔 몸이 더업시 불상하고 아까웟다 (…)혈색이 조아지면 곱다고 할 사람이 그누구요 이 몸이 파리하면 약 한첩 먹어보라고 할 사람이 이 넓은 텬디에 그 누구냐고 생각할 제 새삼스럽게 설움이 복바첫다 (〈같은 글〉,40회)

이는 인숙이 거울에 비친 자기의 모습을 보는 부분이다. 외양 묘사에서 거울을 설치하는 것은 외양과 보는 이의 심정을 함께 나타낼 수 있는 장점이 있다. 인숙의 얼굴빛은 까맣고 눈은 퀭하니 들어가 하룻밤 잠을 설친 초췌한 모습인 것을 알 수 있는데 여기에서 거울을 보고 인숙은 서러움을 느끼고 있다. 얼굴이 안되었다고 걱정해 주는 사람 하나 없고 혈색이 좋다 한들 곱다고 보아 줄 사람 하나 없는 데서 인숙은 외로움을 느끼는 동시 스스로 자기에 대해서 '불상하고 아까'운 마음이 든다. 이러한 외로움과 서러움이 그녀를 매춘과도 다를 바 없는 금전결혼[84]으로 뛰어들게 만드는 한 요인이 되었던 것이다.

c) 대화 · 말씨 묘사

ⓑ 부모가 강제결혼을 식히드라도 이보다 심하지는 안켓지요! 이러한 모욕을
당하고도 이집밥에 입맛을 다시고 안젓슬 인숙이는 아닙니다 (…)'좀더
참고 되여가는 대로 지내 볼가? 지금 명색업시 나간다 하야 조와할 사람
은 문자 밧게 업슬게다!'(〈같은 글〉,41회)

ⓒ 정복과 압박으로 말미암아 굿게 세워진 이 사회의 도덕과 생활형식이란
것부터 물리치고 바서버리랴고 하서야 올치나 안혼가 십슴니다 세상의 계
집이란 계집은 모다 팔려갑니다 과거에 그러햇고 현재에 그러할 것이외다
(…) 눈을 좀 크게 쓰고 보십시요 인숙이는 그 바위 미테서 바람에 날리
는 가장 적은 모래알 한아밧게 아니됩니다 그리고 그 적은 모래가 우연히
효범씨의 눈에 씌엇다는 데에 지나지 안슴니다 (〈같은 글〉,42회)

ⓓ 모든 것이 이몸 하나를 건저주지 안코 눈감고 돌처설제 죽지 안흐면 이
고기ㅅ덩어리를 한 묵금에 묵거서 황금 압헤 내던저도 앗갑지 안타고 생
각한 것은 어제 오늘 일이 아닙니다 (〈같은 글〉,43회)

ⓔ 진씨의 사람을 웃고 죽이랴는 그 눈총! 거기에서 버서나게 하야 줄 사람
은 효범씨밧게 업섯습니다 그러나 두다리는 문은 씃씃내 열리지를 안엇슴
니다 목이 말으도록 불너도 발이 빠지도록 굴너도 굿게 다치인 돌문짝을
바시기에는 저의 힘이 넘어나 약하엿섯습니다 그러나 뒤에서는 쪼차옵니
다 은혜라는 칼과 재산이라는 혀(舌)를 가지고 위협도 하고 달래기도 합
니다 이째에 이리로 와서 숨으라고 간절히 손짓을 한 사람이 리근영! 그
사람이엇습니다 그러나 거기는 마굴이엇습니다 (〈같은 글〉,45회)

ⓕ 형님 말씀을 듯다가 내가 이러케 되엇세요 인제는 무서운 것이 업슴니다!
(〈같은 글〉,34회)

ⓖ "나는 M씨가 누군가 하얏드니 효명 형님께 들으니까 문자씨의 령감이드

---

84) 오양호,〈위의 글〉,705면 참조.

군!" (…) "그런 말이 어데 잇소? 령감이라니 그게 무슨 소리요?" (…)
"장래 령감은 령감 아닌가!" (…) "장래 령감이란 그런 흉한 말은 어데 잇
드람! 참 사람을 놀려두 분수가 잇지!" (…) "문자씨는 가기 실혼 것을 갓
섯지? 나 쌔문에……"인숙이는 실업시 구는 듯 하면서도 쎠진 소리를 쏘
한 마듸 하얏다 (《같은 글》,36회)

담화에 의하여 인숙의 성격이 나타나는 부분이다. 그 중에서 ⓑ~ⓔ는 효범
에게 보내는 편지 속에, ⓕ와 ⓖ는 다른 사람과의 대화 중에 나타난 인숙의
말인 것이다. 그런데 그녀의 말 속에는 내면 묘사에서와 마찬가지로 타인에
대하여 원망하고 책임을 미루는 태도가 여실히 보여지고 있음을 알 수 있다.

먼저 ⓑ를 보면 그녀는 효범을 향하여 강제로 리근영과 결혼시키려는 진형
석을 비난하면서 집을 나가겠다고 한다. 그러나 인숙의 내면을 묘사한 부분에
서 알 수 있는 것처럼 그것은 인숙이 돈에 눈이 어두워서 情夫인 진형석과 합
의하에 벌인 일이지 '강제결혼'은 아니었다. 다만 효범이 집에 오고부터 뒤숭숭
해지던 차에 마음이 흔들려 진형석과 마찰이 생기자 마침내는 가출을 결심하
게 된 것에 지나지 않는 것이다. 그런데 그녀는 집을 나가야겠다고 생각하고
서도 계산을 하고 있다. 문자와 함께 효범을 사이에 둔 삼각관계와도 같은 상
황에서 자기가 집을 나가면 문자에게만 이익이 되지나 않을까, 정작 나가고
나면 '밥'은 어떻게 하나 하는 계산이 그것이다. 그녀는 그만큼 경제적인 인물
이다. 효범의 경우도 이러한 '밥'의 문제가 중요한 것을 볼 수 있었는데 이것은
'밥'의 문제가 당시 사회의 큰 문제였다는 것을 알 수 있다. 인숙이나 효범이
아직 경제인이 아니어서 먹고 살 길이 없었다는 사실 때문에 그들의 의지와는
상관없이 삶의 굴절이 비롯되었던 것이다.

ⓒ~ⓔ에서는 인숙의 자기 합리화가 신여성답게 그럴듯한 이론으로 보여진
다. 그녀는 여기에서 돈에 눈이 어두워 팔려가는 것은 자기만이 아니라, 과거
로부터 현재에 이르기까지 모든 여성의 결혼이라는 것은 일종의 팔려가는 것
에 다름아닌 것이므로 자기만을 탓할 일이 아니라 결혼이라는 제도 자체, 모
든 여성을 부정하는 수밖에 없다고 역설한다. 또한 자기가 리근영과 결혼이라
도 하려고 했던 것은, 넓은 사회 속에서 자기를 도와 주려고 하는 사람은 없

고 그래서 자기 자신이라는 '고기ㅅ덩어리'를 '황금 압헤 내던저' 버리겠다는 자
포자기의 심정 때문이었다고 말한다. 남의 돈으로 공부를 하다 보니 진형석의
'사람을 웃고 죽이랴는' 눈총을 감수해야 했고 그것에서부터 벗어나게 해 줄
사람인 효범은 냉담한 태도를 보이는 가운데 리근영에게라도 몸을 기대 보는
수밖에 없었다는 상황 합리화가 계속되는 것이다. 다분히 타율적인 인숙의 면
모가 보여지는데 그녀는 자기의 허영심을 인정하기보다 그 모든 일이 어쩔 수
없는 일이었노라고 강변하고 있다.

ⓕ에서는 그녀의 타인에의 책임전가가 더욱 뚜렷해진다. 진형석과 불륜을
맺은 처지이면서 그의 아내인 효명에게 '형님 말씀을 듯다가 내가 이러케 되엇
세요'라고 큰소리칠 정도로 그녀는 남에게 책임을 돌리는 성격이 지나치며 뻔
뻔한 인물인 것을 볼 수 있다.

ⓖ에서는 인숙이 효범의 앞에서 문자의 애인인 M의 이야기를 꺼냄으로써
효범의 주의를 환기시키려 한다. 그녀가 문자의 '장래 령감' 운운하는 것은 문
자의 기를 죽이고자 하는 동시에 자칫 문자에게 쏠릴지도 모르는 효범의 마음
에 쐐기를 박으려고 하는 것으로, 효범과 문자 사이를 염려하는 인숙의 마음
이 외면화되는 것이다.

> ⓗ 암만 달래 보아도 성화가 나서 리혼은 고만두드라도 례식이나마 아니하면
> 얼굴을 처들고 단일 수가 업다는구려 그두 생각해 보면 그럴 것이 엇잿든
> 조선에서는 일류 음악가라고 하겟다 인물이 그만하겟다 젊은 놈들은 법석
> 들을 하겟다 …어대로 보든지 싀집갈 데가 업겟소만은 (⟨같은 글⟩,21회)

> ⓘ 례식을 서울서 거행한다는 것과 결혼한 후 반년 안으로 음악 연구를 하게
> 독일로 잇해만 류학을 식혀 줄 것을 승락해야 만나보지 그러치 안흐면 다
> 시는 만날 필요가 업다고 합듸다 그려 (⟨같은 글⟩,21회)

> ⓙ 인숙이요? 이러케 말하면 효범씨는 듯기에 매오 괴란쩍으리다만은 목소리
> 만 드러도 요부(妖婦) 타입(典型)입듸다 여간 기생에다 대겟소! 그 계집
> 의 손에 들고서야 녹아나지 안흘 놈이 업겟습듸다만은(⟨같은 글⟩,31회)

ⓚ "(…)그대로 돌려 보내기가 안되어서 나오긴 나왓스나 오분간만 할말을 하고 가라는 신퉁그러진 수작이요 그 다음에 나오는 호령은 두 가지 조건을 먼저 긔별하고 오랏드니 그대로 와서 료리ㅅ집에서 면화질만 하고 안젓스니 나를 그러케 호락호락한 기생 짜위로 아느냐는 수좌요 쏘 그 다음에는 늙은 놈이 어떤 처녀에게 약속한 것을 직히지 안흐니 요새ㅅ신사는 그 짜위로 배워먹엇느냐는 교훈이구려!(…)" (〈같은 글〉,32회)

ⓛ "(…)인숙이가 잘못한게 잇다손 치드라도 결단코 인숙이의 죄가 아니애요 이 세상이 고약하고 이 세상 놈들이 악독하야 그런 거애요" (〈같은 글〉,5 1회)

이것은 다른 사람의 말을 통한 인숙의 묘사이다. ⓗ, ⓘ은 진형석이 리근영에게 하는 말인데 인숙이 조선에서는 일류의 음악가이며 인물도 그럴 듯하다보니 다른 젊은 이들 사이에서도 인기가 있다는 것, 우물쭈물 결혼했으면 하는 리근영과는 달리 그녀는 예식을 제대로 올리기를 원하는 것 등을 알 수 있게 한다. 여기에서 진형석은 인숙이 리근영과 혼담을 갖게 된 것은 시집갈 곳이 없어서가 아니라 인숙에 대한 자기, 곧 진형석의 은공 때문에 인숙이 자기의 말을 거역하지 못해서라고 덧붙인다. 여기에서는 인숙의 인물묘사 뿐 아니라 진형석의 인물됨까지 보여진다. 인숙에 대한 자기의 공을 리근영에게 은연중 내세우고 있는 것이다. 인숙은 리근영과의 결혼에 두 가지 전제조건을 내세우고 있다. 곧 서울에서 예식을 거행할 것, 결혼 후 반년 안에 독일로 유학을 보내 줄 것이 그것이다. 그녀는 예식을 제대로 갖추는, 첩 이상의 대우를 요구하며 리근영의 돈으로 음악 공부를 계속하고 싶어한다. 몸과 돈을 바꿔 공부를 하는 조인숙으로서는 진형석에서 리근영으로 상대만 바꾸는 것일 뿐이다. 이렇듯 공부나 일을 위해서 자신의 몸까지 담보로 내세우는 인숙의 태도는 그야말로 주객이 전도된 것이라 할 밖에 없다. 그런데 이런 것은 앞서의 리마리아 등에게서도 볼 수 있었던, 당시 신여성들 사이에 풍미되던 사고방식인 것으로 작가 염상섭은 보고 있는 것이다.

ⓙ, ⓚ는 효범의 심부름으로 인숙과 리근영이 함께 있는 자리에 몰래 가서

엿들은 지주사가 인숙에 관하여 말하는 것이다. ⓙ에서는 인숙의 목소리에서 기생과도 다름없는 정도로 요염한 요부 기질을 알 수 있다고 지주사는 말한다. 그리고 ⓚ에서는 인숙의 리근영에 대한 고압적 자세가 보여진다. 잠깐 얼굴을 비치면서 생색을 있는 대로 내는가 하면 자기가 제시한 두 가지 조건의 약속을 먼저 하지 않으면 리근영과 이야기조차 나누기 싫다고 인숙은 자못 거만하게 대한다. 한편으로는 요부적인 모습으로 유혹을 하면서도 다른 한편으로는 상대를 제압하는, 인숙의 사람 다루는 수완을 알 수 있다.

ⓛ은 인숙의 타락이 사회에도 문제가 있는 것이라는 효범의 말이다. 여기에서 인숙의 문제가 다만 한 여성의 문제에 그치는 것이 아니라 사회 전체와 관련하여 생각해 보아야 할, 사회 문제라고 진단하고 있는 작가의 의식을 알 수 있다.

 d) 행동 묘사

ⓜ 인숙이는 남의 눈에 쪠일 만치 유난하게 공손하고 수줍은 태를 지엇다. 그러나 말끗마다 입귀를 뱃죽이 쏭긋거리며 웃음을 씌인 눈으로 거듭써 보는 것은 문자에게 대하야 경계를 하면서도 멸시를 하는 태도이엇다 (〈같은 글〉,3회)

ⓝ "글세 어데로 가섯스면 조켓지만 당장에 돈이 잇서야 아니함니까 매부 형님이 내노으실 리는 업겟지요"하며 인숙이는 눈을 쎕흐려 보인다 그 말에는 힘이 업섯다 열이 업섯다 (…)남자의 병골이 뚜렷이 박인 하얀 얼굴을 볼스록 어제 아츰에 진변호사가 하든 말이 머리에 써올은 것이다-"효범이가 한 사람 목갑슬 하랴면 인제도 류년이 남엇네 그래 인숙이가 류년 동안을 기다릴 텐가(…)" (〈같은 글〉,77회)

ⓜ의 행동은 그녀의 이중성을 보여준다. 유난스레 공손하고 수줍은 태를 지어 보이면서 말끝마다 입귀를 쫑긋거리고 웃음 띤 눈으로 상대방을 거들떠 본다든지 하는 것은 문자를 경계하는 동시에 멸시를 하고 있음을 보여주는 것이다.

ⓝ에서는 행동과 내면이 같이 나타나는 것인데, 우선 돈 걱정을 앞세우는 데에서 그녀의 타산적인 성격이 다시 한번 드러난다고 하겠다. 이는 효범이 문자와 인숙을 비교하여 생각하게 만들기도 한다. 문자가 돈이고 체면이고 아무런 계산, 타산 없이 다만 멀리 함께 같이 가자고 한 반면 인숙은 우선 앞서는 것이 돈 염려이었던 것이다. 효범으로서는 문자의 말이 '넘어나 예산 업는 공상에 갓가운' 것이면서도 '열이 쓸코 남자를 격려하는 힘이 잇'게 느껴지는 반면, 인숙의 말에는 힘이 없고 열이 없게만 느껴지는 것이다. 그리고는 인숙이 병들어 있는 효범의 얼굴을 보며, 한 사람 몫을 할 수 있으려면 앞으로 육년의 세월이 필요하다는 진형석 변호사의 말을 의미 있게 떠올리는 것이 보여지는데 외형적으로는 그의 앞에서 염려 말라고 핀잔을 주면서도 효범에게 기대기 어려울 것을 예상하는 데에서 그녀의 타산적인 성격을 다시 한번 알게 한다.

조인숙의 묘사를 종합하여 볼 때 간접묘사의 양이 현저하게 많은 것을 보게 된다. 작가는 인숙에 관하여 직접적으로 이야기하기보다 그녀의 허울 좋은 언변과 위선적인 행동의 묘사를 통해서 부정적인 신여성의 모습을 보이려고 했음이 분명한 것이다.

조인숙은 공부를 계속하기 위하여 학비를 대 주는 진형석에게 정조를 내어주고 또다시 유학을 보내 달라는 조건을 내세워 리근영의 첩이 됨으로써 주객이 전도된 가치관의 소유자임을 보여준다. 곧 외형적으로 나타나는 학력을 위하여 자신의 정조쯤은 대수롭지 않게 생각한다는 것은 당시 신여성상이 얼마나 허구에 가득찬 것이었는가를 단적으로 보여주는 것이라 할 것이다.

3) 뎡마리아…〈사랑과 죄〉

뎡마리아는 〈사랑과 죄〉라는 작품 제목처럼 사랑과 죄라는 두 가지 문제에서 방황하다가 마침내 사랑 때문에 죄까지 짓게 되는 인물이다. 그녀는 리해춘과 지순영이 구축하는 세계에 반하는 안타고니스트이다.

a. 직접묘사

ⓐ 일본으로 상해로 미국으로 굴러단이든 마리아는 피아노니 쏘프라노(놉흔 소리)니 하며 닥치는 대로 음악이랍시고 하지만 그것도 역시 그에게는 밥 먹는 미천이엇다. 짜라서 그는 어느 째든지 애국자(愛國者) 비슷하고 예술가 비슷한 어름에서 누구에게든지 교제를 하는 것이 유리한 것을 아는 사람이엇다. (〈사랑과 죄〉,염상섭 전집 2,민음사,1987,35쪽)

ⓑ 돈은 평양에 와서 바들 일, 해춘이는 마리아가 쪽 붓들고 일에 방해가 절대로 업게 할 일, 만일 마리아의 잘못으로 일이 실패되는 날이면 천오백 원은 다시 내노흘 일, 중산 사무관에게는 순영이의 올아비 덕진을 데리고 가서 간청을 할 일 (등을 덕진이와 셋이 안저서 계약하다 십히 결명하얏다.)(〈같은 글〉,316쪽)

ⓒ 서양부인 선교사의 수양딸로 학비를 어더 공부한 뒤에는 눈 밧게 나서 써돌아다니다가 경무국 사무관의 후원으로 미국을 갓다 왓다고 하지 안는가? 그는 고만두고라도 미천한 집 자식으로 중류 이상 명도의 생활을 하고 기생집 됨즉한 집치장을 하여 노코 혼자 들어 업대어 잇는 것을 보면 그 생활비는 대관절 어대서 나오는 것이냐? (〈같은 글〉,236쪽)

ⓓ 미목이 청수한 귀공자가 마저 준다는 것이 화려하고 로맨틱한 공상을 형락하게 하는 것이엿다. 더구나 그 남자가 자기의 예술과 생명을 밧드러 삼세의 깁흔 인연을 굿게 매즈랴는 그리운 님이거니 (…)이것을 자랑치 안코 무엇을 자랑할싸 십헛다. 마리아의 공상은 씃간 데를 몰랏다……세상 사람의 감각(感覺)이 오즉 자긔를 찬미하기 위하야 존재한 것 가타엿다. (〈같은 글〉,186쪽)

ⓔ 류택수와의 관계까지 마즈막으로 씃코 난 오늘날에는 몸이 갓든도 하야젓거니와 인제는 정말 해춘이에게 매달려서 과거의 구정물에서 발을 건저내랴는 것이다. (…)남자의 마음이 점점 더 돌아서는 눈치를 보고는 쏘다시 속이 뒤집히는 것 가트엇다. (〈같은 글〉,326쪽)

ⓕ 인제는 해주ㅅ집 짜위쯤은 리용할 건덕지도 업슬 것 가틀 쑌 아니라 어제
는 려관을 알랴는 간절한 마음과 밝근하는 심사가 난 김에 반지까지 빼어
주엇지만 이십여 원짜리 반지에 이삼백량이나 한만히 내놀 수는 업섯다.
죽는다면 몰르지만 산다면 한 푼이라도 더 긁어가지고 서울 잇기가 창피
하면 외국으로 나가야 하겟기 째문이다. (〈같은 글〉, 435쪽)

ⓖ 세상이란 어차피에 그러한 것이다. 정의(正義)가 어대 잇는구? 착한 놈이
잘 되란 법 업고 죄와 벌이 팟에서 팟 나고 콩에서 콩 나는 것 가트면야
웨 세상에 살인이 잇고 가진 죄악이 잇슬고! (〈같은 글〉, 442-443쪽)

이것은 직접묘사에 해당한다. 그 중에서 ⓐ, ⓑ는 작가에 의한 직접묘사이
다.

먼저 ⓐ에서는 마리아의 전공과 사교적 성격이 이야기되는 부분이다. 이를
통하여 마리아는 일본, 상해, 미국 등지로 외국 생활을 많이 했음을 알 수 있
는데 '굴러단이든'이라는 표현에서 마리아에 대한 작가의 거부감을 엿볼 수 있
다. 작가는 소프라노 성악가인 마리아의 음악을 '밥먹는 미천'이라고 치부해 버
린다. 마리아로서는 먹고 살기 위한 수단의 하나로서 음악을 이용하는 것이라
는 말이다. 그리고 마리아의 처세술, 곧 적당히 애국자연하고 적당히 음악가,
예술가연해서 많은 사람과 교제를 트는 것을 유리하다고 생각하는 그녀의 사
교술에 관하여 이야기하고 있다.

헤어지면서 마지막이라는 정표로 일천오백원이라는 거금을 약속할 정도로
마리아와 류택수의 관계는 깊은 것이었다. 그런데 이 둘은 각각 서로에게 이
익이 되는 다른 일을 추구하기 위하여 헤어지기로 한다. ⓑ에서 나타나는 것
처럼 그 돈을 받기 위하여 마리아는 한 가지 사명을 더 부여 받는다. 곧 순영
이 감옥에서 나올 수 있도록 하는 한편 택수가 순영을 가로챌 수 있도록 해춘
이를 봉쇄하여야 한다는 것인데 이것은 마리아에게도 이익이 되는 일이 되므
로 이에 합의하고 행동화한다.

ⓒ는 해춘의 내면을 통하여 마리아의 출신 성분과 부유한 현재의 환경 묘사
가 나타난다. 서양 선교사의 수양딸이 되어 공부하다가 어떤 일로 그 눈밖에

나게 되었다는 것, 그 뒤에는 경무국 사무관의 후원으로 미국에 갔다왔다는 것, 그리고 출신이 미천하다는 것, 그럼에도 불구하고 집은 기생집 같이 치장을 잔뜩 해놓고 산다는 것 등 마리아의 전체적인 면모가 알려진다. 뚜렷한 이유 없는 마리아의 부에서 그녀가 비정상적인 삶을 영위하고 있음이 짐작된다. 그러나 이런 것들은 미확인사실일 뿐이어서 해춘으로 하여금 그녀를 쉽게 뿌리치지 못하고 기연가미연가하게 하고 있다. 작가 역시 이에 관하여는 설명을 생략하고 있다.

ⓓ는 음악회를 끝내고 나와 해춘과 그 친구들에게 둘러싸여 일종의 영웅적인 감상에 빠져 있는 마리아의 내면이다. '미목이 청수한 귀공자' 해춘이 음악회를 끝내고 나오는 樂界의 유명한 성악가인 자기를 맞이하여 준다, 곧 자기는 개인적으로도 자아실현이 되어 있으며 그 배우자감 또한 그럴듯한 배경의 인물이라는 생각에 그녀는 자기만족과 행복감을 느끼는 것이다. 여기에서는 마리아의 해춘에 대한 감정에 허영심도 크게 작용하고 있음이 알려진다. '세상의 감각(感覺)이 오즉 자긔를 찬미하기 위하야 존재하'는 것만 같이 생각될 정도로 그녀는 자아도취에 빠져 있는 것이다.

ⓔ에서처럼 그녀는 해춘이 자신의 '淨化'를 위해 필요한 존재라고 보고 있다. 스스로도 '구정물'로 인식하고 있는 그녀의 과거를 청산하기 위해서는, 젊은 귀족으로 재산도 있는 해춘과의 결합이 필요하다고 생각했던 것이다. 결국 마리아는 명예와 허영에의 욕망을 충족시키기 위하여, 곧 '욕망의 중개자the mediator of desire'[85]로써 해춘을 택한 것으로 볼 수 있는 것이다. 하지만 해춘은 마리아의 생각 대로 쉽게 움직여 주지 않는다. 마리아의 일방적인 유혹에 의하여 육체 관계를 맺고 난 뒤 해춘은 그녀를 피하며 의기소침해 하곤 하는데, 이 때문에 마리아는 실망을 느끼기도 한다.

ⓕ는 마리아가 순영과 해춘이 숨어 있는 곳을 알아내기 위하여 해줏집에게 거금을 주마고 약속하고 그 해줏집을 이용하고 나서는 약속한 돈을 주지 않으

---

85) 이에 관하여는 욕망의 삼각형이론；Rene Girard,《〈Decit,Desire and the Novel〉》, The Johns Hopkins Univ.Press,1976,김윤식 역,《〈소설의 이론〉》,三英社,1986,11-14면 참조.

려고 계획하는 부분이다. 마리아는 죽기살기로 해춘에게 매달려 보려고 생각했었지만 이제는 해춘을 포기하고 외국으로 가 버리려고 생각한다. 그리고 그렇게 할 생각이고 보니 해춧집에게 약속한 거금을 줄 수가 없다. 여기에서 마리아가 신용 없는 인물이라는 것과 함께 상당히 현실적인 인물인 것을 알 수 있다.

ⓖ는 마리아가 내면의 독백을 통해 세상에 횡행하는 범죄의 존재 때문에 정의까지 부정하고 있는 부분이다. 세상이란 어차피 그런 것, 곧 착한 사람이 잘 되고 악한 사람이 안 되어 심은 대로 거둘 수 있는 것이 아니라는 부정적 인식을 마리아는 하고 있다. 이런 인식이 그녀로 하여금 살인을 꾀하게 한다.

b. 간접묘사

a) 애펠레이션

뎡마리아 역시 〈너희들은 무엇을 어덧느냐〉의 리마리아의 경우처럼 선교사의 손에 자라나면서 세례명이 지어진 것이다.

염상섭의 경우,마리아라고 하는 이름은 외국 문명의 영향을 받은,신여성에게 주어지며 그런 인물들은 한결같이 성적인 타락과 금전적인 타락을 보여 부정적인 양상으로 묘사되곤 한다. 이는 종교적인 이름이므로 김동인 작품의 강엘리자베스와 비슷하게 염상섭의 종교인에 대한 부정적 견해를 표명하는 동시에 본래의 의미에서의 마리아의 이미지와는 상충되는 것에서 서구 근대 문명 수입의 왜곡된 양상을 보이는 에펠레이션이라 할 것이다.

b) 외양 묘사

ⓐ 양장한 새아씨가(…)그 엽헤 조고만 탁자에는 녀자의 흰 맥고자가 노혀 잇고 그 엽혜는 쌜간 비단의를 한 양장책 한 권이 연옥색 손가방과 나란히 노혀 잇다. 아마 이것이 이 녀자의 몸치장감들인 모양이다. (〈같은 글〉,24쪽)

ⓑ 오늘 양장을 벗어 버리고 하야케 휘감앗슬 뿐 아니라 음악회 때면 늘 신든 검정 구두도 흰 구두로 변하얏다. 올흔손에는 음악회에서 바다 가지고 나오는 붉은 꼿쌈을 쥐이고 오인편 엽구리에는 커다란 악보책(樂譜冊)을 씨엇다. 아까 무대 우에서 불빗헤 비처 볼때도 다른 때와 류달리 돗보엿거니와 이러케 어스름한 속에서 보니 해춘이 눈에도 귀엽게 보이지 안흘 수 업섯다. 불그레하게 상긔가 된 두 뺨은 붉은 꼿에 어리어서 한칭 더 생긔가 돌아 보인다. (〈같은 글〉,186쪽)

ⓒ 아까 아츰까지 이 손(해춘의 손)으로 만저 보든 녀자의 머리가 싹독 잘러젓다. (...)머리뿐만이 아니다. 들어올 때부터도 눈역여 본 것이지만 상큼한 코ㅅ날 우에는 원산과 귀거리를 금으로 한 얍브장스러운 안경이 걸려잇다 (...)노르스름한 팔 업는 양복도 몸에 턱 어울리게 입매가 잇거니와 시원스럽게 내어노흔 백설 가튼 팔목에는 금시계줄이 팔짝지 대신으로 휘감기엇다. 풋대초만한 '에매랄드'가 어른거리는 손에는 오페라, 쌕쓰가 하늘거린다. (〈같은 글〉,223-224쪽)

ⓓ 남복을 하고 모자까지 사나희의 맥고자를 쓴 양이 엇던 미소년인가 하얏다. (...)흰 세루바지를 입은 정강이에는 가죽으로 통을 메인 듯이 붉은 가죽 각반을 치고 구두는 열 서너 살 된 사내아이 발 가튼 목다리 구두를 신엇다. 이것은 알에로 본 것이나 다시 우으로 치처 올러가 보면 녀자의 치마감 가튼 것으로 지은 좀 검깁흔 맛이 잇는 연두빗 '세비로'에 손펵 가튼 자주당기를 압흐로 들이엇고 흰 장갑을 씨인 조고만 손에는 은으로 맥근둥하게 대가리를 물린 가죽 채쭉을 한들한들 들엇다. 구두에 먼지가 보야케 안진 것을 보면 말을 타고 돌아오는 눈치다. 피ㅅ발이 밝아케 피어올은 얼굴에는 젊은 생명이 강중강중 쒸는 것 가타얏다. (〈같은 글〉,244쪽)

ⓔ 조선옷을 닙고 그전에 '올쌕'이라는 양머리를 쪽질 때에 쓰든 그물가티 된 것으로 머리를 매만저서 얼른 보기에는 단발한 것이 눈에 아니 띄우게 알에를 거더 올리엇다. 그리고 조선옷도 될 수 잇는 대로는 수수하게 차려서 박이겹조고리에 모시진솔치마를 닙엇다. (〈같은 글〉,420쪽)

마리아의 외양이 묘사된 부분이다. 먼저 ⓐ를 보면, '빨간 비단의를 한 양장책', '청국녀자'의 것 같은 부채, '연옥색' 손가방 등이 그녀의 소지품인 것을 볼 수 있다. 마리아의 사치스러울 정도로 현란한 몸치장용 소도구들인 이것들로 신여성임을 강조하고 싶은 그녀의 허영심도 엿볼 수 있다. 직접묘사에서 이야기된 것과 같은 기생집 됨직한 치장이 그녀의 몸치장에서도 나타나는 것이다.

ⓑ는 마리아가 음악회를 하던 날의 복장이다. 이날이 해춘이 마리아에게 유혹 당하는 날이 되는 만큼 그녀의 복식도 중요성을 띤다고 할 것이다. 흰옷과 구두에 붉은 부케를 든 그녀의 외모는 해춘에게도 예쁘게 보이지 않을 수 없었다는 것이 이중부정으로 강하게 긍정되고 있는 것을 보게 된다. 주의할 점은 '늘 신든 검정구두'가 '흰구두'로 바뀐 것이다. 검정구두는 미국에서 사서 신던 것인데 음악회 때면 꼭 그것을 신었을 뿐 아니라 류택수가 여러 번 칭찬을 할 정도로 제일 좋아하던 것이다. 여기서 발과 신이 남녀의 결합문제와 관련이 있음을 다시 논의하지는 않더라도 신체적 유감의 표현이란 점을 상기하여 본다면, 그녀가 이제는 성적 상대로서의 새로운 인물, 곧 류택수가 아닌 해춘을 의식하고 있다는 것을 보여주는 부분이 된다.

ⓒ는 그녀의 심경의 변화를 보여주는 외양의 변화이다. 해춘을 유혹하고 그 성공을 자축이라도 하듯, 또는 드러내어 과장이라도 하듯 해춘과의 관계 직후에 머리를 자르고[86] 지나치리만큼 사치스런 물건들로 몸을 치장하고 나타난 것이다. '원산과 귀거리를 금으로' 한 안경, 금시계줄, '풋대초 만한 에매랄드' 등은 그녀로서도 한껏 멋을 낸 것임을 알게 하며 동시에 자신이 해춘과의 결합에 얼마만한 의미를 부여하고 있는지 하는 것을 드러내 해춘으로 하여금 부담을 주려는 것이다.

ⓓ는 해춘과 마장에 가기로 약속하고서 그가 나타나지 않자 그의 집으로 찾아왔을 때의 모습이다. 남복에 '맥고자' 모자, '세루바지', '각반', '구두' 등 아래쪽의 묘사를 한 후에 '당기', '장갑', '은으로 맥근둥하게 대가리를 물린 가죽채쭉'을 든 손을 묘사한다. 그런가 하면 구두에 먼지 앉은 것까지를 보여주어 그

---

86) 호연이의 의견으로 하면 녀자의 단발풍이란 구라파 전쟁의 산물인데 조선 사람이 구라파 전쟁으로 덕을 볼 것은 감옥비 경찰비(監獄費, 警察費)를 주세(酒稅)로 바치게 된 것과 일본의 나리긴(戰時 猝富輩)에게 쌍을 저다가 바친 것과 최후로 우리의 명예로운 음악가 명마리아양의 머리로써 단발려행령(斷髮勵行令)이 실시된 것이라 한다.(〈사랑과 죄〉,231쪽)

녀 혼자 이미 말을 타고 오는 것임을 알게 해 준다. 그리고 그의 얼굴의 핏발 피어오른 것까지 묘사하여 생동감 넘치는 젊은이의 모습을 보여준다.

ⓔ는 마리아의 변장한 모습이다. 마리아는 잘 입지 않던 '조선옷', 그것도 수수한 박이겹저고리에 모시진솔치마를 입고 단발을 감추기 위하여 머리 모양을 쪽을 진듯이 꾸미고 있는데 이것은 그가 자기의 정체를 숨기고 무엇인가 음모를 꾸미려 하고 있음을 알게 해 준다.

신여성 마리아에 관한 외양 묘사는 양적으로도 매우 많고 철저한 것을 볼 수 있다. 상섭의 만연체 문장의 장점이 두드러지는 부분이라 할 외양 묘사 가운데에서 가장 공을 들여 묘사하고 있는 인물이 바로 명마리아인 것이다.

  c) 대화·말씨 묘사

ⓕ "쇠ㅅ대를 이리 주세요 내 쌔어 들일쩨요.웨 하인두 한아 아니 두시구 쎄 스카운트, 리-대감께서 손수 이러케 하십니까? 아무리 귀한 손이 오섯기루(…)암만해두 삼방 약수만은 못하지요? 여러 해ㅅ만에 고국이라고 돌아와 보아야 시원한 쫄은 한아도 업드니 그것만은 속이 툭 터질 것 가트군요." (〈같은 글〉,24-25쪽)

ⓖ "이놈의 쌔기 눈ㅅ갈에 보이는 게 업나 보구나!" 마리아는 여전히 교묘한 서울 말을 썻스나 급한 쌔에는 제 고장 사투리가 나오는지 말씨가 달라진다. (〈같은 글〉,392쪽)

ⓗ "허지만 리선생님도 정신 밧작 차리지 안호시면 오쟁이지시리다." (…) "오쟁이진단 말이 무슨 말인가요? 나는 그런 귀부인 사회의 말은 몰라!" (〈같은 글〉,83쪽)

ⓘ 첫날의 긔념으로 녀자의 목숨인 머리를 베혀 버리지 안핫습니까. 삼일마지의 긔념으로 선생님은 예술을 버려 주십시요. 선생님의 손이 지순영씨의 얼굴을 그리기 위하야 화필을 붓드시게 내버려 둘 정마리아는 아닙니다. (…)모든 것을 버려 주십시요. (…)나도 음악을 버립니다. (〈같은 글〉,234-235쪽)

ⓕ, ⓖ, ⓗ는 다른 사람과 마리아의 대화 가운데 그녀의 성격이 나타나는 부분이고 ⓘ는 마리아가 해춘에게 보내는 편지글이다.

우선 ⓕ는 마리아가 순영을 본능적으로 戀敵으로 인식했음을 알 수 있는 말씨 묘사이다. 마리아는 순영 앞에서 자신이 영어를 자유로이 쓰는 실력의 소유자임을 과시하고 싶어한다. 그래서 해춘을 가리켜 '쎄스카운트'라는 말을 쓰고 있다. 그러나 여기에서 그녀의 자랑하고 싶은 바 지식, 외국어도 허세에 지나지 않음을 볼 수 있는 것이다. 'viscount'의 발음은 '쎄스카운트'가 아니고 '바이카운트'이므로 그녀의 얕은 지식이 오히려 해춘으로 하여금 비웃음을 자아내게 하고 있는 것이다. 뿐 아니라 1년 정도를 외국에 있다 온 그녀로서 '여러해ㅅ만에 고국이라고 돌아와 보아야'라고 말하는 것 역시 순영을 의식한 허세임을 알 수 있다. 석왕사에서의 일은 자기가 곤란한 상황이었고 거기서 해춘을 만난 것은 전혀 우연한 일이었음에도 삼방 약수를 운운하며 해춘과 같이 있었음을 강조하는 것 역시 순영을 향하여 해춘과 친근한 사이를 과장하려는 것이다.

ⓖ, ⓗ에서는 마리아가 가장하려고 하는 것처럼 귀족적이고 신여성으로서의 마리아의 면모와는 다른 모습을 보여주는 부분이다. 상대방으로 하여금 '그런 귀부인 사회의 말'이라고 빈정거림을 사게 되는 '오쟁이진다'라는 천한 말을 쓰는 것이나 '고장사투리'가 섞이는 욕설 등에서는 그녀가 현재 누리고 있는 것과는 달리 시골의 천한 출신임을 짐작하게 한다.

ⓘ의 말에서는 해춘과 하룻밤을 지낸 마리아가 해춘에게 자기 이외의 모든 것을 버리라고 요구하는 것을 알 수 있다. 자신 역시 피아노를 버릴 것이니 해춘은 미술을 버리라는 것이다. 해춘을 소유하기 위해서라면 음악도 쉽게 버릴 수 있다 함이니 마리아에게 음악의 의미는 해춘이 가지고 있는 것과 같은 류의 예술가적 사명감이나 선각의 의미가 아니고 하나의 장식이나 사치품과 다를 바 없는 것이었던 것을 알 수 있다.

ⓘ "하여간 피해 단일 거야 무에 잇나? 나로서는 강권할 수 업네마는 한 이천 원짜리 피아노나 사 주랴거든 데리고 살어도 조켓지?" (…) "이천 원

싸리 피아노 째문에 어느 령감님이 머리를 알으신다네"류진이는 랭연히 한
마대 하고 입을 실룩하야 보인다. "어느 령감님이라니?" 호연이는 벌서 눈
치채인 듯이 웃는다. "될쩐댁 서모라네!" (〈같은 글〉,79-80쪽)

ⓚ "밤낮 쩔쩔거리고 단이는 위인이 그만이라도 한 것이 제법이지...음악이란
   것은 간판쁜이요, 예술이 무언지 그런 자각이 잇나!" "하여간 쌔 성황이엇
   는걸! 일본 사람들도 만히 눈에 씌우는 모양이드군" (...) "경무국 사무관
   말이야! 마리아와는 더구나 그러치 안혼 사이인 모양이니쌔(...)친하고 여
   부가 잇나! 파트론(후원자)인데! 미국 갓다가 온 것도 내용으론 중산이
   덕이 만타지--" (〈같은 글〉,184쪽)

대화에 나타나는 마리아의 묘사이다. 대화자들은 리해춘과 류진, 김호연 젊
은 남자들인데 이를 살펴보면 정보제공을 하고 있는 사람들은 김호연과 류진
이고 해춘은 그들을 통해 마리아라는 인물에 관해서 정보를 얻고 있는 것을
알 수 있다.

먼저 ⓙ에서는 류진의 냉소적인 '될쩐댁서모'라는 말에서 마리아와 류진의
부친 류택수와의 관계를 알 수 있다. 마리아와 택수는 결혼을 할 뻔 했는데
마리아가 '이천원짜리 피아노'를 조건으로 내걸어 류택수가 고민하고 있다는
것이다. 그래서 류택수와 마리아의 관계가 어색해지고 그런저런 문제로 둘이
석왕사에서 헤어지게 된 것, 그 때 해춘이 마리아를 도와준 것 등의 일을 알
수 있다. 이 대화에서 류진의 냉소적 성격, 해춘의 온화한 성격, 호연의 익살
적인 성격 등이 단편적이나마 보여지고 있는 것은 부수적인 성과라 하겠다.

ⓚ는 마리아에 관한 평가가 되는 부분들이다. 마리아의 음악회가 끝난 후에
화자들은 마리아의 음악이란 자각도 없이 간판을 위해서 하는 것이며 그런 것
치고는 '그만이라도 한 것이 제법'이라 말하는데 이것으로 화자들의 마리아에
대한 업신여김을 보게 한다. 그리고 그의 음악회에는 총독부 사람들을 비롯한
일본인들이 많이 참석했음을, 또한 음악회의 명목은 '수재 구제'이며 총독부 사
무관인 중산이도 참여하였다는 것을 알 수 있다. 총독부 사무관을 비롯한 일
인들이 많다는 것은 마리아가 일인과의 교제가 많음을 알게 하는데 김호연의

말에 의하면 마리아가 총독부의 '끈아불'이라는 것이다.

d) 행동 묘사

① 마리아는 발길질을 하야 남자의 흰 양복 무릅에 흙칠을 살짝 햇다. (…) "올치 게서 올러오는 뎐보는 와도 내려가는 뎐보는 못 통햇단 말이지? 미국 갓다 온 량반이라 달으시군!"하며 비쏘으면서도 마리아는 자긔의 발에 남자의 주의가 오는 것을 깨닷고 유쾌하엿다. (〈같은 글〉,110쪽)

ⓜ "리선생님! 시간이 늣습니다. 어서 가서요"하고 볼일이나 잇는 듯이 재촉을 하엿다. (…)그러나 마리아는 이째짜지 생면인 척하든 터이라 얼굴이 살짝 붉어지지 안흘 수 업섯다. "누가 축하해 달라고 해요? 우리는 볼 일이 잇서 실례하겟슴니다" (〈같은 글〉,187쪽)

ⓝ "선생님 나두 이러케 먹슴니다. 우리 내기해 보실까요?"하며 마리아는 슬몃이 누구를 충동이듯이 반 남은 술잔을 들어 작난삼아 쏘 입에 대여 보다가 에이 써! 에이 써!하며 잔을 나려놋는다. (…)마리아는 남의 눈에서 씌이지 안케 혼자 상긋 웃으며 달듸단 술을 입에 대인다. (〈같은 글〉,195쪽)

ⓞ "마음대로 짓거려보슈!"하며 마리아는 안경을 버서서 닥든 손수건으로 남자의 입을 살랑 친다. (…)그러나 마리아는 순영이 보라는 듯이 남자의 눈짓하는 것을 모른체하고 새부렁거리며 어서 나가자고 졸은다. (〈같은 글〉,225쪽)

ⓟ "심부름 가태서 실례입니다만 나는 귀가 좀 멀고 뎐화가 서툴러서……"하며 정다히 웃어 보이다가 "그럼 고만두서요.미안하지만 댁의 하녀를 좀 빌려 주십소그려" (…) "그런데 나는 왓다는 말 마시고 지상(さん)이 기다린다고만 하서요" (…) 마리아는 그 말을 듯자 입을 쌔ㅅ죽하야 보이고 순영이에게는 물론 인사도 업시 그대로 바로 가 버렷다. (〈같은 글〉,246-247쪽)

ⓠ 어떤 남자 친구를 시켜서 뎐화를 이리로 걸어 보앗섯다. (…)이번에는 동안을 두어서 마리아 자신이 다시 뎐화를 걸고 순영이 행세를 하며 어서

려관으로 곳 돌아오라고 재촉을 하야 보앗다. (〈같은 글〉,388쪽)

ⓡ "웨들 그래? 마리아가 어쩌니 저쩌니 하며 무슨 뒤ㅅ공론들이야?"하며 역
시 쌔루퉁하야 보엿스나 코ㅅ잔등이에는 웃음긔가 살살 기어 올라갓다.
그래도 자긔의 자만거리인 육톄미를 남자들에게 보이고 십흔 충동을 못
참는 모양이다. (〈같은 글〉,337쪽)

ⓢ 마리아는 문 미테 저편 벽을 바라보고 서서 울음을 참느라고 캑캑 막히듯
이 늣겨가며 옷의 흙을 털다가 호연이가 나오는 긔척에 놀래서 울음소리
를 죽이며 뒤로 안 돌아다보고 쏘르를 달아나 버린다. (...)어쨋든 악계의
명성(樂界 明星)이다. 길거리에 나서면 그래도 톄모 차리는 숙녀다. 그러
커든 쌍에 떨어진 엿가락처럼 흙몽둥이가 되어서 두 엇개가 축 늘어진 저
쓸이 웬일인고?...... (〈같은 글〉,392쪽)

ⓣ 마리아는 털필 쓰트로 그림 속의 오른편 눈을 콕 찔러 보앗다. 눈은 까딱
엽시 이번에는 입가에 조소를 먹음고 나려다보는 것 갓다. 털필째로 입슐
을 박 긁어 보앗다. 잉크ㅅ자곡이 쓱 나면서 그림의 입이 실룩하야지는 것
가트엇다. 마리아는 그제서야 제 정신이 휙 들며 아풀사하는 량심이 머리
에 반짝하다가 꺼지자 이번에는 그 반동으로 대담히 눈에 금을 쏘 한 번
박 그엇다. (〈같은 글〉,430-431쪽)

마리아의 행동묘사이다.

ⓡ에서는 자기를 버려 두고 혼자 상경한 류택수에게 면박을 주면서도 한편
으로 그를 유혹하는 마리아의 모습을 볼 수 있다. 여기에서 비굴하면서도 요
부[87]적인 기질을 가지고 있는 마리아의 성격이 잘 나타난다. 자기를 버린 남
자에게 와서 그 일에 대해 비꼬고 불만을 토로하면서도 그의 욕정을 자극하는
것이다. 유부남이고 나이가 많으며 순영과 결혼을 꾀하고 있는 택수가 해춘이

---

87) 요부 또는 요녀란 이재선의 말처럼 뿌리치기 힘든 아름다운 매력과 성적인 인력으로 남
자를 유혹하고 묶어 버림으로써 남자로 하여금 자신의 과제 수행을 빗나가게 하고 끝내
는 불행으로 추락하게 하는 유형의 여인을 말함이다. 해춘에게 있어 마리아는 바로 그
러한 존재였던 것이다;〈〈우리 문학은 어디에서 왔는가〉〉,399면 참조.

라는 사랑의 대상을 찾은 마리아로서는 그다지 '마음에 키이는 것'은 아니지만 '아쉰대로 주문하야 노흔 피아노'의 비용 때문에라도 그의 순간적인 욕정에 매달린다. '마리아의 일거일동은 모다 남자의 정욕을 조하라는 목덕을 가진 것'이라는 부분은 그러한 그녀의 행동에 대한 설명이 되는 것이다.

그러나 그러한 그녀일지라도 류택수보다 더 좋은 조건의 젊은 남자 해춘의 앞에서는 택수를 부정하고 아예 모른척하는 것이 ⓜ의 행동에서 보여진다. 마치 무슨 약속 시간에 대어 가기로 한 것처럼 시간이 늦는다고 해춘을 독촉하고 있다. 그리고 지나치게 쌀쌀맞은 태도를 연출한다. 자기가 유혹하던 남자임에도 또다른 목적을 위해서는 서슴없이 모른척할 수 있는 것, 이것이 마리아의 처세술이요, 남자를 다루는 방법인 것이다.

ⓝ은 마리아의 이중성이 보여지는 부분이다. 마치 장난기 있는 천진한 소녀처럼 해춘과 호연에게 장난스레 술을 권하다가 자기도 입에 대고는 '에이 써! 에이 써!' 하며 잔을 뗀다. 그러나 그녀는 해춘에게 보이려는 모습과는 달리 술을 달게 먹을 줄 아는 사람이다. 그래서 '남의 눈에서 띄이지 안케 혼자 상긋 웃으며 달듸단 술을 입에 대'는 것이다.

ⓞ는 해춘을 소유한 후 머리를 자르는 등 남들에게 그것을 과시하려 한 것과 마찬가지로 그에게 지나치게 무례하게 굴고 친근함을 과장하여, 보고 있는 순영으로 하여금 소외감 내지는 거리감을 조장하려는 마리아의 작위적인 행동이다. 해춘은 '타락'이라고 이름지으며 괴로와하고 가급적 그녀를 피하려 애를 쓰는 둘의 관계를 마리아는 이렇듯 드러내고 소문이라도 내고 싶어하는 것이다.

ⓟ와 ⓠ는 전화라는 근대 문명의 특성을 이용할 줄 아는 마리아의 행동이다. 자기가 옆에 있음을 확인할 길이 없는 전화의 특성을 그녀는 십분 활용하여 다른 사람을 시켜 전화를 걸고 있다. 먼저 ⓟ는 자기를 피하려는 해춘의 심리를 아는 마리아의 행동이다. 해춘이 자기는 피하려 하지만 순영은 만나줄 것이라는 것을 알고 있으며 그것은 다른 이에게 전화를 부탁하는 행동으로 가시화된다. 마리아로서는 자존심이 상하는 일이지만 그보다 더 큰 목적, 곧 해춘의 사랑을 빼앗는 일을 위해 그것을 접어 두기로 하는 것이다. 그래서 마리

아는 해춘의 본마음이야 어떻든 해춘을 가로채는 것에 급급해서, 그의 집으로 가서 순영을 만나러 나오는 해춘을 가로챈다. ⑨는 마리아가 전화를 이용하여 잔꾀를 부리는 부분이다. 마리아는 자신에게만 해춘과 순영이 있는 곳을 알려주지 않는 것이라는 것을 눈치채고, 남을 시켜 전화를 하는데 여기에서 그녀의 영리함과 교활함을 볼 수 있다.

ⓡ은 욕탕임에도 불구하고 마리아가 해춘과 류진이 있는 남탕을 기웃거리면서 자신의 존재를 강조하고 남자들의 호기심을 자극하려는 행동을 하고 있는 것이다. 여기에서는 마리아가 자신의 아름다운 육체에 대하여 자만심을 가지고 있음과 함께 정숙하지 못한 성품임을 알 수 있다.

ⓢ에서는 호연의 사무실 앞에서 류진에게 모욕을 당한 마리아가 소리를 죽여 울다가 호연이 나오는 소리에 기겁을 하고 달아나는 행동으로, 한계적 상황에서도 체면을 차리려 하는 마리아의 성격을 보여준다.

ⓣ의 행동은 마리아가 해춘의 사랑을 얻어내기 위하여 그렇게 애를 썼음에도 불구하고 해춘과 순영이 결혼말이 오가고 유학을 간다 하자 그들이 묶고 있는 여관에 몰래 들어와서 하는 행동이다. 순영에 대한 지극한 질투는 해춘이 그린 순영의 그림에 투사되어, 눈을 찔러 보고 거기에 금을 그어 보고 입술을 긁어 보고 자기 손가락에 잉크를 묻히기까지 하며 그림에 공격하는 것으로 외면화되는 것이다. 마리아는 '언제 그러케 하얏는지' 모를 꿈속 같은 기분으로 그림에 대하여 복수심을 불태우고 있다. 여기서 손가락에 잉크를 묻히고 편지지를 뜯어 그 손을 닦는 행동은 나중에 사건 해결을 위한 중요한 단서가 되기도 한다.

ⓥ마리아의 묘사는 치열할 정도로 많은 양이 보여진다. 직접묘사와 간접묘사가 적절히 나타나면서도 간접묘사의 양이 월등한 가운데 외양 묘사도 철저하게 되고 있어서 작가 상섭이 그녀의 성격 창출에, 특히 미모와 화려한 복식의 묘사를 통한 성격 묘사에 상당히 공을 들이고 있음을 알 수 있다.

마리아는 묘사 가운데서 일종의 일본 총독부의 스파이라는 것이 암시되는데 그것은 '인삼 놀래'나 호연이 잡혀간 것을 미리 알고 있는 데서도 확인된다. 스파이든 정부든 그녀는 굴절된 자신의 삶을 제자리잡기 위하여 해춘과의 결혼을 꿈꾸고 그것이 되지 않자 자포자기한다. 사랑의 깨어짐이 곧 죽음이라는 포스터의 말88)과 같이 그녀에게 있어서 해춘과의 사랑이 깨어진 것은 죽음과 다를 바 없었던 것으로 해석할 수 있다. 그래서 복수를 결심하는데 그 일환으로 순영에게 살인의 누명을 씌우려고 음모를 꾸민다. 곧 이용할 대로 이용해 먹은 해춘집을 딸인 순영의 모습으로 찾아가 살해하고 마는 것이다. 성적인 문란함과 일본의 스파이 행각 그리고 살인까지 저지르는 명마리아는 신여성형 인물 가운데에서도 가장 부정적인 인물로 형상화된 인물이다.

4) 주정방...〈광분〉

주정방은 남의 눈을 속여 가면서 경옥과의 애정을 이어 나가야만 한다는 점에서 경옥과 애정적인 문제로 갈등하는가 하면, 또다른 여인 숙명과는 돈을 얻어내기 위해서 형식적으로라도 사랑을 가장해야 하는 문제로써 이중적인 애정적 갈등을 지니고 있는 인물이다.

a. 직접묘사

ⓐ 사실 병텬이가 돈을 내놋케 된것은 숙명이의 수단이다. 그 숙명이를 덧드려 노핫다가는 아모것도 아니될것이다 경옥이와의 비밀은 절대로 숨겨야 하겟지마는 경옥이의 혼인에 숙명이가 그러케 몸이 달은 첫재리유가 정방이와 격리를 식히랴는 데 잇는 것은 쌘한일인데 경옥이가 정말 쒸어나와서 풍파를 닐으킨다면 큰일이다 (〈광분〉,조선일보,15회)

ⓑ 적성단과 경옥이와 달아보고 쏘다시 경옥이와 숙명이를 달아보앗스나 그래도 경옥이편이 기우는것을 정방이도 염통을 가진 사람인바에야 전들 엇지하랴 (〈같은 글〉,15회)

ⓒ 적성단이란 원래 동경의 축지소극장을 본쩌서 한 것이요 쏘 축지소극장이 원시 좌경단톄를 배경으로 한 것은 아니나 극계로서는 일종의 항쟁덕 정

---

88) E.M.Forster,《Aspects of the Novel》,Penguin Books,1977,62-63면 참조.

신으로 지도되여 온 것인데 정방이는 거기서 한거름 더 나가서 푸로레타
리아 운동정신을 약간 가미하얏슬 뿐 아니라 그 산하(傘下)에 모혀들은
배우들이며 주위의 인물들이 더한층 그런 긔운에 쩌잇는 사람이엇기 쌔문
에 당국에서도 벌서부터 그런 냄새를 맞고 잇섯든 것이요 싸라서 언제든
지 걸려들기만 기다리고 잇섯든 터이다 (〈같은 글〉,98회)

ⓐ, ⓑ는 정방의 내면을 묘사하면서, 설명과 해설로 적성단과 병텬이의 관
계, 정방과 경옥이를 알려주는 부분이다. 우선 병텬이가 적성단을 후원하게 된
것은 정방이에게 호감을 갖는 숙명의 주선이기 때문에 그 숙명의 감정을 건드
려서는 안되고 그 때문에 정방과 경옥의 관계도 숙명에게 알려져서는 안될 것
이라고 정방은 계산하고 있다. 그러나 그러한 생각은 하고 있지만 정방은 적
성단보다도 또 숙명보다도 경옥이를 더 사랑하는 것이다. 여기에 정방의 딜레
마가 있다. 경옥이를 사랑하지만 그렇다고 숙명의 비위를 거슬려 자기가 벌여
놓은 적성단이라는 조직을 망하게 할 수는 없다. 숙명이를 잘 이용해야만 적
성단이 살아남을 수 있을 테고 그러자면 숙명이에게 경옥이와의 관계를 알게
해서는 안되는 것이다. 사랑이라는 문제와 일의 문제 사이의 괴리-이를 극복
하기 위하여 정방은 말그대로 연극을 해야 했던 것이다.

ⓒ는 주정방이 만든 적성단이라는 단체에 관한 설명이다. 그것은 일본의 축
지소극장을 본떠 만든 것이니 만큼 좌경적 사상은 띠고 있지 않지만 저변에
깔려 있는 '항쟁덕 정신'에 정방이가 프롤레타리아 운동정신을 가미시켰고 산
하의 인물들이 그러한 의식을 가진 사람들이라는 것과 그 때문에 당국의 요주
의 조직이었다는 것이다. 여기서 정방이 프롤레타리아적인 의식을 가지고 있
는 인물인 것을 알 수 있다.

b. 간접묘사

a) 애펠레이션

'주정방'이라는 이름은 잘 쓰이는 이름이라고 볼 수는 없지만 그것으로 작가
의 이념이 직접적으로 현시되는 것은 아니다.

b) 외양 묘사

ⓐ 주정방이는 어대로 보든지 호남아엿다 중키로는 큰편이요 톄격이 건장한
듯하면서도 양복입은 스타일이 밋긋하얏다 더구나 두볼에 약간도화색이
질린듯한 하얀 살색은 녀자의 살결가티 보드러워 보엿다 그리고 그눈,침
침한 불빗헤서도 파르레 비치는 그눈은 아모리 삼십전이라 하야도 어린아
이의 눈가티 맑고 생긔가듯는 것 가타엿다 더구나 온유하고 귀염성스러운
가운대 재스긔가 도다나는것은 녀자 뿐만 아니라 남자에게도 상당한 '참'
을 주기에 넉넉하얏다 (...)엇잿든 몸전톄가 이만치 고르고 빈틈업시 쏙
째인 사람은 설울(Sic서울) 안에서도 그리 흔하지 안흘 것이다 (〈같은
글〉,4회)

주정방이라는 인물의 외양이 묘사된 부분이다. 그는 키도 크고 건장한 체격
에 복숭아빛을 띤 살색의 피부며 맑고 생기 도는 눈을 가지고 있으며 미끈한
양복 신사라는 것, 그래서 비단 여자에게 뿐 아니라 같은 남자에게도 매력적
으로 보인다는 것이다. 이러한 준수한 그의 외모 때문에 정방의 고민이 생겨
난다. 즉 유부녀인 숙녕으로부터 노골적으로 유혹 당하고 변원량 같은 인물로
부터 질투 어린 반감을 사게 되는 것이다.

c) 대화·말씨 묘사

ⓑ "(...)그만큼학식이며 인격이 겸비한 사람은 청년사회에서도 듬을 것이야!
비단 연극이 아니라 아모데를 내노하도 한모퉁이 해벌 일군입듸다! 오히
려 그런 배우로만 내버려두기가 실상 악갑다고 령감쎄서도 입에 침이 업
시 칭찬을 하시든걸..." (〈같은 글〉,6회)

ⓒ 허구 만흔 사람에 주정방이란 말이냐? 첫재 그 사람은 긔혼자가 아니냐?
어엿한 안애를 가진 사람이 아니냐? (〈같은 글〉,83회)

ⓓ "그래 그종씨란 량반은 올에 멋치신가요?" "스물여섯이지요 인물도 그만하
면 보통이상이라 하게지요 녜전 모양으로 가문이니 지톄니 하는 것으로

보드라도 댁과 우리와는 그야말로 동색이니까요.....” (〈같은 글〉,19회)

ⓔ “그러면 경옥이! 모르든 알든 어머니쎄고 아버니쎄고 안다고만 해요 경도
에서 데국대학의과에 다니고 래년이면 졸업할 주정수(朱正洙)라는 내 종
제(從弟)가 잇다고 가명해 두잔 말야알앗서? (...) 비단 어머님압헤서만
아니라 누구압헤서든지 장래 주정수씨 부인될 사람이란 내종데수될 사람
이란 테도를 니저서는 아니되어요”하며 정방이는 젓가락 든 손을 쉬이고
썰썰웃는다 (〈같은 글〉,20회)

ⓑ는 남의 말로서 정방에 대한 평가가 되어지는 부분이다. 병텬의 비서 김
응규가 병텬의 말을 인용하면서 학식과 인격이 구비되어 있으며 직업은 배우
이지만 사실은 배우로는 아까울 정도라는 것이다. 그러나 병텬이 정방을 가리
켜 그렇게 말한 것은 정방이가 경옥이와 무관할 때의 일이다. 민병텬은 경옥
이가 정방이와 결혼하고자 할 때 ⓒ와 같이 말하며 크게 반대하는 것이다.
　병텬이에게도 정방은 인격과 학식이 훌륭한 사람으로 판단되었었지만 유부
남인 그가 자기의 딸과 연애관계를 맺고 있다고 하자 그는 부정해야만 할 인
물이 되고 만다. 사실상 정방이의 부정성은 경옥이와 연관되면서 드러난다. 그
의 정확한 사람 됨됨이 같은 것은 자세히 드러나지 않지만 기혼의 몸으로 아
내, 가정을 버려 두고 집을 나와 자기가 하고 싶은 일만을 좇고 경옥과 성적
으로 분방한 관계를 맺는 데서 가정적으로 무책임한 그의 면모를 볼 수 있다.
작품 상에 그의 부부관계나 부자관계 따위는 전혀 나타나지 않는 것이다.
　다만 연극일로 분주히 돌아다니다가 경옥이와 육체적인 사랑에 빠지고 그것
을 무마하기 위하여 ⓓ, ⓔ에서 보여지는 것처럼 거짓을 꾀하고 거짓말을 한
다. 숙뎡이가 자기와 경옥의 사이를 눈치챌까봐 임기적으로 ‘종씨’ 동생을 만들
고 경옥이와 말을 맞추고 있는 것이다. 경옥과 사랑을 나누기 위하여 숙뎡의
눈을 가리는 일련의 연극을 꾸미는 데에서 그가 교활한 성격의 소유자인 것을
알 수 있다. 정방은 경옥과 어울려 정욕을 충족시키는 한편 숙뎡을 이용하여
금전적인 이익을 얻기 위하여 두 여자 사이에서 줄타기를 하는 인물인 것이
다.

d) 행동 묘사

ⓕ "어듸 세봐요 난 다섯개밧게 안먹엿서!"하며 경옥이가 노발대발하야 이리
로 뛰어오랴고 하는 것을 팔을 쓰러다니며 "가짓말말라! 모두 훔처너노코
서……어드 뒤저보자"하고 무릅우에 쓰러지는 녀자의 몸을 뒤진다 경옥이
는 간지럽다고 칵칵어리며 몸부림을 친다 (〈같은 글〉,20회)

ⓖ "글세 모른다고 어린애 보채듯이만 하시면 엇저란 말야…?"하며 정방이는
어리광피는 아이처럼 코ㅅ소리를 내어 말뒤를 쓰러 보앗다 녀자는 그 목
소리에서 남자의 애교를 충분히 늣길 수가 잇섯다 (〈같은 글〉,37회)

ⓗ 뒤에서 거울 속의 숙명이를 쭈러지게 드려다보고 섯는 정방이를 역시 거
울속으로 마조보고 부쯔러운듯이 상글 웃는다 정방이는 일전려관에서 경
옥이와 이러케 함쎄 거울에 비처보든 것을 생각하며 마조웃엇다 (〈같은
글〉,38회)

ⓘ 가다가다 신경이 도저서 불관한 일에 짜증을 내는 것은 고사하고 경옥이
에게 편지 한장만 와도 이상스런 눈으로 노려보고 손님이 그리 차저오는
것은 아니지만 밧게서 반나보고 돌려보내고 드러오거나 하면 미주아리 쏘
주아리 캐뭇곤 하야 성이 가실 쌔도 만핫다 (〈같은 글〉,146회)

ⓕ, ⓖ의 행동에서는 경옥과 性戱를 하고 또 숙명에게도 유혹을 하는 이중
적인 정방의 면모가, 그의 여자를 다루는 수법과 함께 보여진다. 정방과 경옥
의 관계는 한 마디로 자유 연애와 성적 해방이라는 미명 아래 행해지는 '타락
한 성'의 관계인 것이다.89) 주정방은 초콜렛을 먹었느니 안 먹었느니 하며 경
옥이와 몸을 맞대는 성희를 하고, 그녀의 계모인 숙명에게 가서는 또다시 성
적인 '애교'를 부리는 것으로 두 여자 사이에서 두 여자를 다 유혹하고 있는
것을 보게 된다. 그가 숙명에게 친근하게 하려고 하는 동기는 앞에서 말한 바
와 같이 금전과 연관한 것임은 더 말할 여지도 없다.

---

89) 정호웅,〈앞의 글〉,703면 참조.

경옥이와 숙명 사이에서의 역학관계를 잘 이용하는 것이 그의 주요 관심사이고 그것이 단적으로 보여지는 것이 ⓗ이다. 본래 거울이라 함은 외양을 비추어 주는 것이지만 여기서 정방은 숙명의 외모를 보는 것이 아니라 거기 비추어지는 숙명을 마주보면서 경옥이와 거울 속의 서로를 보며 웃었던 일을 회상하고 순간적으로 씁스레한 웃음을 웃는 것이다.

ⓘ는 정방이 병에 걸렸을 때의 행동이다. 이것은 병 때문에 정방의 성격이 변화되었음을 보여주는 것임과 아울러 정방 외의 다른 남자에게 눈을 돌릴 줄 모르던 경옥이로 하여금 지치고 싫증나게 만드는 요인이 되는 것으로서, 동기야 어떻든 간에 정방을 떠나게끔 하고 결국 살해 당하게 만드는 복선이 되는 것이기도 하다.

주정방의 경우 간접묘사의 양이 월등하다. 대화나 행동을 통하는 경우가 많은데, 자기의 이득을 위하여 교활하게 남을 속이기도 하고 경옥, 숙명이라는 두 여자 사이에서 줄타기하는 데에서 기회주의자적인 면도 있다. 그리고 성적으로 분방한 정방의 면모도 간접묘사를 통하여 잘 나타나고 있다.

주정방은 유부남이면서도 가정은 돌보는 일 없이 그리고 아무런 거리낌없이 처녀 경옥과 연애를 하고 돈을 위해서 숙명에게도 유혹을 하는 점에서 도덕적인 부정성을 갖는 인물이다. 프롤레타리아의식이 있다고는 하나 그의 행동은 돈과 성적인 욕망 충족을 위한 것 이외는 나타나지 않음을 볼 수 있다. 어떻든 그는 당대의 젊은 지식인으로서 긍정적인 모습을 가지지 못한다는 점에서 〈광분〉이라는 작품 내에서는 원량 등의 부정적 인물들과 축을 이루는 자리에 있음에도 불구하고 부정적 인물임에는 틀림없다고 하겠다.

이상의 안타고니스트의 특징을 정리하면 다음과 같다.

첫째, 연령과 성별 면에서, 20대가 8명으로 여전히 주축을 이루는 가운데 30대에서 50대 사이의 인물도 3명이다. 성별로는 남자가 6명, 여자가 5명으로 나타난다.

둘째, 안타고니스트의 여성들도 모두 신여성에 포함된다. 조인숙과 명마리아는 유학까지 다녀왔고 홍경애는 교사가 될 수 있는 여학교를 졸업했다. 그런데 모두가 지식인의 면모를 거의 보이지 못하는가 하면 대부분이 크고 작게 부정적 요소를 갖고 있어서 여성에 대한 상섭의 경멸감은 프로타고니스트의 경우와 마찬가지로 표현된다.

셋째, 확인할 길은 없으나 지식 계급은 아닌 것으로 간주되는 좌야와 변원량만 제외하면 모두가 인텔리 계층에 속한다고 할 수 있다. 그런데 좌야도 호텔을 경영하는 지배인이고 영어에 능통한 것을 감안하면 교육 정도가 낮지 않을 것을 짐작할 수 있다. 변원량만 제외하면 모두가 지식인인 것이다.

넷째, 모두 비자전적 인물들인 안타고니스트들에게서 인물 계층의 다양성을 살펴보면, 최저층에서 최고층까지 다양한 계층의 인물들인 것을 볼 수 있다. 직업 면에서 음악가가 두 명, 연극인이 한 명, 변호사 한 명, 호텔지배인 한 명, 사감 한 명, 주부 한 명, 여급 한 명, 무직 세 명으로 되어 있다. 직업의 변화는 무직에서 가게 주인으로 수직적 상향 이동을 보이는 병화와, 교사였으나 작품 상의 현재는 여급으로 수직적 하향 이동한 경애 등에서 나타난다.

다섯째, 긍정적 주동인물과 대결하는 안타고니스트들은 종종 부정적 인물들로 설정되곤 한다. 그러한 그들의 묘사는 주동인물의 경우에 비하여 간접묘사가 월등하며 보다 더 생생한 느낌을 주곤 한다. 부정적 주동인물과 대결하는 안타고니스트의 경우에도 어느 정도의 부정적 성격을 내포하기 때문에 묘사의 측면에서 간접묘사의 우월 현상은 마찬가지인 것을 볼 수 있다.

인 물	나이/결혼	교육정도	출신/경제력	직업·전공	부자관계	가족관계	집안내 위 상	인물의 양 상	인물묘사비 직접:간접
덕순	20대/기혼.후취	유학.고등교육	경제력 없음			친정식구 없음		부정적	1:10
리마리아	20대/미혼→후취	유학.고등교육	경제력 없음	미션학교 사감·피아노		일가친척 없음	기숙사 생활	부정적	3:7
조인숙	22세/미혼→후취	유학.고등교육	경제력 없음	음악가(피아니스트)		일가친척 없음	더부살이	부정적	5:14
진형석	40대/기혼	유 학	중산층	변 호 사				부정적	4:14
뎡마리아	20대/미혼	유 학	천민/중류 이상	음악가 (피아니스트)		일가친척 없음		부정적	7:20
이창호	20대/기혼	중학교 중퇴	양반/하류,경제력 없음	무 직	혈연단절			부정적	2:14

인 물	나이/결혼	교육정도	출신/경제력	직업·전공	부자관계	가족관계	집안내 위 상	인물의 양 상	인물묘사비 직접:간접
좌야	50대/기혼		중산층	호 텔 지배인	아들에게 불신임			부정적	6:9
주정방	20대/기혼	인 텔 리	중하류	연 극 인	무관심	무관심			3:9
변원량	40대/기혼		하 류	무 직				부정적	5:14
김병화	20대/미혼	대학중퇴	하 류	무직→가게 주인		혈연단절			4:16
홍경애	20대/미혼	여 학 교	하 류	교사→여급	부모원망		실질적 가장	희생양	4:13

 이상 살펴본 염상섭 초기 장편의 프로타고니스트와 안타고니스트의 주요인물 전체의 특징을 정리하면 다음과 같다.
 첫째로, 연령과 성별 면에서 다음과 같은 결과를 얻을 수 있다.

연 령	20대	30대	40대	50대	60대
명 수	17명	1명	3명	1명	1명

성 별	남 자	여 자
명 수	13 명	10 명

 염상섭의 주요인물 가운데 20대의 남자의 비중이 월등하게 많다는 사실은 작가 상섭과의 연관 속에서 이해할 수 있는 부분이다. 그는 자신의 세대를 주 대상으로 하여 작품을 썼던 것이다.
 둘째로 경제적 측면에서 보면, 출신성분이나 생활 정도 등이 다양하지만 대부분이 다른 사람의 재력의 도움을 받아서라도 먹고 사는 문제를 걱정하지 않는다. 먹고 사는 일을 걱정해야 하는 경우는 〈이심〉에서 박춘경의 경우에 국한되는 것을 보게 된다.
 셋째로 학력 면을 보면, 변원량만 제외하면 모두가 지식인인 것을 보게 된다. 그런데 교육의 습득과정을 살펴보면 ①집의 돈으로 공부하는 경우, 이 경우가 가장 많은 것을 볼 수 있다. 여기에는 리해춘, 조덕기, 조상훈, 이창호, 라명수, 박춘경, 민경옥 등이 포함된다. ②그 과정이 작품 상에 생략되어 알 수 없는 경우가 있다. 김중환, 진형석, 김호연, 좌야, 주정방, 숙명, 덕순 등의 경우가 이에 해당하는데 이것 역시 ①의 경우가 가장 많으리라고 추측된다. 그런데 ③김병화의 경우는 집으로부터의 도움이 끊어진 채 학업을 계속 하는 경우로 이러한 김병화의 독학에 의한 공부는 학업을 마치게까지 하지는 못한다. 다음으로 부친이 아닌 타인의 도움을 받아 공부를 하게 되는 경우가 있다. 거기에는 ④형의 도움을 받는 이인화나 매형의 재력에 기대어 공부하는 김효범처럼 부친이 아닌 가까운 친지의 도움을 받는 경우와 ⑤리마리아, 명마리아, 조인숙, 지순영, 홍경애 등의 인물처럼 제3자의 도움으로 공부하는 경우가 있다. 리마리아와 명마리아는 해외선교사의 원조로 공부를 하였는데 명마리아는 일본 사무관 등 알려지지 않은 인물의 도움도 크게 작용한 것으로 보이고 리마리아는 나중에 안석태의 돈으로 공부를 계속할 수 있을 거라는 계산 하에 그의 후처가 된다. 조인숙은 학비를 대어주는 진형석에게, 홍경애는 집안의 일과 공부 등 여러 가지로 뒤를 보아준 상훈에게 그 댓가로 정조를 바친다. 지순영은 집에서 어느 정도 공부를 한 뒤 한회의 도움으로 취직을 위한 공부를 하는 경우이다. 지순영을 제외하면 여기에 포함되는 모든 여성들이 공부를 하기 위하여 정조 등을 수단으로 하고 있음을 알 수 있다. 결국 많은 신여성들의 경우가 ⑤에 해당하는 데서 그녀들의 교육 습득이 타율적 성격을 가지고 있음을 알 수 있다. 그녀들은 당시의 신문물을 받아들인다는 허영심으로 교육을 위해서 자신의 몸을 수단화하는 류의 주객을 전도시키는 일을 빈번히 하고 있는 것이다. 그런데 ②의 덕순은 누군가의 도움을 받아 더 공부하기를 원하는 점에서 ⑤와의 유사성을 갖는다.

 넷째로 묘사의 측면을 보면 긍정적인 인물의 경우에 직접묘사와 간접묘사가 비슷한 비율이거나 직접묘사의 비중이 더 많아 그 안에 작가의 목소리 내포가 추측, 기대되곤 하는 반면 부정적 인물의 경우에는 작가의 내면 참여가 적은 간접묘사의 비중이 큰 것을 볼 수 있다.

3. 보조 인물의 경우

주요인물major figure의 경우는 대개 복합적이며 입체적인 방식으로 그려지고 소인물minor figure의 경우는 주요인물의 보조적인 장치라는 점에서 단선적이고 평면적인 방식으로 그려지곤 하는 것이 성격 창조의 원칙처럼 되어 있는 것은 앞에서도 말한 바 있다. 그러나 상섭의 인물묘사에서는 그러한 것이 공식처럼 지켜지고 있지 않은 것을 보게 된다.

상섭의 보조인물들은 주로 기능인으로서 구실을 보이는데 그 주요한 기능에 따라 그들은 다음과 같이 나누어질 수 있다.

① 조력자로서의 인물... 김호연, 류진, 리진태, 이필순, 위영애, 최을순

② 사기꾼형 인물... 류택수, 강찬규, 김의경, 수원집, 장매당, 해줏집

(1) 조력자로서의 인물과 '설명'의 우세

1) 김호연...〈사랑과 죄〉

김호연은 작품 내에서 지순영과 리해춘의 사랑을 도와주는 일 외에도 전체적으로 다른 인물들을 뒤를 보아 주거나 독립운동을 하는 등 하여, 광범위한 의미에서의 조력자라 할 인물이다.

a. 직접묘사

ⓐ 김군이라는 것은 세부란쓰병원에 륵막염으로 입원하야 잇는 김호연(金浩然)이라는 해춘이의 친고이다. 순영이가 해춘이와 알게 된 것도 해춘이가 김호연에게 거진 날마다 위문을 가기 째문에 자연히 친숙하야진 것이지마는 이번에 순영이가 그림의 모델로 와 주게 된 것도 김호연이가 사이에 들어서 간청을 한 짜닭에 승락을 하게 된 것이엇다. (〈사랑과 죄〉,염상섭 전집 2,민음사,1987,27쪽)

ⓑ 김호연이는 륵막염이라는 진단을 마타 가지고 입원한 것이다. 그 외에도

신경쇠약 위ㅅ병 심장병……등 야단스러운 여러 가지 병명을 가지고 잇다.(…)리해춘이가 대어 주는 돈을 써 가며 벌서 한달짝시나 이 병원 일등실에 들어안젓는 것은 좀 럼톄 업는 짓가치도 보엿다. (…)요사이의 조선 청년의 한 사람이다. 즉 말하면 제 집에 지튼 철량이 잇는 것도 아니건만 술담배 조하하고 간혹은 기생집 볼요 우에 성큼 올라 안저서 너털대고 하는 류의 인물이다. 그에게 과인(過人)하다고 칭송할 건덕지라고는 한아도 업스나 다만 한 가지 요사이 수년래로 술친구 사이에서는 주량(酒量)이 과인하다거나 정력이 비범하다는 말을 듯는다 한다. (〈같은 글〉,52쪽)

ⓒ 그는 삼 년 전에 동경제국대학의 독일법률과(獨法科)를 졸업한 법학사(法學士)인 고로 시험 업시 변호사(辯護士)가 된 덕에 수진궁 안 남의 집 사랑채를 삭을세로 비러서 변호사 사무실에 현판을 붓치고 잇는 터이다. (…)독일어 영어 일어는 물론이오 졸업한 후에 풍운(風雲)에 밀리여서 청국에 들어가 잇해 동안이나 잇는 동안에 웬만큼 청어를 배왓기 때문에 조선말까지 너허서 치면 위선 다섯 나라 말을 한다고 한다.그런데 요사이는 무슨 생각이 낫든지 틈틈히 숨어서 아라사ㅅ말을 또 공부한다 하나 술마시랴 기생집 가랴 재판소에 들어가랴 빗쟁이에게 졸리랴……하기에 그것만은 여의치 못한 모양이다. (…)터가 아즉 잡혓다고도 못하겟고 쌀하서 흥정이 별로 업슬 쑨 아니라 긔썻 마타한다는 것은 독립운동이니 사회주의운동이니 하는 돈 한 푼 아니 생기는 형사 문뎨 쑨이라 한다. (〈같은 글〉,53쪽)

ⓓ 일본 사람들이기 때문에 이 사람들도 일본 말로 수작을 하는 것이다. (…)그로 인하야 자존심이 쌍이는지를 알면서도 역시 일본말을 쓰지 안흐면 안되는 것은 무슨 까닭이엿든가? 호연이는 불쾌하엿다. 그러나 나즉하게 조선말로 이약이할 때에도 자긔가 지금 조선 말을 쓰거니- 조선 옷을 입엇거니 하는 생각을 일치 안핫다. (〈같은 글〉,207쪽)

ⓔ 까닭업시 붓들려 들어가서 부대낄 사람을 생각을 하면 가엽지 안흔 것은 아니나 이러한 시대에 조선에 태어난 지다음에야 피차에 하는 수 업지 안흐냐?-하는 생각을 하며 혼자 설은 것을 가만히 참앗다. (〈같은 글〉,284쪽)

김호연에 관한 직접묘사이다. 먼저 ⓐ는 김호연과 리해춘, 지순영의 관계와 호연이 병원 생활을 하고 있다는 것을 알려 주는 부분이다. ⓑ에서는 역시 작가가 병원 생활을 하고 있는 김호연에 관한 좀더 구체적인 설명을 하면서 그 금전적 원조는 리해춘에 의한 것임을 알게 한다. 사실 호연은 해춘의 돈으로 병원 일등실에 있으며 늑막이니 신경쇠약이니 하는 여러 가지 병명을 가지고 있다. 여기서 호연에 대한 작가의 시선은, 그를 별로 탐탁하게 여기고 있지 않다는 것이다. 남의 돈으로 일등실에 있는 것부터, 자기의 집에 돈이 많이 있는 것도 아니면서 술과 담배와 기생집 출입에 빠져 있는, '요사이의 조선 청년의 하나'로서 과인하다고 칭찬할 것이라고는 주량이 많은 것 뿐인 호연에 관하여 작가는 냉소적인 어투로 이야기하고 있다.

ⓒ에서는 호연의 이력과 학식이 이야기된다. 그는 동경제대 독일법률과를 졸업하고 변호사가 되어 변호사 사무실을 내고 일을 하는 인물이다. 그는 독일어와 영어, 일어, 중국어 등 4개 외국어에 능통하고 게다가 요즘은 러시아말까지 공부하려 할 정도로 어학적인 열성이 대단한 인물이다. 그러나 술 마시고 기생집 가는 등의 다른 일이 많아서 그 일이 여의치 못한 모양이라고 하는 데에서 작가의 비웃는 시선을 느낄 수 있다. 러시아말을 '틈틈히 숨어서' 공부하려 한다는 것은 그의 사상적인 면에 암시를 주는 것이 된다. 그는 변호사로서 일하는 것도 '독립운동이니 사회주의 운동이니 하는 돈 한 푼 아니 생기는 형사 문데' 같은 것을 맡아 하는 것이다. 이로서 그의 사상적 배경의 문제는 조금 더 뚜렷해진다고 보아진다.

ⓓ는 그의 민족적인 자존심이 묘사되는 부분이다. 해춘과 마리아 등과 카페에 들어가서 주위의 사람들이 일인인 것을 보고 누가 말을 맞춘 것도 아닌데 이심전심으로 모두가 일본말을 쓰게 된 상황에서, 호연만이 이 문제에 민감히 생각한다. 그리고 남들과는 달리 낮은 소리로라도 조선 말을 쓰면서 자기가 조선인임과 조선 말에 대한 긍지를 잃지 않으려 한다는 것이다.

ⓔ는 시대와 민족에 대한 호연의 각성의 일면을 알게 하는 그의 내면 묘사이다. 자기로 인해 고통을 받게 된 사람들에 대하여 미안해 하다가도 어차피 식민지 치하의 조선에 태어났으니 그들 역시 이 일이 남의 일이 아니라 자신의 일로 받아들여 고통을 달게 받아야 하리라고 생각한다. 이를 통하여서는

김호연이 식민지 시대에 관한 상황 인식을 가장 분명히, 또한 냉철히 하고 있
는 인물임을 알 수 있다.

b. 간접묘사

a) 애펠레이션

浩然이라는 이름도 널리 쓰이는, 항렬을 따르는 이름이라고 하겠다. 다만
그의 성격이 이름의 의미처럼 넓은 면이 있다는 데에 이름을 통한 직접묘사의
면도 부정할 수 없는 것으로 보아진다.

b) 외양 묘사

ⓐ 호연이는 코ㅅ날부터 신경질로 생기고 령채가 도는 큰 눈에는 남이 범하
지 못할 위압하는 정긔가 잇서 보이엇다. (〈같은 글〉,78쪽)

이것 이외에 호연의 외양에 관한 묘사는 거의 없는데, 여기서 호연이 날카
로운 이미지의 인물이라는 것, 그리고 위엄 같은 것이 보인다는 정도만을 묘
사하고 있다.

c) 대화 · 말씨 묘사

ⓑ "조선 귀족이란 ○○ 팔아먹고 쌍 파라먹고 조상 파라먹고 인제 집 파라먹
으면 막장 볼 것일세. 누가 가엽다고 찬 밥술 한 술 줄 줄 아나? 자네두
정신 밧작 차리거들랑은 문간의 인력거부터 팔아 업새게. 그라구 자네 집
단 두 식구가 이 큰 집은 해서 무얼 하나? 문서 잡혀먹고 집 까불리기 전
에 애국에 집도 조려 가게." (〈같은 글〉,53쪽)

ⓒ "(…)잇다가 여덟 시나 아홉 시 가량 해서 인삼 장사가 인삼 세 근을 가
지고 갈 터이니 아모 말 말고 좀 팔아 주게. 갑스로 말하면 고작해야 오
륙십원 밧게 아니 되겟지만 부재단하고 백원 한아만 주어 보내 주게. 그

리고 원석이 식혀서 장부에 올리게 하야 두는 게 조켓네……" (〈같은 글〉,151쪽)

이것은 호연의 말씨에 의한 호연 자신의 묘사 부분이다. 먼저 ⓑ에서는 당시 귀족들의 허영을 꼬집고 있다. 조선의 귀족이라는 것은 앞장서서 나라와 주권, 국토, 조상을 팔아먹은 그룹에 지나지 않는다는 그의 견해는 날카롭기까지 하다. 집까지 팔아먹는다 하여도 누구 하나 동정할 사람 없을 것이니 귀족들의 허영과 사치의 산물인 인력거와 큰 집을 정리하여 실속있게 살아야 한다고 호연은 귀족친구인 해춘에게 역설하고 있는 것이다.

ⓒ는 호연이 해춘으로 하여금 인삼사건에 연루되게 하는 부분인데, 나중에 문제가 될 것까지 예상하고 해춘이 빠져 나갈 길을 마련하고 있는 데에서 호연의 선견지명을 볼 수 있다.

이외에도 호연에게서 대화 묘사 부분은 매우 많다. 그런데 그 대화들은 호연의 인물묘사를 한다기보다 주로 다른 인물이나 사건의 묘사를 위하여 쓰이고 있기 때문에 여기에는 포함시키지 않는다.

d) 행동 묘사

ⓓ 사람을 못된 대로 지도할 그런 김호연이가 아니요 한희에게 부탁을 밧다 십이 한 처디이고 보니 좀 더 친절히 하야 주겟건만은 매사에 어느 정도 까지 와서는 좀더 한 발 들여 노흘 듯한 대서 멈춧하고 서서 쌀쌀한 눈치 를 보이는 것이 순영이에게 대한 감정이요 처사하는 태도이엇다. (〈같은 글〉,95쪽)

이것은 김호연의 행동에 관한 묘사가 직접적인 작가의 목소리와 어울려 묘사되는 부분이다. 호연이 순영을 사랑한다는 증거는 아무 데에도 나타나지 않는다. 이 부분에 관한 호연의 내면 묘사는 전혀 없기 때문에 뚜렷하지는 않지만 호연은 순영을 친여동생 이상으로는 생각하고 있지 않다는 것은 위와 같은 부분과 대화 묘사를 통하여 간접적으로 제시되고 있다. 한희라는 여자 동지에게 부탁을 받게 된 순영이고 보니 그녀에게 친절히는 대하지만 이에 순영이 자기의 감정을 오해라도 해서는 안된다고 생각해서인지 명백한 선을 긋고 그녀를 대하는 것이다. 여기에서는 사람을 대하는 데 있어서, 맺고 끊음이 분명한 호연의 면모를 볼 수 있다.

호연의 성격 묘사를 종합해 볼 때, 전체적으로 묘사의 양이 적다. 그는 작품 내에서 대화를 통하여 남의 신상에 관한 이야기나 사건의 이야기를 많이 하여 다른 인물의 묘사에 전반적인 도움을 주는 인물이다. 그래서 그러한 대화 부분을 논외로 하면, 김호연이라는 인물만을 묘사하는 부분은 드물고 그중에서는 직접묘사의 부분이 보다 많은 것을 보게 된다.

김호연은 해명과 순영으로부터 존경과 사모의 염을 받고 있으나 그것을 고의적으로 못 본 체하고 그들에게 이념적인 지표나 支柱로서만 존재하려고 하는 인물이다. 호연은 해명과 순영의 카운셀러로서의 모습이 많이 보여지는데, 뿐 아니라 병원에 입원한 몸이면서도 그곳에서 여러 사람과 담소하면서 자기의 이념을 동료들에게 전하고 가르치려고 하는가 하면 밤에는 동지들과 '접선'을 하는 등 사회적 행동을 쉬지 않는, 적극적인 성향의 인물인 것을 볼 수 있다.

2) 류진...⟨사랑과 죄⟩

류진은 처음에는 회의론자로서의 면모만이 보이다가 수감의 경험을 하고 난 후에는 호연과 더불어 긍정적 인물들을 적극적으로 도와주는 인물이다.

a. 직접묘사

ⓐ 류진이는 작년에 결혼한 지 서너 달만에 한여름내 금강산에 들어가 파무처 잇다가 돌아와서 두어 달쯤 지난 뒤에 쏘다시 병 핑게로 일본 가서 겨울을 지내고 지난 초봄에야 해춘이보다 압질러 도라왓다. 돌아올 제는 집안 정리를 한다고 하더니 그것도 여의치 안흔 모양이어서 요사이는 미국으로 갈 계획을 세웟스나 거긔에는 자긔 모친이 반대를 하기 째문에 쏘

다시 한 풍파가 닐어난 모양이엇다. (〈사랑과 죄〉,염상섭 전집 2,민음
사,1987,57쪽)

ⓑ 학생 시대의 류진이를 생각하면 아닌게 아니라 딴 사람이 되엿다. 학생 시
대에도 역시 남을 비웃는 듯한 말씨이나 태도가 업지 안엇스나 지금가치
음울한 긔분은 업섯다. 운동도 상당히 하엿지만 선모슴가튼 쾌활한 맛이
잇섯다. 성례하기 일년 전부터 약혼을 하엿지만 그것도 류진이로서는 첫사
랑이엿섯다. 열정적인 그는 남보기에도 대담하다고 할만치 순진한 열정을
솔직히 발표하엿든 것이다. (〈같은 글〉,134쪽)

ⓐ에서는 류진이 결혼하고서 집에 잘 안 붙어 있으면서 자꾸 밖으로만 나돌
려는 인물임이 알려진다. 금강산으로, 일본으로, 미국으로 돌아 다니거나 그런
생각만 하는 것에서 그가 보통의 심리 상태는 아니라는 것을 알 수 있다.

ⓑ는 류진의 그러한 성격이 학생 때와는 달리 변화한 것임을 알 수 있는 부
분이다. 학생 때는 음울한 성격이 아니었고 쾌활하였으며 첫사랑에 열정적이
었다. 그런 순진한 열정을 솔직히 표현한 대상이 해춘의 여동생 리해덩이었고
그녀와 결혼을 했던 것이다. 그런데 결혼 후에 이렇듯 남을 비웃고 뒤틀어진
성격으로 변화하게 되는 계기는 아직 나타나지 않는다.

b. 간접묘사

a) 애펠레이션

류진은 외자 이름인데 이러한 외자 명명법은 이광수에게서는 종종 볼 수 있
는 것인 반면 염상섭은 잘 쓰지 않는 것으로 보인다.

b) 외양 묘사

ⓐ 류진이란 안진 모양으로 보아 키대가 후리후리하고 톄격이 장대한 청년이
다. 해춘이와 동갑세밧게 아니 되어 보이나 검으므트름하고 기름한 얼굴
이 아즉 애ㅅ된 틔가 잇는 듯 하면서도 해춘이보다는 훨신 나희 들어 보

인다. (…)커다란 입을 쎄ㅅ드름이 덤썩 담은 것부터가 진득한 듯하면서
도 고집이 세이고 사람을 눈 알에로 보는 듯한 거벽스러운 맛이 잇다. 모
든 것에 무관심한 랭연한 태도가 보이나 화승줄에 불을 단기지 안한 폭발
탄 가튼 열정을 살껍질 한 겹 밋헤 숨겨둔 것이 불그레한 얼굴 빗에도 력
력히 나타나 보인다. (〈같은 글〉, 78-79쪽)

류진의 외모이다. 앉아 있는 모양으로만 보아도 키가 크고 체격도 좋은 사
람임을 알 수 있다. 해춘이와 동갑인 것 같으면서 보다 나이들어 보이는 얼굴
과 진득하면서도 거만스런 그의 성격을 유추해 볼 수 있는 꼭다문 입매등은
외모와 그로써 알 수 있는 인물의 성격을 연관시켜 나타내는 부분이다. 모든
것에 냉연한 태도와 동시 그 밑에 숨어 있는 '폭발탄 가튼' 열정의 존재도 얼
굴을 보아 알 수 있다고 하는 부분은 외양을 제시하면서 그에 대한 작가의
보충 설명이 나타나는 것이다.

  c) 대화·말씨 묘사

ⓑ "생명이란 자네가 생각하듯이 그러케 엄숙한 것도 아니요 절약할 수 잇는
    것일지 의문일세. 생식(生殖)을 위하야 지리하게도 련쇄(連鎖)한 맹목뎍
    운동(盲目的 運動)의 총톄가 생명일 짜름일세. 먹는 것- 교미긔(交尾期)
    의 비상활동(非常活動)을 개시하는 것- 색기에게 제 관습을 가르쳐서 무
    가치한 자긔의 재현(再現)을 남겨 놋는 것- 이 세 가지 밧게 쏘 다시 생
    명의 구현(具現)이니 발로(發露)니 활동이니 하는 것이 잇는 줄 아나? 하
    하하……"하며 쏘 랭소를 한다. (〈같은 글〉, 136쪽)

ⓒ "존재가 업는 사람이니짜 알 필요도 업네마는 식색도 유희도 자살도…… 아
    모 것도 안하는 다만 고기ㅅ덩어리라고는 알아 두게그려!" (〈같은 글〉, 141
    쪽)

ⓓ "(…)반년 동안 머리를 썩히고 겨우 결심한 것일세. 작년 여름에 금강산에
    들어갓다가 나와서 일본으로 갈제 나는 조선짱을 다시는 밟게 될지 자긔
    도 의문이엇섯네. 그러나 역시 쏘 와 보니 오히려 온 것이 후회가 나네.

하여튼 이 반년래로 내 머리ㅅ속은 탕 비여젓네…… 그만 하면 자네도
나를 얼마간 동정은 할 것일세." (〈같은 글〉, 145쪽)

ⓔ "자네의 그 자멸덕 초연주의(自滅的 超然主義)에는 참 정말 놀랄 만 하이!
대관절 자네에게는 도덕도 량심도 업나?"(…)"俺に殘ってろのは暗い宿命
たけさ!(내게 남은 것은 컴컴한 숙명 쑌일세!)"(〈같은 글〉, 147-148쪽)

ⓕ "변하얏다고 할지 모르지! 사실 그동안 일주간 밧게 안 되엇스나 락디 이
후에 경험해 보지 못하든 생활은 살아라― 굿게 살아라―는 교훈을 주엇네!
넘우 과장한 말 가트나 살 길을 보여 준 고마운 교훈이엇네! 말하자면 스
물 다섯 해의 생활의 총결산을 한 세음일세. 결국 자네의 인삼은 내가 먹
엇나 보이!" (〈같은 글〉, 335쪽)

ⓑ는 류진의 생명에 대한 냉소적 태도를 볼 수 있는 말씨이다. 그는 생명이
란 엄숙하지도 않고 절약할 필요성이 있는 것도 아니어서 단지 '련쇄(連鎖)한
맹목덕 운동'일 뿐이라고 말한다. 생에 관한 아무런 이유도, 의미도 그는 잃어
버리고 만 것을 볼 수 있다. 그는 또 생명을 먹고, 교미하고, 자식을 통하여
무관심한 자기 재현을 남기는 것에 지나지 않는다고 한다. 삶을 이렇듯 형이
하학적인 언어로 표현하고 있는 데에서 류진이 살아 있음에 대하여 진하게 회
의하고 있음을 알 수 있다.

ⓒ에서는 류진의 회의적 태도의 극단이 보여진다. ⓑ에서 생명의 전부인 것
처럼 이야기했던 식욕과 성욕마저도 자기에게는 없고 자기는 다만 유희할 줄
도 자살도 할 줄 모르는 '고기ㅅ덩어리'에 지나지 않는다고 하여 자신의 존재
를, 스스로의 존재 자체를 부정하고 있다.

ⓓ는 직접묘사에서 보았던, 집에서 겉돌고 있는 류진의 모습을 그의 말 속
에서 확인할 수 있는 부분이다. 사실 류진은 조선 땅에는 다시 오지 않으려고
했을 정도로 그의 주위 현실을 혐오하고 있다. 그런 성격의 변화는 최근 반년
동안에 일어난 것임을 알 수 있다.

ⓔ에서도 그런 것이 나타난다. 해춘이 도덕이라든지 양심 같은 것에 관한
의식이 없는 류진의 '자멸덕 초연주의'에 대하여 비난하자 류진은 자신에게 '남

은 것은 컴컴한 숙명 뿐'이라 하며 자기의 인생에 대한 염세와 비관을 뚜렷이 보여준다.

그런데 ⓕ에서는 류진이 여태껏 보여 주었던 비관적이고 절망적인 인생관이 해춘의 '인삼사건'을 계기로 크게 바뀌었음을 알게 한다. 탁상공론에 지나지 않는 의식의 과잉만으로 절망과 회의에 빠져 있던 그가 실제로 삶이라는 것에 부딪쳐 투옥 생활까지 하게 되는데 그런 옥살이 경험이 그에게는 긍정적으로 작용하게 된다. 류진의 말에 의하면 자신은 그런 경험에서 '살아라─ 굿게 살아라─'는 교훈을 얻었다는 것이다.

d) 행동 묘사

ⓖ 벼락 가튼 소리와 함께 손이 번쩍하는 듯하드니 해춘이의 압헤 퍽더버리고 안젓든 계집이 한간통이나 택대구를 굴러서 저편에 버틔고 섯는 배종군의 발미테 나동글어진다. (…)류진이가 잡담제하고 훌적 달겨들며 고개가 팽 돌듯이 싸귀를 갈기고 나서 아모 말 업시 엽헤 섯는 장한이 덤비면 집어친다는 긔세로 두 사람을 맛걸어서 버틔고 선다. (〈같은 글〉,358쪽)

그는 일제 치하에서 투옥 생활의 경험으로 매사에 적극적이고 활동적인 성격으로 변하게 되는 예외적인 경우에 속하는 인물이다. 원래 키가 크고 후리후리한 체격의 그는 옥살이 경험 이후 적극적인 생활관을 습득하여 부정적인 일에는 과감하게 나설 줄도 알게 된다. 그래서 덕진과 해줏집이나 마리아 같은 부정적 인물들을 무력으로 응징하여 해춘과 순영을 돕기도 한다. 위의 예문은 류진이 순영을 만나러 온 덕진과 해줏집을 무력으로 응징하며 혼을 내는 장면인데 여기에서는 룸펜이자 회의주의자인 류진의 면모는 극복되어지고 적극적이고 활동적인 성격의 외면화를 볼 수 있다.

e) 환경 묘사

ⓗ 류진이 집은 사실상 란맥이엇다. 싀어머니가 잇는 것도 아니요 싀아버니는

첩의 집에 들어 업대어 잇스니 말하자면 아모 걸이킬 것 업는 제 혼자ㅅ
살림 갓지만은 이복동생들이며 짜로 사는 자긔 생모로 하야 늘 풍파가 끈
일 사이가 업섯다. (〈같은 글〉,72-73쪽)

류진의 가정 환경이 나타나는 부분이다. 류진의 생모를 내쫓은 아버지 류택
수는 첩의 집에서 기거하며 복잡한 이성관계로 성적인 방종만을 일삼는다. 그
뿐 아니라 류진은 계모와 이복 동생들과도 원만치 못하고 그래서 집안은 풍파
가 그치지 않는다. 그런 환경 때문에서인지 혹은 호연과 해명의 사이를 오해
해서인지 분명치는 않지만, 류진은 열정적으로 사랑해서 결혼한 해명과도 행
복하게 지내지 못하고 사이가 '설면설면'하게 되어 마침내는 이혼하고 혼자 떠
나려고 계획한다. 부친의 방종한 성생활로 인하여 류진은 감수성 예민하고 결
벽증적인 마음에 상처를 입게 되고 이것은 그외의 여러 가지 요인과 함께 류
진으로 하여금 회의에 빠지고 허무주의자가 되게끔 작용한 것이라고 볼 수 있
다.

류진 역시 간접묘사의 양이 월등하다. 그의 내면 세계를 알 수 있는 내면
묘사가 전혀 보이지 않아 그가 회의론자가 되는 배경 같은 것은 추측할 수밖
에 없다.

류진이 회의론자가 되게 된 배경은 작품 내에서 뚜렷이 나타나지 않는다.
다만 그의 출생이 류택수의 둘째 부인인 일본 여인과의 사이에서 태어났다는
것이나 생모가 아버지에 의하여 쫓겨났다는 사실들이 그에게 컴플렉스가 되었
을 것이라고 보아진다. 거기에 부친 류택수의 性에 대한 과도한 집착이 집안
의 복잡한 여러 문제를 낳기에 이르자 류진은 부친에 대하여 강한 수치심과
자격지심을 갖게 되었고 이것이 아내와의 갈등으로까지 이어져 류진을 모든
것에 소극적이고 냉소적인 인물로 만들어 버렸을 것이라고 유추가 가능하다.
그러한 류진이 밝고 적극적인 성격을 되찾게 된 계기가, 아이러닉하게도 그가
收監의 경험을 하게 된 것이라는 것이다. 식민지 치하에서의 한국 지식인의
옥살이 모티브 수용에 대해서 조남현은 리얼리즘 정신의 한 실증이라고 보면
서 그들은 종종 출옥 후 폐인이 되거나 타락의 길을 걷거나 소극적인 지식인
인 룸펜으로 되거나 전향하는 등 대체로 부정적이고 소극적인 모습으로 그려

진다고 한 바 있다.[90] 그런데 류진의 경우에는 그와 반대의 현상이 나타나는 것을 보게 된다. 다분히 사변적이고 관념적인 성향의 류진은 수감을 통해 생활에 직접 부딪치는 것을 경험하게 되고 그 이후 회의적이고 니힐리스트적인 성격을 버리고 적극적인 성격으로 변화하는 것이다.

3) 위영애…〈이심〉

위영애는 이창호에게는 구원의 여인과 같은 존재이며 그와 춘경을 아무런 사심 없이 도와주는 인물이다. 그런데 그는 직접묘사로 모두 한정된 후 행동 등을 보인다. 곧 다음과 같은 한정을 서두에 보여 놓고는 그 성격에 맞는 행동과 말씨로써 창호에게나 춘경에게 대하는 것을 볼 수 있는 것이다.

소학교를 마치게 한 후에 들어앉아서 침선과 봉제사 접빈객의 범절을 가르치는 일변으로 한문을 가르치다가, 별안간 서울로 올려 보내서 고등녀학교에를 들여보낸 것도 당자가 조르기도 하였지만 시대는 변천하는데 창호가 대학까지 졸업을 한다면 그 배필로는 고등녀학교라도 마처 놓아야 하겠다는 생각이 없지 않아 있었던 까닭이었다. (〈이심〉,염상섭 전집 3,민음사,1987,78쪽)

창호의 스승인 위선생은 내심 동생 영애를 창호의 배필로 생각하고 교육한 것이다. 그러나 창호가 소문으로 인해 출학되고 아예 소문의 여학생 춘경과 동거를 시작하자 실망해 버린다. 위영애는 그런 묵시적 약혼자였던 창호가 어려움을 당하자 나름 대로 그를 돕고 자식도 키워 주어 창호에게는 '구원의 여인상'과도 같은 존재로 인식된다. 그러나 영애에게는 이런 전통적 여성의 모습만 있는 것은 아니고 '당자가 조르기도 하여' 고등녀학교를 다니게 된 만큼 그녀는 적극적인 일면도 있다. 그것은 경찰서에서의 그녀의 행동 등에서 보여지는 당당한 신여성의 면모인 것이다.

대상 인물 가운데 신여성으로서 유일하게 긍정적인 인물인 그녀의 작품 내 위치는 지극히 미약하고 인물묘사 부분도 적어서, 평판형의 인물로 설정되어

---

90) 조남현,《〈한국 지식인 소설 연구〉》,229면 참조.

있는 것을 알 수 있다. 위영애는 상섭의 세계에서 좀처럼 드문 형의 인물인 것이다.

4) 최을순...〈광분〉

최을순은 보조인물이면서 성격이 뚜렷이 묘사되는 인물이다. 그것은 그녀가 주요인물이 아니면서도 작품 내에서 유일하게 긍정적인 인물이라는 사실과도 유관한 일이다. 정욕과 금욕에의 욕망으로 '광분'하고 있는 인물들 가운데에서 유일하게 제 자리를 지키고 작품 내에서 사태를 직시하면서 경옥을 돕는 일이 보조인물 최을순의 역할이었던 것이다.

a. 직접묘사

ⓐ 을순이는 민병턴이나 숙명이 본가처럼 대가ㅅ집쌀은 아니나 그래도 싀골서는 행세하는 집 자식이엇다 (...)원래 천종이 아니요 얼마쯤 눈도 쓴 터에 이러한 처디에 만족하고 잇슬 수 업는 것도 무리치는 안혼 일이다 (...)사고무친한 이속에서 의론 한마대라도 하고, 허여야 쓸데는 업지만 서른 사정 한마듸라도 할 데라고는 업스니 자연히 틈틈히 이방에를 들어오는 것이다. (〈광분〉,조선일보,22회)

ⓑ '대관절 이 남자에게 마음을 두는 자긔가 쌈냥이 업는 짓일까? 훌륭한 의사선생님이 되고 의학박사가 될 이량반이 계집업서 장가 못갈까! 나가튼 것은 문데도 아니될 것이다! (〈같은 글〉,22회)

ⓒ 엇저니 엇저니 해도 어려서부터 길러내인 상면이다 교전비는 아니라도 친정편이라 하야 데려다 둔 을순이다 (〈같은 글〉,71회)

ⓓ 그러나 어제ㅅ일을 알고난 오늘에와서는 마님이 개쩍갓다 무슨 소리를 하든 무서울것이 업다 (〈같은 글〉,76회)

ⓔ 마님과 원량이가 별안간 그러케 틀릴리가 만무하다 남의눈을 기우랴는 것
이 아닐까? 만일에 원량이가 무슨 활동을 한다면 마님은 발을 빠지기 위
하야서라도 드러안젓고 쏘 원량이와 왕래가 업는 것을 보이기위하야서
(〈같은 글〉,173회)

ⓕ 서로 의탁하고 지내자는 말에 이 다감(多感)한 소녀는 서로 얼사안고 십
홀만치 감격하지 안흘 수 업섯다-'역시 이 아씨하고는 오래오래 -끗끗내
이러케 지내야 하겟다! 남의 고마운 뜻을 안 바드면 죄가 되는 거야(…)
그러나 참아 어쩌케 말을 쓰내나? 만일 그랫다가 입 한번 잘못 놀린 탓으
로 무슨 벼락을 마즐지 누가 아나? (〈같은 글〉,127회)

ⓖ 그만치나 얌전하고 상량하고도 령리한 녀성은 지금 세상에 듬을다! 고도
혼자 생각하얏다 그러케 생각하면 경옥이보다도 인격(人格)이 한층 우이
라고도 생각하얏다 (〈같은 글〉,167회)

을순에 관한 직접묘사이다. 작품 가운데서 그녀는 처음에 경옥의 집의 몸하
인으로 비교적 거리가 멀게 그려지다가 플롯상 그녀의 위치가 중요해지면서
본격적으로 묘사되기 시작한다.

ⓐ, ⓑ에서 을순이 어느 정도는 공부를 한 것이라든지 원래 천종이 아니기
때문에 '언제까지 이런집에서 엄벙덤벙하고 지내다가는 나종에 엇지 될지 애가
씨여서' 마찬가지로 한집에서 머물고 있는 고학생 진태를 따라 생활에 변화를
얻고자 하는 것이 작가의 요약과 을순의 내면을 통해 그려진다. 그래서 을순
은 진태가 의학도인 것을 감안하여 간호학교라도 다니려고까지 마음먹는다.
그녀는 그만큼 계산도 할 줄 아는 현명성도 지니고 있다. 그녀는 고아이면서
도 꿋꿋하게 의학 공부를 하는 진태가 태산처럼 크게 느껴져서 그를 정신적
지주와 같이 느끼는 것이다.

ⓒ에서는 을순과 숙명의 멀 수 없는 관계가 묘사되고 있다. 을순이 비록 교
전비는 아니라 하더라도 어릴 적부터 상전으로 모셔 오던 숙명의 집에서 숙명
이 시집 올 때 따라 온 것이고 보니 을순은 숙명을 미워할 수가 없을 뿐 아니
라 인정상으로도 숙명에게 함부로 할 수는 없다는 것이 이야기된다.

ⓓ, ⓔ에서는 ⓐ에서 볼 수 있듯 숙명과 가까운 사이인 을순이 숙명을 혐오하게 되었음을 알게 한다. 순수한 성정의 을순으로서 마님 숙명의 품행에 거부감을 가질 수밖에 없었다. 그것은 숙명이 자기를 데려다 공부시킨다는 약속을 어겨서도 아니고 천종도 아닌 자기를 마구 부려먹어서도 아닌 것이다. 주인인 민병텬 이외의 다른 사람과, 그것도 자기 집 안에서 관계를 갖는다는 것은 을순이로서는 이미 인간 이하의 일이었으므로 그 때문에 마님 숙명이 '개쩍 갓다'고 느껴지는 것이다. 그리고 을순은 다음날 숙명과 원량이 보여주는 천연덕스러움에 다시 한번 질린다. 정사 이후 원량은 다른 이들의 눈을 꺼려 도망하는 것이 아니라 '대담하게도 온 식전 한 방속에 들어업대엇다가 지금 금방 들어와 안즌 듯이 연극을 꿈이는' 것이었다. 그래서 을순은 숙명의 방에 대해서까지 '이방 공긔가 몹시 불결한 것 갓기도 하고 가슴이 옥조이는 듯이' '구역질이 날 것갓다'고 생각한다.

ⓕ에서는 심리적으로 경사되는 상대인 경옥에게까지 자기로 인해 경옥의 집 안이 잘못되게 되면 안된다는 생각으로 원량과 숙명의 관계에 대하여 자기가 생각하는 바를 털어놓지 못하고 고민하는 을순의 내면을 알려 주는 부분이다. 이렇듯 사려 깊고 입이 무거우면서도 분별력 있는 그녀에 대한 정방의 평가가 나타나는 것이 ⓖ이다. 정방은 경옥을 사랑하는 사람이면서도 사랑하는 경옥보다도 을순의 인격을 높이 평가하는 것이다.

b. 간접묘사

a) 애펠레이션

을순이라는 이름은 그녀가 형제 가운데 둘째일 것을 짐작하게 한다. 자식의 이름을 甲, 乙, 丙 등의 십간의 순으로 명명하는 것도 전통적인 명명법의 하나였던 것이다.

b) 외양 묘사

을순의 외양을 묘사한 예는 없다.

c) 대화·말씨 묘사

ⓐ "(…)네가 나를 속이랴는 것이 결코 틀리다고는 생각지 안는다 네 마음이
   고읍고 무던하니까 그만큼이라도 한 것을 나는 도리어 이째까지 속으로
   칭찬을 하고 잇섯다 (…)"(〈같은 글〉,126회)

ⓑ "그래도 나는 나가요 선생님마자 안계시면 무엇하자 여기 잇겟서요!전 이
   집에 종년으로 팔려온 것은 아니애요!"(〈같은 글〉,68회)

ⓒ "하지만 이것은 내가 다만 눈치로만 이리저리 추측한 것이니까 꼭 그러타
   는 것은 아닙니다 그러니 주선생께도 급히 그대ㅅ말은마시고(…)"(〈같은
   글〉,167회)

ⓐ에서는 경옥의 말을 통한 을순의 성격이 보여지고 있으며 ⓑ, ⓒ는 을순
자신의 말이다.

먼저 ⓐ에서는 을순의 곱고 무던한 성격이 타인에 의해 평가되고 있음을 알
수 있다. 경옥은 자기가 원하는 말을 을순으로부터 끌어내기 위하여, 무엇인가
를 알면서도 말하지 않는 을순을 자기도 이해할 수 있으며 그런 을순의 착한
성품을 자기도 높이 평가하는 바라고 말하고 있다.

ⓑ에서는 을순이 이미 숙명의 집에 더이상 있기 싫을 정도로 염증을 내고
있는데 그나마 진태가 있기 때문에 참을 수 있었다는 것이 알려진다. 진태를
볼 수 있기 때문에 부당한 종살이까지 견디고 살 수 있다는 것은 그녀가 얼마
나 진태를 존경 혹은 사랑하고 있는지를 알게 하는 것이다.

ⓒ에서는 을순이 경옥의 신변이 위험하다는 것을 눈치채고 진태와 주정방에
게 그것을 인식시키는 부분이다. 여기에서는 틀림없는 사실이라고 판단하면서
도 혹시나 하는 생각에 말조심을 하는, 신중한 을순의 성격이 보여진다.

d) 행동 묘사

ⓓ 을순이는 얼른 비를 갓다가 욕탕 압헤서부터 쓰러드러왓다 (〈같은 글〉,71회)

ⓔ 지금 별안간 정방이가 뎐화로 진수에 대한 말을 뭇는 것을보고(…)정방이
  의 무슨 참고라도 되라고 일러준 것이엇다 (〈같은 글〉,164회)

ⓕ 을순이는 이런 추측이 들자 진태에게는 제 생각을 다-는 말하지 안앗지만
  엇잿든 정방이를 짜라가라고 들쑤섯다 (〈같은 글〉,166회)

ⓖ 을순이는 서너번 쌤을 맛고는 두 볼이 발가케 부어올러왓고 눈은 울어서
  뜰수가 업시 되엇다 압해서 운다느니보다도 큰아가씨의 죽엄이 무섭고 설
  어서 울엇고 도리어 자기가 치의를 밧는 것이 분하야 울엇고 속에 잇는
  말을 마음대로 쏘다놀 수가 업서서 울엇다 (〈같은 글〉,203회)

을순의 행동이 묘사되는 부분이다. ⓓ에서는 아무리 부정한 행동의 숙명이
라 하더라도 상전인 만큼 성심껏 모시려고 하는 을순의 행동이 보여진다. 을
순은 원량이 밤에 들어와 몰래 잔 숙명 방 앞의 발자국을 남의 눈에 뜨일까
하여 새벽부터 나와 쓸어버리는 것이다.
 ⓔ, ⓕ에서는 그녀의 깊은 생각과 행동력까지 보여진다. 남에게 함부로 입
을 벌리지는 않으면서도 정방과 진태에게 암시를 주어 경옥의 뒤를 좇게 하는
것이다.
 ⓖ에서는 침착하게 일을 짐작해 내는 현명함과 그러면서도 누구에게도 말을
할 수가 없이 오히려 혐의 내지 의심을 받는 상황이 되고 보니 억울하고 답답
한 심정을 눈물로 보여주고 있다.
 을순의 성격 묘사는 직접묘사와 간접묘사가 비슷한 비율로 보여지고 있다.
 최을순은 앞서도 말한 바와 같이 작품 내에서 유일하게 긍정적인 면모를 보
이는 인물이다. 정욕과 금욕의 난무라 할 〈광분〉에서 주동적인 인물들은 모두
가 부정적이라 할 것인데 을순은 숙명과 원량의 불륜과 그로 인해 일어날지도
모르는 일을 막연하게나마 짐작하고 경옥의 신변 보호를 하려 했다. 그리고
경옥이 일을 당하자 침착하게 처신하여 사건의 해결을 돕는다. 작품 내 신여
성 경옥과 숙명의 부정 사이에서, 소학교를 졸업했다고는 하나 전통적 구여성
의 면모를 갖는 그녀는 사려 깊고 진중한 태도로써 빛을 발하고 있는 것이다.

5) 리진태…〈광분〉

a. 직접묘사

ⓐ 진태는 언제든지 자긔가 과학자(科學者)라는 생각을 일치 안핫다 과학자이기 째문에 모든 것에 랭정하여야하겟다는 조심을 가지고 잇다 그러나 웬일인지 요새는 더욱히 마음이 뭉친드시 쓸쓸하야지고 자긔가 생각을 하야도 몸이 짜분히 묵거윗다 그것이 웬일인지는 자긔도 몰으겟스나 엇잿든 경옥이가 돌아오면서부터- 아니 그보다도 그 이튼날 저녁의 연회석상에서부터 이랫든 것은 아모도 몰랏다 (〈광분〉,조선일보,21회)

ⓑ 진태의 생각으로서는 경옥이를 지금 처지에서 하로밧비 구해내는 것이 타락의 첫거름에서 째놋느니만치 손쉬울 것이요 쏘 을순이에게 경옥이의 숨은곳을 짐작케 하면 자연 령감의 귀에도 드러가게 되어 래일이라도 집으로 데려오게 될 것이니 그러는 것이 경옥이에게 약속을 직히지 못하는 허물은 잇다 하드라도 경옥이 자신이나 부친에게 대하야 취할 도리라고 미덧든 것이다 (〈같은 글〉,70회)

ⓒ 그는 침착하고 랭정하고 단순하면서도 한편으로는 민감(敏感)하고 진순하니만치 싸고싸둔 정열이 고대로 잇는 것이엇다 그 정열의 한 조각도 이성에게 쌔앗겻다든지 하지는 안엇든 것이다 쏘 그만치 무슨 일에든지 열중하기 쉬운 성정이엇다 더구나 병텬이 집에서 그러케 하고 튀어나온 뒤로는 은연중 사상의 동요긔(動搖期)가 왓든 것이다 (…)자긔의 처지가 처지이니만치 불평도 잇고 사회에 대한 관찰도 업든 것은 아니지만 쑤르조아의 퇴패광분한 가뎡 속에서 보고 들은 것이 그의 량심과 결벽(潔癖)을 은연중에 상케 하야 비위가 뒤집혓든 것도 그의 사상의 동요를 이르킨 한 원인이엇든 것이다 (〈같은 글〉,92회)

이것은 직접묘사이다. ⓐ, ⓑ는 진태의 내면 묘사이고 ⓒ는 전지적 작가에 의한 것이다.

ⓐ는 의학도로서 과학자라는 자각으로 모든 것에 냉정하여야 한다는 생각을 하고 있는 리진태이지만 경옥이가 돌아오고 연회를 벌여 여러 남자를 불러들인 때부터 마음이 쓸쓸하고 몸까지 이상을 느낄 정도로 흔들리고 있는 것을

말하는 부분이다. 자신도 알지 못하는 사이에 진태가 경옥을 남달리 생각하고 있다는 것, 곧 좋아하고 있음을 알 수 있게 하는 부분이다.

ⓑ는 진태가 좋아하는 경옥이지만 그녀가 있는 곳을 아무에게도 알리지 말라는 그녀와의 약속을 지켜 그녀의 호감을 더 사는 것보다 약속을 어겨 그녀의 원망을 사게 되더라도 그녀의 소재를 본가에 알려야 한다고 판단하는 부분이다. 집을 나온 경옥이 집으로 돌아가게 하는 것이 그녀 앞날을 위해 옳은 일이라고 믿고, 을순에게 경옥의 있는 곳을 짐작하게 하여야겠다고 결심하는 것이다. 여기에서는 침착하고 사려 깊으며 냉정한 그의 성격이 잘 나타난다.

ⓒ에서는 그가 사회주의라는 것을 받아들이게 되는 심리적 배경이 이야기되고 있다. 그는 본래 침착하고 냉정하며 한편으로는 단순한 성격을 가지고 있으며 민감하고 진순한 정열이 그대로 온전하게 간직되어 있어서 어떤 일에 관여하면 열중하기 쉬운 성정이라는 것이다. 그리고 경옥이와 병턴의 집,곧 부르조아의 퇴폐적인 삶을 보고 은연중에 그의 사상이 변화하기 쉽게 되었다는 것을 이야기한다. 곧 진태로 하여금 그러한 '사상의 동요긔'를 갖게 한 계기는 고아로서 남의 집에 얹혀 살면서 자생된 것에다가, 부르조아 가정의 퇴폐광분함이 진태의 양심과 결벽을 자극하였다는 데에 있다는 것이다.

b. 간접묘사

 a) 애펠레이션

진태는 고아이기 때문에 가족이 없어서, 작품 상에 뚜렷이 보여지지는 않지만 그 이름은 항렬을 따르는 평범한 이름으로 보아 무리가 없는 것이다.

 b) 외양 묘사

진태의 경우에도 외양을 묘사하는 부분은 없다.

 c) 대화·말씨 묘사

ⓐ "엇잿든 그런대로 참고 지내야지 별수 잇소 을순이는 그래도 어머니나 계

시지 부모도 업는 내가 이러케 사라가는 것을 보구려" (〈같은 글〉,22회)

ⓑ "나 하나쯤 업서지는 것이야 이집에 잇는 바둑이가 업서지는 것만도 못할
쩨 아니요" (…) "나두 사내자식이요 밥두 중하지만 강아지 색기만도 못한
천대를 밧고도 이집 집웅 미테 트러백혀 잇스란 말요?아모리 쩌ㅅ골이 업
는 이짜위지만은 되지 안흔대로라도 제 인격은 갓구어갈 생각만이라도 가
지고 잇소!" (〈같은 글〉,66회)

이것은 진태의 말을 통하여 그의 주위 환경에 관한 정보를 주는 동시에 그
의 내면의 자격지심 같은 것을 외면화하고 있는 것이다. 진태는 부모도 없는
몸으로 지금은 병턴의 집에 얹혀 살고 있으며 그 집에서 숙명에 의하여 천대
를 받고 있지만, 자기의 자존심만은 소중하게 지키고 자기 자신의 인격을 올
바르게 가꾸어 나가려는 생각을 잊지 않는 인물인 것이다.

d) 행동 묘사

ⓒ 진태는 을순이가 아모리 이집의 하인이라 하야도 말공대부터 깍듯하다
(〈같은 글〉,21회)

리진태의 행동 묘사는 많지 않으나 하녀 격인 을순에게까지 깍듯이 말공대
를 하는 데에서 그가 매사에 예의 바르고 철저한 인물이라는 것은 알 수 있
다.

그의 경우는 전체적으로 묘사의 양도 많지 않지만 그 가운데 간접묘사보다
는 직접묘사가 우세한 편이다. 작품 내에서 주의자가 되는 변화를 보이지만
묘사로 나타나는 그는 성격의 변화를 보이지 않는 평판형의 인물이라고 볼 수
있다.

리진태는 작품 내에서 '주의자'가 되는 과정이 보여지는 인물이다. 온순하고
이성적이며 예의 바른 의학도 진태는 부모를 여의고 부친의 친구인 민병턴의
집에 얹혀살다시피 살다가 그곳에서 온갖 모욕을 당하고 쫓겨나듯이 나와서

자연스럽게 사회주의자의 길에 서게 되는 것이다. 그리고는 사회주의자들의 손길에 끌려 박람회장에서 일을 일으키는 데 앞장서고 그 일로 감옥에까지 가게 된다. 감옥에 갔다는 사실 때문에 학교도 다니지 못하게 되어 의학도 리진태는 룸펜으로 전락해 버린다. 그러나 그는 출감 후 부르조아에 대한 혐오의 염을 가지게 되었다고는 볼 수 없다. 을순의 종용으로이지만 부르조아의 딸인 경옥을 돕는 일에 깊숙이 관여하고 있기 때문이다.

6) 이필순...〈삼대〉

필순은 작품 내에서 프로타고니스트를 돕거나 적극적인 의미에서의 조력을 보이고 있지는 않지만 그녀는 가정 내에서 부모를, 그 외에 병화를 돕는 역할을 하고 있다는 점에서 전체적으로 조력자격의 인물이라고 볼 수 있다고 하겠다.

a. 직접묘사

ⓐ 구수한 국수 냄새에 비위가 당기기도 하나 지금쯤 집에서는 밥이나 지었나? 그대로들 앉으셨나? 하는 조바심에 필순이는 젓가락 들기가 어려웠다. (...)그러나 그건 고사하고 돈이 변통되었으면 쌀나무를 사들여 오고 할 사람이 없는데 어쩌나? 아버지는 단벌 두루마기를 빨아 입느라고 어제부터 갇혀 들어 앉았는 터이요...... 어머니가 두루마기를 오늘 다아 지셨을까? (〈삼대〉,한국 현대문학 전집3권,삼성출판사,1981,48쪽)

ⓑ 덕기란 사람이 원체 뉘게나 다정하고 마음이 고와서 불쌍하게 보고 그러는 것이겠지마는 남의 신세를 이렇게 지고 어쩌나 하는 겁이 어렴풋이 드는 것이었다. (〈같은 글〉,337쪽)

ⓒ 이 남자가 하고 싶다고 벼르던 이야기란 것이 이것인가 생각하니 실망도 된다. 일본에를 같이 가자지나 않을까 하던 꿈이 어이없이 스러진 것도 도리어 코웃음이 날 지경이다. (〈같은 글〉,346쪽)

ⓓ 다만 한 가지 이 남자가 자기를 아무렇게도 생각지 않는다는 것만은 분명
히 안 듯싶다. (…)이 남자가 자기를 속인 것은 결코 아닌데 자기나 제풀
에 속아넘어갔다고 생각하는 것이다. (〈같은 글〉, 348쪽)

ⓔ 이런 생각을 하니 언제라고 남의 집 처녀들처럼 새옷을 입고 널을 뛰러
다니고 하며 설을 쇠어 본 일도 없지마는 올에는 널 뛰는 소리도 들어봤
던가 싶다.어쩐지 자기만은 어려서부터 세상 처녀들과 뚝 떨어진 딴 세상
에서 자라난 것 같다. 공연히 세상이 쓸쓸하고 처량한 생각에 잠겨 들어
가서(…) 덕기가 안 오나? 하는 생각이 떠올라와서 병원 앞으로 향하여
오는 사람이면 유심히 바라본다. (〈같은 글〉, 301쪽)

ⓕ 평소에 부친이나 병화에게 감화를 받기는 받았으나 그렇다고 가정을 버리
고 부모를 떠나서 무슨 일을 해 보겠다는 것은 아니요, 결혼이나 일생의
행복까지 바친다는 것은 아니다. (〈같은 글〉, 228-229쪽)

먼저, ⓐ는 필순의 내면묘사로서 그녀의 효성스러운 성격을 알게 하는 부분
이다. 굶주림이 극에 달했을 그녀이지만 먹을 것 앞에서 부모를 먼저 떠올리
고 수저를 들지 못한다. 단벌 두루마기를 빨면 외출마저 부자유스런 부친과
돈이 생겨서 혼자 쩔쩔 매고 있을 모친에 대한 염려, 그리고 자기가 아니면
일을 할 사람이 없다고 생각하는 데에서 그녀의 사려 깊음과 가정에 대한 책
임감을 알 수 있게 하는 부분이다.

그녀의 덕기에 대한 감정은 이중적인 것이다. 곧 ⓑ에서 알 수 있는 것 같
은 두려움이 그 하나이고 ⓒ와 ⓓ에서 알 수 있는 것 같은 그에 대한 심정적
경사가 또 하나이다. 자기의 집일을 적극 도와 주는 덕기에게 한편 고마움을
느끼면서도 그러한 것이 막연한 채무가 되어 부담스러워 한다. 그러나 돈이
있고 '조촐한 미남자'인 덕기에게 필순은 엉뚱한 기대를 하고 있다. 덕기가 필
순을 공부시키고 싶어하는 내용의 편지를 보고 난 후로 갖게 되는 상상이지만
같이 일본에 가자고 하지나 않을까 은근히 마음 졸인다. 기혼자 덕기에 대한
병화의 빈정거림을 계기로 그러한 덕기의 바램은 소멸되지만 필순은 그에 대
한 말을 덕기가 건네오기만을 기다리고 있다. 그것은 그가 학문에의 열망에서

이기보다는 덕기에 대한 호감으로 인한 것이다. 나중에 병화가 공부 의향을 물었을 때 그녀는 덕기가 보내 주는 것이 아니라는 것에 실망하고 거절한다. 그녀가 바라는 공부는 처자가 있는 덕기의 돈으로 공부를 하는 것이었으니, 이는 곧 덕기의 첩이 되는 길을 의미하는 것이 아닐 수 없다. 이러한 필순의 면모는 홍경애나 김의경 같은 인물들과 동질적인 성격이 아닐 수 없다. 내면 의식 속의 필순은 제2, 제3의 홍경애나 김의경이 될 수 있는 소지를 충분히 가지고 있는 것이다.

필순의 부르조아 덕기에 대한 선망은 덕기의 여동생 덕희를 바라볼 때 구체 화되어 '얼마나 팔자가 좋으면...'류의 팔자 타령까지 하게 만들고 ⓔ와 같이 새삼스레 세상에 대한 소외의식을 갖게 하며 '쓸쓸하고 처량한 생각'에 빠져 들게 만든다. 이 생각 저 생각 끝에 필순은 덕기가 오기를 기다리는데 그러한 필순의 심리가 지나가는 사람들을 유심히 살피는 행동으로 외면화되어 보여진 다. 내면＋외면(행동)의 묘사인 것이다.

ⓖ에서는 필순의 사상을 알 수 있다. 필순은 평소에 사회주의자 부친의 영 향을 받고 그들과 자주 어울리는 분위기에 젖어 있었다. 그렇지만 그녀는 가 정이나 부모를 버리고 프롤레타리아 이념에 몰두할 만큼 사명감에 투철한 것 은 아니었고 결혼이나 일생의 행복이라는 것에 대해 소녀다운 로맨틱한 기분 까지 버릴 수는 없었던 것이다.

b. 간접묘사

a) 애펠레이션

필순이라는 이름은 '順'이 의미하는 것과 같이 유교적 이념이 반영되는 것이 지만 당대에 흔히 쓰이던 명명법에 포함되는 것이다.

b) 외양 묘사

ⓐ 덕기의 눈에는 필순이가 미인으로 보였다. (...)상글상글한 앳된 티가 귀

여운 인상을 주었다.옷입은 것도 얄팍한 옥양목 저고리 하나만 입은 것이
추워 보이기는 하나 깨끗하고 깜장 세루 치마 밑에 내다 보이는 버선등도
더럽지는 않다. (〈같은 글〉,47쪽)

ⓑ 촘촘한 하얀 이빨을 살짝 보이며 고개를 잠깐 움츠려 뜨리다 마는 양이
   어린 처녀다와 보였다. 이런 환한 방에 놓고 보니 그 흰 살갗이 도리어
   푸르러 보일 지경이요,야윈 얼굴은 영양이 부족한 탓이겠지마는 도리어
   병후에 소복되어 가는 미인에게서 보듯이 청조하고 나릿한 미태(媚態)가
   은연히 떠도는 듯싶다. (〈같은 글〉,330쪽)

  덕기의 관찰에 의한 필순의 외양 묘사이다. 관찰자의 시선이 그녀에게 대해
호감을 가지고 있는 것을 느낄 수 있는데 그것은 초면인 그녀가 공장에 다니
는 몸이면서도 당시의 다른 여자아이들에 비해 단정하고 깔끔한 옷차림을 하
고 있는 데에 기인한다. 날씨에 비해 추위 보이게 입었다는 것은 그녀의 집안
환경이 넉넉지 않은 것을 알게 하면서 아울러 쳐다보는 이의 동정어린 세심한
관찰을 보여주는 묘사가 된다. ⓐ의 전체적인 필순의 외양은 ⓑ에 와서 실내
로 옮겨진 후의 세부적인 묘사로 이어진다. 웃는 듯이 이를 살짝 보이며 고개
를 숙이는 태도와 함께 묘사되고 있는 그녀의 외양은 푸르러 보일 정도로 흰
살빛, 영양 부족인 듯 야윈 얼굴로 구체화된다. 덕기는 그러한 필순에게서 '병
후에 소복되어가는 미인'과 같이 '청조하고 나릿한 미태'를 보는 것이다. 관찰
자 덕기가 필순을 보는 시선은 성적인 아름다움으로가 아니고 어린 소녀에 대
한 동정어린 시선임도 아울러 보여진다.

  c) 대화·말씨 묘사

ⓒ "딸은 공장에도 아니 갔나?" "간 모양이지만 가면 뭘하나.당장 몇푼이라
   도 들고 돌아오는 게 아니니까." "주인 사내는 무얼 하게?" "놀지!집안
   보탬이라고는 유치장 밥이나 콩밥을 나가 먹어서 한 식구 덜어주는 것 외
   에는 별수 있나!" (〈같은 글〉,41쪽)

ⓓ "아뇨.학교 교사 다니셨에요.""헤에, 그 왜 그만두셨나요?""만세 때 그만
두신 뒤로는 내리 노시죠." (...) "그래 만세 때 여러 해 고생하신 게군
요?" "그때는 일년 반쯤이었대요.그후에 사년하셨답니다." (〈같은 글〉,33
2쪽)

ⓔ "화난다고 계집 자식은 물 한 모금이 안 들어가도 술만 잡숫고 다니면 되
겠니?""그야 돈 가지고 잡숫나요. 생기니까 잡숫지.""그러니 말이다.술을
사 준다거든 처자식 굶겨 놓고 먹겠느냐고 대전을 달라지.""에그 어머니
두...... 남부끄럽게 그런 말이 나와요?" (〈같은 글〉,172쪽)

ⓕ "(...)하지만 이 꼴이 된 내 처지를 잘 보아 두란 말예요. (...)덕기 같은
사람야 물론 좋은 사람이요, 나두 잘 알지마는, 내가 필순 아줌마만한 때
똑같은 처지에 있었기에 남의 일 같지 않아서 조심하라는 말이지! 듣기
싫다면 다시는 말하구 싶지두 않지만..." (〈같은 글〉,338쪽)

ⓖ "무어 걱정예요. 귀찮은 세상 죽어버리면 그만이지요. 무에 알뜰한 세상이
라구..."필순이는 이런 소리를 잘 하였다. (〈같은 글〉,226쪽)

ⓒ는 덕기와 병화의 대화이고 ⓓ는 덕기와 필순의 대화이다. 먼저, ⓒ에서
는 필순은 공장에 다니며 그것이 그의 집안 생계를 이어가는 유일한 수단이라
는 것을 알 수 있다. 그런데 이 대화에서 필순 아버지를 가리켜 말하는 병화
의 어투는 같은 사회주의자이면서도 다소 냉소적이고 빈정거림이 들어 있는
것을 볼 수 있다. 무위도식하면서 집에 '보탬'이라고는 가끔 콩밥을 먹어 집의
양식을 덜 축내어 준다는 부분이 그것이다. 필순의 부친이 그만큼 아무런 도
움이 되지 못하는 가장이었던 것에 어린 나이인 필순이 실질적 가장이 되어야
만 하는 이유가 있다. 사회주의자인 병화 역시 그런 상황을 좋게는 볼 수 없
었던 것이니 만큼 그의 말 속에는 빈정거림이 들어 있는 것이고,이를 통해 당
시 사회주의자들의 굴절된 삶을 간접적으로 볼 수 있다.
　ⓓ의 대화에서 알 수 있는 것은 필순의 부친에 대한 정보이다. 그녀의 부친
은 본래 학교 선생이었던 인물로 기미 독립 운동 때 연루되어 감옥 생활을 하

고 그 이후로는 직업을 갖지 못한 채 룸펜 생활을 하며 무위도식하는 일제하의 부적응자 가운데 한 사람이다. 그는 필순을 동정하여 여러 면으로 자기 가족들에게 호의를 베푸는 덕기에게 대하여 고맙다는 마음보다는 자기 쪽의 일을 위한 이용물쯤으로만 생각하면서 부르조아인 그의 돈을 얻어 쓰는 것을 당연시하기도 하는 인물이다.91)

ⓔ는 필순과 그 모친의 대화이다. 여기에서는 시대에 대한 부적응을 술로 화풀이하는 남편에 대해 불만스런 마음을 가지고 있는 필순 모와 그런 부친을 원망하기보다 오히려 모친의 마음을 풀어주려는 필순의 착한 성격이 보여진다. 이렇듯 술에 자신의 불만을 적시고 사는 호프만컴플렉스의 부친, 그에 불만은 있지만 온순하게 남편과 뜻을 같이하려는 모친 사이에서 살림에 대한 현실적 책임은 필순에게 지워진 몫이었고 그러다 보니 돈 있는 덕기와 관계되는 필순의 상황은 상훈과 연관된 경애의 그것과 너무나 닮아 있는 것을 알 수 있다.

그리고 이것은 ⓕ와 같은 경애의 지적을 받는 것이다. 경애는 남자에 대한 피상적인 존경이 센티멘탈한 사랑으로 왜곡되고, 그것이 불륜까지 이어지게 만들었던 자기의 경우를 생각할 때 그 때 자기 처지와 꼭같은 처지의 필순을 보고 자기의 전철을 밟지 않기를 바라는 마음으로 필순에게 충고한다. 그러나 필순은 자기 마음을 꿰뚫고 정곡을 찌르는 듯한 경애의 말에 본능적으로 저항한다. 그리고 덕기에 대한 지향이 생각만으로도 옳지 않은 일이며 격에 어울리지 않는다는 사실에 절망한 필순은 ⓖ와 같은, 소녀답지 않은 말이 입버릇이 되어 버린다. 이것 저것 신경쓰다 보니 힘에 겹고 부담스러워서 필순은 사고방식 면에서 그만 염세주의자같이 된 것이다.

---

91) 필순의 부친에 관한 묘사는 다음과 같다.
  "이 밥이 말하자면 그 사람의 밥이라 해서 말이 아니라 위인 딴은 퍽 얌전하고 상냥한 모양이야. 사상은 어떤지 모르지만 장래 잘 이용해두 상관 없지. 별 수 있나. 무슨 일을 하든지 한푼이라도 있는 놈의 것을 끌어내는 수밖에. "필순이 부친은 이런 소리를 (...) 다북한 윗수염에 벌써 흰털이 두서넛 생기는 만큼 겉늙어서 한 오십이나 되어 보이고, 캥캥하니 암상궂게 생겼으나 상냥한 대신에 별로 주변성이 없어 보이는 중늙은이다. (《삼대》,142쪽)

d) 행동 묘사

ⓗ 다른 남자에게는 아무리 초대면이라도 할 말은 또랑또랑하게 하고 과똑똑
이란 별명을 들을 만큼 매섭게 굴던 사람이 오늘에 한하여 덕기의 앞이라
고 별안간 꼭 들어앉았던 구식 처녀처럼 몸둘 곳을 몰라하는 양이 보기
싫었다. (〈같은 글〉,49쪽)

ⓘ 필순이는 요새같은 깊은 겨울에도,첫차가 나오는 소리가 뚜르르 나자 일어
나서 가겟방에서 자는 병화가 깨일까 보아 조심조심 빈지를 열고 가게를
내느라면 (…)모든 것이 아직 초대요 연습이었으나,평화롭고 전도에 빛이
보이는 것 같아서 흥이 났다. (…)고단은 하면서도 자릿속에서까지 물건
값을 외고 파는 솜씨를 연구하기에 어느 때까지 잠이 아니 왔다. (〈같은
글〉,273쪽)

ⓙ 웃음 한 번이라도 절제를 하는 것은 자기 부친이 병석에 있음으로만이 아
니다. 신분이 틀리고 교육이 다르고 빈부가 갈리고 그리고 계급이 나누인
그 사람에게 함부로 웃어 보이고 따르는 눈치를 보이는 것은 아양이나 부
리는 노는 계집 같을까 하여, 필순이의 자존심이 허락지를 않는다. (〈같은
글〉,302-303쪽)

ⓗ는 필순의 행동과 그에 대한 병화의 평이 보여지는 부분이다. 평소에 필
순은 처음 보는 사람 앞에서도 당당히 자기의 할 말은 할 만큼 당차고 똑똑한
사람이었는데 그런 그녀가 덕기의 앞에서는 '꼭 들어앉았던 구식 처녀'처럼 수
줍어하고 몸둘 바 몰라 하는 것이 병화로서는 언짢은 것이다. 그녀는 '구식 처
녀'가 아니라 고등과까지 다녔던, 당시의 신여성이라 할 만한 인물이다.
ⓘ는 필순의 근면함이 보여지는 행동 묘사이다. 첫차가 나올 이른 시각에
일어나서 일을 하면서도 잠자는 병화가 깨지 않도록 조심하는 행동에서는 그
녀의 사려깊은 성격을 알 수 있고 밤에 자리에 들어서까지 물건 값을 외거나
파는 궁리를 하는 데서는 그녀의 일에 대한 흥미와 만족도를 알 수 있다. 그
녀는 모든 것이 아직 처음이고 연습같지만 앞날에 빛이 보이는 것 같은 이 일

을 아주 기꺼워하는 것이다. 부지런하고 적극적인 필순의 성격이 나타나는 부분이다.

ⓙ에서는 내면 묘사 항에서 나타났던 돈 있는 부자 덕기에 대한 맹목적 지향이 그리 문제될 것이 아님을 알게 하는 필순의 성격이 보여진다. 곧 필순은 돈이 있고 신분과 계급이 차이나는 덕기에게 대하여 웃음 한 번이라도 절제를 하려고 하는 것인데 그것은 필순의 자존심의 외면화라 할 것이다. 곧 자기는 '아양이나 부리는 노는 계집'과는 달라야 한다는 자각, 그러므로 비굴한 웃음이나 함부로 따르는 행동은 스스로 삼가는 것이다. 이는 행동+내면의 묘사이다.

  e) 환경 묘사

ⓚ 쓰러져 가는 일각대문이라도 명색이 문이 잇스니 움은 아니다. 그러나 마치 김칫독을 거적으로 싸듯이 꺼멓게 썩은 거적으로 삥 둘러싼 집이다. (〈같은 글〉, 39쪽)

ⓛ 한다는 일이 객적게 형사들이나 뒤밟는 짓이요, 죽치고 들어엎딘 때는 열 손길을 늘어뜨리고 앉았지 않으면 술이나 얻어 걸려서 늦게 들어와 주정을 해 대니 오십 줄에 든 사람이 이 판에 벌이 구멍이 입에 맞는 떡으로 있을 리는 없지만 그래도 무슨 변통성이 좀 있어야 삼백 육십 오일이 하루라도 사는 듯한 날이 있겠건만 앞일을 생각하면 캄캄하다. (〈같은 글〉, 179쪽)

ⓜ 가운이 이렇게 기울어지고 보니 고등과 이년에서 그만 두게 하고 만 것이다. 그래도 당자는 지금이라도 공부라면 상성이다. (〈같은 글〉, 144쪽)

필순의 환경은 한마디로 '꺼멓게 썩은 거적', '캄캄하다', '기울어지고 보니' 등의 단어에서 떠오르는 이미지와 같이 암울한 것이다.

먼저 ⓚ는 필순의 집을 묘사한 것이다. 움과 별 차이가 나지 않는 집, '김칫독을 거적으로 싸듯이' 꺼먼 썩은 거적으로 삥 둘러 싸인 집의 묘사로 필순의 극도로 궁핍한 생활상을 알 수 있다. 뿐만 아니라 그녀의 집안 분위기는 ⓛ에서 볼 수 있는 것처럼 '삼백 육십 오일이 하루라도 사는 듯한 날'이 없을 정도

로 침울하고 '앞일을 생각하면 캄캄'할 뿐인 것이다. 필순의 부친은 전술하였다
시피 만세 사건 이후로 사회적으로 거세 당한 뒤 형사들의 감시를 받아야 하
는 사회주의자로, 집에 들어오면 무위도식하고 나가서는 술 마시는 것밖에 가
계에 아무런 도움을 주려 하지도 않고 줄 수도 없는 인물이 되고 만다. 그런
환경 탓에 필순은 어린 나이에 가장 아닌 가장이 되어야 했던 것이다.

그래서 ⓜ에서 보듯이 그녀는 하던 공부를 중도에 포기하였으나 그녀는 아
직 공부에 대한 미련을 버리지 못하고 있다. 그녀의 덕기에 대한 지향은 공부
를 다시 계속하게 될 수 있을 거라는 것에 대한 기대에서 출발하는 만큼 그녀
는 학업에의 꿈이 아직 남아 있는 것이다. 그러나 그녀로서는 공부에 대한 지
향이 덕기와 연관될 경우에만 의미가 있는 것이었음을 앞서도 본 바가 있다.

필순도 간접묘사가 우세하지만 작가에 의하여 설명되는 직접묘사도 적지 않
은 양인 것을 보게 된다.

필순은 순영과 마찬가지로 집안의 생계를 책임지고 어린 나이에 직업전선에
뛰어들어야만 했던 인물이다. 이전에는 잘 살았다고는 하지만 지금의 그녀는
무기력한 사회주의자 아버지, 그리고 어머니, 게다가 병화라는, 말이 하숙생이
지 무위도식하는 군식구까지 먹여살리는 일을 혼자 도맡아야만 하는 인물이
다. 그러나 그런 환경에서도 남을 원망하거나 환경을 탓하지 않는 착한 성품
의 소유자인 것을 알 수 있다. 고등과 이년을 중퇴하였다는 그녀의 학력은 그
녀가 신여성의 면모를 가질 수도 있게 하지만 그녀는 그런 면모를 전혀 보이
지 않는다. 상섭은 긍정적 여성에게 신여성의 세련되고 당찬 모습을 전혀 부
여하려 하지 않았던 것이다.

이상의 조력자형의 인물들은 직접묘사의 분량이 상대적으로 많다.

(2) 사기꾼형 인물과 간접묘사의 우세

1) 지덕진…〈사랑과 죄〉

지덕진은 지순영의 배다른 오라비인데 순영을 이용해서 금전적 이익을 챙기
려 하는 인물이다. 한 집안의 외아들인 그는 자기의 경제력으로 집안을 돌보

고 가족들을 먹여 살리려고 하지 않고 오히려 동생 순영을 돈많은 남자의 후
취로 시집보내 자신의 사회적 지위를 높이고 돈을 벌려고 하는 것이다. 그를
위해 순영을 협박, 납치 기도 등 수단과 방법을 가리지 않는 것을 보게 된다.

a. 직접묘사

ⓐ 사마에 올러 안저 양양자득하는 자가 그 누구이드냐? 어제까지도 짜마아
   득하야 참아 마조 치어다볼 수도 업든 사장 령감이 오늘날의 내 매부거니
   하는 생각을 하면 이 큰 회사가 금시로 내 것이나 된 듯 십허 억개춤도
   저절로 날 것이다. (…)쏘 그만치 안하에 무인이엿다.두고 보아라— 오늘
   까지는 네니 내니 하고 선술집 친구로 맛겻고 단엿다만은 래일 모래면 내
   압헤서 말버릇부터 고처야 하리라— (《사랑과 죄》,염상섭 전집 2,민음사,
   1987,169쪽)

ⓑ 덕진의 생각으로 하면 해춘이가 어대까지 쎗대는 날에는 해주ㅅ집이 쑤며
   낸 안(案) 즉 순영이가 리자작의 딸이란 말을 해서 훼방을 놀거나 쏘는 그
   러느라면 입을 틀어막기 위하야서도 돈이 나오리라고 생각하얏기 째문에
   아즉은 그런 말을 발설하는 것을 불긴히 생각하얏다. (《같은 글》,415쪽)

덕진은 순영을 이용하여 자신의 경제적 지위를 상승시키려는 인물이다. 자
기가 다니는 회사의 사장인 류택수에게 순영을 팔듯이 시집보내고 나면 자신
은 '사당 다음 자리'까지 오르리라는 계산 속으로 의기양양해 하는 것이 ⓐ의
내면 묘사를 통해 잘 나타난다. 비록 배가 다르다고는 하지만 순영은 자기의
여동생이고 그것도 유일한 형제이다. 그런 순영을 본인의 의사와는 관계없이
늙은 사람의 후취로 시집보내려 하는 것이 덕진의 최대 과제이다.

그런가 하면 류택수가 이런 저런 일로 순영을 포기하자 이번에는 해춘의 돈
을 노린다. 곧, 해춘이에게 대하여 순영이 마치 리자작의 딸로, 해춘과 배다른
관계에 있는 남매인 것처럼 말을 하여 입을 막기 위한 방편으로 나올 돈을 노
리고 있는 것이다. 순영에게 있어 덕진은 오라비라기보다는 마치 기생을 거느
리는 포주와 같이 존재하는 것을 볼 수 있다. 그는 다른 일로 열심을 보이지

않고 다만 그녀를 통해 덕을 보고 돈을 얻어내는 일에만 몰두하고 있는 것이다.

b. 간접묘사

a) 애펠레이션

덕진이라는 이름 역시 평범한 당대의 시체 이름이라고 보아진다. 덕진의 이복 누이이자 서녀인 순영과는 달리, 항렬을 따르는 것이라고 보아 무방할 것이다.

b) 외양 묘사

순영이와 닮았다는 정도 이외에는 그의 외모에 대한 묘사는 나타나지 않는다.

c) 대화·말씨 묘사

ⓐ "네게는 그에 더할 상팔짜도 업겟거니와 내 사정도 좀 보아 주어야 하지 안켓니? 당장 밥줄이 끈허저도 조타는 말이냐? (…)그 집에 들어가기만 하면 모든 게 네 차지가 아니냐? 류진이는 재산 상속권도 내놋는다겟다-- 일녀는 인젠 지처 잡바진 터이겟다. (…)나희 좀 만타 하지만 인제야 마흔 네다섯 살밧게 아니 되엿스니 남자의 마흔 다섯이란 녀자의 스물 다섯 밧게 아니 되는 세음이야!"(〈같은 글〉,90쪽)

ⓑ "게서 더하면 엇덕한다는 말애요? 부족해서 걱정이슈?" "그것두 모다 너 잘 되라고 그러는 것이지 누가 네 덕 보겟다고 이애를 쓰고 단인다든?그런 구칙칙한 생각이 손톱만큼이라도 잇스면 이 자리에서 벼락을 맛겟다! (…)다─ 듯기실혀!나는 너만 못해서 그런다든! 이 생각 저 생각하면 화증만 나서 그러지!"(〈같은 글〉,88쪽)

ⓒ 덕진인가 하는 녀석이 별안간 와서 가만 잇는 사람을 불러내니까 잔쯕 궁한 판에…… 그러면 안 된 줄은 알면서도 고만 그러케 되고 마는고나!

내 잘못은 (3자 탈자)버렷니만은 덕진이놈도 (4자 탈자)놈이지. (〈같은 글〉, 158쪽)

ⓓ "실상 인제야 말이다만은 덕진이가 올봄에 작난으로 그런 짓을 몃번 하얏나 보드라.하나 그리 오래된 것도 아니요 녀름내 술을 작고 먹어서 인제는 아조 끈허 버렷다드라……" (〈같은 글〉,160쪽)

ⓐ, ⓑ는 덕진의 말이고 ⓒ, ⓓ는 해줏집의 말로 덕진이 묘사되는 부분이다. 우선 ⓐ에서는 덕진이 어떻게든 순영의 마음을 구슬러 류택수와 결혼시키려고 하는 것을 볼 수 있다. 그의 말에 의하면 류택수와의 결혼은 순영으로서도 '상팔짜'가 되는 것이며 덕진의 '사정도 좀 보아 주'는 것이 되는 것이다. 20여 년 연상인 오입쟁이 택수에게 동생 순영을 시집보내려 하면서 남자 마흔 다섯은 여자의 스물 다섯인 셈이라는 엉뚱한 이론을 제기하면서 순영이 이를 허락하지 않으면 집안 식구들의 '밥줄이 끈허'질지도 모른다는 걱정을 내세운다. 순영의 결혼이 사지 멀쩡한 이복 오라비와 그의 어머니의 생계 유지를 위해서 꼭 성사되어야 한다 함이다.

ⓑ는 순영과 덕진의 대화이다. 덕진은 순영이 잘 되기만을 바라서 일을 도모하는 것인 양 거짓말을 하고 있다. 그리고 덕진은 술과 요릿집으로 돌아다니는 것을 나무라는 순영에게 자신은 홧증 때문에 술을 먹는 것이라고 변명하고 있는데 여기에서 그가 어떠한 스트레스 내지 컴플렉스로 고민하고 있음을 알 수 있으며 그러한 것을 술로 풀고 있다는 것을 알 수 있다.

ⓒ는 해줏집의 말이다. 여기에서 해줏집은 해춘이 앞에서 순영을 욕보이게 된 것이 덕진이 때문이었노라고 하면서 덕진이 역시 자기 못지 않게 타락한 놈이라고 말하는 것이 탈자된 부분을 통해서나마 짐작되어진다.

ⓓ의 순영과 해줏집의 대화를 통해서는 덕진이 잔 톤푼에 쪼들려 하고 있는 이유가 보여진다. 지금은 술을 많이 먹고 끊었다고는 하지만 덕진은 타락의 끝이라고 할 수 있는 아편에까지 손을 대었다는 것이다.

d) 행동 묘사

ⓔ 남자는 두 귀가 축 처진 눈을 암상맞게 곤두쓰며 녀자의 손에서 조희ㅅ장
을 쏙 빼앗듯이 바드면서 "요걸 주면 엇저란 말이야?"하고 퉁명스럽게 톡
쏘은다. (...) "단 요게라네"하고 덕진이는 두 손싸락을 들어 보인다. "이십
원?" "무슨 화수분이든가!" (〈같은 글〉, 17쪽)

위의 행동은 순영에게서 잔 돈푼을 악착 같이 뜯어내고 나서는 순영이 준
돈이 너무 약소하다고 말하는 친구에게는 순영이 할 수 있는 만큼은 다 준 것
임을 말하고 있다. 청요리를 먹고 그 값을 치르게 한 것은 덕진의 내면을 통
해 나타나고 있다. 며칠 전에 거금의 돈을 물리게 하고서 오늘 또다시 그녀에
게 잔돈까지 뜯어내는 것이 옳지 않으며 지나치는 일임을 그 자신도 알고 있
는 것이다. 그는 나쁜 일인 줄 알면서도 순영을 착취하는 데 조금도 주저함이
없으며 그 일에 대하여 조금도 양심의 가책을 느낄 줄 모르는 인물이다.

덕진의 경우도 작품 내에서 그의 인물묘사가 많지 않지만 그 가운데에서는
대화, 말씨를 통한 간접묘사의 양이 많다. 그러나 끊임 없이 순영을 착취하려
고 하는 감정적 배경이나 그가 하고 있는 고민이 무엇인지를 알려주는 내면
묘사가 없다는 점에서 그의 묘사는 완벽하지 못한 것이라고 할 수 있다. 그러
나 그의 평소 행위로 보아, 그가 하고 있는 고민이 민족적인 아픔이나 시대적
인 고민에 자리하는 것이 아니라 개인적인 금욕 정도에 지나지 않는 것임을
알 수 있다.

비록 배다른 동생이지만 순영은 틀림없는 덕진의 하나 뿐인 여동생이다. 덕
진은 그런 그녀를 희생시켜 자신의 출세를 꾀한다. 그리고 그것이 여의치 않
자 해줏집과 함께 류택수의 음모에 가담하고 순영을 옭아매려고 온갖 협잡을
꾸민다. 자신의 힘으로 삶을 개척하기보다 기생충처럼 남에게 붙어서 자신의
일신상의 안위를 도모하는 덕진은 프라이의 분류에 의한 alazon, 곧 화를 잘
내면서 남을 윽박지르기를 잘하는, 전형적인 악마적 유형의 인물이라 할 것이
다.

2) 류택수…⟨사랑과 죄⟩

a. 직접묘사

ⓐ 류택수는 스물 안에 일본 가서 잇다가 미국에를 두세 번씩 갓다 온 녯날
의 지사(志士)이엇다. (⟨사랑과 죄⟩,염상섭 전집 2,민음사,1987,117쪽)

ⓑ '사십이 넘은 남자란 정말 계집 맛을 알고 계집을 사랑하야 줄 줄 아는 게
다!'(…) 마리아는 류택수가 늙엇느니 엇저니 하면서도 마음으로 실치는
안핫다. 늙기는 늙엇슬망정 꼿꼿하고 밋밋한 사내다운 덤이 미덤성스럽고
류창한 영어가 자긔로서는 싸를 수 업는 것이 쏘한 마음에 끌리고 눌리는
덤이엇다. (⟨같은 글⟩,116-117쪽)

류택수는 작가의 설명에 의하여 이야기되는 바에 의하면 일본과 미국을 오
가면서 일어와 영어를 유창하게 구사할 줄 아는, '녯날의 지사'이며 당시의 인
텔리이다. 그러한 류택수는 마리아의 내면을 통한 직접묘사에 의해서는 성적
인 대상으로서 묘사되고 있다. 그는 그야말로 '계집 맛을 알고 계집을 사랑하
야 줄 줄 아는' 남자라는 것이다. 류택수에 관한 직접묘사가 상대적으로 간략
하다는 것을 알 수 있다.

b. 간접묘사

a) 애펠레이션
류택수라는 이름도 항렬을 따르는 것으로 보이는 평범한 이름이다.

b) 외양 묘사
그의 외모에 대한 구체적 묘사는 보이지 않는다.

c) 대화·말씨 묘사

ⓐ "엇잿든 령감도 수월치 안흐슈. 개화ㅅ속으로 '엥게이지,링' 보내시는 것도

그럴 법하거니와 취련이한테 **빼앗겻슬** 째엔 오십원짜리 금반지로 입을 트
러막고 운선이가 그러케 안달을 할제도 일백 몇 십원짜리라든가 하는 것
으로 쩨이고 세째 마님께 압수를 당하고도 그 야단을 하시더니 결국은 오
늘 쓰시랴고 그러케 애지중지하셧구려. 그러기에 물건이란 임자가 잇다는
말이 올하!" (〈같은 글〉,106-107쪽)

ⓑ "누가 아나만은 우리 아버니는 이 세상에 계집 째문에 나오신 이니짜...로
   경에 들어갈 째는 아마 색광이 되나보데." (〈같은 글〉,147쪽)

ⓒ "류참서도 계집이라면 살로 먹고 **뼈로** 먹으랴는 량반이니짜 그 앙화가 나
   린 것이지요. 그만한 망신을 당해도 싸지만 인제 좀 정신이 날썰요." (〈같
   은 글〉,203쪽)

ⓓ 그 량반이 한번 생각한 계집을 그러케 홀홀히 단념하실 줄 아십쇼? 발길
   로 거더채고 얼굴에 침을 배ㅅ는 한이 잇드라도 긔어코 손아귀에 너코야
   마는 솜씨인데⋯⋯그 량반은 계집과 술 째문에 이 세상에 나온 량반이니
   짜 말할 것도 업서요. (〈같은 글〉,312쪽)

남의 말에 의하여 류택수라는 인물의 성격이 묘사되는 부분이다. 모두가 그
의 성적인 문란함과 타락의 정도를 지적하고 있는데 이로써 그의 복잡한 이성
관계를 보여준다. 타인에 의하여 보여지는 류택수는 성적인 문란과 관계되는
이미지가 가장 뚜렷한 것을 볼 수 있다. 우선, ⓐ는 그의 수족과 같은 로태로
가 한 말로서 류택수가 지덕진을 통해 약혼 반지 조로 주는 물건이 어떤 내력
을 지니고 있는 것인지, 또 이제 덕진을 사이에 넣고 순영과 결혼하고자 하지
만 그는 기생들과의 관계도 복잡할 뿐 아니라 셋째 부인까지 있는 중혼의 몸
이라는 것을 알 수 있다.

ⓑ는 그의 아들 류진의 말이다. 류진으로 하여금 비관적이고 염세적인 가치
관을 갖게 한 것은 부친 류택수의 성적 방종으로 인한 복잡한 집안 분위기도
그 한 원인을 제공하는 것인 만큼 ⓑ와 같은 류진의 말은 다소 냉소적이고 자
탄적인 것이다. 나이가 들면서 더욱 색을 밝히는 류택수는 여기에서 류진의
입을 통해 '색광'으로 묘사되는 것을 보게 된다. 이로써 류진과 류택수의 부자

관계에 관하여도 암시 받을 수 있다.

ⓒ, ⓓ는 류택수와 친분이 있는 기생 운선의 말이다. 여기서 운선은 류택수가 '계집이라면 살로 먹고 뼈로 먹으랴는' 인물이라고 말하여 그가 얼마나 여자를 탐하는 인물인지를 다시 한 번 보여준다. 류택수가 순영과 혼약을 위해 나갔던 자리에 뜻밖에 순영의 친구 자격으로 아들 류진이 와 있어 망신을 당하게 된 것에 대한 운선 나름대로의 해석이다. 곧 천벌이 내린 것으로 그는 그러한 창피를 당해도 마땅한 인물이라는 것이다. 그러나 그만한 일로 그가 당대의 미인 지순영을 포기하지는 않을 것이라는 ⓓ의 말을 통해 순영은 앞으로 더욱 곤혹을 치루게 될 것이라는 것을 알 수 있다. 운선의 말에 의하면 그는 이른바 '계집과 술 째문에 이 세상에 나온' 사람이니 만큼 여자에게 모욕당하고 걷어채인다고 해도 자기가 마음먹은 계집은 절대 단념하지 않을 사람이라는 것이다.

 d) 행동 묘사

ⓔ "응 자네가 지덕진이지?" 하며 사댱은 상노 아희에게 불려 들어와서 인사를 하는 덕진이를 치어다 보며 웃어 보인다. (…) "나는 몰랏더니 지금 로군의 말을 들으니까 자네 매씨가 있다지?…구혼 중이라지?"하며 사댱은 또 딴청을 부린다. (〈같은 글〉,102쪽)

ⓕ 남자는 녀자의 비단 버선 신은 다리가 펄석하고 눈 압헤서 춤을 추다가 나려가서 노히는 구두발 뿌리를 나려다 보면서 "무에 무서워서 그짓말을 할라구!그적게부터 개통이 되자 어제 들으니까 왓다기에 그만둔게지!"하며 열심으로 변명을 한다. (〈같은 글〉,110쪽)

ⓖ 류택수는 모자를 들고 황황히 쏘차 나갓다.오래감만에 만나니 그래도 마음이 쓸리는 것이엇다. 사지가 뒤틀리듯이 쩝브듯하고 몹시 흥분된 신경은 이성을 껴안찌 안코는 풀어지지 안홀만큼 조(燥)하얏다. 더구나 코에 배인 향수내와 살래가 마취재와 가치 전신의 세포(細胞)를 근질거리엇다. (〈같은 글〉,111쪽)

ⓔ, ⓕ는 류택수의 말씨와 행동이 같이 묘사되는 부분이다. ⓔ는 순영의 오라비인 지덕진을 만나려고 애를 쓴 것은 류택수 자신이면서 막상 덕진이 불려 오자 자기가 청혼을 받으려는 입장임을 가장하는 것이다. 사장으로서의 권위와 체면을 살려가면서 가능하면 고압적인 자세로 덕진의 동생 순영을 차지하고 싶은 마음이 나타나는 것인데 이를 통해서 그의 위선적이고 권위주의적인 태도를 볼 수 있다. 그것은 덕진으로 하여금 처세술의 한 단면을 배우게끔 하는 것이다.

그런데 류택수가 지순영과 결혼하기를 맘먹으면서 명마리아와의 관계를 서서히 정리하려고 하는 과정에서 여행에 동반했던 마리아만 남겨 두고 자기 혼자만 돌아온 일이 있었다. ⓕ는 그일에 대하여 강하게 따져 드는 마리아에게 변명하는 부분이다. 마리아의 다리와 발뿌리 놀림으로 인하여 그는 다시 강하게 마리아에 대한 정욕을 되살리고 여행갔을 때 그녀를 버리다시피 두고 온 일을 사과하느라 여념이 없는 것이다. 염상섭은 남자의 정욕의 대상이 되도록 설정된 인물-곧 명마리아나 〈만세전〉의 乙羅 같은-을 묘사하는 가운데에서 그녀들의 발을 묘사하여 남자의 주의를 끌게 하곤 한다. 인간의 신체 가운데 발이란 신과 결합되어야 하는 의미에서 남녀의 성적인 암시가 되는 부분이라 할 때, 마리아가 특별한 제스추어를 써서 자신의 발로 택수의 관심을 모으고 '색광'인 류택수가 정욕적인 충동이 일어나게 되는 배경은 이해될 수 있는 것이다. 앞서 직접묘사 부분에서와 같이 류택수는 '정말 계집 맛을 알고 계집을 사랑하야 줄 줄 아는' 인물이다. 그런 만큼 마리아는 리해춘과의 새로운 관계를 꿈꾸면서도 한편 류택수의 돈에 대한 욕심과 함께 그의 정력을 포기하지 못하고 그를 의식적으로 유혹하려 한다. 그리고 그것은 성공을 거두어 류택수의 관심을 끌고 류택수는 마침내 ⓖ와 같이 행동하게 된다. 이러한 행동은 그의 여자에의 욕구가 어느 정도인지를 보여주는 것이라 할 것이다.

묘사 문제에서, 류택수의 경우는 직접묘사보다 간접묘사가 월등한 것을 볼 수 있다.

류택수는 앞서 본 것처럼 일본과 미국을 오가면서 일어와 영어를 유창하게 구사할 줄 아는 당시의 인텔리이고 지사였던 인물이다. 류택수는 본처를 잃은 상태에서 일본여자와 재혼, 류진을 낳았으면서도 일본여자를 민적에 넣지 않고 내어쫓았다. 류택수가 일본 여인을 자신의 민적에 넣지 않은 사실은 반일 감정의 소산으로 볼 수 없고 다만 상대 일녀의 기본권을 유린하는 것에 지나지 않는다고 할 것이다. 셋째 부인까지 들였고 또다시 돈을 앞세워 마리아 같은 신여성과도 관계를 가지면서 취련, 운선 등 기생질도 서슴지 않아 그의 성적 편력은 대단한 것이 아닐 수 없다. 그런 상황에서 다시 돈을 앞세워 20대 연하의 순결한 처녀인 순영을 취하려 한 것이다. 류택수에게서는 금전적인 타락 면보다 성적인 타락이 부각되어 나타난다. 성적인 욕망이 지나친 나머지 성사 이후의 반대급부를 노리는 지덕진과 로태로 등의 인물들과 함께 순영을 납치하여 강제로 결혼하려는 음모까지 꾸미게 된다.

인텔리이고 지사이던 그가 이 인용 부분의 묘사에서 보여지는 것처럼 性에만 천착하는 인물로 전락하게 된 배경은 〈삼대〉의 상훈의 경우와 마찬가지로 작품 속에 뚜렷이 나타나지 않는다. 그도 '타락한 인텔리'의 전형적인 인물이라 할 것이다.

3) 강찬규...〈이심〉

강찬규는 친구 창호가 수감되어 있는 동안에 창호의 아내인 춘경이 겪어야만 하는 고통을 알고 있으면서도 그녀를 돕기는커녕 그녀를 이용해서 성적 만족과 금전적 이익을 추구하는 인물이다. 뿐 아니라 창호의 출감 후에도 춘경과의 사이에 끼어들어 이간질만을 일삼아 두 인물들의 삶을 질곡에 빠뜨리게 하는 악마적인 인물이다.

a. 직접묘사

ⓐ 이놈은 춘경이의 이 약점을 부뜰어 가지고 춘경이가 좌야와 가까워지는 눈치만 채이면 까닭도 없이 들쑤시고 다니며 사람을 못살게 구는터이다. 춘경이는 이 강가가 남편의 친구이니만치 그 입을 틀어막느라고 이때것 술잔도 조이 먹이고 참아 못당할 무리한 청구도 들어주었던것이다. (〈이

심〉,염상섭 전집 3,민음사,1987,79쪽)

강찬규는 춘경 남편인 창호의 친구이다. 창호가 부적응주의자 특유의 경로로 감옥에 가게 되자 찬규는 춘경에게 먹고 살 방도로 직업을 소개시켜 주게 되었다. 그런데 그가 소개시켜 준 것은 좌야네 집이었고 결국 춘경은 좌야의 정부와 같은 신세가 되고 만다. 이에 찬규는 남편이 있는 여자로서 그러한 것은 약점이 될 수밖에 없다는 것을 악용하여 춘경의 돈을 착취하고 거기에다 '참아 못 당할 무리한 청구'인 몸까지 농락할 만큼 철면피의 인물이다. 그러한 것은 간접묘사의 부분에서 확연히 드러난다. 그 역시 직접묘사의 양은 매우 적다.

b. 간접묘사

a) 애펠레이션

'강찬규'라는 이름도 항렬을 따르는 것으로 보아 무리가 없는, 당대의 평범한 이름이다.

b) 외양 묘사

ⓐ 개기름이 찌르르 흐르는 그 상판대기나 공 술잔이나 얻어 먹으랴고 개 싸지르듯이 싸지르는 그 꼬락서니나, 숫도야지 모양으로 투미하게도 피둥피둥 살이찐 멋없이 큰 덩치를 보면 우역질이 날것 같았지만 다만 하나 자기에게 약점이 있기 때문에 그 위협을 받아주고 슬슬 달래왔던것이다. (〈같은 글〉,82쪽)

춘경의 시선에 비친 찬규의 외모이다. 춘경은 자신을 매춘부 취급하는 일본인 좌야보다 찬규를 더 싫어하고 있다. 남편의 친구이면서 인륜을 어기는 짓을 서슴지 않는 파렴치한 찬규를 그녀는 '개'나 '숫도야지'같은 동물로 묘사하고 있다. '상판대기', '꼬락서니'의 단어나 그를 보면 '우역질'을 느낀다는 부분은 그녀의 찬규에 대한 혐오의 염을 더욱 리얼하게 보여주는 것이다.

c) 대화·말씨 묘사

ⓑ "가보렴.그런데 참 이애 조금 있다가 수원서 온 김진택이란 사람을 찾아오
는 이가 있거던 이리로 보내라고 일러 두어라(…)그길에 수언서 일전에
올라온 안 손님 계신가 물어 봐라.계시다거던 성씨가 박씨인가 아닌가두
좀 알아봐라……내, 참, 아깐 깜빡 잊어버렸군." (〈같은 글〉,202쪽)

ⓒ 그렇게 주체하기 어려운 목숨이었습디까? 아스슈, 마시요, 조금만 참으시
요. 그 양키이를 어떻게 남겨두고 죽고싶은 생각이 났단 말이요? 아뭏던
지 수단은 용하슈 가장 선량한듯이, 가장 후회한듯이, 가장 결백한듯이 가
장 애매한듯이, 변명겸, 광고겸으로 그따위 연극을 해 보여서 명예와 신용
을 회복하여 놓은뒤 (〈같은 글〉,204쪽)

ⓓ 자살 연극이 자기 변명과, 자기 광고와, 명예회복이라는 목적에만 끄치지
않고, 최후의 진정한 목적은 나오라는 생명의 쌌을 꺾으랴는데에 있었다
는것은 당연한 일이라고도 하겠지만, 그런 생각이 드신것도 칭찬할만 하
고, 수단으로도 절묘한 데에 감탄함을 마지 않습니다. (〈같은 글〉,207쪽)

ⓑ～ⓓ는 춘경이 자살을 하려는 목적으로 행적을 감추었을 때 그녀를 찾게
된 찬규가 그녀에게 보내는 편지의 일부분이다. 먼저 ⓑ는 찬규가 춘경이 있
는 곳을 알고서 그 근처 여관에 묵으면서 춘경이 확실히 그곳에 있는가를 알
아보는 것이다. 여기에서 그는 여관에서 심부름하는 아이에게까지 의심을 사
지 않으려고 김진택 운운하면서 지나가는 말처럼 여관에 머무르는 여인이 춘
경인지를 확인하고 있다. 그가 매우 교활한 성격의 소유자인 것은 이에서 잘
나타나는 것이다.

ⓒ는 춘경의 자살 사건 이후에 그에 대한 자기의 생각을 나타내는 부분이
다. 찬규는 선량과 후회를 가장하기 위하여 변명과 자기 광고를 위한 방편으
로 춘경이 자살이라는 수단을 썼을 것이라고 하여 그녀의 자살 소동을 왜곡시
켜 버린다.

뿐만 아니라 찬규는 ⓓ와 같이 춘경의 자살 기도가 태안에 든 자식을 죽이
기 위한 수단이었다고까지 비약시키고 있다. 그는 죽어야만 했던 춘경에 대하

여 아무런 이해도 하려 하지 않는다. 자기 친구의 아내, 그 이전에 하나의 여성 춘경에 대하여 그는 전혀 동정심이랄지 양심의 가책 같은 것을 느끼지도 못하고 느끼려 하지도 않고 있는 것을 알 수 있다.

d) 행동 묘사

ⓔ "어제 저녁때 경찰서엘 부뜰려 들어갔다는구려!그런걸 이땟것 모르고 있었다니,참 어이가 없어!"하며 강찬규는 호들갑스럽게 눈을 크게 뜨면서도 입가에는 해쓱 웃음을 띠인다. (〈같은 글〉,64-65쪽)

ⓕ "굉장하구려.벌서 양복을 끄내 대리고 법석이니……"찬규는 싱글거리면서 다리미질 하는 양복과 대리미 자루를 쥐인 춘경이의 보얀 손등을 번갈아 보았다. (…) " 참 그두 그렇지만 영근이 아버지 만나보셨소?"하며 묻는다. "만나봤기에 그런 전갈을 하는게 아닌가? 어쨋든옷을 곧 들여보내야 하겠드군!"(〈같은 글〉,81쪽)

ⓖ 서창 앞에서 땀을 드리고 앉았던 찬규는 별안간 무슨 생각이 났던지 벌덕 일어나서 방안으로 쫓아들어갔다. (…) 찬규는 어깨우로 여자의 어깨를 덥삭 안아버렸다. (…) " 이 도야지 같은것! 사람을 무얼로 알았기에 이따위 버릇이야! 사람을 그만큼 놀렸으면 고만이지……어디 너구 나구 죽어보자! 너 같은것쯤 하나 잡아 먹어두 별일 있겠니?"(〈같은 글〉,82쪽)

ⓗ 한시간 전까지 한 이불속에 누웠던 찬규가 옥문을 나서는 그계집의 남편이요, 자기의 친구인 저 사람의 손목을 아무리 술의 힘을 빌어서 했다 하드래도 대담히 그리고 태연히 맞 부뜰고 흔연하게도 웃는것을 볼제(〈같은 글〉,137쪽)

ⓘ 제말엔 위문 온답시는 모양이나, 춘경이의 요새 지내는 이야기가 하구싶어 온 것이다. 벌서 얼정한 김에, 춘경이가 신호엘 갔다가 오더니 새 버릇이 생겨서 술을 열잔씩 먹느니, 인제는 커닝햄도 물려서 호텔에도 잘 안가고, 노름을 하느니, 커닝햄의 후보자가 몇이 있느니 하는 소리를 괴등되등 주서 섬기다가, "지금도 나하고 가치 오자니까, 저도 술김에 한말이겠지만,

인력거를 보내서 모셔가면 갈지 몰라도 이편에서 머리를 숙이고 사과하러
갈일은 손톱만치도 없다고 하데." (〈같은 글〉,288쪽)

ⓙ 일로부터 찬규에게 놀곳이 한곳 더 늘었다. 한가지 공사가 더 생겼다. 수
원집에 가서는 춘경이의 소식을 알아다가 창호에게 전하고, 창호의 일거
일동을 춘경이에게 아뢰어 바치는 것이다. (…)네 남편하고 먹을테니 내
놓으라 하여도 오원씩 십원씩 내놓았고, 또 창호가 나온 후에는, 저번에
분김에 찬규의 뺨을 따린 일도있고 하여, 자기의 흉아적을 하고 다닐까
보아 사탕발림으로 잔돈량씩 주기 시작한 것이었다. (〈같은 글〉,289쪽)

ⓔ는 직접묘사에서 이야기된 찬규의 모습이 말씨와 행동을 통해 보여지고
있는 부분이다. 창호가 경찰서에 잡혀 있다는 소식을 알려 주면서도 '해씩 웃
음을 띠'는 행동으로, 춘경의 '기막히는 심사'를 위로하려 하거나 '친구의 절박
한 사정'을 같이 걱정해 주는 것이 아니라 창호의 출옥으로 그동안 끊어졌던
춘경과의 성관계가 이어질 수 있을 거라는 계산을 하고 있음을 보여준다. 찬
규는 사실 창호의 수감이 자기로서는 '도리어 해롭지 않게 되었다'고 생각하고
있는 것이다.

ⓕ는 창호가 감옥에 가 있을 때 일을 보러 다니느라고 옷들을 손보고 있는
춘경을 마치 남편이 없는 틈을 타서 외도를 하려는 것처럼 매도하려 하며 비
웃는 행동이다. 그리고는 '만나 봤기에 그런 전갈을 하는 게 아닌가'에서 볼 수
있는 것처럼 반말을 하여 춘경을 깔보는 동시에 그녀와 막역한 사이임을 시위
하고 있다. 이러한 그의 태도나 말에서는 그가 춘경을 친구의 아내라고 보기
보다는 술집 여급 정도로 보고 있음을 짐작할 수 있다.

그러한 찬규의 심리는 ⓖ의 행동으로 가시화된다. 춘경이 무엇엔가 골몰해
있는 사이 방안으로 들어가서 뒤에서부터 그녀를 안는 것이다. 이에 대항하는
춘경의 말에서 그가 평소 춘경을 욕보여 왔다는 것을 알 수 있고, 거세게 저
항하는 춘경의 행동에서 그녀의 찬규에 대한 혐오의 정도를 볼 수 있다.

ⓗ는 찬규의 비인간적인 면모가 가장 뚜렷이 드러나는 부분이다. 창호의 출
옥 전날 찬규는 이제는 더이상 기회가 없을지도 모른다는 생각에서인지 굳이
춘경을 찾아와 밤을 보낸다. 그리고는 춘경과 같이 창호의 감옥 앞까지 가서

기다려 그가 나오자 '대담히 그리고 태연히 맞부뜰고 흔연하게' 창호를 맞이하는 것이다. 춘경은 가슴이 떨리고 두려운 마음에 어쩔 줄 몰라 하였지만 찬규는 출옥하는 창호를 가볍게 맞이할 수 있을 정도로 가책을 느끼지 못하는 인물이었던 것이다.

ⓘ, ⓙ는 찬규의 행동을 요약하는 부분이다. 그러니까 행동이 보여지기는 하지만 그것이 작가의 설명적인 요약의 도움을 받고 있는 것이다. 창호와 춘경 사이를 오가면서 돈을 뜯어내면서 부부간인 그 사이를 이간질하고 있는 것을 볼 수 있다. 창호에게는 춘경의 거만한 태도를 지어 말하는가 하면 창호를 술집으로 끌고 다니면서 그 핑계로 춘경에게 돈을 요구하면서 창호의 노름과 술,여자에 탐닉하는 모습을 과장하여 춘경에게 고해 바치곤 하는 것이다.

강찬규의 경우는 전지적 작가의 설명에 의한 직접묘사만 있고 인물의 내면을 통한 묘사가 전혀 없다. 찬규의 내면에 작가는 참여하지 않고 대화와 행동에 의한 간접묘사의 양이 월등하다.

찬규의 가족 관계는 생략되어 있다. 그가 결혼을 했는지, 자식이 있는지 등의 문제는 전혀 알려지지 않는 것이다. 그는 좌야와 결탁하여 자신이 그동안 끊임 없이 성적으로 착취해 온 춘경을 이용하여 금전적인 이익을 보려고 혈안이 되는 것으로만 부각되는 인물이다. 음모를 꾸미는 좌야와 춘경의 사이에서 찬규는 온갖 협잡을 진행하지만 결국 자신에게 아무런 득도 챙기지 못하고 이용만 당하는 어리석은 면도 가지고 있다. 욕심 많고 교활하지만 한편으로는 둔하고 미련한 것이 강찬규의 면모라 할 것이다.

4) 해줏집...〈사랑과 죄〉

a. 직접묘사

ⓐ 지난번에 세ㅅ방을 어더 달라고 졸리다 못하야 어더 주엇더니 몃칠 들어 잇지도 안코 세전까지 차자 가지고 아편쟁이굴로 숨어버린 뒤로는 차저 오면 맛날 뿐이지 순영이가 애를 써서 차저 간 일도 업고 어대 잇는지 알랴고도 한 일이 업섯다. (〈사랑과 죄〉,염상섭 전집 2,민음사,1987,159쪽)

ⓑ 해주ㅅ집이 아비ㅅ벌이나 되는 지원용이에게 눈을 주게 된 것은 리판서가
  일본에 향란이를 더리고 간 것, (…)무엇보다도 리가의 집 열쇠꾸레미를
  잡고 그 큰 살림을 쥐엇다 폇다 하는 세간살이ㅅ군과 비밀한 정을 매저서
  환심을 사 노차는 것이 어린 소견에도 압서든 생각이엇다. (…)자긔가 쥐
  엇다 폇다 하면 리가의 집 살림은 해주ㅅ집의 혀쓰테서 놀게 될 것이다.
  (〈같은 글〉,401쪽)

ⓒ 해주ㅅ집은 지원용이와 일 년쯤 사는 동안에 젓꼭지 일흔 쌀자식 하나와
  아편 먹는 버릇을 정표삼아 남겨 노코 지가의 눈 압헤서 자최를 감추어
  버렷다. (〈같은 글〉,406-407쪽)

해줏집은 하나 밖에 없는 피붙이인 친딸 순영에게 셋방을 얻어 달라고 조르
고, 순영이 힘들게 얻어 주면 그 돈을 빼 가지고는 아편굴로 찾아드는 인물이
다. 그래서 가뜩 소원하던 모녀 간은 더욱 멀어져서 해줏집이 돈을 뜯으러 찾
아오면 만날 뿐 순영은 찾아 가지도 않고 그녀에 관해서 알려고도 하지 않게
되었다. 순영과 해줏집이 모녀간이라는 사실은 친딸인 순영이에게는 절대로
부정하고 싶은 문제이다. 착한 심성의 순영이 부정하고 싶어할 정도로 해줏집
은 불건강한 성정의 인물인 것이다.

ⓑ에서는 그녀와 지원용, 곧 순영의 생부가 어떻게 만나게 되었는지 하는
문제와 함께 두 사람이 맺어지는 데 작용한 해줏집의 계산이 알려지는 부분이
다. 성실해서 주인의 신임을 받고 있는 지원용을 잘 구슬리면 집안의 돈이 전
부 자기 것이나 다름없게 되리라는, 야무진 꿈을 가지고 주인의 첩인 해줏집
은 아버지 뻘이 되는 늙은 청지기 지원용에게 접근한 것이다.

그리고는 ⓒ에서 알 수 있는 것처럼 리자작의 집에서 쫓겨난 후 일년간 지
원용과 살았을 뿐, 사생아인 순영을 낳아 본부인이 있는 지원용의 집에 주고
아편의 버릇만 '정표처럼' 지원용에게 남겨 주고는 자취를 감추었던 것이 그녀
의 과거이다. 결국 그녀는 성실한 청지기 지원용의 인생을 굴절시킨 인물이다.
지원용은 한때, 해줏집의 유혹에 넘어가 순영을 잉태시킨 것 때문에, 평생의 직
업을 잃었고 또 해줏집에게서 배운 아편 때문에 심신을 망쳐 버리게 되어 정
상적인 삶을 뿌리채 뽑히게 되었다. 결국 해줏집은 금욕 때문에 착실히 살아

가던 사람을 유혹하고 그의 인생을 송두리째 망쳐 버린 인물이라는 것이 직접
묘사 부분에서 요약되고 있다.

b. 간접묘사

a) 애펠레이션

그녀의 실명은 보이지 않는다. 다만 해줏집이라는 것에서 그녀의 고향이 해
주일 것이라고 짐작하는 것이 가능할 뿐이다.

b) 외양 묘사

ⓐ 늙었다고는 할망정 바스러진 얼굴의 살갗이 거츨고 찌드러서 쌈아케 타기
   때문에 늙어보일 따름이요 갓가히 자세하게 보면 아즉 사십 가량 밧게 아
   니 되어 보이엇다.옷도 감숭히 더럽고 날씬 날갓스나 고흔 모시치마에 왜사
   적삼인지를 바처서 입엇다.얼굴 모습이든지 몸맵시가 물론 여염집 안악네는
   아니다. 젊엇슬 제는 상당히 고앗슬 것을 볼 수 잇다. (〈같은 글〉,40쪽)

ⓑ 그리 늙지도 안핫건만 허리가 곱웃하야 엉덩이를 뒤로 쌔고 짠지빗이 된
   산동주 양산을 집행이 삼아 집고 지척지척 거러 나가는 뒤ㅅ모양이 을쓰
   년스러워 보엿다. (〈같은 글〉,42쪽)

ⓐ가 비교적 가까운 거리에서 바라본 것을 묘사한 것이라면 ⓑ는 먼 거리에
서 뒷모습을 바라 보는 것이다. 그녀의 얼굴은 젊었을 때는 아름다왔을 거라
고 추측이 될 정도의 미모가 지금도 남아 있으며 지금은 얼굴 살갗이 바스러
지고 겁게 탄 탓에 늙어 보인다는 것, 그러나 자세히 살펴보면 사십 정도의
나이로 보인다는 것, 옷도 더럽고 낡았지만 그다지 입성이 나쁘지는 않으며
얼굴 맵시에서, 또 몸맵시에서 여염집의 여인은 아니라는 것이 짐작 가능하다
고 하여 보고 있는 작가가 어느 정도 개입하고 있음을 알 수 있다. 외모에서
그녀의 나이가 밝혀지는 것이다.
   ⓑ에서는 그녀의 전체적인 외양이 보여진다. 곧 별로 늙지도 않은 나이임에

도 불구하고 허리가 굽고 지저분한 행색과 늙은이와 같은 걸음을 걷는 해줏집
의 외양 묘사를 통하여, 그녀가 아편 등의 비정상적 생활로 인하여 건강하지
않은 몸임을 추측할 수 있다.

c) 대화·말씨 묘사

ⓒ "나으린지 서방님인지는 몰으나 아다가도 몰을 이런 독개비 굴 속에다가
남의 집 쌀자식을 몰아다 노코 흔청망청 지낼 때야 돈푼 잇겟구나! 나종
일은 나종 일이요 자! 위선 십원이고 이십원이고 잇는 대로 내놔 봐라! 어
디 내 사위 될 자격이 잇나 솜씨부터 보잣구나! 아무려니 모양이 번주그
레하게 생기고야 고치장 싹지 한 장 업겟니…" (〈같은 글〉, 39쪽)

ⓓ "그야 그러시겟지만 대감가트신 어른이 돌보아 주시면야 제 신상에도 그런
상팔짜가 어대 잇겟슴닛까! 지금 다른 데서도 말이 잇서서 엇절까 합니다
만은 암만해두 대감만 하겟습니까. 대감쎄서 싹 결심을 하시고 집이라도
한채 작만해 주시면야 다시 이러고 저러고 말이 잇겟슴니까." (〈같은 글〉,
167-168쪽)

ⓔ 순영이…… 제 쌀년 말슴애요……그년이 실상은 리판서 대감의(…)바로
리판서 자데와 저 모양이 된 것을 보고야 어쩌케 가만 내버려 두겟슴니
까!(…)한 째 돈푼에 팔려서 밋도 씃도 업는 말을 지어낸 것이라고 생각
하시면 저 푸른 한울 미테서 이 당장에 벼락을 맛겟습니다. (〈같은 글〉,
396-397쪽)

ⓕ "나도 침이 맛고 십허서요." "천만에 그런 몹쓸 소리 마시우. 이것만은 붓
들고 말리랴우." (〈같은 글〉, 424쪽)

ⓖ "잘못 걸려도 하는 수 업지! 내 돈은 도적년의 돈입듸까? 턱업시 먹겟다
게!" (…) "누가 임자의 돈을 턱업시 먹잡듸까? 알아듯기 쉽게 말하면 내
쌀 서방 부처 주고 삼백 원 먹자는 게 틀리단 말이야? (…)임자에게 려
관을 가르처 주면 내 쌀은 서방을 쎄앗길지 악에 바친 모진 손에 목숨을
쎄스길지 누가 알 일이오? (…)몸 팔아 일천 오백 원이면 사위 팔아 삼

백 원이라야 만치는 안켓지"하며 해주ㅅ집은 코웃음을 친다. 돈을 내노케
하자면 이러한 부질 업는 소리를 해서 덧들여 노하서는 안되겟다고 생각
은 하면서도 배내ㅅ병신처럼 남을 갈가 잡아다니어 비꼬는 버릇으로 무심
코 나온 말이다. (〈같은 글〉,437-438쪽)

ⓗ "어렷슬 제 주착이 업서 그랫지만 이것도 령감 잘못 만난 덕택이지요"하며
해주ㅅ집은 웃어 보인다.그동안 어대로 굴러다니며 어떤 놈의 등을 처먹엇
는지 옷도 제 철을 차저서 깨끗이 닙고 얼굴도 지낸 녀름에 볼 째보다는
훨신 히어지고 나아 보인다. "령감은 누구란 말이오?" "순영이 어른요!"
(〈같은 글〉,351-352쪽)

ⓘ "가엽스면 엇저나! 의복을 해 주면 하로가 머다고 발가벗고 덤비고 세ㅅ방
을 어더 주면 뒤ㅅ구멍으로 세전을 차자 가지고 나와서 써도라단이고 한
다는 위인을 엇저는 수가 잇나!(...) 몸에 부친 것을 잡혀 먹고 손버릇이
고약해서 인에 몰니면 무슨 짓은 안한다든가! 언젠가도 긔숙사로 차자왓
다가 순영이와 한 방에 잇는 아이의 지갑을 훔처갓다는 데야 더 말할 게
잇나?" (〈같은 글〉,62쪽)

ⓒ~ⓘ는 대화 묘사이다. 우선 ⓒ, ⓓ, ⓔ는 해줏집의 말씨이고, ⓕ, ⓖ, ⓗ
는 그녀와 다른 사람의 대화이다. 이를 통해 볼 수 있는 그녀의 말씨는 ⓒ, ⓖ
에서와 같이 무식하고 포악한 면을 보이는 막말과 ⓓ, ⓔ, ⓕ, ⓗ에서 보이는
비굴할 정도로 저자세를 취하며 상대방에게 굽히는 듯한 말의 두 가지이다.
이것은 그녀의 이중적 성격을 보여주는 것이다. 그리고 ⓘ는 제삼자들의 대화
로써 그녀가 묘사되는 부분이다.
　ⓒ는 해줏집이 처음 보는 해춘에게 다짜고짜 돈을 내놓으라고 큰소리를 하
는 장면이다. 말씨에서도 그녀의 천박함이나 교양 없는 면모를 볼 수 있지만
딸이 있는 앞에서 딸의 체면을 생각하지 않고 상대방 남자에게 사위 운운하며
막말을 하는 것은 그녀의 철면피적인 성격을 알 수 있는 것이다. 그런데 그녀
가 항상 이렇듯 무례한 것만은 아니다. 자기가 빌붙어야 할 때는 사정도 계산
도 할 줄 안다.
　ⓓ에서 보이는 것이 그것이다. 해춘을 찾아간 그녀는 해춘에게 지금 다른

혼처가 있지만 자기의 딸 순영을 당신과 결혼시키고 싶다, 그러니 그 조건으로 '집이라도 한 채 작만'해 달라고 하는 것이다. 여기에서는 남에게 비굴하게 함부로 손을 내미는, 지나칠 정도로 무례하고 뻔뻔스러우며 비굴한 해줏집의 성격을 알 수 있다.

ⓔ에서는 해춘이 해줏집의 뜻대로 호락호락 돈을 주거나 하는 일 없이 따돌리자 해줏집이 꾸미는 음모가 보여진다. 해춘이 자기가 모시던 리자작의 아들이라는 것을 심초매부의 등장으로 알게 되자, 그것을 이용하여 해춘과 순영의 결혼을 방해하려고 한다.

ⓕ는 마리아와의 대화 속에서, 자기는 비록 아편쟁이이지만 다른 사람에게 그런 것을 가르칠 마음은 없음이 보여진다. 그러니까 해줏집도 자기의 행동과 처신이 좋지 않은 것쯤은 자각하고 있다는 것을 알 수 있다.

ⓖ에서는 역시 마리아와의 대화 속에 해줏집의 묘한 계산속과 교활함이 보여진다. 해줏집으로부터 자기의 돈을 지키려는 마리아에게 대하여 자기는 턱없이 그저 먹으려는 것이 아니라 응당 받을 일을 한 것에 대한 반대급부를 요구하는 것이라고 주장하는 것이다. 자기의 사윗감인 해춘을 마리아의 손에 내준 것과 다름없으며 그 일로 자기의 딸이 위험할 수도 있었다는 것을 알면서도 한 일이므로 그 댓가를 반드시 받아야 한다고 강변한다. 이런 계산을 할 줄 안다는 것에서 그녀가 아주 멀쩡한 정신을 가지고 있다는 것을 알 수 있는데, 그러면서도 자기의 딸인 순영으로 하여금 서방을 빼앗기거나 혹은 목숨을 잃게 될지도 모르는 위험에 빠지게 하는 것, 그것도 돈 몇 푼을 위하여서 그런 일을 스스럼 없이 하고 있다는 데에서 그녀의 악마적인 면모는 보여진다. 그리고는 마리아가 류택수에게 일천 오백원을 받았다는 것까지 알고 '몸 팔아 일천 오백원'을 받을 지경이면 자기가 마리아에게 요구하는 돈, 곧 삼백원은 '사위 팔아 삼백원'인 것으로 정당한 댓가가 아니냐고 반박하기도 한다. 해줏집은 마리아를 부질없이 덧드려서는 안된다는 것을 알고 있다. 그러면서도 이를 억제하지 못하고 생각과는 달리 이런 말들을 마리아에게 하는 것은, 남의 마음을 '긁어 잡아다니'는 '배내ㅅ병신'과 같은 해줏집의 인품 때문이라는 것이 작가의 말에 의하여 드러난다.

ⓗ는 류진과의 대화이다. 돈많은 류택수의 아들인 류진의 앞이라 말도 고분고분하고 제정신을 가진 사람처럼 보인다. 그야말로 '어대로 굴러 다니며 어쩐 놈의 등을 쳐먹엇는지'는 모르지만 해줏집의 옷과 얼굴이 전보다 많이 나아졌다는 것과 시간이 어느 정도 경과하였음을 보여준다. 이 부분에서 알 수 있는 것은 해줏집이 아편에 인이 박이게 된 것은 순영의 아버지인 남편 때문이라는 것이다. 그러나 직접묘사 부분에서 알려진 것을 보면 이는 그녀의 거짓말에 지나지 않는다. 오히려 그녀가 지원용에게 아편 먹는 버릇을 '정표처럼' 남겨 주었을 뿐이다. 착실한 지원용을 버려 놓은 것은 정작 자기이면서 마치 자기가 그로 인해 타락된 것처럼 이야기하고 있다. 해줏집과 같이 신빙성 없는 화자의 경우 그 진술은 허위일 가능성이 많은 것이고 사실 거짓이라는 것은 다른 곳에서 밝혀진다. 그러면서 그녀는 류진에게 아편 주사를 한번 맞아 볼 테냐고 묻는다. 여기에서 해줏집은 마리아와는 달리 류진에게 아편을 권하고 있는 것 같지만 사실은 그렇지 않다. 해줏집의 말씨는 다분히 농조인데 이로써 해줏집이 그 만큼 류진과 친숙하게 되었다는 것을 알 수 있다.

ⓘ은 호연과 해춘의 대화이다. 두 사람의 대화로 해줏집은 옷을 해 주어도 벗어 팔아 아편을 사고 셋방까지 빼어 그 돈으로 그런 짓을 하는 구제할 수 없는 인물이라는 것이 알려진다. 거기다가 그녀는 딸인 순영을 찾아 병원 기숙사로 와서는 친구 아이의 지갑에까지 손을 대어 순영을 난처하게 만들 정도로 철면피의 인물로, 도벽이 있으며 돈에 늘 궁하다는 것을 알 수 있다. 이렇게 돈에 늘 쪼들려 하는 것은 아편 버릇을 가진 사람들의 공통 사항인 것이다.

d) 행동 묘사

ⓙ 해주ㅅ집은 자긔가 리판서의 밥을 먹고 잇슬 동안에는 일년 이태씩 생과부로 지내도 손톱만큼이라도 의심바들 짓을 한 일은 맹서코 업섯다는 것을 (누가 그러치 안타고나 하는 듯 십히) 펄펄 쒸며 변명하얏다. (〈같은 글〉, 399쪽)

이것은 ⓔ와 관련되는 행동 묘사이다. 순영과 해춘의 결혼을 방해하기 위하여 자기가 리자작의 첩으로 있을 때 다른 사람과 정을 통한 일은 추호도 없다 하여 순영이 리자작의 딸임을 강변하면서 '누가 그러치 안타고나 하는 듯 십히' 펄펄 뛰면서 변명을 하고 있는 것을 볼 수 있다. 여기에서 자기의 작은 이익을 위해서는 딸의 행복까지도 담보할 수 있는 해춘집의 이기적 성격을 알 수 있는 동시에, 자기가 말해 놓고 그것을 지나치게 강조하고 있는 데에서 그녀의 그런 말과 행동이 실상은 거짓임을 암시 받을 수 있다.

e) 환경 묘사

ⓚ 방이라느니 헛간가튼 좁은 터전에 집웅을 채양으로 니어서 방이랍시고 의지ㅅ간을 맨든 것 가탓스나 어둔 대서 보기에도 마루 미테 남비를 부치고 한 눈치고 저 혼자 밥을 쓸혀 먹는 모양이다. (〈같은 글〉, 423쪽)

아편굴로 찾아간 마리아의 눈에 비친 해춘집이 살고 있는 집 묘사이다. 제대로 된 방도 아니요 좁은 공간을 채양으로 이어 '방이랍시고' 만든, 형편 없는 공간에서 그녀는 살고 있으며 마루 밑에 남비 같은 것이 있어 가끔씩 밥도 해 먹는 모양으로 보여진다.

해춘집의 경우는 성격 묘사 가운데에서도 말과 행동을 통한 간접묘사의 양이 월등한 것을 보게 된다. 직접묘사가 적어서 해춘집의 악마적 행동의 배경이 되는 것, 이를테면 해춘집이 친딸 순영에 대하여 품고 있는 심리 같은 것도 나타나지 않는다.

그녀는 친일파인 리판서의 첩이었으나 집안 청지기와의 사이에 사생아를 갖고 쫓겨나 그 뒤로 굴절의 삶을 살면서 아편에 버릇을 들이게 되고 마침내는 딸이 얻어 준 집까지 팔아 아예 아편굴에 살면서 아편으로 생활하는, 타락의 극단을 걷는 인물이다. 친딸 순영이 해춘과의 결혼으로 행복을 얻게 될 공산이 큰데도, 그녀는 자기가 생모임을 이용해 순영의 결혼 문제에 뛰어들어 금전적 이익을 챙기려고만 할 뿐이어서 인간의 본능이라 할 모성애조차 상실한 인물이라고 보아진다.

5) 김의경…〈삼대〉

a. 직접묘사

ⓐ 강적을 만난 뒤라 내친 걸음에 한층 더 대담하여졌다.게다가 요새는 또 한
가지 걱정이 생겨서 상훈이에게 아주 몸을 탁 실리는 것이다. 이 달 들어
서부터는 다달이 보이던 것이 없어져서 애를 쓰는 것이다. 애를 쓰면 쓸수
록 점점 더 미끄러져 들어갔다. (〈삼대〉,한국 현대문학 전집3권,삼성출판
사,1981,206쪽)

ⓑ 보기에는 그렇지 않을 것 같건마는 진탕 먹고 입고 법석을 하거나 진고개
바닥으로 싸지르며 쓸 것, 못쓸 것 흥청망청 사들이거나 하며 세월을 보
내야지 그렇지를 못하면 온종일을 톡톡 쏘고 짜증만 내는 이런 어린애는
하루 이틀을 데리고 지내기엔 재미가 날지 몰라도, 길게 갈 것 같지가 않
다. (〈같은 글〉,319쪽)

ⓐ와 ⓑ는 직접적인 묘사이다. 이를 통해 의경이 매당집에 다닌 지가 서너
달 가량 되었다는 것과 임신까지 했음, 그리고 그 때문에 더욱 타락이 가속화
되고 있음을 알 수 있다. 처녀로서 임신을 했다는 것으로 의경의 갈등이 시작
되었을 테지만 그녀는 그 일에 갈등하는 것에 그칠 뿐 기본적으로 그런 생활
에서 벗어날 수 없는 성격의 인물이다. 이것을 작가는 '미끄러져 들어가'는 것
이라 이야기하고 있다. ⓑ와 같은 허영심 많은 성격의 소유자로서 의경이 타
락한 생활을 청산하기란 불가항력이었던 것이다. 그녀는 가정은 돌아보지 않
고 외입에만 빠져 있는 상훈이 염증을 낼 정도로 허영심과 낭비벽이 많은 성
격의 인물이다.

b. 간접묘사

a) 애펠레이션

'의경'이라는 이름은 옳게 살기를 바라는, 유교적 이념이 현시되는 것이다.

b) 외양 묘사

ⓐ 조그마한 금테안경을 쓴 여자를 앞세우고 나온다.모든 구조가 작고 가냘프
지만 허리통은 한 줌만하고 수족은 여남은 살 먹은 아이 같다. 눈 하나만
은 서양 인형 같으나 얼굴은 동양화를 생각하게 하는 미인이다.살갗은 건
드리면 미어질 것같이 두 볼이 하늘하늘 얇다. (〈같은 글〉,186쪽)

ⓑ 날씬한 트레머리 여학생이 감색 외투를 사뿟이 입고 따라섰다. (...)포동
포동한 얇은 살갗이나 깜짝깜짝하는 옴폭한 눈이 인형을 연상하게 하는
온유한 표정이요, 칫수는 작으나 날씬한 몸매가 경애의 눈에도 예쁜 아가
씨로 비치었다. (〈같은 글〉,202쪽)

이것은 김의경의 외모 묘사이다. 인형 같이 예쁘장한 얼굴과 서양 인형 같
이 큰 눈, 조그마한 체구, 그리고 투명하리만큼 맑은 피부의 그녀는 안경을 쓰
고 있으며 트레머리를 하고 있다. 전체적으로 미인형이라는 것이 보여진다. 이
런 외양의 묘사에서는 그녀의 사는 수준이나 교육 정도까지도 짐작할 수 있
다.

c) 대화 · 말씨 묘사

ⓒ "작은댁인가 싶어요. 어제는 ＸＸ유치원--저어 △△골에 있는 유치원 말입
쇼.그리고 매삭 보내는 돈을 보내 드리고 이 답장을 맡아 온 것입니다마는
그 아씨 댁은 모르겠에요. (...)안동 별궁 뒤에 있는 어느 댁으로인지 그
리 한 번 편지를 가지고 가 본 일이 있는뎁쇼.그 집이 보통 여염집 같지는
않고 그 아씨 댁 같지도 않고......좀 자세히 알 수가 없어요." "어떤 집이
기에?""글쎄올시다. 누구 작은댁 같기도 하고 술집 같기도 한데 주인 마
나님은 늙수그레하고 젊은 아낙네들이 많아요."(〈같은 글〉,185쪽)

ⓓ "여학생요? 안댁 아가씨 말씀요?" 안댁 아가씨라는 말에 병화는 좀 놀랐
다. "아니, 세든 이 가운데 유치원 선생 다니는 이 없소." "세든 이 중에
는 없에요." "그럼 안댁 아가씨로군.지금 계시우?" "안 계셔요.예배당에

가셨에요.어디서 오셨에요?" (…) "어디 다니시는데?" "지금은 다니시는
데 없에요." (〈같은 글〉,187쪽)

ⓔ "(…)훌륭한 집에서 살 뿐 아니라 상당한 집 딸이요, 공부까지 하였나 보
더군마는 그렇게 돌아다니는 것은 무슨 때문인 줄 알아? (…)그런 대가댁
딸이면 무얼 하나 말요. 호화롭게 자란 버릇은 그대로 남아 있고 유치원
같은 데서 받는 것쯤이야 분값도 안 되고 하니까 원삼이네 댁 영감한테
월급을 받아야 살지 않겠소. 월첩이란 별거요!" (〈같은 글〉,189쪽)

ⓕ "본마누라의 땅을 잡혀서 큰돈을 쥐어 주니까,영감이 한층 더 정이 들고
고마왔겠지?" (…) "하하하……좋지 않을 것도 없지요마는 잠깐 맡은 것
이지, 어디 나더러 쓰라는 것이던가요? (…)조르긴 큰마나님이 이 땅을
가졌는지 누가 알기나 했나요? 영문도 모르고 놀러 가자니까 끌려 갔었지
요." (〈같은 글〉,383쪽)

ⓒ, ⓓ는 김병화로 하여금 ⓔ와 같은 결론을 얻게 한 대화들이다. 상훈의
심부름으로 원삼이 갔던 곳은 의경의 직장인 유치원과 그녀가 부업을 하고 있
는 매당집이다. 안동 별궁 뒤에 있는, '작은댁 같기도 하고 술집 같기도 한'
집,곧 매당집으로 의경을 찾아 갔던 원삼에게 그녀는 작은댁으로 인식된다. 그
녀는 '△△골'에 있는 'ⅩⅩ유치원'의 선생이면서 '보통 여염집 같지는 않고 그
아씨 댁 같지도 않'은 매당집에서 은근짜 일을 하고 있는 인물이다.
　ⓓ는 병화가 김의경의 사는 곳을 찾아갔을 때, 그 집에 세들어 사는 여인으
로부터 김의경에 대하여 듣고 그녀가 그 집의 '안댁 아가씨'이며 부친이 지금
은 실직해서 놀고 있다는 것 등을 알게 되는 부분이다. 원래는 잘 살았었던
의경은 지금은 몰락하여 어려운 형편이지만 그렇다고 호구지책을 걱정할 정도
로 가난한 형편은 아니라는 것을 알 수가 있다.
　이것은 ⓔ의 병화의 말을 통하여 확인되고 있다. 신식 공부까지 하고 부잣
집의 딸이던 그녀는 갑자기 집이 몰락하자 돈을 벌기 위해 일을 해야 했던 것
이다. 그런데 그녀가 돈을 버는 것은 생계 유지를 위한 것이 아니었다. 여러
집에 세를 주고 집세를 받기 때문에 생계는 유지될 수 있었을 테지만 그녀는

호화롭던 옛생활을 청산하지 못하고, 때문에 비정상적인 방법으로라도 돈을 더 벌어서 그런 생활을 영위하고자 나이든 사람의 첩질이라도 해야 했던 것이다.

ⓕ는 김의경의 한편으로 뻔뻔하고 대담스럽기까지 한 성격을 알 수 있는 부분이다. 형사의 취조에도 웃으며 태연스레 발뺌하며 너스레를 떠는 것에서 그녀도 역시 재산 빼돌리는 일에 관여했을 것이라는 것을 역으로 짐작할 수 있다. 김의경의 신여성으로서의 면모는 이런 부분에서만 보여질 뿐이다.

작품 내에서 김의경의 묘사는 많지 않지만 그 가운데에서 간접묘사의 양이 상대적으로 많다.

김의경은 교회의 주일학교 교사로서 교인이고 유치원 선생이라는 직업을 가지고 있으며 살기도 그리 어렵지 않으면서도 은근짜집인 매당집을 드나들어 음행하고 돈을 벌어들이는 이중성의 심리를 가진 인물이다. 여러 가구에 세를 준 '안집 아가씨'인 의경은 집안의 생계를 위해서가 아니라 몰락한 부자 양반으로서 몰락 이전에 가지고 있던 퇴폐적 소비감각의 만족을 위해 매음을 하는 것이다. 의경은 '낮에는 유치원에서 천사같이 나비춤을 추고 밤에는 술상머리에 앉는', 낮에는 아이들을 가르치는 직업을 가지고 일하는 아름다운 신여성이요, 밤이면 포주 장매당의 양딸로서 음행하는 환락적인 성향으로, 두 얼굴을 가진 여인이다. 소비적인 그녀의 성격은 상훈으로서도 '제풀에 노해서 떨어져주었으면' 하고 바라게 만들 정도이다. 그녀는 매당집의 '인형'으로서 매당과 함께 상훈의 집 안방까지 치고 들어와 재산을 노리고 음모에까지 가담하게 된다. 신여성으로서 부집존장의 농락물이 된 그녀의 타락 경위나 양상은 내부적 시점으로 보여지지는 않지만 이상과 같은 고찰의 결과 욕정과 허영심의 발로에서 비롯된 것이라 보여진다. 나혜석을 모델로 한 인물들과 동류인 〈만세전〉의 乙羅, 〈이심〉의 수원댁 아우라는 사람들도 김의경과 마찬가지로 신여성으로서 부집존장의 첩이 된 인물들이다.

6) 수원집...〈삼대〉

a. 직접묘사

ⓐ 서조모는 소견이 좁고 보고 배운 것이 없었다. 공연히 건넌방 아이, 증손
   자를 시기하는 것이었다. 네 살 짜리의 할머니와 세 살 먹은 손주가 자랄
   수록 손이 맞아서 일을 일리고 어른 싸움이 벌어지게 하는 것이었다. 증
   조부가 간혹 건넌방 아이를 좀 안아 주면 안방마마의 눈귀가 가로 째지는
   것이었다. (〈삼대〉,한국 현대문학 전집3권,삼성출판사,1981,27쪽)

이는 수원집의 직접묘사이다. 여기서는 그녀가 소견이 좁고 보고 배운 바가
없다는 것, 그리고 증손자가 되는 덕기의 아이에게 시기의 염을 품고 있으며
남편인 조의관이 그 아이를 안아 주는 일조차 싫어하는 인물이라는 것이 이야
기되고 있다. 자손에 대해서 시기의 염을 품는다는 것은 후처인 그녀가 단지
재산만을 노리고 있을 뿐, 가문이나 집안의 문제에는 관심을 두지 않는 인물
이라는 것을 알려주는 것이 된다.

b. 간접묘사

a) 애펠레이션

그녀의 이름은 나타나지 않는다. 전통적으로 시집간 여자는 이름이 쓰이지
않고 그 고향 지명에 '집'이나 '댁'이라는 글자를 붙여 일컬어지곤 했던 것이다.

b) 외양 묘사

ⓐ 망토를 두르고 까만 털목도리에 폭 파묻힌 머리에는 밤빛에도 금나비 금
   줄이 번쩍이는 조바위가 씌어 있다. (〈같은 글〉,197쪽)

수원집의 외모 묘사의 부분은 극히 드물다. 다만 위에서와 같이 그녀가 밤
출입, 곧 조의관이 병중에 있는 틈을 타서 매당집을 출입할 때의 화려하면서

도 남의 눈을 꺼리는 듯한 차림을 통하여 그녀의 외양이 나타날 뿐인데 이러한 차림의 그녀는 매당집을 출입하는 것이 예사스런 외출이 아니라는 것을 알게 한다.

c) 대화·말씨 묘사

ⓑ "덕기 어멈이 영감님은 어서 돌아가셔야 하고 저는 제 똥이 구린 줄을 모른다고 제멋 대로 야단이니 이 댁은 며느리만 사람입니까?……" (〈같은 글〉,91쪽)

ⓒ "어쨋든 시어미란 게 버려 놓았어요. 네것 내것은 고렇게도 야멸차게 싹싹 가르고 요강 하나라도 이방에서 나가는 것은 무슨 병이 붙어 나가는지 제 방 것을 부시면서도 건드리기는 고사하고 보기만 하여도 더러더러 하고 눈쌀을 찌푸리니 절더러 부시라는 건 아니건마는 그게 말예요." (〈같은 글〉,208쪽)

ⓓ "젊은 것이 갈러 빠져 못 쓰겠어요." (…) "아직 어린 것이 자식이 딸렸으니까 그럴 수밖에! 또 무에 들지는 않았나?" 영감은 그런 중에도 손주 며느리는 물오른 가지에 달린 봉오리처럼 귀엽게 보는 것이었다. "게다가 또 있으면 어째요. 하나를 가지고 헤나지를 못하는 치신에……" (〈같은 글〉, 207-208쪽)

ⓔ 친정에서 누군가 올라와서 무슨 여관에선가 앓아 누웠는데 곧 가 보아야 할 일이 있다고 영감님이 안계신 틈을 타서 휘 나가 버리니 제 어멈이 숨을 몬대도 그럴 수 없는데 그게 말이냐? 그건 고사하고 간난이년이 보니까 최참봉하고 문간에서 또 수군거리다가 최참봉은 사랑으로 들어가 버리고 수원집은 또 허둥지둥 나가더라니 저희끼리 무슨 꿍꿍이 속이 있는지 암만해도 수상하지 않으냐? (〈같은 글〉,94쪽)

ⓕ "어쩌면 좋아! 왜 왔더라고 하면 좋아요?" 겁을 집어먹은 젊은 여자의 목 마른 목소리다. "조금도 염려 없어! 내가 몸으로 슬쩍 막았는데… 그리고 취한 사람이 무얼 분명히 보았을라구. (…)상관있나. 예전부터 나하고 친

한 터이니까 다니러 왔던 것이라고 하든지 무어라고 좋도록 꾸며 대지."
노파의 목소리다. "그러기로 병환은 저런데 밤중에 나다닌다고 할게 아니
에요." (〈같은 글〉,196-197쪽)

ⓖ "매당집요? 요전에 사귀었어요. 어제 종로까지 잠깐 무얼 사러 나갔다가
   길에서 만나서 어찌 끄는지 잠깐 들렀었죠마는 나으리께서도,아셔요?" (
   …) "알고 모르고가 없이 어제 거기서 만나지 않았소?" (…) "예에, 난 설
   마했더니!그런데 나으리께서는 어떻게 거기서 약주를 잡숫고 계셨에요?
   그집 주인 양반하고 친하세요?" (〈같은 글〉,211-212쪽)

 ⓑ~ⓓ는 수원집의 말로, 그녀가 다른 사람들을 모함하는 부분이다. 소견이
좁고 보고 배운 바가 없는 그녀는 병중의 남편 옆에 앉아 그의 마음을 편하게
해 주기는커녕 다른 사람들을 욕하는 일로 일관한다. 몸이 불편하자 매사에
불안한 마음에다 판단력은 흐려지며 곁에 있는 수원집이 제일 마음에 들게 될
수밖에 없는 조의관의 곁에서 그녀는 덕기 모며 상훈, 덕기 처, 덕기까지 중상
모략한다. 그런데 ⓑ, ⓒ는 상훈 처에 대한 것이고 ⓓ는 덕기 처에 대한 것이
다.
 ⓑ, ⓒ에서는 병든 조의관으로 하여금 며느리에 대하여 서운한 마음을 갖게
조장하는 것이다. 앞뒤도 없이 덕기 모친이 시아버지에게 '어서 돌아가셔야' 한
다고 했다거나 '요강 하나라도 이 방에서 나가는 것은 무슨 병이 붙어 나가는
지' '더러 더러 하고 눈쌀을 찌푸리'는 행동을 한다고 일러바치는 것이 그러하
다. 속좁은 여인으로서의 면모가 여실하게 드러나는 것이다.
 ⓓ에서는 손주 며느리 격인 덕기 처에 대한 험담을 하기 위해 그녀의 게으
름을 지적하고 있다. 그러나 조의관은 어린 손주 며느리를 밉게 보고 싶지가
않아 역성을 하려고 한다. 이에 수원집은 더욱 불만스러워 하고 있다.
 ⓔ는 사이가 좋지 않은 상훈의 처가 서시어머니인 수원집에 대하여 하는 말
이다. 이 부분에서는 수원집이 다른 모종의 일을 도모하고 있을 것이라는 것,
그에 협잡꾼인 최참봉도 같이 가담하고 있을 것이라는 것 등을 짐작하게 한
다.
 ⓕ는 아들 격인 상훈을 매당집에서 맞부딪쳤을 때의 매당과의 대화 속에 두

려움을 표현하는 부분이다. 좋지 못한 자기의 행적이 조의관과 가족에게 들통 날까 봐 걱정하는 것을 알 수 있는데 이에 대하여 매당은 경험이 많은 사람답게 그녀를 안심시키고 있다. 은근짜 집에 출입하는 것은 남자고 여자고 비밀에 붙여야 하는 사안이므로 상훈이 이를 거론할 리는 없으며 만일 이야기를 꺼내더라도 자기와의 개인적 친분이 있다고 둘러 대면 된다는 것이다. 이 대화에서 보여지는 수원집은 병든 남편을 두고 그런 곳을 출입하는 것이 옳지 않다는 것을 알고 있으며, 또한 자기의 부정의 발각에 대하여 당황해 하고 안절부절 못하는 모습이다.

그런데 ⑧에서의 수원집은 매우 능청스럽고 교활하다. 앞에서 당황해 하던 것과는 딴판으로 뻔뻔하기까지 하다. 자기는 매당집을 만나 놀러 갔을 뿐인데 자기도 역시 상훈을 보았으나 '설마'했다는 것, 상훈이 만일 갔어도 그 집 주인 양반과 친해서 갔을 것이라는 식으로 상대방의 말문을 막고 있다. 그럼으로써 상훈과, 실지의 은근짜와 간부라는 서로의 모습을 논의 이전의 문제로 만들면서 한편 말없는 가운데 타협점을 찾자고 제안하고 있음을 볼 수 있다.

말씨를 통하여 나타나는 수원집은 조의관과 가족들을 이간하여 조의관으로 하여금 자기 외에 믿을 것이 없다고 생각하게 만들려고 하는 것을 알 수 있고, 다른 사람의 말이나 대화를 통해서는 그녀가 여러 가지 면에서 교활한 성격의 소유자라는 것을 알 수 있다.

d) 행동 묘사

ⓗ 온종일을 두고 보아야 모친과는 의례 그러려니 하더라도 건넌방 식구와는 이새도 어우르지를 않고 영감 옆에 꼭 붙어 앉았다. (...)못된 짓은 덕기가 안방에 들어가는 것을 몹시 싫어하는 눈치인 것이다. (...)나가기는 커녕 마루에나 뜰에 있다가도 덕기가 안방으로 들어가는 것만 보면 쪼르르 쫓아들어와 지키고 앉았는 것이다. (〈같은 글〉,238쪽)

ⓘ "애아범, 거기 앉게." 수원집의 얼굴에는 살기가 돌면서 나가려는 덕기를 붙든다. 수원집은 열쇠가 놓였으면 우선 그것부터 집어넣고 따지려든 것이어

서 덕기가 성큼 넣어버리는 것을 보니 인제는 절망이다. (〈같은 글〉,242쪽)

ⓙ 이제는 매당집에서 마주칠 때와 같이 상훈이에게 싸고 기우고 하지도 않
  거니와 상훈이 역시 덕기에게 대한 불평이 같기 때문인지 서모와 매우 구
  순하게 지낸다. (〈같은 글〉,321쪽)

ⓚ 수원집이 나가다가 문턱에서 만난 아이년의 등에 업힌 딸년에게 귤봉지를
  뜯고 꺼내서 좌우 손에 쥐어 주고 아이보는 년도 한 개 주고 섰는 것이었
  다. (〈같은 글〉,259쪽)

수원집의 행동 묘사이다. ⓗ는 그녀가 조씨 집의 재산을 노골적으로 노리고
있음을 보여준다. 그녀는 이미 창훈과 최참봉 등과 결탁하여 조의관의 병으로
인한 덕기의 귀국을 막았었다. 그러나 상속 1순위인 덕기는 수원집이 의도했
던 것과는 달리 조의관이 죽기 전에 돌아오고 마는 것이다. 그러자 이번에는
덕기가 조의관과 독대하는 것을 막기 위하여 안간힘을 쓰고 있다. 영감의 옆
에 꼭 붙어 앉아 있거나 잠깐 떨어져 있다가도 덕기가 안방에 들어가는 것을
보면 다시 영감 옆으로 가 지키곤 하는 것에서 그것을 알 수 있다.
ⓘ는 조의관이 병원에 있는 동안 열쇠를 맡은 덕기가 열쇠를 가지고 금고
앞에 앉아 있는 것을 보고 수원집이 따라 들어와서 살기 띤 얼굴로 덕기와 이
야기를 하자고 하는 부분이다. 수원집의 내면 묘사로써 열쇠가 놓여 있으면
얼른 그것부터 챙겨 들고 이야기했으나 그것을 덕기가 집어 넣어 버리자 절망
하는 것을 알 수 있다. 아들과 손자가 엄연히 있는 조의관이고 보면, 나이 어
린 후처로서 시집온지 6년밖에 안된 수원집이 그의 재산에 대하여 욕심을 표
명하는 이러한 행동은 분수를 모르는 그녀의 성격을 보여주는 것이 된다. 따
라서 이것은 그녀가 나이 많은 조의관과의 결혼을 감행하게 된 배경에 그의
재산에 대한 욕심이 자리했을 것이라는 추측을 가능하게 한다.
ⓙ는 말씨 묘사에서 보았던 것과 같은 상훈과의 알력이 상쇄되고 두 사람이
공동 전선을 펴는 행동을 보이는 부분이다. 덕기라는 공동의 적, 그리고 재산
이라는 공동의 목적을 위하여 상훈과 수원집은 제휴하고 있는 것인데 이로써
그녀의 교활함은 더욱 가시화되는 것을 알 수 있다.

그녀는 아랫사람에게도 함부로 대하는 안하무인적인 태도의 인물이다. ⓚ의 부분에서 조의관의 충직한 하인인 지주사가 병중의 조의관이 좋아하는 귤을 사서 수원집에게 전해 달라고 부탁하였는데 그 성의를 무시하고 자기 딸과 아이보는 아이에게 먼저 나누어 준다. 이런 행동을 통하여는 다른 사람의 성의나 내면의 세계를 돌아 볼 줄 모르는 경박한 성품의 그녀를 볼 수 있는 것이다.

수원집 역시 내부 시점의 묘사는 전혀 없다. 직접묘사라고는 덕기의 시점에서 요약되는 것 뿐이다. 그래서 그녀의 내면과 성격은 대화와 행동을 통하여 추측할 수밖에 없다.

수원집은 30대의 몸으로 70세 가까운 나이인 조의관의 후처가 된 것에서, 그녀의 결혼이 돈만을 보고 한 것임을 짐작할 수 있다. 그녀는 교양이 없고 소견도 좁은 데다가 늙은 남편에게서 채우지 못하는 정욕을 해소하러 남몰래 매당집을 출입하는가 하면 최참봉 등의 다른 남자들과 비밀스레 교제하면서 조의관의 재산을 노리고 여러 가지로 음모를 꾸미는 사기꾼형의 인물이다.

7) 장매당…〈삼대〉

장매당의 경우는 인물의 묘사의 분량이 적은데, 간접묘사만이 나타난다.

a) 애펠레이션

가명인 듯 싶은 '매당'이라는 것 외에 그녀의 실명은 알 수가 없다.

b) 외양 묘사

ⓐ 오십이 넘어도 가리마 자국 하나 미어지지 않고 이드를하게 한창 기름이 오른 얼굴에는 별양 주름살도 없이 푸근한 젖빛같은 살결을 보면, 십년은 젊어보이는 중년 부인이다. 회색 망토를 한팔에 걸고 의젓이 버티고 들어오는(〈삼대〉, 한국 현대문학 전집3권, 삼성출판사,1981,202쪽)

매당의 외모 묘사에서는, 그녀가 은근짜들의 포주라 할 만하게 나이에 걸맞지 않는 젊음을 가지고 있음을 보이고 있다. 그녀는 머리를 곱게 빗어 가리마를 내고 얼굴에는 기름이 한창 올라 있으며 주름살도 없는, 보얀 살결의 여인이다. 실지는 오십이 넘었으나 나이보다 십년이나 젊어 보이기 때문에 40대 정도로 보인다는 것이다.

  c) 대화·말씨 묘사

ⓑ "(…)매당이란 위인이 나는 보지 못했지만, 은군자의 주름을 잡고 앉아서 남의 등쳐먹기로 장안에 유명짜한 년이라니까, 자네 어른과 수원집을 좌우로 끼고 안팎벽을 치는 것인가 보데그려. 두 군데서 다 얻어먹든지 그렇지 못하면 어디든지 한쪽 등이라도 쳐먹자는 거지." (〈같은 글〉,263쪽)

ⓒ "아우님 차례는 얼마라던가?" "단 이백석이라우! 귀순이 몫이 따루 오십석!" (…) "고작 삼백석?"거리에서 주워 걸린 사위- 상훈이가 단 삼백석이라는 데 매당은 놀라 자빠졌다. "하지만 그렇게 꼼꼼하고 바자위게 하고 간 영감이 정미소 하나만은 뉘게로 준다는 말이 없이 유서에도 안 써 놓았으니 이제 좀 말썽일 걸!(…)"이말에는 수원집보다도 매당집의 입에 침이 괴며 안심이 되었다.(〈같은 글〉,316쪽)

ⓑ는 덕기네 집 하인인 지주사의 말이다. 매당이란 사람이 은근짜의 대모격이라는 것과 남의 등쳐 먹기로 유명하다는 것, 그리고 상훈과 수원집 모두에게 혹은 둘 중 하나에게라도 뜯어먹으려 한다는 것을 그는 지적하고 있다. 덕기에게 매당의 존재를 알리고 경계시키기 위해서 하는 이 말은 매당에 대한 적절한 판단인 것이다.
  ⓒ는 수원집과 매당의 대화이다. 수원집의 몫으로 돌아온 재산과 상훈 몫을 확인하고는 저으기 실망한다. 그들의 몫은 자기와도 관계를 가지고 있다는 것이다. 그러나 더욱 중요한 것은 조의관이 누구에게 준다는 말을 하지 않고 남긴 정미소의 존재에 대해서 매당집이 '입에 침이 괴며 안심이 되'는 느낌을 갖는 것이다. 남의 것과 내것을 구별하지 않는 물욕이 바로 그녀의 성격이며 이

에 관해 안심을 한다는 부분은 그녀가 그것을 손에 넣기 위한 음모 같은 것을
꾸밀 것이라고 추측하게 하는 것이다.

d) 행동 묘사

ⓓ 매당은 신이 났다. 시집간 딸을 세간이나 내 주듯이 큰마누라의 세간 짐이
문전을 채 떠나기도 전에 동생 형님 하는 축을 앞뒤로 거느리고 쭉 들어
섰다. 그래야 매당이 가지고 온 것이라고는 성냥통 한갑 뿐이다. 집안을
들부셔내고 안방에 채를 잡고 앉아서 세간을 사들이는 판이다.(〈같은 글〉,
321쪽)

여기에서는 그녀의 야욕이 행동으로 가시화된다. 덕기의 모친을 쫓아내고는
그 짐이 문을 떠나기도 전에 다른 은근짜들을 몰고 상훈의 집으로 쳐들어 오
는 것이다. 새로 이사왔다는 상징적인 의미인 성냥통 하나만 가지고 왔을 뿐
빈손으로 들어와서는 상훈의 돈으로 그의 집을 새단장한다. 상훈의 집을 '들부
셔내고' 안방을 차지한다는 데에서 솜씨 좋게 남의 집을 집어삼키는 매당의 수
완을 볼 수 있다. 집안을 가시고 새로 세간을 들이는 행동은 본부인을 전면적
으로 부정하여 몰아내는 것으로 그녀는 명실상부하게 상훈 집의 안주인 행세
를 하면서 그의 집을 여염집에서 기생집으로 변화시키고 있다.

매당의 경우는 직접묘사가 전혀 없이 간접묘사만으로 성격이 나타나는 것을
볼 수 있다. 그리고 작품 내 비중이 적은 그녀인데도 그녀의 묘사는 외양과
대화, 행동 등의 여러 가지 외면화 기법이 고루 사용되고 있다.

근대 성격소설에서 사건은 일정한 좁은 영역에 집중되지 않고 가급적 전체
사회로 확대되어 나가면서 사건보다 그 시대의 사회 풍속이 드러나게 되곤 한
다. 한 사람의 인물, 또는 각계각층의 출신인 많은 인물들이 등장하여 공간적
인 사회로 확대되어 나가면서 사회의 풍속을 드러내게 되는 것이다.[92] 서울
토종이며 중산층에 속하는 작가 염상섭은 〈삼대〉에서 20년대 서울 장안의 부

---

92) 김동리 외,〈〈소설작법〉〉,문명사,1974,228-229면 참조.

잣집 한량들이 은밀히 모여 놀아나는 곳, 그리고 그들에게 기생을 비롯한 여인들을 소개해 주는 뚜장이집으로서 매당집의 묘사를 통해 1920년대 우리 사회의 은밀한 풍속을 보이고 있는 것이다. 이때 풍속이란 현실과 동떨어진 것이 아니라 리얼리즘 실현을 위한 하나의 방편이라 할 것인데, 상섭은 이 풍속의 묘사 속에서 단순한 묘사를 넘어 새로운 가치관과, 사회와 역사에 대한 신념 또는 사상을 뜻하는 모랄을 설정하려 했던 것이라고 볼 수 있다.93) 매당의 조직은 은폐된 조직으로 카페여급인 경애에게조차 낯설었던 세계이고, 그렇기 때문에 교인이자 교사인 조상훈이 오입질이 가능했던 곳이다. 그것을 이끄는 장매당은 일종의 포주로서, 기생에서부터 여염집 여인들까지도 마음대로 부릴 수 있는 수완을 가지고 있으며 자기 집을 드나드는 부잣집 한량을 통해 그 집의 재산을 빼내는 능력도 남다른 인물이다. 아울러 수원집과 최참봉 등의 인물들이 그녀의 조종을 받고 있으며, 특히 수원집이 조의관과 결혼하게 된 데에는 조의관의 재산을 노리는 장매당의 입김이 작용했을 것이라고 유추해 볼 수 있는데 그만큼 장매당은 계산 빠르고 교활한 인물인 것이다.

이상의 사기꾼형 인물들의 묘사를 살펴보면 간접묘사가 우세한 것을 알 수 있다.

보조인물들의 특징을 정리하여 보면 다음과 같다.

우선 조력자형 인물들은,

인 물	나이/결혼	교육정도	출신 / 경제력	직업·전공	부자관계	가족 관계	집안내 위상	인물의 양상	인물묘사비 직접:간접
김호연	20대/미혼	대 졸		변호사					5:4
류 진	20대/기혼	유학,인텔리	중산층	무 직	부친에 대해 혐오				2:7
위영애	20대/미혼	여학교 졸업	중산층	교 사				긍정적	1
리진태	20대/미혼	의과대 중퇴		룸펜이 됨		고아	더부살이		3:3
최을순	20대/미혼	소학교 졸업		식 모			식모살이	긍정적	6:7
이필순	20세 전후/미혼	고등과 중퇴	하 류	여공→점원	부친을 이해함	원만함	실질적 가장	희생양	7:13

---

93) 한승옥,《한국 현대 장편소설 연구》,민음사,1989,148면 참조.

다음으로 사기꾼형 인물들의 경우는 ,

인 물	나이/결혼	교육정도	출신 / 경제력	직업·전공	부자관계	가족 관계	집안내 위 상	인물의 양상	인물묘사비 직접 : 간접
지덕진	20대/미혼		하 류	회사원		편모		부정적	2:5
류택수	45세/기혼	유학,인 텔리	중산층	회사사장	아들에게 혐오대상	중첩	가족에 무관심	부정적	2:7
해줏집	40대/독신		하 류			독신		부정적	3:11
강찬규	20대/?			회사원			가족문제 무관심	부정적	1:10
김의경	20대/첩	고등교육	몰락양반	유치원 교사				부정적	2:6
수원집	30대/후취							부정적	1:11
장매당	50대/			포주				부정적	0:4

　첫째, 성별은 남자가 6명, 여자가 7명으로 되어 있어 거의 비슷한 비율로 나타난다. 그 가운데 20대가 9명이고 30-40대가 3명이며 50대가 1명이다. 여전히 20대가 많지만 주요인물에 비해 나이의 폭이 넓어지는 것을 보게 된다.

　둘째, 학력을 살펴보면 다양하게 나타나고 있음을 알 수 있다. 곧 유학까지 다녀 온 사람이 2명, 대졸이 1명, 대학 중퇴가 1명, 교사나 유치원 선생을 할 수 있을 정도의 학력을 갖춘 사람이 2명, 고등과 중퇴가 1명, 소학교를 마친 사람이 1명이고, 알 수 없거나 무학인 사람이 5명이다. 지식 정도가 주요인물들에 비해 다양한 것을 볼 수 있다.

　셋째, 직업과 계층을 보면 변호사가 1명, 회사를 경영하고 있는 사람이 1명, 유치원이나 학교 교사가 2명, 공장이나 회사를 다니고 있는 사람이 3명, 식모가 1명, 포주 또는 은근짜 인물이 2명, 룸펜이 진태까지 합하여 2명, 아편쟁이에 걸인이 1명 등이다. 회사 사장에서 걸인까지 다양한 분포를 보이고 있음을 알 수 있다. 그런데 김호연은 5개 국어에 능통한 변호사이지만 돈을 벌려고 변호사 일을 하는 것이 아니다. 사상범들의 입장을 변호한다는 목적의

식으로 일을 하기 때문에 엄격한 의미에서는 경제인이라 하기에는 부적당하다고 하겠으나, 친구 리해춘의 도움으로 어려움 없이 살아가고 있다. 김의경의 경우에도 가세가 몰락했다고는 하나, 자기 집이 있으며 세를 줌으로써 먹고 사는 문제로 고민하지는 않기 때문에 그녀를 저소득계층으로 분류하기는 어렵다. 반면에 아편쟁이이며 걸인인 해줏집과 같은 최저층의 계층도 나타난다. 이렇듯 보조인물의 경우는 그 인물 계층의 다양성 면에서 주요인물의 경우보다 더 다양함을 살필 수 있다.

넷째, 보조 인물들을 기능적인 면에서 조력자와 그 반대적인 인물들,곧 협잡꾼이나 사기꾼이라고 할 만한 인물들로 나누어서 살펴본 결과를 보면,조력자 인물은 모두 20대이고 남자 3명 여자 3명으로 성차별은 두고 있지 않음을 알 수 있다. 사기꾼형 인물은 남자 3명, 여자 4명이며 20대에서 50대까지 연령폭이 넓다.

다섯째, 묘사의 측면을 보면 최을순을 비롯하여, 긍정적 인물이라 할 조력자들은 직접묘사가 차지하는 분량이 많고 부정적 인물들인 사기꾼형의 인물들은 간접묘사가 많다. 전체적으로 인물들의 작품 내 위치상 묘사가 차지하는 분량이 많을 수 없으며 대체적으로 묘사된 것이 주요인물들에 비해 절대적 양이 적지만 최을순과 강찬규, 해줏집의 경우는 예외적이다. 그들의 성격묘사는 매우 잘 되고 있는 것을 볼 수 있다. 이로써 염상섭은 작품 내에서 보조인물에 속하는 인물이라 하더라도 필요한 경우에는 그 인물의 성격 창출에 힘을 썼음을 알 수 있다. 이것이 리얼리즘의 선택권 배제 문제와 맥을 같이하는 문제인 것이다.

4. 염상섭의 주요 인물유형과 묘사의 경향

본 절에서는 작품들을 통해 묘사된 작중인물의 유형과 묘사상의 특징을 연구해 볼 것이다.

인물의 가치는 작품 말미에 작가와 독자의 공통정서가 긍정의 명제를 참으로 하느냐 부정의 명제를 참으로 하느냐로 결정될 것이지만, 본고에서는 5장

과의 연관을 전제로 하여 작품 내에서 구현된 인물상이 당시 사회와의 관련하
에서 어떠한 意味域을 갖는가를 살피는 연역적 방법을 작업의 전제로 하여 고
찰해 보고자 한다.

(1) 주요 인물 유형

초기 장편 속에 나타나는 주요인물들은 다음과 같이 유형지어 볼 수 있다.

지식정도	현실인식 대응자세	유 형	작가의 평가	인 물
신교육의 지식인형	직시,적극적	① 모색하는 지식인형	긍정적,혹은 동정적	이인화,김효범,리해춘,조덕기
	부적응	② 주의자형	중간적,혹은 부정적	김중환,김호연,류진,리진태,김병화,이창호
	희 생	③ 파르마코스형	긍정적,혹은 동정적	지순영,이필순,홍경애
	퇴 행	④ 타락한 인텔리형	부정적	진형석, 류택수, 조상훈, 덕순, 리마리아, 조인숙, 뎡마리아, 박춘경, 숙명, 민경옥, 김의경
구교육	유지,온건	⑤ 보수적 인물형	중간적	조의관,덕기 모
기 타	퇴 행	⑥ 협잡꾼형	부정적	지덕진, 강찬규, 해줏집, 좌야, 변원량, 수원집, 장매당

① 모색하는 신세대 지식인형

작중인물에 대한 본질론 가운데 하나가 작가의 自畵像인데 염상섭의 작중인
물들은 염상섭 자신과 유사한 계층의 인물이거나 그 주변의 인물들을 모델로
하고 있다고 볼 수 있다. 특히 이 항목에 포함되는 신세대 지식인형의 인물들
은 정도의 차이는 있지만, 염상섭 자신이 투사된 인물들이라고 할 수 있다. 그
특징을 정리해 보면 다음과 같다.

첫째로 여기에 포함되는 인물들은 〈만세전〉의 이인화, 〈진주는 주엇스나〉의
김효범, 〈사랑과 죄〉의 리해춘, 〈삼대〉의 조덕기 등이다. 그들은 성별, 연령,
지식 수준, 주거 지역 등의 면에서 작가와 공통된다. 곧 연령적으로 젊은이이

며 지식수준도 상대적으로 높고 서울 4대문 안에 사는 비슷한 나이의 인텔리 남자들인 것이다. 허구적인 요소가 가미되지만 상당 부분 작가와 닮아 있다는 이유로 해서 이 인물들은 모두 졸라의 구분법 중 보바리형에 해당하는 것을 보게 된다.94) 이들은 모두 경제적인 면으로는 학업과 유학 등이 가능할 정도 이며 지적인 면에서도 당대 문화계를 대표하는 엘리트 청년들인 것이다.

둘째로 여기에 해당하는 신세대 지식인들은 덕기를 포함하여 하나같이 여자에 관한 개인적 문제와 사회현실적 문제의 두 가지에 대하여 공통적 고민을 가지고 있다는 점이다. 그것은 해춘을 제외하면 그들 모두가 뚜렷한 의미로서의 의식과 예술, 사상 등을 창조하거나 직접적으로 전달 혹은 육성, 비판을 특징으로 한다는 라이트 밀즈 의미에서의 지식인95)이라기보다는 배움의 과정에 있는 학생일 뿐이기 때문에 개인적 차원의 고민과 사회적 문제를 명확히 구별할 능력을 소유하지 못하고 있다는 것을 알게 하는 것이다. 어떻든 이들의 이러한 고민과 모색은 현대소설 속 주인공들이 불안정한 방황과 회의를 통하여 보다 진실된 존재로서의 확인을 받게 되고 더이상 사회의 구성원으로서의 개인이기를 거부하려 하게 마련이라는 루카치의 말을 생각해 볼 때, 젊은이들로서 당연한 여러 모색 가운데 하나라고 보아지는 문제이다.

염상섭은 평형감각을 지니고 안정된 주동인물을 그려냄으로써 "한국 근대소설의 작가 중에서 가장 어른스럽고 이상적 인물들을 양산한 작가"96)라고 평가받기도 하지만, 초기 장편 가운데에서는 이상적이고 긍정적인 성격의 인물이 적은 것을 보게 된다.

② 주의자형

한국에 있어서 1923년부터 등장하여 문단에까지 큰 영향을 미치게 되는 프롤레타리아는 자본주의적 생산양식과 착취적 취득양식에 내재되어 있는 내외

---

94) 이러한 논의는 단편소설을 중심으로 작중인물의 고찰을 한 강인숙의 〈염상섭의 작중인물 연구〉(건대 학술지 35집,1991,65면)을 참조.
95) C.Wright Mills,《〈White Collar〉》,Oxford Univ. Press,1980,142-143면 참조.
96) 강인숙,〈염상섭의 작중인물 연구〉,69면.

적인 모순 해결을 전제로 하고, 경제적 구조의 부조리 폭로와 계급의식, 투쟁 의식을 선동하고 激化하는 것을 그 역할과 효과로 하고 있는 것이다. 이러한 프롤레타리아의 이념은 민족 전체가 무산자를 경험해야 했던 식민지 치하 당 대에서 폭넓은 설득력과 영향력을 가질 수 있었던 것으로 보아진다.

그것은 본고에서 논의하고 있는 염상섭의 초기 장편 속에서 이러한 프롤레 타리아적 이념을 가진 인물이 빈번히 등장하는 것에서도 볼 수 있다. 작품 속 에서 소위 '주의자'라 하는 사람들이 그들인데 여기에는 〈너희들은 무엇을 어 덧느냐〉의 김중환, 〈사랑과 죄〉의 김호연과 류진, 〈이심〉의 이창호, 〈삼대〉의 김병화, 〈광분〉의 리진태 등이 있다.

이 부류에 속하는 인물들의 특징은 다음과 같다.

첫째, 대부분의 사회주의자 인물들은 비관론자이다. 사회나 사물에 대하여 냉소적이면서도 비관적인 성격이 그들의 공통된 면모이다. 이는 식민지 치하 인 시대 상황을 직시하고 난 후 아무 것도 할 수 없는 무력감과 허탈감, 절망 의식을 갖게 되는 데 기인하는 것이라 하겠지만 그렇다고 하여 도학자연하며 삶을 초월한 듯이 생활에서 유리되거나 염세주의자처럼 삶을 포기한 듯한 그 들의 태도는 결코 바람직하지 못하다고 할 것이다. 여기에 예외적인 인물이 김호연이다. 그는 이 항목의 인물 가운데에서는 가장 적극적인 행동 양상을 보인다. 출감 후 성격이 바뀌어 적극적이고 활달한 성격으로 되는 류진도 예 외적인 인물이다.

둘째, 그들의 직업을 살펴보면 김중환, 김호연과 나중에 가게 주인이 되는 김병화를 제외하고는 모두 무직으로 룸펜이다. 그것은 그들이 식민지 시대에 서 부적응자들이라는 사실과 무관하지 않다. 부친과의 의절 이후 사회주의자 가 되는 김병화·이창호나 살던 집에서 모욕을 당하고 쫓겨 나는 리진태, 존경 할 수 없는 부친에 대한 컴플렉스로 괴로와하는 류진 등 그들은 대부분이 삶 의 뿌리를 뽑히면서 당당한 직업인이 될 준비기를 상실한 탓에 사회의 어디에 도 적응하지 못하고 그 때문에 부적응자 특유의 방식으로 '주의자'가 되는 것 을 볼 수 있다.

셋째, 조선인, 혹은 인간 전반에 대한 혐오 사상이 공통된다. 그들은 하나

같이 부정적인 여성관, 조선인관, 부정적 조선 여성관을 가지고 있다. 김중환과 라명수는 조선 기생과 일본 기생을 비교하다가 조선 여성 전반을 부정하기도 하고 조선인 자체에 비관적인 태도를 보인다. 류진은 인간 전반의 생명의 가치까지도 부정하고 인류의 역사의 존속이라는 문제마저도 매도한다. 여기에서도 김호연은 제외된다. 그는 카페에서 할 수 없이 일본말을 써야 하는 경우에까지 낮은 목소리로나마 조선말을 하며 자기가 조선인임을 잊지 않으려는 민족주의자였던 것이다.

넷째, 위의 문제와 연관되는, 양성관계에서의 부정성이다. 여기 포함되는 인물들은 이성을 사랑하려 하지 않는다. 아내에 대하여 분노의 감정을 갖고 복수만을 계획하다가 약취, 인신매매라는 죄를 짓는 이창호와, 이유가 불확실한 가운데 아내와 이혼하려 하는 류진한 여성을 사랑할 수 없을 만큼 성격이 파탄되었다고 주장하는 김중환, 직업이 없다는 이유로 파혼을 당하고 여성에 대하여 컴플렉스를 갖게 된 라명수 등이 그러하다. 막연하고 뚜렷한 이유가 없는 부정의식이 그들로 하여금 그 무엇도 사랑할 수 없게 만드는 것이다. 여기에 예외적 인물은 호연과 병화이다. 호연은 일본 사무관의 스파이이고 류택수의 情婦인 부정적 인물인 뎡마리아까지도 동정할 줄 알고 지순영과 리해뎡이라는 여인들을 동생처럼 아껴 주기도 한다. 김병화도 마찬가지이다. 자기가 하숙하고 있는 집의 딸일 뿐인 이필순의 앞날에 관하여 다소 주제넘게까지 참여하려고 하는가 하면 홍경애와는 연정까지 싹튼다. 그는 여성을 사랑할 줄 알았던 것이다.

그런데 〈삼대〉의 김병화와 김호연은 그 설정 면에서 몇 가지 공통점을 가지고 있다. 그것은, 둘 다 부유한 부르조아지이면서도 그들의 사상에 동조적 성향을 보이는 친구를 가지고 있다는 것[97], 그리고 그들의 도움을 무한정하게 받고 살면서 또한 그들과 막연하나마 연적 의식을 느끼는 것, 술을 많이 마시는 독신자라는 것이다.

뚜렷한 범법행위까지 하는 인물인 〈이심〉의 이창호는 이 항목의 인물 가운

---

97) 이러한 것은 도스토예프스키의 영향권에 근거를 둔,라스콜리니코프와 라주미힐의 우정과
   동지애에 영향 받은 것인 듯하다;이동아,〈〈앞의 책〉〉,153면 참조.

데 가장 퇴행적 성향으로 사고방식이나 생활양식에서 부정적인 면이 강조되어 있는 인물이다.

어떻든 염상섭은 사상가들을 못마땅히 여기고 있음이 '주의자'들을 긍정적인 인물로 설정하지 않고 있는 것에서 확인된다. 이런 사회주의자에 대한 상섭의 곱지 않은 시선은 '나'의 독백을 통해서 이를 나타내고 있는 〈만세전〉에서부터 사회주의자 비판 소설이라고 할 수 있는 〈밥〉에 이르기까지 그의 전 작품을 관류하여 보여지는 것이기도 하다.

③ 파르마코스형

희생양scapegoat이란 죄가 없이 다른 이의 죄를 대신 지는 사람이라는 희생의 상징적이고 제의적 성격을 강조하는 것이고, 그보다 더 포괄적이고 일차적인 의미가 되는 파르마코스pharmakos는 속죄양 혹은 代替牛의 뜻으로, 고대 그리스에서 한 도시나 공동체의 정화, 혹은 보상의 도구로 희생되어 죽도록 운명지어져 있는 사람이라는 사전적 의미를 지니며 자신의 의사와는 관계 없이 임의적으로 택해진 희생자의 역할을 의미하는 것이다.98)

〈사랑과 죄〉의 지순영과 〈삼대〉의 필순, 경애의 가정 내 역할이 바로 그러한 것이었다.

그들은 첫째로 가장 아닌 가장이라는 공통점 속에서 파르마코스의 의미를 갖는다. 그들은 부친이나 모친이 엄연히 있음에도 불구하고 생계를 책임지는 소녀 가장들이었던 것이다.

먼저 순영은 모친과 이복 오빠가 있으나 생활을 그녀가 책임져야 한다. 그녀는 어릴 적에 병든 아버지의 약값을 위해서라는 명목으로 남의 집에 팔려간 적이 있었다. 그런데 모친과 오라비 덕진은 그런 순영에 대해 가책을 갖는, 최소한의 인간적 태도를 취하지 않고 그녀에 대하여 계속적인 착취를 행하고 있다. 그리고 마침내는 목돈을 만지기 위해 순영을 덕진 회사 사장이자 유부남인 류택수에게 시집 보내려 한다. 순영이 힘을 다해 벗어나려고 발버둥 칠

---

98) 김만수,〈희생양,파르마코스pharmakos〉,《〈소설과 사상〉》,고려원 1995,봄,349면 참조.

수록 그녀 주위의 압력과 착취는 가혹해지고 그로 인해 그녀의 삶은 힘겹기만
한 것이었다.

필순은 부모가 다 살아 있으나 집안의 생계를 담당하는 것이 그녀 혼자의
몫이었다. 현실 감각 없는 사회주의자로 돌아다니며 술이나 얻어먹고 감옥에
들어가는 일을 밥먹듯 하는 부친과, 한숨만 쉴 뿐 대책을 마련하지 못하는 모
친은 필순이 학교를 그만두고 공장을 다녀 버는 돈에만 의지하여 살아가고 있
다. 덕기와의 관계도 미지수이다. 홍경애와 꼭 같은 상황이기 때문에 경애와
같은 길을 걷게 될 공산도 배제할 수 없는 것이다.

이 항목의 인물 가운데 가장 전형적인 희생양적 인물이 홍경애이다. 그녀는
부친의 무책임한 태도로 인한 가산 탕진에 외삼촌이라는 친족에 의하여 자행
된 횡령, 그리고 남편과 집안을 위하여 도움을 준 사람에게 대하여 딸의 몸을
묵인 속에 내어 주는 모친 등으로 둘러싸여 있었다. 그 중에도 경애 모친은
자신의 일신상의 안위를 계산하면서까지 딸의 몸을 희생양으로 하려 하였던
것이다. 이렇듯 가까운 친지에 의하여 배신 당한 경애는 그 위에 게다가 가장
믿고 존경했던 상훈에 의하여 정조를 잃게 되는 아픔을 겪는다. 그래서 경애
는 인간에 대하여 크게 절망하는 것이고 그로 인해 성격이 뒤틀리고 비뚤어지
기에 이르는 것이다.

둘째로 그들은 상황에 대한 극복 의지에서 공통된다. 그녀들은 그런 상황에
맹목적으로 희생되는 것이 아니라 나름대로 그 환경을 벗어나려는 의지를 가
지는 인물들이었던 것이다.

순영은 한 번 팔려 갔던 일이 있었으며 위험한 일을 당할 뻔 하기도 했다.
그런 그녀는 후에는 자신을 시집보냄으로 경제적 이익을 얻으려는 세력들에
강하게 대항한다. 현실을 직시할 줄도 알고 자기의 사랑을 지켜 나가며 미래
에 대한 계산도 할 줄 알게끔 성격이 변화한 것이다.

경애는 자신을 희생양으로 만드는 상황에서 당당하게 살아갈 모든 것을 잃
고는 인간에 대한 신뢰감을 잃은채 타락의 길을 걷기도 하고 상훈에 대하여
복수를 꿈꾸기도 하였다. 계속적으로 복수를 꿈꾸고 일을 벌인다는 것은 경애
의 성격을 더욱 파탄에 이르게 하는 것이고 그것은 그녀의 삶을 보다 더 질곡

의 상태로 빠뜨리는 것이 된다. 그러나 경애는 상훈에 대한 복수를 곧 포기한다. 자신을 배신했던 '사람'에 대하여 연민의 감정을 되찾게 되는 것이다. 경애는 덕기와 그 모친, 곧 상훈의 가족에 대하여 가엾다고 생각하고 그들에 대하여 복수심보다는 동정의 감정을 가지게 되는 성격의 변화를 보인다. 결국 경애는 작품 내에서 두 번의 커다란 성격 변화를 보이는 것이다.

성격의 변화라는 점이 순영, 경애와 필순을 구별짓는 요소가 되는 것이다. 필순은 팔려가거나 정조를 잃거나 잃을 뻔한 위험을 겪는 따위의 극적인 경험이 없어서 그런 성격의 변화를 일으킬 계기가 없었던 것이다. 필순은 직업이 바뀌지만 성격은 바뀌지 않는다. 그런데 필순이 경애와 꼭 같은 상황에 놓여 있음에도 불구하고 그녀가 가지고 있는 자존심은 그녀를 희생양으로 삼는 위험한 상황에서 벗어나게 하고 그녀를 지켜줄 수 있을 것으로 예상할 수 있다.

셋째로, 희생양을 강요하는 상황을 벗어나게 되는 사상적 배경의 공통성이다. 이들을 그러한 상황으로부터 건져내는 역할을 하는 것은 공통적으로 이념·사상적인 문제인 것이다.

순영은 사회주의자인 한희와 호연의 감화를 받고 그들에게 자기의 생을 걸어도 좋다고 생각할 만큼 경도되어 있다. 그런 감화의 도움이 그녀를 자기의 미모를 믿고 경박하게 행동하지 않게 하고, 상황에 대한 무지로 인한 희생양으로서 더이상 전락하는 일을 막아준다.

경애 역시 외삼촌과 연계선상에서 피혁, 병화의 이념운동을 돕는 일에 가담한다. 그래서 그녀는 상훈에 대한 고압적 복수심보다는 병화를 도와 사회주의 운동을 하려는 일로 삶의 좌표를 바꾼다.

필순은 사회주의자인 부모와 병화를 비롯하여 집에 왕래하는 다른 이념자들과의 교류를 통하여 어느 정도 사상적으로 경도되어 있는 것이 사실이다. 그래서 그녀는 돈많은 덕기를 지향하다가도 스스로의 자존심을 지키려는 의식을 잊지 않는다. 그녀는 별명이 '과똑똑이'인 것이다.

그런데 그들은 투사형의 인물은 아닌 것을 보게 된다. 그들에게 있어 이념은 단지 의식의 자각과 자존심을 지키는 부분으로만 나타날 뿐이다. 이것은 상섭이 당시의 사회주의자들에게 기대하는 것이 무엇인가를 알 수 있게 한다.

곧 사회주의를 신봉하더라도 삶과 밀접하게 연관하여 직업을 갖고 살아가면서 자신의 분수를 지키는 것을 상섭은 바람직하게 보았던 것이다.

넷째로 그들은 신여성에 포함될 수 있는 지식을 소유하고 있으면서도 신세대적인 감각에 경도되지 않은 것에서 공통된다. 순영은 진명여학교를 나왔고 경애는 여학교를 나와 교사를 할 정도이며 필순은 고등과 2년 중퇴라는 학력을 가지고 있는 것이다. 그러나 이들에게서는 세련되고 당찬 당대의 신여성으로서의 면모를 찾아볼 수 없다.

④ 타락한 인텔리형

로버트 쇼울즈는 작중인물의 유형 가운데 악한이나 그 끄나불 들을 '미학적인 유형'에 포함시키고 내적 깊이나 도덕적인 의의는 없지만 형식적 패턴이나 극적 충격을 창조하는 역할을 하는 것으로 보고 있다[99]. 어떤 의미에서는 문학 작품 중에서 '악'이나 '악한' 같은 것은 필요불가결한 요소이다. 악이 존재하는 현실을 부정한다는 점에서도 그러할 뿐 아니라, 선의 도덕적인 과제를 실현시켜 주는 부정적 가치로서, 그리고 인간의 內奧에 도사리고 있는 근원적인 악의 존재를 이해함으로써 역설적으로 선을 완성시킬 수 있는 근거를 마련하기 때문이다. 악이라는 것은 가장 인간적인 현상인 것이다. 악이 있어야 선이 있을 수 있다는 말처럼 악은 그 부정적 가치로서 가치관이나 도덕관에 있어서 중요한 위치를 차지하고 있다. 그러한 악은 종종 욕망과 관계되어지는데, 욕망이란 것은 다시, 남성의 경우는 '사회적인 명예나 금전적인 가치'로 등가화되는 반면 여성의 경우는 '유복한 귀인과의 사랑과 결혼'으로 환치되곤 한다[100].

염상섭의 작중인물 가운데 이 항목에 포함되는 인물들에서도 그러한 것을 볼 수 있다.

㉠ 먼저 남성 인물들, 곧 〈진주는 주엇스나〉의 진형석, 〈사랑과 죄〉의 류택수, 〈삼대〉의 조상훈 등의 경우 사회적 명예나 금전적 가치를 좇는 욕망 충족

---

99) 버어너드 J패리스,〈작중인물과 함축된 작가〉,301면 참조.
100) 이재선,《〈우리문학은 어디에서 왔는가〉》,79-88면 참조.

의 과정에서 악마성을 드러내고 있음을 볼 수 있다.

인 물	직 업	교육 정도	타 락 의 양상과 배경	①성적타락	②금전적 타락	③범법행위
진 형 석	변 호 사	법대 졸 인텔리	후천적, 생략	○	○	○
류 택 수	회사 사장	일·미 유학, 인텔리	후천적, 생략	○		○
조 상 훈	교육자 장로	유학, 인텔리	후천적, 생략	○	○	○

타락한 인텔리형의 남성 인물들을 살펴보면,

그들의 공통적인 양상은 첫째로 그들 모두 대학을 마치거나 유학을 다녀온 인텔리답게 사회의 높은 지위를 차지하고 있다. 진형석은 사회적으로 유명한 변호사이고 류택수는 회사를 경영하고 있는 사장이며 조상훈은 교육자이며 종교적으로는 모든 사람의 존경을 받는 장로이다.

둘째로 부자관계에 있어서, 자식이 없는 것으로 보이는 진형석만 제외하면 모두가 부정적 부자관계를 보이고 있다. 조상훈은 아들 덕기로부터 존경하고 싶으나 존경할 수 없어 괴로운 대상이 되고 있고 류택수는 아들 류진에게 컴플렉스의 대상이다. 그들 모두 아들에게 혐오의 대상이 되고 있는 것이다.

셋째로, 부부관계에 있어서도 부정적인 것을 보게 된다. 진형석은 아내의 눈을 속여 간통을 하면서 표면적으로만 아내에게 잘 해 주는 듯이 행동할 뿐이고 류택수는 본처가 죽은 뒤 얻은 재취인 일본 여인을 내쫓고 새 부인을 얻었으나 그녀와의 관계도 좋지 않다. 조상훈의 경우는 아내와 사랑방,안방으로 별거를 하면서도 표면적으로는 금슬이 나빠 보이지 않을 정도로 지내는데 이러한 것은 서로에 대한 무관심으로 그들 부부간이 극단적으로 소원한 관계임을 알려 주는 것에 지나지 않는다.

넷째로, 부부간의 관계가 좋지 않은 그들은 다른 여성을 취하는 등 성적으로 분방한 양상을 보인다. 류택수는 중혼의 몸이면서도 기생들을 전전하는가 하면 신여성 명마리아와도 결혼을 시도하다가 다시 순영을 취하려고 하는 등 복잡한 이성관계를 보이고 있다. 조상훈은 아들 덕기의 동창생인 홍경애의 순결을 잃게 한 것을 비롯하여 미혼모가 된 그녀를 돌아보기는커녕 자기의 체면 유지에만 급급하여 그녀를 먼곳으로 내쫓아 버렸고 김의경-매당으로 이어지는 은근짜집을 출입하며 성적 만족을 취한다. 진형석의 경우는 자기 집에서 먹고 지내면서 자기가 학비를 보태 주고 있는 조인숙과 불륜의 관계를 맺으면서도 감쪽같이 아내를 속이고 있다. 그리고는 다시 그녀를 자기 딸이라고 하여 돈을 받고 다른 사람에게 시집보낸다.

다섯째는 그들이 보이는 금전적인 타락이다. 류택수의 경우는 표면적으로 나타나지 않지만 식민지라는 시대를 살면서 매판 자본가인 그가 금전적 타락의 측면이 있었을 것은 추측할 수 있는사실이다. 진형석은 변호사라는 직업을 가지고 있으면서 고리 대금업을 하기도 하고 그때문에 돈에 쪼들려 사람을 팔고 사는 일을 획책하기에 이른다. 또 조상훈은 마약을 맞을 돈을 위해 아들 몫으로 돌아간 재산에까지 욕심을 부리고 있다.

여섯째, 법률 전문가인 진형석을 비롯하여 그들 모두는 하나 같이 다른 사람을 곤경에 빠뜨리는 음모와 술수를 꾸미고 있다는 사실이다. 조상훈은 재산을 빼앗기 위하여 사기죄를 저지르고 류택수는 미수에 그치지만 사람을 납치하려고 하며 진형석은 사실적으로 인신매매와 다를 바 없는 일을 한다.

일곱째, 당대의 인텔리인 그들이 왜 이렇게 타락의 길을 걷게 되었는지 그 배경에 관하여는 작품 내에서 생략되고 전혀 나오지 않는다는 사실이다. 당시가 지식인들로 하여금 퇴행의 행동방식을 취하게 만드는 암울한 식민지 치하라는 시대적 배경을 고려해 볼 때 인물들이 살아가기 위해서는 정상적인 방식보다는 비정상적 방식이 용이하였을 것이라는 것은 쉽게 짐작될 수 있는 문제이다. 상섭이 그것을 인식한 결과, 인물들의 타락상에 천착했던 것으로 볼 수 있겠다. 작가 상섭은 그 시대 타락한 인물들의 묘사를 통하여 시대적인 문제를 짚어 보고 식민지라는 것은 벗어나야만 하는 부정적인 시대라는 것을 강조하고자 했던 것이라고 할 것이다.

ⓒ 다음으로 타락한 인텔리형의 여성 인물들. 이들은 하나 같이 부자에게 후처나 첩이 되는 방편으로 금전을 추구하거나 부자 귀족과 결혼하기 위해 수단 방법을 가리지 않는 양상을 보인다. 〈만세전〉의 '형'의 후처, 모델소설인 〈신혼기〉의 영희, 〈너희들은 무엇을 어덧느냐〉의 덕순 등의 신여성들, 〈진주는 주엇스나〉의 조인숙, 〈사랑과 죄〉의 명마리아, 〈이심〉의 박춘경, 〈광분〉의 민경

옥, 숙명 등의 인물들과 〈삼대〉의 김의경 등의 인물들이 이 부류에 포함된다. 〈검사국대합실〉의 리경옥은 돈 있는 남자들을 대상으로 혼인을 빙자한 사기를 치는 신여성이다. 결혼을 미끼로 남자를 유혹하고서는 그의 돈만 취하고 사람은 버리는 점에서 그녀의 행동은 조선시대 창기들의 행동과 다를 바가 없는 것이다.

인 물	직 업	교육정도	가족관계	타락의 양상과 배경	①성적타락	②금전적 타락	③범법 행위
리마리아	미션학교 사감 (피아노 전공)	유학 고등교육	일가 친척 없음	후천적,생략	△	○	
덕 순	주부	유학 고등교육	일가 친척 없음	후천적	△	○	
조인숙	음악가(피아노 전공)	유학 고등교육	일가 친척 없음	후천적,공부를 위함	○	○	
뎡마리아	음악가(피아노 전공)	유학 고등교육	일가 친척 없음	후천적	○	○	○
박춘경		여학교 중퇴	본가에서 쫓겨남	선천적＋후천적	○	○	
숙 명	주부	숙명여학교		후천적	○	○	○
민경옥	음악가(성악가)	유학 고등교육	계모있는 집에서 소외감	후천적	△		
김의경	유치원 교사	고등교육		선천적＋후천적, 허영심의 충족	○	○	

　이를 보면, 여학교를 중퇴한 박춘경만이 어중간한 인텔리일 뿐 모두가 여학교 이상의 학력과 유학 등을 거친 당대의 인텔리들인 것을 알 수 있다. 그들의 특징적인 것을 살펴보면 다음과 같다.

　첫째로 이 항목의 신여성들은 인텔리이면서도 지적인 면모가 강조되기보다는 거의가 자유연애라는 미명 아래 정욕에 눈먼 부박하며 "서구지향적인 낭만적 환상주의자"101)들에 그치고 마는 인물들이라는 것이다. 그들에게 선각자로서 시대에 관해 고민하거나 다른 사람을 교육시키는 입장의 모습은 전혀 나타나지 않는다. 그들의 신여성으로서의 면모라고는 조인숙이나 리마리아에게서

---

101) 정호웅,〈앞의 글〉,702면 참조.

볼 수 있는 상황의 합리화를 위한 언변이나 명마리아나 숙덩, 김의경에게서 볼 수 있는 당찬 면모, 민경옥에게서 놀 수 있는 정욕의 과감한 표현 등으로 나타날 뿐이다.

둘째로 그들에게 공통되는 성적인 면에서의 부정적 양상이다. 민경옥이나 명마리아 같은 미혼자인 경우는 문란한 이성관계를 보이고 숙덩 같은 기혼자의 경우도 혼외정사의 불륜적 양상을 보이고 있다. 기혼 여성들은 하나 같이 남자의 돈을 보고 결혼한 것이라서 부부관계는 원만하지 못하다. 덕순은 남편에게서 벗어날 것을 꿈꾸며 살아가고 숙덩은 남편을 무시하여 남편이 엄연히 있는 집에 정부를 끌어들이기까지 한다.

셋째는 신여성들의 성적 타락에 수반되는 금전적 타락상이다. 이들에게 있어서 성과 돈이라는 두 가지 문제는 묘하게 맞물려져 있는 것으로 그들은 금전적인 이익을 위해 성을 도구화하는 데 주저하지 않는다. 그래서 그들은 신분적으로는 신여성이요 지식인이지만 성의 노예요 성의 상품화 대상으로 전락하고 마는 것이다. 부유한 집 큰딸인 민경옥만 제외하면 모두가 금전적인 타락의 요소를 갖고 있다. 뿐만 아니라 숙덩은 정부 변원량과 결탁하여 남편의 돈을 가로채려고 도모하고 춘경은 비록 생계를 위해서라지만 돈을 위해 체면을 위해 정조까지도 수단화하고 있다. 이것의 극단적인 예는 〈검사국대합실〉의 리경옥에게서 찾아질 수 있다.

넷째로는 결혼 문제에서 볼 수 있는 굴절상이다. 그들의 결혼 양상을 보면,

인 물	결 혼 양 상
리마리아	안석태의 후처가 됨…돈을 지향, 미국 유학을 조건으로 함
덕 순	응화의 후처…돈을 지향
조 인 숙	리근영의 후처가 됨…돈을 지향, 독일 유학을 조건으로 함
명마리아	리해춘의 후처가 되려 함…명예와 돈을 지향, 실패→살인
박 춘 경	이창호의 사실혼상의 처이면서 커닝햄과 동거…돈을 지향→자살
숙 덩	민병턴의 후처…돈을 지향
민 경 옥	자유 연애 결혼을 지향, 질투에 의해 살해됨
김 의 경	조상훈의 첩이 됨…돈을 지향

표에서 알 수 있는 것처럼 그들은 하나 같이 정상적인 결혼을 하지 못하고 있다. 명마리아는 귀족 해춘과의 결혼에 대한 지향이 지나친 나머지 살인죄까지 짓고 투옥되고 민경옥은 살해되어 결혼하지 못하지만, 나머지 다른 인물들의 결혼은 모두가 금전적 계산과 연관되는 결혼인 것을 볼 수 있다. 인간의 가장 직접적이고 치명적인 타락이라 할, 일종의 매춘과도 다를 바 없는 금전을 전제한 결혼에 모든 것을 걸고 있는 것이다. 유일하게 연애결혼을 한 박춘경도 사실혼을 한 창호가 엄연히 있음에도 불구하고 돈 많은 외국인과 동거를 하게 되는 것으로 그 역시 금전 결혼의 면모를 보이고 있다 할 것이다. 결국 신여성들의 결혼은 하나도 온전한 것이 없어서, 나혜석을 모델로 한 소설 〈신혼기〉 이후 작가 상섭의 고정된 신여성상의 결혼 면의 표현임을 알 수 있다.

넷째로 남을 속이는 음모에서 심지어 살인 교사, 살인에 이르는 범법행위까지 그들은 주저하지 않고 있다. 덕순은 남편을 속이고 다른 남자와 외유를 하고 리경옥은 사기를 치며 숙명은 전처소생을 죽일 것을 情夫와 계획하고 실행하는가 하면 명마리아는 실제로 살인을 저지른다.

다섯째, 가족관계에서 볼 수 있는 공통성이다. 이 항목의 신여성들이 모두가 일가친척이 없는 고아인 것을 알 수 있다. 고아가 아닌 경우에도 상황은 비슷하다. 경옥은 집안에서 아무에게도 정을 붙이지 못하고 소외감을 느끼는 인물이고 춘경은 집에서 쫓겨나 사회에서 사고무친한 상황으로 살고 있으며 숙명 역시 나름대로 소외감을 느끼기도 하기 때문에, 내면적인 묘사가 없어 가족 내의 위상이나 감정을 알 수 없는 의경을 제외하면 모두가 고아의식을 가지고 있다고 보아도 무방하다 하겠다.

이상의 '타락한 신여성형'의 예를 보이는 인물들을 살펴보면 양적으로도 가장 많고 타락상도 가장 극심한 것을 볼 수 있다. 이는 당시의 신여성에 대한 작가의 시선이 곱지 못한 것을 알게 한다.

> 길거리에서 죽은째 잇는 트레머리-- 유록치마 입은 녀학생! 남자를 보면 고개를 금시로 다소곳하고 지나치는 신녀자를 보면 나는 얼빠진 사람처럼 한참 바라보고 서는 버릇이 생기엇다. (〈검사국대합실〉,염상섭 전집 9권,민음사, 1987,224쪽)

상섭이 파악한 당시 신여성들의 모습은, 신지식을 받아들이고 외국 문물을 흡수하였으나 그것을 과거에 대한 전면적이고 무조건적인 거부와 새로운 것에 대한 무비판적·맹목적 지향으로만 받아들이는 것이었다. 그러한 그들의 인식은 다분히 비현실적인 것102)이라 할 것으로, 자아부터 제대로 각성하지 못한 그들은 참다운 의미의 선각자가 될 수는 없었다 하겠다. 이것은 '돈푼 잇슬듯한 놈이면 결혼한다고 쓰러다가 제집에 두고 쌉덱이를 벗겨서는 불어세는 것이 전문'(〈검사국대합실〉,224쪽)인, 혼인 빙자 사기 사건의 리경옥에게서 그 극단을 이루는데 그것을 작가 염상섭은 '얼빠진 사람처럼' 관찰하고 있었던 것이다. 신학문을 배웠다는 점에서 신여성이지만 실제로는 난봉꾼들의 돈을 취하는 데 혈안이 되었던 창녀들의 행동을 모방하고 있는 리경옥은 신여성에 대한 어떠한 좋은 감정도 줄 수 없었던 것이다.

상섭 소설 속의 신여성들에게 현실적인 것이라고는 돈에의 추구, 돈에 대한 계산 속과 결혼 문제와 관련한 타산 뿐이었다. 타산에 의하여 결혼을 한 〈제야〉의 최정인은 돈 계산을 제대로 할 줄 알면서도 자신의 과도한 물욕을 부끄러워 하지 않았던, 상섭 작품에서 최초로 나타나는 '경제적' 인물이다. 그러한 정인의 모습은 〈너희들은 무엇을 어덧느냐〉의 덕순과 리마리아, 〈진주는 주엇스나〉의 조인숙, 〈사랑과 죄〉의 명마리아 등에게로 이어진다. 〈제야〉의 최정인이 결혼 상대자를 택하는 것이나 〈신혼기〉의 최영희, 〈너희들은 무엇을 어덧느냐〉의 덕순과 리마리아, 명마리아 등의 신여성들이 돈 있는 상대를 골라 후취로 또는 결혼을 기도하게 되는 데는 상대방의 현실적 조건에 대한 타산이 먼저였다는 것을 보여준다.

그들은 새로운 것, 지적인 것의 수용을 재래의 전면적 부정에서 시작하여 재래의 윤리 도덕마저 부정함으로 기형적인 이중 생활과 육체적인 쾌락만을

---

102) 신여성의 비현실적인 태도는 〈진주는 주엇스나〉의 문자의 자살 배경에서도 볼 수 있다.(명예의 훼손- 그것이다 학교에서 축출을 당하고 M에게와 가명에 변명할 여지가 업게 되엇다는 것이 비상히 그의 마음을 쓰리게 한 모양이다 그리고 그것으로 말미암아 자긔의 몸을 처치할 곳이 업는 것이 여간한 고통이 안인 눈치다…〈진주는 주엇스나〉,85회) 신여성으로서의 여왕의식은 명예의 훼손만으로 목숨을 끊게 할 정도였던 것이다.

추구하고 또 스스로 그것을 합리화하려 하였던 것이다. 〈제야〉, 〈검사국 대합실〉 등에서 나타나기 시작하는 염상섭의 신여성들은 자유연애가 곧 성의 개방이고 그것을 따르는 것이 신여성적인 것으로 착각하는 오류를 보이는 인물들이다. 그래서 그들은 "당대 한국사회를 실질적으로 살아갈 수 있는 신여성의 전형"103)으로 왜곡된 모습의 전형이 된다.

이로써 유추해 보건데, 당시 작가들에게 비추어졌던 신여성들의 모습은 바로 "왜곡된 현대판 노라의식"의 소유자이다. 이러한 "왜곡된 여성의식"에 기인한 여러 가지 상황이 소설에서 도시문명의 영향을 받은 신여성들에게 문제가 되어 나타나는 시대적 비극이 되었던 것이다.104) 이러한 신여성의 모습이 결코 서구화도 아니며, 또한 선각자요 지식인인 신여성의 모습도 될 수 없다는 것을 리얼리스트인 상섭이 포착한 것이다.

> 따라서 그것(신여성의 여왕의식...인용자 주)은 시대의 분위기와 밀착되어 있다. 새것만이 선으로 간주되던 새것 콤플렉스에 걸려 있던 이 시기는 전통이 무너진 자리가 비어 있던 규범 부재의 시대였다.105)

이처럼 당시의 신여성들의 부정적인 면모는 시대적 분위기에 어울려 새것만을 추구할 뿐 선각자, 지식인으로서의 의식 같은 것은 가지고 있지 못했던 데서 출발하는 것이다. 결국 염상섭이 창조한 신여성상은 사실 진정한 의미에서의 개화를 하지 못하고 형식만, 그리고 표면적으로만 개화한 것에 그친 인물들인 것이다.

상섭은 당시의 신여성에 대하여 작품 속에서 조소와 빈정거림만을 보이면서도 한편으로는 진정한 연애 감각과 깨어 있는 개성의 자각에 대한 염원을 그 이면에 가지고 있었다106)고 할 것이다. 〈제야〉와 〈이심〉의 경우처럼 타락한

---

103) 오양호, 〈앞의 글〉, 216-217면.
104) 여기에서 말하는 '노라의식'이란 '여성이 아내 또는 어머니이기 이전의 한 인간으로서 존재하기 위한 투쟁이며 인격적 대등관계가 아닌 주종적 관계와 단지 노리개감에 지나지 못했던 자신의 실체를 발견하였기 때문이었고, 아내를 진실로서보다 환상으로 대한 남편에게 향한 도전'이라고 하는 것이다. ; 전혜자, 《〈앞의 책〉》, 146-149면 참조.
105) 강인숙, 《〈자연주의문학론II〉》, 321면.

신여성인 여주인공의 자살의 의미는, 부정적 신여성이 죽음으로 자기의 부정
성을 부정하고, 그럼으로써 당시 신여성들이 간과한 여인상에 본질적으로 복
귀할 것을 바라는 작가의 열망이 반영된 것이라고 볼 수 있기 때문이다[107].

⑤ 보수적인 인물형

이는 새로운 교육의 수혜자들인 ①②③④항목의 인물들에 비해 전통적인 사
고방식을 가지고 있는 인물들을 말하는 것으로, 이에 포함되는 인물들은 〈삼
대〉의 조의관과 덕기 모친들을 여기에 포함 시켜서 고찰할 수 있겠다.

전통적인 가족제도에 관해서 염상섭은 다음과 같은 의견을 보이고 있다.

> 惟獨 이 家族制度만이 幸인지 不幸인지 守株의 舊態를 姑保하며, 機械化하
> 고 罪惡化한 所謂 彛倫이니 五倫五常이니 하는 等 金城鐵壁 안에 其勢를 張
> 하고, 家長權이라는 絶對專制主義가, 아즉 橫行하야, 個體의 存在를 無視하
> 고 奴隸的 奉仕와 無理한 犧牲을 命令함은 何故인가. (…)家長權의 專制,
> 橫暴, 濫用 威壓과 이에 對한 奴隸的 屈從과, 塗糊的 安協과, 僞善的 義理
> 와, 形式的 虛禮와, 牢獄的 監禁 (…)等 모든 罪惡의 巢窟이, 今日의 所謂
> 家庭이 안인가. (…) 이와 가티 임의 샬죠아的 原則에 基하야 成立된 主從
> 의 關係인지라, 그 父나 夫는, 父權 쏘는 夫權으로써, 子와 婦를, 奴隸視하
> 며 强壓할 것은 勿論이니, 이에서 彼此의 利害가 衝突하고, 意思가 疎隔할
> 것도, 쏘한 自明한 事이다. [108]

모든 것이 급변하는 시대에 단지 가족제도만이 전근대적이고 봉건적인 구습
을 유지하고 있으며 온갖 부정적인 것들의 '소굴'이 되고 있다고 하면서 그 때
문에 피차의 충돌과 疎隔이 생기게 마련이라는 것이다. 그러나 염상섭은 가족
지상주의자인 조의관을 부정적으로 그리지 않고 있으며 남편의 바람기를 알면
서도 묵묵히 가족과 집안을 지켜온 덕기 모를 긍정적으로 그리고 있는 것을
보게 된다. 상훈이 아편에 찌든 얼굴로 덕기의 집을 찾아 오고 그 재산을 노

---

106) 한승옥,《《한국현대 장편연구》》,민음사,1989,80-82면 참조.
107) 오양호,〈앞의 글〉,216-217면 참조.
108) 염상섭,〈至上善을 爲하야〉,염상섭 전집 12권, 47-48면.

려 금고와 열쇠를 요구할 때 덕기 모의 역할은 상황을 정확히 보며 집안을 위해 재산을 지키는 것이었다. 그녀의 다소 드세기까지 한 성격은 재산과 집안의 안위를 위해 꼭 필요했던 것이다. 그녀가 아니면 탐심에 들뜬 상훈으로부터 재산을 지키는 일은 아무도 할 수 없었던 것이다. 이렇게 전통적이고 보수적인 인물들을 긍정적으로 그려내는 일을 통하여 상섭은 새것만이 판치는 시대에 '전통'과 '보수'의 필요성을 강조함으로써 그의 전통지향적 보수주의를 보여주고 있다.

⑥ 협잡꾼형

여기에는 〈사랑과 죄〉의 지덕진과 해줏집, 〈이심〉의 좌야와 강찬규, 〈광분〉의 변원량, 〈삼대〉의 수원집, 장매당 등의 인물들이 포함된다.

그들의 특징적인 것을 정리하여 보면,

첫째로는 모두가 과도한 금전에의 지향으로 인하여 협잡을 꾸미고 있다는 사실이다. 그들은 하나 같이 엉뚱한 남의 것에 욕심을 내고 있다. 지덕진과 해줏집은 자신들의 동생이요 친딸인 순영의 처녀성을 댓가로 바치는 조건을 걸고 류택수나 해춘의 돈을 얻어내기 위해 강제결혼에서 납치 기도, 거짓말 등 온갖 음모를 꾸민다. 해줏집은 마리아에게서 돈푼을 얻어내기 위해서 자신의 친딸의 생명까지 걸고 있는 것을 보게 된다. 좌야는 자신의 잃은 신용과 가슴의 상처를 보상 받는다는 명목으로 강찬규와 함께 춘경을 사이에 둔 음모를 꾸미고 커닝햄의 돈을 갈취한다. 변원량은 민병천의 재산을 '임자 없는 돈'으로 보고 그것을 자신이 안 먹으면 누가 먹겠느냐고 생각하며 터무니없는 욕심을 낸다. 그리고 그 목적의 실현을 위하여 병천의 젊은 처요, 자신의 상전이던 숙명을 유혹하고는 그녀와 함께 음모를 꾸미고 마침내는 경옥을 살해하는 데 이른다. 수원집은 처음부터 그러한 목적이 있어서, 40여년 연상인 조의관과 결혼하게 되었던 것인지, 곧 처음부터 매당 일파와 계획적으로 음모를 꾸미고 조의관의 후취가 되었던 것인지 그 배경은 작품 상에 나타나지 않지만 친아들과 상속자인 손자가 엄연히 있는데도 조의관의 재산을 가로챌 궁리를 하고 있는 데에서 그녀의 금욕이 과도함을 알 수 있다. 그것은 최참봉과 조창훈 등의 집안내 비주류적 인물들과 결탁하여 조의관이 죽기전에 덕기의 귀국을 막으려 하기도 하고 덕기가 귀국하자 조의관의 옆을 떠나지 않으며 덕기와 조의관의 독대를 막는 행동 등으로 가시화된다. 조의관이 유서에 정미소에 관한 이야기를 하지 않았다는 말에 매당이 안심하고 좋아하는 것에서 매당의 금욕과 그를 위한 협잡의 가능성은 두드러진다.

둘째로는 가족관계의 공통성이다. 여기 속하는 인물 모두 제대로 된 가족구성원으로 묘사되지 못하고 있다는 사실이다. 먼저 변원량과 강찬규의 경우는 결혼 여부나 동거 가족에 관한 정보가 전혀 주어지지 않아서 자식이 있는지, 아내가 있는 몸인지를 알 수가 없다. 다만 변원량의 경우는 첩을 두고 있다는 사실만 알려진다. 해줏집은 첩의 몸으로 다른 사람의 아이를 가졌다는 사실로 리자작에게서 쫓겨나서 젖먹이 순영을 지원용에게 떼어놓고 사라졌다가 순영이 크자 나타나는데 그녀는 집도 없이 아편굴에서 한 칸 방을 마련하고 살아가는 만큼 가족이란 개념은 전혀 없는 인물이다. 수원집과 장매당도 마찬가지이다. 기생집으로 바꿔 버린 상훈의 집에서 같이 살지만 포주와 은근짜의 관계일 뿐 가족 개념은 없는 것을 볼 수 있다. 수원집이 조의관과 살 때조차도 그녀는 재산만을 노려 모든 사람을 적대시하면서 집안 내에서 부유되어 있어서 그녀에게 가족은 없는 것과 다를 바가 없는 것이었다. 좌야는 춘경의 일로 해서 가족들에게 신용을 잃게 되면서 온갖 협잡을 꾸미기 시작한다. 이상에서, 한 인물의 내면에 작용하는 가족관계의 중요성을 알 수 있다.

이상의 인물들 가운데 ④와 ⑥ 유형의 인물들이 상섭이 설정한 부정적인 인물들이다. 이러한 부정적 인물들을 통하여 그 특징적인 것을 정리해 보면 다음과 같다.

첫째, 인물 계층의 다양성과 인간의 하층구조의 부각이 두드러진다는 것이다. 장르 준별의 법칙을 철칙으로 삼아 절대적으로 따르는 것이 고전주의의 정신이라면, 로맨티시즘은 이에 대한 반발로 숭고한 것과 기괴한 것의 혼합, 곧 스타일의 혼합mixing of style을 추구하는데 이를 계승하는 것이 리얼리즘과 자연주의이다. 리얼리즘과 자연주의가 사회 현실이나 인물의 성격을 객관적으로 묘사하는 것에 치중하는 것은 스타일의 분리를 완전히 파기하고 그 정신을 역전시키면서 산문을 배타적으로 채용한 소설의 특성에 그대로 연결109) 되는 것이다. 이러한 스타일 혼합의 문제에서 인물과 관계되는 항목은 인물 계층의 다양성과 인간의 하층구조의 부각이다110).

①인물 계층의 다양성. 플로베르는 이상주의 작가들의 인물들을 '괴물'로 보면서 예술은 예외의 묘사를 위해 만들어진 것이 아니며 소설가는 자기 의견을 피력해서는 안되며 소설가는 무엇이 되든 어떤 것에 관한 자기 의견을 표현할 권리를 가질 수 없다고 하였다.111) 이러한 리얼리즘의 선택권의 배제와 가치 중립성은 인물의 계층의 다양성으로 나타나야 하는 것인데 상섭의 인물들의 계층은 조상훈, 류택수 등의 중산층 인물들로부터 아편쟁이요 걸인인 해줏집에 이르기까지 비자전적 인물들인 부정적 인물들을 중심으로 하여 다양하게 보여지고 있다.

②인간 하층구조의 부각. 인물들의 부정적 양상은 앞에서 고찰한 것처럼 성적 타락, 금전적 타락, 아편에의 탐닉, 남을 함정에 빠뜨리는 음모의 획책 등으로 크게 나누어 고찰할 수 있다.

먼저 남성의 경우는 사회적 명예나 과도한 금전적 욕망, 혹은 여성에 대한 불륜적인 정욕으로 나타난다. 조상훈의 여성 편력과 재산에의 욕망, 류택수의 성적 욕망, 진형석의 성적인 방종과 그 상대까지 수단화하는 돈에의 집착, 주정방의 성적인 욕망과 금전적 잇속이라는 양수집병의 문제, 변원량과 좌야의 수단을 가리지 않는 돈에의 집념 그리고 그로 인한 살인 등의 남을 해하는 음모 등이 그것이다. 이렇듯 여기의 모든 인물들은 대부분 성적인 타락과 금전적 타락을 함께 보이고 모두가 크든 작든 자기의 욕망을 위한 음모를 꾸미지만 그들에게서는 도덕적인 타락만이 보이고 있을 뿐 유전적인 결함은 없다. 그렇기 때문에, 엄격한 의미에서 졸라가 의미하는 류의 제르미니형의 인물112)

---

109) 유종호,〈리얼리즘과 근대소설〉,167면 참조.
110) 이에 관한 이론은 강인숙의 《《자연주의 문학론》》 참조.
111) Gustave Flaubert,〈On Realism〉,《《Documents of Modern Literature Real-
     ism》》,edited by George J. Becker,Prinston University Press,1963,95면
     참조.
112) 강인숙, 〈염상섭의 작중인물 연구〉,1991 참조.

은 아님을 볼 수 있다.

반면 여성의 경우 그들의 욕망은 유복한 귀인과 사랑을 나누고 그와 결혼하는 것을 지향함으로 환치되는데 그들의 부정성, 심지어 살인 교사나 살인까지 하는 경우에도 그것은 돈과 귀인과의 결혼을 통한 신분 상승욕에 그치는 것일 뿐, 유전적인 생리적 결함은 아닌 것이다. 아편굴까지 변장을 하고 찾아가 해줏집을 살해하는 음모가이며 살인자인 명마리아의 경우에도 그녀에게 생리적 결함을 찾아낼 수는 없다. 그녀의 가계는 생략되어 있어 자세히는 알 수 없지만 그녀는 영리하고 밝은 계산 능력까지 갖추고 있다. 그녀는 조선에서 촉망받는 피아니스트로서 예술가이다. 류택수와 중산이와의 성적 관계는 그녀로서는 방종한 성의식이라기보다는 살기 위해 돈 있는 남자와 일본 사무관에게 빌붙는 처세술적 수단이었다. 민경옥의 경우만 〈제야〉의 최정인처럼 '콜론타이적 성해방이론'에 기인한 성적 타락이라 할 것으로, "여자들에게 가해진 봉건적인 압제에 대한 반작용으로 극단화되어 나타난 의식적 방종"이며 남녀 동등권의 확보를 성개방의 문제로부터 시작할 수 있는 것으로 인식한 "초창기 여류들의 관념적 오류를 희화화"113)한 것으로 볼 수 있을 뿐이다. 결국 그녀들의 성적 방종과 살인 등의 범죄도 생리적인 결함과는 무관한 것이므로 역시 졸라의 인물 분류법에 의한 제르미니형의 인물은 없다.

둘째, 그 타락상은 대부분 작가를 기준으로, 부모 세대에 속하는 인물들과 같은 세대인 신여성들에게서 극단을 이루고 있다는 사실이다. 같은 세대의 다른 인물들이나 조부 세대의 인물들에게서는 타락의 양상이 극심한 인물이 숫적으로 드물다는 것이다. 그리고 타락한 인물들은 대부분 성적 타락과 과도한 물욕의 금전적 타락이라는 문제가 결합되어 있음을 볼 수 있다. 인물들의 성적, 금전적 타락이라는 문제에 관해 다음과 같은 상섭의 말을 참고할 필요가 있다.

情欲的 官能을 一層 誇張하야, 독자로 하여금 劣情을 誘發케 하고 低級의 快感을 滿足시키랴는 目的이 아니라, 現實 暴露의 悲哀 幻滅의 哀愁, 또는 人生

---

113) 〈위의 글〉,73면.

의 暗黑醜惡한 一反面으로 如實히 描寫함으로써, 人生의 眞相은 이리하다는 것을 表現하기 위하야, 理想主義 혹은 浪漫派 文學에 대한 反動的으로 일어난 手段에 不過하다.114)

이는 염상섭이 자연주의의 성욕 묘사에 대하여 한 이야기인데 이러한 입장으로 인물들의 성적 타락 노출에 주관심을 둔 듯하다. 이는 곧 이상주의와 낭만주의에 대한 반동의 한 수단으로써 자연주의는 현실을 폭로하고 인생의 어둡고 추한 곳까지 조명하여 개성의 발견에 기여한다는 그의 개성론과도 밀접한 관계를 갖는 것이다.

골드만은 소설을 '타락한 세계에서 진정한 가치를 추구하는 타락하는 과정', 또는 '타락한 시대를 타락한 방식으로 그리는 것'이라고 정의한 바 있다. 이는 타락한 사회에서는 작중인물들을 타락시킴으로써 인물들은 세계를 초월하고 작가는 그 인물들의 의식을 초월하여 역사와 시대를 구원하게 하여 진정한 소설적 가치가 상승된다는 것이다.115) 소설 속에서 '타락'이라는 것의 의미가 바로 여기에 있는 것이다.

(2) 묘사의 경향

이상의 인물유형들과 관련하여 그들의 묘사 양상을 정리하여 보기로 하겠다. 이것은 대략 세 가지로 크게 나누어질 수 있다. 직접묘사가 우세한 경우와 간접묘사가 우세한 경우 그리고 간접묘사가 월등한 경우가 그것이다. 그런데 그것에는 일정한 공식이 있어서 상섭 자신이 어떠한 인물에 대하여 가지고 있는 평가를 자기 특유의 방식으로 인물에게 보이고 있음을 알 수 있다. 한 인물에 대하여 가지고 있는 작가 자신의 평가를 인물의 묘사의 기법을 통하여 나타내고 있다는 것이다.

① 직접묘사가 우세한 경우 – 모색하는 신세대 지식인형과 보수
적 인물형

---

114) 염상섭,〈개성과 예술〉,염상섭 전집12권,35면.
115) 신상성,《《한국 가족사소설 연구》》,경운출판사,1992,33면 참조.

모색하는 신세대 지식인형 인물들의 묘사의 측면을 살펴보면 다음과 같다.

인 물	인 물 묘 사
이 인 화	직접·간접 묘사비율 비슷
리 효 범	직접묘사 우세
리 해 춘	직접·간접 묘사비율 비슷
조 덕 기	직접묘사 우세

이를 보면 인화와 해춘의 경우는 간접묘사의 양도 많지만 직접묘사도 무시할 수 없는 분량이고 덕기와 효범은 직접묘사가 우세하여 전체적으로는 작가가 내면 묘사에 많은 양을 할당하고 있는 것을 알 수 있었다. 이것은 염상섭이 설정한 인물 가운데 가장 긍정적인 인물인 덕기가 직접묘사의 양이 보다 많다는 사실과 함께 긍정적인 인물을 묘사하는 경우에는 외면화 기법을 인식한 상섭으로서도 작가로서 설명하거나 작중인물의 내면에 뛰어들면서까지 직접적으로 성격을 부여하고 싶어 했음을 시사하는 것이라 하겠다. 그래서 긍정적 남성 인물들은 흔히 직접묘사를 많이 사용함으로써 관념적이고 평면적인 인상을 보이고 있다고 할 수 있다.

다음으로 보수적 인물형인 조의관의 인물묘사 양상은,

인 물	인 물 묘 사
조 의 관	직접묘사가 월등함

역시 직접묘사가 월등한데 이는 그가 작가 염상섭이 지향하고 있는 중산층의 보수주의를 드러내는 인물이라는 사실과 무관하지 않다고 하겠다.

② 간접묘사가 우세한 경우 – 주의자형과 파르마코스형

주의자형 인물들의 인물묘사상의 특징을 살펴보면 다음과 같다.

인 물	인 물 묘 사
김 중 환	간접묘사가 우세함
김 호 연	직접묘사가 우세함
류 진	간접묘사가 월등함
이 창 호	간접묘사가 월등함
리 진 태	직접묘사가 우세함
김 병 화	간접묘사가 월등함

위의 표를 보면, 리진태와 김호연의 경우는 직접묘사가 우세하고 김중환과 김병화, 류진은 간접묘사의 우세, 월등을 보이는 것을 알 수 있다. 이로써 리진태에게처럼 작가가 同情의 염을 보이는 경우나 김호연 같이 작가가 다소 호의를 가지고 있는 인물들의 경우에는 직접묘사의 양이 많고 냉소와 비관으로 일관하는 퇴행적인 성격을 갖는 인물들은 부정적 인물들의 경우와 마찬가지로 간접묘사가 많은 비율로 나타나는 것으로 분석된다.

다음으로 파르마코스형 인물들의 인물묘사의 특징을 보면 다음과 같다.

인 물	인 물 묘 사
지 순 영	간접묘사가 우세함
홍 경 애	간접묘사가 월등함
이 필 순	간접묘사가 우세함

여기에서 작가가 긍정, 동정하고 있는 인물이라도 여성을 묘사함에 있어서는 간접묘사가 우세, 월등하다는 결론을 얻을 수 있다. 그러나 부정적인 인물에 비해서는 직접묘사의 양이 현저하게 많다. 그런데 자포자기의 결과로 성격의 파탄을 보이기도 하였던 작품 내 입체적인 인물인 홍경애의 경우 순영과 필순에 비해 간접묘사의 비율이 보다 큰 것을 볼 수 있다. 이는 순영의 경우는 성격의 변화가 작품 이전에 있었기 때문에 작품상에는 나타나지 않고 필

순의 경우는 성격의 변화가 거의 없지만 경애는 작품 내에서 성격의 변화를 경험한다는 사실과 유관한 것이라고 파악된다.

③ 간접묘사가 월등한 경우 - 타락한 인물형

타락한 인텔리형 인물들의 묘사상의 특징은 다음과 같다.

인 물	인 물 묘 사
조 상 훈	간접묘사가 월등함
류 택 수	간접묘사가 월등함
진 형 석	간접묘사가 월등함
리마리아	간접묘사가 월등함
덕 순	간접묘사가 월등함
조 인 숙	간접묘사가 월등함
명마리아	간접묘사가 월등함
박 춘 경	간접묘사가 월등함
숙 명	직접묘사가 우세함
민 경 옥	간접묘사가 월등함
김 의 경	간접묘사가 월등함

이들에게서는 대체적으로 간접묘사의 월등을 볼 수 있다. 직접묘사라 하더라도 그 인물의 내면을 통하여 묘사하기보다는 전지적인 입장의 작가가 설명하는 방식을 주로 쓰고 있다. 그리고 대부분이 외양이나 행동,대화 등의 기법을 통한 간접묘사가 월등한 것을 볼 수 있다. 여기에 예외적인 것이 숙명의 경우이다. 숙명은 직접묘사의 우세를 볼 수 있는 것이다. 그것은 숙명의 경우에는 내면의 묘사가 중요한 자리를 차지한다는 사실과도 관련된다. 곧 주정방과 변원량에 대한 여러 가지 갈등과 음모의 내면 세계가 그것을 통해 나타나고 있음에 기인한다는 것이다.

어떻든 부정적 인물들의 묘사에는 간접묘사가 주로 사용되고 있는데 이것은 작가 상섭이 부정적 인물들의 내면에 참여하거나 자신이 직접 설명하기보다 대화나 행동 등의 외면화 기법을 써서 보여주려고만 하기 때문이라고 보아진다. 이것은 작가가 나서서 설명하고 그 인물의 내면을 묘사하는 데 많은 지면을 할애하였던 긍정적 인물들과는 매우 대척되는 것이다.

　다음으로 협잡꾼형 인물들의 묘사를 살펴보아도 마찬가지인 것을 알 수 있다.

인　물	인　물　묘　사
지 덕 진	간접묘사가 월등함
좌　야	간접묘사가 월등함
강 찬 규	간접묘사가 월등함
변 원 량	간접묘사가 월등함
해 줏 집	간접묘사가 월등함
수 원 집	간접묘사가 월등함
장 매 당	간접묘사만 있음

　역시 모두가 간접묘사의 우월을 보인다. 장매당 같은 경우는 직접묘사에 의한 설명이 전혀 없을 정도이다. 이렇게 내면 묘사가 적다는 것은 작가와의 거리가 멀다는 것을 알게 한다. 이는 곧 작가가 그에게 전혀 동정하기를 원하지 않는다는 것이다.

　상섭은 인물묘사의 기법에서 간접묘사의 우월성을 인식하고 있었지만 작가 자신이 긍정하고 있는 인물들을 중심으로 직접묘사의 기법을 많이 쓰고 있는 것을 보게 된다. 이는 그가 당시의 작가들 가운데에서 가장 가치중립적인 입장에서 객관적 묘사법을 견지하는 리얼리스트이면서도 자신은 극단적이지 않은 객관주의, 즉 眞과 美에 '모랄'까지도 도외시 않는 이른바 주객합일주의116) 를 주장하였다는 사실과 유관한 문제라고 보아진다.

---

116) 염상섭,〈문학상의 集團意識과 個人意識〉,염상섭 전집 12권, 162-168면 참고

④ 염상섭 인물묘사의 특징

백철은 해방 전의 염상섭의 문학을 둘로 나누고 그 1기는 1923년 전후로, 2기는 1925년에서 1933년 사이의 시기로 구분하면서 2기를 '자연주의의 본 경지' 시기로써 〈만세전〉을 거치면서 순객관적 작가 태도와 '보여주기', '장면 제시', '객관적 시점'의 소설화 방법을 획득하였다고 하였다. 염상섭은 〈표본실의 청게고리〉, 〈제야〉, 〈암야〉 등에서 볼 수 있는 초기의 내면 고백체적인 시 기를 지나면 장편이 본격적으로 쓰여지는 20년대 중반 이후로는 중립적 전지 성의 시점을 고수하면서 객관적 묘사에 힘을 기울이고 있는데 이것은 인물묘 사 문제에서도 객관화, 외면화 현상에서 확연히 드러난다. 염상섭 초기 장편의 인물묘사의 양상을 다음과 같이 정리할 수 있다.

a. 직접묘사의 경우

직접묘사의 경우에 본고의 대상 작품에서는 크게 두 가지 양상이 보여진다. 곧 전지적 작가에 의하여 요약되거나 설명으로 과거의 회상이나 시간적 요약 이 되어지는 경우와 인물의 내면이나 독백이 묘사되는 경우이다. 인물의 내면 이나 독백을 통해 묘사되는 경우는, 첫째로 작가 자신이 identify된 경우이다. 이는 긍정적인 남성 인물의 경우에 해당하는데, 양적으로도 많고 치밀한 심리 묘사가 되어지는 것을 볼 수 있다. 그렇지 않은 경우 비자전적인 인물의 경우 에는 작품의 전개에 필수적인 최소한의 부분만이 묘사되고 있음도 아울러 알 수 있다. 그것은 후자의 경우는 전적으로 작가의 상상력에 의존되는 부분이기 때문에 전자보다 치밀한 내면 천착이 불가능한 것이라는 추론이 가능하다고 할 것이다.

그래서 직접묘사의 양에 관하여는 그 많고 적음에 따라 다음과 같은 결과가 나올 수 있다.

긍정적 남성(작가 자신,이념 투사)>긍정적 여성>긍정 혹은 동정적 주의자형>부정적 인물

곧 긍정적인 인물인 모색하는 주의자형의 인물들이나 전통 지향적 보수주의

등의 작가 이념이 투사되는 인물의 경우 내면 묘사의 비율이 높다는 것이다. 그리고 긍정적인 여성, 긍정·동정적 주의자형 인물, 부정적 인물들의 순으로 직접묘사의 비율이 낮아지는 것을 보게 된다. 이는 부정적인 인물의 내면에는 개입하기를 꺼리는 작가 상섭의 자존심의 표현이라고도 보아진다.

염상섭은 내면묘사 속에서 인간 내면의 철저한 추적과 천착을 그 특유의 긴 문장으로 나타내고 있음을 확인할 수 있다. 간접묘사의 방식을 많이 활용하여 외면화 기법을 많이 쓰면서도 염상섭의 인물에 관한 심리묘사, 내면의 묘사의 능력은 탁월했던 것이다. 그것은 이를테면 〈사랑과 죄〉에서 작자의 존재를 나타내기까지 하면서 해춘에게 무엇이든 이야기해 주고 싶어하는 운선의 심리를 이야기하는 부분117)을 보면 그는 사람의 심리에 관하여 일종 자신만만하기까지 한, 관찰의 결과를 가지고 있었고 그것은 그의 묘사의 능력과 더불어 인물의 성격을 나타내는 데 큰 역할을 하는 것이라고 보아진다.

b. 간접묘사의 경우

보다 리얼리즘적인 수법에 해당하는 간접묘사는 인물의 성격과 심리까지가 시각화되고 외면화되어지는 묘사를 말한다. 그것은 앞서도 말한 것과 같이 애펠레이션과 외양, 행동, 대화와 말씨, 환경 등의 방법을 통하여 '보여지는' 것이다.

a) 애펠레이션appellation

3장에서 염상섭의 단편을 살펴 본 결과에 의하면, 〈전화〉를 발표한 20년대 중반 즈음에 실명에 대한 관심이 뚜렷할 뿐 그 이전의 자전적 소설의 경우에는 영문 이니셜 명명이 많았으며, 20년대 말에는 다시 이름에 대한 관심이 적어져서 등장인물의 명명에는 거의 신경을 쓰지 않는 것을 볼 수가 있다.

염상섭 초기 장편소설에 나타난 명명법의 특징은 다음과 같다.

첫째로 기호명의 소멸현상을 들 수 있다.

---

117) 누구든지 녀자의 비밀을 알고 싶거든 그 녀자에게 흠벅 호의를 보여주고 나서 금시로 랭정한 표시를 보여라. 녀자는 반듯이 그 랭정한 침묵을 깨털이랴는 간절한 호의로 자긔의 가장 큰 비밀까지를 제 풀에 설토하고야 말 것이다.(〈사랑과 죄〉,314쪽)

단편에서 1920년대 초기와 후기에 많이 보이던 기호명은 장편에서는 사라지고 있다. 장편에서는 기호명과 실명의 과도기적 형태라고 보아지는 이름이 〈만세전〉의 여급 P자에게 주어질 뿐, 그 외에는 보조적인 인물의 경우에까지도 모두가 평범하고 당대적인 성과 이름이 주어지고 있음을 확인할 수 있었다.

둘째로 항렬을 따르는 이름이 많다는 것이다.

〈만세전〉의 이인화, 이병화 등과 〈진주는 주엇스나〉의 김효범, 김효명 등과 〈사랑과 죄〉의 리해춘, 리해명 그리고 〈이심〉의 박춘경과 박춘서 남매 〈광분〉의 민경옥, 민명옥 〈삼대〉의 덕기, 덕희, 상훈, 창훈 등은 모두 항렬을 따르는 이름이다. 이들은 작품 내에서 다른 가족을 같이 보이고 있어서 확인 가능한 것 뿐 그외에도 항렬을 따르는 이름은 많을 것으로 보여서 이 비중은 더 커질 가능성이 있다.

항렬을 따르는 이름이 주어지는 경우는 ①남성 인물이 많으며 ②〈사랑과 죄〉와 같이 주인공과 매제의 관계가 중요하여 여동생이 등장할 수밖에 없거나 〈이심〉의 경우처럼 동생의 문제에 직언하는 오빠가 등장하게 되어 남매간이나 형제간이 중요성을 띠는 경우 ③〈만세전〉, 〈진주는 주엇스나〉, 〈광분〉, 〈삼대〉의 경우처럼 집안 내 이야기가 많이 되어지는 작품의 경우이다.

셋째는 세례명의 등장이다.

〈너희들은 무엇을 어덧느냐〉의 리마리아나 〈사랑과 죄〉의 뎡마리아 등이 쓰고 있는 '마리아'라는 이름은 앞에서도 살펴 본 것처럼 그 사람의 종교나 현재 위치, 환경까지를 짐작하게 하는 유행을 따르는 이름이라고 할 것이다. 이런 세례명의 특징은 ①여자가 주로 쓰는데 그 가운데에서도 신여성에게 많이 썼다는 것 ②자유연애 사상을 가지는 인물에게 쓰이며 ③리마리아와 뎡마리아의 경우, 인물의 성격상 본래 '마리아'의 이미지와는 상충되는 것을 볼 수 있는데 이는 근대 문명 수입의 왜곡된 일면, 혹은 그에 관한 작가의 부정적 견해 등을 보인다고 하겠다.

다음으로 그 외 평범한 이름들을 살펴보면,

먼저 남성에 있어서 택수, 형석, 석태, 진태, 호연, 진, 중환, 정방 등의 이름의 경우 작품상으로는 뚜렷이 나타나지는 않지만 두번째 특징에서 본 것 같은 항렬에 따른 이름들로 파악된다. 그것은 한국의 관습상 남자들의 경우는 거의 예외 없이, 이름을 짓는 경우 항렬을 따르기 때문이다. 따라서 평범한 당대의 이름이라 할 것이다. 다만 변원량의 경우는 항렬을 따른 이름임을 부정할 근거는 없다 하더라도 이름의 음에서 '한량'을 떠올리게 하여 그로 하여금 좋지 못한 이미지를 느끼게 하는 것으로 분석되어 작가의 직접적인 이념 현시가 어느 정도 되어진 것이라고 할 수 있다.

다음으로 여성의 경우를 살펴보기로 한다.

필순, 순영, 덕순 등의 이름에서 보이는 '順'이라는 의미는 전통적으로 여성으로서 순종이 최대의 미덕이고 가장 바람직하게 보여져 왔기 때문에 그러한 바램이 이름으로 이어진 예라 할 것이다. 마찬가지로 숙명, 인숙, 의경, 경애 덕순 등의 경우에서 보이는 '淑', '貞', '仁', '義', '敬', '愛', '德' 등도 그러한 예로서 전통적이고 유교적인 이념이 현시되는 이름인 것이다.

그런데 '順'자가 들어 있는 이름이 부여되는 경우라 하더라도 그 인물이 항상 순종적이고 온순한 성격인 것은 아니다. 필순의 경우도 맹목적인 순종을 하는 인물은 아니지만 덕순의 경우는 더욱 그러한 것을 볼 수 있다.

게다가 '淑', '貞', '仁', '義', '敬', '愛', '德' 등 여성으로서 婦德을 기원하는 의미의 이름을 가진 인물들이 하나같이 이름의 의미와는 달리 부정적인 성격으로 그려지고 있다는 것을 아울러 볼 수 있다. 때문에 이러한 애펠레이션의 특징은, 고대소설에서 이름을 통하여 성격을 직접적으로 묘사하는 것과는 달리, 간접적 방식으로, 다시 말하면 대조성에 의하여 인물 특성의 유비[118]를 제시하는 것이라 할 수 있다.

b) 외양 묘사

상섭의 경우는 외양 묘사에 탁월한 능력을 보이고 있다. 단편의 경우 뿐 아니라 장편에서도 그것을 확인할 수 있었다. 그런데 거기에는 몇 가지 특징이 있다.

첫째로 외양의 경우에도, 상섭은 긍정적인 인물의 외양보다 부정적 인물들

---

118) S 리몬 케넌,《《앞의 책》》,104-105면 참조.

의 외양 묘사에 더 공을 들인 듯이 보인다. 본고에서 고찰한 바에 의하면, 긍정적 여성 인물에 포함시킬 수 있는 순영이나 필순의 경우는 미인이라는, 혹은 미인으로 보인다는 정도로 그치는 반면 부정적인 인물들의 경우에는 그것이 명마리아나 숙명, 의경 같이 젊은 미인의 경우이든, 해줏집 같이 본판은 미인이나 아편과 불규칙한 생활로 피폐된 추한 모습의 인물이든 자세하고 구체적인 정보로 주어지고 있는 것을 볼 수 있다.

둘째로 여성 인물의 경우는 미와 관계깊은 피부라든지 허리, 눈썹, 머리칼 같은 부분적인 묘사까지 상세한 것을 볼 수 있다. 특히 신여성의 경우에 이것이 두드러지는데, 이는 작가 상섭의 신여성의 외양에 대한 지대한 관심을 보여주는 것이기도 하다. 그런데 남성의 경우는 외양 묘사의 예가 매우 드물다. 다만, 다음의 경우가 그 예외적인 경우에 해당한다.

먼저, 커닝햄과 좌야 같은 외국인의 경우이다. 이 경우 외국인으로서의 특이함이나 한국 여성과 관련되어질 때 그들의 호감을 살 만한 근거로써 외모가 필요하다는 전제하에 묘사가 중요하게 되어지는 것을 볼 수 있다.

다음으로는, 신여성들의 타락의 한 배경이 되는 미남자의 경우이다. 즉 리해춘과 같이 명마리아의 색정의 대상으로서 그녀로 하여금 젊고 잘 생긴 귀족인 그에게 끌리고 결혼까지 꿈꾼 나머지 범죄까지 저지르게 하는 경우나, 주정방과 같이 숙명과 경옥이라는 두 신여성 사이에서 삼각관계를 이루고 마침내는 살인이라는 범죄와 연관되게 하는 경우가 그것이다.

외양 묘사의 세번째 특징은, 1인칭소설인 〈만세전〉과 같은 경우에는 '나'의 외양묘사는 없다는 것이다. 다만 乙羅 등 다른 인물의 외양만이 가능한 것을 볼 수 있다. 물론 이 경우에도 '거울'이라는 장치를 활용하면 '나'의 외양 묘사도 가능하였겠지만 죽음과 삶이라는 인간의 근본적인 문제에 천착하면서 외부의 관찰과 자신의 내면이 주로 묘사되는 〈만세전〉에서는 그런 여유를 갖지 못하고 있다고 할 것이다. 거울을 통한 외양 묘사는 경제적일 뿐만 아니라 외양에 보는 이의 주관을 가미할 수 있다는 특성이 있다. 그것은 〈광분〉에서 두 여자 사이에서 저울질하는 자신의 모습을 단적으로 발견하는 주정방의 경우와, 〈진주는 주엇스나〉에서 거울을 보다가 안색이 나빠지고 건강이 안 좋아진들 걱정해 줄 사람이 누구냐는 자신의 신세 비관으로 이어지게 되는 인숙의 경우에 뚜렷이 나타나는 것을 보게 된다.

c) 대화·말씨 묘사

염상섭의 대화와 말씨 묘사의 특징은,

첫째로 작품 상에서 염상섭 특유의 갈등 노출이 이를 통해 유감 없이 발휘된다는 것이다. 그것은 작중인물들간의 갈등이 첨예하게 두드러지게 되고 인물의 성격이 뚜렷하게 나타나는 부분이 바로 인물들간의 말싸움 부분이라는 사실에서 볼 수 있다.

둘째로 그의 말씨 묘사에서는 인물이 말을 할 때 그 말의 저변에 깔린 숨은 의도가 드러나기도 하는데 이러한 데에서 그의 말씨 묘사의 능력은 탁월한 것이라고 할 수 있다.

셋째로는, 사투리 등의 사용이 보이지 않는다는 사실이다. 그것은 그의 인물들이 대부분 서울 사람인 것과 관련되는 부분이지만 평양 등의 異鄕에서도 그러한 것은 나타나지 않는 것을 보게 된다. 이것은 사투리까지 작품 속에 포함시킴으로써 작품의 언어의 영역을 확대했다고 평가되는 김동인과의 차이점이 되는 것이다.

넷째로 상섭의 인물묘사에서 대화와 말씨를 통한 부분이 탁월성을 보여주면서 양적으로도 가장 많다는 것을 알 수 있다. 이것은 그가 드라마에 관심을 보였다는 것과도 무관하지 않은 사실이라고 할 것이다. 그는 사실 일본의 신극운동가인 島村抱月의 예술좌의 일정한 영향을 받아 회화의 묘미를 깨닫게 되었던 것이다.119)

20년대 중반에 와서 상섭의 대화 문장은 ①〈표본실의 청게고리〉,〈암야〉 등에서 볼 수 있는 초기의 관념 지향적 외래어 한자어의 남용이 지양되고 생활어가 등장하게 되며 ②그 중에도 서울 중산층의 전형적 말투(경아리어)의 문체가 가장 효력을 발휘하면서 ③대화 묘사로써 사건의 진행과 심리의 외면화

---

119) 강인숙,〈〈자연주의 문학론Ⅱ〉〉,85-87면 참조.

까지 담당해내기까지 하는 특징을 갖는다고 할 수 있다. 유창한 언변을 가졌다고 하는 그는 대화 문장을 통하여 그것을 잘 표현해냄으로써 개인 언어와 소설 언어 사이의 차이를 없애는 역할을 했던 것이다.

  d) 행동 묘사

  추상적인 개념으로서의 사건이 개별화되고 구체화되는 것인 행동은 정적 국면의 환기를 결과하는 습관적 행동과 동적 국면의 환기로 전환점 노릇을 하는 일시적인 행동으로 나뉠 수 있다. 전자에 포함되는 습관적 행동은 여성적이고 다소 우울질의 비관적인 성격의 소유자인 〈진주는 주엇스나〉의 효범의 도리질하는 행동으로 그의 사고를 환기하는 결과를 가져오는 데에서 나타나는 정도이어서, 상섭의 경우는 일시적인 행동 묘사가 대부분을 이루고 있음을 볼 수 있다. 이 부분은 대화, 말씨 묘사보다는 양적으로도 적고 그 내용에 있어서도 완벽성이 떨어지는 것이라 하겠다.

  e) 환경 묘사

  소설이 다른 장르 및 이전의 픽션과 구별되게 하는 것은 인물의 성격 묘사와 배경 설정의 중요성 속에서 등장인물의 개성화와 그 주위 환경의 세밀한 묘사에 있다는 것이다. 리얼리즘의 척도는 바로 시간을 통한 인과관계와 공간, 환경, 주택, 직장 같은 구체적인 장소의 중시에 있기 때문이다.

  염상섭은 자기가 살고 있는 시대와 사회적 환경을 정확하고 완벽하며 진지하게 재현하는 리얼리즘소설의 특성에 걸맞게 배경의 시간적 당대성과 공간적 근접성을 누구보다 철저히 지켜 나간 작가라 할 수 있다. 그것은 다음에서 확인된다.

작 품 명	시간적 배경	작품 발표 연대	공간적 배경	공간·작가의 관계
만세전	만세 전해, 1918년 겨울	1922-4년	路上(동경-신호-하관-부산-김천-서울-동경)	路上(작가의 귀국 체험이 바탕이 됨 작가가 있던 곳)
너희들은 무엇을 어덧느냐	당 대	1923-4년	서 울	작가가 생활한 곳
진주는 주엇스나	당 대	1925-6년	서 울 부차적 : 인천	작가가 생활한 곳
사랑과 죄	당대 : 용산 인도교 붕괴 1925년	1927-8년	서 울	작가가 생활한 곳
이 심	당 대	1928-9년	서 울 부차적 : 신호	작가가 생활한 곳
광 분	당대: 박람회1929년	1929-30년	서 울	작가가 생활한 곳
삼 대	당 대	1931년	서 울	작가가 생활한 곳
결 과	서사시간:장편임에도 불구하고 모두가 1년 이내. 시간적 배경과 발표년도,곧 작가의 경험과 소설 속의 시간이 밀착됨.		도시가 중심	작가가 잘 아는 곳을 배경으로 함 : 리얼리즘문학의 조건

ⓐ 시간 : 당대성

현재라는 것은 일시적이고 유동적이며 시작도 끝도 없는 영원한 연속일 뿐 아니라 진정한 완결성을 부정하며 본질을 결여하는 것이다. 그러므로 시간적으로 현재를 묘사하는 동시대성이라는 것은 ①한 사건을 자기 자신 및 동시대인들이 속한 것과 동일한 시간, 동일한 가치의 차원에서 묘사하는 것이며 ② 서사시의 대상인 과거에 비하면 '저급한' 서열의 현실이라 할 수 있는 것인데 ③소설 같은 저급 장르들에서만 재현의 대상이 되는 것으로 ④문학에서는 근본적인 혁명을 시도하는 것이 되고 ⑤그것이 서사시의 세계로부터 벗어나 소설의 세계로 나아가게 하는 것이라는 특징을 갖는다.[120]

---

[120] Mikkail Mikhailovich Bakhtin,《《Voprosy literatury i estetiki》》,전승희 외 역, 《《장편소설과 민중언어》》,창작과 비평사,1992,30-38면 참조.

염상섭은 당시의 작가 가운데에서 역사소설을 쓰지 않은 희귀한 작가이다. 그것은 그가 전통적인 것에 대한 지식이 부족하다[121]는 사실과도 연관되는 문제이면서 아울러 상섭을 가장 리얼리스트 답게 만드는 조건이라고 할 것이다. 그의 소설은 모두가 동시대성을 추구하여, 그 배경이 당대를 떠나지 않은 것을 볼 수 있다.

〈만세전〉의 시간은 1918년 겨울로 '특별한' 시간이다. 염상섭이 살았던 당대였을 뿐 아니라 작품과의 거리도 멀지 않다. 작품내 소요 시간 역시 2주 정도이고, 여로를 포함하는 작품이 가지는 시간적인 확장도 보이지 않는다. 〈이심〉, 〈사랑과 죄〉, 〈너희들은 무엇을 어덧느냐〉, 〈광분〉, 〈진주는 주엇스나〉, 〈삼대〉의 경우에도 시간적 배경이 명시되어 있지는 않지만 당대인 것을 짐작하는 것은 어려운 일이 아니다. 작품 내 시간의 흐름, 곧 소요 시간은 단편과 중편보다는 다소 길지만 비약이 많지 않아서 2-3개월에서 1년 정도에 그치는 것을 알 수 있다

ⓑ 공간 : 근접성

소설에서 장소의 제시는 고의적으로 장소를 밝히지 않는 것에서 단순한 제시, 간단한 묘사, 여러 세밀한 묘사, 그리고 소위 장소 그 자체가 하나의 '등장인물' 또는 '등장인물적 성격'이 되는 점에 이르기까지의 다양한 규칙들에 의지하고 있는 것이다[122].

〈만세전〉에서의 공간은 여로를 다루고 있는 '路上의 크로노토포스(시공간)'[123]이며 한국과 이국-동경과 신호, 하관-이 포함된다. 그렇지만 여기에서의 이국은 엑조티시즘의 이국이 아니고 당대 지식인들이 유학을 하던, 그리고

---

121) 강인숙,〈한·일 자연주의 비교 연구III-(2)〉,건국어문학 11·12 합집,1987 참조

122) Raymond Williams,《《Marxism and Literature》》,이일환 역,《《이념과 문학》》,문학과 지성사,1982,213면 참조.

123) 강인숙,〈염상섭의 소설에 나타난 시공간의 양상〉,11-12면 참조.; 여기서는 〈만세전〉은 어떻든 여로를 포함하는 만큼 흔들리는 것과는 상극인 리얼리즘에는 조금 미숙하다고 보면서 여로와 정착의 중간 단계인 이 작품이 로맨스와 노벨의 중간 단계이며 〈만세전〉 이후의 작품이 비로소 노벨의 기본적 요건을 갖춘 것이라고 하였다.

異國, 敵國이면서도 이국이라 할 수 없는 공간이어서 로맨스와는 구별되는 것을 보게 된다. 이인화는 모험이나 유희를 위하여서가 아니고 병든 아내를 보러 본가로 돌아가는 여행을 하고 있는 것이다.

〈너희들은 무엇을 어덧느냐〉에 오면 그러한 일본조차 배경에서 제외되고 서울에서 일어나는 일만이 작품에 보여지는 것을 볼 수 있다. 작중인물들은 빈번히 일본을 오가거나 화제에 올리는데 정작 일본은 그려지지 않고 작품에서 중요한 전환점이라 할 일본으로 간 덕순의 신변적 변화조차 보여지지 않고 암시에 그치고 만다.

〈진주는 주엇스나〉의 경우 주무대는 역시 서울인데 부분적으로 인천이 등장하고, 효범과 문자가 여행하게 되는 그밖의 곳이 나타난다. 그러나 인천은 효범과 효녕의 본가가 있고 문자가 생활하던 곳이며 리근영의 집이 있는 곳이라고만 설정되어 있으며 그곳이 배경이 되는 것은 신문 기사와 회상 속에서 인숙의 음악회 사건이 보일 때와 인숙과 리근영의 결혼식이 행해진 때만 작품 속에 나타날 뿐 작품 내 비중은 크지 않다. 효범과 문자와 여행을 하고 마침내는 동반 자살을 하게 되는 그밖의 무대는 효범의 유서 속에서 단순한 제시로만 나타날 뿐이다. 죽음이 전제되어 있는 여행에서 자연의 관찰을 할 여유가 없었기 때문에 배경에 관한 묘사가 없다는 것이다. 이러한 배경으로서의 자연 묘사가 거의 없다 할 정도로 적은 것은 일상적 시간의 흐름을 단절시키는 자연 묘사를 염상섭이 배제했다는 것을 알게 한다.

〈사랑과 죄〉 역시 호연 등이 재판을 받으러 가고 해춘이 뒤를 보아 주러 따라가는 평양을 제외하면 모두가 서울을 배경으로 한다. 작품 말미에 해춘과 순영이 봉천으로 가는 것이 나오는데 이것 역시 장소의 단순한 제시에 그치는 것이어서 배경 묘사에 포함시키기에는 부족한 것이라 할 것이다.

〈이심〉의 경우 주무대가 되는 곳은 역시 서울이다. 춘경과 창호의 집을 비롯하여, 좌야가 지배인으로 있으며 커닝햄이 거주하는 훼밀리 호텔이나 춘경이 취직하게 되는 천전상회, 그리고 춘경이 자살하려고 찾는 안국동의 어느 여관 등은 모두가 서울이 배경인 것이다. 다만 춘경이 커닝햄과 결혼한 후 서울을 떠나 신호 등지를 가는 것이 나오는데 그 부분은 매우 간략하게 묘사되어 작품 내에서 무시해도 좋을 정도인 것을 볼 수 있다.

〈광분〉의 경우도 그러하다. 경옥이 공부하고 왔으며 가끔 도피처로 택하는 일본의 동경을 제외하면, 정방이 경옥을 찾아 다니는 대구와 경주의 역 부근과 숙녕이 간 온양온천 정도가 부분적으로 나올 뿐 주배경은 서울이다.

〈삼대〉는 조의관과 덕기가 있는 집, 상훈의 집, 경애의 집, 병화가 하숙하고 있는 필순네 집 등과 그외 매당집과 바커스 술집, 병원, 경찰서 등의 부수적 공간이 모두 종로구와 중구를 벗어나지 않는 서울이 배경으로 되어 있다. 덕기가 동경에 가 있을 때는 그가 주인공임에도 불구하고 작품 속에서 나타나지 않는 것은 우연한 일이 아니다.

결국 서울 이외의 배경은 거의 없어 공간적 근접성을 지키고 있다고 할 것이며, 부수적 배경도 인천이나 신호 같은 도시를 벗어나지 않는 데에서 작품 배경의 도시성을 확인할 수 있다. 여행의 모티프를 사용하는 일이 그의 작품에서 빈번한 것을 볼 수 있는데 〈만세전〉만이 여로의 비중이 클 뿐 〈진주는 주엇스나〉, 〈사랑과 죄〉, 〈이심〉, 〈광분〉 등의 작품에서는 부분적인 여행이 보여져 흔들리는 것과는 상극인 리얼리즘의 정신에서 벗어나지 않는다. 그런데 이러한 여행의 경우에도 대부분이 도시가 배경이 된다는 것을 알 수 있다. 〈만세전〉이 그렇고 부분적으로 보여지는 다른 작품에서도 여로는 도시로 한정된다. 주무대가 도시, 서울이면서 여로도 도시들만이 등장하는 것은 그가 도시 이외의 곳에 관하여 잘 알지 못한다는 것을 짐작하게 한다. 그는 자기가 알지 못하는 곳을 배경으로 하지 않는 작가이기 때문이다. 그는 사실 20년대에 있어서, 오산학교 교사로 가 있던 1921-1922년경을 제외하면 도시를 떠나지 않고 있다. 노벨의 무대로써 인구 밀집 지역인 도시가 적합한 곳이 되므로 이러한 배경의 도시성은 다시 한국문단 최초의 도시소설 작가인 그를 노벨의 선두 주자이게끔 만드는 여건이 되는 것이다.124)

이러한 공간적 배경을 옥내와 옥외로 다시 살펴보면, 대부분이 옥내와 옥외가 공존하는 것을 볼 수 있다. 이중 옥내 주도형이라 볼 수 있는 것은 〈너희

---

124) 이러한 배경의 도시성은 염상섭과 에밀·졸라의 공통 부분이 된다.(강인숙,〈〈자연주의 문학론〉〉,237면 참조)

들은 무엇을 어덧느냐〉, 〈진주는 주엇스나〉, 〈사랑과 죄〉, 〈광분〉, 〈삼대〉 등이고 옥외와 옥내의 병존형은 〈이심〉 정도이다.

〈너희들은 무엇을 어덧느냐〉는 여러 사람들의 살림집이 주로 되면서 요릿집,기생의 집 등의 옥내가 주로 되고 산책의 거리는 부분적으로만 보여진다.

〈진주는 주엇스나〉 역시 진변호사의 집이 주무대가 되고 지주사의 집, H명 등의 옥내와 함께 효범이 진변호사를 미행하는 거리의 배경과 문자와 효범이 함께 하는 여행의 부분이 나타나지만 구체적 배경 묘사는 역시 없다.

〈사랑과 죄〉는 해춘의 집을 비롯한 살림집들과 병원, 경찰서, 여관, 카페, 역 등의 옥내가 주무대이면서 공원이라든지 차를 타고 달리다가 서서 이야기를 하거나 다른 사람을 만나게 되는 노상 등지가 부분적으로 나타난다.

〈삼대〉의 경우는 덕기가 사는 조부의 집을 중심으로 여러 곳이 나타나지만 대부분이 살림집과 그밖 건물의 집안이다.

〈너희들은 무엇을 어덧느냐〉, 〈진주는 주엇스나〉, 〈사랑과 죄〉, 〈삼대〉가 살림집이 주무대가 되면서도 여러 집이 배경이 되는 '다변화'[125]의 배경이라면 〈광분〉의 경우는 그보다 협소한 것이다. 한 집안에서 경옥의 방, 숙녕의 방, 식당 등으로 나누어지지만 대부분이 한 집안을 벗어나는 것이 아니다. 다만 주정방의 하숙집, 숙녕이 여행을 간 온양온천과 정방과 진태가 기차를 타고 다니는 역 부근 부분이 나오지만 위에서 밝힌 바와 같이 그것은 지극히 부분적이고 일시적이다.[126]

이상 염상섭의 초기 장편의 인물묘사 문제를 분석해 본 결과, 상섭은 긍정적이거나 자신이 동정할 수 있는 인물들의 경우에는 작가로서 그를 설명하거나 그 인물의 내면에 참여하는 직접묘사를 많이 보이고 있는 반면 부정적인 인물의 경우에는 심리적 배경이 작품 내에서 중요한 상황이라 하더라도 그 내면의 묘사에 인색했던 것을 알 수 있다. 이로써 정리할 수 있는 상섭의 인물

---

125) 강인숙,〈염상섭의 소설에 나타난 시공간 양상〉,18면 참조.
126) 이러한 옥내 중심의 배경 협소성은 염상섭이 일본 자연주의와 공통되는 부분인 것이다. (강인숙,〈〈자연주의문학론〉〉,237면 참조.)

묘사의 중요한 특징은 다음과 같다.

첫째, 자신과 많이 닮아 있는 **긍정적** 프로타고니스트나 심리 묘사가 꼭 필요한 인물의 경우에는 직접적으로 설명하고 말하는 방식을 많이 썼다. 작가 자신이 외면화와 간접묘사라는 현대적 기법을 인식하였음에도 불구하고 직접묘사의 비중을 크게 하고 간접묘사를 적절히 혼용함으로써 두 가지 방법의 한계를 극복하려 했다는 것이다. 여기에서 내면 세계의 천착은 그 특유의 긴 문장으로 가능했다. 그런데 직접묘사가 더 많은 비중을 차지하는 인물들은 다소 평판형으로 묘사되어 생생하게 살아 있는 인물로 형상화되기보다 설득력을 얻지 못하는 것을 볼 수 있다.

둘째, 작가 자신이 부정하고자 애쓴 인물, 곧 부정적 인물들의 형상화에 보다 더 기법적 노력을 보였다는 것이다. 이는 명마리아나 조상훈 같은 인물의 경우 매우 생생하게 묘사가 되어지고 있다는 것만 보아도 알 수 있다. 부정의 염을 강조하고자 간접묘사의 외면화기법으로 타당성 있게, 또 객관적이고 리얼한 방식으로 인물의 성격을 부각시키고 있다고 보아진다. 그러나 이 항목에 포함되는 많은 인물들은 객관의 묘사에만 치중하여 내면 세계의 묘사를 등한히 하고 있는 경우가 많은데 그 때문에 인물의 행동과 말씨의 기초가 되는 심리를 알 수 없다는 불리함이 있다.

셋째, 명명의 문제에서, 항렬을 쓰는 이름과 유교적 덕성 강조의 이념이 포함된 이름을 쓰고 있지만 그것이 그 인물의 성격을 알려주는 방식은 간접적이라고 할 수 있다.

넷째, 외양 묘사에서 상섭은 미:추=선:악이라는 전통적 공식을 깨뜨리고 있다. 그리고 긍정적 여성의 경우에보다도 부정적 여성의 외양에 더 천착함으로써 인물의 외양에 어떠한 선악 가치도 부과하지 않고 있다. 상섭의 만연체적 문장이 빛을 발하는 부분은 바로 이러한 외양 묘사에서라고 보아진다. 전체적인 외모에서 디테일에 이르기까지 상세한 묘사는 그의 성격과 출신 등을 간접적으로 알려주는 데 있어서 중요한 역할을 한다.

다섯째, 대화 묘사에서 상섭의 탁월성은 유감 없이 발휘되고 있다. 그것은 그가 일본의 신극운동에서 영향을 받고 드라마에 관심을 보였다는 사실과 관런하여 볼 수 있다.

여섯째, 상섭에게서 행동 묘사는 외양이나 대화 묘사보다는 다소 떨어져서 구체적으로 묘사되는 것이 적다. 어떤 일을 적극적으로 하는 것을 보여줌으로써 인물의 성격을 알 수 있게 하기보다 소극적으로 하는 부작위 행동 등이 종종 나타난다.

일곱째, 배경 묘사에 있어서 염상섭은 한 인물의 공간적 배경으로 그 인물이 처한 상황, 출신, 성격 등까지도 나타내는 것을 보여준다. 작품의 배경에 있어서도 시간적인 당대성과 공간적인 근접성 곧 here and now의 현대소설의 배경의 조건을 철저히 지키고 있음을 확인할 수 있다.

인물묘사를 통하여 본 염상섭 작중인물의 특징을 살펴보면 다음과 같다.

첫째, 상섭은 특히 돈과의 결투라는 가장 현대적인 드라마 속에서 탁월한 인물묘사와 형상화를 보이고 있다. 그래서 그의 대부분의 긍정적 인물들은 돈의 기능, 곧 현실성을 깨달아가는 과정을 살아가는 인물들이라고도 할 수 있다. 부정적인 성향을 가지는 인물들은 돈의 역기능적인 측면에서 설명할 수 있는 인물들이다.

둘째, 염상섭의 작중인물들인 학생과 지식인들은 그들 사회적 집단을 대표하던 주인공들이고 부정적인 인물들도 당대 사회의 인물들의 모습을 대표하는 것이며 또한, 당대의 상황을 가장 실감 있게 살고 있는 인물들이라고 할 것이다.파악된다. 그런 만큼 그들의 행동과 심리는 사회적인 意味域을 가지고 있다고 보아진다.

셋째, 작중 주요인물의 경제적 측면에서, 학력 면에서 상섭은 불란서의 본래적 의미의 자연주의와는 일정한 차이를 갖는 일본 자연주의와 공통적인127) 부분을 갖는다.

넷째, 〈만세전〉, 〈진주는 주엇스나〉, 〈사랑과 죄〉 등의 프로타고니스트들은 비분강개하거나, 혹은 절망에 빠지고 또는 그것을 극복하는 인물들이라면 〈너희들은 무엇을 어덧느냐〉, 〈이심〉, 〈광분〉은 등장인물들의 정욕, 애욕과 금전

---

127) 강인숙,〈〈자연주의문학론II〉〉,208-210면 참조.

적인 것에 대한 지향과 갈등 그리고 좌절의 불안정하고 부정적인 성격의 인물들이라고 할 수 있다. 그리고 〈삼대〉는 현실 고발과 풍속 묘사의 두 가지를 통합하는 데 성공하고 있는 것으로 보아지는 만큼 이 작품에서 전자의 비분강개의 주인공은 풍속의 수준으로 내려앉게 된다.

다섯째, 염상섭은 흔히 부정 정신의 작가라 일컬어진다. 그것은 그의 작품 속에 형상화된 인물들이 긍정적 인물보다 타락한 부정적 인물들이 월등히 많이 나타나는 것에서도 볼 수 있다. 인물의 묘사 문제에서도 확인되었던 것처럼 그는 부정적 인물의 설정에 양적으로, 또 질적으로 간접묘사에 비중을 크게 두면서 천착하고 있다. 이러한 현상은 부정적인 사회에 대한 否定意識의 표현이라 볼 수 있다. 긍정적이고 바람직한 이상적 인물에 집착하는 것은 사회심리학적 측면에서 보면 하나의 소외 현상이라 할 것이다. 그렇기 때문에 바람직한 인물의 주창은 또 하나의 현실도피이며 "괴로운 현실의 자각이라기보다 그것의 감정적, 감상적 처리"128)인 것이니 부정적 인물을 주로 형상화하는 것은 작가의 사회에 대한 적극성의 일면이라고 보는 것이 타당하다고 하겠다. 따라서 부정적인 인물들을 많이 설정하고 그들의 묘사에 보다 치중한 염상섭의 작가 정신 역시 적극적인 것이었다고 파악된다.

여섯째, 그러한 부정적인물들은 대부분 타락한 인텔리형과 협잡꾼형으로 나누어진다. 타락한 인텔리형의 인물들의 경우는 의식도 없는 상태에서 새것만을 지향하고 신과 구를 적절하게 조화시키지 못한 결과가 빚어내는 타락상을 적나라하게 보이고 있다. 협잡꾼형의 인물들은 금욕이 과도하여 다른 사람을 위험한 지경에 빠뜨리거나 심지어 살해하기까지 하는 인물들이다.

---

128) 김치수, 《《문학사회학을 위하여》》,문학과 지성사,1988,20면.

제5장 인물묘사방법과 염상섭의 세계관

1. 함축된 작가

　세계관World view이란 세계 전체에 대한 통일적 이해라는 말이다. 이는 情意的·주체적 계기를 중시하는 것으로, 그것은 우리가 단순하게 '세계'의 일부를 형성하는 데 지나는 것이 아니라 거꾸로 세계를 창조할 수도 있기 때문이다. 이는 우주 만물과 생사 유무 일체라는 그 전부를 총체적으로 볼 필요성을 환기해 주는 데 그 利點을 가지고 있다. 그런데 사실상 인간이 세계를 총체적으로 통찰하기란 불가능한 것이 아닐 수 없다. 단지 각자 처한 위치에서 눈에 보이는 부분에 대한 정확한 인식을 전체에 대한 최대한의 인식으로 끌어 올리는 변증법적 전환만이 어느 정도 가능할 뿐이다. 그렇기 때문에 하나의 작품을 통해서 그 작가의 세계관을 살피는 일이 작가의 당대 삶에 관한 작가의 인식을 보여주는 것이 되는 것이다.

　문학 작품을 연구함에 있어서 시대성과 초시대성의 문제는 많은 과제를 떠맡기는 문제이다. 작가는 작품 속에서 자기가 살고 있는 시대와 사회의 삶에 소홀해서는 안된다는 시대성의 문제와, 작가로서 현실을 선택하고 굴절 또는 전환시키는 과정에 있어서의 상상력이나 형상력에도 등한할 수 없다는 초시대성의 문학 미학적 문제라는 등가의 이중가치를 모두 전제하여야 한다.[1] 역사 속에서 문학이라고 하는 것의 자리매김은 그것이 고도의 개인적 문예라 할지라도 시대의 사조를 암암리에 따르는 것이므로 반드시 사회성을 내포하는 것[2] 이라는 소박한 사실에서 문학 작품이란 당대를 올바로 인식하는 것으로 정신사를 이끌어 나갈 수 있다는 것을 생각해 볼 때 이는 자명해진다. 문학의 정신사적 중요성은 사상계나 일반 학계가 이론적 갈등 속에 몸부림치고 있을 때

---

[1] 이재선,《《한국문학의 지평》》,새문사,1981,69면 참조.
[2] 박성의,《《한국문학 배경 연구》》,이우출판,1980,130면 참조.

에도 구체적인 실례를 보여주고 있다는 데에 있다3)는 것은 우연한 일이 아니다. 어떻든 작품이 미적 차별성으로써, 곧 역사로부터 일정한 거리를 취한다고 해서 그것이 초역사적으로, 초시대적으로 될 수 있는 것도 아닐 것이고 사회성을 배제할 수 있는 것도 아닐 것이다.

훌륭한 문학작품일수록 사회사 연구에 시사하는 바가 크다고 하는 것은 이미 문학사회학자들의 공통된 지적 사항이다. 그것은 우수한 작품일수록 직접성과 함께 구체적인 삶의 모습을 풍부히 보여줄 수 있다는 이야기가 된다. 문학사회학에서 주장하는 것은 모든 문학적 활동이 사회적인 관점에서 이해될 수 있고, 또 모든 사회적 현상은 문학적으로 이해되고 그 형식 속에 가두어 놓을 수 있다는 것이므로 문학작품을 통하여 그 사회적 현상을 추적할 수 있다는 것은 자명한 것이라 하겠다. 이러한 문학과 사회 현실과의 관계 특히 소설과 현실과의 관계에 관하여는 다음과 같은 논의를 참고할 필요가 있다.

소설은 발전하고 있는 유일한 장르이기 때문에 자신을 전개하는 과정에서 좀 더 깊고 본질적으로, 그리고 더욱 민감하고 신속하게 현실 자체를 반영한다. (...)소설은 모든 장르들 중에서 아직 생성 중에 있는 새로운 세계의 경향들을 가장 잘 반영한다는 바로 그 이유 때문에 우리 시대의 문학 발전이 이루어낸 드라마의 주도적인 주인공이 되었다. (...)소설은 그것들을 자신의 궤도로 불가피하게 끌어들이는데, 그 이유는 바로 이 궤도가 전체 문학의 기본 발전 방향과 일치하기 때문이다. 여기에 문학사 뿐만 아니라 문학 이론의 한 연구 대상으로서의 소설의 예외적인 중요성이 있다.4)

소설의 중요성은 그것이 신속하게 현실 자체를 '반영'할 때 가장 크게 부각되는 것이라는 것이다. 물론 이 때 현실이란 "인간 존엄성에 대한 신성 모독이기 때문에 고전 비극 작가들이 비극의 공간에서 배제하였던 변소와 쓰레기터마저 포용하여 생략을 통한 거짓으로부터 자유로와지려는 근대 작가의 의지"5)의 표현으로서의 현실이고 그러한 현실에 대한 선택권의 배제와 가치 중립성

---

3) 김병익 외,《《현대 한국 문학의 이론》》,민음사,1974,230면 참조.
4) Mikkail Mikhailovich Bakhtin,《《앞의 책》》,23면
5) 유종호,〈소설과 사회사〉,307면.

이 바로 리얼리즘의 정신이다.

소설의 작중인물이 소설 속에서 의미를 갖게 되는 가장 중요한 국면 역시 사회와의 관련성 속에서 논의 될 수 있는 것이다.6) 그래서 본 장에서 기왕에 살펴본 염상섭의 1920년대 장편 속의 인물묘사를 통하여 식민지 시대를 살아 가는 작가가 당시 사회에 대하여 '이야기'하려고 한 것이 무엇인가를 규명해 보려고 하는 것이다.

어느 작품에도 높거나 낮거나 간에 작가의 '목소리'가 있다. 하나의 작품을 대할 때 직접적인 방식으로든 혹은 그렇지 않은 경우든 허구적 목소리의 배후에 또 하나의 소리가 있어 작중인물들의 배후에 또 하나의 인물이 있으며 그가 작품의 내용을 독자가 볼 수 있는 방식으로 선택하고 배열하며 제시하는 결정자인 동시에 지성과 도덕적 감정의 존재임을 느낄 수 있다. 이것이 바로 목소리voice, 혹은 함축된 작가implied author라 할 것인데 이는 전체 허구의 일부이며 작자는 작품의 과정에서 그 존재를 점차 부각시키게 된다.7) 이것은 독자에게 미치는 작품 전체의 효과를 만들어내는 데 중요한 역할을 한다. 그리고 이는 다시 한 작품 전체의 함축적인 통어력으로 독자들의 작품에 대한 무제한의 상상적 동의를 돕게 되는 것이다.8)

상섭의 문학을 현실에 대한 외면으로 보고 있는 것9)은 상섭을 사실주의,자연주의라는 '주의'의 문제로 그의 문학을 묶어 두고 자연주의＝무판단의 사진 같은 직접적 반영이라고 보는 지나친 도식주의의 소산이라고 보아진다. 상섭은 작품을 쓰면서 이미 작가와 사회와의 관계를 인식했다. 그것은 상섭 자신

---

6) E.Boa & J.H.Reid,《《Critical Strategies》》,McGill Queen Univ.press,1972,92면 참조.

7) '소설 속의 화자는 언제나 어떤 정도로든 이념인(理念人,ideologue)이며, 그의 말은 언제나 이념소(理念素, ideologeme)들이다. 소설 속의 특정 언어는 언제나 세계를 바라 보는 특정 방식이며, 따라서 사회적 의미를 추구하게 마련이다. (…)소설을 쓸 경우에는 심미주의자조차 자신의 이념적 입장을 변론하고 검증해야만하고 또 논쟁가이자 변론가이어야만 하는 한 사람의 이념인이 되는 것이다';M.Bakhtin,《《앞의 책》》,150-151면 참조.

8) Abrams,《《문학 비평 용어 사전》》,204-208면 참조.

9) 그것은 여러 책에서 보이고 있는 견해이다. 이를테면,조연현의 《《한국 현대 문학사》》(성문각,1974,384면)와 이재선의 《《우리 문학은 어디에서 왔는가》》(소설문학사,1987,235면),김시태의 《《한국 현대 작가·작품론》》(이우출판사,1982,99면) 등이 그것이다.

이 "今代人의 藝術에서 今代人의 生活을 除却하고는 鑑賞할 興味는 조금도 업다"[10]고 이야기한 부분에서 뚜렷이 보여진다. 또 상섭의 작품 속에는 작자의 감정이나 사고가 전혀 없다[11]는 비난 역시 그의 작품에 대한 옳은 파악은 아니라고 본다. 송하춘은 춘원 소설이 개화기 지식인다운 양심의 기준을 선구자적인 기능에 둔 반면, 염상섭은 식민지 시대의 올바른 현실인식 그 자체를 인간 양심의 근거로 삼았다고 하면서 당시대에 판을 치는 잘못된 현상들에 대한 비판이 혹은 신여성의 자유분방한 타락상으로, 혹은 시대와 사회의 모순을 보며 인물로 하여금 분개하는 것으로 그리고 있다고 하여 작품 속에서 작가 염상섭이 보이고 있는 현실 제시와 비판을 지적하였다.[12] 염상섭은 식민지 현실을 직시하고 당대의 작가로서 민족과 조국이 당면한 문제들과 맞서 싸우는 동시에 문학의 질서를 내세우려는 진지한 작가가 드문 식민지 치하의 문단에 위치하면서 예리한 관심과 능숙한 구성력으로 절박한 30년대의 한국 사회와 정신 풍토를 관찰하고 분해하여 재구성하고 그리하여 갈등의 사회학을 제시하였던 것이다.

작가나 문학 지식인의 위치는 지식인층과 민중층의 사이에 있는 것이다. 그러한 위치는 사회 형성층의 의미를 객관적으로 이해할 수 있는 지식과 그에 내재해 있는 잘잘못을 비판적 안목으로 관찰할 수 있다는 의미를 갖는 것이다. 그들은 지도적 계층으로서 비교적 자유로운 시선으로 민중의 사회적 위치를 객관적으로 들여다 볼 수도 있었고, 그들보다 상위에 있는 대시민적인 계층인 봉건적 지주, 기업가, 친일 관료 및 일제의 막강한 군국주의의 힘과 제도를 살필 수 있었던 것이다.[13] 염상섭 역시 그러한 계층에 속해 있었기 때문에 당대에 대한 철저한 직시가 가능했다. 그렇기 때문에 상섭은 민족주의 측에서나 사회주의 측에서나 자각하지 못하고 있던 식민지 시대 정신이라는 문제를 비판적으로 객관화시킴으로써 문학이 감당해야 하는 정신사의 탐구를 수행해 낼 수 있었던 것이다. 그것은 그의 개인적 위상과도 관계가 있다. 사실 상섭은

---

10) 염상섭,〈문예와 생활〉,《조선문단》,1927.2
11) 조연현,《앞의 책》,384면 참조.
12) 송하춘,〈앞의 글〉,94-95면 참조.
13) 신동욱,〈사실주의〉,130면 참조.

논쟁과 이론 위주의 문단에서 뒤로 물러나서 문제를 객관적으로 보려는 문단적 위치를 견지하고 있었고, 당시 물밀듯이 들어오는 신교육과 신문물, 특히 기독교에 대하여 직시하고 비판할 수 있었던 세대에 속한다.

한국 문학에서 지적, 정신사적 측면을 고려할 때, 소설 작가 가운데 그것이 긍정적 측면으로 검토될 수 있는 거의 유일한 작가가 염상섭이라고 할 수 있다. 이것은 식민지 치하라는 닫힌 사회 속에서 나름대로 꾸준히 작품 활동을 하였던 염상섭이 작품 가운데 담고 있는, 함축된 작가로서의 '목소리'를 찾아 살펴봄으로써 다시 한번 확인할 수 있을 것이다.

2. 인물묘사방법과 염상섭의 세계관

문학 작품 속에서 '의미'라 함은 작품이 갖고 있는, 그래서 겉으로 곧 드러나는 것을 말하며 이를 '의미화'하는 것은 작품 속에 숨어 있어 겉으로 쉽게 드러나지 않는 것을 인식하는 행위라 하는 것이다. 예술가의 정서와 개성은 그 자체보다 예술 작품 속에 융합되어 있을 때 중요해진다는 점에서, 그렇듯 작가를 이해하는 통로인 문학 작품을 이해함에 있어서 그 표면적인 의미와 겉으로 쉽게 드러나지 않아 인식이 어려운 것까지 이해하려는 의미화의 문제는 상섭의 문학을 이해하려 할 때 실로 중요한 작업이 아닐 수 없다.

상섭은 장편소설에서 단순하게 개인의 삶을 그리는 것을 목적으로 하고 있지 않다. 인물들의 삶과 운명을 묘사하면서 그들이 처하여 있는 역사와 사회를 함께 묘사하고 그럼으로써 간접적으로나마 반영과 고발이라는 문학의 중요한 역할을 하고 있다.

① 〈만세전〉의 경우
내용상에서 주인공 이인화의 조혼한 아내는 출산이라는 여성 특유의 생물적 기능만을 해내고 보상 없이 죽어 간다. 이것은 "가정 내부의 착취적 인간 관계를 드러 내면서 해방의 당위성을 강력히 시사"하는 것으로 확대 해석하여 의미화할 수도 있다. 그런데 아내의 죽음 앞에 냉담하다고 해서 이인화가 아내의 가해자라고 할 수는 없다. 인물 중에 아무도 가해자는 없고 피해자만 존재하

는 상황, 이것이 〈만세전〉의 현실이고 또한 식민지의 사회현실인 것이다.14)

첫째로, 작품 내에서 작가는 식민지 조국 현실에 관한 냉엄한 인식을 보여 준다. 상섭은 〈지상선을 위하야〉에서 "一民族이 他民族에게 아모리 愛護를 밧고 富貴를 밧드라도, 그 自主의 權을 讓與키를 願치 안이함"이라고 이야기한 바 있는데 이를 통해 염상섭이 가정 내에서의 개인의 인격과 권리를 강조하는 것과 마찬가지로 세계 안에서 개별 민족의 권리를 강조하고 있음을 볼 수 있다. 그는 식민 상황을 누구보다 정확히 직시하고 있는 작가였던 것이다. 그들의 언어로는 '보호'라고 하지만 자민족에 의한 자주권이 무엇보다 중요하다는 그의 자각은 그의 작품 도처에서 발견되고 있다.

> 釜山이라 하면 朝鮮의 港口로는 第一流요, 朝鮮의 重要한 門戶라는 것은, 小學校에 한 달만 단여도 알 것이다. 事實 釜山은 朝鮮의 唯一한 代表이다. 朝鮮을 縮小한 것, 朝鮮을 象徵한 것은 果然 釜山이다. (…)朝鮮 사람 집 가튼 것은 그림자도 보이지 안엇다. 間或 납작한 造船 家屋이 눈에 씌우나 갓가히 가서 보면 화방을 헐고 日本式窓ㅅ살틀을 박지 안은 것이 업다. (〈만세전〉,염상섭 전집1권,민음사,1987,52-53쪽)

주인공 이인화의 눈에 보이는 부산의 모습이다. 조선 제일의 항구며 중요한 문호인 부산은 조선을 대표하여 식민지의 전형적인 모습을 보이고 있음을 이인화는 인식하고 있었다. 조선 사람의 집이 점점 줄어들고 있는 현황을 그는 파악했던 것이다. 일본인의 집은 점차 도시 부산으로 진출하고 조선인은 반대로 도시에서 밀려나 촌으로 가면서 그 대신 손에 쥐인 몇 푼의 돈이나 신식 문물에 눈을 빼앗긴다. 당장의 이익에 눈이 팔려 조국과 민족의 장래 같은 것은 돌아보지도 못하는 사이에 일본의 세력은 점점 조선에 뻗치고 있다. 문물을 앞세워 식민지 조선의 눈을 가리고 알고 모르는 사이에 조선을 침탈하는 것을 유학생 인화는 직시하고 있는 것이다.

두번째로, 인화의 눈에 비친 조선인의 모습은 어떤 것인가. 그것은 미래에 관한 꿈과 희망이 없는 민족이라는 것이다. 가난한 생활과 비굴한 생활이 그

---

14) 유종호,〈염상섭에 있어서의 삶〉,권영민 편,《〈앞의 책〉》,334-335면 참조.

대로 몸에 익어서, '구차한 놈의 상례'로 마치 뒤주 밑을 긁은 사람처럼 있는
돈을 다 없애 먹고 마신다. 미래가 없기 때문에 미래를 위한 저축이나 희망
역시 없다. 또한 순간을 안일하게 살기 위하여 남에게 비굴하게 아부하고 그
러다 보니 조선인들은 고식과 미봉과 비겁만으로 생활 방도를 삼아 버린 것이
다.15) 그러한 그들의 처세술은 때로는 작품 상의 갓장수처럼 아예 일인들에
의하여 어리석은 사람으로 간주되려 하기도 하고16) 어색한 발음으로라도 일인
행세를 하려 하는 것으로 나타난다17). 이렇듯 동족이지만 이질감을 느끼게 하
는 조선인에 관한 이인화의 묘사는 평가절하의 양상으로 나타나는데 때로는
자조적이기까지 하다18). 이것은 인화가 말하는 것과 같이 '하두 못 생겼으면

____

15) 뒤주 밋히 글키면 밥맛이 더 잇다는 세음으로 업는 놈이 돈푼 만저 보면 祖上代부터 걸
    려보지 못한 것이나 어든 듯이, 前後 不覺하고 쓸데 안이 쓸데 함부로 써 버려야지, 한
    푼이라도 싸불리지를 못하고 몸에 진여 두면 病이 되는 것이 苟且한 놈의 常例이다.
    (〈만세전〉,52쪽)
     姑息, 彌縫, 假飾, 屈服, 卑怯,⋯⋯이러한 모든 것에 滿足하는 것이 朝鮮 사람의 가장
    有利한 生活方途요, 賢明한 處世術이다.(〈만세전〉,78쪽)
16) "(⋯)머리만 싹고 內地ㅅ사람을 만나도 對答 한아 쪽〃히 못하면 官廳에 가서든지 巡査
    를 만나서든지 더 구치 안은 째가 만치요.이러케 망근을 쓰고 잇스면 '요보'라고 해서 좀
    잘못하는 게 잇서도 웬만한 것은 容恕를 해 주니까, 그것만 하야도 싹글 필요가 업지
    안어요"(〈만세전〉,77쪽)
17) 누구의 것이냐고 서투른 日本말로 뭇기에,나는 벌서 朝鮮 사람인 줄 알아 채이고, 일부
    러 朝鮮 말로 대답을 하얏더니, "나니?(무엇이야?) ~?"하여 如前히 못 알아드른 체하고
    日本 말로 뭇는 데에는 어이가 업섯다.(〈만세전〉,81쪽)
18) 몃 千 몃 百年 동안 그들의 祖上이 根氣잇는 努力으로 조금式~ 다저 노은 이 土地를,
    다른 사람의 손에 내던지고 市外로 쪼겨 나가거나 村으로 기어 드러갈 제, 自己 혼자만
    쩌나가는 것갓고, 自己 혼자만 村으로 기어 드러가는 것 가타얏슬 것이다. (⋯)사람이
    살랴면 이런 꼴도 보고 저런 꼴도 보는 것이지 하며, 이것도 내 八字 所關이라는 安價
    한 樂天이나 斷念으로 代代로 직혀 나려오든 故鄕을 등지고, 門 밧그로 나가고 山으로
    기어들 뿐이요, 이것이 어쩌한 勢力에밀리기 째문이거나 혹은 自己가 堅實치 못하거나,
    自制力과 忍耐力이 업서서 쌉살리고 만 것이라는 생각은 꿈에도 업다. (⋯)"우리 故鄕
    엔 電燈도 노히고 電車도 開通되엇네 구경오게, 얌전한 料理ㅅ집도 두서넛 생겻네. ⋯
    ⋯자네 倭갈보 구경했나? 한번 보여 줌세" (⋯)"우리겐 이젠 二層집도 쫴 늘고, 洋屋도
    몃個 생겻네.안인게 안이라 여름엔 다다미가 편리해, 衛生에도 매우 조흔거야"하고 두
    셤 직이 쌉살일 수 밧게 업게 된다. 누구의 二層이요 누구를 爲한 衛生이냐. (〈만세
    전〉,53-54쪽)
     朝鮮 사람은 外國人에게 對하야 아모 것도 보여주지 안엇스나, 다만 날만 새이면,자리
    ㅅ속에서부터 담배를 피어문다는 것, 아츰부터 술집이 奔走하다는 것, 父母를 처들거나
    내가 네 애비니, 네가 내 孫子니 하며 弄지거리로 歲月을 보낸다는 것, 겨오 입을 쎄어

가엾다가도 화가 나는' 심리의 발현이라 할 것이다. 결국 그의 조선인에 대한 평가는 근대성을 실현할 가능성이 전혀 없는 무기력한 민족으로 표상되는 것을 알 수 있다.

세번째는, 일본에 대한 지향의 딜레마가 보여진다. 위에서 이야기한 것과 같이 그는 식민지 치하의 조국 현실을 매우 부정적으로 드러내면서 그것을 동정하기보다는 자격지심과 같은 형태로 비판적 시선으로 그리고 있음을 보게 된다. 그런데 일본의 식민지 치하의 한국인의 몰가치적이고 세태 영합적인 세계관을 극렬하게 비난하면서도 이인화 자신은 일본적인 것에 경사되고 있는 것을 보게 된다. 아내를 장사지낸 이인화는 '무덤'에서 탈출하는 듯한 심리로 '꽃의 서울'인 일본 동경으로 서둘러 간다. 조선은 살아 있는 사람으로서 도저히 머물러 있을 수 없는 무덤이며, 일본은 조선과는 달리 살아 있는 가능성의 거리인 것으로 그에게는 인식된다. 사실 그에게 있어 조국 조선은 가장으로서의 책임과 의무의 공간이며 유교적 가치관이 지배하는 전통, 보수적 공간이다. 게다가 조국은 아내가 앓아 누워 죽음을 기다리고 있는 곳이기도 하다. 그곳 조선에서 사람들의 관심사는 공동묘지 문제로 쏠려 있다. 죽음과 죽음 후의 문제가 조선을 상징하고 있는 것이다. 그에 반해 마땅히 배척해야 할 적국인 일본은 이인화에게 교육을 주는 나라이며 가능성과 비전이 있는 나라이다. 일본은 성적을 위해 시험공부를 하는 아카데미즘의 나라이고 인화로 하여금 마음 편하게 이발도 하고 쇼핑도 하면서 카페에 가서 여급들과 사랑에 관한 장황한 이론을 펴 보이는 여유를 갖게도 하는 나라이다. 결국 인화로서는 조국은 사랑할 수 없고 적국은 사랑해서는 안되는 대상이었던 것이다. 여기에 염상섭,아니 당시 지식인들 전반의 딜레마가 자리한다. 식민지 현실을 직시하면서 그것을 운명처럼 받아들이고 마는 조선인을 혐오하지만 자기 자신도 일본에의 지향을 부정할 수 없었던 것이다.

작가 염상섭의 시선은 〈만세전〉에 이르러서 비로소 그 이전 내성체 소설에

놓는 어린애가 엇먹는 말부터 배운다는 것, (…)그 대신에 科學的 知識이라고는 소당 쑥경이 묵어워야 밥이 잘 무른다는 것도 모른다는 것을, 外國 사람들에게 實物로 敎育을 하얏다는 것이다.(〈같은 책〉,57쪽)

서의 자아의 내면에만 함몰하였던 것이 밖으로 돌려졌다고 볼 수 있는데,그에 따라 작가의 개인적인 관심이 사회로 돌려지면서 〈만세전〉에서는 그 원제가 〈묘지〉라는 것에서 볼 수 있는 것처럼 만세 전해의 식민지 조선의 마치 묘지와도 같은 현실을 성공적으로 재현하고 있다. 여기에서 상섭은 체제가 표방하는 것 뒤에 감추어진 눈에 보이지 않는 현실의 구조를 보여주면서 하나의 삶 속에 작용하고 있는 여러 사회세력의 모습을 유기적으로 보여 주고 있는 것이다.

　② 〈너희들은 무엇을 어덧느냐〉의 경우

　이 작품에는 특별한 주인공이 따로 없다. 등장하는 여러 젊은이들이 모두 주인공이기도 하고 또 모두가 삽화적인 인물이기도 하다. 어느 특별한 주제를 위해 봉사하는 인물이 없다는 것이다. 이것이 바로 작품 〈너희들은 무엇을 어덧느냐〉의 독특한 특성이다. 때로는 돈을 지향하고 혹은 명예를, 사랑을 추구하지만 그들 모두는 결국 아무 것도 얻어내지 못하고 만다. 특히 김중환과 라명수 같은 인물들의 탁상공론과도 같은 토의와 관념놀음에서 아무 것도 얻어낼 수 없다는 것과 함께 대표적 신여성이라 할 수 있는 덕순과 마리아를 통해서는 자아각성이라는 문제부터 해내지 못한 상태에서 신문물만 받아들인 신여성의 성모랄과 함께 금전결혼의 행태를 폭로하고 있다. 여기에서는 작품 전체를 통해서 바람직한 생활태도를 보여주는 인물이 하나도 없다는 것이 주목할 점인데 염상섭은 이러한 신여성과 인텔리들의 타락 혹은 부적응의 원인이 식민지 사회라는 것에 있다고 보고 있다. 이것이 염상섭의 작중인물의 세계이며 작가의식의 표출이 되는 것으로, 어떤 계층의 사람이건 타락한 생활을 영위할 수밖에 없는 당시의 타락한 사회를 간접적 방식으로나마 드러내는 것이라 할 것이다.

　여기에서도 자조 섞인 자민족 비하와 조롱은 생략되지 않고 작품에서 그 중 비중 있는 인물들인 라명수와 김중환을 통해서 토로된다[19]. 조선인의 입은 먹

---

19) 이러한 것은 그의 여러 작품에서 등장인물의 입을 통하여 종종 이야기되곤 한다. 예를 들면 〈너희들은 무엇을 어덧느냐〉에서 다음과 같은 극단적 표현으로 보여지기도 한다. "통트러 말하자면 녀자니 남자니 할 것 업시 조선민족에게 대하야서는 이대로서는 장래

고 마시고 떠들라고만 만들어 놓은, 쓸모없는 것이며 일개 기생의 행동에서 조선의 여성 전체로 비약시켜서 조선 여성이란 성적 자각조차 갖지 못한 중성적인 존재라는 말을 한다. 당시를 살아가는 조선인들을 비웃는 작가의 목소리는 김중환을 통해서도 종종 나타나곤 하는데 이러한 대상을 향해 비웃는 태도는 다음과 같은 사실적인 묘사와도 관계지어진다. 조선을 한 폭의 그림으로 상징시키는 부분이 있다. 찡그린 듯하면서도 수색을 띤 표정과 뛰어오다가 주저앉은 듯도 하고 벌떡 일어나려는 듯도 한 엉거주춤한 자세를 하고 있는 여인의 누드 그림이 그것이다. 작가는 이 그림의 표정을 통해 식민지 현실에 대한 근심스러운 염을 표현하고 그 엉거주춤한 자세에서는 자주권을 상실하고 쓰러질 듯한 조선의 현실을 보고 있으며 동시에 그를 통해 그런 식민 상황에서 벗어나고자 하는 의지를 보이려 하고 있다. 그림에 관한 논평을 하는 명수를 통하여 작가는 조선 사람은 불변성도, 심각함, 명확함 같은 것이 없는 민족으로 '할 수 업는 시대'에서 '할 수 업는 심리'로 '영원을 바라보는 아름다운 꿈'이 아닌 비몽사몽간의 상태로 살아가고 있는 것이 바로 조선인의 현실이라고 덧붙인다. 민족과 국가에 관한 체념과 비관의 극단이 보이고 있다.

여기에서도 일본 지향의 심정은 종종 나타난다. 때로는 학문을 위해서 때로는 머리를 식히기 위해서 일본행을 하기도 하고 덕순의 경우를 보면 일본인을 모델로 자신의 행동을 결정하기도 한다. 이렇듯 일본은 근대성의 상징이다. 그래서 인물들은 근대화를 지향하는 것처럼 그곳을 지향한다.

③〈진주는 주엇스나〉의 경우

〈진주는 주엇스나〉의 인물들은 명확한 線을 가지고 있다. 젊은 지식인인 효범으로 구축되는 善의 세계와 진형석과 조인숙, 곧 친일파 기득권자와 신여성

가 미덥지 못하다고 나는 생각하네.어떤 째는 정말 미워! 물론 자긔 자신까지…… 조선 사람이란 열 웃물 백 웃물을 파 보지 안으면 만족할 수 업는 인종이야. 근긔도 업고 정열도 업스니까 한가짓ㅅ일에 몰두를 할 수두 업구 금세루 염증이 날 게 아니야? 두말할 것도 업시 조선 사람에게는 의지(意志)라는 것이 업서! 게다가 조선 사람에게는 니가 업서오. 무엇이든지 잡지를 못하는 백성일세(…)련애 업는 민족! 그거야 말로 죄악돌이 쌀닌 길을 징 박은 신발로 밟는 것 가튼 것이 아닌가?"(〈너희들은 무엇을 어덧느냐〉,271쪽)

이 이루는 부정적인 삶의 세계의 양대세계가 그것이다. 그러나 작품 내 유일한 긍정적 인물인 효범의 경우도 완벽한 선인이라 보기에는 어려운 점을 가진다. 효범의 행동은 전혀 感傷的인 동기에서 출발하고 있다. 그리고 그는 거대한 세력 앞에 너무나 미미한 존재임을 확인할 뿐 악의 세력에 패배하고 자살을 기도하고 마는 나약한 인물이다. 타락한 세력 앞에 무기력한 개인으로 표상되는 효범은 아무 것도 할 수 없는 무기력한 존재로서의 조선인의 모습이라고 볼 수 있다. 또한 타락한 모습으로 살아가는 등장인물들의 모습을 통해서 타락한 시대와 왜곡된 사회가 확연하게 드러나고 있다.

그런데 주인공 효범이 번민해야 했던 문제는 신념 대로만은 살 수 없게 만드는 그의 개인적 가난에 있다. 이렇듯 이 작품 속에서는 '돈' 문제에 대한 구체적인 묘사가 이루어지고 있는 것을 볼 수 있다.

가난이라는 것은 "대체적으로 어떤 표준과 관련된 불충분의 상태, 소득 분배의 날카로운 불균형, 어떤 열망적인 수준을 달성함에 있어서의 무력 상태 혹은 행위패턴이나 행동의 하부 문화"[20]라 할 것이다. 식민지 치하에서 일본의 식량 수탈로 인한 식량 결핍과 굶주림은 조선인으로 하여금 가난에 시달릴 수밖에 없게 하였는데 이러한 극한 상황은 인간을 정신적·심리적으로 공격적이고 범죄적인 폭력성의 경향을 보이고 인간의 정서를 시민적인 도덕적 경향에서 상호 격앙적이고 동물적인 본능 충동으로 퇴행시킬 수도 있는 것이다. 그러한 배경에 프롤레타리아문학이 끼친 일정한 영향으로 인해 1920년대에 이르러서는 가난이라든지 '밥', '돈'의 문제가 첨예하게 문학상에 반영되게 되었다.

'돈'이라 함은 방이설화나 도깨비 방망이 이야기에서 볼 수 있는 것과 같은 양면 가치를 지닌다. 곧 〈삼대〉의 조덕기가 인식한 것과 같은 순기능적인 면이 그 하나이고, 부정적인 인물들의 돈을 향한 무조건적인 지향이 빚어내는 역기능이 다른 하나이다. 돈의 순기능적인 면은 돈이라는 것이 사회생활의 필수품이면서 인간 행위의 기초가 되는 것이며 그것이 없으면 생존이 불가능하게 되는 것이라는, 돈의 일차적인 의미를 강조하는 것이다. 그런가 하면 "부의 상징으로서 소유욕의 대상"인 이 돈이 도덕성과 결별할 때는 모든 가치를 전

---

20) 이재선, 《《한국현대 소설사》》, 224면

도,변형시키고 "자기 파멸의 길로 통하는 마신의 미끼이며 유혹 대상"21)이기도 한 것이다. 돈의 이러한 이중적인 얼굴을 염상섭은 포착했다. 그리하여 여러 작품 가운데 이를 나타내면서 인간이 돈을 소유할 수도 있고 돈의 노예가 될 수도 있음을 이야기하고 있다. 트릴링이 돈이 사회적 요소로 출현함과 동시에 탄생한 문학이 바로 현대소설이라고 한 것이나 아이언 와트가 돈의 확보와 개인주의의 불가분의 관계를 지적한 것은 리얼리즘 문학과 물질의 관계의 중요성을 보여주는 것이 되겠는데 이는 돈이라는 것이 소설에서 가장 구체적으로 현실을 말하는 기호가 되는 것이기 때문이다. 효범은 매형에게 경제적으로 종속되었다는 것 때문에 신념과 정의로운 마음이 왜곡되어야 했고, 또 매형의 영향권에서 벗어난다는 것이 곧 죽음일 수밖에 없었던 것이다.

④ 〈사랑과 죄〉의 경우

〈사랑과 죄〉의 세계는 부정적인 것이 우세한 세계이다. 긍정적인 인물이라 할 수 있는 리해춘과 지순영마저도 매국노의 자식이거나 사생아라는 점에서 출생부터가 부정적인 요인으로 되어 있다. 갖은 음모와 술수, 야합의 어두운 세계가 보여지면서 동시에 그렇듯 부정으로 만연되어 있는 사회에서 출신의 부정성에도 불구하고 건전하게 살아가려고 노력하는 일군의 인물들의 자신을 지켜 나가는 과정이 이 작품의 세계이다.

여기에서는 숨막히는 식민지의 현실이 보여지기도 한다. 카페에서 해춘과 호연 등이 술을 마시며 당시 상황과 청년의 역할을 토론할 때, 또한 해춘이 평양행을 할 때도 미행과 감시가 뒤따른다.

이 작품에 나타나는 조선인관 역시 다른 작품들에서와 마찬가지로 자조적인 목소리로 그려진다22). 다리가 무너지는 큰 사고를 단지 구경거리로만 생각하

---

21) 이재선,《우리 문학은 어디에서 왔는가》,330-334면 참고
22) 이사람들은 나흘 전에 문허졌다는 룡산 인도교의 조상을 가는 손님들이다. 그러나 허리가 부러진 털교를 붓들고 통곡이나 할 듯한 얼굴빗을 가진 사람은 하나도 보이지 안는다. 수해에 시달린 사람들의 안부를 걱정하는 듯한 눈치를 보이는 사람도 업섯다. 사람이 몰린다닛가 나선 것이다. (…) 과연 그네들은 그만치나 텬하태평이요 팔ㅅ자조흔 인생들이다. 그러나 또 그만큼 불상하고 가엽슨 백성도 업슬 것이다.(〈사랑과 죄〉,13쪽)
"신룡산이 두려짜지면 종로짜지 물이 들걸세.""종로짜지 들테건 들라지! 언제 두구 볼 세상이든가!"(…) 그들은 남이 잘못 되라고만 악담을 하는 게 아니라 자긔네 자신까지

는 소견 얕고 이기적인, 그런가 하면 '언제 두고 볼 세상'이냐 식으로 세상이 망하기를 바라며 자기 자신을 포함한 세상을 저주하는 사람들, 그것이 작가가 보는 조선인의 모습이었던 것이다. 세기말적인 종말의식으로 꿈도 희망도 없이 맹목적으로 하루하루를 죽이며 살아가는 무기력한 그리고 무의미한 인간들이 바로 '그들' 조선인이다.

작가 염상섭이 바라보는 당시 식민지 조선 사회는 범죄·폭력·야합으로 점철된 사회였다. 온갖 음모와 야합 온갖 추악한 것들로 가득찬 사회가 〈사랑과 죄〉를 비롯한 여러 작품들의 세계인 것이다. 주목할 점은 인물들이 타락하는 것은 사회의 부정적 요인과 무관하지 않다는 것을 작가가 인식하고 있었다는 것이다.

> 아편 침에 신세를 마치고 나니 한양 말년에는 업지 못할 한 조그마한 대표덕 인물이 된 것은 저 자신도 몰르드니라. 좀 추잡한 말 갓지만 일신이 궁측하면 몸에 정치 못한 버레가 쪼이는 법이라 한 나라 한 사회가 망하고 궁하면 이 짜위 버레도 쪼이는 것이니라.(〈사랑과 죄〉,420-421쪽)

아편쟁이인 심부위를 묘사하는 부분이다. 몸에 병이 있을 때 더러운 벌레가 생기는 것과 마찬가지로 나라가 망하고 궁하기 때문에 이와 같이 아편쟁이 같은, '버레'같은 사람들이 만연하다는 것이다. 이는 당시 사회에 대한 강한 부정 정신의 표현이다.

⑤ 〈이심〉의 경우

여기에서는 간교와 음모와 야욕이 점철되어 있는 굴절된 식민지 사회에서 한국 지식인들이 지식인 답게 살지 못하고 소시민으로 전락할 수밖에 없는 역사적 현실이 보여지고 있다. 일인들의 침탈과 야욕, 커닝햄으로 대표되는 미국과의 암거래, 같은 민족끼리의 모략과 음모 그 속의 현실 타협이 작품을 관통하는 세계라 할 수 있다. 좌야와 커닝햄의 존재를 확대 해석해 보면,악역인 좌야가 일본인이라고 하는 사실 그리고 그가 호텔 경영자이면서 상업 종사자라

를 저주하는 사람들이다.(〈사랑과 죄〉,14쪽)

는 사실은 일본 자본주의의 한국 상륙과 수탈의 실상에 대한 평행적 조응구조라 할 수 있다. 이러한 열강의 각축장 속에서 양반집의 자제로 교양있게 자라던 춘경과 창호로 대표되는 조선의 평범한 사람들이 외부적인 요소들에 의하여 불행을 겪게 되는 것이 염상섭이 지켜 본 1920년대의 민족적 현실이며 그것을 바라보는 작품 속의 냉철한 시선이 바로 염상섭의 작가의식이다.

이 작품에서 중요히 다루고 있는 것은 교육 문제인데 그에 대한 작가의 가치관이 비교적 직접적으로 나타나는 것을 볼 수 있다.

지식인들의 기본 성격 내지 특질의 하나가 지식인 혹은 지식층이 교육에 의하여 형성된다[23]는 점에 있는 만큼 교육의 중요성은 말할 필요 없이 큰 것이라 할 것이다. 염상섭은 '나는 소학교 교원이 환도 차고 라벨에 오르는 나라의 국민'이라고 자탄할 정도로 당시의 교육에 대하여 저항감 내지 거부감을 가지고 있었던 작가이다. 그런 그가 제시하는 바람직한 교육의 모습은 어떠한 것인가가 이 작품을 통해 보여진다.

시골 양반집 외아들로 신동 소리까지 듣던 이창호와 부러울 것 없는 집안의 외동딸로 곱게 자라난 박춘경이 타락의 밑바닥까지 가게 된 것은 ①교육자들의 무책임한 태도와 ②집안 어른들의 몰이해가 큰 원인이었다. 물론 여기에는 ③주위 친구들의 장난기와 질투가 뒤섞인 행동들도 한몫을 했다. 춘경의 친구인 김혜숙은 창호와 춘경을 질투하고 왜곡된 고자질로 문제를 부풀리는 것이다. 그러나 가장 중요한 원인은 권위적인 교육자들과 완고한 교육 방침이었다. 수업시간의 장난기 어린 메모가 '교장 이하 학생감 주임 교사들이 틈 있는 대로 돌려가며 취조'하는 행동으로 이어지고 그런 가운데서 '비밀을 지키지 않는 자에게는 또다시 처벌'할 것을 선포하지만 아이러닉하게도 선생들에 의해 그 '비밀'은 누설되고 또 춘경의 학교의 '최선생' 같은 인물이 보이는 사디스트적인 행동으로 일은 점점 커진다[24]. 그리고는 두 학교가 서로 '처벌의 경쟁'이라도

---

23) 조남현,《《한국 지식인 소설 연구》》,103면 참조.

24) 최선생은 춘경의 담임으로 테니스를 코치해 달라는 부탁을 받고 자기 학교를 왕래하게 된 창호를 좋아하게 된다. 그러다가 선수로 코치를 받고 있는 춘경과 창호라는 감수성 예민한 젊은이들이 가질 수 있는 서로에 대한 감정에 질투를 하고 창호 학교의 쪽지 사건 이후 분한 마음으로 두 학생을 다그치고 그 처벌에 목청을 돋군다. 후에 모교의 교사

하듯 두 학생을 심하게 다루고 마침내 학교에서 내어쫓고 만다. 학교의 과잉
처벌에 대하여 춘경의 오라비 춘서는 학교까지 가서 항의하지만 학교 측의 태
도는 학생들의 위신과 장래보다도 학교의 당장의 위신을 보다 중요시하며 그
것이 설사 부당한 조치라 할지라도 처벌의 번복은 할 수 없다는,말도 안 되는
이유를 대며 완강하기만 한 태도를 보인다25). 창호가 테니스 대회에 나가 우
승을 하고 그로 인해 학교의 명예를 떨쳤을 때 요란한 파티를 하며 축하해 주
었던 것에 비하여 생각해 보면 이는 甘呑苦吐식의 태도가 아닐 수 없고 수많
은 학생들의 장래를 책임지는 학교의 입장이라고 보기에는 어려운 점이 많다.
이에 대하여 상섭은 춘경의 오라비인 대학생 춘서의 입을 통하여, 혹은 직접
적인 작가의 목소리로 다음과 같이 논평한다.

"한 학생이 정학 처분을 당한다는 것은 단순한 일이라 하겠지만, 만일에 무죄
한 아이들이 이 조그만 일로 말미암아 일생의 운명을 그르친다면 당신네가
인도상으로 얼마만한 죄를 짓는가 반성해 주기를 바랍니다. 더구나 그 원인이
어디 있었는가? 또 그지간에 어떠한 정실관계라든지 개인적 감정 문제라는
것이 끼어서 일을 더 덧드려 놓았는지도 모를 것이니 신중히 십분 조사하여
주시기를 바랍니다." (〈이심〉,염상섭 전집 3,민음사,1987,58쪽)

이것이 세상의 어린 자식으로 하여금 얼마나 일생을 그르치게 하고 불행에
울게 하는지 부모된 이는 자식이 이러한 위태로운 시기를 당할 때에 냉정히
또 주밀히 그리고 현명히 생각하여야 할 것이다.(〈이심〉,62쪽)

위의 것은 교육자들에게, 아래의 것은 부모들에게 경고하는 것이다. 감정적

가 된, 춘경 친구 김혜숙과 최선생은 교사의 신분이면서도 춘경을 학교에서 내쫓는 데
앞장서는 외에도 점원이 된 춘경의 가게로 와서 춘경의 자존심을 더욱 상하게 할 뿐 그
녀의 타락에 대한 책임의식이나 죄책감 같은 것은 전혀 갖고 있지 않는 것을 보게 된다.
25) 학교 측은 다음과 같이 말한다.
　"기위 결정해서 반포한 일이니까, 지금 당신이 무어라고 변명을 하신댓자 학교 위신상
취소는 할 수 없는 일이요, 학생 간에도 소문이 자자하니까 후일을 증게하기 위하여도
이 외에는 다른 처단을 하는 수가 없습니다."(〈이심〉,21쪽)
　이것으로 학생의 앞날이나 명예보다도 학교의 위신을 중시하는 교육자들의 태도를 볼
수 있다.

호의에 지나지 않는, 게다가 그것이 외면화되거나 구체화된 것도 아닌 바 청춘남녀의 풋사랑에 대한 기성 세대의 과민 반응으로 그것을 마치 무슨 不倫이나 되는 듯이 요란스레 떠들어 댐으로써 침소봉대하는 것을 주의시키는 말인 것이다.

〈이심〉은 리얼리스트로서의 염상섭의 세평과 품위를 손상시키기에 충분히 진실성을 결여하고 있으며 또 지나친 작위성을 보이는 작품이라고 보아진다. 그러나 작품 내에서 보이는 당대 사회의 기본 구조를 날카롭게 포착하는 염상섭의 안목은 탁월한 것이 아닐 수 없다. 앞에서도 이야기한 것처럼 문학작품에서는 그 미학적인 가치와 함께 작품 속에 드러나 있는 작가의 문학 외적이며 동시대적 · 사회사적인 관심사가 중요한 것이기 때문이다. 〈이심〉에서 지향하고 의미하는 것은, 표면적으로는 두 가지 이율배반적 성격을 가지는 여인의 파멸하는 과정을 그리면서도 그 이면에는 교육이 마땅히 해야 할 일을 제대로 하지 못하는 경우 어떠한 일이 일어날 수 있는가, 교육이라는 것이 얼마나 중요한 것인가 하는 것의 의미화이다. 제목 '이심'은 이런 면에서 중의적인 성격을 띠고 있다고 할 것이다.

그런데 〈이심〉을 통해서 보여주고 있는 교육의 중요성 강조라든가 당시 교육의 문제점에 대한 진단은 고발의 차원을 넘어 상섭이 교육에 걸고 있는 기대를 보여준다. 그것은 식민지 치하를 벗어날 수 있는 힘이 바로 제대로 된 교육에서 생길 수 있다는 작가의식의 발로라고도 할 수 있을 것이다. 교육이 제 역할을 제대로 해낼 때야말로 식민지 조선은 외세로부터 정치적, 의식적 독립이 가능할 것이기 때문이다.

⑥ 〈광분〉의 경우

〈광분〉의 세계는 부정적인 것으로 가득찬 세계이다. 앞에서도 고찰하였듯이 작품 내 프로타고니스트과 안타고니스트 모두가 부정적인 인물들의 범주에 포함된다. 친일을 함으로써 식민지 당대에는 어울리지 않는 부를 누리는 민병턴의 일가와 그의 돈에 혈안이 되어 있는 기생충 같은 주변의 인물들의 삶 속에서 볼 수 있는 것은 돈과 정욕만을 지향하는 부박한 가치관을 가지고 살아가는 인물들의 모습이다. 이 작품에서도 역시 식민지 치하라는 타락한 시대를 저마다의 타락한 방식으로 살아가는 인물들을 제시하는 가운데 현실에 대한 작가의 저항감을 볼 수 있다.

⑦ 〈삼대〉의 경우

〈삼대〉는 긍정적 인물들이 일상인들 사이에서 '억지로 구색을 맞추'기 위하 존재하는 것처럼 묘사되어 있는 데 반해 부정적인 인물들의 묘사는 상당히 리얼하다는 점에서, " 긍정적 인물들의 조형 곤란성과 악의 리얼리티"26)라고 볼 수 있는 작품이다. 그것은 작가가 긍정적인 인물보다 부정적인 인물들을 통해서 당대 사회의 핵심을 파악하려 한 때문이라 볼 것이다.

〈삼대〉의 시기는 조선 공산당의 대폭적인 검거 선풍(1931.6 제1차 카프 검거 사건)에도 불구하고 사회주의는 지식인들 사이에서 부정할 수 없는 매혹적 대상으로 되어 가고 있었고, 좌우 합작의 범국민 조직인 신간회는 자체의 분해작용으로 해체되며(1931.5.10), 대중들의 태도는 현실에 영합하려는 기색이 역력한 가운데 사회상으로는 전통적 봉건주의와 이를 부정하는 舶來主義 간에 마찰을 빚는 등 우울한 과도기적 현상을 보이는 시기였다. 과도기라는 혼란의 시기는 "일시적이고, 흘러가는 것들, 변형 잦은 요소들까지도 미요, 참된 예술"27)이라는 보들레르의 말처럼 중요한 문학의 소재가 되는 것이다. 이러한 혼란의 시기에 리얼리스트 상섭은 그 혼란을 대상으로 하기보다 혼란 속에서 각 계층이 자리잡아야 되는 제자리가 어디인지를 찾아 보고자 하였던 것이다. 곧 당대의 정신 풍조를 대변하는 한말세대, 개화기세대, 신세대의 각각의 思惟 형식을 작품 〈삼대〉를 통해서 적절히 분배, 분해하고 복잡한 그 갈등을 지극히 구체적인 양상으로 전개하고 있는 것이다.

여기에서 볼 수 있는 것은 다른 작품들을 통해서도 볼 수 있었던 유처취처의 사회현상에 대한 작가의 평가이다. 유처취처 제도는 이조 시대의 봉건적 제도인 일부다처제의 잔재라고 할 수 있는 것이다. 이는 타락한 성모랄에서 기인하는 것이거나, 혹은 값싼 동정심으로 둔갑하여 나타나기도 한다. 상훈과 경애, 의경으로 이어지는 타락한 관계는 전자에서 비롯되는 것이라고 할 수

---

26) 유종호,〈염상섭에 있어서의 삶〉,337-338면.
27) Hans Robert Jauß,《〈앞의 책〉》,66면

있다. 〈진주는 주엇스냐〉의 리근영, 〈사랑과 죄〉의 류택수, 〈너희들은 무엇을 어덧느냐〉의 안석태도 이에 속한다. 특히 류택수는 중혼과 축첩을 예사로 하는 인물이다. 첫째 부인이 죽은 뒤 둘째, 셋째 부인을 얻었으면서도 기생들과 문란한 관계를 맺을 뿐 아니라 신여성 명마리아와 지순영을 첩으로 얻으려고 저울질하기도 한다. 안석태는 젊은 사람이면서도 엄연히 있는 아내를 무시한 채 신여성인 리마리아와의 중혼을 추진한다. 축첩이 값싼 동정심을 앞세워 나타나게 되는 예는 〈만세전〉에서 '나'의 형이나 병화를 통해서 볼 수 있다. 인화의 형은 자식을 얻고 싶어 후처를 들였으면서도 그 축첩이 의지할 데가 없는 사람을 도와 주어야 한다는, 일종의 책임감에서였다고 변명하고 있다. 이러한 유처취처 현상은 부정적인 인물에게만 국한되는 것이 아니라, 긍정적 주동인물들에게서도 보여지는 것이다. 리해춘이나 이인화 같은 인물들도 병중 아내에 대하여 냉혹할 정도로 무관심하고 그 중 리해춘은 기혼의 몸이면서도 순영과 마리아 사이에서 삼각관계를 이루며 고민하고 있다. 그의 고민은 아내의 병에 있는 것이 아니라 누구와 재혼을 할 것인가 하는 문제였던 것이다. 이는 당시 남성들의 일부일처 관념의 희박성을 보여준다. 염상섭은 이 문제를 심각한 사회문제로 보고 있음을 알 수 있다.

> 君은 何故로 一鎖事를 歎하기 전에 敎養 잇는 社會의 中心人物이라 目할 만한 紳士로셔 酒宴에 美女를 侍케 하고 蓄妾을 마음대로 하는 現下의 社會現狀을 慨歎치 안는가28)

그러나 더욱 중요한 것은 이필순, 홍경애, 김의경, 덕기 처로 이어지는 여성들의 사고이다. 필순은 병화와의 유학은 꺼리면서 내심 유부남인 덕기와의 일본 유학을 기대하고 덕기가 그럴 의사가 없음을 확인하고는 '분하고 울고 싶은' 심정을 갖는다. 공부에 목적이 있는 것이 아니라 덕기와의 연결에 기대를 걸고 있었던 것이다. 이는 덕기의 첩이 되는 길을 뜻하는 것임을 그녀는 막연히 짐작하고 있었을지도 모를 일이다. 또 경애는 수동적인 삶의 태도로 남의 이목에 대한 단순한 반발심으로 자신의 정조를 헌신짝처럼 버린 바 있다. 그

---

28) 염상섭,〈樗樹下에서〉,염상섭 전집 12권, 23면.

런 후에는 체념하고 비관하며 술에 의지하기도 하고 방탕한 생활로 자학하기도 한다. 그리고는 그런 자신의 처지에 대하여 남에게만 책임을 전가한다. 자신이 그렇게 된 것이 상훈과 깊은 관계에까지 이르는 것을 알면서도 만류하지 않은 어머니 탓이라는 것이다. 한편 의경은 나이많은 부자의 첩노릇으로 허영심을 충족시키며 안일하게 삶을 추구하려 한다. 유치원 교사라는 직업이 엄연히 있지만 그 월급으로는 허영심이 충족될 수가 없기 때문에 매당집을 드나드는 은근짜 노릇을 부업으로 택하고 상훈의 첩이 되는 것이다. 그런데 이러한 여성들 이전에 상훈의 처나 덕기 처 같은 여성들의 태도에도 문제가 있다는 것이 작가의 재단이다. 상훈의 처는 도덕적으로 뿌리채 흔들려서 마침내는 파멸이 예상되는 상훈의 옆에서 아무런 도움이 되지 못하고 있다. 남편의 마음을 잡아 주지 못하고 그저 방관만 하고 있는 것이다. 덕기의 처 역시 그러하다. 대상 작품 가운데 가장 긍정적인 부부의 像으로 제시되고 있음에도 불구하고 덕기의 아내는 내면이야 어떻든 남편이 첩을 얻든 말든 신경쓸 줄 모르고 무관심한 태도를 보여서 덕기로 하여금 오히려 당혹하게 만들고 있다.

결국 젊은 남성들, 특히 돈을 가진 사람에게 향한 여성들의 무조건적인 지향이 한 원인이 되고, 또 그런 것을 인정하는 부인들의 사고방식이 문제라는 것이 작가의 의미화 부분이다. 제법 지식을 소유한 신여성 축에 드는 인물이든 전통적인 성향의 여성이든 큰 차이를 보이지 않고, 남자가 설사 부인이 있건 나이가 좀 들었건 개의치 않고 그들에게 몸을 던진다. 부인들은 남편이 여자를 얻어도 질투하지 않는 것이 여인으로서 가져야 할 미덕인 것으로 교육되어 왔고, 유교사회에서 이른바 '착한 여자 컴플렉스'에 길들여져 온 탓에 남편의 외유에 방관하거나 지나치게 무관심한 태도만을 견지한다. 이러한 일련의 여성들은 당시의 사회현상에 길들여져 버린 것이겠지만 여성들의 이러한 의식이 전통적인 因襲으로써의 일부다처 혹은 남존여비 등의 관념을 이어내려 오게 한 것이라고 상섭은 보고 있는 것이다.

어떻든 〈삼대〉의 시기에 오면 그 이전의 〈만세전〉 등에서 보이던 바, 식민지라는 암울하기만 한 부정적 현실과 어리석고 무기력한 조선 민족에 대한 좌절, 절망 그리고 자책과 자학이 훌륭하게 극복되고 있음을 보게 된다.

염상섭은 마치 과학자와 같은 태도로 현실을 바라보고 묘사하려고 하였기 때문에 그로써 현실의 추악상을 뚜렷이 알게 되었던 것이다. 그러한 현실 인식으로 인한 비애로 그의 작품은 "늘 암흑 면에서 諧調되지 않는 목쉰 소리로 늘 고함치며 괴로와 울부짖"29)어야만 했다. 그는 과학적 태도로 바라보고 그를 통해 인식된 추악한 현실에 대하여 외부적인 저항으로 전개해 나가기보다는 자책과 자학의 내면으로 돌렸다는 것이다. 때문에 개혁이나 새로운 삶의 지표의 모색이나 방향을 제시하지도 못하고 단지 객관적인 입장으로 관찰하고 이를 작품화했을 뿐이어서, 작가로서 역사의식이 없는 것으로 평가되기도 한다. 그러나 당시는 엄격한 검열이 존재하는 식민지 치하라는 점이 이러한 평가에 대한 정정을 요구한다. 상섭은 사실상 그의 장편소설에서 일상생활의 생활풍습을 보여주는 묘사로써 검열의 눈을 가리고 있는 것이다. 그러면서 상섭은 작품 가운데 일제라는 막강한, 그러나 부당한 것일 수밖에 없는 힘을 암시적으로, 상징적으로 혹은 직접적으로 보이고 있어서 읽는 이로 하여금 현실에 대한 고발성에 놀라게끔 만든다. 〈만세전〉에서는 일제에 대한 저항을 식민지 조국에 대한 자조와 자책이라는 것으로 눈을 가리는 가운데 표현하고 있으며 〈너희들은 무엇을 어덧느냐〉에서는 당시라는 시대가 중요한 아무 것도 얻을 수 없는 한계상황임을 간접적 방식으로 환기시키고 있다. 〈眞珠는 주엇스나〉에서는 진주를 몰라 보는 돼지처럼, 어떻게 살아야 할지를 알려주고 도와주는 인물인 효범을 통하여 '진주'를 주었지만, 그를 인식하지 못하는 세태를 묘사하면서 정상적이고 긍정적인 방식으로는 살 수 없는 시대를 폭로함으로써 작가는 시대에 대한 부정을 유도하고 있다. 〈사랑과 죄〉에서는 숨이 막힐 듯이 해춘의 뒤를 따르는 누군가의 존재라든가 스파이의 존재가 느껴지는 사회 묘사를 통해서 조선인 하나하나를 감시하고 있는 듯한 일제의 감시망이 보여진다. 〈이심〉에서는 좌야라는 일본인의 추악한 부정성을 통해서, 일제라는 부정하여야 할 대상을 암시한다고 볼 수 있다. 〈광분〉에서는 리진태가 행하는 작은 저항에 대하여 치밀하게 수사하는 일본 경찰이 보여짐으로써 식민지 백성에게 가혹한 일본 제도권의 실체를 알게 한다. 〈삼대〉에서는 에피소드를 통해 부당

---

29) 박종화,〈신춘창작평〉,〈〈개벽〉〉,1924.2.

한 힘의 간섭이 두드러진다. 일본인들과 상훈, 병화가 다툼이 생겼을 때 경찰이 오자 일본인들은 속으로 반긴다. 일본 경찰이 자기네들의 편을 들 것을 알기 때문이다. 일본 경찰들은 그들의 기대처럼 일인에게는 관대하게 대하고 상훈과 병화에게는 고압적 자세를 보인다. 이는 하나의 삽화이지만 그것이 그들만의 경우에 그치는 것이 아니고 피식민지 백성의 비애를 자아내는 일은 비일비재하였을 것이 작가가 드러내지 않는 가운데 의미화하는 부분이다. 나라 없는 백성으로서 권리를 보장 받는다는 것은 어려운 일이었기 때문이다.

결국 그는 자기 의식을 선명히 했던 작가이다. 가장 절망하고 가장 포기함으로써 허무가 실존으로 이어지고 그로써 현실에 대하여 리얼하게 인식할 수 있었으며 그러한 현실에서 벗어나는 길을 간접적인 방식으로나마 비교적 선명히 보여주고 있다.

> 문학의 자율성이 획득한 최대의 성과는 현실의 부정적 드러냄이다. 그 부정적 드러냄을 통하여 사회는 어떤 것이 그 사회에 결핍되어 있으며 어떤 것이 그 사회의 꿈인가를 역으로 인식한다. 꿈을 결핍의 형태로 드러내는 일은 복잡한 층위를 갖고 있다. 그것은 문학 형태상으로는 장르, 문체, 비유 등의 여러 층위의 略號code의 제약을 받는다.[30]

상섭의 문학은 부정정신이라고도 할 수 있다. 그것은 전술한 바와 같이 시대에 대한 자조로, 혹은 부정적 인물들의 빈번한 설정으로 나타난다. 그러한 부정적인 것들의 노출을 통하여 사회에 결핍되어 있는 것, 또는 꿈 같은 것이 사회에게 인식될 수 있다는 것이다. 곧 상섭은 사회를 부정적으로 드러내는 것을 통하여 사회의 결핍되어 있는 바, 이를테면 주권이나 국가 같은 우리 민족에게 결핍되어 있는 것을 드러낼 수 있었던 것이다. 당시 시대가 식민지 치하라는 굴절된 사회였기 때문에 그것이 더욱 중요한 것으로, 이것이 염상섭 문학의 중요함이며 그의 知的 精神史가 높이 평가되어야 함은 여기에서 출발하는 것이다.

H.N.Fügen은 한 작가가 자신의 사회적 환경에 대해서 어떤 태도를 취하고

---

30) 김현,《《문학사회학》》,민음사,1991,13면.

있는가 하는 문제에 대한 답변을 가장 중요한 것이라고 보는데 그것은 사회순
응적 자세, 사회 대항적 자세, 사회 외면적 자세 등을 말하는데[31] 상섭의 작
가로서의 태도는 사회 대항적 자세라고 할 것이다.

이상의 작가의 목소리라 할 것은 다음의 몇 가지로 요약할 수 있다.

첫째는 식민지 현실에 대한 고발, 환기와 그러한 시대를 맹목적으로 살아가
는 조선인의 태도에 관하여 부정하고 그러한 부정을 통하여 식민지 조선인이
나아가야 할 방향을 역으로 제시하고 있다. 곧 식민지 치하의 백성이지만 꿈
과 희망을 잃지 않아야 할 것이며 미래를 볼 줄 아는 안목도 가져야 한다는
등 하는 것에서 그것을 볼 수 있다.

둘째는 식민 상황에서 가장 중요한 것은 다른 데에 있는 것이 아니라 바로
제대로 된 교육에 있다는 것을 말하고 있다. 교육과 사회가 제 할 일을 다하
지 못했을 때의 폐단을 제시하면서 새것컴플렉스로서의 신교육이 아니라 당당
한 삶을 살기 위한 방편으로서의 교육을 지향하고 있다.

셋째는 온갖 음모와 협잡이 만연한, 부정되어야 할 세계로서의 사회를 드러
내고 있다는 것이다. 그리고 그러한 음모와 협잡들의 이면에는 개인적인 가난
이 아니라 구조적인 가난이 문제되는 것이라는 것을 밝힌다. 전조선인이 가
난을 경험해야만 하는 피식민지의 상황을 그로 인한 범죄와 야합을 통하여 묘
사하고 있는 것을 알 수 있다.

넷째로는 의식 없이 성욕과 금욕만을 추구하는, 신여성들과 자본가들을 경
계하며 아울러 그들의 결탁 곧 유처취처의 사회현상에 대한 혐오이다. 지식인
이고 가진 자이면서 당시 시대 상황에 관하여는 눈을 감고 성과 돈에만 집착
하는 사람들의 행태에 대하여 그는 가장 부정하고 있는 것을 보게 된다.

다섯째로, 그가 가장 긍정하고 기대하는 것은 덕기나 해춘 같은, 절충적인
안목의 지식인이라는 것이다.

식민지를 살아가는 작가 염상섭의 정신은 이상에서 본 것과 같이 그 식민지
사회에 대하여 가장 부정하고 있으면서도 거기에 머무르는 것이 아니라 그로
써 강하게 현실을 승화하려는 정신을 보이고 있다고 할 것이다.

---

31) 허창운,《현대 문예학 개론》,서울대 출판부,1987,262면 참조.

결   론

　작중인물을 연구하는 것은 작가정신의 분석과 합체되었을 때에 가능하고, 작가세계의 고찰은 그가 설정한 등장인물을 통하여 보는 것이 가장 바람직하며 정당한 것으로 보아지기 때문에 작중인물 세계와 작가 의식세계는 긴밀한 상황에서 논의되어야 하는 것이다. 따라서 인물묘사의 문제와 아울러 그런 묘사를 통해 형상화된 인물상, 그리고 인물 형상화 과정에서 작가가 드러내고자 한 작가의 이념은 어떠했던 것인지를 보는 것이 소설 연구에서는 의미 있는 작업이 아닐 수 없다.

　이 책은 1920년대 쓰여진 염상섭의 소설을 대상으로 작중인물들의 세계와 그를 통해 나타난 작가 염상섭의 작가의식을 살펴보려는 목적에서 출발했다. 이는 염상섭이라는 작가의 세계관 검토를 통하여 식민지 치하의 긍정적 정신사를 일별이나마 할 수 있으리라고 생각해서이다. 그를 위해 염상섭의 소설에 나타나는 인물의 의미를 고찰하고 3장에서는 단편소설의 인물묘사방법을 항목별로, 4장 장편소설의 인물 연구에서는 염상섭의 인물들을 주요인물과 보조인물로 나누어서 그 묘사와 형상화된 인물상을 인물별로 검증하였다. 5장에서는 그렇게 형상화된 인물을 통하여 작가의 함축된 자아의 면까지 아울러 고찰하고자 하였다. 곧 염상섭의 작중인물을 탐구하는 과정에서 20년대의 인물상과 그 묘사문제와 아울러 식민지 당대를 살아가는 지식인으로서 작가 자신의 정신사적 면모까지 살펴보려는 것이었다.

　우선, 단편소설을 작품별로 인물묘사의 양상을 살펴 본 결과는 1920년대 초기에는 직접묘사의 비중이 컸으나 중기에 가서는 간접묘사의 비중이 점점 커지는데 후기로 가면 리얼리즘의 퇴조의 여파로 다시 직접묘사의 비중이 커지는 것을 볼 수 있었다.

　인물별 연구가 되어진 장편소설의 인물묘사방법 고찰을 중심으로 그 결과를 정리하면 다음과 같다.

1. 작중인물과 인물묘사

1) 주요인물의 특징

① 연령과 성별 면에서, 20대의 남자가 월등하게 많다. 이것은 작가 상섭 개인과의 연관 속에서 이해할 수 있는 부분이다.

② 경제적 측면에서 보면, 출신성분이나 생활 정도 등이 다양하지만 대부분이 다른 사람의 재력의 도움을 받아서라도 먹고 사는 문제를 걱정하지 않는, 중산층 이상인 것을 볼 수 있다. 여기에서 제외되는 것은 춘경과 창호 뿐이다.

③ 학력 면을 보면, 대부분의 주요인물이 지식인인 것을 보게 된다. 여기에서는 비자전적인 단편소설은 제외된다.

④ 묘사의 측면에서 보면, 긍정적인 인물의 경우에 직접묘사와 간접묘사가 비슷한 비율이거나 직접묘사의 비중이 더 많아 그 안에 작가의 목소리 내포가 추측, 기대되곤 하는 반면 부정적 인물의 경우에는 작가의 내면 참여가 적은 간접묘사의 비중이 큰 것을 볼 수 있다.

2) 보조인물의 특징

① 보조 인물들을 기능적인 면에서 조력자와 그 반대적인 인물들, 곧 협잡꾼이나 사기꾼이라고 할 만한 인물들로 나누어서 살펴본 결과를 보면, 조력자 인물은 모두 20대이고 남자 3명 여자 3명으로 성차별은 두고 있지 않음을 알 수 있다. 사기꾼형 인물은 남자 3명, 여자 4명으로 20대에서 50대까지 나이대는 넓다.

② 인물 계층의 다양성은 주요인물의 경우보다 더 다양한 것을 볼 수 있다.

③ 지식 정도도 주요인물들에 비해 다양한 것을 볼 수 있다.

④ 묘사의 측면을 보면 긍정적 인물이라 할 조력자들은 직접묘사가 차지하는 분량이 많고 부정적 인물들인 사기꾼형의 인물들은 간접묘사가 많다. 대체적으로 묘사된 것이 주요인물들에 비해 절대적 양이 적지만 예외적으로 잘 되어 있는 경우도 있어 염상섭이 보조인물이라도 필요한 경우에는 그 인물의 성

격 창출에 힘을 썼음을 알 수 있다.

2. 인물의 유형면

인물들의 교육 수혜 면으로 보아 신교육을 받은 지식인형, 구교육 하의 인물들, 지식 정도가 작품상에 드러나지는 않지만 무교육자일 것으로 추정되는 인물들로 분류가 가능하다.

먼저 신교육의 지식인형을 살펴보면, ① 이인화, 김효범, 리해춘, 조덕기 등의 '모색하는 신세대 지식인형'과 ② 김중환, 김호연, 류진, 리진태, 김병화, 이창호 등의 '주의자형' ③ 지순영, 이필순, 홍경애 등의 신교육을 받았으나 전통적인 인습하에 희생되거나 굴절된 삶을 사는 '파르마코스형' 인물들 ④ 진형석, 류택수, 조상훈, 좌야, 덕순, 리마리아, 조인숙, 명마리아, 박춘경, 숙명, 민경옥, 김의경 등의 '타락한 인텔리형'의 인물들로 그 양상이 다르게 나타나는 것을 볼 수 있다.

구교육 하의 인물들은 ⑤ 조의관, 덕기모 등의 '보수적 인물형', 전통적 가치관의 소유자들이 있고, 지식 유무가 드러나지 않으나 지식정도가 낮거나 무지할 것으로 보아지는 인물들은 ⑥ 지덕진, 강찬규, 해줏집, 변원량, 수원집, 장매당 등 '협잡꾼형'의 인물들이다.

인물에 대한 작가의 평가를 보면 우선적으로 ①, ②, ③, ⑤에 해당하는 인물들에게는 작가가 긍정적이거나 동정, 중간적인 시선을 가지고 있음을 볼 수 있다.

먼저 ①의 삶의 본질을 모색하는 신세대 지식인형. 그들은 지식인으로서 한계를 가지고는 있지만 염상섭의 인물들 가운데는 가장 긍정적인 부류에 포함되는 신세대 지식인 유형의 인물들이라고 보아 무리가 없다 하겠다. 식민지 현실에 관한 철저한 인식에 이르지는 못하고 있지만 그들은 나름대로 당대라는 시대에 관하여 고민하고 있다. 조인숙 개인에서 시작되는 신여성과 재산가의 부정적 결탁이라는 사회적 문제를 통해 당대의 비리를 직시하고 그에 반항하려는 김효범, 살아 있는 것이라고는 없는 식민지 조국을 무덤과도 같은 것으로 파악하면서 그에 대하여 강한 거부감을 느끼는 이인화, 식민지 조선의 청년으로서 귀족이지만 신분에 상관없이 뚜렷한 현실 의식을 가지고 있으며 그러한 현실에 참여할 의지를 가지고 있음을 피력한 리해춘, 사상가인 병화를 말없이 지원하는 '심퍼다이저' 조덕기 이들 모두는 현실감각을 나름대로 뚜렷이 가지고 있는 인물들인 것이다.

②의 주의자형 인물들. 여기에 포함되는 인물들은 작가가 긍정도 부정도 하지 않는 인물들이다. 여기에는 당시의 사회주의자 인물들이 포함된다. 이들을 보는 작가의 시선은 냉정하고 때로 냉소적이기도 하지만 작품을 통해서 크게 부정되어지지는 않는 것을 볼 수 있다.

③의 파르마코스형 인물들은 주로 여성 인물들인데 그 묘사는 남성들에 비하면 철저하지 못한 것을 보게 된다. 그들은 가정의 생계를 책임지는 실질적인 가장으로 나이다운 삶을 살지 못하고 학업의 길을 중단한 채 직장을 다니며 돈을 벌어야 하는 인물들로 본고에서는 희생양, 곧 파르마코스 유형의 인물로 보았다. 그러나 그들은 작품 내에서 성격의 변화를 보여 맹목적으로 타의에 끌려 가던 것이 점차 자신이 주체되는 삶을 의식하게 된다.

⑤전통적이고 보수적인 도덕관을 가지고 있는 인물. 이에 대한 작가의 시선은 냉정하고 때로 냉소적이기도 하지만 조의관의 경우에는 매우 긍정적인 시선임을 알 수 있다. 이는 작가가 지향하는 것이 중산층 보수주의라는 사실과도 깊은 연관을 가지는 것이라 하겠다.

이상의 긍정적인 인물들의 묘사는 대부분 내부시점으로 내면 묘사가 상대적으로 많은 비중을 차지하고 있음을 볼 수 있다. 그것은 긍정적 인물들의 경우에는 작가가 관여하여 이야기하거나 인물의 내면을 투시하는 방법을 즐겨 쓰려 한 것이라 보여진다.

다음으로 ④, ⑥에 해당하는 인물들은 작가의 시선이 매우 부정적인 것이다.

④는 타락한 인텔리형 인물들. 이들은 사회적 명예나 금전적 가치를 좇는 욕망 충족의 과정에서 악마성을 드러낸다. 그 묘사를 살펴보면, 우선 직접묘사의 경우 전지적인 입장의 작가가 설명하는 방식을 주로 쓰고 대부분이 외양이

나 행동, 대화 등의 기법을 통한 간접묘사가 월등하다. 신여성의 묘사적인 측면을 보면, 이 부분의 인물묘사가 어느 항목보다 철저한 것을 알 수 있다. 긍정적인 인물보다 성격의 묘사가 리얼하게 되어지면서 같은 부정적 인물인 남성들보다도 더 묘사에 공을 들이고 있음이 고찰의 결과로 알 수 있는 것이다. 신여성들은 상섭의 인물들 가운데 친일파 귀족과 함께 중요한 부정적 인물군을 이루는 것인데 그들은 어느 정도의 지식도 갖추고 있고 혹은 안정된 직업까지 가지고 있는 몸이면서도 더 많은 부를 얻기 위해 성을 수단화하는 일도 서슴치 않아 정상적인 결혼을 하는 예는 극히 드물다. 금전적 안일을 위하고 명예를 얻기 위하여는 수단과 방법도 가리지 않는 모습을 보이기도 한다. 신여성으로서 이러한 금전결혼의 예외가 되는 인물은 박춘경과 위영애, 문자, 민경옥 정도에 그친다. 그 가운데 〈이심〉의 박춘경은 어린 나이에 집에서 쫓겨나게 되어 스캔들의 상대자 창호와 동거를 하게 되지만 결국 좌야라는 돈 많은 일인에게 의지하여 살다시피 하는 여성이므로 여기에서 금전결혼과 비슷한 범주에서 설명될 수 있는 성질을 갖는다. 문자(《진주는 주엇스나》)와 민경옥(《광분》)은 돈과는 상관없이 사랑을 하지만 의지 박약으로 자살을 기도하거나 성적으로 문란한 면모를 지니는 인물들이다. 염상섭이 창조한 신여성 가운데에서는 긍정적인 인물은 〈이심〉의 위영애 뿐이다. 그는 직업을 가지고 있고 누구에게도 당당하게 나설 줄도 아는 적극적인 성향을 가지고 있는 인물이다. 그러나 염상섭은 그녀를 보조적인 인물로, 평면적으로 가볍게 묘사하는 데 그쳤을 뿐이다. 그의 역할이 창호에게 있어서 구원의 여성상과도 같은 것이기 때문에 충분히 입체적으로 그릴 수도 있었지만 염상섭은 그렇게 하지 않았던 것이다. 이것은 당시 신여성에 대한 염상섭의 시각이 얼마나 부정적인 것이었는가를 역으로 다시 한번 확인하게 하는 것이다.

⑥협잡꾼형의 인물들. 지덕진, 강찬규 등의 사기꾼들과 후취와 포주들은 밑바닥 삶을 살고 있는, 타락의 끝까지 보여주는 인물들이다. 아편쟁이이기도 하고 후처이면서도 기생집을 들락거리기도 하며 남의 재산을 마치 제것처럼 집어삼키곤 하는 탐욕스런 포주이기도 한 것이 이 부류의 인물들이다.

부정적 인물들의 묘사가 긍정적인 인물들보다 간접묘사의 양이 상대적으로 많은 것을 볼 수 있는데 이는 상섭이 부정적 인물들의 경우 작가로서 직접 설명하거나 그 인물의 내면에 관여하기보다 외면 기법으로 형상화하여 보다 더 리얼하게 폭로하려 한 때문이라 보인다.

3. 인물의 묘사

상섭의 인물묘사의 중요한 특징은 다음과 같다.

① 자신과 많이 닮아 있는 긍정적 프로타고니스트나 심리 묘사가 꼭 필요한 인물의 경우에는 직접적으로 설명하고 말하는 방식을 썼다. 그래서 그 인물들은 다소 평판형으로 묘사되어 생생하게 살아 있는 인물로 형상화되기보다 설득력을 얻지 못하는 것을 볼 수 있다.

② 작가 자신이 부정하고자 애쓴 인물,곧 부정적 인물들의 형상화에 보다 더 기법적 노력을 보였다는 것이다. 이들은 객관의 묘사에만 치중하여 내면 세계의 묘사를 등한히 하고 있는 경우가 많은데 그 때문에 인물의 행동과 말씨의 기초가 되는 심리를 알 수 없어 모호한 점도 있다.

③ 명명의 문제에서, 항렬을 쓰는 이름이 주가 되고 유교적 덕성 강조의 이념이 포함된 명명법을 쓰는 가운데 그 인물묘사 방식은 간접적이라고 할 수 있다.

④ 외양 묘사에서, 상섭은 미 : 추=선 : 악이라는 전통적 공식을 깨뜨리면서 긍정적 인물보다 부정적 인물의 외양에 더 천착함으로써 상섭은 인물의 외양에 어떠한 선악 가치도 부과하지 않는 것을 보게 된다.

⑤ 대화 묘사에서 상섭의 탁월성은 유감 없이 발휘되는데 그것은 상섭이 일본의 신극운동에서 영향을 받고 드라마에 관심을 보였다는 사실과 관련하여 볼 수 있다.

⑥ 상섭에게서 행동 묘사는 외양이나 대화 묘사보다는 다소 떨어져서 구체적으로 묘사되는 것이 적다.

⑦ 배경 묘사에 있어서 염상섭은 한 인물의 공간적 배경으로 그 인물이 처한 상황, 출신, 성격 등까지도 나타내는 것을 보여준다. 작품의 배경에 있어서

상섭은 here and now를 철저히 지키고 있음을 확인할 수 있다.

⑧ 상섭의 인물묘사에는 다음 몇 가지 유형이 있는 것을 보게 된다.

㉠ 직접묘사와 간접묘사가 비슷한 비율로 나타나는 경우 : 김효범, 조덕기, 김호연, 라명수, 이인화, 리해춘, 리진태, 최을순 등의 인물들이 여기에 포함된다. 그 중 효범, 덕기, 호연, 명수의 경우는 직접묘사가 우세한 경우에 속하고 인화, 해춘, 을순 등의 경우는 간접묘사가 우세한 편에 속한다. 이러한 경우의 특징은 작가가 그 인물에 대하여 긍정적으로 평가하는 경우에 해당한다. 작가는 그 인물에 대하여 거리를 유지하기보다 내면에까지 천착하려 한다. 이렇게 직접묘사와 간접묘사가 비슷한 비율일 때 인물의 형상화는 비교적 성공적인 것을 볼 수 있다.

㉡ 직접묘사가 월등한 경우 : 이는 두 가지로 나누어질 수 있다. 그 하나는 조의관과 영애의 경우처럼 작가의 설명이 두드러지는 예인데 이 인물에 대한 작가의 판단은 긍정적이고 인물은 평판형으로 묘사되어 생생하지 못하다. 다른 하나는 숙명처럼 작중인물의 내면이 주로 묘사되는 경우이다. 이는 부정적 인물이지만 범죄심리학적 입장에서 인물의 심리 묘사가 필요하다는 것을 작가가 의식한 때문이다. 이 경우 전자보다는 성격 묘사가 잘 되는 것을 볼 수 있다. 리얼리즘의 외면화와 간접묘사 수법을 인식한 작가였지만 이런 경우는 예외적인 것이다.

㉢ 간접묘사가 월등한 경우 : 이것은 나머지 대부분의 인물들에게서 볼 수 있다. 그것은 크게 두 가지 경향으로 나누어진다.

첫째로 작가가 긍정 또는 동정하는 경우, 이것은 주의자 가운데에서 작가가 빈정거리는 투로 묘사하는 중환, 류진, 병화 같은 인물이나 필순, 순영 같이 긍정적 여성에게서 간접묘사의 월등을 보인다.

다음으로 부정적, 또는 부정적 성향의 인물의 경우, 여기에는 박춘경, 민경옥, 조상훈, 덕순, 리마리아, 조인숙, 진형석, 명마리아, 이창호, 좌야, 주정방, 변원량, 홍경애, 지덕진, 류택수, 해줏집, 강찬규, 김의경, 수원집 등의 인물들이 포함되는데 매당집의 경우는 간접묘사만 나타나는 것을 볼 수 있다.

㉣ 인물묘사에서 간접묘사가 많은 경우는 인물이 성격이 생생하긴 하지만

모호하게 되곤 한다. 직접묘사가 많으면 성격이 뚜렷해지지만 평판형인 것을 볼 수 있다. 때문에 직접묘사와 간접묘사가 같이 묘사되는 것이 이상적이다. 상섭도 이를 인식하였기 때문에 인물묘사의 두 가지 기법을 고루 사용한 것이다. 이는 그가 주장하는 주객합일주의와도 맥이 닿는 문제라고 할 수 있다. 염상섭은 작가 자신이 긍정하려는 인물의 경우에는 오히려 직접묘사를 많이 사용하였다. 이미 간접묘사의 유용성을 의식하였지만 작가 자신의 목소리를 드러내면서까지 자전적이거나 긍정적 인물들을 명확히 드러내고자 하였기 때문이다.

4. 인물묘사를 통하여 본 염상섭 작중인물의 특징

① 〈만세전〉, 〈진주는 주엇스나〉, 〈사랑과 죄〉 등의 프로타고니스트들은 비분강개하거나, 혹은 절망에 빠지고 또는 그것을 극복하는 인물들이라면 〈너희들은 무엇을 어덧느냐〉, 〈이심〉, 〈광분〉은 등장인물들의 정욕, 애욕과 금전적인 것에 대한 지향과 갈등 그리고 좌절의 불안정하고 부정적인 성격의 인물들이라고 할 수 있다. 그리고 〈삼대〉는 현실 고발과 풍속 묘사의 두 가지를 통합하는 데 성공하고 있는 것으로 보아지는 만큼 이 작품에서 전자의 비분강개의 주인공은 풍속의 수준으로 내려앉게 된다.

② 염상섭은 흔히 부정 정신의 작가라 일컬어진다. 그것은 그의 작품 속에 형상화된 인물들이 긍정적 인물보다 타락한 부정적 인물들이 월등히 많이 나타나는 것에서도 볼 수 있다. 그러한 부정적 인물들은 대부분 의식도 없는 상태에서 새것만을 지향하고 신과 구를 적절하게 조화시키지 못한 결과가 빚어내는 타락상을 보이는 타락한 인텔리형과 금욕이 과도하여 다른 사람을 위험한 지경에 빠뜨리거나 심지어 살해하기까지 하는 협잡꾼형 등으로 크게 나누어진다.

5. 작가의 세계관

상섭의 작가로서의 태도는 사회 대항적 자세라고 할 것인데 그러한 그의 작가의 목소리라 할 것은 다음의 몇 가지로 요약할 수 있다.

① 식민지 현실에 대한 고발, 환기 그리고 그러한 시대를 맹목적으로 살아가는 조선인의 태도에 관하여 부정하고 그러한 부정을 통하여 식민지 조선인이 나아가야 할 방향을 직접적으로 제시하고 있다. 곧 조선인을 강하게 부정함으로써 새로운 세계에의 지향, 곧 식민 종속 상태에서의 해방에 대한 작가의 간절한 열망이 나타나고 있는 것이다.

② 식민 상황에서, 제대로 된 교육의 중요성을 강조한다. 권위에 얽매인 교육이 아닌, 인물의 앞날을 생각하는 교육을 추구하는 것을 통하여 당시의 신민 교육을 부정하고 있다.

③ 식민지 사회의 구조적 가난에서 기인된 온갖 음모와 협잡이 만연한, 부정되어야 할 세계로서의 사회를 드러낸다.

④ 의식 없이 성욕과 금욕의 충족만을 추구하는, 신여성들과 자본가들을 경계하며 아울러 그들의 결탁 곧 유처취처의 사회현상에 대한 혐오이다.

이상에서 결국 염상섭은 식민지 치하라는 당시 상황에 대하여 강하게 부정하고 있는 것을 보게 된다. 그러나 식민지 지배 체제의 검열이라는 것 때문에 이러한 의식은 허무적이고 염세적인 작중인물을 통하여 간접적, 은유적인 방식으로 나타나고 있다.

한 작가가 인물을 어떤 양상으로 묘사하고 있으며 그 방법의 변천은 어떠한가를 추구하는 인물묘사의 방법 연구라는 것은 형식적인 면의 연구임에는 틀림없다. 그러나 여러 방면의 비평이 공존하고 함께 이루어지고 있는 오늘날에 있어서 형식적인 면의 연구만 주장하는 것은 공허하게 느껴진다. 형식적인 면을 고찰함에 있어 그 형식의 발전을 있게 하는 시대와 사회적 분위기, 작가와의 연관성을 아울러 고찰할 때 그러한 공허함은 조금이라도 감해질 수 있으리라고 본다. 검열이라는 사회제도적 장치가 존재하는 식민지 사회 속에서 함축된 작가의 정신이라는 문제는 보다 더 중요한 의미를 가진다고 할 것이므로, 염상섭의 소설에서 그것을 제외할 수는 없다는 것이다. 이상에서 필자가 염상섭의 초기 장편을 대상으로 하여, 작품에 나타나는 개개의 인물 가운데 작품

구성에 있어서 주도적 역할을 하는 인물들의 인물묘사characterization 양상
을 주로 살펴보면서 그 인물들이 가지고 있는 의식과 그에 함축되어 있는 작
가의 의식까지도 아울러 연구하려 한 것은 바로 그 때문이다. 형식적 리얼리
즘의 문제인 객관 묘사 방법을 실증적인 방법으로 검증하고.작가가 형상화한
인물들의 전형적 측면을 살펴보면서 인물 속에 나타난 작가의식을 추론한다는
것은 주도적 작중인물의 정신과 함축된 작가의 정신이라는 realism소설의 심
리학적 견지에서 연구할 수 있는 두가지 정신을 모두 살펴보는 일이 되기 때
문이다. 객관 묘사와 인물의 전형성의 고구, 인물 속에 나타나는 작가의 함축
된 정신- 이것이 바로 이 책의 큰 줄기라고 볼 수 있다.

참 고 문 헌

1. 기본 자료

〈만세전〉(1922-4), 민음사 간,염상섭 전집 1권,1987
〈너희들은 무엇을 어덧느냐〉(1923-4), 민음사 간,염상섭 전집 1권,1987
〈진주는 주엇스나〉(1925-6), 동아일보,1925.10.17-1926.1.17
〈사랑과 죄〉(1927-8), 민음사 간,염상섭 전집 2권,1987
〈이심〉(1928-9), 민음사 간,염상섭 전집 3권,1987
〈광분〉(1929-30), 조선일보,1929.10.3-1930.8.2
〈삼대〉(1931), 삼성출판사 간,한국현대 문학 전집 3권,1981
평론·수필집,민음사 간,염상섭 전집12권,1987
초기 단편,민음사 간,염상섭 전집9권, 1987≪개벽≫,≪폐허이후≫등 잡지

2. 국내 저서

강인숙   자연주의 문학론,고려원,1987
강인숙   자연주의문학론Ⅱ,고려원,1991
강인숙   한국현대작가론,동화출판사,1971
구인환외 한국현대장편소설연구,도서출판 삼지원,1989
구인환   한국근대소설연구,삼영사,1983
구중서   한국문학과 역사의식,창작과 비평사,1985
권영민   한국현대문학과 시대정신,문예출판사,1983
권영민   염상섭 문학연구,염상섭전집,민음사,1987
김동리외 소설작법,문명사,1974
김병욱외 현대소설의 이론,대방출판사,1983
김병익   한국문단사,一志社,1974
김병익외 현대한국문학의 이론,民音社,1974
김병철   한국근대서양문학이입사연구,을유문화사,1980
김시태   한국현대작가·작품론,二友出版社,1982

김영화   현대작가론,문장사,1983
김용성   한국근대소설의 인물연구,인동,1986
김용직외   문예사조,문학과 지성사,1977
김우종   현대소설의 이해,二友出版社 ,1980
김우종,   한국현대소설사,宣明文化社,1974
김우종외   한국현대문학사,(주)현대문학,1990
김우창,   궁핍한 시대의 시인,민음사,1978
김윤식,   한국 근대문학의 이해,一志社,1974
김윤식,   한국근대문예사조사연구,한얼문고,1973
김윤식외   한국문학사,民音社,1984
김윤식,   염상섭 연구,서울대출판부,1987
김종균,   염상섭 연구,고대출판부,1974
김 철   문학상에서의3·1운동,한국역사연구회.역사문제연구소역,3·1민족해방운
          동 연구,청년사,1989
김치수외   식민지시대의 문학연구
김치수   문학사회학을 위하여,문학과 지성사,1988
김치수   염상섭,지학사,1985
김치홍   김동인 평론 전집,삼영사,1984
김학성외   한국근대문학사의 쟁점,창작과 비평사,1990
김 현   문학사회학,民音社,1991
김 현   현대한국문학의 이론/사회와 윤리,문학과 지성사,1991
김화영   현대소설론,문학사상사,1986
문학예술연구소 엮음,현실주의 연구,제 3문학사,1990
민병수외   國語國文學 硏究,도서출판 宇石,1985
민현기   한국근대소설과 민족현실,문학과 지성사,1989
박성의   한국문학배경연구,二友出版社,1980
박을수   석일균 공저,신한국문학사,성문각,1980
박철희외   문학의 이론과 방법,이우출판사,1984
박태상   한국문학과 죽음, 문학과 지성사,1993
백 철외   국문학전사,新丘文化社,1975
송 면   소설미학,문학과 지성사,1985
신동욱외   한국문학사,대한민국 예술원,1984
신동욱   염상섭 연구,새문사,1982

신상성   한국가족사소설연구,경운출판사,1992
신윤상   한국 문학의 정신 분석,청록출판사,1985
여증동   한국문학사,형설출판사,1973
오세영   문예사조,고려원,1986
윤병로   염상섭 연구,새문사,1982
윤홍로   한국근대소설연구,일조각,1984
이동아   현대소설의 정신사적 연구,一志社,1989
이보영   식민지 시대 문학론,도서출판 필그림,1984
이상섭   문학연구의 방법,탐구당,1983
이상신   문학과 역사,民音社,1982
이수봉   한국가문소설연구,경인문화사,1992
이어령   저항의문학,예문관,1965
이유식   한국소설의 위상,이우출판사,1982
이인복   한국문학에 나타난 죽음의식의 사적연구,悅話堂,1979
이재선   우리문학은 어디에서 왔는가,소설문학사,1987
이재선   한국문학의 지평,새문사,1981
이재선   한국현대소설사,홍성신서37,홍성사,1982
이형기외   한국문학개관,어문각,1988
임헌영외   변혁주체와 한국문학,역사비평사,1990
장백일   김동인 문학연구,문학예술사,1985
전규태   한국현대문학사,예문관,1985
전혜자   현대소설사연구,새문사,1987
정상균   형식문학론,한신출판사,1982
정요섭   한국여성운동사,일조각,1978,32
정종진   한국현대문학의 성묘사전략,우리문학사,1990
정한숙   현대한국문학사,고대출판부,1982
정한숙   소설기술론,고대출판부,1978
조남현   문학과 정신사적 자취,二友出版社,1984
조남현   한국지식인 소설연구,일지사,1984
조남현   한국현대문학의 자계,평민사,1985
조남현   한국현대소설연구,민음사,1987
조남현   한국 근대소설의 해부,문예출판사,1993
조동일   한국문학통사5,(주)지식산업사,1990

조연현 한국현대문학사,성문각,1974
조진기 한국현대소설 연구, 학문사,1984
천이두 한국현대소설론,형설출판사,1970
최원식 한국근대소설사론,창작과 비평사,1986
최원식 윤병로 해설,염상섭 연구,새문사,1982
최재서 최재서평론집,청운출판사,1961
최현무 한국문학과 기호학,문학과 비평사,1988
한국현대문학연구회,한국근대장편소설연구,모음사,1992
한승옥 한국현대장편소설연구,민음사,1989
한용환 한국소설론의 반성,이우출판사,1984
한원영 한국개화기 신문연재소설연구,일지사,1990
허창운 현대문예학개론,서울대출판부,1987
현길언 한국소설의 분석적 이해,문학과 비평사,1991
홍석영 현대소설의 연구,원광대출판부,1980

3. 논문 및 평론

강인숙 한일자연주의 비교연구Ⅲ-(2),건국어문학11·12,1987
강인숙 염상섭과 사실주의,건대학술지33,1989
강인숙 염상섭의 소설에 나타난 時空間(chronotopos)의 양상,인문과학 논총21
       집,건국대,1989
강인숙 염상섭의 작중인물 연구,건대 학술지35(1),1991
구중서 리얼리즘 문학론,창작과 비평, 1970. 여름
김동리 성하의 작단,문예2호,1949.9
김만수 희생양,파르마코스,소설과 사상 1995.봄
김성근 현대조선문예개관,동아일보,1927.1.2.
김송현 〈삼대〉에 끼친 외국문학의 영향,현대문학,1963.1.
김우창 리얼리즘의에의 길,염상섭전집9,민음사,1987
김윤식 반역사주의 지향의 과오,문학사상,1972.11
김종균 염상섭 연구의 비판,문학사상,1973.3
김종균 염상섭의 1920년대 장편소설연구,청주사대논문집,1980.6
김종균 한국산문문학의 정화,삼성출판사 간,한국현대문학전집3,1981
김주연 현실주의의 한 승화,문학사상, 1973.3
김흥규 근대시의 환상과 혼동,창작과 비평,1977.봄

박신자   새 자료로 본 횡보의 생애,문학사상,1973.3.
박혜주   염상섭의 초기작 〈제야〉 연구,이화어문논집 12집,이화여자대학교 한국어
         문 연구소,1992
백낙청   민족문학과 세계문학,창작과 비평사,1978
송인화   하층민 여성의 비극과 자기 인식의 도정,문학과 의식,백문사,1995.봄
송하춘   한국현대소설에 나타난 작중인물 연구,박사학위논문(고대대학원)1980.5.
신상성   근대문학초기 중편소설의 재평가,월간문학,1982.9.
신철하   20년대 문학의 현실성,비평문학 창간호,한국 비평 문학회,1987.7
오양호   신여성의 비극적 생활사,소설과 사상 1995.봄
유종호   근대소설과 리얼리즘,창작과 비평 39호,1976.봄
유종호   소설과 사회사,염상섭전집 3,민음사,1987
이선영   시각상의 진보성과 회고성,염상섭전집1,민음사,1987
이선영   리얼리즘론의 확대와 전진을 위하여,창작과 비평 제 16권 제2호,창작과
         비평사,1988.여름
이인모   품사적 사실과 작가의 성격,현대문학,1956.5
이주형   1920년대 소설에 나타난 돈모티프,문학과 비평4호,탑출판사,1987.겨울
임명진   한국 근대소설의 '엮음'에 관하여(2),현대문학이론연구,한국현대문학이론
         연구,1994.10
정한모   염상섭의 문체와 어휘구성의 특징,문학사상,1973.3
정현기   〈삼대〉·〈탁류〉·〈태평천하〉의 소설세계에 나타난 인물연구,박사위논문(연
         세대 대학원),1981
정호웅   식민지 현실의 소설화와 역사의식,염상섭전집2,민음사,1987
정호웅   염상섭의 광분 연구,국어국문학 95호,국어국문학회,1986.5.31
조남현   1920년대 소설과 밥의 문제,한국문학,1987.2
조남현   〈삼대〉의 재해석,한국문학,1987.3
허창운   문학비평의 이론에 관한 비판적 고찰,인문논총,서울대,1989.12
홍경표   한국근대소설의현실비판의식연구,박사학위논문(경북대대학원),1983.12
S.E. Solberg, 초창기의 세 소설,현대문학,1963.3

4. 외서

Allen Tate,On the Limits of Poetry,The Swallow Press and William
         Morrow Company,Publishers,1948
C.Wright Mills,White Collar,Oxford University Press,1980

E.Boa & J.H.Reid,Critical Strategies,McGill Queen Univ.press,1972

E.M.Forster,Aspects of the Novel,Penguin Books,1977

E.Muir,The Structure of the Novel,Hogarth Press,1967

George J.Becker편,Documents of Modern Literature Realism,Prinston University Press,1963

Ian Watt,The Rise of the novel,A Peregrene Book,1966

James H.Pickering. Jeffrey D.hoeper,Literature,Macmillan Publishing Company, 1986

M.H.Abrams,The Mirror and the Lamp,Oxford Univ.Press,1979

Marlies K.Danziger·W.StacyJohnson,An,Introduction to Literary Criti- cism,D.C. Heath and Company,1961

Northrop Frye,Anatomy of Criticism,princeton univ.press,1973

Norman Friedman,Point of view,The theory of the novel,the free press,1967

Paul Hernadi,Beyond Genre,Cornell Univ.Press,Itaca and London, 1972

Rene Wellek & Austin Warren,Theory of Literature,Penguin books, 1966

R.F.Dietrich & R.H.Sundell,The Art of Fiction,London,1967

Richard E.Hugbes·P.Albert Dubamel,Rhetoric,prentice-Hall Inc. 1962

S.Kumar·K.McKean 편, Critical Approaches to Fiction, McGraw-Hill- Book Company,1968

Colin Radford & Sally Minogue,The Nature of Criticism,The Harve- ster press, 1981

W.J.Harvey, Character and the Novel,Ithaca,1965

A.Hauser,백낙청·염무웅 공역,문학과 예술의 사회사,창작과 비평사,1983

Charles E.May 편저,Short Story Theories,Ohio-Univ.Press,1976, 최상규 역, 단편소설의 이론,정음사,1983

Cleanth Brooks.Robert Penn Warren,The Scope of Fiction,안동림 역,현암사, 1985.

5. 번역서

David Daiches,The Novel and the Modern World,이영옥 역,탐구당,1987

E.Boa & J.H.Reid,《《Critical Strategies》》,McGill Queen Univ.press, 1972

Erich Auerbach,Mimesis,김우창.유종호 역,민음사,1987

F.K.Stanzel,Theorie des Erzahlens,김정신 역,소설의이론,문학과비평사, 1989

G.Lukàcs,Die Theorie des Romans,Lutherhand,1971, 반성완 역,소설의 이론, 심설당,1985

G.Lukàcs외,이춘길 편역,리얼리즘미학의 기초이론,한길사,1987

HansRobert Jauß,Literarische Tradition und gegenwärtiges Bewu ßtseinder Modernität,in Aspekte der Modernität,ed.H. Steffen, Göttingen,1965. 장영태 역, 도전으로서의 문학사, 문 학지성사,1983.

Ian Reid,The Short Story,김종운 역,서울대출판부,1982

Jurij Lotman,Strukture Khudo zhestvennogo teksta,유재천 역,고려원, 1991

K.Galbraith,Money,Whence It Came, Where It Went,최광열 역,현암사, 1980

M.H.Abrams,A Glossary of Literary Terms,최상규역,문학용어사전,대방출판사, 1987

Marjorie Boulton,The Anatomy of the Novel,김영민 역,동천사,1980

Marthe Robert,Roman des origines et origines du roman,김치수 역,기원의 소설 소설의 기원,예술과 비평 창간호,서울신문사,1984. 봄.

Mikkail Mikhailovich Bakhtin,Voprosy literatury iestetiki,전승희 외 역,장편소설과 민중언어,창작과 비평사,1992

P.브뤼넬 D.마들레나 J.M.글릭손 D.꾸띠,정옥상 역,문학비평,탐구당,1984

R.M.엘베레스,민희식 역,현대소설의 역사,정음사,1982

Raymond Williams,Marxism and Literature,이일환 역,이념과 문학,문학과 지성사,1982

Raymond Williams, Realism and the Contemporary novel,백낙청 역, 리얼리즘과 현대소설, 백낙청 편,문학과 행동,태극출판사,1978,309-10

Rene Girard,Decit,Desire and the Novel,The Johns Hopkins Univ. Press, 1976, 김윤식 역,소설의 이론,三英社,1986

Shlomth Rimmon-Kennan,Narrative Fiction:Contemporary Poetics,최상규 역, 문학과 지성사,1985

Wayne C.Booth,The Rhetoric of Fiction,이경우·최재석 역,한신출판사, 1977

William Kenney,How to Analyze Fiction,엄정옥 역,원광대출판부,1980

벨라키랄리활비,The Aesthetics of györgy Lukàcs,1975,김태경 역,루카치 미학연구,도서출판 이론과 실천,1986

伊東勉,이현석 역,리얼리즘이란 무엇인가,도서출판 세계,1986

저자 소개

조 미 숙
서울 출생
배화여고, 건국대 문과대 국문학과 졸업, 동 대학원 박사학위 취득.
현재 건국대학교 국문과 강사
공저 ≪한국 현대 문학의 이해≫(서광 학술 자료사)

현대소설의 **인물묘사방법론**

1996년 5월 25일 인쇄
1996년 5월 30일 발행

지은이 : 조 미 숙
펴낸이 : 박 찬 익

펴낸곳 : **박이정출판사**

130-070 서울시 동대문구 용두동 253 - 197
전 화 : 922 - 1192~3,   FAX : 922 - 1192
온라인 : 상업114 -08 -234933 우편010447 -0053403
등 록 : 1991년 3월 12일   제1 - 1182호

ISBN 89 - 7878 - 118 - 7   정가 12,000원